KB027033

특성 없는 남자 2

세계문학전집
226

Robert Musil : Der Mann ohne Eigenschaften

특성 없는 남자 2

로베르트 무질 장편소설

박종대 옮김

문학동네

일러두기

1. 번역 대본으로는 *Der Mann ohne Eigenschaften. Band 1: Erstes und Zweites Buch*(Robert Musil, Rowohlt Taschenbuch Verlag, 2010)를 사용했다.
2. 주석은 모두 옮긴이주다.
3. 본문 중 고딕체는 원서에서 이탤릭체로 강조한 부분이다.
4. 등장인물에 대한 상세한 소개는 본서 3권 말미에 있는 옮긴이의 '해설'을 참고하기 바란다. 소설의 줄거리를 포함하고 있으므로 될 수 있으면 본문을 다 읽고 나서 일독하기를 권한다.

제2부 비슷비슷한 일이 일어나다

80. 느닷없이 지성회의에 모습을 나타낸 슈툼 장군을 알게 되다

그사이 지성회의에 이상한 인물이 하나 보충되었다. 초대장을 엄선해서 보냈는데도, 어느 날 저녁 슈툼 장군이 불쑥 나타나 디오티마에게 자신을 초대해줘서 얼마나 영광인 줄 모르겠다고 사의를 표한 것이다. 그는 회의실에서 큰 역할을 할 수 없는 군인이지만 이런 훌륭한 모임에서 경청만이라도 할 수 있게 되기를 젊은 시절부터 개인적으로 무척 동경해왔다고 설명했다. 디오티마는 장군의 머리 너머로 주위를 두리번거리며 이 사람을 초대했을 법한 인물을 찾아보았다. 아른하임은 정치인끼리 이야기를 나누듯 백작과 대화하고 있었고, 울리히는 이루 말할 수 없이 지루한 표정으로 뷔페 테이블만 뚫어지게 바라보고 있었다. 테이블 위에 놓인 케이크 조각의 수를 세고 있기라도 한 것처럼. 이런 익숙한 광경은 빈틈없이 완벽한 전선을 형성하고 있었고, 이례적인 의심이 비집고 들어올 조그만 틈도 허용하지 않았다. 한편 디오티마는 혹시 자신이 장군을 초대한 게 아닌지 생각해보았다. 기억이 나지 않았다. 몽유병이나 건망증이 아니고서는 있을 수 없는 일이었다. 섬뜩해지는 순간이었다. 자기 앞에 서 있는 장군의 물망초색 군복 주머니에는 분명 초대장이 들어 있을 것이다. 이 정도 직위에 있는 사람이 초대장도 없이 불쑥 나타나는 모험을 감행할 리 없었기 때문이다. 디오티마의 서재에는 우아한 책상이 하나 있었는데, 그 서랍 속에는 보내고 남은 초대장이 보관되어 있었다. 서랍은 항상 잠가두어서 그녀 말고는 거의 누구도 접근할 수 없었다. 혹시 투치가? 그녀의 머릿속에 퍼뜩 떠오른 생각이었다. 그러나 가능성이 희박한 이야기였다. 그렇다면 장군이 누구한테 초대장을 받아 이 자리에 참석했는지는 심령술적 수수께끼 같았다. 개인적인 일에서 디오티마는 초월적인 힘을 쉽게 믿는 경향이 있었기에 머리부터 발끝까지 전율을 느꼈다. 결국 장군에게 환영의 뜻을 전하는 것 외에 다른 방법이 없었다.

말이 나온 김에 덧붙이자면, 사실 슈툼도 이 초대에 적잖이 놀랐다. 그전에 개인적으로 두 번이나 디오티마의 집을 찾아갔지만 안타깝게도 그런 기미를 전혀 느끼지 못했기에 이렇게 뒤늦게 초대장이 온 것을 의외라고 여긴 것이다. 대필자의 손으로 작성된 게 분명한 초대장의 수신자란에 그의 직책과 계급이 잘못 기재된 것은 디오티마 같은 위치에 있는 사람이 할 만한 실수가 아니라고 생각했지만, 장군은 워낙 낙천적인 성격이라 그런 이례적인 일에는 더이상 관심을 두지 않았다. 그러니 초월적인 힘 같은 것은 떠올리고 말고 할 것이 없었다. 다만 업무상의 단순한 실수일 거라고 추측했고, 이런 실수 때문에 자신이 거둔 성공의 기쁨이 방해받아서는 안 된다고 생각했다.

왜냐하면 국방성 내에서 군사교양과 교육 부서를 책임지고 있는 슈튬 폰 보르트베어 장군은 최근에 자신에게 주어진 임무에 상당한 자부심을 느끼고 있었기 때문이다. 그러니까 평행운동의 창립총회가 임박했을 당시 국방성 참모장이 그를 불러 이런 임무를 준 것이다. "슈튬 장군, 당신은 우리 국방성 내의 지식인이오. 우리가 추천장을 써줄 테니 거기 가서 잘 살펴보고 저들이 무엇을 계획하고 있는지 보고해주시오." 나중에 그가 보고한 내용은 별로 좋지 못했다. 그가 평행운동에 발을 들일 수조차 없었다는 사실은 그의 이력에 오점이 될 수 있었다. 그렇게 되지 않도록 디오티마를 개인적으로 두 번이나 찾아갔지만 소용이 없었다. 그랬기에 초대장이 도착하자마자 부리나케 참모장에게 달려간 것은 당연했다. 슈튬은 약간 건방진 느낌이 들 정도로, 한쪽 다리를 다른 쪽 다리 앞에 놓고는 숨을 헐떡이면서 드디어 자신의 노력이 빛을 보았음을 보고했다.

프로스트 폰 아우프브루흐 중장이 말했다. "역시, 난 장군이 해낼 줄 알았소." 그는 슈튬에게 의자와 담배를 권하더니 문 앞에 '출입금지, 중요 회의중'이라고 적힌 표시등을 켰다. 그러고는 슈튬에게 주로 관찰과 보고에 역점을 둔 앞으로의 임무를 고지했다. "알다시피 우리가 특별히 원하는 건 없소. 다만 가능한 한 자주 회의에 참석해서 우리도 그 자리에 있다는 것을 보여주시오. 군부가 그 위원회에서 활동하지 않는 게 어느 정도 순리에 맞는 것 같기는 하지만, 군통수권자인 폐하의 탄생일을 맞아 정신적인 진상품을 협의하는 자리에 우리가 빠져야 할 이유도 없다고 생각하오. 장관 각하께 다른 사람이 아닌 장군을 추천한 것도 그런 이유에서요. 이 점에 대해선 누구도 이의를 제기하지 못할 거요. 자, 행운을 비오. 잘해보시오!" 프로스트 중장은 다정하게 고개를 끄덕였고, 슈툼 폰 보르트베어 장군은 군인이라면 절대 감정을 내보여서는 안 된다는 철칙도 잊은 채 뜨겁게 치미는 감동을 이기지 못하고 착 소리가 나게 뒤꿈치를 붙이며 대답했다. "감사합니다, 각하! 분부 받들겠습니다!"

전쟁을 선호하는 민간인이 있다면 평화의 길을 사랑하는 장교가 없으라는 법이 있을까? 카카니엔에는 그런 장교가 많았다. 그들은 그림을 그리고, 풍뎅이를 수집하고, 우표 앨범을 만들고, 세계사를 공부했다. 장교가 상부 허락 없이 지적인 작업을 세간에 발표해서는 안 된다는 규정과 자잘한 수비대로 나누어진 군 체계로 인해 그들의 이런 작업들은 대개 지극히 개인적인 성격을 띠고 있었다. 슈툼 장군도 예전에는 그런 취미 활동에 푹 빠졌었다. 그는 원래 기병대에서 근무했지만 체질적으로 기병 장교에 적합하지 않은 사람이었다. 손이 작고 다리가 짧아 말처럼 난폭하기 이를 데 없는 동물을 붙잡고 제어할 수가 없었다. 게다가 말에게 명령을 내리는 지휘관으로서의 능력도 부족해서 당시 그의 상관들은 그를 가리켜, 만일 평소와는 반대로 꼬리가 아닌 머리를 마구간 벽 쪽으로 세워놓으면 축사에서 말을 꺼내지도 못할 인간이라고 했다. 그에 대한 복수로 당시 슈툼은 얼굴 전체에 둥근 형태의 진갈색 수염을 수북하게 길렀다. 그렇게 수염을 기른 장교는 황제의 기병대 내에서 그 혼자뿐이었는데, 규율상 명시적으로 금지된 것은 아니었다. 그는 또한 과학적인 탐구를 목적으로 잭나이프를 수집하기 시작했다. 무기를 수집하기엔 월급이 충분치 않았지만, 그런 칼 정도는 사모을 수 있었다. 그래서 기본 구조, 코르크마개 따개나 손톱 다듬는 줄의 유무, 혹은 강철 재질, 제조사, 손잡이 재료 별로 다양한 종류의 잭나이프를 소유하고 있었다. 그 밖에 그의 방에는 납작한 서랍이 많이 달려 있고 서랍마다 설명을 적은 쪽지가 붙은 키 큰 캐비닛이 하나 있었는데, 그로 인해 그는 지적인 사람이라는 소문이 났다. 슈툼은 시도 썼으며, 생도 시절에는 종교와 작문 과목에서 항상 탁월한 성적을 보였다. 어느 날 연대장이 그를 집무실로 불렀다. "자네는 결코 유능한 기병장교가 될 수 없어." 연대장이 말했다. "갓난아기를 말에 태워도 자네만큼은 탈 거야. 하지만 우리 연대에는 군사학교 출신 장교가 오지 않은지 오래되었네. 슈툼 자네가 지원해보지 않겠나?"

이렇게 해서 슈툼은 수도에 있는 참모장교학교에서 이 년 동안 멋진 시간을 보내게 되었다. 물론 거기서도 말을 타는 데 필요한 강인한 정신력이 부족한 것으로 드러났다. 대신 군에서 열리는 연주회는 모두 참석했고, 박물관을 돌아다녔으며, 연극 소책자를 모았다. 전역해서 민간인으로 살아갈 계획도 세워보았지만 어떻게 실행에 옮길 수 있을지는 스스로도 알지 못했다. 군사학교 이수 결과 그는 참모장교로서 적격도, 명백한 부적격도 아닌 것으로 판정받았고, 서툴고 야망은 없으나 군인 철학자로 인정받았다. 그로부터 이 년 더 시험삼아 보병사단 사령부에서 참모장교로 근무했고, 그 기간이 끝나자 기병 중대장으로서 대다수 장교들과 마찬가지로 특별한 사정이 없는 한 참모부 예비인력으로 군을 떠나지 못하는 직업군인의 길을 걷게 되었다. 이제 슈툼은 다른 연대에서 기병 중대장으로 근무했다. 거기서도 군사 이론에 해박한 사람으로 인정받았지만 승마와 실기 부문에서는 재주가 없다는 점이 곧 새로운 상관들의 눈에도 띄었다. 중령으로 진급하기까지의 과정은 한마디로 가시밭길이었다. 심지어 소령 때 이미, 대령 연금을 받지 못할 뿐 직책과 제복 면에서는 명예 대령 대접을 받으며 전역할 때까지 대기수당을 받는 무보직 장기 휴가를 꿈꾸기도 했다. 그는 지극히 느리게 움직이는 시계처럼 서열에 따라 천천히 올라가는 군대 조직 내의 진급에 대해서는 더이상 관심이 없었을 뿐 아니라, 해가 중천으로 향하는 오전에 머리부터 발끝까지 욕을 먹고 훈련을 받다가 연병장에서 돌아와 먼지 쌓인 군화를 신은 채 장교식당에 들어가서는 아직 많이 남은 낮의 공허함을 포도주로 채우는 생활에도 관심이 없었으며, 또 국고에서 지원되는 사교 모임에도, 연대 안의 이야기에도, 그리고 남편의 계급을 낭랑한 목소리로 은근히 과시하며 평생 남편만 바라보고 사는 장교 여편네들에게도 관심이 없었다. 또한 먼지와 포도주, 지루함, 말을 타고 달리는 들판의 황량함, 영원한 대화 주제인 말들의 난동, 이 모든 것들 때문에 결혼한 장교든 총각 장교든 밤이면 유곽으로 우르르 몰려가 여자들을 물구나무 세워놓고 치마 속으로 샴페인을 들이붓는 일과 후의 생활에도 관심이 없었고, 쓸쓸한 갈리시아의 촌구석 주둔지에서 사랑에서부터 안장 닦는 비누까지 외상으로 판 뒤 이자를 쳐서 돌려받고, 존경과 두려움, 호기심으로 파르르 떠는 아가씨들을 데려와 몸을 팔게 하는, 수상쩍은 잡화점 같은 곳을 운영하는 정말 없는 게 없는 유대인 남자에게도 관심이 없었다. 당시 그의 유일한 낙은 잭나이프와 코르크마개 따개를 주도면밀하게 수집하는 것이었다. 이 물건들도 상당수 그 유대인에게서 나왔다. 그는 정신 나간 슈툼 중령의 집으로 이 물건들을 갖고 와, 무슨 선사시대 유물이라도 되는 것처럼 항상 경이롭다는 표정으로 조심스럽게 소매로 닦아 테이블에 내놓았다.

군사학교 동기가 국방성 교육국에서 민간인의 소양을 훌륭히 갖춘 교육국장 부관을 찾는다는 얘기에 퍼뜩 슈툼이 떠올라 국방성으로의 배속을 제안해왔을 때 그의 인생은 뜻하지 않은 전환기를 맞았다. 이 년 뒤 슈툼은 벌써 그 부서의 책임자가 되었고 그사이 대령으로 진급까지 했다. 기병대의 성스러운 동물 등판이 아닌 푹신한 의자에 엉덩이를 대고부터 그는 딴사람이 되었다. 장군으로 진급한 뒤에는 중장까지 오를 수 있을 거라는 상당한 확신까지 들었다. 덥수룩한 수염은 당연히 벌써 오래전에 짧게 잘랐고, 나이가 들면서 이마도 점점 벗어졌으며, 차츰 동그랗게 변해가는 얼굴은 다방면에서 박식한 사람 같은 인상을 풍겼다. 그는 행복했고, 그로 인해 업무 능력이 배가되었다. 그는 무척 고양된 상태였다. 그건 모든 것에서 나타났다. 특이하게 차려입은 여자의 옷, 새로운 빈 건축양식의 대담한 몰취미, 큰 채소 시장에 벌여놓은 다채로운 물건, 회갈색 아스팔트 거리의 공기, 그러니까 병균과 악취, 좋은 냄새가 섞인 그 부드러운 공기, 순간적으로 부서지고 개별적으로 터져나오는 소음들, 민간인들의 무수한 다양성, 그리고 모든 것이 똑같아 보이지만 형언할 수 없을 정도로 개성적인 레스토랑의 작고 흰 탁자들, 이 모든 것에 행복이 있었다. 마치 머릿속에서 구두 뒤축의 박차가 울리는 듯한 행복이었다. 달리 표현하자면, 민간인들이 열차를 타고 교외로 가면서 느끼는 그런 행복이었다. 그들은 야외에서 하루를 어떻게 보낼지 구체적으로 알지 못하지만, 초록의 자연에서 어딘가 무지개가 떠 있을 것 같은 기분으로 행복한 시간을 보낼 터이다. 이 감정에는 자신의 중요성, 국방성의 중요성, 교육의 중요성, 모든 타인의 중요성이 포함되어 있었다. 이 느낌들은 너무 강해 국방성에 배속된 이래 아직 한 번도 박물관이나 극장에 갈 마음이 들지 않았다. 그것은 명확히 의식 속에 떠오르지는 않지만 그러면서도 모든 것에 스며 있는 무엇이었다. 장군 제복의 줄무늬 장식에서부터 종탑에서 울려퍼지는 종소리에까지 말이다. 그것은 마치 음악과도 같아서 그게 없으면 인생의 춤은 바로 멈춰버릴 터였다.

'그래, 이제야 내 길을 찾은 거야!' 슈툼은 유명한 지성들이 넘치도록 모인 이 방 한가운데에 선 자신을 보며 이렇게 생각했다. '마침내 내가 여기 들어왔어!' 지성의 장場인 이곳에서 제복을 입은 사람은 그가 유일했다! 그런데 그를 감격에 빠뜨린 건 하나 더 있었다. 우선 창천의 지구를 떠올려보라. 슈툼이 입은 물망초 빛깔의 군복으로 좀더 밝아진 느낌의 하늘은 전체가 행복과 의의, 내적 깨달음의 신비스러운 뇌 인광으로 이루어져 있고, 하늘 한가운데에는 장군의 심장이 있고, 그 심장 위에는 동정녀 마리아가 뱀의 머리 꼭대기에 앉아 있듯, 만물과 엮인 미소를 지으며 비밀스러운 무게중심 역할을 하는 여신과도 같은 여성이 앉아 있다. 이것이 디오티마를 처음 만난 순간 느릿느릿 움직이던 그의 두 눈에 꽂힌 그녀의 대략적인 인상이었다. 슈툼은 원래 말만큼이나 여자도 좋아하지 않았다. 그의 짧고 둥글게 휜 다리는 안장에 오르면 남의 집에 들어온 것처럼 불편했다. 게다가 근무가 없는 시간에 말 이야기를 해야 할 때면, 그날 밤엔 말을 타다가 뼈를 다쳐 말에서 내리지 못하는 꿈까지 꾸었다. 마찬가지로 그는 예전부터 편한 것을 좋아하는 성격 탓에 사랑의 일탈 같은 것엔 관심이 없었다. 더구나 낮에 말들과 씨름하느라 파김치가 되었기에 밤까지 성적 에너지를 방출할 기운은 남아 있지 않았다. 당시 그는 분위기를 깨는 사람은 분명 아니었지만, 저녁에 잭나이프를 수집하는 일로 보내지 않고 동료들과 함께 시간을 보낼 때면 영리한 탈출구를 찾아냈다. 음주 후 나타나는 육체적 반응을 이용해서, 초반에 술을 실컷 들이켠 후 그냥 곯아떨어져버리는 것이다. 그게 사랑의 위험이나 사랑이 주는 실망보다 훨씬 편했다. 나중에 남편의 성공에 욕심이 많은 여자와 결혼해 곧 두 아이를 낳은 뒤에야 과거의 생활 습관이 얼마나 이성적이었는지를 분명히 깨달았다. 그러니까 결혼한 전사라는 관념에 들러붙어 있는 비전사적인 어떤 것에 끌려 결혼의 유혹에 굴복하기 전까지 말이다. 이후 그는 결혼생활 밖에서 이상적인 여자를 찾았다. 물론 그전에도 무의식 속에는 분명 이상적 여성상이 줄곧 존재하고 있었을 것이다. 그가 생각하는 이상적 여자 속에는, 그를 주눅들게 하고 그로써 다가갈 생각조차 못하게 하는 여자들에 대한 부드러운 숭배가 깔려 있었다. 젊은 시절 화보 잡지에서 오려낸 여자들의 사진에도(이 역시 수집 활동의 작은 곁가지로 볼 수 있다) 그런 숭배의 일면이 담겨 있었다. 그러나 예전에는 그것을 알아채지 못하다가 디오티마를 만나고 나서야 압도당할 만큼 강렬한 숭배의 감정을 느꼈다. 그녀의 아름다움은 차치하고라도, 처음에 사람들에게서 그녀가 제2의 디오티마라는 말을 들었을 때 백과사전을 뒤져 디오티마가 무슨 뜻인지 알아보았을 정도였다. 그는 이 명칭을 완전히 이해하지는 못했지만, 이것이 그의 사회적 위치에도 불구하고 여전히 그가 가장 잘 모르는 민간의 거대한 교양 세계와 깊은 관련이 있고, 세계의 탁월한 정신이 이 여인의 우아한 육체에 녹아들어 있다는 것 정도는 알아챌 수 있었다. 강조컨대, 오늘날처럼 이성 간의 관계가 단순화된 시대에는 이것이 한 남자가 경험할 수 있는 최고의 관계다. 슈툼 장군은 자신의 짧은 팔로는 키 큰 디오티마의 풍만한 육체를 다 껴안을 수 없고, 그의 정신도 마찬가지로 이 세계와 문화를 다 껴안을 수 없음을 느끼고 있었다. 그래서 이 모든 사건들 속으로 부드러운 사랑이 들어왔고, 장군의 둥그런 몸속으로 둥글게 떠 있는 지구와 같은 것이 들어왔다.

디오티마가 슈툼을 떨쳐낸 뒤에도 그가 계속 그녀 곁을 떠나지 못했던 것은 바로 그러한 숭배 때문이었다. 그는 경탄하는 여인 주변을 맴돌며 대화를 엿들었다. 달리 아는 사람이 없기 때문이기도 했다. 그는 대화를 메모하고 싶은 마음이 굴뚝같았다. 디오티마가 정말 다양한 종류의 유명 인사들에게 환영 인사를 건네면서 나누는 대화를 듣기 전에는 그런 뛰어난 지성들을 마치 진주목걸이를 갖고 놀듯 자유자재로 요리하는 게 가능하리라고는 생각하지 못했다. 그런데 그녀가 몇 번 불쾌한 시선으로 그에게로 고개를 돌리자 그제야 슈툼은 이렇게 대화를 엿듣는 것이 장군 체면에는 어울리지 않는다는 사실을 깨닫고 곧 자리를 떴다. 북적거리는 홀을 몇 번 쓸쓸하게 배회한 뒤 포도주를 한 잔 마시고 막 벽에 병풍처럼 기대서려는 순간 울리히가 눈에 들어왔다. 창립총회에서 본 적이 있는 사람이었다. 그런데 그의 기억 속에서 무언가 불꽃이 반짝 튀어올랐다. 울리히가 누구인지 떠오른 것이다. 그는 슈툼이 중령 시절에 온화하게 이끌던 두 기병중대 중 하나에서 근무한, 상상력이 풍부하면서도 어딘가 불안해 보이는 소위였다. '나와 비슷한 인간이군.' 슈툼은 생각했다. '그런데 저 나이에 이렇게 높은 지위에 오르다니 대단하군!' 슈툼은 얼른 울리히에게 다가갔고, 두 사람은 서로를 알아본 뒤 한동안 각자에게 있었던 변화에 대해 대화를 나눴다. 슈툼이 홀

안에 모인 사람들을 둥그렇게 가리키며 말했다. "내게는 민간 세상의 가장 중요한 문제들을 배울 정말 훌륭한 기회요!"

"아마 경탄하시게 될 겁니다, 장군님." 울리히가 대답했다.

우군을 찾던 장군은 울리히의 손을 따뜻하게 잡으며 의미심장하게 말했다. "당신은 제9기병연대 소위였소. 지금은 나만큼 잘 이해하는 사람이 없겠지만, 이 자리가 언젠가 우리에게 큰 영광이 되리라 믿소!"

81. 라인스도르프 백작이 현실 정치에 대해 의견을 피력하고, 울리히가 협회들을 설립하다

지성회의에서는 아직 작디작은 결과 하나 나올 조짐이 보이지 않은 반면에 평행운동은 라인스도르프 백작의 저택에서 급격하게 발전하고 있었다. 현실의 실마리들이 수없이 백작의 집으로 모여들었고, 울리히는 일주일에 두 번 백작의 저택을 찾았다.

세상에 그렇게 많은 협회가 존재한다는 사실에 그의 입이 쩍 벌어졌다. 육상스포츠협회와 수상스포츠협회에서부터 절주협회와 음주협회에 이르기까지 없는 것이 없었다. 한마디로 하나의 협회에 그 반대 협회까지 수두룩했다. 각각의 협회는 자기 회원들의 활동을 장려하면서 상대 회원들의 활동을 방해했다. 마치 모든 사람이 최소한 하나의 협회에는 가입한 느낌이었다. 울리히가 놀란 표정으로 말했다. "각하, 이건 우리가 악의 없이 습관적으로 부르는 열성적인 활동의 수준을 훨씬 뛰어넘습니다. 우리가 고안해낸 질서국가 안에서 모든 사람이 하나의 갱

단에 가입한 것과 같은 끔찍한 상황입니다……!"

그러나 백작은 그런 협회들에 호감을 갖고 있었다. "이데올로기 정치가 한 번도 좋은 결과로 이어지지 않았던 걸 생각해보게. 우린 현실 정치를 해야 돼. 자네 사촌이 이끄는 모임은 지나치게 정신적이어서 모종의 위험성까지 내포하고 있다고 난 주저 없이 말할 수 있네."

"각하께서 생각하시는 현실 정치의 지침을 일러주시겠습니까?" 울리히가 청했다.

백작이 울리히를 가만히 바라보았다. 자신이 털어놓고자 하는 내용이 이 미숙한 젊은 친구에게 너무 대담하게 느껴지지 않을까 내심 염려가 되기도 했지만, 결국 몇 마디 가르침을 주기로 결심하고 조심스럽게 말을 꺼냈다. "어쩌면 내가 말하는 건 자네가 아직 모르는 이야기일 수도 있네. 자네는 아직 젊으니까. 어쨌든 현실 정치란 사람들이 진정 원하는 걸 해주는 것이 아니라네. 대신 대중의 자잘한 소망을 들어주면서 사람들의 마음을 얻는 것이지."

울리히가 어이없는 표정으로 멍하니 백작을 바라보았다. 백작은 우쭐한 심정으로 미소를 지었다.

"그러니까 현실 정치란 이념의 힘이 아닌 실질적인 욕구에 따라야 한다는 걸세. 아름다운 이념이 실현되길 바라는 것이야 지극히 자연스러운 일이겠지. 하지만 사람들이 원하는 걸 해줘선 안 돼! 칸트도 이미 그런 이야기를 했지."

"그랬군요!" 가르침을 받던 자가 놀라 소리쳤다. "하지만 목표는 있어야 하지 않겠습니까?"

"목표라? 비스마르크는 프로이센 왕을 위대한 군주로 만들고 싶어했네. 그게 목표였지. 하지만 그 과정에서 오스트리아뿐 아니라 프랑스와도 전쟁을 치르고 결국엔 독일제국까지 건설되리라는 건 처음부터 예견하지 못했을 걸세."

"그러니까 각하의 말씀은 우리 오스트리아가 크고 강해지기만 소망해야 한다는 것이군요?"

"우리에겐 아직 사 년이 남았네. 그 시간이면 뭐든 할 수 있지. 우린 민족을 일으켜세울 수도 있어. 물론 그다음에는 민족 스스로 걸어가야지. 내 말을 이해하겠나? 우리가 해야 할 일은 민족을 일으켜세우는 걸세. 일어서기 위해선 민족마다 튼튼한 다리가 있어야 하는 법인데, 제도와 정당, 협회 같은 것들이 그런 다리인 셈이지. 말로만 떠들어대는 것들은 아니란 말일세!"

"각하! 그 말씀은 전적으로는 아니지만 상당히 민주주의적 사고처럼 들립니다!"

"글쎄, 거기엔 귀족적인 것도 있지 않겠나? 물론 나와 같은 신분의 사람들은 내 말을 이해 못하겠지만 말이야. 헤넨슈타인이나 튀르크하임 같은 귀족들은 내 말에 이렇게 응대하더군. 그런 일을 벌여봤자 결국 아주 고약한 결과만 낳을 거라고. 그러니 신중하게 추진해나가야겠지. 작은 규모로 천천히 추진해나가야 한다는 말일세. 하여 우리에게 오는 사람은 누구든 친절히 맞아주게."

이후 울리히는 아무도 내치지 않았다. 어느 날 한 남자가 찾아와 한참 동안 우표 수집에 대해 이야기했다. 첫째, 우표 수집은 국제적으로 연결되어 있다. 둘째, 의심할 바 없이 사회의 토대를 이루는 재산과 가치에 대한 추구를 충족시킨다. 셋째, 단순한 지식을 넘어 예술적 감식

력까지 요구한다는 것이다. 울리히는 남자를 유심히 살펴보았다. 외모는 추레하고 보잘것없었다. 울리히의 의문 섞인 시선을 눈치챘는지 그가 이렇게 대꾸했다. 우표는 아주 귀한 상품으로서 결코 과소평가해서는 안 된다. 시장 규모도 어마어마하고, 잘만 하면 부자가 될 수도 있다. 큰 우표 거래시장에는 세계 각지에서 장사꾼과 수집가가 모여든다. 개인적으로 자신은 이상주의자다. 사람들이 관심을 보이지 않는 특별한 우표만 수집해서 완벽한 컬렉션을 만드는 것이 꿈이다. 따라서 사람들에게 이 특별한 취미의 세계를 보여줄 수 있게 황제 폐하의 기념주년에 큰 우표 전시회가 개최되면 좋겠다고 했다.

하루는 다른 남자가 찾아와 다음과 같이 이야기했다. 전차를 타는 것이 훨씬 재미있는 일이라는 걸 알지만, 자신은 벌써 수년째 거리를 걸으면서 상점 간판의 대문자 획수를 세어왔다(예를 들어 A는 3획이고, M은 4획이다). 그렇게 더한 획수를 철자 수로 나누어보았는데, 지금까지 그 결과는 평균 2.5로 나타났다. 물론 늘 똑같은 결과를 얻을 수는 없다. 거리가 달라지면 결과도 바뀔 수 있다. 그래서 평균치에서 벗어나는 결과가 나오면 걱정이 커지고, 평균과 일치하면 비극에서 카타르시스를 느끼듯 큰 기쁨을 느낀다. 반면에 철자 자체를 세어보면, 누구든 예상하겠지만 3으로 나누어지는 경우는 큰 요행이다. 때문에 대부분의 글귀는 뚜렷한 불충족의 감정을 남긴다. 'WEM'처럼 4획 철자로 이루어져 극도의 행복감을 주는 대중 철자는 제외하고 말이다. 4획 철자는 어떠한 경우에도 특별한 행복을 주기 때문이다. 그렇다면 어떻게 해야 할까? 남자는 혼자 묻고 답했다. 보건성에서 4획 철자로 이루어진 상호를 선택하도록 장려하고, 'O' 'S' 'I' 'C' 같은 1획 철자의 사용은 가능한 한 억제하는 법규를 공포해야 한다는 것이다. 1획 철자의 비생산성이 사람들에게 슬픔을 안기기 때문이다.

울리히는 일정한 거리를 유지하며 남자를 가만히 바라보았다. 정신이상자로 보이지는 않았다. 오히려 상류계급 출신일 삼십대 초반의 이 남자는 눈빛이 선량하고 이지적으로 보였다. 그는 차분하게 설명을 이어갔다. 암산은 모든 직업에서 필수불가결한 능력이다. 놀이를 수업에 접목하는 것은 현대 교육학의 이념에 맞는다. 통계학은 학문으로 자리를 잡기 훨씬 이전에 벌써 여러 분야의 깊은 관련성을 한눈에 보여주었다. 알다시피 책으로만 가르치는 교육의 폐해는 상당하고, 이런 지적이 그런 교육을 반복하기로 결심한 사람들을 몹시 자극하는 것 자체가 그 증명이다. 만일 보건성이 자신의 이런 의견을 받아들인다면 얼마 안가 다른 나라들도 우리를 따라할 것이고, 기념주년은 인류의 축복이 될 거라고 했다.

울리히는 이런 사람들에게 똑같은 조언을 했다. "협회를 만드십시오. 아직 사 년 남았습니다. 만일 당신이 협회를 만든다면 백작 각하께서는 틀림없이 전력을 다해 지원해주실 겁니다!"

그런데 사람들 대다수는 벌써 협회를 갖고 있었다. 그럴 경우 문제가 달라졌다. 한 축구협회에서 근대 몸 문화의 중요성을 증명하기 위해 자기 클럽의 라이트윙에게 명예교수 직함을 부여하자고 제안한 것은 비교적 단순했다. 신중하게 고려해보겠다고 약속하면 그만이었기 때문이다. 그러나 다음과 같은 경우는 퍽 어려웠다. 한번은 자신을 관청의 간부로 소개한 오십쯤 된 남자가 찾아왔다. 반짝거리는 이마에서부터 벌써 수난자의 냄새가 났다. 그는 '윌' 속기사협회의 창설자이자 회장으로서 애국대운동의 사무총장에게 '윌' 속기법을 설명할 기회를 갖고 싶다고 했다.

남자가 설명했다. 윌 속기법은 오스트리아의 발명품이다. 이 속기법이 장려되고 확산되지 못한 이유도 아마 거기 있을 것이다. 그는 울리히에게 속기를 써본 적이 있냐고 물었고, 없다는 대답이 돌아오자 속기의 정신적 이점에 대해 설명했다. 속기는 시간을 절약하게 하고 정신적 에너지의 낭비를 막아준다. 글자의 소용돌이 장식, 장황함, 부정확함, 비슷한 어구들의 뒤엉킨 반복, 실질적인 의미를 담은 요소와 단순한 미사여구, 또 자의적일 뿐인 요소들의 혼용으로 얼마나 많은 정신적 에너지가 날마다 소모되고 있는가? 울리히는 무해하게만 보이는 일상의 문자를 눈 하나 깜짝하지 않고 증오의 대상으로 바꾸어버리는 남자를 놀란 표정으로 바라보았다. 남자의 설명이 이어졌다. 정신적 에너지의 절약이라는 관점에서 보면 속기는 점점 바쁘게 나아가는 인류의 삶에서 생존과 직결된 중요한 요소다. 하지만 도덕적 관점에서도 '짧음과 긺'의 문제는 무척 중요한 의미가 있다. 관청의 간부라는 그 남자는 의미 없이 휘감긴 모양에 빗대 일상의 긴 문자를 '큰 귀 문자'라고 불렀는데, 이 문자는 사람을 부정확성과 자의성, 낭비벽, 허술한 시간 관리로 유혹하고, 반대로 속기는 정확성과 의지의 집중, 남성적인 태도를 기르는 효과가 있다고 했다. 또한 속기는 꼭 해야 할 일이 무엇인지 알려주고, 불필요하고 목적에 맞지 않는 일에서 벗어나는 법을 가르친다. 오스트리아인에게 특히 유효한 실용적 도덕의 일단이 여기에 있다고 생각하지는 않으시는지? 그 밖에 이 문제는 미적인 관점에서도 다룰 수 있다. 장황한 것을 싫어하는 것은 당연하지 않을까? 위대한 고전 작가들도 목적에 맞게 표현을 줄이는 것이 미의 본질을 이룬다고 천명하지 않았던가? 국민 건강상으로도 속기는 책상에 구부리고 앉아 글쓰는 시간을 줄여준다는 점에서 상당히 유익하다. 남자는 울리히가 감탄할 만큼 다양한 학문적 시각에서도 속기 문제를 풀이하고 나더니 화제를 바꾸어 다른 모든 속기법에 대해 욀 속기법이 갖는 무한한 우수성을 설명하기 시작했다. 앞서 언급한 모든 관점에 따르면 다른 속기법들은 속기의 기본 원칙에 대한 배신이라는 것이다. 그러면서 그는 자신의 수난사를 풀어놓았다. 기존의 속기법들은 시간이 지나면서 현실의 물질적 이해관계와 연결되어 부동의 자리를 구축하고 있다. 현재 상업학교에서는 포겔바우흐 속기법을 가르치고 있는데, 다른 변화는 전혀 받아들일 생각을 하지 않는다. 타성에 젖은 상인 공동체도 마찬가지다. 상업학교의 광고를 실어 많은 돈을 벌어들이는 신문들이 속기법의 개혁에 등을 돌리는 것도 큰 문제다. 그렇다면 교육성은? 욀 씨는 조롱만 받았다고 했다. 오 년 전 속기 수업이 중학교 필수과목으로 결정되었을 때 교육성에서는 어떤 속기법을 채택할지 선정위원회를 열었는데, 당연히 그 위원회에는 상업학교 대표, 상인 대표, 그리고 신문기자들과 유착된 의회 속기사 대표들만 포함되었고, 나머지 단체는 배제되었다. 이런 상황에서는 포겔바우흐 속기법이 채택되리라는 것은 불 보듯 뻔했다. 욀 속기사협회는 소중한 공공이익을 해치는 이런 범죄행위에 강력한 경고를 보내고 항의했다! 하지만 교육성은 협회 사람들을 더이상 상대해주지도 않는다고 했다!

울리히는 백작에게 이런 사례들을 보고했다. "욀이라고?" 라인스도르프 백작이 물었다. "관리라고 했나?" 백작은 한참 동안 코를 만지작거렸지만 결론을 내리기 쉽지 않은 모양이었다. "자네가 그 사람 상사를 만나 혹시 다른 문제가 있지는 않은지 알아보는 게……?" 백작은 잠시 말을 멈추더니 이내 다른 좋은 생각이 떠올랐는지 방금 한 말을 취소했다. "아냐. 서류를 작성하는 게 낫겠어. 그 사람들한테 서면으로 보고하라고 하게." 그러고는 이런 사안들을 어떻게 처리해야 할지 내밀한 통찰력을 일러주었다. "우리로선 이런 일들이 터무니없는지 어떤지 알 도리가 없네. 하지만 박사, 사람들이 무언가를 중요하게 받아들이면, 그게 바로 중요한 것이 되는 걸세! 기자들이 졸졸 따라다니는 아른하임을 생각해보게. 다른 뭔가를 해도 될 시간에 기자들이 그 친구만 쫓아다님으로써 아른하임 박사가 중요 인물이 된 거지. 월이라는 사람도 협회가 있다고 했지? 물론 그것만으로 보장되는 건 없지만, 방금 말한 대로 우린 현대적으로 생각해야 돼. 많은 사람이 옹호하는 일이라면 거기서 뭔가가 나올 가능성은 상당히 크네!"

82. 클라리세가 울리히의 해年를 요구하다

울리히가 클라리세를 찾아간 이유는 오직 그녀가 라인스도르프 백작에게 보낸 편지와 관련해서 그녀의 생각을 바로잡아주기 위해서였다. 지난번에 그녀가 찾아왔을 때는 그걸 까맣게 잊었다. 그럼에도 울리히는 차를 타고 가면서, 자기가 방문한 걸 알게 되면 발터가 분명 질투하고 신경을 곤두세울 거라고 생각했다. 물론 그렇다고 발터가 할 수 있는 것은 없었다. 질투를 느끼는 대다수 남자들의 상황이 원래 그렇게 우스웠다. 퇴근한 뒤에나 아내를 감시할 시간이 나기 때문이다.

울리히가 차를 타고 나가기로 결심한 시각은 발터가 집에 없을 가능성이 높은 이른 오후였다. 방문하겠다는 연락은 벌써 전화로 해두었다. 창문에는 커튼이 모두 걷혀 있는 것 같았고, 눈 덮인 대지의 하얀 빛이 유리창을 뚫고 강렬하게 쏟아져 들어왔다. 클라리세는 방 한가운데 모든 대상을 인정사정없이 휘감는 햇빛 속에 서서, 걸어들어오는 울리히를 미소로 맞았다. 창문 쪽으로 굽은 소년 같은 몸의 가냘픈 굴곡은 강렬한 색채로 빛났고, 반대편 그늘진 쪽은 청갈색 안개를 이루었다. 그 안개에서 이마와 코와 턱이 바람과 햇빛으로 윤곽이 흐릿해진 눈 덮인 산등성이처럼 튀어나와 있었다. 그 모습은 사람을 연상케 한다기보다 높은 겨울 산의 서늘한 고독함 속에 얼음과 빛이 어우러진 듯했다. 울리히는 많은 순간 발터를 사로잡았을 그녀의 이런 마법을 다소 이해할 수 있었다. 그래서 어릴 적 친구에 대한 복합적인 감정을 잠시 접어두고, 그가 어쩌면 거의 모르는 두 사람의 삶이 서로에게 내뿜는 이미지를 유심히 들여다보았다.

울리히가 먼저 입을 열었다. "라인스도르프 백작한테 편지 쓴 걸 발터한테 얘기했는지 몰라도 당신하고 단둘이 얘기하려고 찾아왔어. 앞으로는 그러지 말았으면 해." 클라리세는 의자 두 개를 당겨놓고 자리를 권했다. "발터한테는 얘기하지 말아요. 근데 뭐가 그리 마음에 안 들죠? 니체의 해가요? 백작은 뭐라고 그래요?"

"백작이 그런 일을 두고 뭐라 할 사람이라고 생각해? 니체의 해를 모스브루거와 연결시킨 건 정말 정신 나간 짓이었어. 물론 그게 아니었더라도 백작은 어차피 그 편지를 쓰레기통에 던졌을 테지만."

"그래요?" 클라리세는 몹시 실망한 표정을 짓더니 이내 이렇게 덧붙였다. "그나마 당신이라도 뭔가 할말이 있어서 다행이네요."

"이미 얘기했잖아, 당신이 그냥 미친 것 같다고!"

클라리세는 미소를 지으며 이 말을 칭찬으로 받아들였다. 울리히의 팔에다 손을 올려놓으며 물었다. "오스트리아의 해는 말이 된다고 생각해요?"

"당연히 말이 안 되지."

"그럼 니체의 해가 더 낫지 않아요? 우리 마음에 드는 걸 하지 말아야 할 이유가 있나요?"

"대체 니체의 해를 뭐라고 생각하는데 그래?"

"그건 당신이 생각해내야죠!"

"웃기는군!"

"절대 웃기지 않아요. 당신이 진지하게 생각하는 지적인 문제를 실현하는 게 왜 웃기다는 거죠?"

"나도 그러고 싶어." 울리히는 그녀의 손에서 팔을 뺐다. "하지만 꼭 니체일 이유는 없지. 예수나 부처도 있잖아."

"당신도 있고요. 울리히의 해! 어때요?" 그녀는 예전에 모스브루거의 석방을 요구할 때처럼 태연하게 이 말을 했다. 그러나 이번에는 그도 방심하지 않고 그녀의 얼굴을 정면으로 바라보며 듣고 있었다. 그런데 그녀는 보통 때와 다를 바 없는 미소만 짓고 있었다. 억지로 쥐어짜낸, 우습게 찡그린 미소였다.

'나쁜 뜻으로 한 말은 아닌 것 같군.' 울리히는 생각했다.

클라리세는 다시 그에게 다가갔다. "당신의 해는 왜 안 되죠? 이젠 그럴 힘도 있잖아요! 다만 아까 얘기했듯이, 발터한테는 얘기하지 말아줘요. 모스브루거 이야기를 적은 편지도요. 아니, 당신과 이런 이야기를 나누었다는 것도요. 하지만 내 말을 믿어줘요. 그 살인자는 음악적이에요. 작곡만 할 수 없을 뿐이에요. 한 사람 한 사람이 모두 우주의 중심이라고 느껴본 적 없어요? 만일 그 사람이 자기 자리를 떠나면 우주도 함께 떠나게 되어 있어요. 음악도 그렇게 하는 거예요. 아무 의식 없이, 그냥 우리가 서 있는 이 우주처럼!……"

"내가 나의 해로 그 비슷한 것들을 생각해내야 한다는 건가?"

"아뇨." 클라리세는 신중을 기하며 대답했다. 얇은 입술이 무언가 할 말이 있는 것처럼 실룩거렸지만 결국 열리지는 않았다. 눈에서 침묵의 불꽃이 튀었다. 이런 순간 그녀에게서 발산되는 것이 무엇인지는 말할 수 없었지만, 뜨거운 불덩이에 너무 가까이 다가간 것처럼 활활 타는 느낌이었다. 이제 그녀가 미소를 지었다. 그러나 눈 속의 불꽃이 다 타고 남은 재처럼 입술 언저리에서 잔물결을 일으킬 뿐인 미소였다.

"꼭 해야 한다면 그런 것도 생각할 수 있겠지." 울리히가 재차 말했다. "다만 나보고 무슨 정변이라도 일으키라고 하는 것 같아 두렵군?!"

클라리세는 잠시 생각에 잠겼다. "그럼, 부처의 해를 생각해봐요." 그의 항변에는 아랑곳하지 않는 눈치였다. "부처가 무엇을 요구했는지는 모르지만 대충 이 정도는 알아요. 우리가 뭔가를 그냥 받아들이고 중요하게 생각하면, 결국 그것을 하게 된다는 거죠! 그럴 가치가 있거나 없거나 둘 중 하나니까."

"좋아, 잘 생각해봐. 당신은 니체의 해를 이야기했어. 그렇다면 니체가 요구한 건 대체 뭘까?"

클라리세는 또 생각에 빠졌다. "음…… 당연히 니체 기념비라든지 니체 거리 같은 걸 요구하지는 않았겠죠." 그녀가 당황해서 대답했다. "니체가 요구한 대로 살아가도록 사람들을……"

"니체가 요구한 대로?!" 울리히가 중간에 말을 끊었다. "어떻게 살라고 요구했는데?"

클라리세는 답을 찾아 머뭇거리다가 이윽고 입을 열었다. "글쎄요, 그건 당신이 더 잘 알 것 같은데……"

"나도 아는 게 없어." 울리히가 놀렸다. "하지만 한 가지는 말해줄 수 있지. '프란츠 요제프 황제 기념주년 무료 급식소'의 요구나 '고양이 보호 모임'의 요구는 실현할 수 있지만, 훌륭한 생각은 음악만큼이나 실현하기 어렵다는 거야! 그게 의미하는 바는 나도 몰라. 하지만 현실이 그래."

그는 이제야 테이블 뒤의 작은 소파에 자리를 잡았다. 작은 의자보다 방어하기 쉬운 위치였다. 클라리세는 여전히 텅 빈 방 한가운데에 서서 말했다. 흡사 테이블판에서 흘러나온 공기층으로 연결된 건너편 강가에 서 있는 듯했다. 그녀의 호리호리한 몸도 함께 말하고 함께 생각하고 있었다. 실제로 그녀는 자신이 말하고자 하는 것을 온몸으로 먼저 느꼈고, 늘 그 몸과 함께 행동하려는 욕구가 있었다. 울리히는 그녀의 몸이 항상 딱딱하고 소년 같다고 생각했다. 그런데 지금 딱 붙인 다리 위로 상체의 부드러운 움직임을 보면서 클라리세가 돌연 자바의 댄서처럼 여겨졌다. 이 순간 그녀가 최면 상태에 빠진다고 해도 별로 놀랍지 않을 것 같았다. 혹은 최면에 빠진 사람은 그였을까? 울리히가 길게 이야기를 이어갔다. "당신은 이념에 따라 살고 싶어하고, 그렇게 살

방법을 알고 싶어해. 하지만 이념만큼 세상에서 역설적인 것은 없어. 몸은 페티시처럼 이념들과 연결돼. 이념에 연결되면 몸은 신비한 마력을 지니게 되지. 평범한 따귀 한 대도 명예와 처벌 같은 이념과 연결되면 치명적인 결과를 낳을 수 있듯이 말이야. 하지만 이념은 그렇게 강렬한 상태로는 결코 유지될 수 없어. 공기에 노출되는 즉시, 좀더 오래 갈지언정 부패한 형태로 바뀌는 물질과 비슷하거든. 당신도 벌써 여러 번 겪었던 일일 거야. 하나의 이념, 그게 곧 당신 자신이기 때문이지. 특정한 상태에서 말이야. 뭔가가 당신의 몸속으로 입김을 불어넣어. 왱왱거리던 현악기 줄에서 불현듯 음이 하나 흘러나오는 것 같다고 할까? 당신 앞에는 신기루 같은 것이 있어. 당신의 뒤엉킨 영혼에서 무한한 행렬이 만들어져 나오고, 세상의 모든 아름다운 것들이 길가에 서 있는 것 같아. 거기서 한 이념이 만들어질 때가 많아. 하지만 얼마 뒤에는 그것도 당신이 갖고 있는 다른 이념들과 비슷해지고, 그것에 예속되고, 당신의 가치관, 성격, 원칙, 분위기의 일부가 돼. 결국 날개를 잃고 신비감 없는 하나의 형태로 굳어지는 거지."

클라리세가 대답했다. "발터는 당신을 질투해요. 나 때문이 아니에요. 자기가 원하는 걸 당신은 할 수 있을 것처럼 보이기 때문이죠. 이해하겠어요? 당신한테는 그를 작게 만드는 뭔가가 있어요. 그걸 어떻게 표현해야 할지는 모르겠지만."

그녀가 울리히의 기색을 유심히 살폈다.

두 사람의 말은 서로 안으로 엮여들었다.

발터는 늘 인생의 특별한 총아였다. 인생이 그를 무릎에 앉혀놓고 돌봐준다고 할까? 그는 자신에게 일어나는 일은 무엇이건 부드러운 생동감으로 바꾸어놓았다. 항상 더 많은 것을 체험하는 쪽도 그였다. '하지만 더 많은 걸 체험한다는 것은 평균적인 인간임을 드러내는 가장 빠르고 미묘한 신호지.' 울리히는 생각했다. '관계는 체험의 개인적인 독성이나 달콤함을 빼앗아가!' 대략 그랬다. 그런데 그렇다는 확신조차 하나의 관계였다. 그에 대한 환영의 입맞춤이나 작별인사는 없었다. 그럼에도 발터가 자신을 질투한다고? 울리히에게는 기분좋게 들렸다.

"발터한테 당신을 죽여야 한다고 했어요." 클라리세가 말했다.

"뭐라고?"

"당신을 죽이라고 했다고요. 당신이 스스로 자부하는 것 같은 사람이 아니라면, 혹은 발터가 당신보다 더 낫고, 그래서 당신을 죽여야만 마음의 평화를 얻을 수 있다면 그게 정답 아니겠어요? 게다가 당신은 어차피 방어할 수 있잖아요."

"일리가 있는 말이군……!" 울리히가 자신 없게 대답했다.

"어쨌든 우린 말로만 그런 얘길 했어요. 당신 생각은 어때요!? 발터는 그런 생각조차 해서는 안 된다고 하던데."

"뭐, 생각이야……" 울리히가 머뭇거리듯이 대답하고는 클라리세를 자세히 살펴보았다. 독특한 매력이 있는 여자였다. 그녀 옆에 또하나의 그녀가 서 있는 것 같다고 할까? 그녀는 여기 있기도 하고 없기도 했다. 이 둘은 동전의 양면처럼 바짝 붙어 있었다.

"아, 그놈의 생각!" 클라리세가 그의 말을 끊었다. 그가 앉은 소파 뒤쪽 벽을 보고 말을 해서 그녀의 눈은 마치 그 사이의 어딘가에 고정되어 있는 듯했다. "당신도 발터만큼 수동적이에요!" 이 말도 둘 사이의 어느 지점에 떨어졌다. 모욕만큼 떨어진 거리이면서 화해라고 해도 좋을 만큼 친숙한 거리였다. "내 생각은 달라요. 생각할 수 있는 건 행동으로 옮길 수도 있어야 한다고 생각해요." 그녀가 건조하게 덧붙였다.

이어 그녀는 서 있던 자리를 떠나 창가로 걸어가더니 뒷짐을 지고 섰다. 울리히도 얼른 뒤따라가 그녀의 어깨에 팔을 두르고 말했다. "우리 꼬마 클라리세, 방금 당신은 퍽 독특했어. 하지만 이 말은 해둬야겠어. 난 당신과 아무 관계가 없어."

클라리세는 창밖을 내다보았다. 무언가 의지할 만한 것을 찾으려는지 눈에다 힘을 주고 바깥을 살폈다. 밖에 나가 있던 생각이 이제야 다시 돌아오는 느낌이었다. 자신이 방금 문이 닫혀버린 방 같다는 느낌은 새롭지 않았다. 때로 그녀는 자신을 둘러싼 모든 것이 평소와 달리 훨씬 환하고 가벼워지는 느낌이 들 때면 별로 힘들이지 않고 자기 밖으로 스르르 미끄러져 나가 세상을 며칠, 아니 몇 주 동안 자유롭게 돌아다닐 수 있을 것 같은 기분이 들었다. 그러다 돌아오면 감옥에 갇힌 듯한 힘겨운 시간이 시작되었다. 이 두번째 시간은 대개 짧게 지나갔지만, 그녀는 두번째 시간이 형벌처럼 두려웠다. 이 시간에는 모든 것이 갑갑하고 슬프게 느껴졌기 때문이다. 그녀는 명료하고 냉철한 평온함이 흐르는 지금 이 순간이 불안했다. 방금 전까지 무엇을 원했는지도 알 수 없었다. 이런 답답한 명료함과 겉보기에 차분한 평정과 함께 형벌의 시간이 시작되는 경우가 많았다. 클라리세는 긴장했다. 지금의 대화를 설득력 있게 잘 이어나가면 원래 자리에 무사히 안착할 수 있을 것 같았다. "꼬마라고 부르지 말아요." 그녀가 뾰로통하게 말했다. "안 그러면 내가 당신을 죽여버릴 테니까!" 이 말은 농담처럼 튀어나왔고, 그녀가 생각해도 잘된 것 같았다. 클라리세는 그의 반응을 살피려고 조심스럽게 고개를 돌렸다. "당연히 말로만 그런 것뿐이에요. 하지만 그 속에 담긴 뜻은 당신도 알아줬으면 해요. 어디까지 이야기했죠? 그래요, 당신은 이념대로는 살 수 없다고 했죠. 그러고 보면 당신이나 발터나 제대로 된 에너지는 없는 사람들이에요!"

"끔찍하게도 나를 수동주의자로 몰아붙이는군. 하지만 수동주의에도 두 가지 종류가 있어. 발터 같은 수동적 수동주의자가 있는 반면에 나처럼 능동적 수동주의자도 있지!"

"능동적 수동주의자라고요? 그게 뭔데요?" 클라리세가 호기심어린 표정으로 물었다.

"탈옥 기회를 기다리는 죄수라고 할까?"

"쳇! 변명은!" 클라리세가 말했다.

"그래, 어쩌면 변명일 수도 있겠군." 울리히가 시인했다.

클라리세는 여전히 뒷짐을 진 채 승마 장화를 신은 것처럼 다리를 벌리고 서 있었다. "니체가 뭐라고 했는지 알아요? 뭔가 확실히 알아야만 움직이겠다는 사람은 앞의 땅이 단단한 걸 안 뒤에야 걸음을 내딛는 사람처럼 겁쟁이예요. 뭔가를 해내려면 어느 순간에는 말이 아니라 행동에 나서야 해요! 난 당신이 언젠가 뭔가 특별한 일을 할 거라 예상했어요!"

그녀가 갑자기 울리히의 조끼 단추 하나를 잡아 돌리며 그의 얼굴을 올려다보았다. 그는 자신도 모르게 단추를 보호하려고 그녀의 손 위에 자기 손을 올렸다.

"오랫동안 생각해봤어요." 그녀가 망설이듯 말했다. "오늘날 비열함은 그런 짓을 해서가 아니라 그렇게 되도록 내버려두어서 생겨요. 비열함은 허공으로 점점 커져가요." 그녀는 이 말 끝에 그를 뚫어지게 바라보았다. 그러더니 격하게 말했다. "내버려두는 건 그런 짓을 하는 것보다 열 배는 더 위험해요! 알겠어요?" 그녀는 자신이 하려는 말을 좀더 정확히 묘사하려고 안간힘을 썼다. 그러나 이렇게 덧붙이고만 말았다. "당신은 내 말을 정확히 이해하고 있어요, 안 그래요? 당신은 항상 모든 일을 흘러가는 대로 내버려둬야 한다고 말하지만, 나는 당신이 무슨 뜻으로 그런 말을 하는지 알아요. 벌써 여러 번 이런 생각이 들었지만, 당신은 악마예요!" 이 말은 클라리세의 입에서 도마뱀처럼 미끄러져 나왔다. 그녀 자신도 깜짝 놀랐다. 원래는 아이를 갖자는 발터의 부탁을 생각하고 있었을 뿐이었다. 울리히는 그녀의 눈빛이 흔들리는 것을 보았다. 그를 원하고 있었다. 그러나 치켜든 그녀의 얼굴은 사랑스러움이 아니라 추하면서도 슬픈 빛으로 넘쳐났다. 엄청나게 쏟아지는 땀으로 얼굴이 흐릿해지는 느낌이라고 할까? 물론 실제로 그랬다는 것이 아니라 그냥 상상이었을 뿐이다. 그는 의지와 상관없이 자신도 이 분위기에 전염되는 것을 느꼈다. 생각이 잠시 빠져나간 것 같았다. 그녀의 터무니없는 말에 뭐라 제대로 반박할 수도 없었다. 마침내 그는 클라리세의 손을 잡아 소파에 앉히고 그 옆에 앉았다.

"알았어, 이제 얘기해주지. 내가 왜 아무것도 안 하는지." 그는 이렇게 시작하더니 곧 다시 입을 다물었다.

울리히의 손길을 느끼는 순간 다시 평소 상태로 돌아간 클라리세가 울리히를 채근했다.

"아무것도 할 수 없는 이유는…… 당신은 이해할 수 없겠지만……" 그는 이야기를 하다 말고 담배를 꺼내 천천히 불을 붙였다.

"어서요!" 클라리세가 재촉했다. "무슨 말을 하려는 거예요?" 그러나 그는 계속 침묵했다. 그녀가 그의 등뒤로 팔을 돌려 자신의 힘을 보여 주려는 소년처럼 그의 등을 잡고 흔들었다. 클라리세가 자기만의 환상적 세계에 빠지는 데는 말 대신 이례적인 몸짓만 있으면 되었다. "당신은 정말 나쁜 범죄자예요!" 그녀는 이렇게 소리치며 그를 아프게 하려 했지만 소용없었다.

그 순간 그들의 대화는 발터가 돌아오는 바람에 불쾌하게 중단되고 말았다.

83. 비슷비슷한 일이 일어나다. 또는 사람들은 왜 역사를 지어내지 않을까?

울리히는 클라리세에게 무슨 말을 할 수 있었을까?

그는 침묵할 수밖에 없었다. '신'이라는 말을 꺼내고 싶은 야릇한 충동이 일었기 때문이다. 그가 하려던 말은 이랬다. 신은 결코 세계를 말로 표현하지 않는다. 세계는 신이 모종의 이유에서 사용할 수밖에 없는 하나의 상징이자 비유이자 관용구다. 물론 항상 불충분하기만 하다. 그래서 우리는 신을 말에서 추측해서는 안 되고, 신이 부과한 수수께끼의 답을 우리 스스로 풀어야 한다. 울리히는 이 모든 걸 인디언 놀이나 도둑 놀이 같은 걸로 간주하는 것에 클라리세가 동의할 수 있을지 자문해보았다. 분명 그럴 것 같았다. 누군가 앞서 걸어가면 한 마리 늑대처럼 그 옆에 바짝 붙어 매섭게 망을 보는 것이 클라리세였다.

그는 이것 말고도 할말이 더 있었다. 일반적인 해답은 나올 수 없고 부분적인 답들의 조합으로 일반적인 답에 접근하는 수학 문제에 관한 것이었다. 그는 아마 인간 삶의 문제도 결국 이런 수학 문제와 비슷하지 않겠느냐고 덧붙였을 것이다. 한 시대를 수백 년이나 수천 년, 혹은 학창 시절부터 손주가 생길 때까지로 봐야 할지는 알 수 없지만, 어쨌든 우리가 한 시대라고 부르는 것, 즉 무질서하게 흘러가는 상태들의 넓은 강을 대체로 개별적으로 보면 오류에 그치는 불충분한 답들의 무계획적인 병렬로 볼 수 있고, 인류는 그런 불충분한 답들을 종합하게 되면 비로소 올바른 전체 답에 이를 수 있다.

전차를 타고 집으로 돌아가는 길에 든 생각이었다. 그 말고도 몇 사람이 전차를 타고 도시로 향하고 있었다. 그는 사람들 앞에서 이런 생각을 하는 자신이 약간 부끄러웠다. 그들이 일을 마치고 집으로 돌아가는 중인지, 아니면 다른 데로 놀러가는 길인지는 바로 알 수 있었다. 다시 말해 옷차림만 봐도 그들이 무엇을 했고 하려는지 짐작이 가능했다. 울리히는 옆에 앉은 여자를 찬찬히 살펴보았다. 마흔쯤 된 여자로 결혼해서 아이가 있는 게 분명해 보였다. 대학 관료의 아내일 가능성이 무척 높았다. 무릎 위에는 작은 오페라글라스가 놓여 있었다. 그는 여자 옆에 앉아 이런 생각을 하는 자신이 마치 장난을 치는 아이같이 느껴졌다. 그것도 짓궂은 장난을 치는 아이 말이다.

왜냐하면 실용적 목적이 없는 생각은 은밀하고 수상쩍기 때문이다. 특히 죽마竹馬를 타고 성큼성큼 걷거나, 쪼그만 발바닥으로만 경험하는 생각은 무질서한 뿌리에서 나왔다는 의심을 사기에 충분하다. 옛날에는 '생각의 비행', 즉 공상에 관한 이야기들이 자유롭게 오갔고, 실러 시대에는 지적인 공상가들이 널리 존경을 받았다. 그러나 오늘날에는 직업이나 수입원도 아니면서 그런 공상에 빠져 있으면 비정상으로 간주된다. 이 문제의 중요도에 분명 변화가 생겼다. 우리는 사람들의 가슴에서 어떤 문제들을 뽑아냈고, 그중에서 한껏 고양된 생각들에는 철학, 신학, 혹은 문학이라 불리는 일종의 가금류 농장을 만들어주었다. 이 농장에서 그 생각들은 각자의 방식대로 한눈에 알아볼 수 없을 만큼 방대해졌다. 그건 당연했다. 그렇게 확산되어야 개인적으로 그런 생각들에 신경을 쓰지 못한 것에 자책감을 느낄 필요가 없기 때문이다. 분화와 전문성을 존중하는 울리히는 기본적으로 그런 활동들의 분리에 결코 반대하지 않았다. 그러나 그 자신도 직업 철학자는 아니지만 여전히 철학을 하고 있다고 믿었다. 어쨌든 이런 분화가 인간을 꿀벌국가로 이르게 할 것 같다는 생각이 퍼뜩 들었다. 여왕벌은 알을 낳고, 수벌은 쾌락과 정신에 치중하고, 전문가들은 일을 한다. 그런 인류도 충분히 생각해볼 수 있다. 그러면 사회의 전체 생산량은 더욱 증가할지 모른다. 이제는 한 사람 한 사람 속에 전 인류가 다 들어 있다. 하지만 그것은 분명 너무 과도해서 더는 효과가 없고, 그로 인해 인간적인 것은 기만으로 전락하고 만다. 결국 성공을 위해서는 그런 세분화에 새로운 예방조치를 취하는 것이 중요하다. 분화된 집단들 내의 한 특정 집단에서 정신적 종합이 이루어지게 하는 것이다. 왜냐하면 정신 없이는……? 그건 결코 유쾌한 일이 아니라고 말하고 싶었다. 하지만 그것도 당연히 선입견이었다. 무엇이 중요한지는 아무도 모른다. 그는 앉은 채로 몸을 바로 세우고 맞은편 유리창에 비친 자신의 얼굴을 살펴보았다. 생각을 다른 데로 돌리고 싶어서였다. 그러나 얼마 뒤, 흐르는 유리

속의 얼굴은 안과 밖 사이에 선명하게 뜬 채로 그에게 어떤 보충을 요구하고 있었다.

정말 발칸반도에서 전쟁이 일어났을까? 이런저런 개입이 있기는 한 것 같지만, 그것이 전쟁인지는 정확히 알 수 없었다. 세상을 떠들썩하게 하는 수많은 일들이 일어났다. 고공비행 신기록이 세워졌다. 자랑스러운 일이다. 그의 기억이 틀리지 않다면 새 기록은 3700미터였고, 기록을 세운 남자의 이름은 주오였다. 흑인 복서가 백인 챔피언을 때려눕히고 세계 챔피언 타이틀을 거머쥐었다. 그의 이름은 존슨이었다. 프랑스 대통령이 러시아를 방문했다. 사람들은 위기에 빠진 세계 평화에 대해 이야기했다. 혜성처럼 나타난 어느 테너는 북미에선 아직 유례가 없는 액수를 남미에서 벌어들였다. 끔찍한 지진이 일본을 덮쳤다. 불쌍한 일본인들. 한마디로 많은 일이 일어났다. 1913년 말에서 1914년 초까지는 요란한 시대였다. 물론 이 년 혹은 오 년 전도 요란한 시대였다. 날마다 시끌벅적한 일들이 일어났다. 그럼에도 당시에 무슨 일이 있었는지는 희미한 기억으로만 남아 있거나 아예 기억에 없다. 일어난 일은 짧게 줄여서 말할 수도 있다. 새로운 매독치료제 덕분에…… 식물의 물질대사 연구 분야에서는…… 남극 정복은…… 생리학자 슈타이나흐 교수의 실험으로…… 이런 식으로 일어난 사건은 세부 내용의 절반 정도를 간단히 생략해버릴 수 있고, 그게 별로 문제되지도 않는다. 그러나 역사는 얼마나 특이한지! 우리는 이런저런 사건을 두고, 그것이 역사 속에서 벌써 자리를 잡았거나, 앞으로 분명히 자리를 잡게 될 거라고 주장하곤 한다. 하지만 그 사건이 실제로 일어났는지는 확실치 않다. 뭔가가 일어났다는 것은 어떤 다른 날이 아닌 특정 날짜에 일어난 사건이기 때문이다. 다시 말해, 바로 그 사건이 일어난 것이지, 대충 그와 비슷하거나 연관된 일이 일어난 것은 아니다. 바로 이것이 누구도 역사에 대해 분명히 말할 수 없는 이유다. 신문처럼 그날 바로 기록해 놓지 않는 한 말이다. 혹은 이것은 직업과 재정의 문제이기도 하다. 몇 년도에 퇴직연금을 받을 자격이 생기는지, 돈을 언제 얼마나 썼고 언제 얼마나 벌게 될지는 당연히 중요한 문제이기 때문이다. 이런 맥락에서는 심지어 전쟁도 기억할 만한 사건이 될 수 있다. 우리의 역사는 불확실하고, 복잡하게 뒤엉켜 있다. 가까이서 들여다보면 반쯤 다져진 진흙길 같다. 그러다 마지막에는 희한하게도 역사를 가로지르는 길이 생긴다. 어디서 왔는지 모를 '역사의 길'이다. 울리히는 자신이 이런 역사의 소재로 이용되는 것에 화가 치밀었다. 지금 타고 가는 이 길쭉한 상자 같은 전차가 수백 킬로그램의 사람들로 미래를 만들려고 그들을 이리저리 흔들어대는 기계처럼 느껴졌다. 백 년 전에도 그들은 비슷한 얼굴로 우편마차에 앉아 있었을 것이고, 백 년 후에는 어떤 일이 일어날지 아무도 모르지만 그들이 새로운 인간으로서 미래의 새로운 차량에 똑같은 표정으로 앉아 있을 것은 분명해 보인다. 울리히는 변화와 환경을 이렇게 무방비 상태로 받아들일 수밖에 없는 상황에 분노가 치밀었다. 속수무책의 심정으로 이 시대를 살아가야 하고, 인간의 품위에 맞지 않게 계획 없이 그저 순종적으로 이 시대에 동참할 수밖에 없는 상황에 화가 났다. 기묘한 형태로 쓰고 있던 모자에 갑자기 반발심이 느껴지는 것과 같다고 할까?

그는 자신도 모르게 전차에서 내려 남은 길을 걸어갔다. 사람들이 많은 지점에 이르자 불쾌했던 기분이 가라앉고 다시 명랑해졌다. '정신의 해'를 만들자던 꼬마 클라리세의 발상은 정말 미친 생각이었다. 그는 이 문제에 주의를 집중했다. 그게 왜 터무니없는 생각일까? 그렇다면 이런 질문도 가능하지 않을까? 디오티마의 애국운동은 왜 터무니없을까?

대답 하나: 세계사도 분명 다른 모든 역사와 마찬가지 방식으로 생성되기 때문이다. 책을 쓰는 사람들의 머릿속에 새로운 것은 떠오르지 않는다. 그들은 서로 다른 사람 것을 베끼기 바쁘다. 이것이 모든 정치인들이 생물학 같은 학문 대신 역사를 배우는 이유다. 책을 쓰는 사람들의 상황이 그렇다.

대답 둘: 대부분 역사에는 저자가 없다. 역사는 중심부가 아니라 주변부에서 생겨난다. 그것도 자잘한 이유에서. 고딕 시대의 인간이나 고대 그리스인에서 현대 문명인이 나왔다고 믿는 것은 이런 생각에 맞지 않는다. 식인종도 될 수 있고 순수이성비판도 쓸 수 있는 게 인간이다. 인간은 신념과 특성이 같아도 상황에 따라 다른 걸 만들어낸다. 매우 큰 외적 차이는 매우 작은 내적 차이에서 나온다.

여담 하나: 울리히는 군대 시절에 겪은 비슷한 경험이 떠올랐다. 기병대는 두 줄로 달리는데, 말을 타고 가면서 한 사람씩 뒤로 나직이 명령을 전달하는 연습을 한다. 한번은 맨 앞에서 "상사는 선두로 나오라"는 명령이 떨어졌는데, 맨 뒤의 병사는 "기병대원 여덟 명을 사살하라"는 말로 알아들었다. 세계사도 이런 식으로 생겨난다.

대답 셋: 따라서 오늘날의 유럽인을 어린 나이에 기원전 5000년의 이집트로 보내 살게 하면, 세계사는 그때부터 다시 시작해 처음 얼마간은 우리가 아는 것과 똑같이 반복되겠지만 이후에는 누구도 예상하지

못한 이유들로 기존의 역사에서 서서히 벗어나게 될 것이다.

여담 둘: 방금 울리히의 머릿속에 떠오른 생각인데, 세계사의 법칙은 "특별한 계획 없이 지금까지처럼 대충 꾸려나가자"는 옛 카카니엔의 국가 원칙과 다르지 않다. 카카니엔은 무척 현명한 국가였다.

여담 셋, 혹은 대답 넷?: 역사의 길은 한 번 치면 특정한 경로를 따라 굴러가는 당구공이 아니라 어디로 흘러갈지 모르는 구름과 비슷하다. 혹은 골목을 따라 배회하다가 어떤 때는 그림자에, 어떤 때는 모여 있는 사람들에, 또 어떤 때는 이상한 모양으로 돌출된 집 때문에 방향이 틀어져 마지막에는 자신이 알지 못하고 원치도 않은 곳에 이르게 되는 나그네의 길과 비슷하다. 세계사의 과정에서는 늘 이처럼 길을 헤맨다. 현재란 도시의 다른 집들과 어쩐지 더는 비슷해 보이지 않는 도시의 마지막 집과 비슷하다. 모든 세대는 깜짝 놀라 묻는다. 나는 누구이고 나의 선조는 어떤 사람들이었을까? 그러나 차라리 이렇게 물어야 한다. 나는 어디에 있을까? 그리고 나의 선조들은 나와 다른 인간이 아니라 그냥 있는 곳이 달랐을 뿐이었다는 사실을 전제로 받아들여야 한다. 그게 아마 올바른 방향일 것이다. 울리히는 그렇게 생각했다.

그는 걸어가는 내내 머릿속으로 이 대답과 여담에 직접 번호를 매겼고, 그 생각이 머릿속에서 완전히 사라지지 못하도록 어떤 때는 행인의 얼굴을, 어떤 때는 상점의 진열창을 바라보았다. 그런데 길을 약간 잘못 든 것 같았다. 그는 잠시 걸음을 멈추고 자신이 지금 어디에 있는지, 집으로 가는 가장 가까운 길이 어디인지 살펴보았다. 그는 그 길로 접어들기 전에 자신의 문제를 다시 한번 정확히 정리해보고자 했다. 면전에서는 반박했지만, 우리는 역사를 만들어야 하고 또 지어내야 한다는 클라리세의 말은 전적으로 옳았다. 하지만 우리는 왜 그렇게 하지 않는가? 순간 그의 머릿속으로 로이드은행의 피셸 이사가 떠올랐다. 예전에 여름이면 가끔 커피숍 앞에 앉아 함께 차를 마시곤 했는데, 만일 울리히가 지금 하고 있는 생각을 이야기했다면 피셸은 전형적으로 이렇게 답했을 것이다. '나도 같은 고민이오!' 울리히는 피셸이 내놓았을 이 신선한 대답에 고마운 마음이 들 것 같았다. 그러면서 속으로 즉시 이렇게 대꾸했다. '피셸 이사님, 그리 단순한 문제는 아닙니다. 제가 역사라고 말하는 것은, 기억하실지 모르지만 바로 우리의 삶을 가리킵니다. 인간은 왜 역사를 만들지 않느냐는 물음 자체가 매우 불쾌하리라는 점을 나는 처음부터 인정했습니다. 그러니까 인간은 왜 다쳤거나 등뒤에서 불이 났을 때만 동물처럼 적극적으로 역사를 공격할까요? 한마디로 인간은 왜 비상시에만 역사를 만드는 걸까요? 그리고 그게 왜 불쾌하게 들릴까요? 그게 인간은 삶을 흘러가는 대로 내버려둬서는 안 된다는 뜻이라고 하더라도 우리가 그에 맞서 무엇을 할 수 있을까요?'

피셸은 이렇게 대답했을 것이다. '우린 그게 어떤 식으로 일어나는지 알고 있소. 정치인이나 성직자, 할일 없는 높으신 양반들, 그리고 확고한 이념으로 난리를 피워대는 이들이 우리의 일상을 방해하지 않는다면 좋은 일이잖소? 게다가 우리에겐 교양이 있소. 오늘날 그 많은 사람이 그렇게 교양 없이 처신하지만 않는다면 참 좋을 텐데!' 피셸 이사의 말은 당연히 옳았다. 자기 같은 사람은 은행 대부와 증권 일에만 집중하고, 다른 사람들은 역사에 정통하다는 자부심에서 지나치게 역사에 손을 대지 않는다면 기뻐할 일일 것이다. 단언컨대 사람은 이념 없인 살 수 없다. 하지만 중요한 것은 이념들 사이의 균형이고, 힘의 밸런

스이고, 한쪽으로 치우치지 않게 무장한 이념들의 평화다. 피셸에게 진정제는 교양이었다. 그것은 문명의 근본 감정이다. 하지만 지금은 반대 감정도 존재하고 점점 생기를 띠어간다. 그래서 우연과 우연의 투사들이 만든 영웅적 정치적 역사의 시대는 부분적으로 진부해졌고, 모든 관계자들이 참여하는 계획적인 해결책으로 대체되어야 한다.

그사이 울리히가 집에 도착함으로써 울리히의 해도 끝났다.

84. 일상의 삶에도 유토피아적 성격이 있다는 주장

울리히는 집에서 라인스도르프 백작이 보낸 일상적인 서류 묶음을 발견했다. 한 산업가는 청소년들의 군사교육 과목에서 최고 성적을 낸 학생에게 깜짝 놀랄 액수의 상금을 내걸었고, 대주교 사무국은 대형 고아원을 설립하자는 제안과 관련해서 초교파주의超敎派主義가 스멀스멀 세를 넓히는 것에 경계심을 표했다. 문화교육위원회는 '위대한 평화황제-제 민족-오스트리아 기념동상'을 황궁 가까이에 건립하는 잠정적인 계획안과 관련해서 진척 상황을 보고했다. 그런데 카카니엔 문화교육성과 상의하고 대표적인 예술가협회와 기술자협회, 건축가협회에 질의한 결과 의견 차이가 드러났다. 문화교육위원회에서는 중앙위원회가 동의한다면, 나중에 나올 요구가 어떻든 그와 별개로 건립될 기념동상과 관련한 최고의 아이디어를 공모해야 한다는 것이었다. 궁내성 사무국은 중앙위원회에서 검토를 요청하며 삼 주 전에 송부한 제안들을 도로 돌려보내면서, 지금은 그에 대한 폐하의 심중을 전달하기 어려운 상황이고 백성들 사이에서 그에 대한 여론이 먼저 조성되도록 하는 것이 바람직할 것 같다는 입장을 표명했다. 카카니엔 문화교육성은 문서 번호 ○○○에서 왼 속기사협회에 어떠한 특별 지원도 해줄 수 없다고 밝혔고, 국민건강협회 '발켄부흐슈타베'는 창립을 예고하면서 보조금을 청원했다.

서류는 이런 식으로 계속 이어졌다. 울리히는 현실 세계의 문제들이 담긴 서류 묶음을 밀쳐두고 한동안 생각에 잠겼다. 그러다 갑자기 일어나 모자와 저고리를 챙겨오도록 한 후 한 시간이나 한 시간 반 안에 다시 돌아오겠다는 말을 남기고는 전화로 택시를 불러 클라리세에게로 돌아갔다.

해가 져서 캄캄했다. 집은 창문 하나에서만 희미하게 불빛이 새어나왔다. 살짝 얼어붙은 발자국은 걸려 넘어질 것 같은 구멍으로 변해 있었다. 문은 당연히 잠겨 있었다. 예고 없는 방문이기에 이름을 부르고 노크하고 손뼉을 쳐도 안에서는 한참 동안 응답이 없었다. 마침내 울리히가 방안에 들어갔을 때 그곳은 조금 전에 떠나온 방이 아니라 놀랍고도 낯선 세계 같았다. 두 사람의 단출한 동거를 위해 마련된 식탁, 편하게 자리를 잡은 듯한 두 의자, 모종의 반발심을 갖고 침입자를 맞이하는 벽.

클라리세는 단순한 면 가운을 걸친 채 웃고 있었고, 울리히를 데리고 들어온 발터는 눈을 끔벅거리며 커다란 열쇠 뭉치를 책상 서랍 속에 다시 넣어두었다. 울리히는 말을 돌리지 않고 바로 용건을 이야기했다. "클라리세한테 미처 하지 못한 답이 있어 돌아왔어." 이어 그는 아까 발터의 등장으로 대화가 중단되었던 지점에서부터 다시 이야기를 해나갔다. 얼마 뒤 방과 집, 시간 개념이 사라졌고, 대화는 별이 그물처럼 펼쳐진 짙푸른 밤하늘의 어딘가에 걸린 듯했다. 울리히는 세계사 대신 이념의 역사로 살아갈 계획을 펼쳐 보였다. 먼저 그 둘의 차이부터 설명했는데, 이념의 역사는 무슨 일이 일어났는지가 중요한 게 아니라 사건에 부여하는 의미, 사건과 연결된 의도, 개별 사건들을 아우르는 시스템에 그 본질이 있다는 것이다. 현재 통용되는 시스템은 현실의 시스템이고, 나쁜 연극과 비슷하다. 사람들이 이 시스템을 가리켜 '세계극'이라고 말하는 것도 다 이유가 있다. 우리의 삶에서도 항상 동일한 역할과 갈등, 플롯이 생겨나기 때문이다. 사람들은 사랑이 있기에 사랑하고, 시대에 유행하는 방식대로 사랑한다. 그리고 자랑스러울 때는 인디언, 스페인인, 숫처녀, 사자처럼 자랑스러워한다. 심지어 살인 사건 가운데 백에 구십은 비극적이거나 숭고한 것이라는 생각에서 저질러진다. 정말 주목할 만한 예외만 제외하면, 현실을 만드는 데 주도적인 역할을 하는 정치인들조차 상업극을 쓰는 통속 작가와 공통점이 많다. 그들이 만드는 생동적인 사건들은 정신과 새로움의 부족으로 우리를 지루하게 하지만, 바로 그것을 통해 우리를 저항 못하는 졸린 상태에 빠뜨리고, 우리는 그 상태 속에서 모든 변화를 묵묵히 감수한다. 이렇게 보자면, 역사는 이념들의 틀에 박힌 과정과 이념에 대한 무관심에서 생겨나고, 현실은 주로 이념들을 위해 아무것도 하지 않을 때 생겨난다. 이것을 요약하자면, 문제는 무엇이 일어났느냐가 아니라 언제 어디서 누구에게 일어났느냐 하는 것이다. 그래서 우리에겐 사건의 정신이 아니라 사건의 플롯이, 새로운 삶의 지평이 아니라 기존 삶의 패턴이 중요하다. 좋은 연극과 상업적으로 성공한 연극의 차이처럼 말이다. 이는 우리가 평소와는 정반대로 행동해야 한다는 것을 의미한다. 그러니까 경험을 우리의 개인적인 소유물로 생각하는 태도를 버려야 한다. 우리는 경험을 개인적인 것이나 실제적인 것으로 바라보기보다 일반적인 것이나 추상적인 것, 혹은 그림을 보거나 노래를 들을 때처럼 개인적인 것에서 벗어나 있다고 여겨야 한다. 경험을 우리 자신 쪽으로 향하게 해서는 안 되고 위와 밖으로 돌려야 한다. 거기에 개인적인 면이 있다고 하더라도 집단적인 면도 많다. 울리히는 이 집단적인 면을 제대로 표현할 수가 없어서, 포도를 짜 지하실에서 숙성시켜 걸쭉해진 정신의 액즙이라 불렀는데, 이것이 없으면 개인은 당연히 무기력해지고 자신의 소견에만 내맡겨진 느낌일 것이다. 울리히는 이 말을 하면서, 디오티마에게 현실을 버려야 한다고 말했던 순간이 떠올랐다.

발터가 처음에 이 말들을 너무 진부한 주장으로 치부한 것은 당연한 일이었다. 마치 전 세계와 문학, 예술, 학문, 종교가 포도처럼 지하실에서 '저장되고 압착되지' 않는다는 듯이! 마치 교양 있는 사람은 이념들의 가치를 부정하거나 정신과 미, 선함을 존중하지 않는다는 듯이! 마치 모든 교육은 정신적 체계로의 입문과는 별개라는 듯이!

울리히는 자신의 입장을 이렇게 분명히 설명했다. 교육은 무계획적인 대책에서 생겨난, 현존하는 것과 지배적인 것으로 인도하는 역할을 할 뿐이다. 때문에 정신을 얻기 위해서는 무엇보다 그런 정신이 아직 없음을 확신해야 한다! 울리히는 이 정신을 오롯이 개방적이고 도덕적인 대단위 실험이자 문학적 창조의 정신이라 불렀다.

발터는 울리히의 주장을 말도 안 되는 것으로 몰아세웠다. "매력적인 생각이기는 하지만, 자네는 마치 우리가 우리 자신의 삶을 살아야 하는지, 아니면 이념의 삶을 살아야 하는지 선택의 기로에 서 있는 것처럼 말하는군! 하지만 자네도 이런 문구를 알지? '나는 철저한 체계로 이루어진 책이 아니라 모순을 가진 인간이다!' 자네는 왜 더 나아가지 않지? 우리의 이념을 위해 뱃살을 빼라고 요구할 수도 있잖아? 나는 자네에게 이렇게 대답하고 싶어. '인간은 하찮은 진흙으로 만들어진 존재야!' 우리가 팔을 뻗고 다시 오므리는 것, 우리가 방향을 오른쪽으로 틀지 왼쪽으로 틀지 모른다는 것, 우리가 습관과 선입견, 흙으로 이루어져 있다는 것, 그러면서도 전력으로 우리의 길을 간다는 것, 바로 그것이 우리 인간을 이루는 본질이야. 결국 자네가 말한 것은 현실적 척도에다 살짝 대보기만 해도 기껏해야 문학에 지나지 않는다는 게 드러나지!"

울리히는 시인했다. "다른 모든 예술과 삶의 가르침, 종교 같은 것들도 포함시켜 그렇게 이해해도 괜찮다면 나는 그와 비슷하게 주장하고 싶어. 우리의 실존은 전적으로 문학으로 이루어져 있다고 말이야!"

"진심인가? 그럼 구세주의 선함이나 나폴레옹의 삶도 문학이라고 부르겠다는 건가?" 발터가 소리쳤다. 그러나 곧 더 좋은 생각이 떠올랐다. 그는 좋은 패를 손에 쥔 사람의 차분함으로 울리히 쪽으로 몸을 돌렸다. "자네는 마치 통조림 야채를 신선한 야채의 존재 이유라고 말하는 사람 같군!"

"맞는 말이야. 게다가 이렇게 말해도 돼. 나라는 인간은 소금만으로 요리를 하려는 사람 같다고 말이야." 울리히는 차분하게 시인했다. 더는 이 문제로 논쟁을 벌이고 싶지 않았다.

그때 클라리세가 끼어들더니 발터를 향해 말했다. "당신이 울리히의 말에 반대하는 이유를 모르겠어요! 우리한테 뭔가 특별한 일이 생길 때마다 당신 입으로 이렇게 말하지 않았어요? 이걸 무대에 올려놓고 모든 사람들한테 보여주어야 한다고, 모두가 보고 알 수 있게! 하지만 우리가 정말 해야 할 일은 노래를 부르는 거예요!" 그녀가 동의의 뜻으로 울리히에게 고개를 돌렸다. "자기를 노래해야 한다고요!"

그녀는 일어나 의자들이 만들어낸 자그마한 원 속으로 들어갔다. 그녀의 태도에는 마치 막 어떤 춤을 출 것처럼 소망의 서툰 자기표현 같은 것이 있었다. 순간 감정의 그런 노골적인 표현이 불편했던 울리히는 이런 기억이 떠올랐다. 대부분의 사람들, 아니 두루뭉술하게 말하자면 보통의 평범한 사람들은 무언가를 하지 못하고 정신만 예민해져 있을 때 자신을 표현하고 싶다는 소망을 품는다. 그들은 또한 자기 속에서 "말로 할 수 없는 상황"을 아주 쉽게 느끼는 사람이다. 토대가 안개처럼 불명료해서 진실한 말을 찾을 수 없는 상황에서도 모호하게 부풀려 말을 늘어놓는다. 그 말의 가치를 제대로 인식하지 못하면서. 이런 상황에 종지부를 찍으려고 울리히가 말했다. "내 말은 그런 뜻이 아니었어. 하지만 클라리세 말이 옳아. 연극은 격렬한 개인적 체험 상태들이 비개인적 목적에 이용될 수 있음을 증명하지. 그러니까 개인적 체험을 어느 정도 그 개인과 분리시켜 의미와 비유의 관련 속에서 이용할 수 있지."

"난 울리히의 말을 충분히 이해할 수 있어요!" 클라리세가 다시 끼어들었다. "어떤 일이 내가 겪은 일이라고 해도 특별히 즐거웠던 기억은 없어요. 그건 그냥 일어났을 뿐이에요! 당신도 음악을 자기 거라고 생각하지는 않잖아요." 그녀는 남편에게 얼굴을 돌리며 말했다. "음악은 그냥 있는 것 자체가 즐거움이에요. 사람들은 체험을 자기에게 끌어당겼다가 한 호흡으로 다시 늘어놓아요. 우리는 우리 자신을 상품처럼 팔아먹는 소매상이 아니에요!"

발터가 관자놀이를 눌렀다. 클라리세 때문에 새로운 반박거리를 찾고자 했다. 그는 되도록 차분하고 차가운 광선처럼 말을 내보내려고 애쓰며 울리히를 바라보았다. "자네가 어떤 행동의 가치를 단순히 정신적인 힘의 방출에서만 찾으려고 한다면 이제 이렇게 묻고 싶군. 그건 정신적인 힘을 생산하는 것 외에 다른 목적은 없는 삶에서나 가능하지 않을까?"

"현존하는 모든 국가가 추구하는 삶이지!" 울리히가 대답했다.

"그럼 그런 국가에서는 사람들이 거대한 감정과 이념, 철학과 소설의 영향 아래 살아가겠군, 안 그런가?" 발터가 말을 이어갔다. "계속 묻겠네. 그 사람들의 삶이 위대한 철학과 문학을 낳는가? 아니면 그렇게 살아가는 그들의 피와 살 속에 이미 철학과 문학이 존재하는가? 나는 자네가 무슨 뜻으로 그런 말을 하는지 분명히 알아. 첫번째 것은 오늘날 사람들이 문화국가로 이해하는 것이지. 그런데 두번째 것과 관련해서는 자네가 간과한 게 있어. 자네 주장대로라면 그 안에서는 철학과 문학이 전혀 필요 없게 돼. 자네가 뭐라고 부르든, 삶을 예술적 양태로는 상상할 수 없다는 사실을 차치한다면 결론은 하나뿐이야. 바로 예술의 종말이지!" 발터는 이렇게 말을 맺었다. 클라리세를 고려해서 나름대로 준비한 결정적인 카드였다.

이 카드는 효과가 있었다. 울리히조차 마음을 가다듬기까지 약간 시간이 걸렸기 때문이다. 그러나 그는 곧 웃으며 물었다. "자네는 모든 형태의 완벽한 삶이 예술의 끝이라는 걸 모르나? 내가 보기엔 자네도 삶의 완성을 위해 예술을 그만둔 것 같은데."

울리히가 이 말을 나쁜 뜻으로 한 것이 아니었음에도 클라리세는 촉각을 곤두세웠다.

울리히의 말이 이어졌다. "모든 위대한 책에는 개인의 운명을 사랑하는 정신이 숨쉬고 있어. 개인은 전체가 자신에게 강요하는 형식과 타협하지 못하기 때문이지. 여기서 쉽게 결정 내릴 수 없는 문제에 봉착하게 돼. 개인의 삶은 단지 재현만 가능할 뿐이야. 모든 문학에서 의미를 추출해보면, 개별적인 예시가 완벽하지는 않지만 경험과 일치하는 무한한 부정을 보여줄 거야! 문학을 사랑하는 사회의 토대가 되는 기존의 모든 법칙과 원칙, 규정들에 대한 부정이지. 신비스러움을 담은 시는 수천의 일상적 단어에 묶인 세계의 의미를 가운데로 뚝 잘라 풍선처럼 하늘로 날려보내. 흔히 하는 말로 그것을 미라고 부른다면 미는 지금껏 존재한 그 어떤 정치적 혁명보다 말할 수 없이 무자비하고 잔인한 혁명이 될 거야!"

발터는 입술까지 새하얘졌다. 예술을 삶의 부정이자 삶의 대립으로 보는 이런 견해가 혐오스러웠다. 그의 눈에 그것은 집시풍으로 비쳤고, 전통적 '시민사회'에 불쾌감을 주려는 케케묵은 시도의 잔재였을 뿐이다. 발터는 그 속에서, 완벽한 사회에는 미가 필요하지 않기에 존재할 수도 없다는 자명한 사실에 대한 비꼼을 읽어냈다. 그러나 울리히가 말로 표현하지 않은 문제는 알아차리지 못했다. 발터의 주장에 담긴 일방적인 면을 울리히도 분명히 인식하고 있었기 때문이다. 발터는 힘 안 들이고 그 반대를 이야기할 수도 있었을 것이다. 예술은 사랑이고, 그렇기에 삶의 부정이라고 말이다. 예술은 사랑하면서 아름다움을 만들어낸다. 한 대상과 존재를 아름답게 만드는 데는 사랑하는 것보다 좋은 방법은 이 세상에 없을 것이다. 우리의 사랑도 단순히 조각들로 이뤄진 것에 지나지 않기에 미에는 상승과 대립 같은 면이 있다. 그리고 상승 능력이 없는 완벽성의 개념과 상승에 뿌리를 둔 미의 개념이 하나로 결합된 사랑의 바다만 있을 뿐이다! 울리히의 생각은 다시 한번 그 '왕국'을 스쳐지나갔고, 그는 마지못해 멈춰 섰다. 발터도 그사이 정신을 차렸다. 사람은 대략 자신이 읽은 대로 살아가게 된다는 울리히의 암시를 처음엔 진부한 것으로 생각하다가 나중엔 말도 안 되는 것으로 치부했던 그가 이제는 울리히의 주장이 사악하고 비천한 것임을 증명하는 단계로 넘어갔다.

발터는 이전과 마찬가지로 정교하게 절제된 방식으로 말을 시작했다. "만일 누군가 자네의 제안만을 인생의 토대로 삼는다면 다른 터무니없는 것은 말할 것도 없고 그 사람은 아마 아름다운 이념이 자기 안에서 일깨운 모든 것을 반갑게 받아들일 거야. 그런 이념으로 이해할 수 있는 것들까지 전부 포함해서 말이야. 그리되면 당연히 사회 전체가 타락하게 되겠지. 하지만 자네야 그런 건 어찌되든 상관없겠지. 자네는 자세히 설명하지 않았던 불확실한 일반 제도를 생각하고 있을지 모르지만, 어쨌든 난 개인적인 결과들에 대해서만 이야기하겠네. 내가 보기에 그런 사람은 나중에 자기 삶의 시인이 되지 못할 경우, 동물보다 못한 처지가 될 것 같아. 만일 어떤 상황에서 그에 맞는 이념이 떠오르지 않으면 어떻게 행동해야 할지 결정할 수도 없을 거야. 그러니까 삶의 대부분을 충동과 변덕, 일상의 진부한 열정들, 한마디로 말해 한 사람을 구성하는 모든 비개인적인 요소들에 맡기게 되겠지. 그리고 위에서 이끄는 통로가 막히면 머릿속에 순간적으로 떠오르는 것의 노리개가 되겠지?!"

"그러면 그 사람은 뭔가 하기를 거부할 거예요!" 울리히 대신 클라리세가 대답했다. "그게 바로 능동적 수동주의예요, 인간은 상황에 따라 그런 능력을 보이죠!"

발터는 클라리세를 바라볼 용기를 내지 못했다. 거부하는 능력은 그들 사이에서 중요한 역할을 했다. 언젠가 클라리세가 작은 천사처럼, 발끝까지 내려오는 긴 잠옷을 입은 채 침대에서 벌떡 일어나더니 이를 반짝이며 니체의 말투를 아무렇게나 흉내낸 적이 있었다. "내가 납추처럼 너의 영혼 속으로 문제를 던지노라! 너는 아이와 결혼을 원한다. 허나 네게 묻는다. 너는 아이를 원해도 되는 인간이냐? 너는 승리자냐, 미덕의 지배자냐? 아니면 그것은 네 속의 짐승과 똥이 내는 목소리일 뿐이더냐……!?" 어스름한 침실에서 그녀의 모습은 섬뜩하게 느껴졌다. 발터가 그녀를 앉히려고 애썼지만 소용이 없었다. 이제 그런 그녀에게 새로운 말이 생겼다. 능동적 수동주의! 그것도 필요한 경우에 내보여야 할 능력이란다. 이 말에서는 특성 없는 남자의 냄새가 강하게 풍겼다. 클라리세가 울리히에게 속마음을 털어놓은 것일까? 결국 울리히가 그녀의 독특한 면을 일깨웠을까? 이 물음들이 발터의 가슴속에서 벌레처럼 꿈틀거렸다. 속이 울렁거릴 지경이었다. 사색이 된 얼굴은 긴장이 전부 풀려 힘없이 찌푸리고만 있을 뿐이었다.

울리히는 그것을 눈치채고 어디가 안 좋으냐고 다정하게 물었다.

발터는 간신히 아니라고 대답하고는, 쓸데없는 얘기지만 한번 꺼냈으니 끝까지 마무리짓는 게 좋겠다며 웃으면서 단호하게 말했다.

"그러지 뭐." 울리히가 너그럽게 응했다. "자네 말은 틀리지 않았어. 우리는 일종의 스포츠정신에서 자신에게 해가 되는 행위들도 상대가 매력적인 방식으로 실행한다면 관대하게 받아들일 때가 무척 많아. 그런 다음에는 행동의 가치가 피해의 정도와 경쟁하겠지. 또한 우리는 이념에 따라 좀더 멀리 내다보고 행동할 때도 많지만, 얼마 안 가 습관과 타성, 이익, 이기적 속삭임이 그 이념의 자리를 대체해버려. 어차피 그리로 가게 되어 있는 길이지. 결국 나는 어떤 식으로든 끝까지 완성될 수 없는 상태에 대해 설명했지만, 한 가지 부인할 수 없는 것은 그게 바로 우리가 살아가는 현상태라는 거야."

발터는 안정을 되찾았다. "진실을 뒤집어놓고 보면 항상 이렇게 말할 수 있지. 진실한 만큼 거짓일 수도 있다고." 그의 목소리는 부드러웠지만, 더이상의 싸움은 의미 없다고 보는 속내를 숨기지 않았다. "자네가 어떤 것을 가리켜, 불가능하지만 현실이라고 주장하는 것과 비슷하지."

클라리세만 거칠게 코를 비볐다. "나는 우리 모두 속에 무언가 불가능한 것이 있다는 말을 무척 중요하게 생각해요. 그건 상당히 많은 걸 설명해주죠. 당신들 두 사람의 말을 들으면서 난 이런 느낌이 들었어요. 우리를 잘라서 열어보면 우리의 삶 전체가 아마 고리와 비슷하게 생기지 않았을까 하고 말이에요. 무언가를 중심으로 동그랗게 형성된 고리죠." 그녀는 손가락에서 결혼반지를 빼 그 구멍으로 불빛이 비치는 벽을 바라보았다. "고리 가운데에는 아무것도 없어요. 그렇지만 바로 거기에 중요한 게 다 몰려 있는 것 같은 느낌이 들어요. 울리히도 완벽하게 표현하지 못한 부분이죠!"

이렇듯 토론은 안타깝게도 발터에게 또 한번의 상처로 끝났다.

85. 슈툼 장군이 민간 정신에 질서를 부여하려고 애쓰다

집을 나서면서 예고한 것보다 한 시간가량 더 늦게 돌아왔을 때 울리히는 하인으로부터 한 장교가 한참 전부터 기다리고 있다는 말을 들었다. 이층으로 올라가보니 슈툼 장군이었다. 장군은 오랜 동료를 만난 것처럼 인사했다. "반갑소, 친구. 먼저 이렇게 늦은 시간에 불쑥 찾아온 것부터 사과하겠소. 하지만 업무상 일찍 빠져나올 수 없었던 점 이해해주시오. 두 시간 정도 여기 서가를 둘러보면서 정말 입이 쩍 벌어졌소!" 몇 마디 정중한 인사말 끝에 슈툼이 급한 용건으로 찾아왔음이 드러났다. 그는 한 다리를 다른 다리 위에 박력 있게 올리며 앉았는데, 그와 같은 체형에게는 쉽지 않은 자세였다. 그는 손도 작은 팔을 뻗으며 설명했다. "사실 급한 용무라고 했지만, 평소에 난 부관들이 급한 서류라면서 갖다주면, 세상엔 화장실 가는 일만큼 급한 건 없다고 잘라 말하곤 하죠. 하지만 진지하게 말해서, 내가 온 건 정말 중요한 문제 때문이오. 전에도 말했듯이, 나는 당신 사촌 집에서 열리는 모임을 민간 세계의 심중한 문제들을 알아갈 특별한 기회로 보고 있소. 어쨌거나 비군사적인 문제들이고, 나는 거기서 압도될 만큼 대단한 인상을 받았다고 분명히 말씀드릴 수 있소. 하지만 다른 한편으론 우리 군인들도 약점이 있기는 하지만 일반적으로 생각하는 것만큼 그리 우둔하지는 않소. 당신도 인정하리라 믿지만, 우리는 한번 무슨 일을 하면 아주 철저히 질서 있게 해내지 않소? 안 그렇소? 당신이라면 내 말에 동의하리라 믿기에, 나는 우리의 군대 정신이 부끄럽다고 솔직히 고백할 수 있소. 그래요, 부끄럽다고 했소! 군대 안에서 군종 장군만 빼고는 군대 정신과 가장 관계가 깊다고 자부하는 인간이 말이오. 하지만 우리의 군대 정신을 자세히 들여다보면, 그게 아무리 탁월하더라도 일조점호와 비슷해 보인다는 점을 부인할 수 없소. 당신도 일조점호가 뭔지는 알고 있으리라 믿소. 그러니까 당직사관이 와서, 어떤 사람과 어떤 말이 있고, 어떤 사람과 어떤 말이 없는지, 없다면 아픈 건지 어떤 건지, 그리고 울란 라이토미슐이라는 자가 무단 외출을 했는지 등등을 점검하는 자리이지 않소? 그런데 당직사관은 이런저런 사람과 이런저런 말이 왜 여기에 있거나 왜 아픈지 기록하지는 않소. 하지만 민간 행정가들은 다르오. 이야기를 나눠보면 그 사람들은 항상 그 점을 궁금해해요. 군인의 말은 짧고 단순하고 사무적이오. 그런데 기회가 있어 민간 행정가들과 회의를 하다보면 그 사람들은 매번 내 제안이 왜 꼭 그 제안이어야 하는지 이유를 묻고, 더 높은 차원의 성찰과 맥락을 근거로 끌어들입니다. 그래서 나는—이 대목에서 당신의 명예를 걸고 약속해주시오, 지금 하는 얘기는 우리끼리만 아는 걸로 한다고 말이오!—내 상관, 그러니까 프로스트 참모장 각하께 제안을 드렸소. 아니, 좀더 정확히 말하자면 제안이라기보다 깜짝 놀랄 만한 아이디어였소. 그러니까 당신 사촌의 모임을 통해 더 높은 차원의 성찰과 맥락을 체계적으로 파악한 뒤, 허풍이 아니라 그것을 군대에 들여와 군대 정신을 끌어올리자는 것이오. 가만히 생각해보면 우리 군에도 의사와 수의사, 약사, 성직자, 판사, 무대감독, 기술자, 악단장이 있소. 다만 그런 민간 정신을 통솔할 중앙 지휘

소가 아직 없을 뿐이오."

울리히는 그제야 슈툼 폰 보르트베어 장군이 공무용 서류 가방을 가져온 것을 보았다. 튼튼한 끈으로 어깨에 둘러메는 큼직한 소가죽 가방이 책상 발치에 기대어 있었다. 넓은 정부 청사 안에서 서류를 이송하거나 한 관공서에서 다른 관공서로 옮길 때 쓰는 가방이었다. 장군은 부관을 데리고 온 것이 분명했다. 보지는 못했지만 아마 아래층에서 기다리는 듯했다. 장군은 무거운 가방을 조금 힘들여 무릎으로 들어 올리더니 군대의 탁월한 기술력을 보여주는 작은 강철 자물쇠를 딱 하고 열었다. "나도 당신들의 모임에 그저 놀러만 다닌 게 아니었소." 장군이 싱긋 웃었다. 허리를 숙일 때 밝은 푸른색 저고리의 금빛 단추 주변이 팽팽하게 당겨졌다. "하지만 당신도 이해하겠지만, 내가 아직 제대로 다루지 못하는 일들이 있소." 그가 가방에서 서류 뭉치를 손가락으로 천천히 훑다가 야릇한 기호와 줄이 있는 서류를 꺼냈다. "얼마 전에 당신 사촌이랑 그에 대해 상세하게 이야기를 나누었소. 부인은 황제 폐하께 정신적 기념비를 세워드리려는 자신의 노력을 통해 오늘날 존재하는 이념들 가운데 가장 서열이 높은 이념을 찾을 수 있기를 기대하고 있었소. 충분히 이해할 수 있는 일이오. 하지만 나는 벌써 깨달은 게 있소. 부인이 초대한 이들은 정말 한 사람 한 사람 경탄스럽기 그지없지만, 그들로 뭔가를 하려면 고약한 어려움이 따른다는 사실 말이오. 누군가 이것을 주장하면, 다른 사람은 즉시 반대 주장을 했소. 당신도 보지 않았소? 그보다 훨씬 더 나빴던 것은 민간 정신이 우리가 '몹쓸 식충이'라 불렀던 말馬과 비슷하다는 거요. 어떤 말을 그렇게 부르는지 기억나지 않소? 빌어먹을 놈의 그런 말들은 먹이를 두 배로 줘도 살이

찌질 않소! 아니면……" 장군은 집주인의 짧은 반대에 부딪혀 자신의 표현을 수정했다. "물론 이렇게 말할 수도 있소. 매일 살은 찌지만 그에 비례해서 뼈는 자라지 않고 가죽도 윤기가 돌지 않는다고. 그저 똥배만 불룩하게 나오죠. 어쨌든 난 그런 부분이 흥미로웠소. 그래서 왜 그런 일에는 질서를 만들어낼 수 없는지, 그 문제를 집중적으로 파헤쳐보기로 마음먹었소."

슈툼은 예전에 자신의 부대에서 근무했던 소위에게 서류의 첫 장을 건넸다. "사람들이 우리를 보고 뭐라고 하건 간에 우린 군대에서 질서라는 것에 도통한 사람들이오. 그건 내가 당신 사촌의 회의에 참석한 사람들에게서 뽑아낸 주요 이념들을 정리해놓은 것이오. 알다시피, 그 사람들한테 개인적으로 물어보면 생각하는 우선순위가 전부 제각각일 거요." 울리히는 첫 장을 훑어보다 깜짝 놀랐다. 서류는 일종의 숙박계나 군대 일람표 양식으로 가로선과 세로선으로 칸이 구분되어 있었는데, 기재된 내용은 어쩐지 그런 형식에는 어울릴 것 같지 않은 단어들로 이루어져 있었다. 예를 들어 거기에는 예수그리스도, 부처 또는 고타마 싯다르타, 노자, 마르틴 루터, 볼프강 괴테, 루트비히 강호퍼, 체임벌린 같은 이름이 군대 특유의 정서체로 적혀 있었다. 다음 페이지에도 이런 이름들이 이어졌고, 그게 끝나자 두번째 단락부터는 기독교, 제국주의, 교통의 세기 같은 단어들이 나열되었으며, 그다음 단락에서는 또 다른 굵직굵직한 단어들이 쭉 연결되어 있었다.

"나는 이걸 현대 문화의 재산목록이라고도 부릅니다. 계속 영역을 넓혀가고 있기 때문이죠. 이제 거기엔 지난 이십오 년간 우리에게 큰 영향을 끼쳤던 이념들과 그 창시자들의 이름이 적혀 있소. 이걸 작성하는 게 그렇게 힘든 일인 줄 미처 몰랐소." 울리히는 이런 목록을 어떻게 완성했는지 궁금해했다. 장군은 자신의 체계적인 작업 과정을 흔쾌히 설명했다. "그 작업을 최단시간 내에 완수하려고 대위 하나와 소위 둘, 하사관 다섯을 동원하지 않았겠소! 만일 우리가 현대적인 정신으로 움직이는 조직이었다면, 나는 요즘 신문사나 다른 비슷한 데서 흔히 하는 설문조사처럼 각 연대에 '가장 위대한 인물이 누구라고 생각하느냐?'라는 질문지를 보냈을 거요. 투표 결과를 백분율로 보고하라는 지시와 함께 말이오. 하지만 군대에서는 그게 안 되오. 황제 폐하라는 답 말고는 나와서는 안 되기 때문이죠. 그래서 나는 질문을 바꾸어, 어떤 책이 가장 많이 읽혔고, 어떤 책이 가장 많이 인쇄되었다고 생각하는지 물어보았소. 그러자 곧 밝혀졌소. 성경 다음으로 많이 읽히고 팔린 책은 우편 요금표와 오래된 유머를 담은 우체국 신년 팸플릿이었소. 우편물을 수취하면서 팁을 주면 누구나 우편배달부한테 받을 수 있죠. 어쨌든 그로써 우리는 민간 정신이 얼마나 복잡한지 새삼 주목하게 되었소. 생각해보시오! 일반적으로 최고의 책으로 인정받는 책은 모든 독자에게 적합한 책이 아니겠소? 혹은 사람들 말처럼, 한 독일 작가가 탁월한 정신으로 인정받으려면 그와 비슷한 생각을 가진 사람들이 무척 많아야 하지 않겠소? 하지만 우린 그 길을 갈 수 없었소. 물론 결국엔 해냈지만 어떻게 완수했는지는 지금은 말할 수 없소. 다만 그건 히르슈 하사와 멜리하르 소위의 공동 아이디어였고, 그것이 성공을 거두었소."

슈툼 장군은 서류를 옆으로 밀치더니 의미심장한 실망감을 예고하는 표정으로 다른 서류를 꺼내놓았다. 그런 표정을 지은 데에는 이유가 있었다. 중부유럽의 이념 창고에 쌓인 목록을 조사한 결과 안타깝게도 대립만 가득했을 뿐 아니라 좀더 자세히 들여다보니 놀랍게도 이 대립들이 서로 깊숙이 얽혀 있음을 확인한 것이다. "당신 사촌 집에서 만난 저명인사들에게 가르침을 청하면 제각기 다른 말을 하는 데는 벌써 익숙해져 있었지만, 정말 이해할 수 없었던 것은 따로 있소. 그러니까 전부 다른 이야기를 하는 줄 알고 있었는데, 좀더 길게 대화를 나누다보면 모두가 똑같은 말을 하지 않겠소? 내 군대 머리로는 도저히 따라갈 수 없는 문제라서 그런지는 몰라도!" 슈툼 장군을 걱정시킨 이 문제는 결코 사소하지 않았고, 그렇다고 국방성에 넘길 수도 없었다. 크게 보면 전쟁과 깊은 관련이 있는 문제로 볼 수 있더라도 말이다. 현시대에는 많은 위대한 이념들이 선물로 주어졌고, 이념 하나하나에 운명의 특별한 호혜로 각각 반대 이념이 하나씩 주어져 있었다. 그래서 개인주의와 집단주의, 민족주의와 국제주의, 사회주의와 자본주의, 제국주의와 평화주의, 합리주의와 미신이 한 시대 속에 똑같이 둥지를 틀었고, 그 외에 아직 소비되지 않은, 현재적 가치가 동일하거나 이에 못 미치는 나머지 무수한 대립들이 부수적으로 공존하고 있었다. 이것은 세상에 밤과 낮이 있고, 더위와 추위가 있고, 사랑과 증오가 있고, 또 우리 몸에는 굽히는 근육 하나에 반대 작용을 하는 펴는 근육이 있는 것처럼 지극히 자연스러운 현상처럼 보였다. 그래서 슈툼 장군도 만일 자신의 야망이 디오티마에 대한 사랑으로 이 모험에 달려들지 않았더라면 남들과 마찬가지로 그런 대립에서 뭔가 이례적인 것을 발견해내지는 못했을 것이다. 사랑은 자연의 조화가 대립에 뿌리를 두고 있음에 만족하지 못하고, 부드러운 감정을 요구하면서 대립 없는 조화를 원하기 때문이다. 그래서 장군은 어떠한 방식으로든 가능하면 그러한 조화를 만들어내려고 애썼다. 그가 관련 자료를 내밀면서 설명했다. "나는 이념의 야전사령관 목록을 작성하게 했소. 그러니까 여기 적혀 있는 게 최근에 이념의 대규모 군대로 승리를 이끌었던 사람들의 이름이오. 다음 페이지에는 전투대형이 있고, 그다음 페이지에는 진격 지도를 그려놓았소. 또 이것은 전선에 사유를 보급할 군수 창고와 병기창을 세우려는 계획이오. 하지만 내가 여기 그림에서 뚜렷이 강조해놓았듯이, 오늘날 전투중인 이념 집단을 자세히 들여다보면 그들은 전투원과 이념적 단초를 자기 진영뿐 아니라 적의 기지에서도 보급받고 있소. 또한 전선을 수시로 바꾸고, 어떤 때는 아무 이유 없이 갑자기 등을 돌려 자기 진영으로 돌진하기도 합니다. 그뿐인 줄 아시오? 이념들은 쉴새없이 앞뒤로 밀려다녀서 방금 이 전선에 나타났던 것이 어느샌가 엉뚱한 전선에 모습을 드러내기도 합니다. 한마디로 이 상태로는 병참 계획을 제대로 짤 수가 없고, 경계선도 그을 수 없으며, 그 밖의 다른 작전도 수립할 수 없소. 도무지 믿기지 않는 일이지만, 이 전체적인 상황은 우리 군에서 상관들이 자주 하는 말을 빌리자면 '돼지우리'와 별반 다르지 않소!" 슈툼이 서류 몇십 장을 한꺼번에 울리히의 손에 쥐여주었다. 거기엔 진격 지도, 철도 노선, 도로망, 사정거리 개요, 부대 깃발, 지휘본부, 원, 사각형, 빗금으로 음영을 넣은 구역들이 표시되어 있었고, 실제 참모본부 작전지도처럼 빨간색 초록색 노란색 파란색 선들이 그어져 있었으며, 다양한 형태와 의미를 지닌 작은 깃발들이 그려져 있었다(일 년만 있으면 민간에서 유행하게 될 터였다). "다 소용이 없었소!" 슈툼이 한숨을 내쉬었다. "나는 접근방식을 바꾸어 전략적 차원 대신 군사지리학을 동원하기로 했소. 이 방법이라면 최소한 명확하게 분류된 작전 공간은 얻을 수 있겠다 싶은 심정으로 말이오. 그러나 그도 헛수고였소. 산악지형학과 수리지형학적으로 접근한 시도도 거기에 있소!" 울리히는 특별하게 표시된 산꼭대기를 보았다. 거기서 길이 두 갈래로 나누어지더니 다른 곳에서 다시 합쳐졌다. 그 밖에 강줄기와 온천, 호수들도 보였다. "나는 이념들의 전체 지형에 통일성을 부여하려고 정말 갖가지 시도를 다 해보았소." 늘 삶의 유쾌함이 배어 있던 그의 두 눈에 혼란과 불안 같은 것이 어른거렸다. "하지만 어찌됐는지 아시오? 꼭 이등칸 차표를 끊고 갈리시아로 여행하다 사면발니에 옮은 것 같았소. 내가 아는 가장 더럽고 무기력한 느낌이라고 할까? 이념들 속에 오래 있다보면 온몸이 가려워 미칠 지경이오. 피가 날 때까지 긁어도 도무지 개운치가 않소!"

울리히는 장군의 생생한 표현에 절로 웃음이 나왔다. 장군이 정색했다. "웃지 마시오! 내 생각에 당신은 더할 나위 없이 훌륭한 민간인이 되었소. 당신 같은 위치의 사람이라면 이 문제를 이해할 뿐 아니라 내 심정도 이해하리라 믿었소. 내가 이리로 온 것도 그런 당신한테 도움을 청하기 위해서고. 나는 '정신'이라고 하는 모든 것에 존경심이 너무 커서 내가 지금 옳은 길에 들어서 있는지 도무지 알 수가 없소!"

"사유를 너무 진지하게 받아들여서 그렇습니다, 중령님." 울리히가 위로했다. 그러고는 무심결에 중령이라고 말한 것에 곧 용서를 구했다. "죄송합니다. 이렇게 말씀을 듣다보니, 저도 모르게 예전에 장군님께서 가끔 장교식당 한구석에서 철학에 관한 이야기를 해보라고 명령하셨던 시절로 돌아간 기분이 들어 그만 실수를 저지르고 말았습니다. 용서해주십시오. 다시 한번 말씀드리자면, 장군님께서는 지금처럼 사유를 진지하게 받아들여서는 안 됩니다."

"진지하게 받아들이지 말라고?!" 슈툼의 입에서 신음이 새어나왔다. "난 이제 고차원의 질서를 생각하지 않고는 살아갈 수가 없소! 이해 못 하겠소? 그런 고차원의 질서 없이 어떻게 그리 오랫동안 연병장과 병영을 오갔고, 장교들의 시시껄렁한 농담과 여자 이야기에 파묻혀 살았는지 생각하면 진저리가 쳐진단 말이오!"

두 사람은 식탁으로 자리를 옮겼다. 울리히는 남자다운 용기로 실행에 옮긴 장군의 어린애 같은 착상과 작은 주둔지 도시에서 적당한 시기에 군 생활을 보냈으로써 생긴 식지 않은 젊음의 열정에 가슴 뭉클했다. 그는 과거의 군 상관에게 같이 저녁식사를 하자고 청했다. 장군은 울리히의 비밀에 동참할 수 있을 것 같은 소망에 어찌나 강하게 사로잡혀 있던지 소시지 하나하나도 최대한 조심스럽게 포크로 집어 올렸다. 그가 와인 잔을 들며 말했다. "당신의 사촌은 내가 아는 가장 경탄스러운 부인이오. 제2의 디오티마라고들 하던데, 전적으로 맞는 소리요. 그런 사람은 이제껏 본 적이 없소. 알다시피, 아니 당신은 모르겠구먼, 어쨌든 내 아내도 결코 탓할 게 없는 사람이오. 우리 사이에 아이들도 있고. 하지만 디오티마 같은 여자는 다른 여자들과는 딴판이오! 부인이 손님을 맞을 때면 나는 가끔 부인 뒤에 가서 선다오. 그러면 정말 그 여성적인 풍만함에 감탄이 절로 나온다오! 게다가 부인이 뛰어난 민간인과 나누는 대화를 엿듣기라도 하면 그 박식함이 어찌나 대단한지 전부 메모를 하고 싶은 마음이 간절해지지! 그런데 부인과 결혼한 그 국장이라는 사람은 그런 부인을 얻은 것이 얼마나 행운인지 전혀 모르는 것 같았소. 당신이 투치라는 양반에게 호감을 갖고 있다면 미안한 말이지만, 어쨌든 난 개인적으로 그 양반을 견딜 수 없소! 답이 뭔지 알면서도 우리에게는 털어놓지 않겠다는 얼굴로 능글능글 웃으면서 집안을 슬금슬금 돌아다니기나 하죠. 내 눈을 속일 순 없소. 내가 아무리 민간인들을 존경하더라도 정부 관료는 내 서열 체계에서 가장 낮은 자리를 차지해요. 관료는 기회 있을 때마다 우리와 우선권을 다투는 일종의 민간 군인이나 다름없소. 그럴 때 보면 나무에 앉아 개를 내려다보는 고양이처럼 그 정중함이 뻔뻔하기 이를 데 없소. 반면에 아른하임 박사는 전혀 다른 종류의 인간이오." 슈툼이 계속 수다를 떨었다. "물론 그도 자만심이 좀 강한 사람 같기는 하지만 그 정도 우월감은 인정해줘야 할 것 같소." 그는 많은 말을 내뱉은 뒤 와인을 약간 빨리 마신 게 분명했다. 그만큼 이 자리가 안락하고 친숙하게 느껴진 모양이다. "그게 뭔지는 나도 모르겠소. 어쩌면 내가 도저히 이해하지 못하는 것일 수도 있소. 오늘날엔 그렇게 복잡한 지성도 있는 법이니까. 그런데 내가 당신 사촌에게 그렇게 경탄하는데도, 그래 솔직히 말해서 목에 뭔가 큰 덩어리가 걸린 것처럼 당신 사촌에게 경탄하는데도 그 사람이 아른하임과 사랑에 빠진 것이 좀 홀가분하기도 하오."

"예? 두 사람 사이에 뭔가 있다고 확신하십니까?" 울리히는 실제론 이 문제에 별 관심이 없으면서도 약간 생기를 띠며 물었다. 슈툼은 흥분으로 흐릿해진 근시 눈으로 울리히를 의심스럽게 빤히 바라보더니 코안경을 걸쳤다. "그 양반이 그녀를 가졌다고 주장하지는 않았소." 슈툼은 꾸밈없는 장교답게 솔직하게 대꾸하더니 코안경을 다시 집어넣었다. 그러고는 군인답지 않게 덧붙였다. "그렇게 되더라도 내가 할 수 있는 게 없지만, 빌어먹을, 앞서 말했듯이 아무튼 이런 사회에는 복잡한 지성이 생기기 마련이오. 나는 분명 동성애자가 아니오. 하지만 디오티마가 그 남자한테 했을 다정한 행동을 떠올리면 나는 그 남자에게도 다정한 느낌을 갖게 되오. 거꾸로 말해서, 그 남자가 디오티마에게 하는 키스가 꼭 내가 하는 것 같은 기분이 든다 그 말이오."

"아른하임이 키스도 했단 말입니까?"

"그건 모르지! 내가 그 사람들 뒤를 졸졸 따라다닌 것도 아니고. 아른하임이 혹시 그랬다고 가정했을 때의 얘기요. 나도 이런 내가 잘 이해가 안 되오. 한번은 그 남자가 그녀의 손을 잡는 것을 본 적이 있소. 주위에 아무도 없다고 생각했던 모양이오. 어쨌든 둘은 한동안 그 상태로 가만히 있었소. 마치 군대에서 '탈모! 무릎 꿇고 기도!' 하는 명령이 떨어졌을 때와 비슷한 고요함이었소. 얼마 뒤 그녀가 그에게 아주 나직이 뭔가를 부탁했고, 그는 뭐라 답을 했소. 그때 두 사람이 했던 말은 토씨 하나 틀리지 않고 내 머릿속에 그대로 있소. 도저히 이해가 안 되는 말이었기 때문이죠. 그녀는 이렇게 말했소. '아, 구원과도 같은 생각을 찾을 수 있다면 얼마나 좋을까요!' 그러자 그가 대답했소. '변하지 않는 순수한 사랑의 생각만이 우리에게 구원을 가져다줄 겁니다!' 아른하임은 그녀의 말을 너무 사심을 갖고 받아들인 게 분명했소. 그녀가 말한 구원과도 같은 생각은 위대한 애국운동과 관련된 것일 테니까 말이오. 뭐가 우습소? 그래, 웃고 싶으면 맘껏 웃으시오. 나도 나만의 특성이 있는 사람이오. 지금 내 머릿속엔 그녀를 돕겠다는 마음뿐이오! 할 수 있는 일이 분명히 있을 거요. 생각은 수도 없이 많으니까. 그중에는 분명히 그녀를 구원해줄 생각도 있을 거요! 당신이 나를 도와주었으면 좋겠소!"

"장군님." 울리히가 반복했다. "다시 한번 말씀드리자면 장군님은 사유를 너무 진지하게 받아들이고 있습니다. 하지만 장군님이 거기에 큰 가치를 두시는 만큼 민간인들이 그 문제를 어떻게 생각하는지 능력껏 설명해보겠습니다." 두 사람은 담배에 불을 붙였고, 울리히는 설명하기 시작했다. "첫째, 장군님은 방향을 잘못 잡았습니다. 군대엔 육체가, 민간엔 정신이 있을 거라는 생각은 잘못되었습니다. 오히려 정반대입니다! 정신은 질서입니다. 군대보다 질서가 많은 곳이 있을까요? 목깃은 항상 4센티미터 정도 세워야 하고, 단추 수도 엄격히 정해져 있으며, 심지어 밤에 잘 때도 일렬로 줄을 맞춰서 잡니다. 기병대를 전투대형으로 전개시키고, 연대를 정렬하고, 고삐의 머리띠 죔쇠를 항상 오른쪽에 두는 이 모든 것이 고차원의 의미가 담긴 정신적 자산입니다. 그게 아니면 정신적 자산은 도대체 어디에 있겠습니까?"

"지금 나를 놀리는 거요?" 장군이 나직이 으르렁거렸다. 자신이 잘못 들은 건지, 술이 취한 건지 갈피를 잡지 못하는 눈치였다.

"너무 성급하십니다." 울리히가 계속 주장을 펼쳐나갔다. "과학은 사건이 반복되거나 통제 가능한 곳에서만 발전할 수 있습니다. 군대보다 반복과 통제가 많은 곳이 있을까요? 만일 주사위가 7시에 볼 때와 달리 9시에 사각형이 아니라면 그건 주사위가 아닙니다. 행성의 궤도는 탄도학에서 규정해놓은 포탄의 궤적과 비슷하게 움직입니다. 어떤 게 일회적으로 후딱 지나가버리고 말면 우린 개념을 만들 수도 없고 판단을 내릴 수도 없습니다. 그래서 무슨 일이든 반복되어야 하고, 많은 개체 속에서 확인되어야 합니다. 달을 한 번도 본 적이 없는 사람은 그걸 손전등 불빛으로 생각할 수도 있을 겁니다. 기왕 말이 나왔으니 말인데, 신이 과학에 그렇게 난처한 존재로 비치는 이유도 신이 세계를 창조할 때 단 한 번만 나타났다는 데 있습니다. 전문적으로 훈련받은 관찰자가 등장하기 이전에 말입니다."

상대방을 이해하려면 입장을 바꾸어 생각해볼 필요가 있다. 슈툼 폰 보르트베어는 군사학교 시절부터 모자 모양에서 결혼 승낙에 이르기까지 모든 것이 규정된 세계에서 살았다. 그렇기에 울리히의 설명에 마음을 열기 어려웠다. 슈툼이 음험하게 대답했다. "이봐요, 친구. 그건 그렇다 칩시다. 하지만 그건 나하고 상관없는 문제요. 군대에서 과학이 발명되었다는 주장이 아주 멋진 위트로 들리기는 하지만, 내가 말한 건 과학이 아니라 영혼이었소. 당신 사촌이 말하는 그 영혼 말이오. 그녀가 영혼에 대해 이야기할 때마다 나는 옷을 훌훌 벗어던지고 싶어 미치겠소. 그만큼 제복에는 영혼이 어울리지 않는다 이 말이오!"

울리히는 꿋꿋이 말을 이어갔다. "장군님, 많은 사람이 과학을 보고 영혼이 없다느니 기계적이라느니 비난하고, 과학에서 다뤄지는 것도 모두 마찬가지라고 욕합니다. 그런데 희한하게도, 마음의 영역에도 오성보다 훨씬 더 기계적이고 나쁜 규칙성이 숨어 있다는 사실을 사람들은 모릅니다! 감정이 언제 자연스럽고 단순하던가요? 동일한 상황에서 모든 사람에게 동일한 감정이 나타날 거라고 자동으로 기대할 수 있을 때 그렇지 않던가요! 도덕적 행동도 임의로 반복될 수 있는 행동이 아니라면 어떻게 모든 인간에게 미덕을 요구할 수 있겠습니까?! 그 밖에 다른 보기는 무수히 많습니다. 장군님이 이 황량한 규칙성을 피해 통제되지 않는 충동이 똬리를 틀고 있는 내면의 가장 어두운 심층으로 도망치면, 그러니까 이성의 불빛에 증발되지 않도록 막아주는 생명의 질퍽한 영역으로 도망치면 무엇을 발견하게 될 것 같습니까? 자극과 반작용, 틀에 박힌 습관과 기술, 반복, 고착화, 각인, 연속, 단조로움이 아닐까요! 그게 바로 제복이고 병영이고 군부대입니다, 장군님. 이처럼 민간 정신도 이상하게 군대와 많이 닮았습니다. 민간 정신은 가능한 한, 결코 완벽하게 도달할 수 없는 이 군대라는 모범에 매달린다고 할 수 있습니다. 그것이 불가능할 때는 완전히 혼자 내버려둔 아이가 되죠. 예를 들어 한 여자의 아름다움을 생각해보십시오. 장군님을 놀라게 하는 압도적인 아름다움, 장군님이 살아오면서 처음 보았다고 믿는 그 아름다움은 이미 오래전부터 장군님이 알고 찾던 겁니다. 장군님의 눈 속에는 항상 그 아름다움을 동경하는 뜨거운 불덩이가 존재하고 있었고, 그것이 이제 대낮같이 환한 불빛으로 증폭된 것뿐이죠. 반면에 실제로 첫눈에 반한 사랑, 아직 한 번도 인지하지 못한 아름다움일 경우 장군님은 어쩔 줄 모르실 겁니다. 앞서 그 비슷한 것을 만난 적이 없고, 그 이름도 알지 못하고, 어떤 감정으로 대응해야 할지도 모릅니다. 그저 무한히 혼란스러워하고 눈멀어서는, 맹목적인 경탄과 바보 같은 둔감함에 빠질 겁니다. 행복과는 별 관련이 없어 보이는 상태죠……"

이 대목에서 장군은 울리히의 말을 거칠게 중단시켰다. 지금까지는 군대 연병장에서 상관에게 야단이나 훈계를 들을 때처럼 인내하는 심정으로 묵묵히 들었다. 군대에서 반복적으로 듣는 이런 훈계는 마음에 담아두어서는 안 된다. 그렇지 않으면 집에 돌아갈 때 안장도 없이 고슴도치 등에 탄 기분이 들 테니까. 어쨌든 지금까지 묵묵히 듣고 있던 장군의 아픈 곳을 울리히가 건드린 순간 장군도 격하게 소리쳤다. "솔직히 말하자면, 당신은 기가 막히게 정곡을 찔렀소! 내가 당신 사촌한테 푹 빠져 있을 때면 내 속의 모든 것이 녹아 없어지는 것 같으니까. 게다가 그녀에게 도움이 될 이념을 찾으려고 최대한 정신을 집중할 때도 내 속에는 극도로 불쾌한 구멍 같은 것이 생기는 느낌이오. 하지만 그걸 바보 같다고 부를 수는 없소. 물론 아주 비슷하기는 하지만. 내가 제대로 이해했다면, 당신 말은 결국 우리 군인들이 아주 질서 있게 생각한다는 거 아니오? 그렇다고 해서 우리가 민간 오성의 모범이라는 말은 인정할 수 없소. 그건 그냥 농담 정도로 받아들이겠소! 물론 우리의 오성이 민간의 것과 똑같다는 사실은 나도 종종 생각해왔던 문제요. 그런데 우리의 오성을 넘어서는 것, 그러니까 영혼, 미덕, 마음, 내면의 깊은 감정처럼 우리 군인들의 눈에 엄청나게 민간의 것으로 느껴지는 모든 것들을 아른하임은 믿을 수 없을 정도로 능숙하게 다루고 있소. 뭐, 어쨌든 당신 말은 그게 정신이기는 하지만, 높은 차원의 성찰이기는 하지만, 다른 한편으로 사람들을 멍청하게도 만든다, 그 말 아니오? 그 말엔 전적으로 동감하오. 하지만 결국 민간 정신이 명백하게 우월하다는 거 아니오? 그걸 부인하는 건 아니지 않소? 그렇다면 묻겠소, 어째서 그런 거요?"

"제가 아까 '첫째'라고 말했던 것을 잊으셨나보군요. 저는 '첫째', 정신의 고향은 군대라고 말씀드렸습니다. 이제 둘째를 말씀드리죠. 민간 사회는 육체적입니다……"

"그런 말도 안 되는 소리가 어디 있소?" 슈툼이 불신 가득한 표정으로 반기를 들었다. 군대가 민간보다 육체적으로 우월하다는 것은 장교 계급이 왕좌에 가장 가깝다는 확신만큼 명확한 정론이었다. 슈툼은 자신을 운동선수라고 생각하지는 않았지만, 사람들이 자신의 육체적 우위를 의심할 때면 똑같이 나온 배라도 자신의 배가 민간인 것보다 훨씬 더 단단하다고 확신하고 있었다.

"다른 것들보다 더 말이 되지도 덜 되지도 않습니다." 울리히가 방어했다. "일단 제 말씀을 끝까지 들어보시죠. 대략 백 년 전이었을 겁니다. 독일 민간 사회의 지도적 인물들은 민간의 사상가가 책상에 앉아 머릿속으로 세계의 법칙들을 추론해낼 거라고 믿었습니다. 삼각형에 관한 수학적 정리를 증명해내듯이 말입니다. 당시의 사상가는 중국 무명으로 짠 바지를 입고 머리를 완전히 뒤로 넘기고, 전기나 축음기는 물론이고 아직 기름 램프에 대해서도 들어본 적이 없는 사람이었습니다. 이후 그런 오만함은 우리에게서 완전히 추방되었습니다. 그 백 년 동안 우리는 우리 자신과 자연, 그리고 그 밖의 모든 것들에 대해 엄청나게 많은 것을 알게 되었습니다. 하지만 그 결과는 어떻게 됐습니까? 세세한 부분에 대한 이해는 늘고 전체에 대한 이해는 떨어지면서, 부분들이 이루는 개별 질서만 많아지고 전체 질서는 점점 적어지고 있지 않습니까?"

"그건 내가 조사한 것과도 일치하오." 슈툼이 동의했다.

"다만 다른 사람들은 장군님처럼 그렇게 열심이지 않습니다. 과거의 노력이 있은 후 우리는 지금 도로 미끄러져 내려가고 있습니다. 오늘날 우리한테 무슨 일이 일어나고 있는지 생각해보십시오. 어떤 선도적인 사상가가 한 이념을 들고 세상에 나타나면 그 이념은 즉시 호감과 반감으로 이루어진 분배 과정을 거치게 됩니다. 처음엔 그에 열광하는 사람들이 이념을 큰 조각으로 찢어놓습니다. 자신들이 소화하기 적당한 크기로요. 그리고 이미 자신들의 스승이 된 그 이념의 주창자를 마치 여우들이 짐승 사체를 훼손하듯 일그러뜨립니다. 그런 다음에는 적들이 나타나 이념의 약점을 집중적으로 공격합니다. 그러다 얼마 뒤에는 우군과 적군이 각자 편한 대로 사용하는 금언 조각 외에 그 이상의 성취는 남아 있지 않게 되죠. 그 결과가 바로 보편적인 다의성입니다. 부정이 따라붙지 않는 긍정은 없습니다. 장군님도 원하는 대로 하십시오. 그러면 그에 찬성하는 아름다운 이념을 스무 개 발견할 수 있고, 그에 반대하는 이념도 스무 개 찾을 수 있을 겁니다. 이것은 취향이 달라 각자 자기 것만 찾는 사랑과 미움, 배고픔과 비슷하다고 할 수 있습니다."

"아주 훌륭하오!" 슈툼이 다시 한번 동의를 표했다. "나도 진작 디오티마에게 비슷한 이야기를 했소! 하지만 그런 무질서함 속에 군대의 정당성이 있다고 생각지는 마시오. 한순간이라도 그런 생각을 하면 부끄럽기 짝이 없소!"

"디오티마에게 이렇게 조언하라고 말씀드리고 싶습니다. 우리는 아직 그 이유를 모르지만, 신은 우리에게 '몸 문화'의 시대를 열어주려는 듯 보인다고 말입니다. 이념들에 확고한 근거를 제공할 수 있는 것은 그 이념들이 속한 몸뿐이기 때문입니다. 그런 점에서 장교인 장군님은 남들보다 분명히 우위에 서게 될 겁니다."

작고 뚱뚱한 장군이 뒤로 움찔하더니 잠시 후 씁쓰레함과 만족감이 뒤섞인 표정으로 말했다. "몸 문화와 관련해서 말하자면, 난 예쁘게 껍질을 깎아놓은 복숭아만큼 아름답지 못하오." 그러고는 이렇게 덧붙였다. "분명히 말하건대, 나는 디오티마를 오직 고결한 방식으로만 생각하고, 그녀도 그런 내 마음을 알아주었으면 하고 바랄 뿐이오."

"유감이네요. 장군님의 의도는 나폴레옹에 견줄 만큼 기품이 있습니다. 다만 그런 기품에 어울리는 시대는 아마 없을 겁니다!"

장군은 이 조롱을 품위 있게 받아들였다. 마음속 여인으로 인한 고통을 견뎌내면서 생긴 품위였다. 그는 잠시 숙고하더니 말했다. "어쨌든 흥미로운 충고에 감사드리오."

86. 제왕적 상인, 그리고 영혼과 사업의 이해관계적 합병. 정신으로 이르는 모든 길은 영혼에서 출발하지만 누구도 되돌아가지는 않는다

디오티마에 대한 장군의 사랑이 그녀와 아른하임에 대한 경탄으로 한걸음 뒤로 물러설 즈음 아른하임은 벌써 오래전에 더는 돌아가지 않기로 결심을 굳힌 것처럼 보였다. 대신 이 도시에 장기 체류할 채비를 하고 있었다. 그는 자신이 묵고 있던 호텔방들을 장기로 예약함으로써 그전까지 활발했던 그의 생활은 마치 정지된 듯한 인상을 풍겼다.

당시 세계는 갖가지 방식으로 요동치고 있었다. 1913년 말경에 세상이 어떻게 돌아가고 있는지 잘 아는 사람이라면 마치 들끓고 있는 화산 가장자리에 사는 듯한 느낌이었을 것이다. 비록 평화를 위한 시도들을 보면서 이 화산이 결코 다시 폭발하지 않으리라는 믿음이 전반적으로 퍼져 있었다고 하더라도 말이다. 그런데 믿음의 강도는 어디나 똑같지는 않았다. 투치 국장의 집이 있는 발하우스플라츠의 고색창연한 궁전에서는 밤늦게까지 맞은편 정원의 앙상한 나무들로 불빛이 자주 새어나왔고, 밤에 그곳을 지나는 교양인들은 남몰래 두려움의 전율에 휩싸였다. 평범한 목수 요셉 속에 성스러운 요셉이 스며들어 있듯, 많은 비밀을 간직한 그 궁전 속에는 '발하우스플라츠'라는 이름이 스며들어 있었기 때문이다. 이 궁전은 커튼이 쳐진 창문 뒤에서 인류의 운명을 요리하는 세계의 신비스러운 부엌 대여섯 개 가운데 하나였다. 아른하임 박사는 세계의 이런 흐름들에 대해 면밀한 정보를 갖고 있었다. 암호화된 전보가 속속 도착했고, 때로는 본사에서 그의 직원들이 개인적인 정보를 갖고 오기도 했다. 그의 호텔방 창문들은 스물네 시간 불이 켜져 있을 때가 많았다. 상상력이 풍부한 관찰자라면 아마 여기서 공식 정부가 아닌 제2정부의 야간 회의가 열리고 있다고 생각할 것이다. 다시 말해 경제 분야 외교의 현대적이고 비공식적인 격전장이었다.

아른하임 자신도 그런 인상을 불러일으키는 일을 등한시하지 않았다. 외형으로 남들에게 어떤 암시도 주지 못하는 사람은 껍질 없이 달콤한 즙이 그대로 흘러내리는 과일에 지나지 않는다고 생각했기 때문이다. 이런 이유에서 그는 아침식사를 조용히 혼자 즐긴 것이 아니라 누구나 들락거리는 호텔 레스토랑에서 했는데, 그럴 때면 노련한 지배자의 권위적인 분위기와 더불어 남의 눈들이 모두 자신에게 쏠려 있음을 아는 이의 정중하고 고요한 태도로 비서에게 오늘 할일을 지시했고, 비서는 재빨리 속기로 받아 적었다. 이중 어느 것도 아른하임에게 즐거움을 주지는 못하는 듯했다. 하지만 그것들은 그의 의식을 나누어 쓸 뿐 아니라 매력적인 아침식사를 통해 어느 정도 제한되면서 고상한 감정을 만들어냈다. 그가 좋아하는 생각 중 하나인데, 인간의 재능은 활짝 꽃피려면 어느 정도의 제약이 필요한 듯했다. 한껏 들뜬 생각의 자유와 의기소침한 관념분일 사이의 정말 생산적인 경계 지대는, 삶을 제대로 아는 사람이라면 누구나 알듯이 지극히 좁다. 게다가 아른하임은 누가 생각을 갖고 있느냐가 모든 차이를 만들어낸다고 확신했다. 새롭고 중요한 생각이 단 한 사람에게만 떠오르는 일은 드물기 때문이다. 다른 한편, 생각하는 습관이 든 사람의 뇌는 쉴새없이 가치가 다양한 생각을 만들어낸다. 결론적으로, 그래서 착상은 효과적이고 성공적인 형식을 항상 밖에서 얻어야 한다. 생각 자체뿐 아니라 그 사람이 처한 삶의 모든 환경으로부터 말이다. 비서의 질문을 듣고, 옆 테이블로 슬쩍 눈길을 돌리고, 홀로 들어오는 사람에게서 인사를 받거나 할 때면 아른하임은 매번 제때 실로 인상적인 모습을 만들어낼 필요성을 느꼈다. 현상의 통일성은 즉시 생각으로 전이되었다. 그는 이런 삶의 경험을 자신의 필요에 맞는 확신으로 정립시켰다. 생각하는 인간은 언제나 행동하는 인간이기도 해야 한다는 확신이었다.

그러나 이런 확신에도 그는 현재의 활동에 대단한 의미를 부여하지는 않았다. 이 활동과 함께 경우에 따라 뜻밖의 이득을 가져다줄 목표를 추구해나갔지만, 여기 이렇게 머무는 것이 자칫 어떤 정당성도 없는 단순한 시간 낭비에 그치지 않을까 두렵기도 했다. 그는 "디비데 에트 임페라Divide et impera!" 즉 나누어 다스리라는 냉철한 옛 지혜를 기억 속에서 재차 불러냈다. 인간과 사물의 모든 교류에 해당되는 이 말은 모든 개별적 관계를 전체 밑에 종속시킬 것을 요구했다. 어떤 일에 성공적으로 접근할 수 있는 비밀은 한 여자를 편애하지 않음으로써 많은 여자로부터 사랑을 받는 남자의 비밀과 비슷했다. 그러나 그것도 소용없었다. 그는 세계가 대단히 큰일을 하기 위해 태어난 남자에게 부과하는 요구를 명심해야 했다. 그럼에도 그는 스스로에게 여러 번 반복해서 질문을 던진 후 자신이 사랑에 빠졌다는 사실을 받아들이지 않을 수 없었다. 이상야릇한 일이었다. 오십쯤 된 남자의 가슴은 사랑이 꽃피는 스무 살 청춘의 근육처럼 쉽게 늘어나지 않는 질긴 근육과 같았기 때문이다. 이것이 그에게 상당한 불쾌감을 야기했다.

그는 세계 문제로까지 확장된 자신의 관심이 뿌리가 잘려나간 꽃처럼 시들기 시작하고, 창가에 앉은 참새나 급사의 친절한 미소같이 일상의 하찮은 인상이 자기 안에서 점점 커지고 있음을 확인하면서 처음엔 걱정스러웠다. 또한 빠져나갈 구멍 없이 완벽하던 거대한 올바름의 체계를 표현하던 자신의 도덕 개념도 그것끼리의 관계가 자꾸 허술해지고, 대신 어떤 육체적인 것이 나타나고 있음을 알아챘다. 이 육체적인 것을 '헌신'이라 부를 수도 있겠으나, 이 말은 보통 훨씬 넓고 다른 의미를 품고 있었다. 그것 없이는 어떤 영역에서도 무언가를 성취할 수 없기 때문이다. 의무에 대한 헌신, 상급자나 지도자에 대한 헌신, 풍성하고 다양한 인생 그 자체에 대한 헌신, 이것들은 대개 남성적인 미덕으로 이해되는데 그에겐 항상, 온갖 개방성에도 불구하고 밖으로 자신을 내주는 것보다 자제력과 더 관련성이 많아 보이는 올바른 행동의 총칭이었다. 여자 한 사람에게만 한정하자니 좁게만 느껴지는 지조에 대해서도 비슷한 말을 할 수 있을 듯하고, 기사도와 온화함, 이타심, 섬세함, 그리고 보통 여성과 관련해서 떠올리는 미덕들에 대해서도 마찬가지다. 그런데 이런 여성적 미덕은 여성에게만 국한되는 바람에 풍성한 가치를 잃어버려, 물이 대개 자신을 가장 잘 받아들이는 깊은 지점에서 합류하듯 사랑의 체험이 오직 한 여자를 향해서만 흘러가는지, 아니면 여자들의 사랑은 지표면에서 피어나는 모든 것에 생명의 온기를 제공하는 화산과도 같은 것인지 말하기는 어렵다. 때문에 남성적 허영심이 매우 강하면 여자들의 사회보다 남자들의 사회가 더 편하게 느껴진다. 아른하임은 권력의 영역으로 갖고 들어간 자신의 풍성한 이념들을 디오티마로 인해 생겨난 행복감과 비교해보면서 자기 안에 역행의 움직임이 일고 있다는 느낌을 피할 수 없었다.

그는 이따금 욕구를 채우지 못한 소년처럼 자신을 거부한 여자의 발밑에 엎드려 포옹과 키스를 격정적으로 갈구하고픈 소망을 느끼거나, 아니면 흐느끼면서 세상에 대한 욕을 퍼붓다가 마지막엔 강제력을 동원해서라도 사랑하는 사람을 취하고 싶은 유혹에 사로잡히곤 했다. 어쩌면 우리 모두 다음 사실을 알고 있을 것이다. 의식이 깨어 있는 사람 안에 무책임한 가장자리가 있어, 동화와 시가 기원할 뿐 아니라 온갖 기억이 뿌리를 내리고, 피로감이 주는 가벼운 도취와 알코올에 의해 마음이 풀어질 때, 혹은 어떤 마음의 동요가 예외적으로 그 지점을 환히 밝힐 때 그 유치한 기억들이 눈에 드러난다는 사실을. 아른하임의 감정 폭발 역시 이런 어슴푸레한 형상보다 더 구체적이지 않았던 탓에 그에 대해 흥분하고, 그로써 원래의 흥분에 불을 지필 이유가 없었을지 모른다. 만일 그 유치한 퇴행이 집요하게 그의 내면적 삶이 빛바랜 도덕적 표본으로 가득차 있다고 확신시키지 않았더라면 말이다. 아른하임은 전 유럽의 시선을 받으며 살아가는 사람으로서 항상 자신의 행위에 보편타당성을 부여하려고 노력했는데, 어느 순간 갑자기 그 보편타당성이 자신의 내면 삶과 무관한 것으로 드러났다. 보편타당성은 모든 이에게 적용될 수 있을 때만 유효하다. 그런데 이 결론을 거꾸로 뒤집어놓자 뭔가 의아한 것이 아른하임의 머릿속을 비집고 들어왔다. 보편타당한 것이 내면과 무관하다면 거꾸로 내적인 인간은 일반적으로 타당한 존재로 인정받을 수 없다는 것이다. 이렇듯 아른하임은 이제 가는 데마다 올바르지 못한 요란한 짓거리나 비이성적인 불법 행위를 저지르고 싶은 충동을 느꼈을 뿐 아니라 이런 짓거리가 어쩌면 초이성적인 차원에서 올바를지도 모르겠다는 괴로운 상념에 사로잡혔다. 혀를 바싹 말라붙게 한 그 불꽃을 다시 알게 된 이후, 그는 자신이 원래 걸어가던 길을 잊었고, 자신을 가득 채웠던 한 위대한 남자의 이데올로기 전부가 단지 자신이 잃어버린 무언가에 대한 임시 대용품일 뿐이라는 감정에 휩싸였다.

이런 식으로 그는 자연스럽게 어린 시절을 떠올렸다. 청소년기의 초상화를 보면 그는 크고 둥근 검은 눈을 가진 소년으로 그려져 있는데, 그 옛날 신전에서 학자들과 논쟁을 벌이는 소년 예수와 비슷해 보였다. 주위에는 늘 소년의 정신적 재능에 감탄하는 남녀 가정교사들이 있었다. 어릴 때부터 영민했던데다 훌륭한 교육자들에게 좋은 가르침을 받았기 때문이다. 다른 한편으로 그는 불의를 참지 못하는, 불같이 뜨겁고 감정이 풍부한 아이이기도 했다. 촘촘한 보호망에 둘러싸여 있었기에 불의와 맞닥뜨릴 기회는 거의 없었지만 혹시라도 길을 가다 불의를 목격하게 되면 즉시 남의 일에 끼어들어 싸움을 벌였다. 그런 일이 일어나지 않도록 주위 사람들이 얼마나 조심하는지를 감안하면 불의를 참지 못하는 감정은 정말 엄청나게 컸다. 그럴 경우 수행원들은 득달같이 달려가 그를 상대방과 떼어놓곤 했다. 채 일 분이 걸리지 않는 시간이었지만, 그 시간은 이런저런 뼈아픈 경험을 축적하기에 충분했을 뿐 아니라 불굴의 용기가 주는 인상을 스스로에게 각인시키기에도 충분했기에 아른하임은 지금도 당시의 싸움들을 흡족한 심정으로 돌아보았다. 무엇에도 물러서지 않는 그 고결하고 용맹스러운 품성은 나중에 그의 책과 확신으로 옮겨졌다. 품위 있고 행복해지기 위해서는 어떻게 행동해야 하는지를 동시대인들에게 부르짖는 사람에게 필요한 확신이었다.

어린 시절의 이 상태는 그에게 비교적 생생하게 남아 있었지만, 얼마 뒤 부분적으로 약간 변형되어 이어진 다른 상태는 겉으로 보기엔 영면에 들거나, 아니 더 정확히 말하면 돌로 굳어진 것 같았다. 물론 그냥 돌이 아니라 다이아몬드로 해석해도 된다면 말이다. 이제 그 상태가 다시 나타났다. 디오티마와의 접촉을 계기로 새로이 활기를 찾은 사랑의 상태였다. 특이한 것은, 아른하임이 젊은 시절에 이미 이 상태를 여자 없이, 그러니까 특정한 대상 없이 경험했다는 점이다. 그가 평생 해결하지 못한 무언가 혼란스러운 문제였다. 세월이 지나면서 이를 가장 현대적으로 설명하는 방법은 알게 되었지만 말이다. "이 상태는 어쩌면 지금껏 없었던 것이 불가사의하게 찾아온 것뿐일지 모른다. 일상적 얼굴이 아닌, 갑자기 저 건너편에서 본 것을 모두 짐작하게 하는 모종의 다른 얼굴들과 연관된 것 같은 생경한 표정처럼 말이다. 이 상태에서는 소음 한가운데에 나직한 멜로디가 있었고, 사람들 사이에서도 감정이 있었다. 그러니까 그 속에는 말로 표현하려고 하면 감정으로 살아나지 못하고, 단지 바깥쪽으로 뻗을 것처럼 벌써 끝부분이 적셔지는 무언가가 있었다. 간혹 뜨겁고 환한 봄날, 개천에 비친 영상처럼 그림자가 스멀스멀 기어가고 조용히 한 방향으로 움직이며 서 있을 때 사물들이 늘어나는 것과 비슷하다고 할까?" 이것은 시간이 한참 흐른 뒤, 아른하임이 높이 평가하던 한 시인이 주안점을 조금 달리해서 표현한 말이었다. 관객들의 관심에서 벗어난 이 비밀스러운 시인을 안다는 것은 그만큼 문학 내부 사정에 정통하다는 표시이기도 했다. 물론 아른하임이 그 시인을 제대로 이해한 것은 아니었다. 그는 이런 암시들을 청소년 시절에 유행하던 새로운 영혼의 각성에 관한 말과 연결시키거나, 당시 회화에서 각광받던, 도톰한 꽃받침 같은 입술이 특징인 키 크고 마른 소녀의 몸과 연결시켰기 때문이다.

그때가 아마 1887년경이었을 것이다. '아, 벌써 한 세대가 지났구나!' 아른하임은 생각했다. 어쨌든 당시 사진들 속의 그는 '새로운' 현대적 인간이었다. 그런 표현을 즐겨 쓰던 시절이었다. 사진에서 그는 비더마이어풍이면서도 보들레르를 떠올리게 하려는 듯 목까지 가리는 검은 공단 조끼를 입고, 폭넓은 검은 비단 넥타이를 매고 있었다. 그런 의도는 단춧구멍에 짓궂게 난초 한 송이를 꽂는 신선한 연출로 더욱 강화되었다. 특히 완고한 아버지 친구들과 사업 파트너들이 모인 식사 자리에서 젊고 새로운 인간의 탄생을 분명히 드러낼 필요가 있다고 생각될 때 그렇게 했다. 반면에 일할 때는 편안한 영국식 스포츠 재킷 차림에 가슴 주머니에 계산자를 장식으로 꽂은 모습을 사진에서 자주 볼 수 있었다. 정말 웃기는 일이지만, 이 재킷에는 머리의 의미를 강조하는, 굉장히 길고 딱딱한 목깃이 달려 있었다. 이런 과거 모습이 아른하임은 지금도 그리 싫지 않았다. 그는 테니스도 잘 쳤다. 잔디밭에서 테니스를 치던 초창기 시절이었는데, 이례적인 열정으로 테니스에 집중했다. 또한 아버지를 비롯해 모든 사람이 깜짝 놀란 일이지만, 보란듯이 노동자 집회에 참석하기도 했다. 취리히에서 대학을 다닐 때는 사회주의 이념을 역겨워했던 사람이 말이다. 물론 그러면서도 다른 날에는 말을 타고 노동자 마을을 질주할 정도로 과하지는 않았다. 요컨대, 이 모든 것은 모순으로 가득했지만 새로운 정신적 요소들의 소용돌이였다. 이 요소들은 자신이 정말 딱 맞는 시대에 태어났다는 매력적인 환상을 일깨웠는데, 비록 나중에 그 가치가 희소성에 있지 않다는 사실을 자연스럽게 깨닫게 되더라도 그런 환상은 무척 중요했다. 시간이 지나면서 아른하임은 보수적인 인식에 점점 더 많은 공간을 부여하면서도 자신이 정말 이 시대가 기다리던 인간이라는 느낌이 자연의 낭비는 아닌지 의문을 품었다. 그렇다고 이 느낌을 포기하지는 않았다. 원래 한번 소유한 것은 쉽게 내놓지 않는 사람이었기 때문이다. 게다가 수집가로서의 그의 본성도 동시대에 존재하는 모든 것을 자기 속에 받아들이려고 했다. 다만 요즘은 자신의 삶이 아무리 완성되고 다채로워 보이더라도 자신에게 가장 깊고 오래 영향을 끼친 것이 처음엔 지극히 비현실적으로 느껴지던 어떤 것이라는 기분이 들었다. 여기서 비현실적인 것이란, 자신이 살아 움직이는 이 세계에 속할 뿐 아니라 이 세계 속에 멈춰진 호흡처럼 떠 있는 다른 세계의 일원이기도 하다고 속삭이는, 낭만적인 예감으로 가득찬 상태를 의미했다.

이제 디오티마를 통해 아른하임 앞에 다시 본래 모습 그대로 나타나게 된 이 몽환적 예감은 그의 모든 활동과 일을 중단하게 만들었다. 또한 청소년기의 모순에 찬 소용돌이와 수시로 바뀌던 희망찬 전망들은 백일몽에 자리를 내주었다. 그러니까 말과 사건, 요구들이 그 표면을 떠나 저 깊은 곳으로 들어가면 결국 모두 똑같다고 주장하는 백일몽이었다. 그런 순간이면 야망조차 침묵했고, 현실의 사건은 정원 앞의 소음처럼 아득하게 느껴졌으며, 영혼이 저기 물가에서 걸어와 이제야 진정으로 자기 속에 존재하는 것 같은 느낌이 들었다. 이게 단순히 사변이 아니라 마치 오전의 환한 하늘에 파리하게 가려진 낮달이 묵묵히 걸려 있는 것을 보는 것처럼 생생한 육체적 체험이라는 점은 너무나 명백했다. 파울 아른하임은 젊었을 때부터 벌써 이 상태 속에서도 고급 레스토랑에서 태연히 식사를 하고, 세심하게 옷을 차려입고 모임에 참석했으며, 어디서건 해야 할 일을 했다. 하지만 그 상태 속에서는 자신과의 거리가 바로 옆의 사람이나 사물까지만큼 떨어져 있었고, 외부 세계는 그의 피부를 경계로 끝나지 않고 내부 세계는 성찰의 창문을 통해 밖으로 비치는 데 그치지 않아 내부와 외부 세계가 둘로 나뉘지 않고 고요한 현존의 상태로 합쳐져 있다고도 할 수 있었다. 꿈도 꾸지 않는, 부드럽고 평화롭고 고상한 수면 같은 상태였다. 도덕적 측면에서도 모든 게 하찮고 똑같이 느껴지는 상태가 시작되었다. 뭐가 더 보잘것없고 더 위대하고 할 것이 없었다. 한 편의 시나 여러 권의 작품이나 결국 가치 면에서 다를 게 없었고, 여자의 손등에 입을 맞추는 행위도 정치인의 위대한 행위와 똑같은 무게를 지니고 있었다. 악도 무의미했다. 선이 기본적으로 모든 존재의 섬세한 원초적 유사성의 차원에서 보면 쓸데없는 것이나 다름없듯이 말이다. 따라서 아른하임은 철저하게 일상적으로 행동했지만, 그 행동은 헤아리기 어려운 특별한 의미 관계 안에 있는 것 같았고, 그 의미의 흔들리는 불꽃 뒤에서는 내면의 인간이 꼼짝 않고 선 채 자기 앞에서 사과를 먹거나 재단사에게 양복 치수를 재게 하는 외면의 인간을 지켜보고 있었다.

이게 혹시 환상일까? 아니면 결코 완전히는 이해할 수 없는 현실의 그림자일까? 그에 대해서는 오직 이렇게 답할 수 있다. 어떤 종교든 특정한 발전 단계에서는 그것이 현실이라고 주장했고, 사랑에 빠진 이들과 낭만주의자, 그리고 달, 봄, 초가을의 복된 죽음을 동경하는 사람이라면 누구나 그런 현실을 알고 있다고. 그러나 그 현실은 나중에 다시 사라진다. 증발하거나 고갈되는데, 둘 중 어느 쪽인지 정확히 구분되지는 않는다. 그러던 어느 날 무언가 다른 것이 그 자리를 차지하고 있는 것을 확인하고는 비현실적인 체험과 꿈, 환상을 잊듯 재빨리 머릿속에서 지워버린다. 게다가 이러한 원초적이고 우주적인 사랑의 체험은 대개 한 사람이 처음 사랑에 빠지는 것과 동시에 나타나기에 나중에 진정되고 나서는 그것을 어떻게 평가해야 할지 안다고 믿는다. 그러니까 투표권을 행사할 나이가 되기 전에 빠질 수 있는 어리석음 정도로 생각해버리는 것이다. 앞서 말한 현실은 그런 성격을 띠고 있었다. 하지만 아른하임의 경우 이 상태가 여자와 관련된 적이 한 번도 없었기에 그것이 여자와 함께 자연스레 가슴에서 사라질 리 없었다. 대신 그가 학업을 마치고 얼마간의 자유를 즐긴 뒤 아버지의 사업체로 들어가자마자 그것은 그가 경험한 인상들로 덮여버렸다. 아른하임은 무엇이건 어중간하게 하는 법이 없었기에 아버지의 사업에서도 곧, 생산적이고 균형 잡힌 인생이 시인들의 그 어떤 시보다 훨씬 더 위대한 시임을 깨달았다. 그로써 이제 그것은 완전히 다른 것이 되어버렸다.

여기서 모범과 관련해 그의 재능이 처음 나타났다. 인생의 시는 다른 모든 시들에 비해 내용이야 어떻든 상관없이 흡사 대문자로 쓴 것 같은 이점이 있기 때문이다. 아무리 어리더라도 세계 사업을 하는 견습생일 경우 세상은 그의 주위를 돌고, 온 대륙은 어깨 너머로 그를 지켜본다. 그래서 그가 하는 어떤 행위도 의미가 없지 않다. 반면에 골방에 갇혀 고독하게 글을 쓰는 시인은 아무리 혹독하게 애를 써도 주위에는 기껏해야 파리만 날아다닌다. 이것은 더이상 설명할 필요도 없이 명료해서, 사람들이 인생 자체를 재료로 무언가를 만들어내려는 순간에는 항상 예전에 자신의 마음을 움직인 모든 것이 "문학 나부랭이" 정도로 비치기 마련이다. 다시 말해, 예전에 그들의 마음을 움직인 것은 그로 인해 초래되는 야단법석과는 어울리지 않게 고작해야 허약하고 혼란스러우면서 대개 모순에 가득찬, 스스로를 무력화시키는 작용만 할 뿐이다. 그런데 아른하임에게는 이런 식으로 진행되지 않았다. 그는 예술의 아름다운 감동을 부정하지 않았고, 언젠가 그의 마음에 격한 감동을 주었던 것들을 어리석음이나 환상으로 여기지도 않았다. 오히려 몽상적인 청소년기보다 성인 남성의 상황이 우월하다는 것을 깨닫자마자 새로운 남성적 인식의 주도하에 두 체험 집단을 융합하는 일에 착수했다. 실제로 그는 많은 사람과 대다수 교양 있는 사람이 하는 대로 했다. 그러니까 생업의 길에 들어선 뒤에도 예전의 관심사를 완전히 부정하려 들지 않았을 뿐 아니라 오히려 그 반대로 청소년기의 몽상적 충동과 평온하고 성숙한 관계를 맺으려 했다. 그들이 참여하는 인생이라는 거대한 시의 발견은 그들이 그 옛날 자신들의 시를 불태워버렸던 시절에 잃어버린 딜레탕트의 용기를 되찾아주었다. 그들은 인생의 시를 쓰면서 스스로를 천부적인 인생 전문가로 여기고, 일상적인 행위에 정신적인 책임감이 스며들게 하고, 그 행위가 도덕적이고 아름다울 수 있도록 수천의 자잘한 결정 앞에 서 있다고 느끼고, 괴테가 살아간 방식을 관념적인 모델로 삼고, 음악과 자연 없이는, 아이와 동물들의 천진한 놀이 없이는, 혹은 좋은 책 없이는 인생을 즐기지 못할 거라고 설명한다. 이렇듯 영혼으로 충만한 독일 중산층이 여전히 문학은 말할 것도 없고 다른 모든 예술의 주요 소비층이다. 하지만 그런 중산층도 예전에 소망의 완성으로 여겼던 예술과 문학을 이제는, 물론 이해가 되기는 하지만 발전의 초기 단계라며 한쪽 눈으로 얕잡아보거나(이 단계도 겉으로 보이는 것보다 나름의 방식으로 더 완성돼 있을 텐데 말이다), 아니면 석고상의 아름다움을 알아보는 재주가 없는 철판 공장 사장이 석고상 조각가를 바라보듯 본다.

아른하임은 이 교양 있는 중산층과 비슷했다. 만개한 정원의 카네이션이 길가에 핀 수수한 술패랭이꽃과 비슷한 만큼. 그는 정신적 혁명이나 근본적 변혁 같은 것은 생각조차 하지 않았다. 다만 늘 전통의 그물망에 새로운 것을 짜넣고, 새것을 입수하고, 온건하게 수정하고, 현존하는 권력의 빛바랜 특권을 도덕적으로 소생시키는 일에만 관심이 있었다. 그는 윗사람에게 굽실거리는 속물이 아니었고, 신분이 높은 귀족이라면 무작정 숭배하는 사람도 아니었다. 궁중에 들어가 지체 높은 귀족이나 고위 관직자들과 교유할 때도 결코 그들의 생활 방식을 흉내내려 하지 않았고, 그저 보수 봉건적 문화를 존중하는 애호가로서 적응만 하려고 했다. 프랑크푸르트의 괴테처럼 시민적 태생을 잊지 않고, 잊으려고 하지도 않으면서 말이다. 어쨌든 그와 함께 그가 가진 대립의 능력도 소진되었다. 아마 더 큰 심적인 갈등은 그가 생각하는 삶에 맞지 않다고 여겼을지 모른다. 부를 창출하는 사람들, 즉 상업을 통해 인간의 삶을 이끌고 새 시대를 만들어가는 사람들이 언젠가 현존하는 낡은 권력을 대체할 소명을 타고났다는 것이 그의 깊은 확신이었다. 거기에서 고요한 오만함의 특성이 생겨났고, 이후의 전개를 보면 그 오만함은 충분히 그럴 만한 것으로 드러났다. 그런데 돈의 지배권에 대한 요구를 기정사실로 인정하더라도 애써 얻은 그 권력을 올바로 사용하는 문제는 여전히 남아 있었다. 사실 과거의 은행가나 거대 산업가들은 그 점에서 별 문제가 없었다. 그들은 대개 봉건 기사로서, 도덕적 무기는 성직자들에게 넘겨버린 채 적들의 저항을 힘으로 눌러버릴 수 있었기 때문이다. 반면에 오늘날 돈은 아른하임의 인식처럼, 모든 관계에서 가장 효과적인 수단이고 단두대처럼 냉혹하고 정확할지라도 류머티즘 환자처럼 외부 여건에 굉장히 취약하다. 생각해보라! 아주 사소한 일에도 주식시장이 얼마나 급격하게 요동치는가! 그 밖에 돈은 자신이 지배하는 모든 것과 굉장히 민감한 관련을 맺고 있다. 맹목적이고 오만한 이데올로그만 간과할 수 있을, 삶의 모든 형식과 돈의 이러한 민감한 관련성을 통해 아른하임은 제왕적 상인 안에서 변화와 지속, 권력과 문명화, 이성적인 위험 부담과 정보에 대한 신뢰의 종합적 통합을 인식하기에 이르렀다. 그것도 점점 확산되는 민주주의의 상징적 인물로서 말이다. 그는 스스로에 대한 부단하고 엄격한 단련을 통해, 자신이 맺은 경제적 사회적 관련성들의 정신적 조직화를 통해, 전체 국가를 이끌고 구축해나가는 구상을 통해 새 시대의 탄생에 일조하게 되기를 기대했다. 그러니까 섭리와 자연에 의해 결코 똑같을 수 없는 여러 사회적 힘들이 올바르고 생산적인 방식으로 질서를 갖추고, 이상이 현실의 불가피한 제약에 부딪혀 파탄나는 대신 더욱 정화되고 굳건해지는 그런 새 시대 말이다. 이런 상황을 객관적으로 묘사하자면, 아른하임은 꼭대기에 '제왕적 상인'이라는 관념을 얹어놓고 그 아래에서 영혼과 사업의 합병을 완수하고자 했고, 언젠가 느꼈던 사랑의 감정, 즉 모든 것은 근본적으로 하나일 뿐이라는 감정이 이제 자기 확신의 핵심으로 떠올랐다. 인간의 모든 이해관계와 문화는 결국 하나의 조화로운 전체라는 확신이었다.

그 무렵부터 아른하임은 책을 출간하기 시작했고, 영혼이라는 말이 저서에 등장했다. 추측건대, 그는 이 영혼을 하나의 수단처럼, 자기만의 우월성처럼, 혹은 제왕의 구호처럼 사용하는 듯했다. 제후와 장군은 영혼이 없었기 때문이다. 경제인들 가운데에도 영혼을 가진 사람은 그가 처음이었다. 그를 그런 길로 이끈 데에는, 그를 둘러싼 매우 이성적이고 협소한 환경, 특히 그가 점차 아버지 곁에서 황태자 역할을 하기 시작하면서 사업 수완 면에서 자기보다 탁월한 아버지의 지도자 본능에 맞서 상업적 오성으로는 이해하기 어려운 방식으로 자신을 지키려는 욕구도 분명 한몫했다. 또하나 확실한 것이 있다. 그에게는 알아야 할 세상의 모든 지식을 손에 넣으려는 야망, 그러니까 누구도 따라올 수 없는 박학다식함에 대한 애착이 있었고, 오성으로는 장악할 수 없는 모든 것을 무효화하는 수단을 영혼 속에서 발견한 것이다. 그런 점에서는 그도 시대의 아들이었다. 종교적 부름에서가 아니라, 시대가 격정적으로 무릎을 꿇을 수밖에 없었던 돈과 지식, 계산에 대한 암컷처럼 예민한 거부감에서 강력한 종교적 애착이 새로이 생겨났기 때문이다. 그런데 아른하임이 영혼에 대해 이야기할 때면 정말 스스로 영혼을 믿는지, 영혼의 소유에 주식의 소유와 똑같은 현실적 가치를 두고 있는지는 불확실하고 의문스러웠다. 그에게 영혼은 어떤 말로도 설명할 수 없는 어떤 것에 대한 표현인 듯했다. 그런 욕구에서 그는 대화중에 영혼이라는 표현을 사용했다. 아른하임은 원래 상대가 쉽게 입을 열지 못하게 하는 달변가였다. 나중에 남들에게 강력한 인상을 줄 능력이 자신에게 있음을 인지한 후에는, 특히 저작들을 통해 그런 능력이 점점 커지는 것을 확인한 후에는 영혼을 마치 우리가 보지는 못하지만 등이 있다는 것을 전제하듯이 확실하게 받아들여야 할 그 무엇처럼 말하곤 했다. 이런 식으로 모호하고 예감으로 가득찬 무언가에 대해 쓰고자 하는 진정한 열정이 그를 사로잡았다. 그 무언가는 마치 생기 있는 말 속에 깊은 침묵이 숨어 있듯, 너무나 명확한 사업 세계와 엮여 있었다. 그는 지식의 효용을 부정하지 않았다. 아니, 그 반대였다. 그는 어떤 수단이든 마음껏 쓸 수 있는 남자에게만 가능할 방식으로 부지런히 지식을 수집하는 사람이라는 인상을 풍겼다. 하지만 그런 인상을 준 뒤에는 이렇게 설명했다. 예리한 분석과 정확성의 영역 위에는 예지의 시선으로만 인식할 수 있는 지혜의 왕국이 자리하고 있다고. 그는 자신이 모든 위대성에도 불구하고 보이지 않는 곳에서 고동치는 심장에 의해 움직이는 팔 같은 존재에 지나지 않음을 납득시키려고 국가와 거대한 국제적 사업의 토대를 이루는 의지에 대해 설명했다. 또한 일반 시민이라면 누구라도 공감할 수 있도록 지극히 일상적인 방식으로 과학기술의 진보나 미덕의 가치를 설명했다. 그런데 이것은 다음을 덧붙이기 위해서 한 말이었을 뿐이다. 즉 자연의 힘과 인간 정신의 힘을 그렇게 사용한다고 해도 그 힘들이 자기 아래 깊숙한 곳에 존재하는, 어떤 파도에도 영향받지 않는 대양의 자극으로 만들어진 것임을 예감하지 못하는 한 치명적인 무지에 머물 뿐이라는 것이다. 이런 말들을 할 때 보면 그는 마치 추방당한 여왕에게서 개인적인 지시를 받아 세계를 체계화하는 대리인 같았다.

세계를 그렇게 체계화하는 것은 어쩌면 그의 진실하고 뜨거운 열정이자, 그의 지위상 스스로에게 허용할 수 있는 것을 훨씬 뛰어넘는 권력에의 갈망이었다. 아른하임은 현실 영역에서 굉장한 힘을 갖고 있음에도 이 갈망에 이끌려 최소한 일 년에 한 번은 변방의 성으로 조용히 들어가 비서에게 속기로 책 한 권을 받아쓰게 했다. 그에게 이런 길을 열어준 것이 앞서 말한 그런 기이한 사명감이었다. 몽환적인 청소년기에 처음, 그것도 가장 강렬하게 나타났던 그 감정은 비록 강도는 줄었지만 이후로도 가끔 그를 직접적으로 덮치곤 했다. 그래서 그는 세계사업을 한창 진행해가던 와중에도 수도원에 대한 동경 같은 달콤한 마비에 사로잡혔다. 이 상태는 그에게 이렇게 속삭였다. 모든 모순과 위대한 이념, 모든 세계적 경험과 노력은 결국 우리가 모호하게 문화와 인간성으로 이해하는 것처럼 하나일 뿐 아니라, 울적할 만큼 아름다운 날에 팔짱을 끼고 강과 들판을 내다보며 결코 거기서 떨어지려 하지 않는 것처럼 말 그대로 거칠고 빛나는 무위의 의미에서도 하나일 수 있다는 것이다. 이런 맥락에서 그의 글쓰기는 일종의 타협이었다. 그에게 영혼은 하나뿐이고, 그 영혼은 붙잡을 수 없고, 망명중이고, 또 망명지에서 퍽 이상한 느낌으로 애매하거나 다의적인 방식으로 나타나고, 반면에 영혼의 고결한 메시지를 적용해야 할 문제는 세상에 무한히 널려 있는 까닭에 아른하임은 세월이 가면서 심각한 당혹감에 빠져들었다. 시간이 너무 지체되면 정통주의자와 예언자들에게서 나타나는 당혹감이었다. 그는 글을 쓰기 위해 고독하게 책상에 앉아 있기만 하면 되었다. 그러면 펜이 절로 움직이면서 영혼에서 시작해 정신과 미덕,

경제, 정치에 이르기까지 많은 생각이 봇물 터지듯 콸콸 쏟아져나왔다. 이 생각들은 보이지 않는 샘에서 찬란한 빛을 받으며 명쾌하고도 마법적인 조화 속에 모습을 드러냈다. 이런 확장 열망 속에는 도취와 같은 면이 있었고, 그런 도취를 맛보기 위해서는 많은 사람에게 글쓰기의 전제조건이 되는 의식의 분화 작업이 일어나야 했다. 자신의 구상에 맞지 않는 것은 모두 배제하거나 잊어버리는 정신의 분화 과정이었다. 세계와의 연결고리인 타인을 앞에 두고 말을 했다면 아른하임은 결코 그렇게까지 이야기하지는 못했을 것이다. 그러나 자신의 세계관을 펼쳐놓을 종이 위로 고개를 숙이는 순간에는 확신을 비유적으로 표현한 데서 오는 기쁨으로 전율이 일었다. 그 가운데 지극히 일부만 확실하고 나머지는 대부분 말의 안개에 싸여 있었다. 이 안개에도 현실이 되겠다는 결코 가볍지 않은 단 하나의 요구가 담겨 있다는 사실은 무의식적으로 항상 동일한 장소에서 솟구친다는 데서 알 수 있었다.

그 때문에 그를 비난하고자 하는 사람은 이러한 정신의 이중성이 더는 괴짜들이나 보이는 재주가 아니게 된 지 오래고, 현시대의 속도에 비추어보건대 정치를 꿰뚫어보고, 신문 기사를 쓰고, 예술과 문학에 내재한 새로운 방향성의 힘을 믿는 등 무수히 많은 능력이 전적으로 특정한 재능에 기초하고 있음을 염두에 두어야 한다. 즉 일정 시기에는 기존의 확신과 반대되는 것을 확신할 수 있고, 전체 의식에서 한 부분만 떼어내어 새로운 확신으로 확장시켜갈 수 있는 재능이다. 이런 태도에는 솔직히, 아른하임이 자신의 말을 한 번도 확신한 적이 없다는 것이 장점으로 작용했다. 그는 남자 인생의 전성기에 이르렀을 때 이 세상에 존재하는 모든 것에 대해 의견을 내놓았고, 폭넓은 신념을 갖고 있었으며, 또 이대로 계속 가다보면 언젠가는 한계에 부딪혀 옛 신념들에서 조화롭게 발달한 새 신념을 얻을 수 없는 순간이 오리라는 것도 믿지 않았다. 그러나 다른 의식 상태에서는, 수익성과 결산서에 민감하게 반응하는 효율적인 사고방식의 남자라면 아무리 지치지 않고 사고 영역을 확장하더라도 그게 한도 끝도 없는 행위라는 사실을 놓칠 리 없었다. 유일하게 그의 통일적 인격 속에서만 경계가 있었다. 그의 자의식이 아무리 강해도 오성의 눈에는 별로 만족스러운 상태가 아니었다. 아른하임은 그 원인을, 인생이 도처에서 박식한 관찰자에게 보여주는 비합리성의 잔재로 돌렸고, 어깨를 으쓱하며 우리 시대에는 모든 것이 무한정 자기 경계를 넘어서고 있다는 생각으로 자위하려고 했다. 심지어 누구도 자신이 사는 세기의 약점을 완전히 뛰어넘지 못한다는 사실에 착안해서 모든 위대한 남자에게 공통으로 나타나는 겸손의 미덕을 실천할 소중한 가능성을 엿보기도 했다. 자기보다 유리한 시대에 살았다는 이유로 호메로스나 부처 같은 위인을 아무런 질투 없이 자기 위에 둠으로써 말이다. 그런데 그의 황태자 생활에 근본적인 변화 없이 그의 저술이 최고의 성공을 거둔 시점에 비합리성의 잔재는 커져갔고, 손에 잡히는 결과가 없다는 상실감과 목표한 게 빗나가면서 원래의 의도를 잊어버렸다는 불쾌감이 짓누르듯이 퍼져갔다. 지금까지 자신이 해온 일들을 조망해보면 충분히 만족해도 될 텐데 이제는 가끔, 날마다 점점 두꺼워지는 다이아몬드 벽 같은 이런 생각의 벽에 가로막혀 지금도 계속 영향을 끼치는 자신의 그리운 뿌리에서 점점 멀어지는 것 같은 느낌이 들었다.

최근에 이런 형태의 불쾌한 일이 일어나 그에게 큰 충격을 주었다.

그는 이제 평소보다 짬을 더 많이 내서 비서에게 국가 조직과 국가 구상의 조화에 대한 논문을 타이프로 받아 치게 했다. 그러던 어느 날, '우리는 벽들의 침묵을 마주하게 된다. 국가 조직을 자세히 살펴보면' 이라는 문장을 말하려다가 '침묵'이라는 단어에서 잠시 말을 끊었다. 의도하지 않았는데 막 그의 내면에 떠오른 로마 칸첼레리아궁의 모습을 잠시 즐기기 위해서였다. 그런데 얼마 뒤 다시 원고를 보았을 때 비서가 습관적으로 지레 앞서나가 이렇게 타이핑해놓은 것을 발견했다. "우리는 영혼의 침묵을 보게 된다……"* 그날 아른하임은 불러주기를 중단했고, 이튿날엔 그 문장을 지우게 했다.

그렇다면 한 여인과 육체적으로 결부된 일상적인 사랑의 체험은 이런 배경의 넓고 깊은 체험과 비교하면 어떤 무게를 지닐까? 안타깝게도 아른하임은 이렇게 고백할 수밖에 없었다. 그것은 자신의 인생을 총괄하는 인식과 똑같은 무게를 지닌다고, 정신으로 이르는 모든 길은 영혼에서 출발하지만 누구도 되돌아가지는 않는다고! 그와의 내밀한 관계를 즐기고 행복해했던 여자들은 당연히 많았다. 돈을 바라고 접근한 여자들만 빼면 다들 직업과 학식이 있는 여자나 예술가들이었다. 경제적으로 도움을 주는 여자들과 자기 힘으로 돈을 버는 여자들과는 명확한 관계 덕분에 말이 통했다. 그의 도덕적 본성은 항상 본능과 그에 동반된 여자들과의 불가피한 충돌을 이성적으로 제어할 수 있는 관계로 이끌었다. 그러나 디오티마는 달랐다. 도덕 이전의 비밀스러운 내적 삶

---

* 독일어와 한국어의 어순 차이가 드러나는 대목이다. 독일어에서는 '침묵'을 형용하는 말이 후치된다. 그러니까 아른하임이 무슨 침묵인지 말하지 않았는데 비서가 지레짐작하고 '침묵' 뒤에 '영혼'을 이어 썼다는 말이다.

을 강하게 건드린 여자는 처음이었다. 때문에 그는 그녀를 간혹 못마땅하게 흘겨보곤 했다. 가만히 생각해보면 그녀는 일개 정부 관료의 아내일 뿐이었다. 물론 사회적으로 내놓기 부끄러운 수준은 결코 아니었다. 하지만 그녀에게는 권력에서만 나올 수 있는 최고 수준의 교양미가 없었다. 마음만 먹었다면 그는 미국 대자본가나 지체 높은 영국 귀족의 딸과 결혼할 수도 있었을 것이다. 그의 내면에는 어린아이의 반항, 잔인할 정도로 순진한 오만함, 혹은 온실 속 화초처럼 자란 아이가 처음 공립학교에 들어갔을 때의 경악 같은 것이 치미는 순간이 있었다. 그럴 때면 사랑에 정신을 못 차리는 자신의 상황이 위협적으로 느껴질 만큼 수치스러웠다. 그런 순간, 죽었다가 다시 태어난 정신처럼 냉철한 우월감으로 다시 업무에 임하게 되면 무엇으로도 더러워지지 않는 차가운 돈의 이성은 사랑에 비해 엄청나게 깨끗한 권력으로 다가왔다.

그러나 이는 사랑의 포로가 죽을 때까지 자유를 지키지 못하고 중간에 빼앗긴 것에 난감해하는 순간이 찾아왔음을 의미할 뿐이었다. "세계적 사건이라는 게 뭐죠? 엉 푀 드 브뤼 오투르 드 노트르 암*……?" 디오티마가 이렇게 말하는 순간 아른하임은 인생이라는 건물이 흔들리는 것을 느꼈기 때문이다.

* '우리의 영혼을 둘러싼 미미한 소음 같은 것 아닌가요'라는 의미의 프랑스어.

87. 모스브루거가 춤을 추다

그사이 모스브루거는 여전히 지방법원의 구치소에 갇혀 있었다. 그의 변호인은 다시 힘을 내어 이 사건이 조기에 종결되지 않도록 지연작전을 펼쳤다.

그 때문에 모스브루거는 웃었다. 지루해서 웃었다.

그의 생각은 지루함에 살랑살랑 움직였다. 대개 지루함은 생각을 지우기 마련이지만, 그의 지루함은 오히려 생각을 이리저리 흔들었다. 어쨌든 이번에는 그랬다. 분장실에서 등장 순서를 기다리는 배우의 상황과 비슷했다.

아마 장검이 있었다면 모스브루거는 지금 그것을 빼들고 의자의 목을 베어버렸을 것이다. 책상의 목을 날리고, 창문의 목을 날리고, 양동이와 문의 목을 날려버렸을 것이다. 그다음엔 목을 날린 물건들 위에 자신의 목을 올려두고 싶었다. 감방 안에 머리라고는 자기 것밖에 없었기 때문이다. 보기에도 좋았다. 그는 모든 사물 위에 자신의 얼굴이 얹혀 있는 모습을 상상해보았다. 큰 두개골, 정수리에서 이마까지 푹 눌러쓴 털모자 같은 머리카락. 그러자 사물들이 좋아졌다.

감방만 좀더 넓었더라면, 식사만 좀더 괜찮았더라면!

그는 타인을 볼 수 없는 게 정말 기뻤다. 사람들을 견디기란 무척 힘들었다. 그들은 침을 뱉거나, 이해 못하겠다는 듯 어깨를 으쓱하는 식으로 행동할 때가 많았다. 그럴 경우 그는 절망감에 사로잡혀 주먹으로 사람들의 등짝에 구멍을 내고 싶었다. 벽에 구멍을 뚫듯이. 모스브루거는 신을 믿지 않고 자신의 개인적인 이성을 믿었다. 영원한 진리는 경멸했다. 판사나 성직자 나부랭이, 경찰 같은 것들이다. 그는 자기 일을 혼자 다 처리해야 했다. 그런 사람은 가끔 모든 게 자신의 길을 가로막고 있는 것처럼 느낀다. 익숙하게 봐왔던 것들이 그의 눈앞에 다시 보였다. 잉크병, 녹색 천, 연필, 벽에 걸린 황제 초상화. 이 모든 것이 어떤 식으로 자리잡고 있는지도 보였다. 공간에 배치된 모습이 마치 위장 폭탄처럼 느껴졌다. 풀과 나뭇잎으로 가려진 것이 아니라, 이렇게 배치될 수밖에 없다는 감정으로 위장된 폭탄 말이다. 그럴 때면 강이 굽이치는 곳에 자라난 덤불이 떠올랐고, 우물에서 물을 끌어올리는 펌프의 삐걱거리는 소리가 들렸으며, 혼란스럽게 뒤섞인 풍경들의 단편과 무한하게 비축된 기억들이 떠올랐다. 당시에는 좋은 줄도 몰랐던 기억들이었다. 그리고 꿈을 꾸었다. '나는 사물들에게 이런저런 얘기를 해줄 수 있어!' 그는 젊은 사람처럼 꿈을 꾸었다. 사람들은 그가 나이들 시간이 없을 정도로 자주 가두었다. 모스브루거는 생각했다. '다음번에는 좀더 면밀하게 관찰해야겠어. 그렇지 않고는 저들이 날 이해할 수 없을 거야.' 이어 그는 엄하게 미소 지으며 자신에 대해, 마치 판사들에게 자신의 아들에 대해 말하는 아버지처럼 이렇게 말했다. '이놈은 아무짝에도 쓸모가 없소. 그냥 감옥에 처넣어요. 그러면 혹시 정신을 차릴지 모르지!'

당연히 감옥의 규정에 대해 화가 날 때도 있었다. 아니, 그 때문에 상처를 받았다고 해야 한다. 그럴 때면 그는 감옥 의사나 구치소장을 찾아갔고, 그러고 나면 모든 것이 다시 제자리로 돌아갔다. 마치 물에 빠져 죽은 쥐의 몸뚱이를 물이 자연스럽게 감싸듯이. 물론 정확히 이 장면을 상상하지는 않았지만, 무엇으로도 방해받지 않는 크고 잔잔한 물이 넓게 펼쳐진 느낌은 이제 거의 떠나지 않았다. 그것을 표현할 말은 모스브루거에게 없었지만.

그가 갖고 있는 말이라고는 '흠흠', '그래그래'가 전부였다.

책상은 모스브루거였다.

의자는 모스브루거였다.

창살이 달린 창문과 굳게 닫힌 문이 바로 그 자신이었다.

그가 미쳤거나 비정상이어서 이런 생각을 한 것이 아니었다. 그냥 고무 밴드가 달아난 것뿐이었다. 모든 사물과 피조물 뒤에는 고무 밴드가 하나씩 있어 다른 존재에 아주 가깝게 다가가고자 하면 팽팽하게 당겨진다. 그렇지 않으면 마지막에 가서는 서로가 서로를 관통할 수도 있기 때문이다. 그 밖에 움직임 하나하나에도 고무 밴드가 있다. 자신이 원하는 것을 마음껏 하지 못하게 하는 고무 밴드다. 그런 밴드들이 갑자기 없어진 것이다. 아니면 고무 밴드처럼 뭔가를 저지하는 감정이 사라진 것뿐일까?

그걸 정확하게 구분할 수 있을까? '예를 들어 여자들은 고무 밴드가 들어간 스타킹을 신어. 저기도 있잖아!' 모스브루거는 생각했다. '여자들은 무슨 부적처럼 다리에 고무 밴드를 하고 다녀. 치마 안에 말이야. 벌레가 올라오지 못하도록 과일나무에 두르는 고리와 비슷해.'

이것은 단지 지나가면서 언급한 말일 뿐이다. 모스브루거가 형제들 모두를 향해 말하고 싶은 욕구가 있을 거라고 생각해서는 안 된다. 그는 그럴 마음이 없었다. 다만 그는 내면이 외면인 존재일 뿐이었다.

그는 이제 모든 것의 우두머리였고, 우두머리처럼 굴었다. 사람들이 자신을 죽이기 전에 모든 것을 정리했다. 이제 자신이 원하는 것에 대해 생각할 수 있었다. 순간 그의 머릿속에 있는 모든 것들이 자신의 명령에 순순히 따랐다. '엎드려!' 하고 말하면 그대로 잘 따라하는 훈련받은 개처럼. 그는 감옥에 갇혀 있으면서도 막강한 권력을 가진 느낌이었다.

그는 정확한 시간에 수프를 받았고, 정확한 시간에 깨워졌으며, 정확한 시간에 간수의 인솔하에 산책을 나갔다. 감옥 안에서는 모든 것이 정확하고 변경 불가였다. 어떻게 그럴 수 있는지 가끔 정말 신기할 정도였다. 심지어 자신에게 부과된 질서임을 잘 알고 있음에도 그 관계가 묘하게 역전되어 마치 자신에게서 질서가 출발하고 있다는 기분까지 들었다.

여름의 덤불숲 그늘에 누워 벌들이 웽웽거리는 소리를 듣고 자그마한 해가 우윳빛처럼 밝은 하늘 위를 고정된 궤도를 따라 움직이는 것을 볼 때면, 여느 사람들은 세상이 마치 자신을 중심으로 기계장치처럼 정확하게 돌아가는 것 같은 경험을 한다. 모스브루거 역시 감방이 제공하는 기하학적 구도에서 같은 느낌을 받았다.

그럴 때면 그는 미친듯이 근사한 식사를 갈망했다. 밤에는 그런 꿈을 꾸었고, 낮에는 그의 정신이 다른 일에서 돌아오자마자 돼지고기 요리가 담긴 접시가 나타나서는 섬뜩할 정도로 집요하게 눈앞에서 사라지지 않았다. 그러면 그는 명령했다. '두 접시! 아니 세 접시!' 이런 열렬한 상상은 갈수록 증폭되다가 마침내 터질 듯이 배가 부르고 메스꺼운 상태가 찾아왔다. 상상 속에서 과식을 한 것이다. 그는 머리를 갸우뚱거리며 생각에 잠겼다. '먹고 싶다는 생각만으로 왜 이렇게 빨리 배가 부른 거지?' 먹는 것과 배가 터질 듯이 부른 것 사이에 세상의 모든 즐거움이 있었다. 아, 이런 세상이란! 이 공간이 얼마나 좁은지 증명할 수 있는 수백 가지 보기가 있을 테지만, 그중 하나만 들어보자. 아직 취하지 못한 여자는 밤에 하늘로 점점 높이 치솟다가 남자의 가슴을 빨아들이는 달과 같지만, 일단 여자를 취하게 되면 얼굴을 발로 짓밟고 싶은 기분이 든다. 왜 그럴까? 그는 이런 질문을 자주 받은 기억이 났다. 이런 답이 가능했다. 여자는 여자이면서 남자다. 남자들이 여자들을 뒤쫓기 때문이다. 그런데 그런 질문을 던진 사람들은 이 대답을 제대로 이해하려 하지 않았다. 그들이 알고 싶어했던 것은, 모스브루거에게 반기를 들어 사람들이 한통속으로 공모했다는 생각을 어떻게 할 수 있느냐는 것이다. 마치 그의 몸은 그들과 공모하지 않은 것처럼 말이다! 이것은 여자들과 관련해서는 아주 분명하다. 하지만 그의 몸은 그 자신보다 다른 남자들과 더 잘 통했다. 하나의 말이 다른 말을 이끌어내고, 사람들은 서로 무엇이 어울리는지 알고, 하루종일 남을 중심으로 돌아가고, 그러다 서로 별문제 없이 잘 지내는 좁은 경계선을 순식간에 넘어버린다. 그런데 그의 몸이 그것을 유발했다면 그로부터 벗어나게 하는 것도 그 몸이어야 한다. 기억이 닿는 한 모스브루거는 당시 화가 났거나 두려워했다. 그의 가슴은 휘두르는 팔과 함께 명령을 받은 커다란 개처럼 돌진했다. 이후의 일은 그도 이해할 수 없었다. 잘 지내는 것과 못 견디겠는 것 사이의 공간은 좁다. 게다가 그게 한번 시작되면 그 공간은 순식간에 경악할 정도로 좁아진다.

외국어를 할 줄 아는데다 항상 자신의 머리 위 판사석에 앉아 자신을 향해 이렇게 야단치던 사람들을 그는 정확히 기억하고 있었다. "하지만 보통 그런 이유로 사람을 죽이지는 않아요?!" 모스브루거는 어깨를 으쓱했다. 분명 돈 몇 푼 때문에, 혹은 아무것도 바라지 않고 그저 그런 생각이 방금 떠올라서 살인을 저지르는 사람들도 있었다. 그러나 자신은 그런 인간이 아니었다. 그는 자부심이 강했다. 시간이 가면서 판사들의 질책은 그의 뇌리에 강하게 와 박혔다. 그래서 알고 싶었다. 이따금 세계가 왜 그렇게 좁게 느껴지는지, 혹은 그 상태를 뭐라고 부르든 상관없이 머리에 몰려 있던 피를 다시 내려보내기 위해 강제로라도 그런 공간을 마련해야 하는 이유가 뭔지. 그는 생각에 잠겼다. 그런데 숙고 또한 그와 비슷하지 않은가? 숙고하기 좋은 분위기를 느낄 때마다 그는 기쁨에 겨워 미소부터 지었다. 그러면 두개골 밑에서는 생각들이 더는 어지럽게 스멀거리지 않고 별안간 딱 한 생각만 떠올랐다. 그 차이는 아장아장 걷는 아이와 아름다운 여자가 춤추는 모습만큼이나 컸다. 그냥 마법에 걸린 듯했다. 손풍금이 연주되고, 테이블 위에 한줄기 빛이 내리고, 나비들이 여름밤을 뚫고 날아왔다. 그러면 모든 착상이 그 유일한 생각의 빛줄기 속으로 떨어지거나, 아니면 다가온 착상들을 모스브루거가 큰 손으로 붙잡아 짓이겼다. 한순간 착상들은 그의 손가락 사이에서 작은 용들처럼 아슬아슬해 보였다. 모스브루거의 피 한 방울이 세계 속으로 떨어졌다. 보이지는 않았다. 어두웠기 때문이다. 그러나 그는 보이지 않는 곳에서 일어나는 일을 느꼈다. 뒤엉킨 것들이 저 바깥에서 가지런해졌고, 구불구불하던 것들이 펴졌다. 평소에 그를 수시로 괴롭히던 세상의 참을 수 없는 왱왱거림도 소리 없는 춤으로 대체되었다. 이제는 모든 일이 아름다웠다. 못생긴 처녀도 혼자 있지 않고 남의 손에 이끌려 함께 윤무를 추고, 남들이 벌써 내려다보는 계단을 올려다보고 있으면 아름다워지듯이. 퍽 특이한 느낌이었다. 모스브루거가 눈을 뜨고, 모든 것이 춤을 추면서 그에게 복종하는 그 순간에 주변 사람들을 바라보면 그들도 그렇게 아름다워 보였다. 그런 상황에서는 그들도 자신에게 반기를 들며 공모하지 않고 벽을 만들지도 않았으며, 사람과 사물의 얼굴이 압박에 눌린 것처럼 일그러진 것도 단순히 그를 이기기 위한 긴장의 표현이었다. 이어 모스브루거는 그들 앞에서 춤을 추었다. 눈에 띄지 않고 품위 있게. 지금까지 살아오면서 누구와도 춤을 춰본 적이 없는 사람이 음악에 맞추어 춤을 추었다. 음악은 갈수록 자기 성찰과 잠이 되었고, 성모의 품이 되었고, 마지막에는 신의 평화가 되었으며, 죽음처럼 놀랍고 느슨한 상태가 되었다. 그는 누구도 보지 못하는 춤을 며칠 동안 추었다. 그러다 어느 순간 모든 것이 바깥에, 그러니까 자기 속에서 흘러나온 외부 세계에 추위로 망가진 거미줄처럼 뻣뻣하고 여리게 걸려 있었다.

이런 것을 경험해본 적이 없는 사람이 다른 일을 어떻게 판단할 수 있을까? 모스브루거는 자신의 살갗에서 스르르 빠져나오는 것 같은 가벼운 나날을 몇 주 보낸 뒤에는 긴 유폐의 시간을 반복해서 겪었다. 국가의 감옥과는 비교도 안 되는 감옥이었다. 이 감옥에서는 생각을 하려고 하면 모든 것이 씁쓰레하고 공허하게 움츠러들었다. 그는 자신에게 생각하는 법을 가르쳐주려고 했던 노동자 합숙소와 야학을 증오했다. 아직도 생각들이 마치 죽마를 탄 것처럼 뻣뻣하고 큰 걸음걸이로 걸어가는 모습이 생생했다! 그는 납을 매단 것처럼 발을 질질 끌며 세상 속으로 걸어갔다. 일이 다시 다르게 될 수도 있을 장소를 찾을 거라는 희망을 품고.

그런데 지금은 이런 희망을 딱하다는 듯이 웃으면서 바라볼 뿐이었다. 지금까지는 그런 두 극단적 상태 사이의 중간 지점을 찾는 데 실패했다. 그런 지점이 있었더라면 거기 머물 수도 있었을 텐데. 이제 질려 버렸다. 그저 웃으면서 당당히 죽음을 맞기로 했다.

어쨌거나 그는 많은 것들을 보았다. 바이에른과 오스트리아를 거쳐 저 아래 터키까지. 그리고 목숨이 붙어 있는 동안 신문에서 읽었던 많은 일들이 있었다. 전체적으로 요동치는 시대였다. 그는 내심 이런 시대에 살았던 것에 큰 자부심을 느꼈다. 그렇게 생각하면, 개별적으로는 세상이 혼란스럽고 황량하게 느껴지지만 결국 그의 길은 그 한가운데를 관통했고, 나중에는 사람들도 그의 출생에서 죽음까지 또렷이 알게 될 것이다. 모스브루거는 사람들이 자신을 처형한다는 느낌이 아니라 오히려 자신이 자신을 처형한다는 느낌이 들었다. 남들의 도움을 받아서 말이다. 그는 앞으로 다가올 일을 그렇게 보았다. 그런데 모든 것이 왠지 하나의 전체로 합쳐진 듯했다. 국도, 도시, 경찰과 새, 죽은 사람들, 그리고 그 자신의 죽음까지. 물론 스스로도 완전히 이해하지는 못했다. 하지만 남들은 그에 대해 더 많이 떠들어댈 수 있을지언정 그보다 더 이해하지는 못했다.

그는 침을 뱉었고, 파랗게 칠한 쥐덫같이 생긴 하늘을 떠올렸다. 그리고 생각했다. '슬로바키아에서는 저렇게 둥글고 높게 쥐덫을 만들지.'

88. 위대한 것들과의 연결

앞서 오래전에 다양한 연결들 속에서 슬쩍 지나가듯 언급하고 넘어간 상황이 있는데, 그 핵심을 대충 정리하면 다음과 같다. 위대한 것과의 결합만큼 정신에 위험한 일은 없다.

어떤 사람이 숲속을 걷고 산을 오르고 발밑에 펼쳐진 세계를 내려다보거나, 처음으로 세상이 안겨준 아이를 유심히 살펴보거나, 혹은 누구나 부러워할 위치에 오르는 행운을 누린다. 우리는 묻는다. 그 사람 내면에서는 무슨 일이 일어나고 있을까? 분명한 것은, 그가 이런 일들을 무척 다층적이고 깊고 중요하게 느낄 거라는 사실이다. 다만 그것을 말로 표현할 만한 정신적 순발력은 아직 없다. 자석 케이스처럼 그의 앞과 밖을 둘러싸고 있던 경이로운 일들이 그에게서 생각을 뽑아낸다. 그의 시선은 수천의 개별적인 것에 꽂히지만, 그는 마치 실탄을 모두 쏘아버린 것처럼 섬뜩해진다. 외부에서는 영혼과 햇빛으로 충만하거나, 깊고 위대한 시간이 작은 나뭇잎과 모세혈관에 이르기까지 모든 세상을 갈바니전기의 은으로 뒤덮는다. 그런데 여기 안쪽, 그러니까 세상의 또다른 개인적 끝에서는 곧 물질 부족이 눈에 띄고, 이른바 크고 텅 빈 둥근 'O'가 생겨난다. 이 상태는 인류와 자연의 최고봉에 머무를 때처럼 모든 영원하고 위대한 것과 접촉하는 고전적 징후다. 위대한 것을 선호하는 사람들(자잘한 일 따위는 안중에도 없는 위대한 영혼들이 특히 여기에 속한다)은 자기도 모르게 내면이 걸어나와 표면으로 확장된다.

때문에 위대한 것과 연결될 때의 위험성은 '정신의 에너지보존법칙'이라고 명명할 수 있다. 상당히 일반적으로 통용될 수 있는 명칭 같다. 큰일을 하는 고위직 인물들의 말은 보통 우리 같은 일반인들의 말보다 알맹이가 없다. 특별히 품위 있는 대상과 특별히 가까운 관계에 있는 생각들 역시 모종의 특혜 없이는 몹시 한심하게 여겨질 가능성이 크다. 우리의 소중한 과제들, 즉 민족의 과제, 평화의 과제, 인류의 과제, 미덕의 과제, 혹은 다른 비슷한 과제들은 싸구려 정신적 식생대를 등에 업고 있다. 이는 매우 전도된 세계다. 그러나 테마 자체가 중요할수록 그것을 다루는 일은 점점 볼품없어진다는 사실을 받아들이는 것이 세상의 순리다.

그러나 유럽의 정신문화를 이해하는 데 많은 도움을 주는 이 법칙이 항상 명확하지는 않다. 심지어 일군의 위대한 대상들이 다른 새로운 무리로 교체되는 시기에는, 위대한 대상들에 복무하려는 정신은 기존 질서의 전복을 꾀하는 파괴분자로 비치기도 한다. 정신으로서는 단지 하인의 제복만 바꾸어 입었을 뿐인데 말이다. 어쨌든 여기서 이야기되는 사람들이 걱정도 하고 승리도 맛본 시절에는 그런 교체의 조짐이 뚜렷했다. 아른하임이 각별하게 생각하는 것에서부터 이야기해보자면, 예를 들어 당시에 벌써 엄청나게 많이 팔린 책들이 있었다. 하지만 사람들은 그 책들에 아직 최대한의 경의를 표하지 않았다. 많이 팔린 책에만 큰 존경을 표하던 시대였는데도 말이다. 그 밖에 축구나 테니스처럼 영향력 있는 산업이 존재했지만, 대학에 그런 강좌를 개설하는 것에는 아직 망설임이 있었다. 요컨대, 아메리카대륙에서 감자를 도입함으로써 정기적으로 반복되던 유럽의 기근을 해결하는 데 결정적 역할을 한 인물이 싸움꾼 드레이크 제독이었는지, 아니면 마찬가지로 싸움꾼이면서도 교양 있는 롤리 제독이었는지, 혹은 이름 없는 스페인 병사들이었는지, 혹은 대단한 사기꾼이자 노예상인인 호킨스였는지는 몰라도, 감자 때문에 이 남자들을 가령, 무지개를 올바르게 설명한 인물 정도로만 알려진 물리학자 알 시라시보다 더 중요한 인물로 생각하기까지는 오랜 시간이 걸렸다. 그러나 시민 시대가 도래하면서 그런 업적들에 순위를 다시 매기는 작업이 시작되었고, 아른하임의 시대에는 오랜 선입견들에 의해 약간 방해만 받았을 뿐 널리 번창하기에 이르렀다. 이 시대에는 존경의 자명한 대상으로 새로 떠오른 '결과의 양'과 '양의 결과'가 여전히 귀족들이 중요시하는 '위대한 질'에 대한 케케묵고 맹목적인 존경과 싸우고 있었다. 하지만 표상의 세계에서는 벌써 놀라운 타협이 생겨났다. 우리가 지난 세대에 이미 알게 된 것처럼, 위대한 정신은 이제 그 자체의 의미와 감자의 의미가 종합된 것으로 여겨졌다. 사람들은 천재의 고독이 배어 있으면서도 밤꾀꼬리처럼 모두가 쉽게 이해할 수 있는 인물을 기다렸기 때문이다.

이런 식으로 가다보면 어떤 것이 나올지는 예단하기 어렵다. 우리는 위대한 것들과의 연결 위험성을 보통 그 대상들의 위대성이 절반쯤 사라진 뒤에야 알아보기 때문이다. 자신이 모시는 주인의 이름으로 주인의 손님들에게 위세를 부리는 하인을 비웃는 것만큼 쉬운 일은 없지만, 내일의 이름으로 오늘을 존경스럽게 다루는 사람이 하인인지 아닌지는 보통 모레가 되기 전에는 알지 못한다. 위대한 것들과의 연결 위험성에는, 대상은 계속 바뀌어도 위험은 변함없이 존재한다는 몹시 불쾌한 특성이 있다.

89. 사람은 시대와 함께 걸어가야 한다

아른하임 박사는 예고대로 방문한 자기 회사 중역 두 사람과 오랫동안 회의를 했다. 다음날 아침, 살롱에는 어지럽게 널린 서류와 회계장

부가 비서의 손길을 기다리고 있었다. 아른하임은 결정을 내려야 했고, 중역들은 오후 기차로 돌아가야 했다. 여느 때와 마찬가지로 그는 오늘도 이런 상황을 즐겼다. 이런 상황에서는 어떤 조건이든 약간의 긴장감이 조성되기 때문이다. 그는 생각했다. '십 년 후에는 우리 회사에 전용 비행기가 생길 정도로 기술이 발전하겠지! 그러면 히말라야의 휴가지에서도 직원들을 지휘할 수 있을 거야.' 결정은 이미 밤중에 내려놓았고, 날이 밝은 뒤 그것을 다시 한번 검토하고 확정하는 일만 남아 있었기에 지금은 여유가 있었다. 그는 룸서비스로 아침식사를 마친 뒤 시가를 피우며 정신의 한가함을 즐겼다. 머릿속에 떠오른 것은 전날 저녁 조금 일찍 자리를 뜰 수밖에 없었던 디오티마 집에서의 모임이었다.

이번에는 무척 즐거운 자리였다. 대부분 자유분방한 예술가들이었는데, 참석자들 상당수는 서른 살 이하였고 나이가 많아 봤자 서른다섯이었다. 그럼에도 다들 벌써 유명하거나 신문의 주목을 받고 있었다. 그중에는 현지인도 있었지만 세계 각지에서 온 외지인도 있었다. 카카니엔의 한 고결한 부인이 최고 지성들을 모아놓고 세계에 정신의 오솔길을 내고 있다는 소문을 듣고 찾아온 사람들이었다. 때로 이 모임은 예술가 카페 같은 분위기를 풍기기도 했는데, 아른하임은 자기 집인데도 약간 위축된 것 같던 디오티마를 떠올리며 싱긋 웃음을 지었다. 물론 전체적으로는 상당히 고무적이었고, 탁월한 실험이었다는 생각이 들었다. 위대한 남자들의 회합이 결실 없이 끝난 것에 실망한 디오티마는 그뒤 지극히 현대적인 정신들을 평행운동에 끌어들이는 실험을 해보기로 결심했는데, 이때 아른하임의 인맥이 큰 도움이 되었다. 그런데 하릴없이 경청만 해야 했던 대화들이 떠오르자 그는 고개를 설레설레 흔들었다. 그가 보기에 정말 정신 나간 대화들이었다. 하지만 스스로에게 이렇게 말했다. "청춘에게는 양보할 수밖에 없지. 그냥 거부만 해서는 아무것도 되지 않아!" 어쨌든 이렇게 말해도 된다면 그는 정말로 그 상황을 즐겼다. 한꺼번에 제법 많은 것들이 나왔기 때문이다.

그들은 악마에게 줘버릴 것으로 '체험'을 언급했다. 그들이 말하는 체험은 십오 년 전 인상주의자들을 마법의 꽃처럼 대지의 온기와 실재적 현실성에 열광하게 한 지극히 개인적인 체험을 의미했다. 이제 그들은 그런 인상주의를 유약하고 지각없는 사조라 불렀고, 관능성의 통제와 정신의 종합을 요구했다!

여기서 종합이란 전체적으로 보면, 아마 회의懷疑, 심리학, 과학적 연구와 분석, 아버지 세대들의 문학적 선호, 이 모든 것에 대한 반발을 의미했다.

그들은 이런 의견을 철학 냄새를 풍기며 말하지 않았다. 오히려 그들이 종합으로 이해하는 것은 마음껏 움직이려는 젊은 뼈와 근육의 욕망이었고, 비판에 방해받지 않는 높이뛰기와 춤추기였다. 그들은 자기 상황에 맞춰 이 종합도 주저 없이 악마에게 줘버렸다. 분석과 사유까지 전부. 그런 다음 정신은 체험의 진액으로 키워져야 한다고 주장했다. 대개 이렇게 주장하는 사람들은 당연히 다른 집단의 일원이었지만, 가끔은 같은 편이 그렇게 강한 주장을 펴기도 했다.

또 그들은 얼마나 멋진 말을 구사하는가! 또한 지적인 기질을 비롯해 세계의 가슴을 뛰게 하는 재빠른 사고방식과 우주적 인간의 날선 뇌를 요구했다. 그 밖에 아른하임은 또 무슨 말을 들었던가?

그들은 미국식 세계 계획에 근거해, 기계화된 힘으로 새로운 인간을 만들어야 한다고 요구했다.

그리고 정말 강렬한 인생 드라마와 결부된 서정성을 요구했다.

또한 기술주의를 요구했다. 기계 시대의 가치에 맞는 정신이었다.

참석자 중 누군가는 블레리오의 이름을 외쳤다. 얼마 전 시속 50킬로미터로 영국해협을 비행 횡단한 인물이었다. 우리는 이 시속 50킬로미터의 시를 써야 하고, 시대에 뒤떨어진 나머지 문학은 모두 쓰레기통에 던져버려야 한다고 했다.

그들은 또 경험 속도의 가속화를 요구했다. 그것은 스포츠 생체역학과 서커스 곡예사의 정밀한 움직임에 토대를 둔 경험 속도를 최대치로 끌어올리는 것을 의미했다.

그들은 영화를 통한 사진 기법의 혁신을 요구했다.

누군가는 이렇게 말했다. 인간은 신비스러운 내부 공간이다. 때문에 원뿔형과 원, 원통형, 정육면체 같은 매개를 통해 우주 속에서 자기 자리를 잡을 수 있도록 해야 한다는 것이다. 그런데 반대편에서는 이런 견해의 뿌리를 이루는 개인주의적 예술관이 끝났다고 하면서, 우리는 공동주택과 이주라는 수단을 통해 미래의 인간들에게 새로운 주거 감정을 부여해야 한다고 주장하기도 했다. 이렇듯 개인주의적 주장과 사회적 주장이 형성되어가자 세번째 그룹이 나서서, 종교적 예술가만이 진정한 의미의 사회적 예술가라고 반박했다. 이 대목에서 새로운 건축가 그룹이 선도적 위치를 자처하고 나섰다. 건축의 목표가 바로 종교라는 것이다. 게다가 건축에는 조국애와 땅에 대한 애정을 강화하는 부수 효과까지 있다고 했다. 입체파의 지지를 받은 이 종교적 그룹은, 예술은 어딘가에 종속된 사안이 아니라 중심이고 우주적 법칙의 완수라고 주장했다. 그런데 대화가 이어지면서 종교적 그룹은 다시 입체파로부터 버림받았다. 이제 입체파는 개인적인 것을 생성하고 전형화하는 공간 형태를 통해 우주와 가장 좋은 관계를 맺을 수 있다고 주장하는 건축가들 편에 붙었다. 그때 어디선가 이런 말이 흘러나왔다. 우리는 인간의 영혼을 들여다보고, 영혼에 삼차원적인 고정된 형태를 부여해야 한다고. 이어 누군가 도전적이고 문제적인 질문을 던졌다. 굶주리는 사람 만 명과 예술작품 한 점 가운데 무엇이 중요하냐는 것이다. 그들은 대부분 어떤 방식으로건 예술가였기에 예술만이 인간의 영혼을 치유할 수 있다고 믿었다. 다만 치유의 본질과 그 치유를 위해 평행운동에 제기해야 할 요구에 대해선 각자 의견이 달랐다. 이제 처음의 사회적 그룹이 다시 치고 나와 새로운 목소리를 냈다. 예술작품 한 점이 과연 굶주리는 사람 만 명보다 중요하냐는 문제는 이제 예술작품 만 점이 한 사람의 궁핍을 채워줄 수 있냐는 문제로 발전했다. 심지가 굳은 예술가들은 이렇게 주장했다. 예술가는 스스로를 그렇게 대단하게 여겨서는 안 된다. 자기 미화 따위는 집어치우고, 가난하게 살아야 하고, 사회 문제에 관심을 가져야 한다. 어떤 이는 인생이 가장 위대하고 진정한 예술작품이라고 말했다. 누군가 힘찬 목소리로 소리쳤다. 사람들을 하나되게 하는 것은 예술이 아니라 굶주림이라고! 그때 타협의 목소리가 나타나더니, 예술에서 자기 과신을 막을 최선의 수단은 건강한 장인정신임을 상기시켰다. 이 타협의 목소리에 뒤이어 누군가 피로감이나 상호간의 거부감에서 생겨난 대화의 공백을 틈타 다시 차분하게 물었다. 인간과 공간 사이에 접촉이 없다면 무언가 할 수 있는 것이 있다고 생각하느냐? 이를 신호로 다시 기술주의와 가속화 같은 말이 쏟아져나왔고, 논쟁은 그러고도 한참을 이리저리 표류했다. 그러다 마지막에 참석자들은 합의를 이끌어냈다. 집에 가고 싶은데 아무런 결과물 없이 가고 싶지는 않았기 때문이다. 그들은 다음 주장에 대체로 공감했다. 현 시대는 기대감으로 가득하고, 조급해하고, 통제가 안 되고, 불행하다. 그런데도 시대가 기다리는 메시아는 아직 요원해 보인다.

아른하임은 한순간 생각에 잠겼다.

그의 주위엔 늘 사람이 몰렸다. 그러다 남의 말을 잘 듣지 않거나 별로 공감을 받지 못하는 사람들이 떨어져나가면 즉시 새로운 사람이 그 자리를 메웠다. 아른하임은 이런 새 모임에서도 단연 중심부를 지켰다. 물론 약간 무례한 논쟁에서는 그런 위치가 항상 뚜렷하지는 않았지만 말이다. 그는 사람들이 무엇에 관심이 있는지 오래전부터 간파하고 있었다. 입체에 관해 다방면의 지식이 있었고, 직원들을 위해 정원이 딸린 집단 거주 단지를 마련했으며, 빠르게 돌아가는 합리적 시스템의 기계에도 친숙했다. 또한 영혼의 관조에 대한 이야기를 할 줄 알았고, 이제 막 걸음마를 뗀 영화 산업에도 돈을 투자했다. 그런데 그는 이런 토론 내용들을 머릿속으로 재구성해가면서, 그의 기억이 본능적으로 정리해내는 것만큼 논쟁이 체계적으로 흘러가지 않았음을 기억해냈다. 그런 대화에는 특유의 걸음걸이가 있다. 마치 논쟁 당사자들을 한 다면체 속에 세워놓고 눈을 가린 채 지팡이 하나에 의지해 똑바로 걸어가라고 하는 것 같다고 할까! 그것은 논리라고는 없는 뒤엉키고 지치게 하는 광경이었다. 하지만 크게 보면 다 그런 게 아닐까? 그런 걸음걸이는 기껏해야 경찰관 하나가 담당하는 논리의 금지와 관련 법률에서 나온 것이 아니라 정신의 무질서한 추진력에서 나온 것이 아닐까? 아른하임은 당시 자신에게 쏠린 사람들의 주목을 기억하면서 스스로에게 그런 질문을 던져보았다. 어쩌면 새로운 방식의 사유란 느슨한 이성의 자유로운 연상과 비슷할 것 같았다. 부정하지 못할 정도로 고무적인 연상 말이다.

아른하임은 예외적으로 두번째 시가에 불을 붙였다. 평소에는 그런 감각적 욕망에 전혀 허점이 없는 사람이었다. 그런데 성냥불에 대고 첫 모금을 빠느라 근육을 움직이는 순간 그의 얼굴에 불현듯 미소가 피어올랐다. 모임에서 말을 걸어온 그 작은 장군이 떠오른 것이다. 약간 웃기지만 호감이 가는 사람이었다. 말하는 것도 프로이센 장군들과는 달리 딱딱하지 않고 표현력이 풍부했다. 옛 문화의 세례라고 할 수도 있지만, 다른 한편으로는 몰락한 문화의 잔재라고 할 수도 있었다. 어쨌든 그런 장군이 한숨과 함께 철학자 같은 표정을 지으며, 그날 저녁 주위에서 오간 대화들, 특히 극단적 평화주의의 성격을 띠고 있음을 인정할 수밖에 없는 대화들에 대해 자기 의견을 친근하게 털어놓았을 때 아른하임은 그의 심정을 충분히 이해할 수 있었다. 아른하임 일가도 대포와 장갑판 공장을 갖고 있었고, 긴급시에는 엄청난 양의 탄약을 생산할 설비도 갖추고 있었기 때문이다.

참석자들 중 유일한 군인이었던 장군은 몸에 맞지 않은 옷을 입은 것처럼 이 자리가 불편했을 뿐 아니라 다중의 의견이 오락가락하는 것에 불만을 감추지 못했다. 인간 삶의 거룩함에 대해 때로는 이 주장이, 때로는 저 주장이 호응을 얻었기 때문이다. "난 저 사람들을 이해 못하겠습니다." 장군은 이 말과 함께 국제적인 지성인 아른하임에게 설명을 청하는 듯 몸을 돌렸다. "이 새로운 사람들은 어떻게 그렇게 무지하게

'피에 젖은 장군'이라는 말을 입에 담을 수 있습니까? 예전에 이 자리에 있었던 나이든 신사들은 달랐습니다. 그분들도 비군사적인 입장을 갖고 있었지만 저는 그분들을 이해할 수 있었습니다. 예를 들어 이름은 잘 모르겠지만 그 유명한 시인 있지 않습니까? 배가 나오고 키가 크고 나이 지긋한 신사분 말입니다. 그리스 신들과 별, 영원한 인간 감정에 관한 시를 썼다고 하던데, 이 집 부인의 말로는, 기껏해야 지적인 것밖에 생산해낼 줄 모르는 이 시대에 그야말로 진정한 시인이라고 하더군요. 물론 말씀드린 대로 저는 그분의 시를 읽지 못했지만, 그 시의 요체가 어떤 자잘한 것과도 상종하지 않는 데 있다면 그분을 충분히 이해할 수 있을 것 같습니다. 그야 우리 군대에도 그런 분들이 있기 때문이죠. 전략가라고 부르는 분들이죠. 이런 저급한 예를 들어도 된다면, 군대에서 상사는 자기 중대원들만 챙기면 됩니다. 그러니까 중대원 한 사람 한 사람이 불편함 없이 지낼 수 있도록 하면 되죠. 반면에 전략가는 다릅니다. 적어도 부대원 천 명 이상을 책임지고, 고도의 목적을 위해서라면 그런 부대 열 개도 한꺼번에 희생시켜야 하는 사람이 군대의 전략가입니다. 그런데 그렇게 본질적으로 같은 것을 두고 어떤 경우는 피에 젖은 장군이라 부르고, 어떤 경우는 영원한 신념이라고 부른다면 그게 논리에 맞습니까? 어떻게 그런 일이 가능한지 설명 좀 해주십시오!"

이 도시와 사회에서 차지하는 아른하임의 기묘한 위치가 지금껏 조심스럽게 억제하고 있던 조롱에 대한 욕구를 내면에서 불러일으켰다. 물론 구체적으로 말은 안 했지만, 이 작은 신사가 누굴 보고 그런 애기를 하는지 알고 있었다. 게다가 저명인사들 가운데 그런 종류의 변종은 얼마든지 더 댈 수 있었다. 그날 저녁 좋지 않은 인상을 남긴 사람들이어서 눈에 띄지 않을 수가 없었다.

아른하임은 벌어진 입술 사이에 시가 연기를 머금은 채 한순간 생각에 잠겼다. 그 모임에서도 자신의 처지 또한 결코 호락호락하지 않았다. 일반적인 인정에도 불구하고 간혹 꼭 자신을 겨냥한 것 같은 악의적인 말들이 나왔다. 비난의 대상은 이 젊은 사람들이 자기 세대의 이념들을 사랑하는 것과 마찬가지로 그가 젊은 시절에 사랑했던 이념일 때가 많았다. 아른하임은 자신이 젊은 시절 남몰래 동조했던 과거를 하나같이 무차별적으로 조롱하는 젊은이들에게 존경을 받고 있다고 생각하니 기분이 묘했다. 아니, 섬뜩하다고까지 할 법했다. 아른하임은 자기 속에서 꿈틀대는 유연성과 변신 능력, 행동 욕구를 느꼈다. 떳떳하지 못한 마음을 꼭꼭 숨겨둔 무자비한 뻔뻔함이라고 할까! 그는 이 새로운 세대와 자신을 구분짓는 것이 무엇인지 재빨리 생각해보았다. 이 젊은 사람들은 모든 점에서 서로 대립했다. 뚜렷하게 공통되는 것이라고는 객관성과 정신적 책임, 균형 잡힌 인격에 대한 공격성뿐이었다.

그러자 아른하임은 어떤 특별한 상황 때문에 고소함 비슷한 감정을 느꼈다. 인격적인 면이 특히 두드러지는 동년배들이 받는 과대평가에는 늘 거부감이 일었다. 아른하임처럼 고결한 적수라면 당연히 머릿속으로라도 상대의 이름을 부르지 않지만, 그는 자신이 생각하는 사람이 누구인지 정확히 알고 있었다. 순간 그는 남몰래 사랑했던 하이네의 시를 인용했다. "냉정하고 신중한 젊은이, 찬란한 즐거움을 갈망하는 젊은이!" "우리는 그의 노력을 칭찬해야 한다. 문학적 근면성을…… 고된 수고를, 말로 표현할 수 없는 끈기를, 그런 시를 만들어내기 위한 가혹한 분투를……" "예술의 신들은 그를 좋아하지 않지만, 그에겐 언어적인 천재성이 있다……" "그는 자신이 받아들여야 할 무서운 강제를 말속의 위대한 행위라 부른다." 탁월한 기억력의 소유자인 아른하임은 몇 페이지라도 암송할 수 있었다. 그는 하던 생각에서 벗어나 하이네에게 경탄했다. 하이네는 자기 시대의 한 남자와 치열하게 싸우면서, 지금에야 전모가 드러난 여러 현상을 당시에 벌써 선취한 것이 놀라웠다. 이제 아른하임은 위대한 독일 이상의 두번째 대변자인 그 장군의 시인에 생각이 이르렀을 때 자신도 뭔가를 이루고 싶은 강한 욕구를 느꼈다. 그것은 약한 충격에 뒤이은 강한 정신적 충격이었다. 그 시인의 엄숙한 이상주의는 오케스트라의 깊고 큰 관악기에 해당했다. 높은 곳에 설치된 증기기관차 보일러와 비슷하게 생겼고, 어색하게 툴툴툴, 덜덜덜 소리를 내는 그런 관악기 말이다. 이 관악기들은 한 음으로 수천 개의 가능성을 덮어버리면서 영원한 감정으로 가득찬 큰 덩어리를 불어냈다. 이런 관악기처럼 시를 쓸 수 있어야 오늘날 단순히 '문필가'라는 이름을 넘어 '시인'으로 인정받는다. 아른하임은 씁쓰레하게 생각했다. 그렇다면 시인 말고 '장군'으로 인정받지 못할 이유가 있을까? 그런 사람들은 죽음과 좋은 관계를 유지하면서 삶의 순간들을 품위 있게 향유하기 위해 계속해서 수천 명씩 망자를 필요로 한다.

그때 누군가 장미향 물씬한 밤에 달을 보고 짖는 장군의 개조차 해명한답시고 이렇게 대답할 수 있을 거라고 주장했다. 어쩌라고? 저건 달이야. 내 종족의 영원한 감정이라고! 시인들도 우리랑 똑같은 걸로 유명해졌잖아! 특히 개는 이렇게 덧붙일지 모른다. 내 감정은 의심할 바 없이 강렬한 체험이고, 내 표현은 감동이 넘치고, 그러면서도 아주 단순해서 청중들은 쉽게 이해할 수 있어. 게다가 생각들에 대해 말하자면, 내 생각들은 감정 뒤로 물러나 있어. 물론 전적으로 일반적인 기준을 따랐고, 문학 내에서는 아직 한 번도 장애가 되지 않았어!

아른하임은 생각의 이런 메아리에 불쾌해져, 자신과 외부 세계 사이의 반쯤 열린 바리케이드처럼 잠시 벌어진 입술 사이에 시가 연기를 다시 머금었다. 그는 그런 순수한 시인들 가운데 몇몇을 의당 그래야 하는 것처럼 기회 닿을 때마다 칭송해왔고, 어떤 경우에는 금전적 지원까지 마다하지 않았다. 그러나 지금에야 깨달았지만, 그는 원래 그들을 견디지 못하는 사람이었다. 그들의 거들먹거리는 시를 포함해서 말이다. 아른하임은 생각했다. '한 번도 스스로 생계를 유지해본 적이 없는, 그저 시대의 문장紋章 같은 이 인물들은 원칙적으로 마지막 들소나 독수리처럼 자연보호공원에 가두는 게 맞아!' 지나가버린 저녁이 보여준 것처럼 그들을 후원하는 건 시대에 맞지 않아 보였다. 아른하임의 숙고는 스스로에게 이득이 없지 않게 끝났다.

90. 이성적 지배 권력의 폐위

시대정신이 상품시장과 비슷해진 시대에는 현실 문제에 전혀 관심을 보이지 않는 시인들이 시대의 진정한 대척점으로 여겨지는 것은 상당히 근거가 있는 현상일 듯하다. 시인들은 동시대의 생각들로 스스로를 더럽히지 않고 오직 순수한 문학만을 공급하고, 사장된 위대한 언어로 자신의 신도들에게 마치 이 땅에 잠시 머물기 위해 영원의 제국에서 막 돌아온 사람처럼 이야기한다. 미국으로 떠난 지 삼 년밖에 안 된 사람이 벌써 혀 꼬부라진 소리를 하는 것과 다르지 않다고 할까! 이러한 현상은 대략, 빈 구멍을 없애려고 그 위에다 빈 둥근 지붕을 올리는 것과 비슷하다. 더 높은 차원의 공허함은 일상적인 공허함을 증폭시킬 따름이고, 따라서 이러한 인간 숭배의 시대 이후 책임과 위대함으로 똘똘 뭉친 존재에 철저하게 등을 돌리는 또다른 시대가 오는 것만큼 자연스러운 일은 없어 보인다.

아른하임은 이러한 흐름이 자신에게는 개인적으로 손해가 되지 않을 거라고 편안하게 생각하면서, 다가오리라 예상되는 시대의 발전에 조심스럽게 한번 따라보려고 노력했다. 그러나 그건 결코 쉬운 일이 아니었다. 그는 최근 몇 년 동안 미국과 유럽에서 본 것들을 떠올려보았다. 베토벤의 음악에 맞춘 재즈댄스나 신선한 관능성을 율동적으로 표현한 새로운 춤에 대한 열정, 최소한의 선과 색채로 최고도의 정신을 표현하는 회화, 그 의미를 익히 아는 한 몸짓에 살짝 변화를 주는 새로운 표현으로 온 세상을 사로잡는 영화가 떠올랐다. 그리고 마지막으로 스포츠의 힘을 확신하면서, 발버둥치는 아이 같은 수를 써서 자연의 큰 젖가슴을 차지할 수 있다고 믿는 일반인들이 떠올랐다. 이 모든 현상들에서 단연 눈에 띄는 것은 알레고리의 경향성이었다. 사물 그 자체가 가진 의미보다 더 많은 의미가 부여되는 정신적 연결을 알레고리로 이해한다면 말이다. 바로크 사회는 하나의 투구와 한 쌍의 교차된 검들에서 모든 신과 그 신들의 얼굴을 떠올렸고, 아무개 남자가 아무개 백작 딸에게 키스한 것이 아니라 전쟁의 신이 순결의 여신에게 키스했기에 오늘날 세상의 장삼이사들은 서로 격하게 포옹할 때 시대의 속도나 백 가지가 넘는 새로운 표상 모델들의 집합 중에서 무언가를 경험하게 된다. 그것도 이제는 주목의 가로숫길 위에 떠 있는 올림포스가 아니라 굉장히 현대적인 혼란만을 만들어내는 표상 모델들에서 말이다. 영화관과 극장, 무도장, 연주회장, 자동차, 비행기, 물, 태양, 재봉사 작업실, 상인 사무실에서는 끊임없이 인상과 표정, 몸짓, 행동, 체험으로 이루어진 엄청난 규모의 표피가 생산된다. 저마다 독특한 외관을 가진 이런 영역들은 모든 것이 표피 쪽으로 몰려가 거기서 상호간의 무질서한 결합이 생겨나지만 내면은 부글부글 끓고 거칠게 일렁이는 기형으로만 남은, 빠르게 회전하는 몸과 비슷하다. 아른하임에게 몇 년 앞을 내다볼 수 있는 능력이 있었더라면 분명 다음의 사실도 알 수 있었을 것이다. 1920년 동안 이어져온 기독교적 도덕, 몸서리치는 전쟁으로 죽은 수백만 명의 사람들, 여성의 수치심에 뿌리를 둔 독일문학의 숲에서는, 어느 날 여자들의 치마와 머리 길이가 짧아지고 유럽의 처녀들이 수천 년의 금기에서 벗어나 바나나 껍질을 벗듯 거의 알몸 상태로 나다니는 날이 오는 걸 결코 막을 수 없으리라는 사실을 말이다. 그 밖에 그전까지는 불가능하게 여겨온 다른 변화들도 보았을 것이다. 그중 어떤 것이 지속되고 어떤 것이 사라질지는 중요하지 않다. 재단사와 유행, 우연의 길 대신 철학자와 화가, 작가들로 대표되는 정신적 발전의 책임 있는 길로 가도록 생활상의 혁명을 이끌려면 헛수고에 가까운 힘을 얼마나 쏟아부어야 하는지를 생각하면 말이다. 이런 점에서 비생산적인 뇌의 독단과 비교해 삶의 표피에는 어마어마한 창조력이 깃들어 있음을 짐작할 수 있다.

아른하임은 이것을 뇌, 즉 이성적 지배 권력의 폐위이자, 정신의 주변부로의 이전이자, 시대의 궁극적 문제점으로 느꼈다. 물론 삶은 항상 인간을 밖에서부터 안으로 개조해가는 길을 걸어왔다. 다만 차이가 있다면 예전에는 안에서 밖으로도 무언가를 만들어내야 한다는 의무감이 있었다는 점이다. 이 순간 아른하임의 머릿속에 친근하게 다가온 장군의 개조차 그 또다른 발전은 결코 이해하지 못할 것이다. 지난 세기의 안정적이고 복종적인 그 남자는 인류의 충직한 동반자를 자신과 똑같은 모습으로 만들었기 때문이다. 하지만 개의 사촌이자, 몇 시간 동안 춤을 추는 야생 사막꿩은 분명 모든 것을 이해할 것이다. 학자가 책상에 앉아 생각의 고리를 이어갈 때보다 사막꿩이 깃털을 세우고 발톱으로 바닥을 긁을 때 더 많은 영혼이 생겨나는 것은 틀림없다. 모든 생각은 궁극적으로 관절과 근육, 분비샘, 눈, 귀, 그리고 이것들이 속한 피부가 보여주는 희미한 전체 인상에서 나오기 때문이다. 지난 세기는 이성과 오성, 확신, 개념, 성격에 너무 많은 가치를 부여함으로써 중대한 오류를 저질렀는지 모른다. 이는 외부에서 지시를 받는 보조 역할밖에 하지 않는데도 관청 중심부에 위치하고 있다는 이유로 기록실이나 문서보관소를 관청의 가장 중요한 곳으로 간주하는 것과 비슷하다.

아른하임은 갑자기, 아니 어쩌면 사랑의 감정에 가볍게 긴장이 풀려서인지 그러한 혼란에 질서를 부여하는 구원의 사유가 있을 법한 장소를 발견했다. 그곳은 정신적 매출 증가의 구상과 어떤 식으로든 우호관계를 맺고 있었다. 사고와 체험의 매출 증가는 새 시대의 부인할 수 없는 특징으로서 시간을 뺏는 정신적 작업을 기피하는 데서 생겨난 자연스러운 결과임이 분명했다. 아른하임은 시대의 두뇌가 공급과 수요의 메커니즘으로 대체되고, 쓸데없이 따지기만 하는 사상가가 조정하고 통제하는 상인으로 대체되는 상상을 했다. 또한 자유롭게 연결되었다가 흩어지는 체험들이 어마어마하게 생산되는 감동적인 광경을 무의식적으로 즐기기도 했다. 그것은 흔들릴 때마다 전체가 파르르 떨리는 부드러운 푸딩 같기도 하고, 살짝 건드리기만 해도 큰 소리로 울리는 커다란 징 같기도 했다. 다만 이 그림들이 서로 완전히 맞아떨어지지 않는 것은 이것들로 인해 아른하임이 몽환적 상태에 빠져들었기 때문이다. 그가 보기에, 그런 삶은 밖으로는 지극히 괴상한 상황에 처해 있으면서도 안에는 지극히 고요한 중심을 가진 꿈에 비견할 수 있을 것 같았다. 자아가 희석돼, 그 진공상태를 통해 모든 감정이 파란 네온관처럼 빛나는 상태 말이다. 이것은 우리 주위의 모든 것을 생각하고, 춤을 추면서 우리를 위해 일종의 만화경 같은 연결을 만들어내는 삶이다. 반면 이성을 사용하면 조각 하나하나를 힘겹게 그러모을 수만 있을 뿐 그런 연결은 결코 가능하지 않다. 그래서 아른하임은 상인으로서, 동시에 열 손가락과 발가락 끝까지 촉수를 세워 임박한 시대의 정신과 육체의 자유로운 교류에 대해 성찰했다. 그는 집단주의적인 것과 범논리주의*적인 것이 생성중에 있다고 보고, 인간이 케케묵은 개인주의를 내치면서 백인종의 우월성과 독창성을 통해 변화무쌍한 현대적 프로그램을 에덴동산의 전원적 단순함으로 돌려놓는 파라다이스적 개혁으로 되돌아가고 있을지 모른다고 생각했다.

다만 한 가지 방해 요소가 있었다. 꿈에서는 전 인격이 갈기갈기 찢

---

* 우주의 근원적 실재를 이성으로 보고, 자연과 사회의 변화 발전을 이성의 실현으로 간주하는 형이상학적 입장. "이성적인 것이 현실적이고, 현실적인 것이 이성적"이라고 주장하는 헤겔 철학이 그 전형이다.

기는 불가해한 감정을 한 사건에 투사할 수 있는데, 깨어 있을 때도 동일한 능력을 발휘하는 경우가 있다. 문제는 학교에 다니는 열대여섯 살의 아이들만 그게 가능하다는 것이다. 물론 그런 연령대에도 잘 알려진 것처럼 내면에 격랑이 일고, 걷잡을 수 없는 감정의 홍수와 모호한 체험이 존재한다. 감정들은 매우 활발하지만 아직 제대로 구분되어 있지 않다. 사랑과 분노, 행복과 멸시, 짧게 말해 모든 추상적 도덕 개념은 때로는 모든 세계를 감싸지만 때로는 어떤 것으로도 오그라들지 않는, 빠르게 실룩거리는 사건들이다. 슬픔, 다정함, 위대함, 고결함이 우리 머리 위의 텅 빈 하늘을 둥글게 감싸고 있다. 다음엔 무슨 일이 일어날까? 외부에서, 그러니까 체계적으로 분류된 세계에서 이미 완성된 형식이 찾아온다. 말, 시구, 악마적 웃음, 나폴레옹, 카이사르, 그리스도, 혹은 부모의 묘지에서 흘리는 눈물이 그것이다. 여기서 번개 같은 결합을 통해 행위가 생겨난다. 청소년기의 이런 어설픈 행위는 사실 너무 쉽게 무시되지만, 하나하나가 감정의 완성된 표현이자, 의도와 실행의 엄밀한 일치이자, 한 젊은이의 체험이 위대한 나폴레옹의 삶 속으로 완벽히 섞여드는 경험이다. 하지만 위대한 것에서 자잘한 것으로의 연결이 반대 방향으로는 일어나지 않는 것처럼 보인다. 우리는 청소년기뿐 아니라 꿈속에서도 그런 경험을 한다. 우리가 위대한 연설을 한 뒤 깨어났는데 안타깝게도 마지막 말만 떠오를 때가 있다. 그럴 때 그것들이 원래 생각했던 만큼 그렇게 뛰어나게 아름답지는 않은 듯한 느낌을 받는다. 그리되면 자신이 무중력상태로 반짝거리면서 춤을 추는 수탉처럼 여겨지는 것이 아니라, 앞서 여러 번 언급한 바 있는 폭스테리어처럼 여겨질 뿐이다. 자기감정에 푹 빠져 달을 보고 짖던 장군의 그 개 말이다.

‘그래, 이렇듯 모든 게 다 맞아떨어질 수는 없어.’ 아른하임은 생각했다. 그리고 스스로에게 힘을 북돋우려는 듯 신중하게 덧붙였다. ‘그래도 사람은 아주 진지한 자세로 자기 시대와 함께 걸어가야 해!’ 그가 보기에, 객관적으로 입증된 공장의 생산 원칙을 삶의 생산에 적용하는 것보다 더 자연스럽게 다가오는 것은 없었기 때문이다.

91. 인간 역사에 대한 정신의 투기. 하락장인가? 상승장인가?

투치 집에서의 회합은 사람들로 북적거리는 가운데 규칙적으로 계속 이어졌다.

투치 국장은 지성회의에서 아내의 사촌에게 말을 걸었다. “과거에도 이런 일이 있었던 걸 알고 있소?”

그는 집에 모인 사람들을 눈짓으로 가리켰다. 자기 집인데도 무척 낯설게 느끼는 눈치였다. “초기 기독교 시절에 그런 일이 있었소. 그리스도 탄생 전후의 세기들 말이오. 당시에는 기독교, 레반트, 헬레니즘, 유대교의 도가니 속에서 무수한 종파들이 생겨났소.” 그가 하나하나 열거하기 시작했다. “아담파, 카인파, 에비온파, 콜리리디안파, 아르콘티안파, 에우키테파, 오피테파……” 이상하게 급한 듯하면서도 느린 말투였다. 누군가 대개 어떤 주제에 대해 자신의 정통함을 적절하게 숨기려고 할 때 보이는 태도였다. 투치는 초기 기독교와 기독교 이전의 종파들을 길게 나열했다. 그로써 자기 집에서 진행되고 있는 일들에 대해, 특별한 사정이 있어 다 드러내진 못하지만 보기보다 더 많이 알고 있다는 사실을 울리히에게 조심스럽게 알려주고 싶은 듯했다.

그는 거론한 이름들을 하나하나 설명하면서 이렇게 이야기했다. 어떤 종파는 순결을 요구했기에 결혼에 반대했고, 어떤 종파는 마찬가지로 순결을 요구했지만 희한하게도 방탕의 제식으로 그 목표를 이루고자 했다. 한 종파의 신도들은 여자의 몸을 악마의 발명품으로 여겼기에 스스로를 거세했고, 다른 종파에서는 남자와 여자들이 벌거벗은 채 예배를 드리기도 했다. 또한 에덴동산에서 하와를 유혹한 뱀이 신성을 가진 인물이라고 결론 내린 한 종파의 열렬한 신도들은 수간을 일삼기도 했다. 또다른 종파에서는 숫처녀를 가만두지 않았다. 그들의 학문적 신념에 따르면 신의 어머니는 예수 외에 다른 아이들도 낳았기에 처녀성은 위험한 오류에 지나지 않는다는 것이다. 항상 한쪽에서 어떤 것을 하면, 다른 쪽에서는 반대의 것을 했다. 그것도 둘 다 비슷한 이유와 신념에서 말이다. 특이한 사건들이기는 하지만 투치는 그것들의 역사성을 존중해가며 진지하게 이야기했다. 물론 남자들이 즐겨하는 농담처럼 저속한 톤도 없지 않았다. 두 사람은 벽에 붙어 서 있었다. 투치 국장은 불쾌한 듯 엷게 웃으며 꽁초를 재떨이에 버렸다. 그러면서도 눈은 여전히 산만하게 북적이는 사람들을 향하고 있었다. 그는 딱 담배 한 개비 피울 시간만큼만 이야기하기로 작정한 듯 이렇게 말을 끝냈다. "나는 우리 문학가 선생들이 옥신각신하는 것을 보면서 다양한 의견과 주관적 견해들이 만연하던 그 옛날과 적잖이 비슷하다는 생각을 지울 수 없소. 저들은 내일이면 바람과 함께 사라지겠죠. 만일 정치적 힘을 갖춘 성직자적 관료 체계가 여러 역사 조건 속에서 제때 생겨나지 않았더라면 오늘날 기독교 신앙의 흔적은 찾아보기 어려웠을 거요……"

울리히는 동의를 표했다. "나라에서 적절한 녹을 받는 신앙 담당 관료는 관의 규정을 철저하게 지켜야 하지요. 나는 우리가 우리 자신의 저속한 특성들을 부당하게 다루고 있다고 생각합니다. 그런 특성들에 대한 믿음 없이 역사는 결코 생겨날 수 없습니다. 정신적 노력은 언제나 논쟁의 여지가 많고 미풍에도 흔들리기 때문이죠."

국장은 미심쩍은 표정으로 울리히를 올려다보더니 곧 시선을 거두었다. 울리히의 발언이 너무 자유분방하게 느껴졌던 것이다. 그럼에도 그는 아내의 사촌에게 눈에 띄게 다정하고 친근하게 굴었다. 울리히를 알게 된 것이 불과 얼마 전인데도 말이다. 투치는 이리저리 서성거렸고, 자기 집에서 일어나는 사건 한가운데에서 자기만 고립된 세계에 사는 듯한 인상을 풍겼다. 그 세계의 고차원적인 의미를 누구에게도 드러내지 않으면서 말이다. 그러나 때로는 그런 상황을 더는 견딜 수가 없었는지 누군가에게 은근슬쩍 다가가 잠시 말을 걸기도 했다. 그럴 때마다 대화 상대로 선택된 것은 울리히였다. 이는 갈구하는 인정을 받지 못하는 상황에서 오는 인간적인 감정의 결과였다. 아내와의 관계에서 발작과도 같은 애정 표현에도 불구하고 실제로 투치는 아내에게 인정받지 못하고 있다는 감정을 갖고 있었다. 그럴 때면 디오티마는 마치 어린 소녀처럼 키스했다. 자기보다 어린 소년에게 갑자기 알 수 없는 애정으로 키스하는 열네 살 소녀 같다고 할까? 그러면 콧수염 밑 투치의 윗입술은 당혹감을 이기지 못하고 자기도 모르게 쑥 들어갔다. 그의 집에서 새로운 환경들이 조성되면서 투치와 디오티마는 그전까지는 상상조차 할 수 없었던 상황으로 빠져들었다. 그는 자신의 코골이에 대해 디오티마가 내뱉었던 불평을 결코 잊지 않았다. 그사이 아른하임의 저술을 읽었고, 그 내용을 두고 토론할 준비도 되어 있었다. 인정할 만한 내용도 있었지만, 그의 눈에는 옳지 않은 것이 더 많았다. 이해가 안 되는 부분도 더러 있었지만, 그건 자신이 아닌 저자의 문제로 치부했다. 투치는 어떤 문제든 경륜 있는 남자답게 권위 있는 의견을 제시하는 데 익숙해져 있는 사람이었고, 지금처럼 디오티마가 매번 자신의 의견에 반박할 것 같은 상황에서 그녀와 여성적인 토론을 할 수밖에 없다고 느끼는 것을 자기 사생활에 생긴 옳지 못한 변화로 느꼈다. 그래서 그녀와 논쟁할 결심을 할 수 없었고, 차라리 아른하임과 결투를 벌이는 편이 낫겠다고 속으로 어렴풋이 바라기까지 했다. 투치는 갑자기 아름다운 갈색 눈을 찡그리며, 자신의 기분에 좀더 주목하자고 스스로에게 다짐했다. 그 옆의 울리히(투치가 보기에 깊이 관계해서는 안 될 사람이었다)를 보고 있으면 자기도 모르게 아내가 떠올랐다. 알맹이는 거의 없이, 오직 혈연 때문에 떠오른 연상이었다. 또한 그는 아른하임이 이 젊은 남자를 신중한 방식으로 편애하고 있음을 오래전부터 눈치채고 있었다. 반면에 이 젊은 친구는 아른하임에게 뚜렷한 반감을 갖고 있는 듯했다. 이는 실질적인 내용은 별로 없는 두 개의 관찰이었지만, 무언가 설명할 수 없는 애착으로 인해 투치를 불안에 빠뜨리기에 충분했다. 그는 갈색 눈을 크게 뜨고 수리부엉이처럼 한동안 유심히 방안을 둘러보았다. 구체적으로 뭔가를 보지는 않으면서.

아내의 사촌도 투치처럼 친숙한 지루함의 감정으로 멍하니 앞을 바라보고 있었다. 대화가 잠시 중단된 것을 눈치채지 못하는 것 같았다. 투치는 아무 말이라도 해야 할 것 같은 느낌을 받았다. 이대로 계속 침묵하고 있다가는 혼자만의 망상에 시달리고 있음을 들킬까 불안했던 것이다. “당신은 만사를 곧잘 냉소적으로 보는 걸 좋아하지 않소?” 투치가 웃으면서 말했다. 마치 신앙 담당 관료에 대한 울리히의 발언이 이제야 그의 귀에 들어오기라도 한 것처럼. “혈연 관계에도 불구하고 아내가 당신의 지원을 약간 두려워하는 건 그리 잘못된 생각이 아닌 것 같소. 증권 투자에 비유하자면, 우리 시대 인간들에 대한 당신의 생각은 하락 추세 쪽으로 맞추어져 있지 않소?”

“그거 아주 탁월한 비유네요.” 울리히가 반갑게 대꾸했다. “내가 정말 그런지는 좀 조심스럽지만요. 세계사라는 것이 그렇지 않습니까? 항상 인간에 대해 하락 아니면 상승에다 투자했죠. 그러니까 모략과 폭력을 내다보고 하락에다 투자하기도 하고, 당신 부인처럼 이념들의 힘을 믿고 상승에다 투자하기도 하죠. 아른하임도 시세 상승을 기대한 투자가라고 할 수 있죠. 그 양반의 말을 액면 그대로 믿는다면 말입니다. 반면에 직업적 시세 하락 투자가인 당신은 이 천사들의 합창단 속에서 여러 감정이 들 것 같군요. 그 느낌이 뭔지 좀더 알고 싶습니다.”

울리히가 호의적인 표정으로 국장을 살펴보았다. 투치는 호주머니에서 담배 케이스를 꺼내더니 어깨를 으쓱했다. “내가 그 점에서 아내와 다르게 생각할 거라고 믿는 이유가 뭐요?” 투치가 반문했다. 그는 대화의 방향을 개인적인 문제로 돌릴 마음이 없었다. 하지만 그 반문과 함께 대화는 더더욱 개인적인 문제로 치닫게 되었다. 다행히 울리히는 그것을 알아채지 못하고 말을 이어갔다. “우리는 이런저런 방식으로 거푸집에 들어가 각각의 형태로 찍혀 나오는 쇳물 반죽이나 다름없습니다!”

“내 머리로는 이해가 안 되는 이야기요.” 투치가 회피하듯 대꾸했다.

울리히는 그런 태도가 마음에 들었다. 자신과는 정반대되는 면이었다. 그는 정신적인 자극에 토론으로 맞대응하는 대신, 그 외에 다른 방어 수단이 없거나 있어도 사용하려는 마음이 없어 자신의 인격을 즉시 방패막이로 들이대는 사람과 대화하는 걸 무척 즐겼다. 투치에 대한 이전의 혐오감은 여기 참석자들의 젠체하는 태도에서 느낀 더 큰 혐오감 때문에 이미 오래전에 바뀌었다. 다만 투치가 이런 상황을 왜 계속 참고 있는지는 이해할 수 없었다. 울리히는 그 이유에 대해 온갖 추측을 해보았다. 그는 투치를 무척 천천히 알아나갔고, 그것도 동물을 관찰하는 것처럼 밖에서부터 알아나갔다. 물론 말만 듣고는 내면의 진정한 욕망을 쉽게 간파할 수 없는 사람이었다. 처음엔 중키가 채 안 되는 투치의 말라빠진 외모가 마음에 들었다. 불안한 감정을 드러내는 어둡고 강렬한 두 눈도 마음에 들었다. 관료의 눈은 전혀 아니었고, 대화에서 나타나는 투치의 현재 인격과도 어울리지 않았다. 심지어 어떤 때는 다른 양태의 남성적 특징들 사이로 빠끔 내다보고 있는 소년의 눈 같다는 느낌도 드물지 않게 들었다. 마치 차단된 채 사용되지 않던, 잊힌 지 오래인 미지의 내면 일부와 연결된 창문 같은 눈 말이다. 그다음으로 울리히가 감지한 것은 체취였다. 투치에게는 기나피 향이나 마른 나무 상자 향이 났다. 또는 태양과 바다, 이국적인 풍경, 딱딱한 완고함, 은은한 이발소 향이 섞여 있기도 했다. 이 냄새가 울리히를 깊은 생각에 빠뜨렸다. 그는 자기만의 고유한 냄새를 가진 사람을 딱 둘 알고 있었다. 투치와 모스브루거였다. 톡 쏘면서도 부드러운 투치의 체취와 아무것도 가리지 못하는 디오티마의 옅은 분 냄새를 떠올리면, 두 사람의 이상한 동거가 도저히 어울리지 않는 열정의 대립처럼 느껴졌다. 울리히는 이런 생각을 다시 원래 자리로 돌려보내야 했다. 사물과의 합당한 거리가 생겨야 투치의 거부감 섞인 대답에 무언가 답을 할 수 있었기 때문이다.

"외람되지만……" 울리히가 재차 약간 지루하면서도 단호한 어조로 말을 꺼냈다. 이런 어조는 타인을 지루하게 만들 수밖에 없는 상황에 대한 고상한 유감의 표현이었다. 현시점에서는 더 나은 것을 기대하기 어려웠기 때문이다. "국장님 앞에서 감히 외교가 뭔지 정의를 한번 내려보겠습니다. 잘못된 게 있으면 정정해주십시오. 나는 이렇게 말해보고 싶습니다. 외교란 오직 거짓말과 비겁함, 식인 풍습, 다시 말해서 인류의 저급한 속성들을 통해 신뢰할 만한 질서에 도달할 수 있다고 생각합니다. 그런 의미에서 국장님의 그 경탄스러운 표현을 다시 한번 빌리자면, 외교는 하락 추세에 기초한 이상주의죠. 이것은 정말 매혹적일 정도로 슬픈 생각입니다. 우리의 고결한 힘들은 본질적으로 믿기 어려운 것이어서 우리를 순수 이성 비판의 길뿐 아니라 식인의 길로도 이끌 수 있음을 전제하기 때문이죠."

국장이 반박했다. "안타깝게도 당신은 외교를 낭만적으로 생각하는군요. 게다가 다른 많은 사람들처럼 정치를 음모술수와 혼동하고 있고요. 그건 제후 가문의 아마추어들이 외교를 책임졌을 때는 맞는 이야기였을지 모르지만, 모든 것이 책임 있는 시민의식을 중심으로 돌아가는 시대에는 맞지 않소. 우리 외교관들은 슬프지 않고 낙관적이오. 밝은 미래를 믿을 수밖에 없죠. 그렇지 않으면 남들과 전혀 다를 게 없는 우리 자신의 양심 앞에서 견딜 수가 없을 거요. 그런데도 당신이 계속 식인이라는 말을 입에 올리고자 한다면 난 이렇게 말하고 싶소. 세계를 식인 풍습에서 떼어놓은 것이 외교의 업적이라고 말이오. 그런 일을 하려면 더 높은 어떤 것을 믿을 수밖에 없소."

"국장님은 뭘 믿습니까?" 아내의 사촌이 말을 끊으며 단도직입적으로 물었다.

"이보시오, 사촌! 나는 그렇게 물으면 바로 대답하는 어린애가 아니오! 다만 이렇게 말하고 싶소. 외교관은 시대의 정신적 흐름과 하나가 될수록 그 직업을 수행하는 것이 한결 쉬워진다고 말이오. 거꾸로, 모든 방면에서 정신이 진보할수록 외교가 더 필요해진다는 사실이 지난 몇 세대에 걸쳐 드러났소. 그건 당연한 일 아니겠소!"

"당연하다고요? 그렇다면 국장님은 결국 나와 똑같은 말을 하고 있는 것입니다!" 울리히가 활기차게 소리쳤다. 그냥 평범하게 대화를 나누고 있다는 인상을 주려는 두 사람의 의도에 부합할 정도로만 활기차게. "나는 아까 유감스럽게도 지적이고 선한 것이 악하고 물질적인 것의 도움 없이는 장시간 존속할 능력이 없음을 강조했습니다. 내 말에 국장님은 대충 이렇게 대답하셨죠. 정신이 많아질수록 신중함은 더 요구된다고요. 그렇다면 이렇게 말해보죠. 인간을 짐승처럼 다룰 수는 있지만, 그 방법으로는 만사를 해결하지 못합니다. 또한 인간을 감동시킬 수는 있지만, 그 방법으로도 만사를 해결할 수는 없습니다. 결국 우리는 이 두 방법 사이에서 갈등하면서 두 방법을 섞습니다. 그것이 전체죠. 우리 둘 사이에 국장님이 인정하시는 것보다 한층 폭넓은 공통점이 있다는 사실이 기쁩니다."

투치 국장은 불편한 질문만 일삼는 울리히에게로 몸을 돌렸다. 슬쩍 미소를 짓느라 수염이 움찔 올라갔고, 반짝거리는 두 눈엔 조롱 섞인 관대함이 담겨 있었다. 그는 이런 식의 대화를 끝내고 싶었다. 이런 대화는 빙판처럼 불안했고, 빙판 위를 달리는 아이의 썰매처럼 목적 없이 유치하기만 했다. "내 말을 야만적이라 여길지는 모르겠지만 할말은 해야겠소. 철학이라는 건 원래 교수들만 하는 것이오! 물론 공인된 위대한 철학자들은 예외로 칩시다. 난 그 철학자들을 아주 높게 평가하고, 책도 다 읽었소. 함께 살아가야 하는 존재들이니까. 돈을 주고 교수를 고용하는 것도 그 때문 아니겠소? 그게 그들 직업이오. 더 바랄 게 뭐가 있겠소? 교사가 필요한 것도 그런 일이 사장되지 않도록 하기 위해서일 거요. 하지만 그런 경우들만 빼고는 우리 오스트리아의 옛 원칙이 옳소. 국민은 무엇이든 깊이 생각해서는 안 된다는 원칙 말이오. 깊은 생각에서는 쓸 만한 것이 나오기 어렵고, 불손한 것이 담기기 쉬운 법이오."

국장은 담배를 말면서 침묵했다. 자신의 '야만적인' 발언을 사죄할 마음은 없어 보였다. 울리히는 담배를 마는 투치의 길쭉한 갈색 손가락을 지켜보면서 그의 얼빠진 뻔뻔함에 황홀해했다. "국장님은 이천 년 전부터 교회가 신도들에게 사용해왔고 최근에는 사회주의자들이 즐겨 사용하는, 매우 현대적인 원칙을 얘기하시는군요." 울리히의 정중한 말에 투치는 고개를 살짝 들었다. 이번엔 또 무슨 뜻으로 이런 비유를 하는지 궁금한 표정이었다. 투치는 울리히가 다시 긴 설명을 늘어놓으리라 예상했고, 그런 지루한 정신의 장광설에 벌써 짜증이 났다. 그런데 아내의 사촌은 1848년 3월혁명 이전의 사고방식을 가진 투치를 호의적으로 바라보기만 할 뿐 아무 말도 하지 않았다. 울리히는 오래전부터 투치가 아내와 아른하임의 관계를 일정 범위 내에서 허용하는 이유가 있을 거라고 믿어왔다. 그것을 통해 투치가 얻으려는 것이 무엇인지 궁금했다. 하지만 여전히 불확실했다. 어쩌면 지금 투치의 상황은 은행들이 평행운동에 대해 취하고 있는 태도와 비슷할 것 같다는 생각도 들었다. 은행들은 지금껏 평행운동에 대해 완전히 손을 빼지도 않고, 그렇다고 적극적으로 뛰어들지도 않으면서 손가락 하나 정도만 걸쳐놓은 채 기회를 엿보고 있었다. 어쨌든 그렇게 눈치만 보는 사이 투치는 디오티마에게 사랑의 두번째 봄이 찾아온 것을 알지 못했다. 봄의 징조가 벌써 뚜렷해졌는데도 말이다. 그것은 받아들이기 어려운 일이었다. 울리히는 투치의 얼굴에서 깊은 주름과 균열을 관찰하는 것이 재미있었다. 담배 끝을 깨물 때면 단단한 턱 근육이 윤곽을 드러내는 것도 흥미로웠다. 투치는 울리히의 내면에서 순수한 남성성의 표상을 일깨웠다. 울리히는 자기 자신과 그렇게 많은 대화를 나누는 것에 좀 질렸다. 그래서 말수가 적은 사람을 상상하는 것은 무척 즐겁고 편했다. 그는 투치가 어려서부터 분명 말이 많은 아이들을 못 견뎌했을 거라고 생각했다. 나중에 그런 아이들은 식자識者가 되고, 반면에 입을 여는 것보다 이 사이로 침 뱉기를 좋아하는 아이들은 쓸데없는 생각을 하기 싫어하고, 어쩔 수 없이 솟구치는 감정과 사고에 대한 보상을 행위와 음모, 단순한 인내와 자기방어 속에서 찾는 남자로 자란다. 이런 남자들은 불가피한 감정과 사고를 기껏해야 타인을 잘못된 길로 유혹할 때 사용하는 것으로 생각해 부끄럽게 여긴다. 남들이 투치에게, 그가 바로 그런 사람이라고 말하면 그는 당연히 손사래를 칠 것이다. 그건 굉장히 감정이 풍부한 사람이라는 소리를 들을 때도 마찬가지다. 이쪽이건 저쪽이건 어떤 형태의 과도함과 이탈도 허용하지 않는 것이 그의 원칙이기 때문이다. 투치는 '자기'라는 인간이 표현해낸 것에 대해 남들이 물어보고 이야기하는 것을 싫어했다. 음악가나 배우, 무용가에게 본래의 의도가 무엇이냐고 물어서는 안 되는 것처럼 말이다. 울리히는 순간적으로 국장의 어깨를 툭툭 쳐주거나 머리를 부드럽게 쓰다듬어주고 싶은 마음이 뜨겁게 치솟았다. 그런 말없는 행동으로 둘 사이에 공감의 장을 만들기 위해서 말이다.

울리히가 투치에 대해 제대로 상상하지 못한 것은 딱 한 가지였다. 투치는 어렸을 때만 남자답게 보이려고 이 사이로 침을 뱉고 싶었던 것이 아니라 지금 이 순간에도 그런 욕구를 느끼고 있다는 사실이었다. 울리히에 대해 막연한 호감 같은 것이 일었는데, 그런 상태가 몹시 불편했기 때문이다. 투치 본인도 아까 철학에 관한 자신의 발언 속에 별로 달갑지 않은 갖가지 감정이 섞여 있음을 잘 알고 있었다. 그런데도 '사촌'(무슨 이유에서인지 그는 울리히를 항상 이렇게 불렀다)에게 믿음의 증표를 그렇게 주저 없이 내보인 것은 뭔가에 홀리지 않고는 불가능한 일인 것 같았다. 투치는 말 많은 남자를 좋아하지 않았기 때문이다. 그래서 자신이 혹시 무의식적으로 아내의 일과 관련해서 이 남자를 우군으로 끌어들이려 하는 건 아닌지 당혹해하며 자문했다. 이 생각과 함께 얼굴색이 부끄러움으로 붉어졌다. 그런 도움 따위는 바라지 않았기 때문이다. 투치는 자신도 모르게 별로 자연스럽지 않은 핑계를 대고는 울리히에게서 몇 걸음 떨어져졌다.

그런데 곧 생각이 바뀌었는지 다시 돌아가 물었다. "아른하임 박사가 여기 왜 이렇게 오래 머무는지에 대해서는 생각해보았소?" 투치는 문득 이 질문으로 자신이 아른하임과 아내의 관계를 조금도 염려하지 않고 있음을 잘 드러냈다고 혼자 믿었다.

사촌은 정말 어이없다는 표정으로 투치를 바라보았다. 정답은 다른 대답을 찾기 어려울 만큼 이미 명백했기 때문이다. 울리히가 더듬거리며 물었다. "뭔가 특별한 이유라도 있다고 생각하시는 겁니까? 만일 그렇다면 사업상의 이유밖에 없지 않을까요?"

"구체적으로 말할 수 있는 건 없소." 투치가 다시 외교관의 신분으로 돌아가 외교적으로 대답했다. "뭐 다른 이유야 있겠소?"

"당연히 다른 이유는 없을 겁니다." 울리히가 정중하게 동의했다. "국장님은 아주 세심한 관찰자이신 것 같군요. 나는 솔직히 그 부분에 대해 아직 생각해보지 못했습니다. 그저 그 양반의 문학적 성향과 관련이 있을 거라고 짐작했을 뿐입니다. 그것도 가능하지 않겠습니까?"

국장은 방심한 듯한 웃음을 흘렸다. "그러면 아른하임 같은 남자가 무슨 연유로 문학에 관심을 보이는지 설명해줄 수 있겠소?" 투치는 이렇게 묻고 나서 곧바로 후회했다. 사촌은 벌써 긴 대답을 준비하고 있었기 때문이다. 울리히가 말했다. "요즘은 거리에서 자기 자신과 대화하는 사람이 이상할 정도로 많아졌다는 생각을 안 해보셨습니까?"

투치는 심드렁하게 어깨를 으쓱했다.

"그 사람들한테 뭔가 문제가 생긴 겁니다. 자신의 체험을 온전히 자기 것으로 체험할 수 없거나, 자기 것으로 받아들이지 못하고 남은 것들을 밖으로 내놓을 수밖에 없는 처지에 놓인 게 분명합니다. 글을 쓰고자 하는 과도한 욕구도 그래서 생기는 것 같습니다. 어쩌면 글쓰기 자체에서는 그게 명확히 드러나지 않을지도 모르죠. 재능과 훈련에 따라서는 글쓰기로 원래의 욕구를 훨씬 뛰어넘는 무언가를 이루어낼 수 있거든요. 그런데 책읽기에서는 너무나 명확하게 드러납니다. 요즘은 거의 누구도 책을 읽지 않습니다. 사람들은 저마다 자기 자신의 잉여적인 부분을 동의의 형태로든 거부의 형태로든 왜곡된 방식으로 털어버리는 데 작가들을 이용할 뿐입니다."

"그렇다면 아른하임의 삶에도 뭔가 문제가 있다는 거요?" 투치가 관심을 드러내며 물었다. "최근에 순전히 호기심에서 그 양반의 책들을 읽어보았소. 사람들이 워낙 그 양반한테 정치적 기대를 많이 해서 말이오. 근데 솔직히 말해서, 난 그럴 필요도, 그러는 이유도 모르겠소."

"그 질문을 좀더 일반화해보죠. 현실적으로 모든 걸 가질 수 있을 만큼 돈과 힘이 있다면 그런 사람은 왜 글을 쓸까요? 결국 이 질문은 이렇게 바꾸어도 됩니다. 직업적 이야기꾼들이 글을 쓰는 이유는 뭘까요? 그 사람들은 있었던 일을 쓰는 게 아닙니다. 있지도 않은 일을 실제로 있었던 것처럼 쓰는 거죠. 그건 틀림없는 사실입니다. 그럼 그 사람들은 거지가 부자를 경탄하듯 삶을 경탄할까요? 부자는 일말의 관심도 없는데 본인만 지치지 않고 부자에 대해 이야기하는 거지 말입니다. 혹은 그들은 계속 되새김질만 하고 있는 걸까요? 아니면 현실에서는 이룰 수 없거나 참을 수밖에 없는 것들을 판타지 속에서 만들어냄으로써 행복을 훔치려는 걸까요?"

"당신 자신은 글을 쓴 적이 없소?" 투치가 말을 끊으며 물었다.

"한 번도 없습니다. 하지만 몹시 불안합니다. 글을 쓰지 않아도 될 만큼 행복했던 적이 없었기 때문이죠. 조만간 그런 욕구를 느끼지 않는다면 내 속의 비정상적인 기질 때문에 스스로 목숨을 끊어버리는 일이 생기지 않을까 염려스럽기까지 합니다!"

울리히가 이 농담을 얼마나 진지하고 사랑스럽게 했던지, 자신의 의도와는 상관없이 마치 범람한 물이 빠지면서 드러나는 바위처럼 농담이 대화의 강물에서 불거져나왔다.

그것을 알아챈 투치는 노련하게 다시 맥락을 복원시켰다. "그러니까 결국 당신과 나는 생각이 같은 거요. 관료는 은퇴한 뒤에나 글을 써야 한다는 게 내 주장이니까. 근데 아른하임 박사한테는 어떻게 적용되는 거요?"

사촌은 침묵했다.

"당신도 알고 있소? 아른하임이 철저하게 비관적인 사람이고, 자신이 헌신적으로 참여하는 여기 이 사업에 대해서도 결코 '상승' 쪽에 투자할 사람이 아니라는 걸." 투치가 갑자기 낮은 목소리로 말했다. 아른하임이 맨 처음 자기 부부와 대화할 때 평행운동의 전망에 대해 매우 부정적으로 이야기했던 사실이 퍼뜩 떠올랐던 것이다. 왜 그게 오랜 시간이 지난 지금에야 다시 떠올랐는지는 몰라도 어쨌든 그것은 자신에게 내재한 외교적 수완의 승리처럼 느껴졌다. 비록 아른하임이 이곳에 오래 머무는 이유에 대해서는 알아낸 것이 거의 없었지만 말이다.

사촌은 깜짝 놀란 표정을 지었다.

어쩌면 투치에 대한 배려에서 나온 표정이었는지 모른다. 그는 아직 입을 열고 싶지 않았던 것이다. 어쨌든 그리하여 두 사람은 곧 자기들 쪽으로 다가오는 다른 손님들 때문에 자연스럽게 갈라졌고, 서로 고무적인 말을 주고받았다는 느낌을 갖고 헤어졌다.

92. 부자들이 갖고 있는 삶의 몇 가지 규칙

만일 다른 사람이 아른하임에게 쏟아진 것 같은 그런 엄청난 관심과 찬탄을 받았다면 그것의 순수성을 미심쩍어하고 불안해했을지 모른다. 사람들이 그러는 게 모두 자신의 돈 때문이라고 생각할 수도 있기 때문이다. 그러나 아른하임은 그런 불신을 천박함의 표시로 보았다. 그와 같은 위치에 있는 사람이라면 명확한 사업가적 정보에 기초해서만 불신을 가질 수 있었다. 게다가 그는 부가 개인적인 품성이라고 확신했다. 부자는 누구나 부를 개인적인 품성으로 간주한다. 그건 가난한 사람들도 마찬가지다. 아니, 그 부분에 대해서는 온 세상이 암묵적으로 동의한다. 다만 논리학만 제동을 걸고 나선다. 부가 어떤 특정 양태를 그 소유자에게 부여할 수는 있지만 그게 인간의 성격으로 자리잡을 수는 없다는 식이다. 하지만 그건 경험상 거짓이다. 인간의 후각은 부호에게서 풍기는 자주적인 느낌, 몸에 달라붙은 명령 습관, 어디서건 자신에게 최선의 것을 선택하는 능력, 세계에 대한 가벼운 경멸감, 막대하고 확실한 소득에서 나오는 책임감 있는 권력의 부드러운 냄새를 즉각 집어낸다. 또한 그런 사람들의 모습에서는 정선된 우주적 힘들에서 자양분을 얻고 매일 새로워진다는 점도 훤히 드러난다. 돈은 마치 꽃 속에서 생명의 액이 순환하듯 그 사람들의 표면에서 순환한다. 그들에게는 부여받은 특성도, 습득된 습관도, 간접적인 것도, 남의 손을 거쳐서 받는 것도 없다. 그렇기에 그들의 은행 계좌와 신용에 구멍이 생기면 부자는 그저 돈만 없어지는 것이 아니라 그것을 확인한 순간 바로 시든 꽃이 되고 만다. 사람들은 예전에 부의 특성을 단번에 알아보았던 것처럼 방금 부를 잃어버린 사람에게서 풍기는 뭐라 표현할 길 없는 보잘것없음의 특성도 금방 알아본다. 불안과 무책임, 무능력, 가난이 뒤범벅된 미심쩍은 냄새다. 결국 부는 파괴 없이는 해체 불가능한 개인적이고 단순한 특성이다.

그러나 이러한 희귀한 특성의 작용과 관계는 굉장히 복잡하게 엉켜 있어서 그 특성을 장악하려면 크나큰 정신적 힘이 요구된다. 돈 없는 사람들만 부를 이루고 싶은 꿈으로 상상할 뿐, 부를 소유한 사람들은 그것을 갖지 못한 사람들과 만날 때마다 부가 얼마나 불편하고 성가신지 단언한다. 예를 들어 아른하임은 자기 회사의 기술국장이나 사업국장이 어떤 특정한 능력 면에서는 자기보다 월등히 낫다고 생각할 때가 많았다. 또한 충분히 높은 관점에서 내려다보면, 생각과 지식, 충직함, 재능, 신중함 같은 것들은 돈으로 살 수 있는 특성처럼 보인다는 사실도 매번 확인하곤 했다. 그런 특성은 어디든 널려 있기 때문이다. 반면에 그런 특성들을 부리는 능력은 지체 높은 가문에서 태어나 자란 소수의 사람들만 가진 특성이다. 그에 못지않은 또다른 어려운 점은 누구든 부자에게 손을 벌린다는 것이다. 사실 돈은 문제가 아니다. 천 마르크건 만 마르크건, 그건 있어도 그만 없어도 그만이다. 또한 부자들은 돈이 사람의 가치를 바꾸지 못한다는 사실을 틈만 나면 강조한다. 이 말로 전달하고자 하는 바는 분명하다. 돈 없이도 자신들의 가치는 지금과 다를 바 없다는 것이다. 그러다보니 남들이 그 말을 오해하면 항상 마음이 상한다. 그런 오해는 특히 이지적인 사람들과의 교류에서 드물지 않게 일어난다. 그런 사람들은 희한하게도 돈이 없고 계획과 재능만 있는 경우가 많다. 하지만 돈이 없다고 해서 자존감까지 낮지는 않다.

오히려 돈에 구애받지 않는 부유한 친구에게 당연하다는 듯이 남는 돈을 무언가 좋은 일에 써달라고 부탁한다. 부자 친구가 돈이 아니라 자신의 아이디어나 능력, 개인적 매력으로 지원하고 싶어하는 마음은 이해하지 못한다. 게다가 이런 방식은 부자를 돈의 본성과는 반대쪽으로 몰아간다. 번식을 추구하는 것이 동물의 본성이듯 불어나고자 하는 것이 돈의 본성이기 때문이다. 물론 돈을 나쁜 투자처에 넣어둘 때도 있다. 하지만 그건 돈의 명예에 금이 가는 일이다. 지금 타고 있는 차가 새 차나 다름없어도 또다시 돈을 들여 새 차를 뽑을 수 있고, 폴로 경기에 나설 말을 데리고 세계적 휴양지의 최고급 호텔에 묵을 수도 있으며, 경마나 예술 분야에서 이런저런 상을 만들 수도 있고, 또 백 명을 초대해서 백 가구가 일 년 동안 먹고살 돈을 하룻저녁에 쓸 수도 있다. 이처럼 부자들은 마치 밭에 씨를 뿌리듯 창밖으로 돈을 던지고, 시간이 지나면 그 돈이 새끼를 쳐서 다시 집안으로 들어온다. 하지만 자신에게 아무 이득이 되지 않는 사람이나 목적을 위해 은밀하게 돈을 희사하는 것은 돈에 대한 암살이나 다름없다. 물론 그 목적이 좋고 그 사람이 비할 바 없이 훌륭할 수는 있다. 그럴 경우 모든 수단으로 그들을 후원해야 하지만, 돈으로는 안 된다. 이것이 아른하임의 철칙이었고, 이 철칙을 확고하게 지킨 결과 시대의 정신적 발전에 창조적이고 적극적으로 동참하는 인물이라는 명성이 생겨났다.

아른하임은 언뜻 자신이 사회주의자처럼 생각한다고 느끼기도 했다. 사실 많은 부자들이 사회주의자처럼 생각한다. 그들은 자신의 자본이 사회의 자연법 덕분이라는 사실을 부인하지 않는다. 또한 인간이 소유물에 의미를 부여하지, 소유물이 인간에게 의미를 부여하지 않는다고 확신한다. 그들은 자신들이 더는 존재하지 않을 미래에 소유의 종말이 올 것인지를 두고 차분하게 토론을 벌이고, 자신들이 사회주의적 성향을 띠고 있다는 생각은 강직한 사회주의자들과의 교류를 통해 더욱 강화된다. 사회주의자들 가운데에는 필연적인 혁명에 대한 확고한 기대 속에서 그날이 올 때까지는 가난한 사람보다 차라리 부자들과 어울리려는 부류가 드물지 않기 때문이다. 아른하임이 정통한 돈에 관한 모든 관계를 묘사하려면 이런 식으로 얼마든지 계속 설명해나갈 수 있다. 경제활동은 결코 다른 정신적 활동과 분리되는 활동이 아니다. 아른하임은 높은 정신을 가진 친구들과 예술가들이 급하게 돈을 부탁하면 충고 외에 당연히 돈도 주었다. 물론 그런 부탁을 항상 들어주지는 않았고, 결코 많은 돈을 주지도 않았다. 그들은 이 세상천지에 그런 부탁을 할 수 있는 사람이 그뿐이라고 장담했다. 돈 있는 사람들 중에 그런 부탁을 해도 괜찮을 만큼 정신적 특성이 두드러진 사람은 그 하나라는 것이다. 아른하임은 그들의 말을 믿었다. 자본은 모든 인간관계에 깊숙이 스며들어 있고, 숨쉬는 욕구만큼이나 자연스러운 것이라고 확신했기 때문이다. 다른 한편 돈이 정신적 힘이라는 그들의 견해에도 동조했고, 이 힘을 치밀한 계산하에 자제해서 사용했다.

사람은 어떤 이유로 경탄받고 사랑받을까? 그건 규명하기 어려운 미스터리가 아닐까? 계란처럼 둥글고 쉽게 부서지는 것이 아닐까? 남자의 콧수염에 반한 사랑이 남자의 멋진 자동차에 반한 사랑보다 더 진실할까? 구릿빛으로 그을린 남국의 남자에게 끌리는 사랑이 막강한 기업가의 아들에게 끌리는 사랑보다 더 인간적일까? 아른하임은 유행을 따르는 남자들이 대부분 말끔하게 면도를 하는 시대에도 옛날과 마찬가지로 짧고 가는 턱수염과 콧수염을 길렀다. 얼굴 위에 달라붙은, 이질적이면서도 자신의 일부처럼 친숙하게 느껴지는 이 수염이 기분좋은 방식으로 자신의 돈을 연상시킨 것이다. 그 이유는 열심히 귀를 기울이는 청중들 앞에서 완전히 자기를 잊고 연설할 때조차 알지 못했지만.

93. 몸 문화의 길 위에서도 시민 오성은 제어하기 어렵다

장군은 정신의 경기장 벽 쪽으로 둥글게 밀어놓은 의자 가운데 하나에 벌써 오랫동안 앉아 있었다. 그 옆에는 자신이 '후원자'라 부르길 좋아하는 울리히가 앉아 있었고, 둘 사이의 빈 의자엔 뷔페 식탁에서 가져온 포도주 잔이 두 개 놓여 있었다. 앉은 자세에서 장군의 하늘색 저고리가 위로 밀려 배 위에 마치 이마의 근심스러운 주름처럼 구김이 가 있었다. 두 남자는 묵묵히 눈앞에서 오가는 대화에 귀를 기울였다. 누군가 말했다. "보프레의 시합은 정말 천재적입니다. 이번 여름과 지난겨울 리비에라에서 시합하는 걸 지켜봤는데, 보프레는 실수를 해도 항상 행운이 따라줍니다. 실수가 잦은 편인데, 기존의 테니스 교범에 맞는 경기 운영을 하지 않기 때문이죠. 하지만 신의 은총을 타고난 그런 선수는 일반적인 테니스 법칙에 구애받을 필요가 없다고 생각합니다."

"저는 직관적 방식의 테니스보다 과학적인 테니스를 더 선호합니다." 다른 이가 반박했다. "브래독이 그 예입니다. 완벽이란 있을 수 없겠지만, 브래독은 완벽에 근접한 선수라고 할 수 있습니다."

처음 말을 꺼낸 사람이 다시 말을 받았다. "보프레의 천재성, 그러니까 정해진 것 없이 순간순간 기발한 착상에 따라 움직이는 그런 무질서한 천재성은 과학적 지식이 먹히지 않을 때 진가가 드러납니다."

세번째 사람이 끼어들었다. "그래도 천재라고 부르는 건 좀 과장 아닌가요?"

"그럼 뭐라 부르시게요? 예상치 못한 순간에 정말 기가 막힌 방법으로 공을 처리할 영감을 떠올리는 사람이 천재가 아니고 뭡니까?"

"저도 동의합니다." 브래독을 예찬했던 사람이 거들었다. "테니스 라켓을 쥐고 있든, 한 국가의 운명을 쥐고 있든 인물의 개성은 드러나는 법입니다."

"아닙니다, 아니에요! 아무리 그래도 천재는 과해요!" 세번째 남자가 강하게 반발했다.

그러자 네번째 남자가 나섰다. 음악가였다. "당신이 잘못 생각하시는 겁니다. 스포츠에 담겨 있는 몸의 실제적인 사고를 무시하고 있어요. 아직도 논리적 체계적 사고를 과대평가하는 습성에 젖어 있기 때문이겠죠. 그건 음악이 풍요로운 감정의 세계이고 스포츠는 의지의 훈련이라는 오래된 선입견만큼이나 시대에 뒤떨어진 생각입니다. 순수한 육체적 움직임은 인간이 모종의 완충장치 없이는 견딜 수 없을 만큼 마술적입니다. 음악이 없는 영화를 볼 때 그걸 알 수 있죠. 음악은 내면의 움직임이고, 움직임의 판타지를 자극합니다. 만일 음악의 그런 마술적인 특성을 알고 있다면 한순간도 망설이지 않고 스포츠의 천재성을 인정할 겁니다. 천재성을 거론할 수 없는 분야는 과학뿐입니다. 과학은 뇌의 곡예일 뿐이죠!"

보프레의 지지자가 말했다. "그럼 내 말이 맞군요. 브래독의 과학적 플레이에 대해 천재성을 인정하지 않으니까요."

이번에는 브래독의 지지자가 방어에 나섰다. "당신은 우리가 과학이라는 개념에 새로운 활기를 불어넣는 데서 출발해야 한다는 사실을 간과하고 있습니다."

"그건 그렇고, 두 선수가 붙으면 누가 이깁니까?" 누군가 물었다.

아무도 대답하지 못했다. 두 선수는 그사이 여러 번 이기고 지고를 반복했지만, 정확히 전적을 기억하는 사람은 없었다.

"아른하임 박사한테 물어봅시다." 누군가 제안했다.

사람들이 흩어졌다. 세 의자 위의 침묵은 이어졌다. 이윽고 슈툼 장군이 생각에 잠긴 표정으로 입을 열었다. "이보시오, 내내 유심히 들었는데, 모든 게 꼭 백전노장인 나한테 하는 말 같소. 음악 이야기만 빼놓고. 저 사람들은 왜 테니스 선수는 천재라고 하면서 장군은 야만적이라고 생각하는 거요?" 슈툼은 자신의 후원자로부터 디오티마의 집에서 몸 문화로 부딪쳐보라는 조언을 들은 이후, 원초적인 거부감에도 불구하고 자신이 이 민간인들의 생각에 어떻게 희망적으로 접속할 수 있을지 여러 번 깊이 고민해보았다. 그러나 안타깝게도 이 방향에서도 어려움이 무척 크다는 사실만 번번이 느낄 수밖에 없었다.

94. 디오티마의 밤들

디오티마는 아른하임이 이 모든 사람들을 눈에 띌 정도로 호의적으로 견뎌내고 있는 것이 놀라웠다. 자신의 감정 상태는 그전에 몇 번 표현했던 것과 정확히 일치했다. 그러니까 세계 사업이란 '우리의 영혼을 둘러싼 미미한 소음'에 지나지 않는다는 것이다.

그녀는 가끔 주위를 돌아보거나 세상의 고결하고 지적인 사람들로 가득찬 자신의 집을 둘러볼 때면 혼란스러운 기분이 들었다. 그녀의 인생사에는 밑바닥과 꼭대기 사이의 극심한 대립밖에 남아 있지 않았다. 빠듯한 중산층 가정의 소녀 시절을 벗어나 지금은 영혼을 눈멀게 할 정도로 커다란 성공을 누리고 있었다. 디오티마는 벌써 어질어질한 높이의 좁은 사다리 위에 서 있음에도 한 걸음 더 뗄 것을 요구받는 것 같았다. 아직 더 올라갈 여지가 남은 듯했다. 위험이 따르겠지만, 그 불안감은 오히려 더 매혹적으로 다가왔다. 그녀는 일과 정신, 영혼, 꿈이 하나되는 삶 속으로 한 발 더 내디딜 결심을 하지 못하고 있었다. 사실 이제는 평행운동의 꽃이라고 할 최고봉의 이념이 나타날 기미를 보이지 않는 것도 더는 걱정되지 않았다. 세계적 오스트리아도 점점 시들해졌고, 심지어 인간 정신의 위대한 설계 하나하나마다 대척점의 설계가 존재한다는 경험도 더는 공포스럽지 않았다. 일의 과정은 정말 중요한 지점에서는 논리적이지 않고, 오히려 섬광과 불꽃을 떠올리게 했다. 디오티마는 자신을 둘러싸고 있는 위대한 것들을 이해하려는 노력도 포기했다. 마음 같아서는 이런 운동 같은 건 다 집어치우고 아른하임과 결혼이라도 해버리고 싶었다. 마치 힘든 건 다 내팽개치고 아빠의 가슴팍으로 뛰어들면 모든 문제가 해결될 것으로 믿는 소녀처럼 말이다. 그러나 그녀가 벌인 일이 그사이 믿기 힘들 정도로 외적으로 성장해버렸다는 점이 발목을 잡았다. 디오티마는 결심할 시간을 내지 못했다. 사건들의 외적 사슬과 내적 사슬은 독립된 두 개의 줄처럼 나란히 계속 흘러가고 있었다. 그 둘을 연결하려는 시도는 번번이 수포로 돌아갔다. 그건 그녀의 결혼생활과도 비슷했다. 겉으로는 예전보다 행복해 보였지만 내적으로는 모든 것이 무너지고 있었다.

원래 성격대로라면 디오티마는 남편에게 모든 걸 솔직하게 이야기했어야 했다. 그런데 남편에게 할 말이 없었다. 아른하임에게 느끼는 감정이 정녕 사랑일까? 그와의 관계를 두고 사람들은 이런저런 이름을 붙일 수 있겠지만, 그것들조차 그녀의 마음속에선 지극히 통속적으로 느껴졌다. 두 사람은 지금까지 한 번도 키스를 하지 않았다. 설령 그녀가 솔직하게 고백하더라도 남편은 두 사람 사이의 고결한 영혼적 교감을 이해하지 못할 것이다. 디오티마는 때로 자신과 아른하임 사이에 이야기할 만한 게 더는 남아 있지 않다는 사실이 의아했다. 그러나 야망에 찬 시선으로 중년의 남자를 쳐다보는 순진한 처녀의 습성은 그대로였다. 확실히 만져지지는 않지만 이야기로 묘사할 수 있는 일들은 차라리 자신이 약간 무시하고 어리게 느껴지는 사촌과 더 많아 보였다. 자신의 감정을 저 높고 위대한 정신의 일반적 견해로 해체해버렸을 때도 그 가치를 알아주는, 자신이 사랑하는 남자보다 더 많이 말이다. 디오티마는 삶을 뿌리째 뒤흔드는 변화 속으로 비척거리며 들어가, 어떻게 거기로 들어갔는지 기억조차 못한 채 새로운 방에서 깨어날 수밖에 없음을 알았다. 자신을 각성 상태로 붙잡아두는 영향력에 내맡겨진 느낌이 들었다. 그녀는 당시 오스트리아인이 독일 형제들에게 일반적으로 느끼는 혐오감에서 완전히 자유롭지는 못했다. 이 혐오감은 그사이 희귀해진 고전적 형식을 빌려 설명하자면, 끈적거리는 푸딩과 소스를 먹고 자랐고 무언가 비인간적인 속성을 지닌 몸뚱이 위에다 존경하는 괴테와 실러의 머리를 아무 생각 없이 얹은 것과 비슷했다. 아른하임이 디오티마의 모임에서 아무리 인정을 받아도, 그녀는 모두를 놀라게 한 첫 등장 이후 시간이 갈수록 사람들 사이에서 일어나는 그에 대한 반감의 분위기를 놓치지 않았다. 물론 그 반감이 분명한 형태를 띠거나 명시적으로 드러나지는 않았지만, 디오티마는 수군거리는 사람들 속에서 자신감이 뚝 떨어졌을 뿐 아니라 자신의 태도와 많은 사람들의 유보적 태도 사이에 존재하는 차이를 분명히 인식하게 되었다. 그것도 평소 자신이 행위 모범으로 삼으려고 했던 사람들이 주로 그런 유보적 태도를 보였다. 사실 이러한 민족적 혐오감은 대체로 자기 자신에 대한 혐오감과 다르지 않다. 내적 모순의 흐릿한 심연에서 길어올려 적당한 희생자에게 붙여버린 것이 그런 민족적 혐오감인데, 그것은 샤먼이 초월적 힘이 있다고 믿는 작은 지팡이로 환자의 몸에서 병을 뽑아내던 태곳적부터 입증된 방법이기도 하다. 어쨌든 그녀는 자신의 연인이 프로이센인이라는 사실로 인해 이제껏 상상할 수 없었던 공포까지 느끼며 혼란스러워했다. 그런 측면에서 그녀가 결혼생활의 단순한 진부함과 뚜렷이 구분되는 이런 망설임의 상태를 스스로 '격정'이라 불렀다면 그건 결코 근거 없는 이야기는 아니었다.

디오티마는 불면증에 시달렸다. 이런 밤이면 프로이센 산업계 수장과 오스트리아 정부 국장 사이에서 오락가락했다. 비몽사몽간의 행복한 상태에서는 아른하임의 크고 찬란한 삶이 그녀 곁을 스치고 지나갔다. 그녀는 사랑하는 남자 곁에서 새로운 명예의 하늘을 날았다. 물론 불편한 진청색을 띤 프로이센의 하늘이었지만 말이다. 그런 가운데에도 깜깜한 밤중에 그녀 옆에 실제로 누워 있는 것은 투치 국장의 누런 몸이었다. 그녀는 남편이 옛 카카니엔 문화와 별로 관계가 없음에도 그 문화의 검고 노란 상징임을 어렴풋이 짐작하고 있었다. 그 상징 뒤에는 자신의 존귀한 친구 라인스도르프 백작의 바로크식 궁전이 있었고, 그 주변에는 베토벤과 모차르트, 하이든, 오이겐 왕자의 아늑한 그림자가 향수鄕愁처럼 떠 있었다. 여기서 도망치기도 전에 벌써 돌아가고 싶은 마음이 들 정도로 강렬한 향수였다. 때문에 디오티마는 남편에게 증오에 가까운 감정을 느끼고 있었음에도 이 세계 밖으로 나갈지 당장 결정할 수가 없었다. 그녀의 영혼은 꽃이 만발한 넓은 초원 같은 아름답고 풍만한 몸속에서 어쩔 줄 몰라하며 가만히 앉아 있기만 했다.

디오티마는 생각에 잠겼다. '일면적으로 판단해선 안 돼. 남편 같은 정부 관료는 의식이 깨어 있을 수도, 개방적이고 수용적일 수도 없어. 물론 청년 시절에는 그렇게 될 가능성이 있었을지 몰라.' 그녀는 신혼 시절을 떠올려보았다. 투치 국장은 그때 벌써 청년이라 할 수 없었다. '남편은 근면함과 충직함으로 그 자리를 차지하고 관료형 인간으로 거듭났어.' 그녀는 좋게 생각했다. '하지만 남편은 그게 자기 내면의 지극히 개인적인 삶을 포기한 대가라는 사실을 깨닫지 못하고 있어.'

디오티마는 자신의 사회적 성공 이후 남편을 좀더 너그럽게 바라보았고, 그로 인해 이제 다음의 사실까지 인정하게 되었다. '순수하게 이성적인 인간이나 유용한 인간은 없어. 모든 인간은 살아 있는 영혼으로 시작해. 하지만 일상이 그 영혼의 길을 모래 더미로 막아서고, 일상의 욕망이 들불처럼 인간의 마음을 흐트러뜨리고, 차가운 세계가 인간의 마음속에 일으킨 냉기 속에서 영혼은 차츰 병들어가고 있어.' 어쩌면 그녀가 너무 소심해서 남편의 그런 면을 제때 따끔하게 지적해주지 못했는지 모른다. 슬픈 일이었다. 그녀는 투치 국장을 이혼 스캔들로 끌어들일 용기가 나지 않았다. 남편 같은 위치의 공직자에게 이혼은 견딜 수 없는 충격일 것이다.

"그렇다면 불륜이 낫겠어!" 그녀는 별안간 혼잣말처럼 중얼거렸다.

불륜, 이는 디오티마가 벌써 얼마 전부터 생각해온 문제였다.

비자발적으로 맡은 자리에서 의무를 다하는 것은 별로 생산적이지 못하다. 사람은 자신이 가진 에너지를 아무 목적 없이 쏟지는 않는 법이다. 자기 자리를 직접 선택하고 자기 의지로 환경을 만들어가는 것이 진정한 의무다! 어차피 남편 곁에서 참고 견뎌야 할 운명이라면 그녀 앞에는 쓸모없는 불행이나 생산적인 불행, 둘 중 하나만 남아 있을 뿐이다. 그중에서 하나를 선택하는 것이 그녀의 의무다. 물론 디오티마는 지금껏 한 번도 자신이 아는 한 불륜이라는 말에 어울릴 만큼 도덕적으로 불결하고 경솔한 짓을 하지 않았다. 아니, 그런 상황에 처한 자신의 모습이 잘 그려지지도 않았다. 호텔 객실 손잡이를 돌리는 것은 더러운 웅덩이 속에 빠지는 것 같았고, 치마를 사각거리며 낯선 계단을 후다닥 올라가는 것은 몸에 밴 도덕적 정숙함이 거부했다. 재빨리 키스하는 것도 남이 볼세라 서둘러 사랑의 말을 내뱉는 것만큼이나 기질에 맞지 않았다. 그럴 바에야 오히려 파국적 상황이 더 나았다. 그러니까 마지막 동행, 목구멍에서 뜨거운 것이 치미는 작별인사, 연인과 어머니로서의 의무가 빚어내는 깊은 갈등이 성향에 더 잘 맞았다. 그런데 그들 사이엔 남편의 구두쇠 기질 때문에 아직 아이가 없었다. 덕분에 자식과 연인 사이의 갈등에서 비롯될 비극은 생길 일이 없었다. 결국 그녀는 때가 무르익으면 르네상스시대의 모델에 따르기로 결심했다. 단도를 가슴에 품고 살아가는 사랑이었다. 그게 어떤 사랑인지 정확히 상상이 되지는 않지만 무언가 진솔한 면이 있는 것은 분명했다. 흘러가는 구름 아래 고전적 폐허를 배경으로 한 진솔함이었다. 이 그림 속에는 죄와 죄의식의 극복, 고통을 통해 속죄하는 쾌락이 파르르 떨고 있었고, 디오티마의 가슴을 표현할 길 없는 강렬함과 경외심으로 가득 채웠다. 그녀는 생각했다. '한 인간이 최고의 가능성을 발견하고 자기 힘의 가장 풍성한 발현을 경험하는 지점, 거기가 본래의 자기 자리야. 인간은 여기서야 비로소 삶의 가장 깊은 강렬함을 전체로서 경험하기 때문이지!'

그녀는 밤의 어둠이 허락하는 한 남편의 얼굴을 자세히 들여다보았다. 인간의 눈이 스펙트럼의 자외선을 인지하지 못하는 것처럼 이 지성적 인간도 자기 속의 영혼적 삶을 알아채지 못하는 것 같았다!

투치 국장은 아무것도 모른 채 고른 숨을 내쉬며 잠들어 있었다. 자신이 마땅히 누려야 할 권리가 있는, 여덟 시간이라는 이 정신적인 부재 동안 유럽 내에서 결코 어떤 중요한 일도 일어나지 않으리라는 확신이 그의 얼굴에 평화롭게 배어 있는 듯했다. 이 평온함은 디오티마에게도 강한 인상을 주었다. 그럴 때면 불쑥 이런 생각이 들었다. 포기해야 할까? 아른하임과의 이별, 비장하고 고결한 고통의 말들, 가슴이 찢어질 듯한 체념, 베토벤적 스케일의 작별! 심장의 강한 힘줄이 이런 요구로 팽팽해졌다. 미래가 머나먼 푸른 산들의 우수로 가득하고 찬란한 가을빛을 머금어 떨리는 대화로 부풀어올랐다. 사랑을 포기하고 이 더블 침대를 택한다고?! 디오티마는 베개에서 벌떡 일어났다. 검은 머리카락이 구부렁구부렁 어지럽게 내려왔다. 투치 국장의 잠은 이제 예전의 천진한 잠이 아니라 토끼를 삼킨 뱀의 잠이었다. 디오티마가 이 새로운 의문 때문에 지금 남편을 깨워 얼굴에다 대고, 당신을 떠나야겠다고, 당신을 떠나고 싶다고 소리지를 뻔했다고 해도 가히 틀린 얘기는 아닐 것이다. 그런 신경과민적 상태로의 도주는 그녀의 분열적 상황을 고려하면 충분히 이해할 수 있다. 하지만 그런 상태로 도망치기엔 몸이 너무 건강했다. 디오티마는 남편이 바로 옆에 누워 있는데도 몸이 끔찍한 공포로 반응하지 않는 것을 느꼈고, 이런 공포의 부재는 건조한 전율로 이어졌다. 눈물을 흘리려 했지만 뺨 위로는 눈물 한 방울 흘러내리지 않았다. 다만 희한하게도 하필 이 순간에 울리히가 떠오르면서 약간의 위로가 되어주었다. 요즘은 울리히에 대한 생각을 한 번도 한 적이 없었는데, 그의 기이한 발언들, 예를 들면 자신은 현실을 철폐하고 싶고, 아른하임은 현실을 너무 과대평가한다는 발언이 지금 이 불면의 시간에 미스터리한 의미로, 공중에 떠 있는 공명음처럼 다시 찾아왔다. 당시엔 미처 포착하지 못한 뉘앙스였다. 그녀는 화가 나 자신에게 말했다. "이건 일어날 일을 너무 걱정하지 말라는 뜻에 지나지 않아! 아주 흔한 생각이라고!" 그녀는 자신의 생각을 이렇게 형편없고 단순하게 표현함으로써 자신이 거기에 함축된 무언가를 이해하지 못했음을 알고 있었다. 바로 거기서부터 마음이 진정되기 시작했다. 절망과 함께 의식까지 마비시키는, 수면제와 같은 진정 효과였다. 시간은 어두운 선처럼 휙 지나갔다. 그녀는 절망감이 지속되지 못하는 이런 성향도 밖에서 보면 훌륭해 보일 수 있다는 사실에서 위안을 얻었다. 그러나 이런 생각도 차차 흐릿해졌다.

밤중의 생각들은 때론 밝음 속에서, 때론 수면 속에서 석회암 지대의 물처럼 흘러갔다. 얼마 뒤 그 생각들이 다시 차분해지면 디오티마는 자신이 앞서간 거품을 꿈꾼 것만 같았다. 어두운 산줄기 뒤에 있던 펄펄 끓는 작은 강은 디오티마가 마지막으로 미끄러져 들어간 고요한 강이 아니었다. 분노와 혐오, 용기, 불안은 눈 녹듯 사라졌다. 그런 감정은 없는 것 같았다. 아니, 없었다. 영혼의 싸움에서는 잘못한 사람이 없다! 울리히도 다시 잊혔다. 이제 남은 것은 궁극적인 비밀과 영혼의 영원한 그리움이었기 때문이다. 영혼의 도덕적 가치는 사람들의 행동에 달려 있는 게 아니다. 의식의 움직임은 물론 정염의 움직임과도 상관없다. 정염 역시 '우리의 영혼을 둘러싼 미미한 소음'일 뿐이다. 사람은 왕국을 얻을 수도 잃을 수도 있다. 그러나 영혼은 꿈쩍도 안 한다. 사람은 자신의 운명에 도달하기 위해 할 수 있는 것이 없다. 운명은 때가 되면 존재의 깊은 곳에서 마치 천상의 노래처럼 조용히 날마다 자랄 뿐이다. 디오티마는 어느 때보다 의식이 또렷했다. 마음속엔 자신감이 가득했다. 눈에 보이지 않는 이런 마침표가 찍힌 그녀의 생각은 잠 못 이루는 밤에도 오래지 않아 그녀를 수면 속으로 밀어넣는 장점이 있었다. 그녀는 부드러운 환상처럼 자신의 사랑이 저 하늘의 별까지 이르는 무한한 어둠 속으로 넘어가는 것을 느꼈다. 그녀뿐 아니라 파울 아른하임과도 결코 분리되지 않고 어떤 계획과 의도에도 구애받지 않는 어둠 속으로. 그녀는 가까스로 손을 뻗어 설탕물 잔을 잡았다. 불면증과 싸우기 위해 침대 협탁 위에 준비해두었다가 항상 마지막 순간에야 마시는 물이었다. 흥분의 순간에는 그게 있다는 것조차 잊어버렸기 때문이다. 설탕물이 목으로 넘어가는 나직한 소리가 마치 잠든 남편 옆의 벽 뒤에서 들리는 연인들의 은밀한 속삭임처럼 달콤했다. 물론 남편은 그런 소리를 알 리 없었다. 설탕물을 마신 뒤 디오티마는 경건하게 다시 베개에 머리를 대고 존재의 침묵 속으로 깊이 가라앉았다.

95. 대저술가, 이면의 생각

사실 이런 이야기는 너무 뻔해서 할 필요가 없을지 모른다. 디오티마 집의 유명한 손님들은 이 진지한 평행운동이 자신들에게 결코 큰 수고를 요구하지 않는다는 사실을 확인하자 금방 보통 남자처럼 굴었다. 자기 집에 소음과 정신만 가득한 것을 확인한 디오티마는 실망을 금치 못했다. 그녀처럼 영혼이 고결한 사람은 남자들 사이에서 통용되는 용의주도함의 법칙, 즉 사인일 때와 공인일 때의 행동이 완전히 다르다는 사실을 알지 못했다. 회의장에서는 도둑놈이니 사기꾼이니 하며 험하게 싸우던 정치인들이 연회장에서는 나란히 앉아 다정하게 식사를 한다는 사실도 알지 못했다. 물론 판사가 재판정에서는 피고인에게 중형을 선고하더라도 재판이 끝나면 인간적인 정리로 피고인에게 악수를 청하는 것은 알고 있었고, 그런 태도가 특별히 잘못되었다고 생각하지도 않았다. 심지어 술집 댄서가 수상쩍은 일터만 벗어나면 조금도 나무랄 데 없는 엄마로서 살아간다는 이야기를 전해들으면서는 가슴 뭉클함을 느끼기도 했고, 제후들이 일반 인간으로 살기 위해 왕관을 내려놓았다는 소식을 가끔 듣게 되면 아름다운 상징으로 여기기도 했다. 그러나 정작 자기 집에서 정신의 제후들이라는 인간들이 저잣거리의 아무개처럼 떠들고 즐기는 것을 보고는 그 이중적 태도에 의아함을 감추지 못했다. 이런 전반적인 경향에는 어떤 원동력과 법칙이 깔려 있을까? 남자들이 직장 밖에 있을 때와 직장 안에 있을 때 완전히 달라지는 이유는 무엇일까? 그들은 일이 끝나면 마치 필기구를 서랍에 챙겨 넣고 의자를 책상 위에 걸쳐둔 사무실처럼 직장의 삶을 깨끗이 정리한 사람처럼 보인다. 결국 그들 속에는 두 남자가 있다. 아침에 직장으로 향하는 남자, 저녁에 집으로 돌아가는 남자. 둘 중 어느 것이 본모습일까?

디오티마는 영혼의 반려자인 아른하임이 자기 집에 모인 모든 남자들에게 인기 있는 것을 은근히 즐겼고, 특히 젊은 사람들과도 적극적으로 어울리는 모습이 마음에 들면서도 다른 한편으론 아른하임이 이런 일에 얽혀 있는 것을 걱정스럽게 바라보았다. 진정으로 위대한 정신의 소유자는 평범한 정신적 엘리트들과는 통속적으로 섞여서는 안 되고 사유의 유동적인 시장에 발을 들여놓아서도 안 된다고 생각한 것이다.

그 이유는 아른하임이 정신의 제후가 아니라 대저술가라는 데 있었다.

세속의 권력이 정계에서 재계의 부호들로 넘어간 것처럼 정신문화의 영역에서 정신적 제후들을 대체한 것이 대저술가다. 제후의 시대에는 정신적 제후들이 어울렸다면 정치적 격변과 대형 백화점의 시대에는 대저술가가 잘 어울렸다. 대저술가는 규모가 큰 일과 정신을 연결시키는 특별한 형식이었다. 그러니까 다른 건 몰라도 대저술가에게 차량은 있어야 했다. 이리저리 돌아다니면서 각국 대신들의 영접을 받고, 강연을 하고, 자신이 과소평가되어서는 안 될 도덕적 힘의 소유자라는 사실을 여론 선도자들에게 각인시켜야 했기 때문이다. 그는 다른 나라들에 휴머니즘을 증명할 필요가 있을 때는 민족 정신의 담지자였다. 집에 있을 때는 유력인사들의 방문을 받았고, 그럴 때면 사람들이 눈치채지 못하게 곡예사의 유연성으로 사업상의 용무를 생각했다. 대저술가는 돈이나 많이 버는 문필가와는 결코 다르기 때문이다. 올해, 혹은 이달에 가장 많이 '팔린 책'을 직접 쓸 필요는 없다. 이런 종류의 평가에 이의를 제기하지 않는 것만으로 충분하다. 그 자신이 모든 상의 심사석에 앉아 있기 때문이다. 그는 모든 선언문에 서명하고, 온갖 서문을 쓰고, 탄생을 축하하는 자리에서는 축사를 하고, 중요한 사안에 의견을 표명하고, 성과의 정도를 평가하는 자리는 어디든 불려간다. 대저술가의 활동은 한 나라 전체를 대변하는 것이 아니라 그 나라의 진보적인 부분과 벌써 다수 속에 자리잡은 위대한 특출함을 대변한다. 그래서 정신적 긴장이 늘 그를 에워싼다. 그것은 당연히 오늘날의 사회 발전 양태에서 보면 문화의 대산업으로 이어지는 삶이다. 하지만 역으로 산업을 문화로, 정치로, 도덕의 장악으로 몰고 가는 것도 사실이다. 그 중심에서 두 현상이 만난다. 따라서 대저술가의 역할은 특정 인물에 한정되는 것이 아니라, 시대가 만들어낸 게임 규칙과 의무가 존재하는 사회라는 체스판 위의 말을 가리킨다. 선함에 아주 열심인 이 시대 사람들은, 누군가 지성을 가진 정도로는 자신에게 별 도움이 안 되고(지성이란 너무도 흔해서, 많고 적음을 따질 것 없이 모두가 스스로에게 필요한 만큼 충분히 지성을 갖고 있다고 생각한다) 다만 어리석음을 퇴치하는 것이 중요한데, 그러려면 지성이 나타나고 현시하고 작용하는 것이 필요하다는 입장을 견지한다. 이제는 많은 사람이 쉽게 이해할 수 없게 된 좀더 위대한 작가보다 대저술가가 여기에 더 잘 어울리기에 사람들은 정신적 크기가 정말 위대한 것에 이를 수 있도록 각자 최선을 다해 힘을 보탠다.

이렇게 이해하면 아른하임이 그런 시험적인 대저술가 그룹의 일인이라는 점을 누구도 비난할 수 없을 것이다. 물론 시험적이라고 하기에는 이미 그런 인물의 완벽한 화신이자, 그런 소양을 천부적으로 타고난 사람이었지만 말이다. 문필가들은 대부분 할 수만 있다면 대저술가가 되고 싶어한다. 그러나 그것은 산의 경우와 같다. 예를 들어 오스트리아의 도시 그라츠와 장크트푈텐 사이에는 산이 많다. 생긴 건 모두 몬테로사산과 비슷비슷하지만 높이는 무척 낮다. 따라서 대저술가가 되는 필수적인 조건은 높건 낮건 누구나 똑같이 이해할 수 있는 책과 희곡을 쓰는 것이다. 사람은 선한 영향을 주려면 먼저 일을 해야 한다. 이 원칙은 모든 대저술가의 토대이자, 고독의 유혹에 맞서는 놀라운 방책이자, 괴테의 작업 원칙, 즉 사람은 다정한 세계 속에서 움직이기만 하면 다른 건 모두 저절로 따라온다는 원칙이기도 하다. 한 문필가가 활동을 시작하면 삶에 중요한 변화가 시작된다. 문필가의 책을 내는 출판인은 상인으로서 천이나 훼손되지 않은 종이로 완전히 다른 식으로도 돈을 벌 수 있었다는 이유로 자신이 비극적 이상주의자와 비슷하다는 말을 더는 하지 않는다. 비평가 역시 대저술가를 자신의 분야에서 무척 가치 있는 대상으로 여긴다. 비평가들은 원래 나쁜 족속이 아니라 시대적 상황이 안 좋은 탓에 시를 쓰지 못하는 잠재적 시인이기 때문이다. 그래서 뭔가 의견을 내놓으려면 무언가 가슴으로 다가오는 것이 있어야 한다. 그들은 전쟁의 시인이거나 사랑의 시인이다. 그것은 시장에서 좋은 값을 받고 팔아치워야 할 내적 자산이 무엇이냐에 따라 갈린다. 그런 면에서 그들이 평범한 문필가보다 대저술가의 책을 선택하는 것은 당연해 보인다. 다만 투입할 수 있는 노동의 양이 한정돼 있다보니 대저술가의 펜 끝에서 나오는 연례적 신간에 자신의 최고 능력을 쏟을 수밖에 없다. 이렇게 해서 비평적 해설이 몰리는 신간들은 국가의 문화 은행에 자산으로 입금된다. 이때 해설 역시 단순한 설명이 아니라 가상의 예금이다. 사정이 이렇다보니 나머지 작품들에는 해설이 돌아갈 여지가 별로 없다. 그런데 이런 작업은 위대한 남자를 필요로 하는 에세이스트와 전기 작가, 대중 역사가들을 통해 최대한으로 증폭된다. 악의 없이 말하자면, 개들도 고독한 바위보다 분주한 거리 모퉁이를 선호하는 게 타고난 본성일진대, 하물며 자기 이름을 세상에 남기려는 더 높은 갈망을 가진 인간이 어떻게 고독한 바위를 택하겠는가?! 대저술가는 예상한 것보다 일찍 자기 혼자만을 위한 존재가 아니라 공생을 의미하는 존재가 되어 아주 섬세한 의미에서 한 국가의 집단적 산물로 우뚝 서고, 그로써 삶이 줄 수 있는 가장 흐뭇한 찬사, 즉 그의 융성이 수많은 다른 이들의 융성과 내적으로 깊이 엮여 있다는 확신을 즐긴다.

아마 그런 이유에서 스스로 훌륭하다고 하는 강한 확신감은 대저술가의 일반적 특징일지 모른다. 그들은 자신의 지위가 위협받는다고 느낄 때만 전투적 글쓰기 수단을 사용한다. 다른 상황에서는 늘 의연함과 호의를 잃지 않는다. 자신들의 찬사를 우습게 아는 발언들에 대해서도 철저히 관용적 태도를 지키고, 괜히 격 떨어지게 다른 문필가에 대해 이러쿵저러쿵 토를 달지 않는다. 혹시 평을 내놓더라도 높은 지위의 저자에게 아부하려는 경우는 거의 없고, 눈에 확 띄지는 않지만 웬만큼 재능을 갖춘 문필가를 격려하려는 의도가 주를 이룬다. 49퍼센트의 재능과 51퍼센트의 무능으로 이루어진 이런 문필가들은 재능과 무능의 이런 혼재 덕분에 힘을 쏟을 필요가 있는 일에는 무척 능숙하지만, 한 강력한 인물에 의해 언제든 문화계에서 영향력 있는 자리를 차지하는 일이 막힐 수 있는 이들이다. 그런데 이런 서술은 대저술가만의 고유한 특성과 상관없는 게 아닐까? '비둘기 있는 곳에 비둘기 날아간다'는 근사한 속담이 있다. 오늘날 평범한 문필가가 혹여 비평가나 칼럼니스트, 라디오 시나리오 작가, 영화 시나리오 작가, 혹은 문예지 발행인으로 활발하게 활동을 하더라도 대저술가가 되는 일은 상상하기 어렵다. 이런 문인들 가운데 상당수는 뒤에 바람을 불어넣을 수 있는 구멍이 달린 당나귀나 돼지 모양의 풍선과 비슷하다. 만일 대저술가가 이 상황에 대해 조심스럽게 평가를 내리고, 그로써 자신을 우러러보는 신실한 대중의 상을 만들려고 노력한다면 우린 그들에게 고마워해야 하지 않을까? 그들은 있는 그대로의 삶을 연민으로 고결하게 만든다. 그 반대의 경우, 즉 그런 고상한 행동을 전혀 하지 않는 문필가들을 떠올려보라! 이들은 진심어린 초대를 거절하고, 찾아오는 사람을 퇴짜놓고, 칭찬을 고마운 마음으로 받아들일 줄 모르고 재판관처럼 재단하고, 자연스러운 상황을 갈기갈기 찢어버리고, 큰 기회를 수상쩍게 취급하는 인물들이다. 스스로를 위대하다고 여기기 때문이다. 이들이 답례로 내놓을 것이라고는 표현하기 어렵고 평가하기 어려운 머릿속 과정과 대저술가를 가진 시대에는 별 가치가 없는 문필가로서의 자잘한 성취뿐이다. 이런 남자들은 공동체의 아웃사이더로 남고 필연적으로 현실에서 물러나야 하지 않을까?! 어쨌든 이건 아른하임의 견해였다.

96. 대저술가, 표면의 생각

대저술가의 실존에서 본래적인 어려움은 정신생활에선 장사꾼의 사고방식으로 행동하면서도 오랜 전통의 이상주의적 언어를 사용한다는 데서 생겨난다. 상업과 이상주의의 이러한 연결은 아른하임의 삶에서도 핵심적인 위치를 차지한다.

시대에 맞지 않는 이런 연결은 오늘날 곳곳에서 찾아볼 수 있다. 예를 들어 사자死者를 운구차에 실어 공동묘지로 운반할 때조차 사람들은 멋진 장의차 위에다 교차시킨 중세 기사의 검 두 자루와 투구를 빠뜨리지 않고 달아놓는다. 이것만 그런 것이 아니라 모든 영역이 그렇다. 인간의 발전은 아주 긴 과정이다. 대략 두 세대 전 상용 편지에서 푸른 꽃으로 된 미사여구가 장식으로 등장했던 것처럼 오늘날에는 사랑에서부터 순수 논리학에 이르기까지 모든 관계를 공급과 수요, 담보와 감가율이라는 언어로 표현할 수 있다. 마찬가지로 심리학이나 종교적 언어로 표현할 수도 있지만 그렇게들 하지 않을 뿐이다. 그 이유는 새로운 언어가 아직 너무 불안정하기 때문이다. 오늘날 야망 큰 금융가는 어려운 상황에 처해 있다. 과거의 권력들과 동등한 힘을 가지려면 자신의 일을 위대한 이념과 연결시켜야 하는데, 오늘날엔 아무 이의 없이 믿을 수 있는 위대한 이념이라는 것이 더는 존재하지 않는다. 의심과 회의가 판치는 이 시대는 신과 휴머니즘, 왕과 도덕도 믿지 않는다. 어쩌면 이 모두를 믿을지 모른다. 어차피 결과적으로 모두 똑같은 것들이니까. 그렇다면 나침반만큼이나 위대한 것을 포기하고 싶지 않은 장사꾼이라면 위대함의 측량할 수 없는 영향을 측량할 수 있는 크기로 대체할 민주적 요령을 습득해야 한다. 이제는 위대한 것으로 간주되는 것이 위대한 시대가 되었다. 그건 곧 효과적 선전을 통해 위대하다고 소리쳐 알리는 것이 결국 위대한 것으로 인정받는다는 뜻이다. 시대의 이런 내밀한 핵심을 힘들이지 않고 삼킬 수 있는 사람은 없었다. 아른하임 역시 그것을 해낼 방도를 찾으려고 많은 시도를 하는 중이었다.

예를 들어 교양인이라면 학문 연구 분야와 중세 교회의 관계를 생각해볼 수 있다. 당시 철학자들은 성공을 거두고 동시대인들의 생각에 영향을 주려면 교회와 사이가 좋아야 했다. 반면에 삼류 자유사상가들은 교회의 속박 때문에 자신들이 위대함의 왕관을 쓰지 못하게 되었다고 말할지 모른다. 그러나 사실은 정반대다. 전문적 견해에 따르면 사유의 영역에서 비할 바 없이 훌륭한 고딕식 미는 바로 사유와 교회의 연결에서 생겨났기 때문이다. 만일 정신에 해를 입지 않고 교회를 배려할 수 있다면 선전에 신경쓰지 못할 이유가 있을까? 영향을 끼치려는 사람은 이 조건하에서도 영향을 끼칠 수 있지 않을까? 아른하임은 자기 시대에 너무 많은 비판을 가하지 않는 것이 위대함의 표식이라고 확신했다! 최고의 말을 탄 최고의 기수라고 하더라도 말과 사이가 좋지 못하면, 볼품없는 말을 타면서도 움직임에 잘 적응한 기수만큼 장애물을 부드럽게 넘지 못하는 법이다.

다른 예로 괴테를 들어보자! 괴테는 지상에 그 같은 사람이 또 나올까 싶을 만큼 뛰어난 천재였다. 그러나 그도 귀족 작위를 수여받았다고는 하나 독일 상인 가문의 아들이었다. 아른하임이 느끼기에 괴테는 이 나라가 낳은 최초의 대저술가였다. 그는 괴테의 많은 점을 본보기로 삼았다. 그런데 그가 무척 좋아하는 이야기는 괴테가 그 불쌍한 요한 고

틀리프 피히테를 저버린 사건이었다. 속으로는 피히테의 입장에 공감하면서도 말이다. 피히테는 예나대학 철학교수로 있을 때 신과 신성한 것들에 대해 "숭고하지만 적절치 않은" 발언을 했다는 이유로, 또 그것을 해명하는 자리에서 "온화한 자세로" 허리를 낮춘 게 아니라 "격정적으로 자기주장을" 펼쳤다는 이유로 문책을 받았다. 세상 살아가는 이치를 잘 알던 문학의 거장이 회고록에 남긴 내용이었다. 아른하임은 괴테처럼 행동하려고 했을 뿐 아니라 괴테를 전거로 그렇게 사는 것이야말로 괴테적이고 의미 있다고 세상 사람들을 설득하고 싶었다. 사람들은 희한하게도 별로 위대하지 않은 남자가 올바로 처신했을 때보다 위대한 남자가 잘못을 저질렀을 때 더 큰 공감을 느낀다. 아른하임은 이런 진실에 만족하는 데 그치지 않고, 자신의 확신을 관철하기 위한 무조건적인 투쟁이 무익한데다 깊이와 역사적 아이러니가 결여된 행동이라고 지적하고 싶었다. 그리고 역사적 아이러니는 '괴테적 아이러니'라고 이름 붙일 수 있을 것 같았는데, 그것은 곧 '환경에 진지하게 순응해가는 아이러니'라는 뜻이었다. 그것도 시간이 지나면 옳았던 것으로 밝혀지는, 행동하는 유머가 곁들여진 아이러니였다. 두 세대가 지난 오늘날, 약간 과격한 면이 있긴 하지만 신실하고 올곧은 피히테에게 있었던 그 부당한 일은 이미 오래전에 다른 의미가 추가되지 않은 개인적인 사안이 된 반면에 괴테의 의미는 비록 당시 그의 행동이 옳지 않았음에도 장기적으로는 본질적인 면을 전혀 잃지 않았음을 상기하면 시대의 지혜는 아른하임의 지혜와 전적으로 일치한다는 점을 인정하지 않을 수 없다.

세번째 보기는 나폴레옹이다. 사실 아른하임 주변엔 항상 좋은 예시들이 가득했는데, 이 세번째는 앞선 두 예시의 깊은 의미를 밝혀준다. 하이네는 여행기에서 나폴레옹에 대해 아른하임의 관점과 잘 맞아떨어지는 방식으로 서술했다. 이건 아른하임이 외우고 있는 구절로 설명하는 것이 가장 나아 보인다. 하이네는 나폴레옹을 언급할 때 "그런 정신"이라고 말한다. 물론 괴테에게도 똑같이 말할 수 있었을 것이다. 자신이 경탄하는 대상에 속으로는 동의하지 못해도 늘 애호가의 예리함으로 괴테의 외교적 본성을 옹호했던 것이다. 어쨌든 하이네는 이렇게 말한다. "그런 정신은 칸트에 따르면 우리와 같은 분석적 오성이 아니라 직관적 오성이 숨쉬는 정신이다. 우리가 굼뜬 분석적 숙고와 긴 추론을 통해 인식하는 것을 그런 정신은 단박에 꿰뚫어보고 깊이 이해한다. 따라서 현시대를 이해하고, 시대정신을 회유하고, 그 정신을 결코 모독하지 않는 가운데 늘 활용하는 것이 그런 정신의 재능이다. 그런데 나폴레옹 당시의 시대정신은 단순히 혁명적이었던 것이 아니라 두 관점, 즉 혁명적 관점과 반동적 관점의 융합을 통해 형성되었기에 나폴레옹 역시 전적으로 혁명적이지도, 전적으로 반혁명적이지도 않게 항상 그 두 관점과 두 원칙, 두 경향에 맞게 행동했다. 그 두 관점은 나폴레옹의 내면에서 합일을 이루고 있었기에 그는 늘 자신의 본성에 맞게, 단순하면서도 위대하게, 결코 발작적으로 거칠지 않게, 차분하고 부드럽게 행동했다. 그런 연유로 그는 한 번도 시시한 음모에 끼어들지 않았고, 그의 쿠데타는 항상 대중을 이해하고 유도하는 기술로 성공을 거두었다. 자잘한 분석적 정신은 복잡하게 얽히고 느린 음모로 귀결되는 경향을 보이지만, 직관적 종합의 정신은 놀랍도록 천재적인 방식으로 현시대가 자신들에게 제공하는 수단들을 잘 결합시켜 자신의 목적에 맞게 재빨리 이용할 줄 안다."

하이네는 어쩌면 그에게 경탄하는 아른하임이 파악한 것과는 약간 다른 의미로 이 말을 했을지 모르지만, 아른하임은 마치 자신을 두고 한 말처럼 느꼈다.

97. 클라리세의 신비스러운 힘과 사명

방안에 클라리세가 있다. 발터는 없다. 그녀에겐 사과와 잠옷이 있다. 사과와 잠옷은 현실의 주목받지 못하는 얇은 한줄기 광선이 그녀의 의식으로 흘러들어오는 두 원천이다. 왜 모스브루거가 음악적으로 느껴졌을까? 이유는 그녀 자신도 몰랐다. 어쩌면 모든 살인자가 음악적일 수 있다. 이 문제로 라인스도르프 백작에게 편지를 보낸 기억이 난다. 내용도 대략적으로 떠오르지만 구체적으로 무엇을 썼는지는 모른다.

그렇다면 특성 없는 그 남자는 비음악적일까?

마땅한 대답이 떠오르지 않자 그녀는 이 생각을 내려두고 다른 생각으로 넘어갔다.

얼마 뒤 이런 생각이 떠올랐다. 울리히는 특성 없는 남자다. 특성 없는 남자는 당연히 음악적일 수 없다. 하지만 그렇다고 비음악적이라고 할 수도 없지 않을까?

생각이 계속 이어졌다.

예전에 울리히가 말했다. 넌 소녀 같으면서 영웅 같은 사람이야.

클라리세는 그 말을 되풀이해보았다. "소녀 같으면서 영웅 같은 사람이야!" 뺨이 발그레 달아올랐다. 자신도 미처 몰랐던 사명이 떠오르는 느낌이었다.

생각은 양방향으로 돌진하는 육탄전처럼 밀고 나갔다. 자신이 끌어당겨지고 내쳐지는 느낌이었다. 그러나 어디로 내쳐지고 어디서 끌어당기는지는 알 수 없었다. 이윽고 어쩌다 그렇게 됐는지는 몰라도 이 싸움에서 남은 희미한 애정의 감정이 발터를 찾으러 나서게 했다. 그녀는 벌떡 일어나 사과를 내려놓았다.

발터를 항상 괴롭혀온 것이 미안했다. 그를 괴롭힐 힘이 자신에게 있다는 사실을 처음 안 건 열다섯 살 때였다. 그녀는 그의 주장이 사실이 아니라고 단호하게 소리치기만 하면 되었다. 그러면 그는 자신의 말이 옳았더라도 움츠러들었다. 그녀는 그가 자신을 두려워한다는 걸 알고 있었다. 그는 그녀가 미치지 않을까 두려워했다. 언젠가는 이 말을 무심결에 내뱉어버리고는 즉시 수습하려고 했다. 하지만 그후 그녀는 그의 마음속에 그런 생각이 계속 자리하고 있음을 알았다. 그리고 근사하다고 생각했다. 니체는 말한다. "강자의 비관주의가 있을까? 가혹하고 소름 끼치고 악한 것에 대한 지적인 선호가 있을까? 반도덕적인 것에 깊이 끌리는 본성이 있을까? 품위 있는 적보다 무시무시한 것을 더 갈망할 수 있을까?" 이 말들이 떠오르면서 그녀의 입속에 관능적인 흥분이 일었다. 우유처럼 부드러우면서도 삼킬 수 없을 만큼 강렬한 흥분이었다.

그녀는 발터가 원하는 아이를 생각했다. 그는 아이에 대한 두려움도 있었다. 아내가 언젠가 미칠 수도 있다고 믿는 남편이라면 충분히 이해할 만한 두려움이었다. 비록 격렬하게 거부하고는 있었지만 그것이 남편에게 애정을 느끼게 했다. 그녀는 이제 자신이 발터를 찾아 나섰다는 사실을 잊어버렸다. 지금 몸속에서 무언가 변화가 일어났다. 젖가슴이 부풀어올랐고, 팔다리 혈관으로 걸쭉한 혈액이 흘러갔으며, 방광과 창자에 뭔지 모르지만 강하게 밀어붙이는 압박감이 느껴졌다. 호리호리한 몸이 안으로 깊어지고 예민해지고 생기 넘치고 낯설어졌다. 모두 단계적으로 일어난 일이었다. 그러다 문득 한 아이가 품안에서 환하게 웃었고, 성모마리아의 황금빛 옷에서 나오는 빛이 그녀의 어깨에서 바닥으로 떨어졌다. 신도들은 노래를 불렀고, 아이는 그녀 밖에 있었다. 세계의 구주가 태어난 것이다!

이 일이 일어나자마자 갈라진 그림 같던 그녀의 몸이 다시 탁 닫혔다. 몸에 박힌 쐐기를 튕겨내는 통나무 같았다. 그녀는 다시 호리호리해졌다. 구역질이 났고 잔인한 명랑함을 느꼈다. 이렇게 쉽게 발터에게 아이를 만들어주고 싶지는 않았다. "내가 원하는 건 당신의 승리와 자유가 자식을 갈망하는 거예요!" 그녀는 혼잣말을 했다. "당신 자신을 넘어설 살아 있는 기념비를 세워야 해요. 그전에 몸과 영혼부터 만들어야 하고요!" 클라리세는 미소 지었다. 커다란 돌로 덮어버린 불꽃처럼 길쭉하게 날름거리는 미소였다.

그다음 클라리세는 아빠가 발터를 두려워했던 것을 떠올렸다. 생각은 이제 몇 년 전으로 거슬러올라갔다. 이런 일은 익숙했다. 발터와 클라리세는 서로 '그거 기억해?' 하고 묻기를 좋아했는데, 그러고 나면 과거의 빛이 마법처럼 먼 곳에서 현재로 흘러들어왔다. 그들은 그것을 재미있는 놀이처럼 즐겼다. 마치 마지못해 몇 시간씩 걸어가다가 어느 시점에 등을 돌려 돌아오는 것과 비슷했다. 걷다보면 사위에 깔린 완벽한 공허가 갑자기 먼 풍경으로 바뀌곤 했다. 진정한 행복의 모습으로. 그들은 이것을 머리로 이해한 것은 아니지만 그 기억을 무척 소중하게 받아들였다. 그 때문에 클라리세는 늙수그레한 화가이자 당시 그녀에게 폭력적 존재였던 아빠가 그녀의 집에 새 시대를 열어준 발터를 두려워하고, 발터는 자신을 두려워했다는 점이 무척 흥분되면서도 복잡하게 여겨졌다. 그건 그녀가 예전에 자신의 여자 친구 루시 파흐호펜을 팔로 안은 채 "아빠" 하고 말해야 했을 때 아빠가 루시의 애인임을 안 것과 비슷했다. 그건 동시에 일어난 일이었기 때문이다.

클라리세의 뺨은 이제 다시 달아올랐다. 그와 동시에 낑낑거리며 우는 것 같던 특이한 신음이 생생하게 떠올랐다. 예전에 울리히에게 얘기했던 그 낯선 신음이었다. 그녀는 거울을 보며 아빠가 자기 침대로 왔던 그날 밤의 표정을 찾으려 했다. 공포에 질려 입술을 꾹 다물고 있던 얼굴이었다. 유혹의 순간에 가슴에서 도망치다시피 터져나온 그 소리는 다시 나오지 않았다. 물론 그 소리가 그때와 똑같이 지금도 가슴속에 분명히 존재한다고 생각했다. 그것은 배려와 관용이 없는 소리였다. 그러나 다시는 표면으로 뚫고 나오지 않았다. 클라리세는 거울을 치우고 조심스레 주위를 둘러보았다. 눈으로 더듬더듬 살피다보니 혼자라는 의식이 더욱 강해졌다. 그녀는 손가락 끝으로 옷을 더듬고 내려가 우단처럼 새까만 모반母斑을 찾았다. 아주 특이한 사정이 있는 이 반점은 넓적다리 안쪽으로 반쯤 가려져 있고 음모가 약간 불규칙하게 비켜간 회음부에 위치해 있었다. 그녀는 그 위에 손을 가만히 내려놓고 생각을 차단한 채 진행될 변화를 기다렸다. 즉시 변화가 느껴졌다. 부드럽게 터져나오는 육체적 쾌락이 느껴지는 게 아니라 그녀의 팔이 남자 팔처럼 단단해졌다. 팔을 들어올려 휘두르면 어떤 것이든 단번에 때려눕힐 수 있을 것 같은 기분이었다! 그녀는 몸의 이 지점을 악마의 눈이라 불렀다. 아빠의 손도 더는 밑으로 내려가지 못하고 여기서 돌아섰다. 악마의 눈은 옷을 꿰뚫고 볼 수 있었다. 그래서 남자들을 시선으로 붙잡아 옴짝달싹 못하게 옭아맨 뒤 유인했다. 그러나 클라리세가 원치 않을 때는 만지는 것을 허락하지 않았다. 그녀는 인용부호 속의 말들이 떠올랐다. 글을 쓸 때 두껍게 밑줄을 긋는 것처럼 특별히 강조된 말이었다. 그렇게 강조된 말에는 팽팽하게 긴장된 의미가 있었다. 그녀의 팔이 팽팽하게 긴장된 상태와 비슷했다. 눈으로 무언가를 정말 붙잡을 수 있을 거라는 생각을 누가 하겠는가? 그러나 클라리세는 그럴 수 있었다. 목표를 향해 던질 수 있는 돌멩이를 손에 쥔 것처럼 '눈으로 무언가를 붙잡을 수 있다'는 말을 손에 쥔 최초의 인간이었다. 그것은 팔로 때려눕힐 수 있는 힘의 일부였다. 이런 생각으로 인해 그녀는 깊이 고민해보려던 그 낑낑거리는 신음을 잊어버렸다. 대신 여동생 마리온이 떠올랐다. 마리온은 네 살 때부터 밤이면 두 손이 묶인 채 자야 했다. 그러지 않으면 마리온의 두 손은 자기도 모르게 이불 속으로 기어들어가 기분좋은 느낌을 찾았기 때문이다. 마치 새끼 곰 두 마리가 꿀을 찾아 벌통 속으로 들어가듯이. 나중에는 발터에게 매달린 마리온을 강제로 떼어내야 했던 일도 있었다. 이후 그녀의 집에서는 포도 농부들 사이에서 포도가 나돌듯이 관능의 유령이 떠돌았다. 그것은 운명이었고, 그녀는 무거운 짐을 졌다. 그럼에도 생각은 이제 다시 과거로 산책하듯 걸어들어갔다. 팔의 긴장은 자연스러운 상태로 풀렸고, 손은 가만히 무릎 위에 놓여 있었다. 당시 그녀는 발터를 아직 약간 격식을 차려 대했다. 사실 그에게 고마운 일이 무척 많았다. 그는 차갑고 명료한 가구들만 고집하고 사실적인 그림만 방에 걸어두는 새로운 현대인의 존재를 알려주었고, 페터 알텐베르크의 작품을 낭독해주었다. 젊은 여자들이 나오는 짧은 이야기였는데, 사랑스러운 튤립 화단 사이에서 고리 던지기 놀이를 하는 그 여자들은 마롱글라세처럼 밝고 달콤하고 천진한 눈을 가지고 있었다. 그 순간부터 클라리세는 아직 어리게 느껴지던 자신의 늘씬한 다리가 〈나는 누구 것인지 몰라〉의 스케르초*만큼 중요하다는 사실을 알아차렸다.

당시 그들은 모두 한 여름 별장에서 지냈다. 서로 아는 여러 가족이 함께 호숫가 빌라를 빌렸고, 각자 초대한 친구들과 두 사람씩 침실을 같이 썼다. 클라리세는 마리온과 함께 잤다. 간혹 열한시쯤 마인가스트 박사가 달빛 순찰이라는 명목으로 자매의 방으로 은밀히 들어와 수다를 떨었다. 지금 스위스에서 유명한 이 남자는 당시엔 파티의 제왕이자 모든 어머니들의 우상이었다. 당시 클라리세는 몇 살이었을까? 열다섯, 열여섯, 아니면 열넷과 열다섯 사이였을까? 어쨌든 마인가스트 박사는 자신이 가르치는 학생 게오르크 그뢰슐을 함께 데려왔는데, 클라리세 자매와 몇 살밖에 차이가 나지 않았다. 그날 밤 박사는 산만해 보였고, 달빛과 무심하게 잠만 자는 부모들, 그리고 새로운 현대인들에 대해서만 이야기했다. 그러다 갑자기 사라졌다. 꼭 자신에게 경탄하는 옹골찬 체격의 게오르크를 소녀들 사이에 내버려두기 위해 온 것 같은

* 소나타, 교향곡 등의 제3악장에서 채용한 3박자의 쾌활한 곡.

느낌이 들 정도로. 게오르크는 말이 없었다. 좀 위축되어 보였다. 그전까지 마인가스트의 말에 대답만 하던 두 소녀도 입을 열지 않았다. 얼마 뒤 게오르크는 어둠 속에서 이를 악무는 것 같더니 마리온의 침대로 다가갔다. 방안은 달빛으로 조금 환했지만, 두 침대가 있는 구석자리는 꿰뚫어보기 어려운 짙은 그림자 덩어리만 짙게 고여 있었다. 클라리세는 마리온의 침대에서 무슨 일이 일어나고 있는지 알 수 없었다. 다만 게오르크가 침대 옆에 꼿꼿이 서서 마리온을 내려다보고 있는 느낌만 들었을 뿐이다. 그는 클라리세를 등지고 있었고, 마리온은 이 방에 없는 사람처럼 아무 소리도 내지 않았다. 그렇게 꽤 긴 시간이 흘렀다. 마리온이 이전처럼 거의 움직임을 보이지 않는 가운데 마침내 게오르크가 살인자처럼 그림자에서 떨어져나와 달빛 비치는 환한 방 한가운데에서 순간적으로 어깨와 옆모습을 창백하게 드러내더니 클라리세에게 다가왔다. 클라리세는 재빨리 다시 눕고는 턱까지 이불을 끌어올렸다. 그러면서 마리온에게 일어난 것과 똑같은 비밀스러운 일이 자신에게도 일어나리라는 사실을 예감했다. 기대감으로 몸이 딱딱하게 굳었다. 게오르크는 침대 옆에 묵묵히 서 있었다. 왠지 입술을 섬뜩하게 꾹 다물고 있는 것 같았다. 마침내 그의 손이 한 마리 뱀처럼 이불 밑으로 들어와 그녀의 몸에서 미끄러지기 시작했다. 그것 말고 뭘 했는지는 불명확했다. 그런 것에 대한 관념조차 없었다. 그녀는 몸이 흥분되는데도 그의 움직임을 거의 인지하지 못했고, 그 움직임을 짜맞출 수도 없었다. 어쨌든 그건 쾌감이 아니었다. 쾌감은 나중에야 찾아왔다. 그 순간에는 뭐라 불러야 할지 모르는 강하고 불안한 흥분만 있을 뿐이었다. 그녀는 무거운 차량이 무한히 천천히 굴러가는 다리 위에서 파르르 떠는 돌멩이처럼 가만히 있었다. 말 한마디 내뱉지 못하고 그저 모든 걸 내맡기기만 했다. 게오르크는 그녀에게서 떨어져 인사도 없이 사라졌다. 두 자매는 자신들이 같은 일을 겪은 것인지 확실히 알지 못했다. 둘은 서로에게 도움을 청하지 않았고, 연민도 드러내지 않았다. 이 사건에 관해 처음으로 말을 꺼낸 것은 몇 년이 지난 뒤였다.

클라리세는 사과를 다시 발견하고 깨물어 아작아작 씹었다. 게오르크는 그때 그 일을 한 번도 언급하지 않았고, 그런 일이 있었다는 내색조차 없었다. 그날 이후 처음 만났을 때 돌처럼 굳은 눈빛으로 의미심장하게 바라보던 것만 빼고 말이다. 게오르크는 요즘 전도양양하고 세련된 정부 행정직 법률가로 일하고 있고, 마리온은 결혼했다. 마인가스트 박사에게는 더 많은 일이 있었다. 외국에 나가서는 냉소주의자의 옷을 벗어던졌고, 대학 밖에서는 유명한 철학자 대접을 받았으며, 어딜 가나 주위에 학생들이 몰려들었다. 얼마 전에는 발터와 클라리세에게 편지를 보냈는데, 거기에 이렇게 적혀 있었다. 조만간 고향을 방문해 한동안 자신의 추종자들에게 방해받지 않고 조용히 연구에만 매진할 생각인데 발터 집에서 묵을 수 있겠느냐는 것이다. 발터의 집이 '자연과 대도시의 경계 지점'에 있다는 이야기를 들었기 때문이라고 했다. 어쩌면 이날 클라리세에게 그 많은 생각들이 들었던 게 다 이 편지 때문이었는지 모른다. '참 이상한 시절이었어!' 그녀는 생각했다. 그게 루시와 여름을 함께 보내기 한 해 전이었음도 기억났다. 그때 마인가스트는 기분이 내키면 언제든 그녀에게 키스했다. "지금 당신에게 키스해도 되겠지요?" 키스하기 전에는 늘 이렇게 정중하게 물었다. 그는 그녀의 모든 여자 친구들에게도 키스했다. 그중에는 그후 클라리세가 치마를 볼 때마다 가식적으로 내리깐 눈을 떠올리게 된 친구도 있었다. 여자 친구들과의 연애담은 마인가스트 본인에게 직접 들었다. 당시 열다섯 살밖에 되지 않은 클라리세는 그런 이야기를 들으면 성인인 마인가스트 박사에게 이렇게 말했다. "돼지새끼!" 이렇게 상스러운 말로 욕하면 마치 말을 타고 떠날 준비를 하는 듯한 기쁨이 몸속에서 스멀거렸다. 그럼에도 결국 거부할 수 없을 거라는 공포가 일었다. 그가 키스를 청하면 거부할 용기가 나지 않았던 것이다. 바보 같은 인상을 줄까봐 두려웠기 때문이다.

그런데 발터가 처음 키스했을 때는 정색을 하고 말했다. "엄마한테 약속했어요. 이런 짓은 하지 않기로." 바로 이 차이였다. 발터는 복음서처럼 아름답게 말했다. 무척 많은 말을 했고, 넓게 펼쳐진 구름이 달을 에워싸듯 예술과 철학이 그를 에워싼 듯했다. 그는 그녀에게 책을 읽어주었다. 그런데 사실 그가 가장 많이 한 것은 친구들 사이에 있는 그녀를 줄곧 지켜보는 것이었다. 이것이 처음 그들 둘 사이의 관계였다. 그것은 마치 달이 내려다보는 것과 비슷했다. 달이 내려다보면 여자와 남자는 손을 잡는다. 실제로 발터와 클라리세의 관계도 손을 잡음으로써 한 단계 진전됐다. 말없이 조용히 손만 잡았지만 거기엔 아주 독특한 방식으로 서로를 이어주는 힘이 있었다. 클라리세는 그의 손을 통해 자신의 온몸이 정화되는 느낌을 받았다. 그래서 그가 무심하고 차갑게 손을 건네면 참담한 기분에 빠졌다. "나한테 이게 어떤 의미인지 당신은 몰라요!" 그녀가 애원하듯 말했다. 그들은 그때 이미 은밀히 '당신'이라는 호칭을 사용했다. 발터는 그녀의 가슴속에 산과 딱정벌레에 대한 이해를 심어주었다. 그전까지는 아빠나 아빠의 친구들이 그려서 팔던 그림 속 풍경밖에 알지 못하던 클라리세였다. 가족에 대한 비판적인 의식이 불현듯 깨어났다. 자신이 새로워지고 달라진 느낌이었다. 이제 스케르초와 관련된 일도 정확히 기억났다. 발터가 말했다. "클라리세 양, 당신의 다리는 당신 아버지가 그린 어떤 그림보다 진정 더 예술적입니다!" 그들이 묵은 여름 별장에는 피아노가 있었다. 둘은 나란히 앉아 피아노를 쳤다. 클라리세는 배우는 입장이었는데, 친구나 다른 식구보다 더 잘 치고 싶었다. 물론 다른 사람들은 이 화창한 여름날에 노를 젓거나 수영을 하지 않고 집에서 피아노를 치는 걸 이해하지 못했다. 그러나 그녀는 발터에게 희망을 걸었다. 그때 벌써 '그의 여자'가 되기로, 그와 결혼하기로 마음먹었다. 물론 피아노를 치다가 실수해서 발터에게 야단맞으면 속이 부글부글 끓었다. 그래도 피아노를 치는 즐거움에 비할 바는 아니었다. 실제로 발터는 가끔 야단을 쳤다. 원래 적당히 넘어가는 성격이 아니었다. 물론 피아노를 칠 때만 그랬다. 이런 음악 시간 외에는 아직도 마인가스트에게 가끔 키스를 받았다. 발터가 밤에 노를 저으러 나가면 그녀는 달빛을 받으며 마인가스트 옆에 앉아 그의 가슴에다 살며시 머리를 기대기도 했다. 마인가스트는 이런 일에 굉장히 노련한 사람이었다. 그녀는 이러다 일이 어떻게 될지 알 도리가 없었다. 반면에 피아노 시간이 끝난 뒤 그녀가 문으로 나가려던 찰나에 발터가 갑자기 뒤에서 잡으며 두번째로 격렬한 키스를 퍼부을 땐 지극히 불쾌한 느낌만 받았다. 숨도 쉬기 어려웠다. 그녀는 몸부림쳐 그의 품에서 빠져나왔다. 그럼에도 마음속으로는 마인가스트와의 관계가 앞으로 어떻게 되든 상관없이 이 남자를 결코 떨쳐버릴 수 없으리라는 확신이 들었다.

이런 일은 원래 특이하게 흘러간다. 마인가스트 박사의 숨에는 상대의 저항을 녹여버리는 무언가가 있었다. 그것은 이유 없이 행복감을 안겨주는 맑은 미풍과 비슷했다. 반면에 클라리세가 오래전부터 알고 있듯 만성 소화 장애에 시달리는 발터는 결정을 내릴 때도 멈칫거렸고, 숨에도 꽉 막힌 무언가가 있었다. 그의 숨은 일부는 너무 뜨겁고, 일부는 군내가 났고, 일부는 마비시키는 힘이 있었다. 이런 육체적 정신적인 요소들은 처음부터 야릇하게 함께 작용했다. 클라리세는 그 점이 전혀 놀랍지 않았다. '인간의 몸이 곧 영혼'이라는 니체의 말만큼 자연스럽게 다가오는 것은 없었기 때문이다. 그녀의 다리는 머리보다 천재성이 많지 않았다. 아니, 머리와 다리의 천재성은 똑같았다. 둘 다 천재적이었다. 발터가 건드리면 그녀의 손은 즉시 의도와 확약의 물결이 되어 어떤 말도 수반하지 않은 채 정수리에서 발바닥까지 흘러내렸다. 그녀는 자신의 젊음을 의식하자마자 순전히 강인한 몸의 싱그러움으로 부모의 확신과 다른 어리석음들에 반기를 들었다. 몸은 도덕적으로 엄격한 이전 세대에게 인기가 높았던 화려한 터키 양탄자와 관능적인 부부 침대를 조금이라도 떠올리게 하는 모든 감정을 경멸했다. 때문에 육체적인 것은 그녀가 남들과 다른 방식으로 생각하는 제 역할을 계속 수행해나갔다. 이 대목에서 클라리세는 자신의 기억에 정지를 명했다. 아니, 그녀가 명령했다기보다 기억이 예고도 없이 그녀를 다시 현재 속으로 빠뜨렸다. 이 모든 이야기와 그후의 이야기를 특성 없는 남자에게 전해주고 싶었기 때문이다. 어쩌면 이 이야기에는 마인가스트가 무척 큰 자리를 차지하고 있는 듯했다. 그는 많은 일이 있었던 그해 여름이 지나자 곧 외국으로 도망쳤고, 이어 그 경박한 바람둥이를 유명한 사상가로 만든 엄청난 변신이 시작되었다. 이후 클라리세는 지나치듯이 잠깐 그를 다시 만날 기회가 있었지만 과거의 일이 떠오르지는 않았었다. 그런데 가만히 돌이켜보면 그의 그런 변신에 자신이 특별한 역할을 한 것이 분명했다. 그가 떠나기 전 몇 주 동안 둘 사이에는 많은 일이 있었다. 발터가 없을 때였다. 발터의 질투를 의식하고, 발터를 몰아내고, 발터를 독려하는 가운데 정신적 폭풍우가 일 때였다. 두 남녀는 이 폭풍우 앞에서 정신을 잃고 광란의 시간에 휘말렸고, 그 시간이 지나자 육욕을 모두 쏟아내고 비온 뒤 푸른 초원의 맑은 공기 같은 시간이 찾아왔다. 폭풍우가 가라앉은 다음에 이어진 우정의 시간이었다. 클라리세는 많은 것을 감내하며 받아들였다. 물론 마지못해 감내한 것은 아니었다. 호기심 많은 아이였던 클라리세는 나중에 그 방탕한 남자에게 나름대로 자기 생각을 분명히 말하는 것으로 저항했다. 마인가스트는 떠나기 직전 발터와의 경쟁에서 패배를 인정하고 고결한 체념 속에서 진지한 우정의 단계로 넘어갔기에 그녀는 지금 다음과 같이 굳게 믿었다. 그가 스위스로 떠나기 전 그를 우울하게 했던 모든 것을 그녀가 스스로 끌어안았고, 그로써 그가 뜻밖의 방향으로 변신하는 것이 가능해졌다는 것이다. 이 생각은 그 사건 직후 그녀와 발터 사이에서 있었던 일로 더욱 강해졌다. 클라리세는 이 과거의 시간들을 정확히 구별할 수 없었다. 하지만 이런저런 일이 언제 일어났는지는 사실 문제가 되지 않았다. 핵심은 저항감이 컸음에도 발터와 가까워진 이후 산책과 고백, 정신적 대화로 이루어진 열광적인 시간이 찾아왔다는 것이다. 이 시간은 무수히 자잘하고 무한히 고통스러운 방탕함으로 채워져 있었는데, 두 연인은 방탕함에 휩쓸렸지만 실제로 방탕함에 빠지기에는 이전에 순결함이 없었던 것처럼 결연한 용기도 부족했다. 마치 마인가스트가 그들에게 자신의 죄악을 남겨놓은 듯했다. 그들이 좀더 높은 차원에서 다시 한번 철저히 살아보고, 삶을 갈기갈기 찢어 궁극의 의미를 찾도록 하기 위해서 말이다. 어쨌든 그들은 그렇게 받아들였다. 혐오감을 느낄 만큼 발터의 사랑에 별 관심이 없는 요즘, 클라리세는 한층 더 똑똑히 알게 되었다. 그녀를 그렇게까지 미치게 만든 사랑의 황홀한 갈증은 결국 화신에 지나지 않을 수도 있음을. 그녀가 알기로 화신은 육화肉化를 의미했다. 비육체적인 것, 의미, 사명, 운명의 육화였는데, 이는 선택된 사람들을 위해 별들 사이에 마련되어 있었다.

부끄럽지는 않았다. 그때와 지금을 비교하면 차라리 울고 싶은 기분이었다. 그러나 울 수가 없어 그저 입술만 꾹 다물었다. 그러자 미소와 비슷한 표정이 피어올랐다. 겨드랑이까지 키스를 받은 그녀의 팔, 악마의 눈이 지키고 있는 다리, 연인의 갈망에 수없이 돌았다가 밧줄처럼 되감긴 나긋나긋한 몸, 이 모든 것에 사랑에 동반되는 놀라운 감정이 담겨 있었다. 모든 몸의 움직임이 신비한 의미를 품고 있다는 감정이었다. 클라리세는 막간에 쉬고 있는 여배우 같은 느낌으로 앉아 있었다. 앞으로 어떻게 될지 알 수 없었다. 다만 서로 가장 좋았던 순간의 상태를 늘 유지하는 것이 모든 연인들의 영원한 의무라고 확신했다. 여기 팔이 있었고 다리가 있었다. 몸 위에 붙은 머리는 나타날 게 분명한 신호를 언제라도 가장 먼저 인지할 채비를 갖추고 있었다. 아마 클라리세가 말한 것을 이해하기는 어려울 것이다. 그러나 그녀 자신에게는 결코 어렵지 않았다. 그녀는 라인스도르프 백작에게 편지를 썼다. 니체의 해와 부녀자 살해범의 석방을 요구한 편지였다. 어쩌면 만인의 일반적

죄악을 스스로 짊어져야 했던 사람들의 수난사를 기억하기 위해 그 살해범을 대중에게 공개 전시해줄 것을 요구했을 수도 있다. 이제 왜 그랬는지 안다. 누구든 처음 말하는 사람은 있어야 한다. 아마 그녀는 자신의 생각을 제대로 표현하지 못했을 것이다. 그러나 그건 문제가 되지 않는다. 중요한 건 누군가 시작해야 한다는 것이고, 인내와 방관을 끝내야 한다는 것이다. 이와 관련해서 역사적으로 이미 입증된 사실이 있다. 세상에는 이따금*(이 말 속에는 근처에 있되 볼 수 없는 종 두 개가 울리는 것처럼 '에온에서 에온으로'라는 말이 울려퍼지고 있다) 남들과 같이 행동하지 않고 거짓말에 동참할 수가 없어 불쾌한 센세이션을 자초하는 사람들이 필요하다는 것이다. 여기까지는 분명했다.

불쾌한 센세이션을 일으키는 사람은 세상의 압력을 느낀다. 그것도 분명했다. 클라리세는 인류가 낳은 위대한 천재들이 거의 항상 수난을 겪었다는 사실도 안다. 자신의 삶에서 많은 시간이 마치 무거운 판에 깔린 것처럼 납덩이 같은 무거운 압력에 짓눌리고 있다는 사실도 놀랍지 않다. 그러나 그런 시간은 매번 지나갔다. 모든 사람이 그랬다. 심지어 교회는 현명하게도 애도 기간을 도입했다. 경험으로 익히 아는 것처럼, 사람들이 반세기 동안 절망과 무감각에 빠져 허우적대도록 놔두는 대신 슬픔을 하루 혹은 한 주로 집약시키기 위해서 말이다. 클라리세의 삶에서 다루기 힘든 순간은 따로 있었다. 한마디면 그녀를 상궤에서 벗어나게 할 수 있는, 반대 압력도 구속도 없는 그런 순간이었다. 이런 순

* 독일어 원문은 'von Zeit zu Zeit'로, 영어로 표현하면 'from time to time'에 해당한다. 에온(Aeon)은 그리스에서 온 말로, 인류의 영혼적 발전사를 가리키기도 하고, '영겁'을 뜻하기도 한다.

간이 오면 그녀는 어쩔 줄 몰라했다. 자신이 어디 있는지 말하지도 못했다. 물론 그렇다고 정신이 완전히 딴 세상에 간 것은 아니었다. 아니, 그 반대였다. 그녀는 자기 안에 있었다. 이 세계에서 그녀의 몸이 점하고 있는 공간 속의 공간, 그러니까 일반적인 생각으로는 이해되지 않는 훨씬 더 깊은 내면의 공간이었다. 말의 세계에는 없는 무언가를 왜 그렇게 말로 찾으려 했던지! 어차피 얼마 뒤면 다시 사람들 틈에 내려앉을 것을. 코피를 흘린 뒤처럼 머릿속이 약간 환하게 근질거리는 느낌만 남긴 채. 클라리세는 자신이 종종 겪는 이 순간들이 위험하다는 것을 알고 있었다. 하지만 그것은 분명 어떤 특별한 것을 위한 준비이자 시험이었다. 안 그래도 그녀는 동시에 여러 가지를 생각하는 습관이 있었다. 접었다 폈다 하는 부채처럼, 혹은 한쪽은 옆으로 접히고 다른 쪽은 아래로 접히는 부채처럼. 그게 너무 혼란스러워지면 갑자기 확 하고 빠져나가고 싶은 욕구가 들었다. 사실 그런 욕구를 느끼는 사람은 많겠지만 실행에 옮기는 사람이 없을 뿐이다.

클라리세는 남들이 유리 조각도 씹어먹을 강철 같은 소화력이나 기억력을 자랑스러워하는 것처럼 암시와 전조를 즐기고 있다. 게다가 자신이 실제로 뭔가를 떠맡을 수 있다는 것을 벌써 여러 차례 증명하기도 했다. 그녀는 자신의 힘을 아빠와 마인가스트, 게오르크 그뢰숩에게 보여주었다. 발터에게는 아직 노력이 더 필요했다. 그렇지만 아무리 멈칫거리더라도 일은 아직 흘러가고 있었다. 그런데 얼마 전부터는 자신의 힘을 특성 없는 남자에게 증명해야겠다는 의지가 생겼다. 그런 의지가 언제부터 생겼는지는 정확히 말할 수 없지만, 발터가 제안하고 울리히가 받아들인 그 이름, 즉 '특성 없는 남자'라는 이름과 관련이 있는 건 분명했다. 그녀는 예전, 그러니까 몇 해 전까지는 아주 좋은 친구 사이였음에도 울리히에게 특별히 관심이 없었다. 그런데 '특성 없는 남자'라는 말이 나오면서부터 달라졌다. 이 말을 들으면 그녀는 예컨대 피아노 연주가 떠올랐다. 온갖 멜랑콜리와 비약적 환희, 폭발적 분노가 미친듯이 실려 있지만 진짜 열정이라고 할 만한 것은 담기지 않은 연주였다. 그녀는 이 모든 것과 동질감을 느꼈다. 그때부터 온 영혼이 함께하지 않는 건 모두 거부해야 한다는 생각에 직선적으로 이르렀다. 그와 함께 클라리세는 결혼생활의 깊은 소용돌이 속으로 휘말려들었다. 특성 없는 남자는 삶을 향해 단순히 아니라고 말하지 않고, 아직은 아니라고 말한다! 또한 그는 자기를 아끼는 사람이다. 그녀는 이것을 온몸으로 이해했다. 어쩌면 자신이 신의 어머니가 되어야 한다는 것이 그녀가 자기 속에서 빠져나간 모든 순간의 의미일지 모른다. 문득 십오 분 전쯤에 자신을 불쑥 찾아온 그 환상이 기억났다. '어머니라면 누구나 신의 어머니가 될 수 있을지 몰라.' 그녀는 생각했다. '몸을 허락하지 않고 거짓말하지 않고 뭔가를 이루려 하지 않으면서 내면 깊은 곳에 있는 것을 아이의 형태로 내보이기만 하면 말이야! 자신을 위해서는 어떤 것도 하지 말아야 한다는 것이 그 전제야!' 그녀는 슬프게 덧붙였다. 이 생각은 편안함을 안겨주진 않았다. 대신 고통과 행복 사이의 감정, 즉 무언가를 위해 희생해야 한다는 감정이 그녀의 가슴을 가득 채웠다. 그런데 그 환상은 촛불처럼 흔들리는 나뭇잎들 사이에서 한 형상이 불쑥 나타났다가 바로 사라지듯 했고, 그 직후 나무가 쓰러지면서 이제 그녀의 기분도 지속적으로 변했다. 다음 순간 다른 이들에게는 의미가 없지만 그녀에게는 함축적 의미를 지닌 발견이 우연히 찾아들었다. '모반'이라는 말 속에 '어머니'라는 글자가 담겨 있다는 사실이었다. 이는 그녀의 운명이 갑자기 별들 속에 적혀 있을 것 같을 만큼 중요한 발견이었다. 여자가 남자를 어머니나 연인으로서 자기 속에 받아들여야 한다는 경이로운 생각이 그녀를 부드럽게 하고 흥분시켰다. 이 생각이 어디서 왔는지는 모르지만, 저항을 무너뜨리면서 힘을 안겨주었다.

그러나 그녀는 특성 없는 남자를 아직 믿지 않았다. 그의 말은 상당 부분 그대로 받아들일 수 없었다. 만일 그가 생각이란 밖으로 끄집어낼 수 없고, 자신은 어떤 것도 진지하게 받아들이지 않는다고 주장한다면 그건 위장일 뿐이었다. 그녀도 그건 명확히 알고 있었다. 두 사람은 서로 염탐했고, 비밀스러운 신호로 서로를 알아보았다. 반면에 발터는 클라리세가 가끔 미쳤다고 생각했다. 그런데 울리히 속에는 무언가 아주 사악한 것이 있었다. 멋대로 느릿느릿 흘러가는 세상에 악마적으로 자신을 맡겨버리는 성향이 그것이었다. 그를 해방시켜야 했다. 클라리세가 그를 빼내와야 했다.

그녀는 발터에게 울리히를 죽이라고 했다. 물론 실제로 죽이라는 뜻은 아니었다. 자신도 무슨 뜻으로 그 말을 했는지 정확히 알지 못했다. 다만 그를 자기 밖으로 끄집어내기 위해선 무언가를 해야 한다는 뜻만큼은 분명했다. 무슨 일이 있더라도.

그와 싸워야 했다.

웃음이 났다. 그녀는 코를 문질렀고, 어둠 속을 서성거렸다. 평행운동과 관련해서 무언가를 해야 했다. 하지만 그게 무엇인지는 알지 못했다.

98. 언어적 결함으로 몰락한 나라

시간 열차는 자기 궤도를 따라 굴러가는 기차다. 시간 강물은 물가를 쓸고 내려가는 강이다. 시간 여행객은 단단한 벽과 단단한 바닥 사이에서 움직인다. 그러나 눈에는 안 띄어도 시간 열차의 바닥과 벽은 여행객의 움직임에 막대한 영향을 받는다. 이 생각이 클라리세의 머릿속에 아직 떠오르지 않은 것은 그녀의 심적 평온에는 어마어마한 행운이었다.

라인스도르프 백작도 이 생각에서 자유로웠다. 자신이 현실 정치를 하고 있다는 확신이 이 생각으로부터 그를 지켜준 것이다.

똑같은 하루가 진자처럼 반복되어 한 주가 되고, 한 주는 멈추지 않고 사슬의 고리처럼 연결되어간다. 끊임없이 무슨 일이 일어난다. 이처럼 쉴새없이 일이 일어나기에 사람들은 자신이 실제로 무언가를 이루고 있다고 생각하기 쉽다. 예를 들어 라인스도르프 백작의 저택에서는 폐병 아동들을 위한 큰 파티를 열어 일반인에게 화려한 공간을 공개할 예정이었다. 사전에 백작은 어떤 날을 잡을지, 어떤 프로그램으로 진행할지 집사와 상세히 상의했다. 같은 시기에 경찰에서는 기념 전시회를 개최했다. 개막식에 도시의 상류층을 모두 초대하기로 했는데, 백작에게는 경찰청장이 직접 찾아가서 초청장을 전달하기로 되어 있었다. 라인스도르프 백작이 전시회장에 들어와 영접을 받을 때 경찰청장은 백작과 함께 온 '자발적 조력자이자 명예 사무총장'인 그 남자를 즉시 알아보았다. 경찰청장은 쓸데없이 그를 다시 한번 소개받았다. 그러나 이것을 오히려 사람에 대한 자신의 탁월한 기억력을 과시할 기회로 삼았다. 청장은 이 도시 시민 중 열에 하나는 개인적으로 알거나 최소한 정보라도 갖고 있는 것으로 유명했기 때문이다. 디오티마도 남편과 함께 나타났다. 전시회에 참석한 모든 이들은 황실의 높은 어른이 나타나길 기다렸고, 일부는 그분에게 소개되었다. 다들 이구동성으로 전시회가 매우 성공적이고 훌륭하다고 했다. 전시회장에는 벽에 수많은 그림들이 걸려 있었고, 강력 범죄에 사용된 물품들이 유리 장식장과 진열창에 전시되어 있었다. 예를 들어 침입 도구, 위조 장비, 추격의 빌미가 된 잃어버린 단추, 유명한 살인자들의 잔인한 무기들이었다. 그 옆엔 각각 그와 관련된 이야기도 적혀 있었다. 이런 무시무시한 무기들과는 달리 벽에 걸린 그림들은 경찰의 활동을 홍보하는 내용을 담고 있었다. 길을 건너는 노파를 도와주는 착한 순경, 강물에 떠내려온 시체를 심각하게 내려다보는 경관, 겁에 질려 날뛰는 말의 고삐를 낚아채는 용감한 경관, '안전을 책임지는 도시의 수호자로 경찰을 묘사한 알레고리', 파출소에서 어머니처럼 자상한 경관들에 둘러싸인 길 잃은 아이, 화재 현장에서 불길에 휩싸인 채 여자아이를 팔에 안고 뛰어나오는 경관, '응급조치 현장', '고독하게 근무중인 경관들', 1869년 이후 경찰로 근무하면서 혁혁한 공을 쌓은 사람들의 사진, 그들의 이력에 대한 설명, 심지어 경찰 활동과 개별 간부들의 행적을 찬양하는 시까지 액자에 걸려 있었다. 카카니엔의 '내부'를 책임진 기구의 수장, 그러니까 경찰의 최고 우두머리는 개회사에서 진정한 민중의 화신으로서 경찰의 정신을 보여주는 그림이라고 하면서, 예술과 삶이 비겁하게도 감각적 태평함의 추잡한 숭배로 흐르고 있는 이 시대에 경찰의 이런 헌신적 자세와 엄격한 정신은 경탄스러울 뿐 아니라 도덕적 삶의 활력소라고 했다. 라인스도르프 백작 옆에 서 있던 디오티마는 이 말을 들으며 현대 예술을 장려하는 자신의 노력이 결코 쉽지 않으리라고 느끼면서도, 카카니엔에는 경찰청장과 다른 생각을 가진 사람들도 있다는 사실을 알게 해주려고 일부러 공을 들여 부드럽지만 완강한 표정을 지으며 허공을 바라보았다. 평행운동의 명예 사무총장에 걸맞은 자세로 청장의 연설 내내 약간 떨어져서 디오티마를 관찰하던 그녀의 사촌은 갑자기 밀집한 사람들 틈에서 자신의 팔을 가만히 잡는 가벼운 손길을 느꼈다. 고개를 돌리는 순간 옆에 보나데아가 서 있는 것을 보고 깜짝 놀랐다. 고위 법관 남편과 함께 개막식에 참석한 보나데아는 모든 사람이 목을 빼고 경찰청장과 그 앞에 선 오스트리아 황태자를 바라보는 틈을 타 불성실한 애인에게 살며시 접근한 것이다. 이 대담한 행위는 벌써 오래전부터 계획한 것이었다. 변덕스러운 쾌락의 깃발을, 비유적으로 말해 다른 쪽 끝에 단단히 묶어두려는 우울한 욕망에 사로잡힌 순간에 애인의 변심으로 충격을 받은 그녀는 지난 몇 주 동안 오직 그를 다시 얻으려는 생각뿐이었다. 울리히는 일부러 그녀를 피해왔다. 억지로 만나 얘기해봤자 그녀는 혼자 있고 싶어하는 사람에게 뭔가를 요구하는 사람의 불행한 처지에 빠질 수밖에 없었던 것이다. 이렇다보니 그녀는 연인이 날마다 들락거리는 그 모임에 어떻게든 들어가기로 마음먹었다. 이 계획 속에는 두번째 계획이 숨어 있었다. 즉 남편이 그 끔찍한 살인자 모스브루거와 맺고 있는 업무적 관계와 그 살인자의 운명을 어떤 식으로든 구제해주려는 연인의 의도를 적절하게 연결시켜 자신에게 유리하게 이용하려는 계획이었다. 때문에 영향력 있는 사람이라면 정신이상 범죄자들의 복지에도 관심을 가져야 한다고 남편을 채근했고, 경찰 전시회의 화려한 개막식이 열린다는 소식을 들었을 때는 자기도 데려가달라고 졸랐다. 그 자선 행사는 자신이 오랫동안 기다려온 기회로, 그 자리에 가면 자연스레 디오티마를 알게 될 것임을 본능적으로 깨달았던 것이다. 청장의 연설이 끝나고 사람들이 천천히 전시회장을 돌아보기 시작하자 보나데아도 어이없는 표정을 짓고 있는 연인을 따라 핏자국이 낭자한 섬뜩한 범행 도구들을 유심히 살펴보았다. 원래 이런 물건들을 끔찍하게 싫어하는데도 말이다. "당신은 사람들이 원하기만 하면 이 모든 걸 막을 수 있다고 말했죠." 그녀는 입을 거의 벌리지 않고 말하면서, 자신이 얼마나 관심이 많은지 보여주려는 착한 아이처럼 이 대상에 대해 자기가 마지막으로 했던 그 상세한 발언을 상기시켰다. 그러고서 얼마 뒤에는 엷게 웃었고, 북적거리는 인파에 살짝 떠밀리는 순간에는 그 틈을 이용해 그에게 바짝 붙어 귓속말을 했다. "언젠가 당신이 말했죠. 인간은 조건만 제대로 주어지면 나약해질 수 있다고!" 울리히는 보란듯이 자기 옆에 붙어서 걸어가는 그녀의 뻔뻔스러운 태도가 무척 당혹스러웠다. 게다가 몇 번이나 관심을 딴 데로 돌리려고 했음에도 그녀가 지금 디오티마를 향해 가고 있다는 사실은 점점 분명해졌다. 그럼에도 모든 사람이 있는 데서 대놓고 그녀를 질책할 수 없었기에 이제 두 여자를 서로 소개시켜주는 것 말고 다른 방법은 없을 것 같았다. 지금까지는 둘이 알게 되는 일이 없도록 해왔지만 말이다. 울리히와 보나데아는 디오티마와 백작이 중심을 이룬 무리에 벌써 바짝 다가서 있었다. 보나데아는 진열창 앞에서 모두가 들으라는 듯이 크게 말했다. "저기 봐요, 저게 모스브루거의 칼이에요!" 그랬다. 진열창 안에 놓인 것은 살인자의 범행 도구였다. 보나데아는 마치 할머니의 서랍에서 첫 파티 답례품을 발견한 것처럼 감격스러운 표정으로 그 칼을 바라보았다. 순간 울리히는 급히 마음을 정하고, 적당한 구실을 대며 사촌에게 한 부인을 소개하려고 하는데 괜찮은지 정중히 물었다. 디오티마를 개인적으로 알고 싶어하고, 세상의 모든 진실하고 선하고 아름다운 추구를 열렬히 찬양하는 부인이라고 하면서 말이다.

시간이 늘 똑같이 반복된다고 해서 별로 일어나는 일이 없다고 할 수는 없다. 물론 경찰 전시회, 그리고 그와 관련된 모든 것은 그렇게 일어나는 일의 가장 작은 부분이었다. 예컨대 영국에는 여기 상류사회에서 회자되는 아주 멋진 것이 있었다. 여왕에게 바쳐진 인형의 집이 그것인데, 저명한 건축가가 만든 이 집은 1미터 길이의 식당 홀 안에 유명한 현대 화가들의 소형 초상화가 걸려 있고, 욕실에서는 수도꼭지에서 온수와 냉수가 나오고, 서재에는 여왕이 왕실 일원들의 사진을 붙여 놓은 작은 순금 책 한 권과 축소 인쇄한 열차 시간표와 선박 시간표, 그리고 유명한 저자들이 여왕을 기리는 시와 이야기를 직접 손으로 써넣은 초소형 책 이백여 권이 있었다. 디오티마는 온갖 볼거리가 귀한 사진의 형태로 실린, 막 출간된 두 권짜리 영국 호화장정판 책을 갖고 있었는데, 그 덕분에 그녀의 살롱에 드나드는 최상류층의 숫자도 늘었다. 이외에도 뭐라고 한마디로 표현하기 힘든 수많은 일들이 끊임없이 일어났다. 영혼의 어지러운 난타와 같은 것이 모퉁이 뒤편의 아직 보이지 않는 무언가에 선행한다고 할까?! 황실 전신국 관료들이 처음으로 파업을 했다. 그것도 막대한 불안을 야기하는 방식으로. '수동적 저항'이라는 이름을 얻은 이 방식의 본질은 업무 규정을 철저히 지키는 데 있었다. 이러한 법규 준수는 방종한 무정부 상태보다 더 빨리 모든 공무를 마비시키는 결과로 나타났다. 프로이센의 쾨페니크 대위 사건*도 수동적 저항의 일면이 있었다. 오늘날에도 사람들에게 선명히 각인되어 있는 이 남자는 고물장수에게 구입한 대위 제복으로 장교 행세를 하면서 순찰을 도는 일단의 군인들을 정지시킨 뒤 프로이센 황실군의 복종심을 이용해 이 군인들을 데리고 시의 금고를 털었다. 그러니까 이 사건에도 사람들의 웃음보를 터뜨리게 하는 동시에 반감의 뿌리가 되는 이념들을 말로 표현하고 싶게 은연중에 뒤흔드는 수동적 저항의 냄새가 배어 있었다. 신문들도 새로운 소식을 보도했다. 오스트리아 황실 정부가 다른 황실 정부와 협정을 체결했다. 평화를 보장하고 경제를 활성화하고, 만인의 권리를 존중하고 지키는 일에 진심으로 협력하자는 내용의 협정이었다. 거기다 이런 노력이 위협받거나 위협받을 수 있는 경우에는 필요한 조처를 취한다는 내용도 함께 담겨 있었다. 이 협정 며칠 뒤에는 투치 국장의 상관인 외무장관이 연설을 했다. 대륙의 세 황실이 긴밀히 협력해야 할 긴박한 필요성을 언급하면서 사회의 현대적 발전을 결코 무시해서는 안 되지만 급진적인 사회 변혁에는 강력한 공동전선을 구축해야 한다고 했다. 이탈리아는 리비아에서 군사적 모험을 감행했고, 독일과 영국은 바그다드에서 문제가 있었다. 카카니엔은 남유럽에서 세르비아에 해양으로의 확장을 허용하지 않고 단지 철도 연결만 허용하겠다는 의지를 세상에 보여주려고 모종의 군사 개입을 준비하고 있었다. 그리고 이런 모든 사건과 동급으로 보도된 것

* 1906년 10월 16일 동프로이센 출신의 구두장이였던 프리드리히 빌헬름 포이크트가 쾨페니크 대위 행세를 하면서 선량한 군인들을 데리고 시청으로 난입해 시장을 체포하고 시 금고를 턴 사건.

은, 스웨덴의 세계적인 여배우 포겔장 양이 카카니엔에 도착한 첫날만큼 푹 잔 적은 없으며, 또 열광적인 팬들 사이에서 자신을 구해주고는 두 손으로 악수를 청한 그 경찰관에게 무척 고마워했다는 소식이었다. 이로써 우리의 생각은 다시 경찰 전시회로 연결된다. 어쨌든 세상에는 많은 일이 일어났고, 사람들은 그런 사건들을 알아차렸다. 자신이 직접 관여하면 좋은 일이라고 생각하고, 다른 사람들이 하는 일은 의심스럽게 바라보았을 뿐이다. 개별 사건은 초등학생도 이해할 수 있었지만, 전체적으로 그 사건들이 무슨 의미를 담고 있는지는 아무도 제대로 알지 못했다. 이를 이해하는 정말 몇 안 되는 사람들도 확신은 없었다. 다만 얼마가 지나면 일이 다른 순서, 혹은 정반대 순서로 일어날 수도 있었다는 사실을 어렴풋이 깨닫는다. 그것도 사건들의 차이를 알지 못하기에, 시간의 지속성 속에 불가해한 방식으로 자리를 잡고, 역사의 달팽이가 기어간 점액의 흔적처럼 끈끈한 울림을 낳는 몇몇 예외적 변화만 빼면 대부분은 인지하지 못한다.

사정이 이렇다보니, 외국 대사관들이 현지에서 실제로 벌어지고 있는 일을 파악하기 힘든 것도 무리는 아니다. 외교관들은 라인스도르프 백작에게서 무언가 쓸 만한 정보를 얻어내려고 촉각을 곤두세웠지만, 백작은 그 자체로 넘기 어려운 산이었다. 그는 자기 일에서 견고한 성취가 부여하는 만족감을 날마다 새롭게 발견하는 사람이었고, 늘 순조롭게 발전해나가는 사건들에 대해 외국 외교관들 앞에서는 환하고 평온한 표정만 지었다. 예를 들어 한 부서가 제안서를 보내면 다른 부서가 답변을 했다. 두번째 부서가 답변한 내용은 즉시 첫번째 부서에 전달되었다. 보통 직접 만나 상의하자는 말이 나오는 것이 가장 바람직

했는데, 두 부서가 의견을 모으면 이 일은 일단 일단락되었다. 이렇듯 무언가 해야 할 일은 끊이지 않았다. 게다가 간과해서는 안 될 부수적인 일도 무수히 많았다. 모든 부처는 긴밀히 협력해야 했고, 교회의 기분을 상하게 해서는 안 되었으며, 특정 인물이나 사회적 관계도 배려해야 했다. 한마디로, 특별한 일을 하지 않는 날에도 해서는 안 되는 일들이 너무나 많았기에 대단한 일을 했다는 인상을 주었다. 백작은 이 점을 높이 평가했다. "운명이 높은 자리에 올려놓은 사람일수록 소수의 단순한 원칙과 확고한 의지, 계획적 행동이 중요하다는 사실을 더욱 똑똑히 깨닫게 되지." 백작이 늘 하는 말이었다. 한번은 자신의 '젊은 친구'에게 이 주제에 대해 좀더 깊이 설명하기도 했다. 독일의 통일 노력을 언급하면서 1848년부터 1866년 사이에는 누구보다 똑똑한 사람들이 정치에 대해 많은 말들을 쏟아냈음을 지적했다. 백작이 말을 이어갔다. "하지만 그후 비스마르크가 등장했네. 평가야 어쨌든 그 양반이 좋은 일을 한 가지 했어. 정치를 어떻게 해야 하는지를 보여준 거지. 정치란 말과 똑똑한 머리로 하는 것이 아니라는 거지! 부정적으로 평가할 부분도 있긴 하지만, 비스마르크가 등장하면서부터 독일어권 지역에서는 누구든 말과 똑똑한 머리의 정치에는 기대할 것이 없고 오직 침묵하는 숙고와 행동만이 희망이라는 사실을 알게 되었네." 라인스도르프 백작은 지성회의에서도 비슷한 발언을 했다. 그 자리에 가끔 참관인으로 참석한 외무성 대표자들은 백작의 말을 어떻게 해석해야 할지 몰라 난감해했다. 사람들은 아른하임의 참여를 투치 국장의 직위만큼이나 중요시했는데, 여기서 이 두 남자와 라인스도르프 백작 사이에 암묵적인 합의가 존재한다고 일반적으로 추론할 수 있었다. 백작의 정치적 목표는 일반의 관심을 딴 데로 돌린 투치 국장 부인의 범문화적 추구 뒤에 잠정적으로 숨겨져 있었는데, 노련한 외교적 참관인들조차 손쉽게 속여넘긴 이 재주를 생각하면 백작 스스로도 가졌다고 믿는 현실 정치적 재능이 그에게 없다고는 절대 생각할 수 없었다.

축제 자리에는 금실로 수놓은 나뭇잎이나 다른 비슷한 것들을 연미복에 달고 오는 신사들도 자기 분야의 현실 정치적 선입견에 따랐다. 그래서 평행운동의 배경을 찾는 과정에서 무언가 손에 잡히는 구체적인 현상들을 발견하지 못하자, 곧 "구원받지 못한 민족들"이라 불리기도 하는 카카니엔의 납득할 수 없는 현상들이 어디서 유래했는지 그 원인을 찾는 쪽으로 관심을 돌렸다. 오늘날엔 민족주의를 오직 무기 거래상들의 발명품처럼 생각하는 사람들이 많지만, 사실 이것은 좀더 폭넓게 설명할 필요가 있다. 그런 설명에 카카니엔이 중요한 예가 될 것이다. 제국과 왕국, 제국-왕국이라는 이 이중 제국의 국민들은 정체성 문제에서 상당한 어려움을 겪었다. 한편으로는 스스로를 오스트리아-헝가리 제국과 왕국의 애국자로 느끼면서도 다른 한편으로는 따로 구분해서 헝가리 왕국, 또는 오스트리아 제국과 왕국의 애국자로 느끼기도 했던 것이다. 그들의 이런 난처한 상황을 잘 보여주는 구호가 바로 "비리부스 우니티스!" 즉 '단결된 힘으로!'였다. 그런데 그러기 위해선 오스트리아인들의 힘이 헝가리인들보다 훨씬 더 커야 했다. 헝가리인들은 처음부터 끝까지 헝가리인이었고, 그저 자기 나라 말을 모르는 사람들의 눈에만 오스트리아-헝가리인으로 여겨졌을 뿐이기 때문이다. 반면에 오스트리아인들은 원래 아무것도 아니었고, 자기 지도자들의 견해에 따라 이중 제국의 신민, 또는 오스트리아제국의 신민으로 느꼈을 뿐 자신들의 정체성을 정확히 드러내주는 명칭을 가진 적이 한 번도 없었다. 사실 '오스트리아'라는 것도 존재하지 않았다. 헝가리와 오스트리아, 이 두 요소는 검정-노랑 바지에 빨강-하양-녹색 재킷을 받쳐 입은 것 같았다. 재킷은 그 자체로 자기 것이었지만, 바지는 1867년에 분리되어 지금은 남아 있지 않은 검정-노랑 양복의 일부였다. 이후 '오스트리아'라는 바지는 공식 서류에 "제국의회에 참여하는 왕국들과 오스트리아-헝가리제국의 여러 나라들"로 불렸지만, 당연히 이 명칭은 이름을 위한 이름에 지나지 않았다. 이 왕국은, 예를 들어 셰익스피어적 왕국 '로도메리아와 일리리아'처럼 오래전부터 존재하지 않았을 뿐 아니라 심지어 군인들이 실제로 검정-노랑 제복을 아래위로 갖춰 입던 시절에도 존재하지 않았기 때문이다. 그래서 오스트리아인들은 '당신은 누구냐'는 질문을 받으면 당연히, '나는 지금은 존재하지 않는 제국의회에 참여하는 왕국들과 오스트리아-헝가리제국의 여러 나라들의 신민'이라고 대답할 수가 없었다. 대신 폴란드인, 체코인, 이탈리아인, 프리울리인, 라딘인, 슬로베니아인, 크로아티아인, 세르비아인, 슬로바키아인, 루테니아인, 혹은 왈라키아인이라고 대답하는 쪽을 택했다. 이것이 바로 사람들이 말하는 민족주의였다. 자신이 보통다람쥐인지 얼룩다람쥐인지 모르는 다람쥐가 있다고 상상해보라. 자신에 대한 관념이 없는 이 존재는 경우에 따라 자기 꼬리를 보고 엄청난 공포에 휩싸일 수 있다. 카카니엔인들이 서로에게 그런 관계였고, 단결된 힘으로 무언가가 되는 걸 서로 방해하는 몸의 일부라고 생각했다. 정신적 공황과도 같은 공포 속에서 말이다. 세계가 생긴 이래 언어적 결함으로 멸망한 경우는 아직 없었다. 그러나 이제 오스트리아-헝가리 이중 제국이 자신의 정체를 언어로 명확히 표현할 수 없어 망해 버렸다고 역사에 새로 추가해야 할지 모른다.

라인스도르프 백작같이 카카니엔의 노회한 고위인사가 이런 난관에 어떤 방식으로 대처하는지 파악하는 것도 외국인들에게는 결코 가치가 없지 않다. 그는 우선 마음속에서 조심스럽게 헝가리를 떼어냈다. 물론 현명한 외교관으로서 이런 사실을 결코 내색하지는 않았다. 마치 부모의 뜻을 거스르면서까지 독립한 아들이 나중에 그 결정을 후회하길 바라더라도 결코 그 마음을 입 밖에 내지 않는 것처럼 말이다. 백작은 이렇게 떼어내고 남은 부분을 소수민족들, 또는 오스트리아의 후예라고 불렀다. 이는 아주 섬세한 발명이었다. 백작은 대학에서 헌법을 공부할 때 전 세계로 상당히 널리 퍼진 하나의 정의定義를 알게 되었다. 한 민족은 국가 형태를 갖출 때에만 국민으로 인정받을 권리가 있다는 것이다. 이런 인식에 비추어볼 때 카카니엔은 기껏해야 소수민족 집단이었다. 다른 한편으로 인간은 민족이라는 상위 공동체에서 살아야만 자신의 완전하고 진정한 소명을 찾을 수 있다는 사실도 알고 있었다. 백작은 어떤 민족도 놓치고 싶지 않았기에 소수민족과 오스트리아의 후예들을 하나의 국가에 종속시킬 필요성이 있다고 결론 내렸다. 더구나 그는 신의 질서를 믿었다. 비록 그 질서가 인간의 눈에는 언제나 투명하게 드러나지는 않더라도 말이다. 백작은 종종 혁명적 모더니스트의 기분에 취한 채, 근대에 더욱 힘을 받은 '국가'라는 이념이 어쩌면 신에 의해 부여받은 군주의 이념과 다르지 않다는 생각까지 하게 되었다. 젊어진 형태로 이제 나타나기 시작한 군주의 이념 말이다. 현실 정치가로서 백작은 너무 과격한 사유는 배척했고, 카카니엔 국가의 이념이 세계 평화의 이념과 동일하다는 디오티마의 견해와도 적절한 타협점을 찾았다. 어찌됐건 중요한 건 올바른 이름 없이도 카카니엔이라는 국가가 실존하고, 그에 맞게 카카니엔 국민이 발명되어야 한다는 사실이었다. 백작은 이런 상황을 다음의 예로 풀어서 설명하곤 했다. 즉 학생이 없어 학교가 텅 빌지라도 학교는 여전히 학교라는 것이다. 여러 민족을 한 국가의 신민으로 만드는 카카니엔 학교에 대한 제 민족의 반발이 커질수록 주어진 여건에서 학교의 존재는 더더욱 필요해 보였다. 소수민족들은 자신들이 독립적인 민족임을 강력히 주장했고, 잃어버린 역사적 권리를 돌려달라고 요구했으며, 국경 저편의 형제와 혈족들에게 추파를 던졌고, 이 제국을 공공연히 자신들이 해방되어 나가야 할 감옥이라 불렀다. 그럴수록 라인스도르프 백작은 더욱 그들을 같은 혈족이라 부르며 진정시키고자 했고, 그들 자신이 인정하는 그 미숙한 상태를 부각시켰다. 다만 백작은 이 민족들을 묶어 하나의 오스트리아 국민으로 만들어 그 미숙한 상태를 보완하고자 했다. 이 계획에 그들이 따르지 않거나 심지어 저항할지라도 그는 가문 대대로 내려오는 외교적 방식으로 그것을 아직 극복되지 않은 미성숙의 결과로 칭하면서 영리한 양보와 부드러운 징벌을 적절히 섞어 대처하는 것이 최선이라고 판단했다.

때문에 라인스도르프 백작이 평행운동을 주창했을 때 소수민족들은 즉각 이 운동을 범게르만적 책략으로 간주하였다. 백작이 경찰 전시회에 참석한 것은 곧장 정치경찰과 연결되었고, 그 탄압 기구와의 정치적 연대를 뒷받침하는 증거로 해석되었다. 이미 원하는 만큼 평행운동에 대해 흉흉한 소문을 많이 들어온 외국인 관찰자들도 이 모든 것을 알고 있었다. 그들은 여배우 포겔장의 환영 소식과 여왕에게 바쳐진 인형의 집, 공무원들의 파업에 관한 이야기를 듣거나 최근에 발표된 국가 간의 협정에 관한 견해를 요청받을 때도 늘 평행운동을 염두에 두고 있었다. 그러나 경찰청장이 개회사에서 거론한 '엄격한 정신'이라는 말이 듣기에 따라서는 정책의 공표로 해석될 수 있었음에도 그들은 많은 이야기가 오간 경찰 전시회 개막식을 사심 없이 관찰하면서 특별히 주목할 것은 없다는 느낌을 받았다. 물론 지금 그들의 시선에는 비껴나 있지만 무언가 보편적이고 막연한 것이 진행되고 있다는 인상은 그들을 포함해 누구에게나 있었다.

99. 어중간한 똑똑함과 그 똑똑함의 생산적인 다른 반쪽, 두 시대의 유사성, 사랑스러운 제인 이모, 그리고 새로운 시대라 불리는 허튼 소리에 대하여

디오티마의 살롱에서 열린 지성회의에서 명확한 아이디어를 얻기란 불가능했다. 당시 아방가르드의 보편적 경향은 행동하는 정신이었다. 뇌로 살아가는 인간들은 배로 살아가는 인간들에게서 주도권을 빼앗아와야 할 의무를 느꼈다. 게다가 당시에는 '표현주의'라 불리는 것도 있었다. 이것이 무엇인지 정확히 말할 수는 없으나, 표현Expression이라는 단어가 말해주는 바에 따르면 '밖으로ex 짜내는pressung' 행위의 일환으로 이해할 수 있다. 내면의 건설적인konstruktiv 환상을 말이다. 물론 이것은 예술적 전통과 비교하면 해체적인destruktiv 환상이라서 그냥

'구조적struktiv'이라 불러도 되고, 어디에도 의무를 지우지 않는다. 세계의 구조적 이해라는 말은 아주 근사하게 들린다. 하지만 이게 다가 아니다. 당시의 일반적인 방향성은 현재와 실제 세계에 초점을 맞추어 안에서 밖으로 향해 있었다. 물론 밖에서 안으로 향하는 움직임도 존재했다. 지성과 개인주의는 벌써 시대에 뒤떨어진 자기중심적인 것으로 여겨졌고, 사랑은 또다시 신뢰도가 바닥에 떨어졌으며, 정화된 행동인의 영혼 속에 통속문화가 유입될 때 나타나는 대중적 효과의 건전함도 막 새롭게 발견되던 참이었다. 대중의 정체성은 유행에 따라 옷을 바꿔 입는 것만큼이나 빠르게 변한다. 어쩌면 유행에 민감한 패션계 사람들조차 이 '대중'의 근원적 비밀을 모를 것이다. 이런 주장에 반발하는 사람은 우스꽝스러운 인상을 풍길 게 분명하다. 마치 전기치료 기계의 양극 사이에 앉아 자신의 적이 누군지 모른 채 발작적으로 몸을 뒤틀고 실룩거리는 사람처럼 말이다. 그 적은 현재의 비즈니스 상황을 재빨리 자기 쪽으로 유리하게 이용하는 종류의 인간이 아니기 때문이다. 그 적을 만들어내는 것은 일반적인 상황의 유동성과 불확실성, 무수한 영역들과의 합류, 무한한 연결 능력과 변신 능력 그 자체다. 거기다 받는 쪽 입장에 일반적으로 통용되는 일목요연한 원칙이 없거나 부족하다는 점까지 더해진다.

이런 현상들의 변화 속에서 확고한 발판을 찾으려는 것은 분수 물줄기에 못을 박는 것만큼이나 어렵다. 그럼에도 그 변화 속에는 늘 똑같이 머물러 있는 것처럼 보이는 무언가가 있다. 예를 들어, 민첩한 종種인 인간이 어떤 테니스 선수를 천재라 부른다면 무슨 일이 벌어지는가? 여기엔 무언가 생략되어 있다. 만일 한 경주마를 보고 천재라고 부른다면? 생략된 것은 더 많아진다. 축구선수를 보고 과학적이라고 하건, 펜싱 선수를 보고 지적이라고 하건, 권투선수의 패배를 보고 비극적이라고 하건 말로 표현되지 않은 것은 항상 남기 마련이다. 인간은 과장한다. 과장을 야기하는 건 부정확함이다. 소도시 사람들이 백화점 소유주의 아들이라면 세상물정에 밝을 거라고 생각하는 것도 그런 관념의 부정확함에 기인한다. 물론 거기에도 일말의 진실은 담겨 있다. 생각해보라. 왜 챔피언의 기가 막힌 전략을 보고 천재의 기발함을 떠올려서는 안 되고, 챔피언의 깊은 숙고를 보고 노련한 연구자의 숙고를 떠올려서는 안 되는가? 물론 그것에 맞지 않는 것은 훨씬 더 많다. 그러나 이 나머지는 결코 표출되지 않거나, 아니면 의도치 않게 느껴질 뿐이다. 이 나머지는 불확실한 것으로 여겨지고, 무시되거나 생략된다. 경주마나 테니스 선수를 보고 천재라고 부른다면 그것은 이 시대에 내재한 천재 개념을 뜻한다기보다 좀더 높은 모든 영역에 대한 일반적인 불신을 담고 있을지 모른다.

이제 제인 이모 이야기를 꺼낼 지점에 다다른 것 같다. 울리히는 디오티마에게 빌린 낡은 가족 앨범을 뒤적거리다 디오티마의 집에서 본 얼굴들과 앨범 속의 얼굴들을 비교하게 되었는데, 그러던 중에 문득 제인 이모가 떠올랐다. 울리히는 소년 시절 대고모 집에서 지낼 때가 많았는데, 제인은 진짜 이모가 아니라 대고모의 아주 오랜 친구로서 아이들에게 피아노를 가르치기 위해 대고모 집에 들어왔다. 열성적인 피아노 선생님은 아니지만 아이들이 아주 많이 좋아했다. 피아노에 재능이 없는 아이들에게 피아노 숙제를 내주는 건 무의미하다는 게 그녀의 신조였기 때문이다. 오히려 아이들이 나무를 타고 노는 것을 더 좋아했다. 이렇게 해서 그녀는 실망한 고용주의, 오래 묵힌 포도주와 같은 어릴 적 친구인 동시에 두 세대에 걸쳐 집안의 이모가 되었다.

예를 들어 제인 이모는 나이엔 전혀 구애받지 않고, 당시 마흔이나 된 네포무크 삼촌에게 관대함과 경탄을 담아 "그래, 무키!" 하고 말하곤 했다. 한번 들으면 절대 잊지 않을 그런 목소리로 말이다. 제인 이모의 목소리는 밀가루를 뒤집어쓴 듯했다. 아주 고운 밀가루 속에 맨팔을 담근 느낌이라고 할까. 어쨌든 부드러운 튀김옷을 입힌 듯 쉰 목소리였다. 목소리가 그런 이유는 그녀가 진한 블랙커피를 마시고, 길고 얇고 독한 버지니아 시가를 피웠기 때문이다. 세월이 지나면서 담뱃진으로 이까지 새까매지고 약해졌다. 게다가 목소리의 울림은 얼굴과도 관련이 있어 보였다. 부식 동판의 자잘한 선처럼 얼굴 피부를 잔뜩 덮고 있는 무수한 주름이 목소리에 영향을 주는 듯했기 때문이다. 나중 세대들이 보기에 이모의 얼굴은 전혀 변하지 않았다. 다른 점들도 모두 그랬다. 그녀는 평생 같은 옷만 입었다. 같은 옷이 몇 벌 있었던 건지도 모르지만. 골이 팬 검은 비단으로 만든 타이트한 그 단벌 원피스는 바닥까지 내려왔고, 신체의 과도한 유연성을 허락하지 않았으며, 까만 단추로 채워진 것이 꼭 가톨릭 사제복 같았다. 옷이 몸을 옥죄는 느낌이었다. 또한 옷 위로 빳빳한 목깃이 짧게 올라와 있고, 옷깃 양쪽 모서리는 끝이 살짝 접혀 있었다. 옷깃 모서리 사이의 앙상한 목은 담배 연기를 쭉 빨아들일 때마다 깊은 고랑이 잡혔다. 좁은 소매는 빳빳한 흰 소맷동으로 마무리되어 있었다. 몸의 지붕에 해당하는 머리에는 붉은 기가 도는 금빛의 약간 곱슬곱슬한 남자 가발이 얹혀 있었다. 가운데 가르마를 탄 가발이었는데, 세월이 흐르면서 이 가르마 밑으로 아마포가 조금 드러났다. 그런데 이보다 더 가슴 뭉클했던 것은 금빛 가발 옆의 희끗희끗해진 두 관자놀이 부분이었다. 제인 이모가 늘 같은 나이로 남아 있지 않다는 것을 보여주는 유일한 징표였다.

그녀가 훗날 유행한 남성적 여성상을 수십 년 선취했다고 생각할 수도 있다. 그러나 그건 아니었다. 그녀의 남성적 가슴속에는 지극히 여성적인 심장이 뛰고 있었기 때문이다. 또한 그녀가 한때 무척 유명했지만 나중에 시대와의 불협화음으로 실패한 피아니스트였다고 생각할 수도 있다. 겉으로는 그리 보였기 때문이다. 그러나 그것도 아니었다. 그녀는 피아노 선생 이상이었던 적이 없었다. 사제복 같은 옷이나 남성용 가발은 단지 그녀가 처녀 시절에 사교 모임에서 몇 번 잠깐 만난 프란츠 리스트에게 푹 빠진 데서 유래했을 뿐이다. 그 무렵, 정확히 이유는 몰라도 그녀의 이름이 영어식으로 바뀌었다. 그녀는 리스트와의 만남에 지조를 지켰다. 마치 사랑에 빠진 기사가 더는 바라는 것 없이 자신이 사모하는 부인의 색깔들을 늙어 죽을 때까지 옷으로 입고 다닌 것과 비슷했다. 제인 이모에게 이것은 자신이 가장 빛나던 순간에 입었던 제복을 은퇴 후에도 계속 입는 것보다 더 가슴 뿌듯한 일이었다. 그녀 삶의 비밀도 이러한 성격을 띠고 있었다. 사춘기 아이들은 비밀을 존중해야 한다는 엄중한 경고와 함께 통과의례처럼 아줌마의 비밀을 듣게 되었다. 제인은 남자를 만났을 때 이미 어린 처녀애가 아니었다(까다로운 영혼은 남자를 선택하는 데도 시간이 걸리기 때문이다). 그녀는 그 남자를 사랑했고, 가족의 반대에도 결혼까지 했다. 남자는 당연히 예술가였다. 물론 시골 도시의 형편없는 환경 탓에 사진사에 그쳤지만 말이다. 그런데도 그는 결혼한 지 얼마 되지 않아 자신이 무슨 천재인 것처럼 빚더미에 앉았고, 미친듯이 술을 퍼마셨다. 제인 이모는 남편에게 헌신적이었고, 남편을 술집에서 데려오는 일을 반복했으며, 남몰래 눈물을 흘리거나 남편 앞에 무릎을 꿇고 빌었다. 남편은 도도한 입매에다 자랑스럽게 휘날리는 머리카락이 정말 천재 같아 보였다. 만일 제인 이모에게 절망에서 오는 열정을 남편에게 전이시키는 재주가 있었다면 그는 아마 불운한 악덕을 이용해 바이런 경 같은 위대한 인물이 되었을지 모른다. 그러나 그 사진사는 쉽사리 감정의 전이를 받아들이지 않았고, 그녀가 데리고 있던 시골 출신의 하녀를 임신시킨 후, 결혼한 지 일 년 만에 함께 제인을 떠났다. 그러고는 얼마 뒤 비참한 몰골로 삶을 마감했다. 제인은 남편의 비상한 머리를 덮고 있던 금발을 잘라서 보관했고, 남편이 남긴 혼외 자식을 양자로 받아들여 희생적으로 키웠다. 그러나 이런 과거사를 입 밖에 낸 적은 거의 없었다. 상궤를 벗어난 삶에 대해서는 쉽게 입이 떨어지지 않는 법이다.

이처럼 제인 이모의 삶에는 낭만적인 부자연스러움이 적지 않게 담겨 있었다. 그러나 사진사가 세속적 불완전함 속에서 벌써 오래전에 그녀에게 더는 마력을 행사하지 못하게 되었을 때 아내의 남편 사랑에 담긴 불완전한 실체도 어느 정도 부패해버리고 사랑과 경탄의 영원한 형식만 남게 되었다. 멀리 내다보면 이러한 체험은 실제로 무언가 엄청난 일을 겪은 것과 별반 다르지 않았다. 제인 이모는 정말로 그런 사람이었다. 정신적 내용은 그리 크지 않을지 몰라도 그 내용의 영혼적 형식은 무척 아름다웠다. 그녀의 몸짓은 영웅적이었고, 그건 내용이 잘못되어야 불편할 수도 있을 몸짓이었다. 내용이 텅 비게 되면 타오르는 불꽃과 믿음 같은 것이 다시 생겨났다. 제인 이모는 날마다 차와 진한 블랙커피, 소고기 수프 두 그릇만 먹고 살았다. 소도시 길거리에서 그녀가 까만 단벌옷을 입고 지나가면 사람들은 가던 길을 계속 가며 그녀의 뒷모습을 바라보았다. 그녀가 착실하고 좋은 인간임을 알고 있었기 때문이다. 아니, 그 이상이었다. 사람들은 그녀에게 모종의 경외심을 품고 있었다. 자세히는 몰라도 그녀가 단순히 착실한 사람임을 넘어 마음속에 있는 그대로를 표현하는 힘을 가졌다고 믿었기 때문이다.

이게 대충 제인 이모의 이야기다. 이모는 이미 오래전에 고령으로 세상을 떠났고, 대고모도 죽었고, 네포무크 삼촌도 죽었다. 그들 모두는 대체 왜 살았던 것일까? 울리히는 스스로에게 질문을 던졌다. 그런데 바로 지금 제인 이모와 다시 이야기하고 싶은 마음이 불쑥 솟았다. 울리히는 돌고 돌아 결국 디오티마의 손에 들어가게 된 두껍고 낡은 가족 앨범을 뒤적거렸다. 그런데 초창기 사진술로 찍은 이 사진들을 자세히 들여다볼수록 사진 속 인물들이 아주 자랑스럽게 이 신기술 앞에 자신을 드러내고 있다는 느낌이 들었다. 그들은 종이 담쟁이덩굴로 장식된 상자 더미 위에 발을 올려놓고 있었다. 장교라면 두 다리 사이에 군도를 놓고 서 있었고, 아가씨라면 두 손을 무릎 위에 올려놓은 채 눈을 동그랗게 뜨고 있었다. 또한 그 인물이 시대의 새 물결에 빠진 자유로운 남자라면 땅에서 동그랗게 솟아오르는 연기처럼 다림질 주름도 없는 대담한 낭만주의풍의 바지를 입었다. 게다가 저고리는 둥글게 힘이 들어가 있었는데, 당시 시민계급이 즐겨 입던 프록코트의 빳빳한 품위를 몰아내려는 폭풍 같은 것이 담겨 있었다. 1860년에서 1870년 사이에 찍은 사진 같았는데, 그때는 사진술의 초기 단계에서 막 벗어난 시점이었다. 그러니까 1840년대의 혁명이 이미 오래전 황량한 시절의 기억으로만 남아 있고, 삶의 내용도 바뀐 시절이었다. 오늘날에는 그게 정확히 어떤 삶이었는지 모른다. 게다가 그 시대 초기에 새로운 시민계급이 영혼을 찾으려고 했던 고해와 포옹도, 흘렸던 눈물도 이젠 남아 있지 않다. 그러나 모래 위에 바람이 가라앉듯 그 고결함은 사람들의 옷으로 스며들었고, 개인적인 활기로 바뀌었다. 이 개인적 활기와 관련해서는 좀더 적합한 말이 있겠지만, 일단 지금은 '사진'이 그 활기를 표현하는 주된 수단이었다는 점만 확인해두기로 하자. 그 시절의 사진사들은 벨벳 재킷을 입고 팔자수염을 길렀는데, 겉으로 보면 꼭 화가 같았다. 큰 화폭에다 중요 인물들을 단위별로 차례로 그려넣는 화가 말이다. 어쨌든 개인들이 보기에, 자신들을 불멸의 존재로 만들 기술이 개발된 새 시대가 온 듯했다. 다만 덧붙이자면, 그 시대만큼 사람들이 그렇게 쉽게 스스로를 천재적이고 멋지다고 느낀 시대는 없었다. 그것도 특출하거나 유별난 사람이 별로 없고, 무리 중에서 도드라지기가 무척 어려운 시대였는데 말이다.

울리히는 종종 이렇게 자문하곤 했다. 사진사가 스스로를 천재적이라 여길 수 있는 시대와 경주마를 정말 천재적이라고 여기는 시대는 서로 관련이 있을까? 사진사는 술을 마시고, 셔츠 목깃을 풀어헤치고, 또 최신식 기술의 도움으로 자신의 영혼적 귀족성을 렌즈 앞에 포즈를 취한 모든 동시대인들에게 증명하기에 스스로를 천재적이라 여겼고, 울리히 시대의 사람들은 다리를 쭉 뻗었다가 다시 오므리는 경주마의 탁월한 능력 때문에 경주마를 천재적이라 여겼다. 이런 두 시대는 달라 보였다. 현재는 어깨에 힘을 주고 과거를 내려다본다. 하지만 그런 과거가 훗날 우연에 의해 다시 현실이 되면 반대로 어깨에 힘을 주고 지금 이 시대를 내려다볼 것이다. 그런데 이 두 시대는 결국 매우 비슷한 상황에 빠지게 된다. 앞서 언급한 것처럼 여기서도 부정확함과 결정적인 차이의 생략이 아주 큰 역할을 하기 때문이다. 어떤 말을 할 때 사람들은 전체를 위해 위대함의 일부를 끌어오거나, 진실성을 채우기 위해 동떨어진 유사성을 받아들인다. 어떤 위대한 말의 텅 빈 몸뚱이는 최근 유행하는 것으로 채워진다. 이것은 효과가 오래가지는 않아도 꽤 잘 먹힌다. 디오티마의 살롱에서 발언했던 사람들은 어떤 문제에서건 결코 완벽하게 틀리지는 않았다. 그들의 입에서 나오는 개념들은 김이 자욱한 세탁장 안의 형체들처럼 불분명했기 때문이다. '마치 독수리가 자기 두 날개에 걸려 있는 것처럼 삶이 그 개념들에 걸려 있어!' 울리히는 생각했다. '삶의 이 무수한 도덕적 예술적 개념들은 그 본질에 따르면 멀리 보이는 산처럼 흐릿하고 연약해!' 개념들은 그 사람들의 혀 위를 돌고 돌면서 새끼를 쳤다. 그들은 어떤 이념에 대해 이야기하다가도 부지불식중에 금방 다른 이념으로 넘어가곤 했다.

어느 시대건 이런 종류의 사람들은 자기 시대를 새 시대라 불렀다. 이 말은 바람을 잡으려는 아이올로스의 자루와 비슷한데, 사물들에 제자리를 찾아주지 못하는 것에 대한 항구적인 변명일 뿐이다. 그것은 곧, 사물을 본연의 객관적 질서가 아닌 멋대로 상상한 기형의 관련 속에 짜맞추는 것에 대한 변명이기도 하다. 어쨌든 그 속에는 하나의 고백이 담겨 있다. 세계에 질서를 부여할 사명을 띠고 있다는 확신이 그들의 마음속에 아주 독특한 방식으로 숨쉬고 있었던 것이다. 만일 그들이 이런 목적으로 행하는 것을 어중간한 똑똑함이라고 부른다면 그것의 다른 반쪽, 굳이 이름하자면 어리석고도 결코 정확하고 올바르지 않은 다른 반쪽에 무한한 자기 혁신력과 생산성이 숨어 있다는 점은 주목할 만하다. 그 반쪽 안에 삶이 있었다. 변화무쌍함, 불안한 들썩거림, 관점을 바꿀 자유가 있었다. 그들은 그게 어떤 상태인지 스스로 느끼고 있었다. 그것은 그들을 뒤흔들었고 머릿속에 새로운 바람을 불어넣었다. 그들은 신경과민적인 시대의 자식이었다. 무언가 맞지 않았다. 다들 자신이 똑똑하다고 여겼고, 그러면서도 스스로를 불모의 상태라고 느꼈다. 그들에게 그런 재능이 있다면(그들의 지적인 부정확성이 그런 가능성을 결코 배제하지 않는다) 그들의 머릿속에서는 날씨와 구름, 철도, 전신줄, 나무, 동물, 사랑스러운 세계의 모든 파노라마를 마치 때가 덕지덕지 앉은 좁다란 창문으로 내다보는 것만 같았다. 그런데 누구도 자기 창문이 그렇다는 것을 쉽게 알아채지 못했다. 남들의 창문이 어떤지는 잘 알면서도.

울리히는 언젠가 농담처럼 그들의 말이 정확히 무슨 뜻인지 설명해달라고 요구했다. 그들은 불쾌한 시선으로 그를 바라보며 그의 요구를 삶에 대한 기계적인 이해 방식과 회의주의라 불렀고, 지극히 복잡한 문제일수록 지극히 단순한 방식으로 풀어야 한다고 주장했다. 그래야 새 시대는 현재에서 떨어져나오자마자 바로 드러날 수 있다는 것이다. 울리히는 아른하임과는 달리 그들에게 결코 강한 인상을 주지 못했다. 제인 이모라면 아마 그의 얼굴을 쓰다듬으며 이렇게 말했을 것이다. '난 저 사람들을 아주 잘 알아. 넌 네 진지함으로 저 사람들을 불편하게 하고 있어.'

100. 슈툼 장군은 국립도서관에 침투해 사서와 도서관 하인, 정신적 질서에 대한 정보를 수집하다

'과거 전우'의 실패를 지켜보던 슈툼 장군은 위로의 표정을 지었다. "참 나, 이렇게 쓸데없이 중구난방으로 떠들기만 하다니!" 그는 격분해서 지성회의에 참석한 사람들을 질책했다. 그러고는 잠시 후 상대의 화답이 없는데도 흥분과 유쾌함이 뒤섞인 상태로 다시 말을 이어갔다. "기억나시오? 내 머릿속엔 디오티마가 찾는 그 위대한 구원의 사유를 그녀의 발밑에 갖다놓을 생각밖에 없다고 했던 말 말이오. 아시다시피 위대한 사유들은 무척 많소. 하지만 전체를 아우르는 가장 위대한 사유는 하나뿐이오. 그게 논리적이지 않소? 그러니까 수많은 사유들에 질서를 부여하는 사유를 찾는 것이 문제라는 말이오. 그건 나폴레옹의 결정만큼이나 가치 있는 결정이라고 당신 입으로도 직접 말했소. 기억하시오? 그 말 뒤에 당신은 내가 기대했던 대로 아주 탁월한 일련의 조언을 해주었소. 하지만 내가 그것들을 아직 활용할 일은 없었지. 그래서 짧게 말하자면, 난 그 일에 직접 뛰어들기로 했소!"

슈툼은 이제 코안경 대신 주머니에서 뿔테안경을 꺼내 코 위에 걸쳤다. 사람이나 사물을 좀더 자세히 주시하고 싶을 때 하는 행동이었다.

전술 전략의 가장 중요한 요건 중 하나는 적의 강점을 정확히 파악하는 것이다. 장군이 말을 이어갔다. "그래서 난 세계적으로 유명한 우리의 황실도서관 입장권을 구입해서 사서의 인솔하에 적진 깊숙이 침투해 들어갔소. 내가 누군지 밝히자 사서는 친절하게 안내해주더군. 우리는 거대한 책의 보고 속으로 걸어들어갔소. 뭐 특별히 압도당했다고는 말할 수 없지만, 일렬로 늘어선 책들 앞을 지나가는 것이 군대 사열보다 나쁘지 않았소. 다만 난 얼마 뒤부터 머릿속으로 계산을 하기 시작했소. 그랬더니 정말 예상치 못한 결과가 나오지 않겠소? 있잖소, 난 예전에 이런 생각을 했소. 내가 매일 여기서 책을 한 권씩 읽는다면, 물론 무척 힘든 일이겠지만 언젠가는 결국 끝까지 다 읽게 될 것이고, 그러면 지성의 세계에 대해 나름의 입장을 갖게 될 거라고 믿었소. 물론 몇 권 놓친다 해도 말이오. 근데 말이오, 우리의 책 사열이 끝없이 이어졌을 때 내가 사서한테 물었소. 대체 이 엄청난 도서관에 책이 몇 권이나 있느냐고 말이오. 그랬더니 뭐라는 줄 아시오? 350만여 권이 있다는 거요! 사서가 그 말을 했을 때 우린 대략 70만번째에 도착했을 거요. 그 순간부터 나는 쉬지 않고 계산했소. 그런 계산으로 당신 머리까지 복잡해지는 건 원치 않으니까, 나중에 내가 사무실로 돌아가 연필과 종이로 계산한 결과만 얘기해주겠소. 그러니까 내가 여기 있는 책을 다 읽고 내 본래의 계획을 달성하려면 무려 만 년이라는 시간이 필요하다는 거 아니겠소!

순간 나는 그 자리에 뿌리가 내린 것처럼 꿈쩍할 수 없었고, 온 세상이 하나의 거대한 사기라는 생각이 들었소. 그때의 충격이 진정된 지금에야 확실히 말해두건대, 뭔가 근본적으로 단단히 잘못되었소!

물론 당신은 그 책들을 다 읽을 필요가 없다고 말할 수도 있을 거요. 그러면 난 이렇게 답하겠소. 전쟁에서도 병사를 하나하나 다 죽일 필요는 없다고 말이오. 하지만 병사 하나하나는 다 필요하지 않소! 그러면 당신은 책도 하나하나 다 필요하다고 말하겠지. 하지만 아시다시피 벌써 거기서부터 뭔가 맞지 않소. 그건 사실이 아니기 때문이오. 나는 사서에게 물어봤소!

친구, 나는 수백만 권의 책 틈에서 사는 사서라면 책을 하나하나 다 알고 있고, 거기 뭐가 적혀 있는지도 다 알 거라고 단순히 생각했소. 물론 이 세상에서 가장 아름다운 사유를 어떻게 찾을 수 있는지 사서한테 단도직입적으로 묻지는 않았소. 그렇게 물으면 뭐가 되겠소? 마치 동화의 도입부처럼 들리지 않겠소? 나도 그 정도 알아차릴 머리는 있는 사람이오. 게다가 난 어릴 때부터 동화를 좋아하지 않았소. 하지만 당신이라면 어쩌겠소? 결국 비슷한 걸 물어보지 않겠소? 물론 나도 해도 될 이야기와 해서는 안 되는 이야기 정도는 판단할 수 있는지라 사서한테 진실을 털어놓을 수는 없었소. 그래서 우리의 운동에 관한 이야기는 일언반구도 입에 올리지 않았고, 그 운동의 가장 소중한 목표에 내가 다가갈 수 있게 해달라고 부탁하지도 않았소. 사실 난 그런 전권을 부여받은 사람도 아니잖소? 어쨌든 난 마지막으로 작은 계략을 세웠소. 아무것도 모르는 순진한 사람처럼 사서에게 이렇게 말을 건넸지. '참, 이걸 물어본다는 걸 깜박했는데, 이렇게 무한한 책들 속에서 어떻게 늘 올바른 책을 찾아낼 수 있습니까?! 정말 재주가 대단하십니다.' 나는 디오티마도 이 상황에서는 이렇게 말했을 거라고 상상하면서 그 말을 했소. 그것도 목소리에 경탄의 감정을 몇 푼어치 담아서 말이오. 그래야 내가 쳐놓은 함정에 좀더 쉽게 빠뜨릴 수 있지 않겠소?

사서는 무척 진지하면서도 사근거리는 태도로, 장군님이 알고 싶은 것이 무엇이냐고 물었소. 근데 이 말을 듣는 순간 난 좀 당혹스러웠소. 그래서 말끝을 길게 빼며 이렇게 말했소. '아, 알고 싶은 게 무척 많습니다.'

'제 말은 어떤 주제, 어떤 작가를 찾으시느냐는 거지요. 혹시 전쟁사 같은 걸 원하십니까?' 그 작자가 물었소.

'아뇨, 전혀 아니오. 오히려 평화사와 관련된 것이 좋소.'

'역사책을 말씀하시나요, 아니면 최근의 평화주의적 서적을 말씀하시나요?'

나는 그게 그리 간단한 문제가 아니라고 대답했소. 그러면서 혹시 인류의 모든 위대한 사유를 모아놓은 개관서 같은 게 있는지 넌지시 물었소. 내가 그걸 찾으려고 부하들을 얼마나 닦달했는지 기억하실 거요.

내 말에 사서는 침묵했소. 그래서 내가 다시 말했지. '아니면 인류의 가장 중요한 문제들을 해결할 방법을 적어놓은 책은 없소?'

'신학적 윤리학을 말씀하시는 건가요?' 그 작자가 말하더군.

'신학적 윤리학일 수도 있죠. 하지만 오스트리아의 옛 문화와 그릴파르처에 대한 이야기도 담긴 책이어야 합니다.' 그때 내 두 눈에 지식에 대한 갈망이 뜨거운 불꽃처럼 이글거렸던 모양이오. 그 작자가 갑자기 두려운 표정을 짓는 걸 보니 말이오. 마치 밑바닥까지 완전히 빨아먹힐까 무서워하는 사람처럼 보였소. 어쨌든 난 인간들의 사유들을 임의로 연결시키고 각각의 접점을 마련해주는 열차 시간표 같은 책을 찾고 있다고 했소. 그러자 그 작자는 아주 공손하게 나를 자료 목록실로 안내하더니 혼자 내버려두었소. 거긴 사서들만 이용하는 공간이라 관계자 외에는 혼자 두는 게 금지된 일인데 말이오. 난 도서관에서 가장 거룩한 성지에 앉아 있는 기분이었소. 어떤 사람의 뇌 깊숙이 들어온 느낌이라고 할까? 주위에는 책 세포들이 잔뜩 늘어선 책꽂이와 올라갈 수 있게 받쳐놓은 사다리밖에 없었소. 선반과 책상에도 카탈로그와 참고문헌 목록밖에 없었고. 지식의 농축물이더군요. 실제로 읽을 수 있는 책은 하나도 없고, 오직 책에 대한 책밖에 없었소. 정말 뇌의 인燐 냄새가 나는 느낌이었소. 그래서 여기서 정말 무언가를 얻을 수 있겠다는 확신까지 슬그머니 치밀어올랐소. 물론 사서가 나를 혼자 내버려두었을 때 아주 기분이 묘하더군. 섬뜩하다고 표현해도 좋을 정도로 말이오. 아무튼 경건하면서도 섬뜩한 기분이었소. 사서는 원숭이처럼 사다리를 타고 올라갔소. 정해진 목표가 분명한지 거침없이 올라가더니 책 한 권을 빼와 내게 건네면서 말했소. '장군님에게 필요한 책을 가져왔습니다. 문헌 목록의 문헌 목록입니다.' 최근 오 년 동안 윤리적 문제, 특히 도덕신학과 순수문학의 발전을 다룬 책과 논문 제목의 알파벳순 목록을 다시 알파벳순으로 정리한 목록이었소. 어쨌든 사서는 이 비슷한 말로 설명하고는 그만 가려고 했소. 하지만 내가 그의 재킷을 붙잡고 못 가게 했소. '사서 선생, 비밀을 말해주지 않고는 갈 수 없소. 이 책들의 정신병원에서……' 그랬소. 나는 나도 모르게 그만 도서관을 정신병원이라고 말해버리고 말았던 거요. 갑자기 그런 기분이 들었단 말이오. 어쨌든 이 정신병원에서 그 작자가 어떻게 그리 올바른 길을 잘 찾는지, 그 비밀을 알려달라고 했소. 그 작자는 내 말을 오해한 게 분명했소. 나도 퍼뜩 이런 생각이 떠올랐으니까. 정신병자는 자기가 아닌 남들이 돌았다고 비난하길 좋아한다고 하지 않소? 어쨌든 사서는 내 군도를 한참 바라보았소. 나도 그 작자를 더는 붙잡을 수가 없었소. 그런데 그 작자가 정말 충격적인 말을 했소. 내가 못 가게 붙잡고 있으려니까 갑자기 몸을 꼿꼿이 세웠소. 떨리는 바지에서 몸이 훌쩍 빠져나오는 느낌이라고 할까? 그 작자는 한마디 한마디를 길게 늘어뜨리며 말했소. 이제야 이곳의 비밀을 발설하려는 듯이 말이오. '여기 있는 책들을 어떻게 다 알고 있는지 궁금하시다고요? 그럼 한마디만 드리겠습니다. 책을 하나도 읽지 않았기 때문입니다!'

그 답변은 정말 감당이 안 될 정도로 충격적이었소! 그 작자는 내가 받은 충격을 알아차렸는지, 이렇게 설명해주었소. 자신들에게 친숙한 문헌을 제목과 목차 말고는 전혀 읽지 않는 게 모든 훌륭한 사서들의 비밀이라는 거요. '책의 내용을 파고드는 사람은 사서로서 자격이 없는 사람입니다!' 그 작자가 가르쳐주었소. '책을 파고들면 일목요연한 개괄은 나올 수 없기 때문이죠!'

나는 가쁘게 숨을 몰아쉬며 물었소. '정말 여기 있는 책을 한 권도 읽지 않았단 말이오?'

'네, 단 한 권도요. 카탈로그만 빼고요.'

'당신도 박사 아니오?'

'맞습니다. 그것도 대학에서 강의를 하는 박사입니다. 도서관학 강사죠. 도서관학도 독자적인 학문입니다. 책을 진열하고 보존하고, 제목을 정리하고, 또 표제지의 인쇄 실수나 잘못된 정보를 바로잡는 시스템이 얼마나 많은 줄 아십니까?'

고백하자면, 그러고 나서 혼자 남겨졌을 때 절실하게 하고 싶은 게 단 두 가지가 있었소. 펑펑 눈물을 쏟거나 담배를 피우는 것이었소. 하지만 둘 다 거기서는 허용되지 않는 일이었소! 그때 무슨 일이 일어났는지 아시오?" 장군이 만족스러운 표정으로 말을 이어갔다. "내가 아연한 얼굴로 서 있는데 도서관에서 일하는 늙은 하인이 다가왔소. 보아하니 그전부터 우리를 지켜보고 있었던 게 분명했소. 노인은 발소리를 내지 않고 몇 번 공손하게 내 주위를 돌더니 어느 순간 걸음을 멈추고는 나를 바라보면서 아주 부드러운 목소리로 입을 열었소. 책 먼지를 많이 마셔서 목소리가 부드러워진 건지, 아니면 내게 팁을 기대해서 그런 건지는 몰라도 말이오. '장군님께서 찾는 책이 있으신지요?' 나는 손을 저었지만 노인은 계속 자기 할말을 했소. '군사학교의 장교분들도 이곳에 자주 들르십니다. 지금 어떤 분야에 관한 책을 찾고 계신지 말씀만 해주십시오. 율리우스 카이사르인가요? 오이겐 왕자, 아니면 다운 백작인가요? 혹은 현대적인 것에 관한 정보를 얻고 싶으신가요? 아니면 군법? 예산심의?' 내 장담컨대 노인은 말을 조리 있게 했고, 책의 내용도 많이 알고 있었소. 그래서 나는 팁을 주면서 어떻게 그런 일을 잘하게 되었느냐고 물었소. 그랬더니 뭐라는 줄 아시오? 군사학교 생도들은 리포트 쓸 게 있으면 가끔 노인한테 와서 책을 부탁한다는 거요. '생도들은 제가 책을 갖다주면, 뭘 이런 쓸데없는 걸 배워야 하느냐며 욕을 좀 하지요. 저희 같은 놈들은 그러면서 이런저런 것들을 많이 얻어듣습니다. 어떤 때는 학교 예산에 관한 보고서를 써야 할 의원님이 오셔서, 작년에 그 보고서를 썼던 다른 의원님이 어떤 자료를 이용했는지 묻기도 하십니다. 혹은 십오 년 동안 특정 딱정벌레 종을 연구해온 고위 성직자가 오시기도 하고, 대학교수가 찾아와서 벌써 삼 주 전에 요청한 책이 있는데 아직도 받지 못했다며 항의를 하시기도 합니다. 그러면 저는 혹시 그 책이 다른 데 꽂혀 있을까 싶어 이웃 서가를 샅샅이 뒤집니다. 그러다 마지막에 가서는 교수님이 벌써 이 년 전에 그 책을 빌려가서는 아직도 반납하지 않은 것으로 드러나죠. 그런 세월이 사십 년이다 되어갑니다. 그러다보니 지금은 어떤 분이 뭘 원하는지, 거기에 맞는 책은 무엇인지 척 보면 알게 되었지요.'

'이보시오,' 내가 말했소. '그래도 난 내가 찾는 책이 어떤 건지 그렇게 쉽게 설명할 수가 없소!'

이 말에 노인이 뭐라고 한 줄 아시오? 노인은 겸손하게 나를 바라보더니 고개를 끄덕이며 말했소. '외람된 말씀이오나, 장군님. 문득 생각나는 게 있습니다. 얼마 전에 한 부인과 이야기를 나누었는데, 그때 장군님과 똑같은 말씀을 하셨습니다. 아마 장군님께서도 아시는 분일 듯합니다. 외무성에 근무하시는 투치 국장님의 부인이시죠.'

자, 이제 뭐라 하시겠소? 나는 뒤통수를 한방 얻어맞은 기분이었소. 노인도 그걸 눈치챘는지, 디오티마가 예약해둔 책을 모두 가져다주었소. 내가 이제 도서관에 가게 되면 우리 둘은 남들이 모르는 정신적 결혼식을 올리는 것이나 다름없지 않겠소? 나는 가끔 책장 가장자리에 연필로 조심스럽게 어떤 신호나 말을 써둘 거요. 그러면 디오티마가 다음날 그걸 보겠죠. 그게 무슨 뜻인지 고민하는 동안 누가 자신의 머릿속에 들어와 있는지 전혀 모른 채 말이오."

장군은 더없이 행복한 표정으로 잠시 말을 쉬고는 곧 다시 힘을 냈다. 얼굴에서 씁쓰레한 진지함이 흘러나왔다. 그의 말이 이어졌다. "당신한테 물어볼 게 있으니, 최대한 집중해서 들어주시오. 우리 시대가 역사적으로 가장 질서정연한 시대라는 점에 대해선 다들 꽤 확신하고 있소. 언젠가 난 디오티마 앞에서 그런 생각을 선입견이라고 했소. 물론 나도 그런 선입견에서 자유롭지는 않지만. 그런데 정말 믿을 만한 정신적 질서가 유일하게 도서관 하인들에게 있다는 사실을 이제 알게 된 것이오. 당신에게 묻겠소. 아니, 질문을 하겠다는 건 아니오. 우리는 그전에 벌써 이 점에 대해 이야기를 나눈 적이 있소. 나는 우리의 마지막 만남 이후 그에 대해 다시 한번 깊이 생각해보았소. 그러고 말하는 것이오. 우선 당신이 브랜디를 마신다고 가정해보시오. 알겠소? 어떤 상황에서는 나쁠 게 없는 일이오. 하지만 브랜디를 마시고 또 마시고 또 마신다고 생각해보시오. 이해하겠소? 그렇게 마시다보면 처음에는 그냥 취할 뿐이지만, 나중에는 만성 알코올 의존성 섬망 증세를 보이다가 마지막에는 무덤으로 들어가게 될 거요. 그리고 무덤가에서는 신부가 당신이 생전에 헌신적으로 의무를 다했다고 증언하겠지. 머릿속에 그림이 그려지오? 좋소. 그게 떠오른다면 그것으로 됐소. 그럼 이제 물을 상상해보시오. 당신이 계속해서 물을 마신다면 결국 물에 빠져 죽을 거요. 이젠 창자가 꼬일 때까지 음식을 먹는다고 생각해보시오. 또 키니네와 비소, 아편 같은 약물을 계속 먹는다고도 생각해보시오. 왜냐고 물을 수도 있겠죠. 하지만 친구, 이제 당신에게 탁월한 제안을 하나 하겠소. 질서를 상상해보시오. 아니, 먼저 위대한 사유를 상상해보시오. 그다음엔 좀더 위대한 사유를, 그다음엔 그보다 더 위대한 사유를, 그다음엔 또 더 위대한 사유를 생각해보시오. 질서에 대해서도 이 모델대로 계속 상상해보시오. 처음에 그것은 노처녀의 방처럼 말쑥하고 왕실 마구간처럼 깨끗하게 느껴질 거요. 다음엔 전투대형을 갖춘 여단처럼 멋질 거요. 그다음엔 늦은 밤 카지노에서 나와 하늘의 별을 보고 '우주, 차렷! 우로 봐!' 하고 명령을 내리는 것처럼 환상적일 거요. 그건 이렇게도 설명할 수 있소. 처음에 질서는 발을 못 맞추는 신병에게 제대로 걷는 법을 가르치는 것 같다가, 그다음엔 꿈속에서 당신이 국방장관으로 승진하는 것과 비슷할 거요. 자, 이젠 그냥 우주 전체의 질서, 인류의 질서, 한마디로 완벽한 시민적 질서를 상상해보시오. 난 그게 동사凍死, 사후 경직, 달의 풍경, 기하학적 역병이라고 생각하오!

나는 아까 말한 그 도서관 하인과 이런 이야기를 나누었소. 노인은 내게 칸트나 다른 비슷한 인물, 혹은 개념과 인식 능력의 한계에 관한 책을 읽으라고 권했소. 하지만 난 어떤 것도 더는 읽고 싶지 않소. 내 안에 무언가 묘한 감정이 드는 거요. 최고의 질서를 갖춘 군대에서 우리가 왜 매 순간 목숨을 희생할 준비를 하고 있어야 하는지, 그 이유를 알 것 같다는 말이오. 물론 그 이유를 명확하게 말로 표현할 수는 없소. 아무튼 질서는 때가 되면 학살에 대한 욕구로 넘어가게 되어 있소. 그래서 솔직히 두렵소. 당신 사촌이 계속 그렇게 추구해나가다가 결국 자신을 해치는 일을 하게 되지 않을지 말이오. 지금 내게는 당신 사촌을 도울 힘이 정말 없소! 내 말 무슨 뜻인지 알겠소? 물론 과학과 예술이 위대하고 경탄스러운 사유에 기여하는 바를 나는 존중하고, 그에 대해 어떤 이견도 없소!"

101. 적대적인 두 사촌

그 무렵 디오티마도 다시 한번 사촌에게 말을 걸었다. 어느 날 밤 그녀의 방 안에서는 끊임없이 강한 소용돌이가 일었고, 울리히가 앉아 있는 장의자 벽 쪽에는 정적의 호수가 생겨나 있었다. 디오티마는 지친 무용수처럼 다가와 그 옆에 앉았다. 오랫동안 없던 일이었다. 야외로 산책을 다녀온 이후 그녀는 그 산책의 마땅한 결과라는 듯 울리히와 업무 외적으로 만나는 일을 피해왔다.

디오티마의 얼굴은 열기 때문인지, 아니면 피곤 때문인지 약간 울긋불긋했다.

그녀는 두 손을 장의자에 올려놓고 말했다. "잘 지냈어요?" 그러고는 말이 없었다. 할말이 그것 말고 더 있었을 텐데 말이다. 그녀는 고개를 약간 기울인 채 정면만 물끄러미 바라보았다. 권투 용어를 빌려와도 된다면 쓰러지기 직전의 그로기 상태 같아 보였다. 의자에 가만히 앉은 채 옷매무새를 가다듬을 생각조차 하지 않고 있었다.

그 때문인지 그녀의 사촌은 헝클어진 머리와 시골 아낙네의 옷 밑에 감추어진 맨다리를 떠올렸다. 만일 그녀에게서 잘못된 이 겉칠을 벗겨내면 강건하고 아름다운 인간이 드러날 것 같았다. 그는 보통 농부들이 그러는 것처럼 그녀의 손을 잡아주고 싶었지만, 그러지 않으려고 자제했다.

"아른하임이 당신을 행복하게 해주지 않나보군요." 울리히가 차분하게 말했다.

이런 주제넘은 판단을 물리쳐야 했지만 디오티마는 이상하게 마음이 움직이는 것을 느끼며 침묵을 지켰다. 그러다 잠시 후에야 대꾸했다. "나는 아른하임과의 우정으로 무척 행복해요."

"그 사람과의 우정이 당신을 약간 괴롭히는 것 같은데요."

"말도 안 되는 소리예요!?" 디오티마는 몸을 바로 세우고 앉더니 다시 숙녀의 태도로 돌아갔다. "나를 정말 괴롭히는 사람이 누군지 알아요?" 그녀는 가볍게 수다 떠는 느낌을 목소리에 담으려고 애쓰면서 물었다. "당신의 친구, 장군이에요! 대체 그 인간은 원하는 게 뭐죠? 여긴 왜 나타나는 거죠? 게다가 왜 항상 날 그렇게 빤히 바라보는 거죠?"

"당신을 사랑하니까요!" 사촌이 대답했다.

디오티마가 신경질적으로 웃었다. "그 사람을 보면 머리부터 발끝까지 소름이 돋는 걸 알아요? 난 그 사람을 보면 죽음이 생각나요!"

"선입견 없이 보면 삶을 무척이나 사랑하는 죽음입니다!"

"난 선입견 없는 사람이 아니에요. 왜 그런지는 나도 잘 모르겠어요. 어쨌든 그 사람이 나한테 말을 걸거나, 내가 '탁월한' 이념들을 '탁월한' 모임에서 '탁월하게' 만들고 있다고 이야기할 때마다 패닉 상태에 빠져요. 뭐라 설명할 수 없고 이해할 수 없는 몽환적인 공포가 밀려든다고요!"

"그 사람에 대한 공포인가요?"

"그럼 누구겠어요? 그 사람은 하이에나예요."

울리히는 웃을 수밖에 없었다. 그녀는 어린아이처럼 마구 비난을 쏟아냈다. "그 사람은 이리저리 어슬렁거리면서 우리의 아름다운 노력들이 완전히 붕괴되기만을 기다리고 있어요!"

"당신이 두려워하는 게 그건가보군요! 위대한 사촌, 혹시 기억하십니까? 내가 예전부터 당신한테 그 붕괴를 예언해온 걸? 붕괴는 불가피한 일입니다. 당신도 각오하고 있어야 합니다!"

디오티마는 오만한 표정으로 울리히를 노려보았다. 예전에 울리히가 했던 그 말은 그녀의 뇌리에 깊이 각인되어 있었다. 그뿐만이 아니었다. 그가 처음 자신을 방문했을 때 자신이 했던 말도 이 순간 똑똑히 기억났다. 지금의 그녀에게는 상처가 되는 말이었다. 그때 그녀는 한

국가, 아니 온 세상이 물질주의로 치닫는 흐름에서 정신적 사명을 일깨우는 것은 대단히 중요한 일이라고 훈계했다. 그녀는 진부한 이념이나 옛 문화의 이념을 원치 않았다. 그럼에도 그녀가 오늘 사촌을 바라보는 시선은 오만하다기보다 무언가 초탈한 느낌이었다. 그녀는 세계의 해를 구상했고, 정신적 고양과 모든 문화를 아우르는 으뜸 이념을 찾으려 했다. 이 이념은 어떤 때는 가깝게 느껴지다가도 어떤 때는 다시 멀어지는 느낌이었다. 그녀는 많이 흔들리고 많이 괴로워했다. 지난 몇 달은 동일한 방식으로 파도에 엄청나게 높이 띄워졌다가 다시 추락하기를 반복하는 긴 항해 같았다. 그래서 이제는 뭐가 먼저 왔고 뭐가 나중에 왔는지 거의 구분할 수 없을 지경이었다. 지금 그녀는 각고의 노력에 지쳐 의자에 주저앉은 사람처럼 있었다. 고맙게도 전혀 움직이지 않고 그저 울리히의 파이프 담배에서 피어오르는 연기만 쳐다보면서 말이다. 늦은 오후 햇살을 받으며 담배를 피우는 한 늙은 남자를 떠올리게 하는 이 비유를 스스로 선택할 만큼, 그녀를 사로잡은 이 느낌은 생생했다. 마치 자신이 격렬한 대전투를 치르고 온 사람 같았다. 그녀가 지친 목소리로 사촌에게 말했다. "나는 무척 많은 일을 겪었고, 많이 변했어요."

"내 쪽으로 기울었나요?" 그가 물었다.

디오티마는 고개를 흔들더니 울리히를 보지 않고 미소만 지었다.

"그렇다면 지금까지 몰랐던 걸 알려드리죠. 슈툼 장군의 배후에 있는 사람은 내가 아니라 아른하임입니다. 당신은 그 장군이 매번 우리의 모임에 나타난 게 모두 나 때문이라고 했죠!" 울리히가 갑자기 말했다. "당신이 그 문제로 나를 처음 힐난했을 때 내가 뭐라고 대답했는지 기억합니까?"

디오티마는 기억하고 있었다. 그때 사촌은 장군을 멀리하라고 했다. 반면에 아른하임은 장군을 그저 호의적으로 대해주라고 했다! 이 순간 무언가 느껴지는 것이 있었다. 그것이 무엇인지 표현하기는 곤란했다. 그러나 곧 자신이 지금 앉아 있는 의자의 단단함이 다시 느껴졌다. "장군이 우리 모임에 어떻게 오게 되었는지 도대체 모르겠어요. 나는 분명 초대하지 않았어요. 아른하임 박사한테도 물어봤지만, 자기도 모르는 일이라고 하더군요. 뭔가 실수가 있었던 게 분명해요."

사촌은 살짝 방향을 틀었다. "나는 장군을 옛날부터 알고 있었지만, 다시 만난 건 당신 집에서였습니다." 그가 설명했다. "아마 국방성의 지시로 이곳을 정탐하려고 왔을 가능성이 농후합니다. 하지만 장군은 정말 진심으로 당신을 돕고 싶어해요. 또 아른하임이 눈에 띌 정도로 자신에게 관심을 보인다고 자기 입으로 말하더군요."

"매사에 관심이 많은 사람이라서 그래요!" 디오티마가 대답했다. "아른하임은 내게 장군을 내치지 말라고 충고했어요. 장군의 선의를 믿었을 뿐 아니라 영향력 있는 그의 지위를 우리 일에 유리한 쪽으로 이용할 수 있을 거라고 본 거겠죠."

울리히는 단호하게 고개를 저었다. "그 사람 주변에서 꽥꽥거리는 소리들을 잘 들어보십시오!" 주위 사람들에게 들릴 정도로 그가 버럭 소리를 지르는 바람에 디오티마는 당황했다. "아른하임이 그걸 감수하는 건 부자이기 때문이죠. 그 사람은 돈이 있고, 모든 사람들의 의견에 반대를 안 하고, 사람들이 자발적으로 자신을 홍보해준다는 것도 잘 알아요!"

"아른하임이 뭐가 아쉬워서 그렇게 하죠?!" 디오티마는 미심쩍어했다.

"허영심 때문이죠! 아른하임은 허영심으로 똘똘 뭉친 사람입니다! 이 주장을 당신에게 어떻게 납득시켜야 할지 잘 모르겠네요. 어쨌든 성경에서 말하는 허영심이 있습니다. 외부의 북소리와 심벌즈 소리로 마음속의 공허함을 감추려는 거죠! 오른편으로는 유럽이 석양빛 속에 저물고, 반면에 왼편 아시아의 하늘 위로는 달이 떠오르는 것을 보면서 부러움을 느꼈다고 하는 사람은 허영심이 강한 겁니다. 예전에 마르마라해를 건널 때 그런 기분이 들었다고 나한테 이야기하더군요. 사실, 아시아 위로 떠오르는 달보다 사랑에 빠진 처녀애의 화분 뒤로 떠오르는 달이 더 아름답죠!"

디오티마는 사람들의 왕래가 드문 안전한 장소를 찾았다. 그녀가 나직이 말했다. "당신은 아른하임의 성공이 신경에 거슬리는 거예요." 그녀는 앞장서서 여러 방들을 지나더니 남의 눈에 띄지 않게 교묘한 몸동작으로 슬그머니 문을 빠져나가 대기실로 들어갔다. 다른 방들은 손님들로 가득했다. 대기실에서 그녀가 대화를 재개했다. "당신은 왜 그 사람한테 적의를 품고 있죠? 그래서 내가 힘들어요."

"나 때문에 당신이 힘들다고요?" 울리히가 놀라 물었다.

"당신하고 이야기하고 싶을 때가 있기는 하지만 당신이 계속 그런 태도를 고집하는데 내가 어떻게 모든 걸 솔직하게 털어놓겠어요!"

그녀가 대기실 한가운데에서 걸음을 멈추자 울리히는 말했다. "할 얘기 있으면 마음놓고 해봐요. 당신들이 사랑하는 사이라는 건 나도 알아요. 그 사람이 결혼하자고 하던가요?"

"그런 제안을 받긴 했죠." 디오티마는 자신들이 있는 장소가 그렇게 안전하지는 않았음에도 개의치 않고 답했다. 자기감정에 푹 빠져서 사촌의 무례할 정도로 직설적인 언사에도 언짢아하지 않았다.

"당신은요?" 울리히가 물었다.

그녀는 꼬치꼬치 질문을 받는 어린 학생처럼 얼굴이 빨개졌다. "아, 그건 어려운 책임이 따르는 문제예요!" 그녀가 망설이듯 대답했다. "사람은 누구든 부정한 행동으로 빨려들어가선 안 됩니다. 진짜 위대한 일에서야 사람들이 무엇을 하건 별로 중요하지 않겠지만요!"

울리히는 이 말을 잘 이해하지 못했다. 디오티마가 격정의 목소리를 이겨내고 영혼의 고요한 정의正義에 이르렀던 그 밤들을 몰랐기 때문이다. 그녀의 영혼 속에서 사랑은 양쪽으로 균형을 이룬 채 떠 있는 시소 같았다. 어쨌든 그런 이유로 울리히는 잠시 노골적인 대화를 피하는 것이 좋겠다는 느낌을 받았다. "나와 아른하임의 관계에 대해 말씀드리고 싶습니다. 내가 아른하임에게 적의를 품고 있는 것처럼 비치는 이 상황이 안타까워서요. 나는 아른하임을 잘 안다고 믿습니다. 이렇게 설명드리죠. 당신 집에서 일어나는 일, 원하신다면 종합이라고 부를 수도 있습니다, 어쨌든 아른하임은 그런 일을 수도 없이 겪었을 겁니다. 그 종합을 확신의 형태로 나타내는 정신적 운동은 상반된 확신 속에서도 즉각 나타납니다. 그게 이른바 위대한 정신적 인물 속에서 구현될 때, 전방위적이고 자발적인 경탄이 따라오지 않으면 그 인물은 마치 물속에 던져진 판지처럼 불안해할 겁니다. 우리는, 아니 최소한 독일에서는 인정받는 인물들에게 무조건적인 사랑을 보내는 경향이 있습니다. 마치 술 취한 사람이 별 이유 없이 낯선 남자의 목을 잡고, 마찬가지로 별 이유 없이 잠시 후 그 남자를 밀어뜨리는 것처럼 말이죠. 나는 아른하임이 어떻게 느끼는지 아주 생생하게 떠올릴 수 있습니다. 그건 분명 뱃멀미와 비슷할 겁니다. 그런 환경에서 돈을 통해, 그리고 돈을 능숙하게 사용하는 방법을 통해 무엇을 할 수 있는지 떠올릴 수 있다면 그건 긴 항해 후 다시 처음으로 자기 발밑에 단단한 땅을 밟는 느낌일 겁니다. 아른하임은 제안과 발의, 소망, 봉사, 성취가 돈에 가까이 가려고 얼마나 애쓰는지 압니다. 그건 그 자체로 정신의 양태를 따라한 겁니다. 권력을 얻고자 하는 사유들은 이미 권력을 가진 사유들에 접근하려는 경향을 보이기 때문이죠. 높은 목표를 위해 노력하는 사유와 단순히 야망을 위해 노력하는 사유를 구분짓기란 거의 불가능합니다. 하지만 보통 물질적 빈곤, 정신적 순결함과 연결되는 진정한 위대함이 단순히 무늬만 위대한 것으로 대체되면 가짜들이 판을 치고, 선전이나 사업가적 수완으로 이름을 얻은 것이 위대함의 딱지를 얻게 되죠. 그러면 당신은 온갖 죄와 순결함을 가진 아른하임을 얻게 될 겁니다!"

"오늘따라 무척 성스러운 생각을 하시네요!" 디오티마가 톡 쏘듯이 말했다.

"아른하임이 그러든 말든 나하고는 별 상관이 없다는 점은 나도 인정합니다. 하지만 그 사람이 외적 내적 위대함의 혼합적 작용을 받아들이고 그것으로 모범적 휴머니즘을 만들어내려는 방식이 나를 이렇게 거친 성스러움으로 몰아가고 있지요!"

"틀렸어요!" 디오티마가 격하게 사촌의 말을 잘랐다. "당신은 그 사람을 거만한 부자로 잘못 생각하고 있어요. 아른하임에게 돈은 뼛속까지 스며 있는 책임감이에요. 그 사람은 자신에게 맡겨진 누군가를 정성껏 돌보듯이 사업을 해요. 일이라는 것도 꼭 필요하다고 생각하고요. 그 사람은 세상 사람들을 친절하게 대해요. 그 사람 말로는, 움직임 속에 있고 싶으면 늘 스스로 움직여야 한다고 생각하기 때문이죠! 이건 괴테가 한 말인가요? 어쨌든 아른하임은 언젠가 그 점에 대해 상세히 설명해주었어요. 그 사람은 일단 뭔가를 시작해야만 좋은 일도 시작할 수 있다는 입장을 갖고 있어요. 고백하자면, 나도 가끔 아른하임이 온갖 종류의 사람들과 너무 분별없이 교류한다는 인상을 받아요."

두 사람은 거울과 옷만 덩그러니 걸린 대기실을 서성이며 이런 대화를 나누었다. 어느 순간 디오티마가 걸음을 멈추더니 사촌의 팔에 한 손을 올렸다. "모든 방면에서 운명의 총애를 받는 그 사람은 겸손한 원칙을 갖고 있어요. 개개인은 버림받은 병자보다 더 강하지 않다는 거죠! 당신은 이 원칙에 동의하지 않나요? 인간이 외로우면 한없이 과장에 빠지게 돼요!" 그녀는 마치 뭔가 찾을 게 있다는 듯 바닥을 내려다보았는데, 사촌의 시선이 자신의 내리깐 눈꺼풀에 닿는 것을 느꼈다. 그녀가 말을 이어갔다. "어쩌면 나 자신에 대한 이야기일지 모르겠네요. 난 최근에 아주 외로웠어요. 그런데 당신도 그래 보여요. 괴로워 보이고 행복하지 않은 것 같아요. 당신은 주변과 불화에 빠져 있어요. 그건 당신이 내놓는 견해에서 드러나요. 질투심이 많은 기질이죠. 당신은 모든 것에 반대하는 사람이에요. 솔직히 고백하자면 아른하임은 당신이 자신의 우정을 거부했다고 나한테 한탄했어요."

"그 사람이 내 우정을 원한다고 얘기했나요? 그건 거짓말입니다!"

디오티마는 고개를 들고 웃었다. "또 별것도 아닌 일을 과장하고 있군요! 우리 둘 다 당신의 우정을 원해요. 어쩌면 당신도 우리의 우정을 원해서 그런지도 몰라요. 이 이야기를 하려면 좀 거슬러올라가야 해요. 아른하임이 이런 보기를 들었죠……" 그녀는 잠시 망설이더니 말을 수정했다. "아니에요, 그 얘기까지 하는 건 너무 멀리 나가는 거예요. 요컨대 아른하임은 이렇게 말했어요. 우리는 시대가 우리 손에 쥐여주는 수단을 사용해야 한다. 거기다 늘 두 관점을 깊이 새기며 행동해야 한다. 너무 혁명적이어서도 너무 반동적이어서도 안 되고, 너무 사랑해서도 너무 미워해서도 안 되며, 내면의 한 성향만 따르지 말고 자기 속의 모든 것을 펼쳐야 한다고 했어요. 그건 당신도 알다시피 영리한 행동이 아니에요. 표면적 차이를 깨부수고 모든 것을 포괄하는 종합적이고 단순한 성격, 즉 타고난 지도자의 품성을 보여주는 표시죠!"

"그게 나하고 무슨 상관이죠?"

이 반박은 스콜라철학과 교회, 괴테, 나폴레옹, 그리고 디오티마의 머릿속에 단단히 응고된 문화적 모호함에 대한 대화의 기억을 찢어버리는 작용을 했다. 그녀는 논쟁의 열기에 사로잡혀 갑자기 그를 길쭉한 신발장 위에 주저앉히고는 자신도 그 옆에 스스럼없이 앉았다. 그는 뒤에 걸린 타인들의 외투에 등이 닿지 않게 하려고 완강히 버텼다. 반면에 그녀의 머리카락은 외투에 걸려 헝클어졌다. 그녀는 머리를 가지런히 매만지면서 대답했다. "당신은 아른하임과 정반대예요! 자기가 생각하는 모습에 따라 세상을 재창조하고 싶어해요! 그리고 어떻게든 항상 수동적인 저항을 해요. 표현이 좀 끔찍하게 들리지만 말이에요!" 그녀는 사촌에게 이렇게 자기 의견을 마음껏 표현할 수 있는 것이 무척 행복했다. 그러나 이대로 계속 앉아 있을 수는 없었다. 대화 중간중간에 그런 생각이 줄곧 떠올랐다. 손님들이 언제 떠날지 모르고, 아니면 다른 볼일이 있어 대기실로 불쑥 들어올 수도 있었기 때문이다. "당신은 너무나 비판적인 사람이에요. 당신이 좋다고 하는 걸 본 적이 없어요." 그녀가 말을 이었다. "반면에 사람들이 견딜 수 없어하는 것들에는 찬사를 보내죠. 반발심에서 말이에요. 만일 사람들이 신을 잃은 오늘날의 황량함에 직면해서 감정과 직관을 약간 옹호하려 들면 당신은 분명 전문가주의와 무질서, 삶의 부정적인 측면을 열렬히 변호할 거예요!" 그녀는 이 말과 함께 웃으면서 자리에서 일어났고, 다른 장소를 찾아봐야 할 것 같다며 양해를 구했다. 이제 그들은 그만 방으로 돌아가든지, 대화를 계속할 마음이 있으면 남들의 눈을 피해 다른 데로 옮겨야 했다. 투치 부부의 침실은 벽지로 가린 문을 통해 여기와 이어져 있었지만, 사촌을 데려가기엔 너무 내밀한 장소라는 느낌이 들었다. 게다가 손님들을 영접하기 위해 집을 치우면서 온갖 잡동사니를 그곳에 잔뜩 쌓아둔 것도 마음에 걸렸다. 결국 둘의 피신처로 남은 곳은 하녀가 쓰는 방 두 개뿐이었다. 라헬의 방에는 이제껏 들어가본 적이 없었는데, 주인된 자의 관리 의무에서 불시에 방을 점검하려는 생각과 갑자기 자유로운 집시가 된 듯한 묘한 감정이 뒤섞여 결국 라헬의 방이 낙점되었다. 디오티마는 걸어가면서도 계속 이야기를 했고, 하녀의 방으로 가자는 자신의 제안을 사죄하면서도 방에 들어가서는 말을 멈추지 않았다. "나는 당신이 사사건건 아른하임을 가로막으려 한다는 인상을 받아요. 당신의 반대가 그 사람을 아프게 해요. 그 사람은 위대한 현대인이에요. 때문에 현실과 접속하고 있고, 현실과의 접속이 필요한 사람이에요. 반면에 당신은 언제나 불가능의 세계로 뛰어들려고 해요. 그 사람은 긍정의 대명사이고 아주 균형 잡힌 시각을 갖고 있어요. 하지만 당신은 반사회적이에요. 그 사람은 통일성을 추구하고 모든 일에 명확한 결정을 내리려고 노력하지만, 당신은 형태도 없는 신조를 따르고 있어요. 그 사람은 오랜 시간에 걸쳐 형성된 것들의 가치를 이해할 줄 알아요. 하지만 당신은요? 당신은 어떻게 하고 있죠? 마치 세계가 내일에야 시작할 것처럼 행동하고 있어요. 당신이 생각해도 그렇지 않나요?! 내가 우리한테 위대한 일을 할 기회가 주어졌다고 말한 첫날부터 당신은 그런 태도를 보였어요. 우리가 이 기회를 운명으로 여기고, 다 함께 하나의 목적으로 모여 침묵하듯 묻는 눈으로 대답을 기다리면 당신은 꼭 방해하려는 못된 사내아이처럼 굴어요!" 그녀는 이성적인 말로 하녀 방에서의 이 어색한 상황을 제압하고 싶었고, 사촌을 약간 과도하게 비난하면서 이 상황에 필요한 용기를 얻고자 했다.

"내가 그런 사람이라면 당신에게 내가 왜 필요하죠?" 울리히가 물었다. 그는 하녀 라헬의 작은 철제 침대에 걸터앉았고, 디오티마는 그 앞에 짚으로 엮은 작은 의자에 앉았다. 둘 사이의 거리는 팔 하나 정도밖에 되지 않았다. 울리히의 물음에 디오티마의 입에서는 경탄할 만한 대답이 흘러나왔다. "내가 당신 앞에선 비열하고 나쁜 모습을 보여도 된다면, 당신은 분명 내게 대천사 같은 존재일 거예요!" 그녀는 돌연 이렇게 말해놓고 자신도 섬찟 놀랐다. 원래는 반대만 일삼는 울리히의 성향을 지적하면서, 그런 대접을 받을 자격이 없는데도 그가 자신을 선하게 배려해줄 것 같다며 농담을 할 생각이었다. 그런데 자기도 모르게 그만 속에서 샘이 하나 터져버렸고, 물줄기를 타고 그 말이 튀어나와버렸다. 처음 입 밖에 나왔을 때는 약간 터무니없이 느껴졌지만, 놀랍게도 그녀의 진심을 보여주고 울리히와 자신의 관계를 정확히 짚는 말인 듯했다.

울리히도 그것을 느끼고 말없이 그녀를 바라보기만 하다가 얼마 후 다음 질문으로 답을 대신했다. "그 사람에게 많이…… 한없이 사랑에 빠졌습니까?"

디오티마는 눈을 바닥으로 돌렸다. "무슨 그런 말도 안 되는 소리를 하세요! 나는 누군가에게 한눈에 홀딱 빠지는 이팔청춘이 아니에요!"

사촌은 굽히지 않았다. "나름 근거가 있어서 그렇게 물은 겁니다. 나는 누구나에게 있는 갈망을 당신도 알고 있는지 궁금합니다. 그러니까 옆방의 저 가증스러운 괴물들을 포함해서 인간은 누구나 옷을 훌렁훌렁 벗어던지고 서로 어깨를 건 채 말 대신 노래를 하고 싶어한다는 거죠. 그러면 당신은 이 사람 저 사람에게 돌아다니면서 그들의 입에 형제의 정으로 키스를 해줄 겁니다. 이 그림이 너무 역겹게 느껴진다면 그 사람들의 몸에 잠옷 정도는 걸쳐드리죠."

디오티마가 대답했다. "참 깜찍한 상상을 하시는군요!"

"난 그런 욕구를 알아요. 물론 오래전이지만요! 존경받는 이들 중에도 세상이 그런 식으로 흘러가야 한다고 주장한 사람들이 있습니다!"

"그럼 그렇게 살지 않는 건 당신 책임이네요." 디오티마가 울리히의 말을 중간에 끊었다. "게다가 그걸 그렇게 우스꽝스럽게 묘사할 필요는 없어요!" 그녀는 문득 아른하임과 자신의 애정 관계를 뭐라 지칭할 수 없었던 일이 기억났다. 거기다 사회적 구분이 사라지고, 일과 영혼, 정신, 꿈이 하나되는 삶에 대한 갈망도 떠올랐다.

울리히는 아무 대꾸도 안 하고 있다가 사촌에게 담배를 권했다. 그녀는 담배를 받았다. 좁은 하녀 방 안에 담배 연기가 가득 퍼지는 것을 보며 디오티마는 만일 라헬이 이 방에 들어왔다가 코를 킁킁거리며 누군가 들어온 흔적을 발견하게 되면 어떤 생각을 할지 상상해보았다. 환기를 시켜야 할까? 아니면 다음날 아침에 그 아이를 불러놓고 해명을 해야 할까? 그런데 희한하게도 라헬에 대한 생각이 오히려 그녀를 이 방에 더 머물게 했다. 원래는 이렇게 어색하게 마주앉아 있는 상황을 끝낼 때가 되었다고 생각하던 참이었다. 그런데 지적 우월감의 특권과 하녀에게는 설명할 수 없는 이 비밀스러운 방안의 담배 연기가 이상한 방식으로 하나로 합쳐지면서 이제는 묘한 쾌감까지 느꼈다.

사촌이 그녀를 관찰했다. 그녀에게 그런 말을 한 게 스스로 생각해도 의아했다. 하지만 다시 말을 이어갔다. 좀더 함께 있고 싶었던 것이다. "내가 어떤 조건에서 그렇게 천사같이 될 수 있는지 말해주고 싶군요. 왜냐하면 천사라는 건 나와 함께 있는 사람을 육체적으로 참아낼 뿐 아니라 전율 없이 그 사람의 심리적 로인클로스* 안까지 느끼는 상태를 크게 과장해서 표현한 것도 아니니까요."

"그 상대가 여자인 경우는 빼고요!" 디오티마는 사촌이 친척들 사이에서 듣는 수상쩍은 평을 기억하며 이렇게 토를 달았다.

"여자도 예외가 아닙니다!"

"맞아요! 여자 속의 인간을 사랑하는 건 굉장히 드문 일이죠!" 디오티마가 말했다. 그녀가 보기에 울리히는 얼마 전부터 자신의 견해에 가까워지는 것 같았다. 물론 그의 말은 늘 빗나갔고 충분치 않았지만.

"진지하게 설명해드리죠." 이번에는 울리히도 집요했다. 그는 앞으로 몸을 약간 내민 채 아래팔을 근육질 허벅지 위에 올려놓고 심각한 표

---

* 천을 스커트 모양으로 허리에 두르거나 기저귀처럼 샅을 싸서 허리에 고정시키는 원시적인 옷.

정으로 바닥을 내려다보았다. "오늘날 우리는 아직도 이런 말을 말합니다. 나는 이 여자를 사랑한다고, 그 사람을 미워한다고. 그 사람이 나를 끌어당긴다거나 내친다고 말하지는 않죠. 진실에 좀더 가깝게 표현하자면, 나는 나를 끌어당기거나 내치는 능력을 그들 속에 일깨우는 사람이라고 할 수 있죠. 거기서 또 한 걸음 더 나아가면, 그들이 내 속에서 그런 특성을 끌어낸다고 할 수 있습니다. 그런 식으로 계속되죠. 여기서 어디가 먼저라고 분명히 말할 수는 없습니다. 그건 신축성 있는 두 공이나 두 전기회로처럼 상호간의 기능적 종속이기 때문이죠. 우리는 당연히 오래전부터 그런 식으로도 느껴야 한다는 것을 잘 알고 있습니다. 하지만 우리는 여전히 자기 자신을 원인으로, 즉 우리를 둘러싼 감정적 자기장 속의 근본 인자라고 생각하길 좋아합니다. 누군가 자신이 남을 단순히 따라하고 있을 뿐이라고 인정하더라도 겉으로는 마치 그것이 자신의 능동적 행위인 것처럼 말하곤 합니다! 그 때문에 나는 당신에게 물었고, 지금 다시 한번 묻습니다. 당신은 엄청나게 깊은 사랑에 빠졌습니까, 화가 났습니까, 절망했습니까? 그다음에야 관찰의 재능만 좀 있으면 지극히 흥분한 상태에서는 자기가 창가의 벌이나 독이 든 물속의 아메바와 별반 다르지 않다는 사실을 명확히 깨달을 수 있기 때문이죠. 우리는 행동의 폭풍에 사로잡히고, 눈이 먼 것처럼 사방으로 달려가고, 뚫리지 않는 벽을 수백 번도 더 때리고, 그러다 행운이 따르면 언젠가는 문을 통해 밖으로 나가게 되겠죠. 그런데 나중에 다시 의식이 경직된 상태로 돌아오면 이 모든 걸 본인이 계획한 일이라고 해석합니다."

"이렇게 반박하고 싶네요. 당신의 음울한 견해는 한 인간의 전체 삶을 규정할 수도 있을 감정들을 비하하는 거라고."

"혹시 지금 당신의 머릿속에 오래전에 지루해져버린 해묵은 논쟁이 떠오르고 있지 않나 모르겠군요. 우리는 자기 자신의 주인인가, 아닌가 하는 논쟁 말입니다." 울리히는 재빨리 고개를 들면서 대답했다. "모두가 하나의 원인이라면 누구도 책임질 것이 없습니다. 안 그렇습니까? 고백건대 나는 내 평생 십오 분도 그 문제에 관심이 없었습니다. 그것은 알지 못하는 사이에 진부해져버린 어떤 시대의 문제 제기였습니다. 그 문제는 신학에서 나왔죠. 오늘날에는 아직도 케케묵은 신학과 이교도 화형의 메케한 냄새를 물씬 풍기는 법률가들을 제외하면 원인을 묻는 사람은 가족 구성원뿐입니다. 그들은 이렇게 말하죠. 네가 내 불면증의 원인이야. 또는 곡물 가격의 하락이 그의 불행의 원인이야. 범죄자에게 양심을 일깨운 뒤 어쩌다 그런 범죄를 저질렀는지 물어보십시오! 그건 그 사람들도 모릅니다. 범행 내내 의식이 온전했다고 하더라도 마찬가지입니다!"

디오티마는 허리를 더욱 꼿꼿이 폈다. "당신은 왜 이렇게 자주 범죄 이야기를 하는 거죠? 범죄가 아주 매력적으로 느껴지나봐요. 무슨 의미가 있나요?"

"아뇨. 아무 의미도 없습니다. 기껏해야 흥미 정도겠죠. 일상적인 삶은 우리가 저지를 수 있는 모든 범죄의 중간 상태입니다. 마침 신학 얘기가 나왔으니 말인데 당신한테 물어볼 게 있습니다."

"내가 정말 한없이 사랑에 빠졌느냐, 아니면 질투에 빠졌느냐 그 질문 말인가요!?"

"아뇨. 한번 생각해보십시오. 만일 신이 모든 걸 사전에 예비하고 알고 있다면 인간이 어떻게 죄를 저지를 수 있을까요? 이건 아주 오래된 질문이지만 당신도 알다시피, 무척 현대적인 문제 제기이기도 합니다. 사람들은 신을 끔찍할 정도로 간교한 존재로 상상해왔습니다. 인간이 나쁜 짓을 하도록 신이 강요하고, 인간은 그런 신과의 합의하에 잘못을 저지른다고 하면서 신을 모독한 거죠. 다만 신은 우리가 어떤 행동을 할지 미리 알지 못하고, 그저 우리가 나쁜 행동을 하도록 야기할 뿐입니다. 이건 일종의 체념적 사랑인데, 이런 보기는 무수히 많습니다! 오늘날 우리 모두는 타인과의 관계에서 이와 비슷한 상황에 처해 있습니다. 자아는 지금껏 갖고 있던 의미를 상실했습니다. 스스로 법을 제정하는 주군으로서의 의미였죠. 우리는 법에 따라 자아가 생성되어가는 과정을 배우고 있습니다. 자아를 둘러싼 환경의 영향과 자아가 구축되는 유형들, 가장 활동적인 순간에 나타나는 자아의 소멸, 한마디로 자아의 형성과 행동을 통제하는 법에 관해 배우고 있습니다. 생각해보십시오, 사촌. '인격의 법'입니다! 그건 외로운 독사들의 노동조합이나 강도들의 상공회의소와 비슷합니다. 법은 세상에 존재하는 가장 비인격적인 것이기에 인격은 얼마 지나지 않아 비인격적인 것의 가상의 집결지에 지나지 않게 됩니다. 당신이 결코 포기하려 하지 않는, 인격에 대한 존경스러운 관점을 찾기는 어려울 겁니다……"

그녀의 사촌은 이렇게 말했고, 디오티마는 중간중간에 이의를 제기했다. "하지만 사촌, 가능한 한 모든 걸 인격적으로 해야 하지 않겠어요?!" 마지막에는 이렇게 말했다. "오늘 당신은 무척 신학적이군요. 당신한테 그런 면이 있는 줄은 몰랐어요!" 그녀는 다시 지친 무용수의 자세로 앉아 있었다. 강건하고 아름다운 여자였다. 그녀는 자신의 팔다리에서 스스로 그것을 느끼고 있었다. 지난 몇 주 동안 그녀는 사촌을 피해왔다. 아니 어쩌면 몇 달이었는지도 몰랐다. 하지만 나이가 같은 이 남자가 좋았다. 조명이 약한 이 방에 있으니 기사단의 일원처럼 검은색과 흰색으로 이루어진 연미복을 입은 모습이 우스워 보였다. 이 검은색과 흰색에는 십자가의 격정 같은 것이 담겨 있었다. 그녀는 소박한 방 안을 둘러보았다. 평행운동은 멀리 있었고, 격정적인 큰 싸움은 지나갔다. 이 방은 의무처럼 단순했다. 거울 모서리에 꽂힌 버들가지와 쓰지 않은 그림엽서가 분위기를 약간 부드럽게 했지만. 그러니까 라헬이 거울을 볼 때면 이것들 사이로 대도시의 화려함에 둘러싸인 얼굴이 나타나는 것이다. 라헬은 어디서 씻을까? 문득 이 생각이 들었다. 길쭉한 찬장 문을 열면 그 안에 양은 대야가 있을 것이다. 기억이 나는 듯했다. 그다음 이런 생각을 했다. 이 남자는 원하고 있기도 하고 원하지 않기도 해.

그녀는 다정한 경청자의 자세로 그를 차분히 바라보았다. '아른하임은 정말 나랑 결혼하고 싶어할까?' 그녀는 자문해보았다. 그가 그렇게 말했다. 하지만 그 얘기를 계속 이어가지는 않았다. 그는 다른 할말이 많았다. 하지만 아무리 그렇다고 해도 동떨어진 얘기 대신 이렇게 물었어야 했다. '어떻게 돼가고 있죠?' 그런데 묻지 않았다. 왜일까? 그녀가 내면의 갈등을 이야기하면 사촌은 이해해줄 것 같았다. 자신이 변했다는 얘기에 그는 습관적으로, 자기 쪽으로 기운 것이냐고 물었다. 뻔뻔한 인간! 디오티마의 얼굴에 미소가 살짝 피어올랐다.

이 두 남자는 근본적으로 정말 특이한 사람들이었다. 사촌은 왜 아른하임에 대해 그렇게 나쁘게 말할까? 그녀는 아른하임이 울리히와 가깝게 지내고 싶어하는 것을 알고 있었다. 물론 울리히도 특유의 격한 발언들로 유추해볼 때 아른하임에게 꽤 신경을 쓰는 게 분명했다. '울리히가 아른하임을 오해하고 있더라도 그건 어쩔 도리가 없는 일이지.' 디오티마는 생각했다. 게다가 이제는 투치 국장에게 결혼으로 묶인 몸에 영혼만 반기를 드는 것이 아니라 때론 그녀의 몸도 아른하임의 머뭇거리는 저 하늘 높은 사랑 때문에 황야의 가장자리에서 애타게 그리워하기만 하는 영혼에 반기를 들었다. 그 황야 위에는 그리움의 기만적인 환영만 파르르 떨고 있는지도 몰랐다. 그녀는 자신의 고통과 나약함을 사촌과 나누고 싶었다. 그가 일상적으로 드러내는 확고한 일면성이 마음에 들었다. 아른하임의 균형 잡힌 다면성에 더 높은 점수를 주고 싶은 건 분명했지만, 울리히는 결정의 순간에 망설이지 않을 것이다. 모든 것을 완벽한 불확실성 속으로 밀어넣어 해체하려는 그 자신의 이론에도 불구하고 말이다. 어쨌든 그녀는 그렇게 느꼈다. 왜 그렇게 느끼는지는 몰랐다. 어쩌면 그를 처음 알았을 때부터 갖고 있던 느낌 중 하나일 수 있었다. 이 순간 아른하임이 그녀에게 막대한 노력을 요하는 존재로, 그녀의 영혼을 사방으로 짓누르는 존엄한 짐으로 느껴졌다면 울리히가 말한 모든 것은 오직, 수많은 관계들을 넘어 책임감을 버리고 수상쩍은 자유의 상태로 빠지게 하는 듯했다. 그녀는 갑자기 지금보다 무거워지고 싶은 욕구를 느꼈다. 물론 어떻게 그렇게 할 수 있을지는 몰랐다. 그와 동시에 한 기억이 떠올랐다. 소녀 때 어린 남자아이가 위험한 짓을 못하게 하려고 번쩍 들어서 옮긴 적이 있었다. 그애는 품에서 빠져나가려고 계속 그녀의 배를 쿡쿡 찼다. 마치 굴뚝을 통해 고독한 작은 방으로 들어가는 것처럼 불쑥 떠오른 이 기억의 힘 때문에 그녀는 완전히 평정심을 잃어버렸다. 내가 '한없이' 사랑에 빠졌다고? 그녀는 생각했다. 이 남자는 왜 계속 그렇게 묻는 것일까? 나는 '한없이' 사랑에 빠질 수 없다는 뜻일까? 이제 그녀는 그의 말을 듣지 않았다. 그리고 이게 적절한 행동인지 아닌지도 모른 채 그냥 그의 말을 중간에 끊고 모두 치워버리면서 아주 단호하게 대답했다. 대답하면서 자신이 웃고 있다고 생각했지만 예기치 못한 돌발적인 흥분 상태에 있었기 때문에 실제로 웃었는지는 확신하기 어려웠다. "그래요, 난 한없이 사랑에 빠졌어요!"

울리히가 그녀의 얼굴을 보면서 웃었다. "당신은 절대 그럴 수 없어요."

그녀는 벌떡 일어나더니 양손을 머리에 갖다대고는 놀라움으로 뻿뻿이 굳어버린 눈으로 그를 바라보았다.

그가 차분히 설명했다. "한없는 상태가 되려면 아주 정밀하고 객관적이어야 해요. 지금의 내가 얼마나 의심스러운 존재인지 아는 두 자아는 서로 달라붙습니다. 그게 그냥 일상적인 일이 아니라 사랑일 때는 정말 그렇다고 생각해요. 두 자아는 서로 깊이 연결되어 있어서 행여 뭔가 커지는 느낌이 들면 하나가 다른 하나의 원인이 됩니다. 둘이 하나가 되어 베일처럼 떠다니죠. 한동안 올바로 움직였다고 해도 이때가 되면 잘못 움직이지 않기가 엄청나게 어렵습니다. 세계 속에서 올바른 것을 느끼기도 힘들죠! 일반적인 선입견과는 반대로, 그건 '지나친 꼼꼼함'에 가깝습니다. 게다가 이 말을 해드리고 싶군요. 디오티마, 내가 당신에게 천사가 될 수 있다는 이야기에 사실 좀 우쭐했습니다. 당신도 알게 되겠지만, 내가 무척 겸손한 사람임에도 말입니다. 인간이 온전히 객관적일 때만(그건 거의 비인격적인 것과 비슷합니다) 사랑도 온전한 사랑이 됩니다. 그래야만 온전한 감성과 생각을 가질 수 있기 때문이겠죠. 인간을 구성하는 요소는 모두 부드러워요. 서로를 갈망하기 때문이죠. 인간 자체만 그렇지 않아요. 그래서 한없이 사랑에 빠지는 건 당신이 결코 원하지 않는 일일 겁니다!"

그는 최대한 심각하게 이야기하지 않으려고 노력했다. 심지어 표정을 관리하려고 담배까지 한 대 더 물었다. 디오티마도 당황스러움을 숨기려고 그가 권한 담배를 받았다. 그녀는 일부러 장난기가 묻어나는 반항적인 표정을 지으며 담배 연기를 공중으로 후 하고 내뿜었다. 그의 말을 완전히 이해하지 못했으면서도 그렇지 않은 듯이 보이고 싶었던 것이다. 그런데 전체 상황은 그녀에게 강한 인상을 주었다. 이렇게 바짝 붙은 상태에서 서로의 몸이 만들어내는 끌림이 자석 같은 매력으로 느껴졌음에도 사촌이 전혀 자기 손을 잡거나 머리카락을 만지려 하지 않으면서 둘만 있는 이 좁은 공간에서 모든 말을 일사천리로 내놓은 이 상황이 말이다. '어떻게 될까? 만일 지금 우리가……' 그녀는 생각했다. 하지만 이 방에서 대체 무엇을 할 수 있단 말인가? 그녀는 방안을 둘러보았다. 창녀처럼 행동해? 하지만 어떻게 하는 것이 창녀처럼 행동하는 것일까? 그녀가 징징 짜기라도 하면? 징징 짠다는 표현은 학창시절 어린 여자애들이 쓰는 말이었는데, 이게 갑자기 떠올랐다. 만일 울리히가 원하는 것을 그녀가 갑자기 하게 되면, 그러니까 옷을 벗고 그의 어깨를 두 팔로 감싸고 노래를 부르게 되면 무슨 노래를 불러야 할까? 하프를 연주할까? 그녀는 웃으면서 그를 바라보았다. 그는 같이 있으면 무엇이건 하고 싶은 대로 해도 되는 막돼먹은 남자형제처럼 느껴졌다. 울리히도 웃었다. 그렇지만 그 웃음은 앞이 안 보이는 창문 같았다. 그는 디오티마와 이런 대화를 나누고 싶다는 유혹에 굴복당했을 때부터 그런 자신이 부끄러웠다. 그러나 그녀는 속으로 이 남자를 사랑하게 될 일말의 가능성을 예감하고 있었다. 이건 현대 음악에 대한 그녀의 생각과 비슷했다. 현대 음악에는 무척 불만스러우면서도 뭔가 사람을 흥분시키는 이색적인 속성이 가득했기 때문이다. 그녀는 당연히 이 모든 것을 그보다 많이 알고 있다고 스스로 인정했음에도 그 앞에 서니 두 다리가 은밀히 달아오르기 시작했다. 그래서 그녀는 마치 이 대화가 뜻하지 않게 너무 오래 지속된 것 같다는 표정을 지으며 돌연 사촌에게 이렇게 말했다. "이봐요, 우린 정말 말도 안 되는 짓을 한 것 같아요. 당신은 잠시 여기 혼자 있다가 나와요. 나는 먼저 나가 손님들에게 얼굴을 비칠 테니까."

102. 피셸 집에서의 싸움과 사랑

게르다는 헛되이 울리히를 기다렸다. 진실은 이랬다. 그는 약속을 까맣게 잊었거나, 아니면 한창 다른 일을 하고 있다가 그 약속이 얼핏 떠올랐을 뿐이다.

"내버려둬!" 피셸 이사가 투덜거리자 클레멘티네 부인이 말했다. "예전에 우리가 참 잘해줬는데 요즘은 거만해진 것 같아요. 당신이 그 사람을 찾아가봤자 일만 더 그르칠 거예요. 당신은 그런 일에 재주가 없는 사람이잖아요."

게르다는 자기보다 나이가 많은 친구가 보고 싶었다. 하지만 그가 왔으면 하고 바라면서도 정작 오면 내쫓고 싶어질 거라는 사실도 알고 있었다. 그녀는 나이가 스물셋인데도 아직 남자 경험이 없었다. 아버지의 후원을 등에 업고 조심스레 구혼한 글란츠 씨와, 남자라기보다 가끔 유치한 개구쟁이같이 느껴지는 기독교 게르만적 성향의 남자친구들만 빼면 말이다. '그는 왜 한 번도 오지 않을까?' 게르다는 울리히를 생각하면서 스스로에게 물어보았다. 그녀의 친구들 사이에서는 평행운동이 독일 민족의 정신적 몰락을 노리고 공격의 포문을 연 것이라는 말이 정설로 받아들여지고 있었다. 그녀는 이런 운동에 울리히가 동참한 것이 부끄러웠다. 그래서 직접 그의 생각을 듣고 싶었고, 그럴 수밖에 없었던 다른 이유가 있기를 바랐다.

게르다 어머니가 남편에게 말했다. "그 모임에 낄 수 있었는데 당신이 일을 잘못 처리하는 바람에 이렇게 됐어요. 게르다한테 참 좋은 기회였고, 게르다의 생각까지 바꿀 수 있었는데…… 투치 국장의 집에는 온갖 종류의 사람들이 드나든다면서요." 피셸이 백작의 초대에 답장을 게을리해서 이 지경이 되었다는 사실을 이제 이 집 식구들도 다 알고 있었다. 그 때문에 그는 괴로워했다.

게르다가 "정신적 동지"라고 부르는 젊은 친구들은 페넬로페의 구혼자들처럼 그녀의 집에 죽치고 앉아 피 끓는 독일인이라면 평행운동과 관련해서 무엇을 해야 하는지 토론을 벌였다. "경우에 따라 금융가는 예술 후원자의 역할을 할 수 있어야 해요!" 클레멘티네 부인이 남편에게 이렇게 요구했다. 그전에 남편은 지금 이런 꼴이나 보려고 게르다의 '영혼의 안내자'인 한스 제프를 당시 상당한 돈을 들여 가정교사로 들인 게 아니라고 말했다. 사정은 이랬다. 가정을 꾸려나갈 만한 전망이라고는 손톱만큼도 없던 대학생 한스 제프는 가정교사로 이 집에 들어왔고, 곧 이 집에 만연한 대립들 때문에 갈등의 절대군주로 등극했다. 그때부터 그는 나중에 게르다도 알게 된 자신의 친구들과 피셸의 집에서 독일의 귀족계급을 어떻게 구할 것인지 토론을 벌였다. 자기 민족과 타 민족을 구별하지 않는다는 디오티마의 집에서 귀족계급은 유대 정신의 그물에 걸려 있었다. 이 문제는 레오 피셸이 있는 자리에서도 약간 완화된 객관성의 옷을 입은 채 언급되었는데, 그때도 그는 신경을 건드리는 말과 원칙들만 잔뜩 듣고 말았다. 그들은 위대한 상징을 생산해낼 운명이 아닌 작금의 세기에 완벽한 재앙으로 나아갈 수밖에 없는 시도가 이루어지는 것을 우려했다. 피셸은 이들의 대화에서 '깊은 의미성'이니 '비상을 위한 인간화'니, '자유로운 인간성'이니 하는 말들을 반복해서 들을 때마다 코안경이 파르르 떨릴 지경이었다. 시간이 가면서 그의 집에서는 '삶의 생각 기술'이니, '정신적 성장'이니, '행위의 부유' 같은 개념들이 만연했다. 심지어 자기 집에서 격주로 '정화의 시간'이 열리는 것도 알아챘다. 그는 해명을 요구했다. 그러자 다 함께 슈테판 게오르게의 시를 읽는 모임이라는 대답이 돌아왔다. 레오 피셸은 낡은 백과사전을 뒤졌지만 그 인물이 누군지는 나오지 않았다. 그런데 낡은 스타일의 자유주의자였던 피셸을 가장 화나게 했던 것은 머리에 피도 안 마른 이 젊은 것들이 평행운동에 대해 이야기하면서 거기에 참여한 모든 정부 고위 관료들과 은행장, 학자들을 '콧대높은 난쟁이들'이라고 불렀다는 점이다. 또한 그들은 거만하게, 오늘날에는 더이상 위대한 이념이 존재하지 않고, 있다고 해도 그것을 이해할 사람이 없다고 주장했다. 심지어 휴머니즘을 허울좋은 공염불이라고 선언하면서 민족, 혹은 그들의 언어로 '민족성과 민속'만이 실체가 있다고 공언했다.

"저한테 인류라는 말은 아무 의미가 없어요, 아빠." 피셸이 훈계를 늘어놓자 게르다가 대답했다. "요즘은 아무 내용도 없는 말이라고요. 실체가 있는 건 내 민족이에요!"

"네 민족!" 레오 피셸은 이렇게 말을 던져놓고 성경의 위대한 선지자들과 트리에스테에서 변호사로 일했던 자신의 아버지에 대해 이야기하려 했다.

게르다가 그런 아버지의 말을 끊었다. "알아요. 하지만 제가 말한 건 정신적인 측면의 내 민족이에요."

"아무래도 정신을 차릴 때까지 네 방에 가둬놓아야겠어! 네 친구들도 더는 내 집에 발을 들여놓지 못하게 할 거야. 정말 제멋대로인 녀석들이야! 저희가 뭐 그리 대단하다고 일은 안 하고 쉴새없이 양심의 문제나 들입다 파고 앉아 있는 꼴이라니!"

"아빠가 속으로 어떤 생각을 하는지 알아요. 아빠 같은 기성세대는 우리를 먹여 살린다는 이유로 우리 같은 것들은 마음대로 깎아내려도 된다고 생각하죠. 아빠는 가부장적 자본가예요!"

이런 식의 대화는 아버지의 걱정 때문에 심심찮게 벌어졌다.

"내가 자본가가 아니면 넌 뭘 먹고 살아갈 건데?!" 이 집의 가장이 물었다.

"저도 다 알지는 못해요." 게르다는 보통 이런 식으로 대화가 확장되는 것을 막았다. "다만 과학자와 교육자, 성직자, 정치인, 그리고 다른 일에 종사하는 사람들이 벌써 신뢰할 만한 새로운 가치들을 만들어내고 있다는 건 알아요!"

아마 피셸 이사는 비꼬듯이 이렇게 묻고 싶었을 것이다. '너희가 그런 성직자나 정치인이라도 돼?' 그러나 이 말은 그냥 속에만 담아두었다. 그래도 마지막엔 항상 기뻤는데, 속에서 무언가 비이성적인 것이 꿈틀거리면서 결국 자신이 양보해야 한다고 속삭이는 소리를 딸아이는 알아채지 못하는 것 같았기 때문이다. 심지어 이런 대화의 끝에 가서는 평행운동의 질서를 조심스럽게 칭찬한 적도 몇 번 있었다. 그의 집에서 진행되는 거친 반대 운동과는 대조적으로 말이다. 물론 이런 말은 아내가 듣지 못할 만큼 떨어져 있을 때에만 했다.

아버지의 훈계에 대한 게르다의 반발에 고요한 순교자적 완강함을 부여하고, 레오와 클레멘티네조차 혼란스럽게나마 인지한 것은 이 집에 떠다니는 천진난만한 쾌락의 숨결이었다. 젊은 사람들은 부모들이 분노로 외면하는 많은 것들을 자유롭게 이야기했다. 그들이 '민족 감정'이라고 부르는 것 속에도, 즉 늘 충돌하는 그들 개인을 게르만족 중심의 기독교 공동체라는 꿈같은 통일체로 융합하는 것 속에도 곪아터진 부모 세대의 애정 관계와 대비되는 무언가 날개 달린 에로스 같은 것이 있었다. 그들은 애늙은이처럼 '탐욕'을, 그러니까 그들 표현에 따르면 '상스러운 동물적 향락의 과장된 거짓말'을 경멸했다. 그들은 초감각성과 신비적 욕망에 대해 많은 이야기를 함으로써 당황한 청자의 영혼 속에 대조를 통해 자기도 모르게 감각성과 육체적 욕망에 대한 부드러운 생각이 생겨나게 했다. 심지어 레오 피셸도 그들 언어의 인정사정없는 열정이 가끔 듣는 이에게 그들 생각의 뿌리를 뼛속까지 느끼게 한다는 점을 인정했다. 물론 그들의 생각을 질책하는 입장이었지만 말이다. 위대한 이념은 우러러보아야 한다고 믿는 사람이었기 때문이다.

그에 반해 클레멘티네는 이렇게 말했다. "당신은 모든 걸 그렇게 단순히 내쳐서는 안 돼요, 레오!"

"아니, 그럼 물질의 소유가 사람의 정신을 죽게 한다는 그놈들의 말을 수긍하라는 거요? 그런 주장이 어디 있소!" 이 말과 함께 피셸은 아내와 싸우기 시작했다. "그럼 나도 정신이 죽은 사람이겠네?! 어쩜 당신도 반쯤 죽었을지 모르겠군, 그놈들의 그따위 소리를 진지하게 받아들이고 있으니까!"

"당신이 이해를 못해서 그래요, 레오. 그 아이들은 기독교적인 의미로 말한 거예요. 지금까지의 삶을 떠나 지상에서 좀더 고결한 삶에 도달하고 싶은 거라고요."

"그건 기독교적인 게 아니라 미친 거요!" 레오는 자신의 주장을 꺾지 않았다.

"결국 진정한 현실을 볼 수 있는 사람은 리얼리스트가 아니라 내면을 보는 사람들이에요."

"웃기는 소리!" 피셸이 말했다. 그러나 이 말은 본심이 아니었다. 속으로는 눈물을 삼키고 있었다. 주변에서 일어나는 정신적 변화의 주인이 되지 못하는 무능력함에서 오는 눈물이었다.

피셸 이사는 요즘 예전보다 더 자주 맑은 공기를 쐬고 싶은 욕구를 느꼈다. 일이 끝나도 서둘러 집에 돌아가지 않았고, 낮에도 사무실에서 벗어나 도시 공원을 얼마간 돌아다니곤 했다. 겨울철인데도 말이다. 수습사원 때부터 이런 공원을 좋아했다. 지난 늦가을에 어떤 이유에서

인지 시 당국은 도시 공원에 있는 철제 접이의자들에 새로 페인트칠을 했다. 이제 그 의자들은 싱그러운 초록빛을 발하며 눈 덮인 길가에 마주보고 서 있었다. 봄의 색깔로 판타지를 자극하면서. 레오 피셸은 가끔 옷을 잔뜩 껴입고 놀이터나 산책로 가장자리 의자에 혼자 앉아, 보모들이 주인집 아이들과 함께 햇볕 아래서 겨울철의 건강함을 과시하는 모습을 지켜보았다. 아이들은 요요를 갖고 놀거나 눈을 뭉쳐 던졌다. 어린 여자애들은 어른처럼 눈이 컸다. 피셸은 생각했다. 아, 바로 그 눈이야! 어떤 아름다운 여자의 얼굴에서 멋진 인상을 풍겼던 그 아이 같던 눈! 그는 이렇게 놀고 있는 어린 여자애들을 구경하고 있으면 편안해졌다. 이 아이들의 눈 속에서는 사랑이 아직 동화 속 연못 속에 있었다. 황새가 아이를 물어다준다는 그 동화 속 연못 말이다. 때로는 보모를 지켜보는 것도 즐거웠다. 젊은 시절에는 이러한 광경을 자주 즐겼다. 아직 인생의 진열창 앞에 서 있을 때였다. 돈이 없어 가게에는 들어가지 못하고 나중에 운명이 자신에게 어떤 것을 선사할지 생각만 하던 시절이었다. 그런데 결과는 어떤가? 참으로 한심했다. 그는 한순간 젊은 시절의 긴장에 휩싸여 다시 흰 크로커스꽃과 초록빛 잔디 사이에 앉아 있는 듯했다. 그러나 곧 현실감각이 돌아와 그게 눈과 초록색 철제 의자라는 사실을 확인하게 되면 이상하게도 매번 자신의 수입이 떠올랐다. 돈은 인간에게 독립성을 부여했다. 그런데 그가 받는 월급은 가게 유지와 미래를 위한 합리적 저축에 다 들어갔다. 독립적으로 살기 위해선 본업 외에 뭔가 다른 일도 해야 했을 것이다. 다른 은행 고위 간부들처럼 자신에게 친숙한 증권 지식을 활용하는 것도 한 방법일 수 있었다. 그런데 이런 생각들은 놀이터에서 노는 여자애들을 바라볼 때만 찾아왔다. 그는 이 생각들을 뿌리쳤다. 사변에 필요한 기질이 없는 사람이었기 때문이다. 그는 한 부서를 책임지는 장이었다. 물론 명목상으로만 경영이사라는 직함을 갖고 있었고, 그것을 뛰어넘을 전망은 보이지 않았다. 그러나 자기같이 불쌍한 일벌레는 그전부터 허리를 너무 굽실거려서 이제는 자유롭게 허리를 펼 수도 없을 거라는 생각을 하며 일부러 스스로를 위축시켰다. 그는 이 공원 풍경 속에서 삶의 유혹을 폭로하는 귀여운 아이들과 보모, 그리고 자기 자신 사이에 뛰어넘을 수 없는 장애물을 설치하려고 스스로 이런 생각을 하는 것뿐이라는 사실을 알지 못했다. 그는 결국 어쩔 수 없는 가정형 인간이었다. 집에서의 지옥계를 가정의 신이자 명목상 경영이사를 둘러싼 천사계로 바꿀 수 있다면 모든 걸 내줄 인간이었다.

마찬가지로 공원을 좋아하는 울리히도 방향만 맞으면 공원을 가로질러갔다. 그렇게 해서 그 무렵 다시 피셸과 만나게 되었다. 피셸은 울리히를 보자마자 평행운동 때문에 자신이 집에서 그렇게 속 끓였던 일들이 한꺼번에 떠올랐다. 그는 젊은 친구가 나이 지긋한 친구의 초대를 별로 대수롭지 않게 여기는 것에 불만을 표했다. 물론 다른 말로 자신의 솔직한 마음을 털어놓았을 수도 있었을 것이다. 일시적인 우정도 세월에 따라 정말 가까운 사람끼리의 오랜 우정이 되기도 하니까 말이다.

오랜 친구 중 젊은 쪽은 이렇게 피셸을 다시 만나게 돼서 얼마나 기쁜지 모르겠다면서 자신이 맡은 하찮은 일 때문에 방문할 짬을 내지 못했다고 토로했다.

피셸은 시대의 좋지 않은 흐름과 어려운 사업을 한탄했다. 거기다 도덕의 일반적인 해이를 입에 올리면서, 물질만 중시하는 시대가 되었고 무슨 일을 해도 빨리빨리 하려고만 든다고 불평했다.

"문득 이사님이 부럽다는 생각이 들었습니다." 울리히가 말을 받았다. "사업가라는 직업이야말로 영혼의 진정한 요양소인 게 분명합니다. 최소한 이념적인 토대가 깨끗한 유일한 직업이지요!"

"그건 그렇소!" 피셸이 맞장구를 쳤다. "사업가는 인간의 진보에 기여하고 허락된 이익에 만족하죠. 이익을 취할 때도 꼭 남들만큼만 사악할 뿐입니다!" 그가 다소 우울한 목소리로 덧붙였다.

울리히는 그의 집까지 함께 가겠다고 했다.

집에 도착하자 집안에는 벌써 극도로 긴장된 분위기가 흐르고 있었다.

게르다의 친구 무리들이 다 모여 열띤 말싸움을 벌이는 중이었다. 이 무리에는 아직 고등학교에 다니는 친구도 있었고, 대학에 한두 학기 다니는 친구도 있었으며, 회사에 취직한 친구도 더러 있었다. 어쩌다 이렇게 다양한 사람들이 모이게 되었는지 자신들도 더는 몰랐다. 그냥 하나둘 차례로 합류했다. 일부는 민족주의적 성향의 대학생연합에서, 일부는 사회주의적 청년운동이나 가톨릭 청년운동 단체에서, 또 일부는 반더포겔*에서 만난 친구들이었다.

그들 모두가 유일하게 공유하고 있는 것이 레오 피셸이라고 말한다면 그건 가히 틀린 생각이 아니다. 정신운동이 지속되려면 물리적 토대가 필요한데, 그게 바로 피셸의 집이었다. 거기에는 클레멘티네 부인이

---

* '철새'를 뜻하는 단어로, 1896년에 조직되어 1933년까지 존속한 청년들의 집단 도보 운동단체다. 자연에 대한 사랑과 조국애를 토대로 허약한 도시 청년들을 대자연 속으로 끌어내 심신을 단련시키고자 했다.

제공하는 음식과 만남의 일정한 통제도 포함되어 있었다. 게르다는 이 집에 속했고, 한스 제프는 게르다에 속해 있었다. 깨끗하지 못한 안색과 그럴수록 영혼이 더욱 깨끗해지는 한스는 원래 이 모임의 지도자라고 할 수는 없었지만(이 청년들은 어떤 지도자도 인정하지 않았기 때문이다) 그들 사이에서 가장 열정적이었다. 이들은 가끔 다른 장소에서 모이기도 했는데, 그럴 때면 게르다 말고 다른 여자애들도 참석했다. 하지만 이 운동의 핵은 앞서 설명한 그 구성원들이었다.

이 모든 것에도 불구하고 이 청년들의 정신이 어디서 왔는지는 새로운 질병의 등장이나 도박의 긴 당첨 번호만큼이나 알쏭달쏭했다. 옛 유럽의 이상주의적 태양이 지기 시작하고 그 하얀 정신이 어두워졌을 때 많은 횃불이 이 손에서 저 손으로 옮겨졌다. 이념의 횃불이었다. 훔쳐왔거나 만들어낸 곳이 어디인지는 아무도 몰랐다! 다만 그 횃불들은 아래위로 너울거리는 자잘한 정신적 공동체의 불덩이들을 여기저기 생성시켰다. 그 결과 큰 전쟁이 일어나기 전 몇십 년 동안 젊은이들 사이에서는 사랑과 공동체에 대한 이야기가 회자되었고, 특히 피셸 이사 집에 모인 젊은 반유대주의자들은 모든 것을 아우르는 사랑과 공동체의 기치를 힘차게 내걸었다. 그들의 생각은 이랬다. 진정한 공동체란 내적 법칙의 결과다. 가장 심오하고 단순하고 완벽한 제일의 법칙은 사랑의 법칙이다. 앞서 언급했듯이 비천한 감각적 의미의 사랑을 말하는 것이 아니다. 육체적 소유는 물질적 소유욕의 일환이고, 오직 공동체를 분열시키고 해체시키는 작용만 할 뿐이다. 물론 모든 인간을 사랑할 수는 없다. 다만 개인이 엄격한 자기 책임하에 진정한 인간으로 성장하고자 한다면 각각의 성격을 존중해줄 수는 있다. 이런 식으로 그들은 사랑이라는 이름하에 모든 것들을 두고 싸웠다.

그런데 이날은 클레멘티네 부인에 맞서는 약간 날선 전선이 형성되어 있었다. 스스로가 젊다고 느끼고 싶어하는 그녀는 결혼으로 맺어진 사랑이 정말 자본의 이자 불리기와 공통점이 많음을 내심 시인하기는 했지만, 저들이 오직 순수 아리안들끼리만 있을 때만 상징을 만들어낼 수 있다는 이유로 평행운동에 유죄판결을 내리는 것은 결코 용납할 수 없었던 것이다. 부인은 간신히 자제하고 있었다. 게르다는 방을 떠날 생각을 하지 않는 엄마에게 분노해서 얼굴이 붉으락푸르락했다. 레오 피셸이 울리히와 함께 집에 들어섰을 때 게르다는 한스 제프에게 논쟁을 중지시키라는 신호를 몰래 보냈다. 한스는 화해의 목소리로 말했다. "결론적으로 말해서 우리 시대의 인간들은 뭔가 위대한 것을 만들어낼 능력이 없습니다!" 이 말로 그는 모두가 받아들일 수 있는, 무언가 개인적인 것이 개입되지 않은 표현을 했다고 믿는 듯했다.

불행하게도 이 순간 울리히가 대화에 끼어들어 한스에게 혹시 어떤 형태의 진보도 믿지 않는지 물었다. 피셸에 대한 약간의 짓궂음이 담긴 질문이었다.

"진보요?!" 한스가 깔보듯이 대답했다. "지금으로부터 백 년 전에 어떤 인물들이 있었는지 생각해보시죠. 그러고도 진보라는 말이 나오는지. 베토벤! 괴테! 나폴레옹! 헤벨!"

"마지막 인물은 백 년 전에 막 태어났을 뿐인데."

"요즘 젊은 친구들은 정확한 수치 개념이 없다니까!" 피셸 이사가 흐뭇하게 두둔했다. 울리히는 피셸의 말에는 관심을 두지 않았다. 그는 한스 제프가 자신에게 질투 섞인 경멸감을 가지고 있음을 알았다. 그러나 자신은 게르다의 이 특이한 친구들에게 여러모로 호감을 갖고 있었다. 때문에 그들 사이에 자리를 잡고 앉아 말을 이어갔다. "인간 능력의 개별 분야를 보면 도저히 따라잡을 수 없을 것 같다는 감정이 들 만큼 많은 진보가 이루어졌음은 부인할 수 없어요. 그래서 지금껏 어떤 형태의 진보도 없었던 것처럼 느끼게 되는 게 아닐까요? 하지만 가만히 생각해보면 진보는 모든 인간 노력의 공통된 결과입니다. 미리 말하자면 진정한 진보란 항상 누구도 원하지 않았던 바로 그것일 겁니다."

한스 제프의 짙은 색 앞머리가 파르르 떨리는 뿔처럼 울리히를 향했다. "진보란 누구도 원하지 않았던 것이라는 말을 당신한테서 듣게 되는군요! 여기저기서 꽥꽥거리는 소리는 많죠. 수없이 많은 길이 있지만, 가야 할 하나의 길은 없죠! 생각들도 많지만 영혼은 없죠! 특질도 없죠! 문장은 책장에서 뛰어내리고, 단어는 문장에서 뛰어내리고, 전체는 더는 전체가 아니라고 이미 니체가 말한 바 있습니다. 니체의 병적인 자기중심주의 역시 실존적 가치가 없다는 사실을 제쳐놓더라도 말입니다! 당신이 삶에서 따르는 확고하고 궁극적인 가치를 하나만 대보십시오!"

"그런 걸 지금 당장 어떻게 대나!" 피셸 이사가 항의했다. 그러나 울리히는 이렇게 물었다. "정말 당신은 궁극적 가치 없이는 살 수 없습니까?"

"없죠." 한스가 대답했다. "그 때문에 내가 불행할 수밖에 없다는 건 인정하죠."

"그럴 리가요!" 울리히가 웃었다. "세상만사는 우리가 스스로에게 너무 엄격하게 굴지 않고 궁극의 인식을 기다리지 않아서 가능한 겁니다.

중세는 그렇게 하는 바람에 무지한 상태로 남았죠."

"중세가 그랬다고요?" 한스 제프가 대답했다. "무지한 건 우리라고 생각합니다!"

"우리의 무지가 지극히 행복하고 변화무쌍하다는 걸 당신도 인정해야 합니다!"

등뒤에서 누군가 태연한 목소리로 투덜거렸다. "변화무쌍하다! 지식! 상대적 진보! 그건 자본주의로 부패한 시대가 만들어낸 기계적 사고방식의 개념이죠! 당신 말은 더 들을 것도 없겠습니다……"

레오 피셸도 혼자 뭐라고 웅얼거렸다. 그의 눈엔 울리히가 이 버르장머리 없는 어린 것들을 너무 오냐오냐 받아주는 듯했다. 그는 주머니에서 신문을 꺼내 펼쳐들고 그 뒤로 숨어버렸다.

그러나 울리히는 이 상황을 즐기고 있었다. "방 여섯 칸과 하녀 욕실, 진공청소기 등이 있는 시민계급의 현대적 가옥은 천장이 높고 벽이 두껍고 아치가 아름다운 옛 저택들에 비해 진보입니까, 아닙니까?" 그가 물었다.

"아니죠!" 한스 제프가 소리쳤다.

"비행기는 우편마차에 비해 진보입니까?"

"맞소!" 피셸 이사가 소리쳤다.

"수공업과 기계 중에 진보는요?"

"수공업!" 한스가 소리쳤다. 그러자 레오도 덩달아 소리를 높였다. "기계!"

울리히가 말했다. "나는 모든 진보는 동시에 퇴보라고 생각합니다. 진보는 항상 특정한 의미에서만 진보일 뿐입니다. 그런데 우리의 삶은 전체적으로 어떤 의미도 없기에 전체적인 진보도 없습니다."

레오 피셸이 신문을 내리며 말했다. "엿새 만에 대서양을 건너는 게 낫다고 생각하시오, 아니면 여섯 주 걸려서 가는 게 더 낫다고 생각하시오?!"

"나는 이렇게 말하고 싶습니다. 둘 다 할 수 있는 게 무조건 진보라고 말입니다. 물론 우리의 젊은 기독교인들은 거기에도 반발하겠지만요."

젊은 친구들은 팽팽하게 당긴 활시위처럼 꼼짝도 하지 않았다. 울리히가 그들의 혀를 마비시킨 것이다. 그러나 그들의 공격성까지 마비시키지는 못했다. 그는 차분하게 말을 이어갔다. "반대로도 말할 수 있습니다. 우리 삶에 개별적인 진보가 나타났다면 그건 개별적인 의미가 있는 겁니다. 예를 들어 예전에 신들에게 인간 제물을 바친다거나, 마녀를 불태운다거나, 분을 뿌린 가발을 썼던 일에도 하나의 의미가 있었다고 한다면 그 역시 의미심장한 삶의 감정으로 봐야 합니다. 물론 좀더 위생적인 생활 습관과 좀더 휴머니즘적인 태도가 진보를 대변한다고 하더라도 말입니다. 진보가 항상 예전의 의미를 지워버리려고 하는 건 잘못입니다."

피셸이 물었다. "우리가 그 끔찍했던 어둠의 시대를 무사히 극복한 지금 다시 그 인간 제물의 풍습으로 돌아가자는 거요?!"

"그걸 어둠의 시대라고 쉽게 단정지을 순 없습니다!" 한스가 울리히 대신 대답했다. "만일 무고한 토끼를 잡아먹는다면 그건 어둠입니다. 하지만 식인종이 종교적 제식하에 경건하게 이방인을 잡아먹는다면 우리는 그 식인 풍습 속에 무엇이 있었는지 알지 못합니다!"

"우리가 극복한 그 시대에는 정말 뭔가가 있었을 겁니다." 울리히가 한스 제프의 말에 힘을 실어주었다. "그렇지 않다면 그렇게 많은 선량한 사람들이 그 행위에 동의하지 않았을 테니까요. 아마 희생이 그리 크지 않다면 우리도 그걸 이용할 수 있을지 모릅니다. 아니, 어쩌면 인류의 예전 의미들을 극복할 올바른 방법이 무엇인지 한 번도 제대로 물은 적이 없기에 오늘날 훨씬 많은 사람들을 희생시키고 있지는 않을까요!? 어쨌든 이 모든 관계는 파악하기도 표현하기도 어렵습니다."

"하지만 당신의 사고방식 안에선 이상적인 목표는 항상 합계나 결산표의 형태로 남아 있을 수밖에 없습니다!" 마침내 한스 제프가 울리히를 향해 폭발했다. "당신은 피셸 이사와 마찬가지로 시민적 진보를 믿고 있어요. 다만 가능한 한 복잡하게 꼬고 뒤집어서 표현하죠. 당신의 본래 생각을 들키지 않으려고요!" 한스는 친구들의 의견을 이야기했다. 울리히는 게르다의 얼굴을 찾아 고개를 돌렸다. 그러더니 피셸과 젊은 친구들이 자신에게건 서로를 향해서건 공격할 준비가 되어 있는 것에는 신경도 안 쓰고 다시 한번 자신의 생각을 가다듬었다.

"한스, 당신은 하나의 목표를 추구합니까?" 울리히가 다시 물었다.

"추구하죠, 뭔가가. 내 속에서. 나를 통해." 한스는 짧게 대꾸했다.

"그걸 이룰 수 있을 것 같은가?" 레오 피셸이 비아냥거렸다. 그로써 그가 울리히 편으로 돌아섰다는 것은 그 자신만 빼고 다 알았다.

"그건 모르겠습니다!" 한스가 어둡게 대답했다.

"자네는 먼저 졸업시험부터 쳐야 돼. 그게 진보야!" 피셸의 입에서 자기도 모르게 이 말이 불쑥 튀어나왔다. 이 미성숙한 어린 것들뿐 아니라 자신의 친구에게도 적잖이 실망했기 때문이다.

순간 방안은 폭발 일보 직전처럼 보였다. 클레멘티네 부인은 남편에게 애원하는 듯한 눈길을 보냈다. 게르다는 한스의 폭발을 막으려 했다. 그러나 울리히에게 다시 한방 먹일 말을 찾아 속으로 씨름하던 한스가 선수를 쳤다. "근본적으로 당신도 피셸 이사로서는 찾아내지 못할 단 하나의 이념을 찾고 있지 않다고 확신합니까?"

이 말과 함께 한스는 방을 뛰쳐나갔고, 친구들도 화난 표정으로 서둘러 인사를 하고는 그를 따라 나갔다. 클레멘티네의 눈길에 떠밀리다시피 피셸 이사는 뒤늦게 집주인으로서의 의무를 떠올린 사람처럼, 투덜대며 현관으로 터벅터벅 걸어갔다. 젊은 친구들을 달래주기 위해서였다. 방안에는 이제 게르다와 울리히, 클레멘티네만 남았다. 부인은 안도의 한숨을 몇 번 내쉬었다. 방안의 공기가 이제야 맑아진 느낌이 들었기 때문이다. 그녀는 곧 일어났고, 울리히는 갑자기 게르다와 단둘이 있게 된 것을 알고는 깜짝 놀랐다.

103. 유혹

둘만 남자 게르다는 눈에 띄게 흥분했다. 울리히가 그녀의 손을 잡았다. 그녀의 팔이 떨리기 시작했다. 그녀가 손을 빼면서 말했다. "당신은 몰라요. 한스한테 목표가 어떤 의미인지! 물론 당신은 비웃겠죠. 하지만 그건 유치해요. 당신의 사고는 예전보다 한층 불결해졌어요!" 그녀는 최대한 심한 단어를 찾고 있는 자신에게 깜짝 놀랐다. 울리히가 다시 손을 잡으려 하자 그녀는 팔을 뒤로 뺐다. "이러지 말아요!" 그녀는 경멸스럽게 내뱉었지만 몸은 불안하게 떨렸다.

"알아." 울리히가 비웃듯이 말했다. "너희가 하는 모든 일은 최상의 요구에 걸맞은 것이어야겠지. 그 때문에 나는 네가 지금 친절하게도 설명한 그런 태도를 취하는 거고. 예전엔 내가 너와 얼마나 다른 식으로 대화했는지 모를 거야!"

"다르지 않았어요!" 게르다가 얼른 대답했다.

"난 항상 우유부단했어." 울리히는 이렇게 툭 던져놓고는 그녀의 얼굴을 유심히 살폈다. "내 사촌 집에서 일어나는 일을 좀 이야기해도 되겠어?"

게르다의 눈 속에 무언가가 어른거렸다. 울리히의 곁에 있을 때 불안해지곤 하던 것과는 확연히 구분되는 무엇이었다. 그녀의 내면에서는 울리히에게 들은 얘기를 한스에게 전해주고자 하는 욕구가 뜨겁게 불타올랐다. 물론 그런 내색은 하지 않았다. 울리히는 그것을 알아채고 약간의 만족감을 느꼈다. 하지만 곧 위험을 감지한 동물이 본능적으로 방향을 바꾸듯 다른 이야기를 시작했다. "예전에 내가 들려준 달 이야기 기억나? 우선 그 비슷한 이야기부터 들려주고 싶어."

"또 날 속이려는 거죠!" 게르다가 받아쳤다.

"가능한 한 그러지 않을게! 너도 아마 대학에서 들은 강의를 통해 어떤 것이 법칙인지 아닌지 알려고 할 때 사람들이 어떻게 하는지 기억할 거야. 먼저 그게 하나의 법칙이라는 근거가 처음부터 주어진 경우가 있어. 예를 들면 물리학이나 화학처럼. 이 경우 찾고자 하는 값이 관찰로 정확히 도출되지 않더라도 일정한 방식으로 그 값을 둘러싼 근거들을 통해 값을 계산해내지. 두번째는 삶에서 흔히 볼 수 있듯이 그런 근거들이 없는 경우야. 어떤 것이 법칙인지 우연인지 알 수 없는 현상과 마주하면 인간적인 관심이 생겨나. 그 경우 맨 먼저 많은 관찰을 통해 일련의 수치가 나오고, 그걸로 몇 개의 범주를 나눠. 이 값과 저 값, 다음 값과 그다음 값 사이에 어떤 수치들이 있는지 분류하는 거지. 그런 식으로 계속해나가면 일련의 빈도 양식이 만들어져. 그러면 어떤 일의 빈도가 체계적으로 증가했는지, 감소했는지가 드러나고, 안정된 수열이나 분포함수를 얻게 돼. 그런 다음 편차의 정도와 편차의 평균치, 임의의 값에서 편차의 정도, 중앙값, 표준값, 평균값, 분산 등을 계산해내고, 그 모든 개념을 동원해서 주어진 현상을 연구하지."

울리히는 이 모든 걸 차분하게 설명하듯이 말했다. 스스로 생각을 정리하려는 것인지, 아니면 학문적 내용으로 게르다에게 최면을 걸며 즐기고 있는 것인지는 구별하기 어려웠다. 게르다는 그와 거리를 두었다. 몸을 앞으로 숙인 채 안락의자에 앉아 미간을 찌푸리며 바닥을 내려다보았다. 누가 이렇게 사무적인 톤으로 설명하면서 고도의 이해력을 요구하면 반발심도 수그러들 수밖에 없었다. 아울러 반발심에 뿌리를 둔 자기 확신까지 서서히 사라지는 것이 느껴졌다. 그녀는 상업학교를 마치고 대학에서 몇 학기를 공부하면서 인문주의적 고전 정신의 낡은 틀 속에 갇히지 않은 새 지식을 무수히 접했다. 오늘날 낡은 농기구로는 개간할 수 없는 신세계와도 같은 새로운 시대를 맞아 이런 교육과정에 무력감을 느끼는 젊은이들이 많았다. 그녀는 울리히의 말이 어디에 연결되어 있는지 몰랐다. 그를 사랑했기에 그를 믿었지만, 그보다 열 살이나 젊은 자신은 소모되지 않은 새 세대에 속해 있다고 생각했기에 그를 믿지 않았다. 이 두 감정은 이야기를 듣는 내내 지극히 모호한 방식으로 뒤섞여 있었다. 그가 말을 이어갔다. "마지막으로 하나의 자연법칙으로 여길 근거는 없지만 자연법칙과 똑같아 보이는 관찰들이 있어. 통계에 입각한 수열의 규칙성은 때로 법칙의 규칙성과 비슷해. 너도 분명 사회학 강의를 통해 그런 예를 알고 있을 거야. 미국의 이혼 통계나, 가장 항구적인 비례 관계를 보여주는 남아와 여아 출생비가 그 예가 되겠지. 병역 의무자들 중에 매년 상당히 비슷한 수의 사람들이 자해로 병역기피를 하는 것도 마찬가지고. 또는 유럽인이 자살하는 비율도 매년 거의 비슷해. 그 밖에 매년 발생하는 강도와 성폭행, 그리고 내가 알기로는 파산도 대략 비슷한 빈도로 일어나……"

이 대목에서 게르다는 반발심이 치밀었다. "나한테 진보를 설명하고 싶은 거예요?!" 그녀는 이렇게 소리치며 최대한 빈정거리는 톤을 느끼게 하려고 애썼다.

"물론이지!" 울리히는 이렇게 대답하고는 곧바로 말을 이어갔다. "좀 애매하기는 하지만 그건 '큰 수의 법칙'이라 부를 수 있어. 누군가는 이런 이유로, 누군가는 저런 이유로 자살하지만 무척 큰 수로 볼 때 그런 개인적이고 우연적인 이유들은 사라진다는 뜻이지. 남는 건, 그래, 뭐가 남을까? 내가 물으려고 했던 게 바로 이거야. 너도 알다시피 남는 건 우리 같은 문외한들이 그냥 쉽게 평균이라고 부르는 거지. 그게 뭔지 제대로 알지도 못하면서. 덧붙이자면 사람들은 큰 수의 법칙이라는 이것을 논리적 형식적으로 설명하려고 많은 노력을 기울여왔어. 그러니까 지극히 당연한 사실로 받아들이려고 한 거지. 그와 반대로, 서로 인과적으로 연결되지 않은 현상들의 규칙성은 일반적인 사고방식으론 설명될 수 없다고 주장하는 사람들도 있어. 또한 현상을 설명하는 다른 많은 분석들 외에, 개별 사건뿐 아니라 어떤 미지의 전체 법칙이 중요하다고 주장하는 사람들도 있고. 괜히 세밀한 부분까지 들어가 골치 아프게 만들고 싶지는 않아. 나도 더는 기억하지 못하기도 하고. 다만 내 개인적으로 정말 중요한 게 있어. 이해할 수 없는 공동의 법칙이 그 밑에 깔려 있는지, 혹은 그냥 단순히 자연의 아이러니를 통해 어떤 특별한 일도 일어나지 않는다는 사실에서 특별함이 생겨날 뿐인지, 또 아주 깊은 무의미의 평균을 통해 지고의 의미에 도달할 수 있는지 알아내는 것이지. 그건 이런저런 지식처럼 우리 삶의 감정에 결정적인 영향을 주는 게 분명해! 어쨌든 정돈된 삶의 모든 가능성은 이 큰 수의 법칙에 기반하고 있으니까. 만일 이 평균의 법칙이 없다면 어떤 해에는 아무 일도 일어나지 않을 것이고, 이듬해에는 신뢰할 만큼 확실한 것은 없을 것이고, 어떤 해에는 기근과 홍수가 교대로 일어나고, 어떤 해에는 그냥 아이들이 너무 적게 태어나거나 너무 많이 태어날 뿐일 거야. 그러면 누군가 새장 가까이 다가가면 불안하게 파드득거리는 작은 새들처럼 인류 역시 최고의 가능성과 최악의 가능성 사이에서 널뛰기를 하게 되겠지."

"그게 다 사실이에요?" 게르다가 망설이듯 물었다.

"그건 너도 알고 있을 텐데."

"물론이죠. 그중 몇 가지는 나도 알고 있으니까. 그런데 아까 다른 사람들과 논쟁할 때 당신이 그런 뜻으로 말했는지는 잘 모르겠어요. 당신이 진보에 대해 했던 말은 그냥 모두를 화나게 하려는 말처럼 들렸으니까요."

"넌 항상 그렇게 생각해. 하지만 진보가 뭔지 우리가 뭘 알지? 아무것도 없어! 어떻게 될지는 아무도 몰라. 그저 수많은 가능성이 있고, 난 그중 하나를 말했을 뿐이야."

"어떻게 될 수 있을까, 하고 말이죠! 당신은 항상 그런 식으로 생각해요. 어떻게 되어야 하는지에 대해서는 결코 답을 찾으려고 하지 않아요!"

"넌 너무 서둘러! 언제나 하나의 목표, 하나의 이상, 하나의 프로그램, 하나의 절대적인 것을 찾으려 하지. 하지만 결국 나오는 건 타협이고 평균일 뿐이야! 겨우 중간 정도의 것을 만들어내려고 항상 극단적인 것을 욕망하고 행하는 것이 장기적으로 피곤하고 가소롭다는 생각이 안 들어?"

근본적으로 이것은 디오티마와 나눈 대화와 똑같았다. 단지 결만 달랐다. 그래서 말의 이면으로 들어가면 서로 얼마든지 통할 수 있었고, 앞에 어떤 여자가 앉아 있는지도 상관없었다. 앞에 있는 여자는 이미 현존하는 정신적 자기장에 끌려들어와 특정한 과정을 진행시키는 몸뚱이일 따름이었다! 울리히는 자신의 마지막 질문에 답하지 않는 게르다를 유심히 살펴보았다. 깡마른 꼬챙이처럼 앉은 그녀의 미간에 불쾌함을 드러내는 작은 주름이 잡혀 있었다. 블라우스 틈새로 보이는 가슴에도 세로로 깊은 골이 파여 있었다. 팔과 다리는 길고 부드러웠다. 때이른 한여름 열기에 축 늘어진 봄 같았다. 이런 인상과 함께 그는 젊은 몸 안에 갇힌 그녀의 고집에 부딪히는 느낌이 들었고, 혐오와 냉정함이 묘하게 뒤섞인 감정에 사로잡혔다. 왜냐하면 결정을 내릴 때가 예상보다 가까워진 것 같았을 뿐 아니라 이 젊은 여자가 그의 결정에 영향을 줄 운명을 타고났다는 느낌이 갑자기 들었기 때문이다. 그는 자기도 모르게 평행운동에서 만난 이른바 '젊은 세대들'에 대한 인상을 이야기하기 시작했고, 게르다를 깜짝 놀라게 할 다음의 말로 끝맺었다. "그 친구들은 거기서도 아주 급진적이었고 나를 환영하지 않았어. 물론 나도 똑같이 갚아줬지. 나 또한 내 나름의 방식으로는 급진적인 사람이니까. 더구나 난 어떤 형태의 무질서도 정신적 무질서보다는 쉽게 견뎌내. 아이디어들이 제각각 펼쳐지는 것도 좋아하지만 하나로 합쳐지는 것도 좋아하고, 아이디어의 진동뿐 아니라 밀도도 원하지. 내겐 없어선 안 될 소중한 친구인 네가 날 비난하는 이유도 바로 여기에 있어. 내가 항상 일이 어떻게 되어야 하는지는 생각지 않고 어떻게 될 수 있을까만 생각한다는 거지. 나는 이 둘의 차이를 알아. 어쩌면 그건 현대를 살아가는 사람으로서 가장 시대에 맞지 않는 특성일지 몰라. 오늘날만큼 지적 엄정함과 감정생활이 그렇게 멀리 떨어져 있었던 시대는 없었기 때문이지. 심지어 우리의 기계적 정확함은 불행히도 삶의 부정확함을 적절한 보충물로 삼을 정도로 발전해버렸어. 너는 왜 날 이해하지 못할까? 어쩌면 그럴 능력이 아예 없어서 그런지 몰라. 그렇다면 시대에 익숙한 네 머리를 혼란시키는 내가 나쁜 거야. 게르다, 난 가끔 내가 틀린 게 아닐까, 진심으로 자문하곤 해. 어쩌면 내가 좋아하지 않는 그 사람들이 실은 내가 한때 이루고자 했던 것을 이루는 중인지도 몰라. 물론 그들은 그것을 잘못 이루려 하고, 생각 없이 행동하고, 각자 자신이 세상에서 유일무이하다고 여기는 생각을 떠들어대면서 누구는 이리로, 누구는 저리로 달려가고 있을 수도 있겠지. 그들 하나하나는 정말 똑똑해 보여. 모든 책임을 불모의 시대에 돌리는 것도 똑같고. 하지만 그 반대일 수도 있어. 그들 각자는 어리석지만 함께 뭉치면 생산적으로 나타나지 않을까? 오늘날 모든 진리는 상반된 두 개의 거짓으로 쪼개져 세상에 나타나는 것 같은데, 이 또한 개인적인 것을 초월하는 결과에 이르는 방법일 수 있어! 그 경우 최종적인 균형과 모든 시도들의 총계는 이제 견디기 어려울 만큼 일면적으로 변해버린 개인 안에 나타나는 게 아니라, 전체가 일종의 실험 공동체가 돼. 한마디로 고독 때문에 이따금 도를 넘는 행동을 하는 늙은 남자를 너그럽게 봐달라는 말이지!"

"이미 다 나한테 이야기한 것들이잖아요!" 게르다가 침울하게 대답했다. "그런 생각을 왜 책으로 안 쓰죠? 당신한테나 우리한테나 도움이 될 텐데."

"내가 어떻게 책을 쓸 생각을 하겠어?! 나를 낳은 건 잉크병이 아니라 어머니야!"

게르다는 울리히의 책이 정말 누군가에게 도움이 될까 생각해보았다. 그녀도 자신이 아는 주변의 모든 청년들처럼 책의 힘을 과대평가하고 있었다. 두 사람이 입을 다물자 집 전체가 침묵에 잠겼다. 피셸 부부는 자리를 박차고 떠난 손님들을 뒤따라 집밖으로 나간 것 같았다. 게르다는 힘센 남자 몸이 뿜어내는 압박감을 느꼈다. 그러지 않으려고 굳게 마음먹어도 둘만 있으면 항상 그랬다. 그녀는 그 압박감에 저항했고, 몸을 떨기 시작했다. 그걸 눈치챈 울리히가 일어나 게르다의 연약한 어깨에 손을 얹었다. "게르다, 내가 제안을 하나 하지. 도덕도 기체분자운동론과 비슷하다고 생각해봐. 기체는 규칙 없이 무질서하게 날아다니고, 자기 멋대로 움직여. 그런데 곰곰이 생각해보면, 그럴 이유가 전혀 없는데도 뭔가가 실제로 생겨나! 그런 기묘한 연관이 있을까! 특정한 아이디어들이 지금 여기저기 혼란스럽게 떠다니고 있다고 가정해봐. 그것들에서 개연성이 아주 높은 중간치가 나오고, 그것은 시간이 가면서 아주 천천히 저절로 변해. 그게 바로 '진보'니 '역사'니 하는 상태지. 그런데 중요한 건, 여기서 우리의 개인적이고 개별적인 움직임은 아무 문제가 되지 않는다는 사실이야. 우리가 좌로 생각하건 우로 생각하건, 고결하게 행동하건 비열하게 행동하건, 신식으로 생각하건 구식으로 생각하건, 내키는 대로 살건 신중하게 살건 상관없어. 중간치엔 아무 영향도 안 줘. 결국 신과 세상에 중요한 건 중간치야, 우리가 아니고!"

울리히는 이 말을 하면서 그녀를 두 팔로 안으려는 자세를 취했다. 속으로는 자제해야 한다고 느끼면서도.

게르다는 화를 냈다. "당신은 처음엔 항상 깊이 있게 시작하다가 나중에는 어느 집 개 짖는 소리처럼 바뀌어요!" 그녀는 두 뺨이 울긋불긋해질 정도로 달아올랐고, 입술에선 땀까지 나는 듯했다. 그런데 왠지 모르게 흥분한 모습이 아름다웠다. "당신이 추구하는 바로 그게 우리가 원치 않는 일이에요!" 울리히는 유혹을 참지 못하고 나직이 물었다. "소유가 모든 걸 죽인다고?"

"그 문제로 당신과 이야기하고 싶지는 않아요!" 게르다도 나직이 대답했다.

"인간이건 물건이건 소유하는 건 결국 같아." 울리히가 말을 이어갔다. "나도 그건 알아. 게르다, 나는 네 생각보다 너와 한스를 더 잘 이해하고 있어. 한스와 네가 원하는 게 뭐야? 말해봐."

"그럴 줄 알았어요. 없어요. 원하는 건 아무것도 없어요!" 게르다가 의기양양하게 소리쳤다. "그건 말로 할 수 있는 게 아니에요. 아버지도 항상 그랬죠. 내가 원하는 걸 분명히 말해보라고. 그러면 그게 얼마나 터무니없는 것인 줄 알게 될 거라고. 그런데 명확히 보자면 모든 게 터무니없죠! 모든 걸 이성적으로만 생각하면 우리는 결코 틀에 박힌 수준을 넘지 못해요! 당신의 합리주의로 또 반박해보시죠!"

울리히는 고개를 저었다. "라인스도르프 백작에 대한 반대 시위는 어떻게 된 일이지?" 그는 이 문제가 마치 같은 맥락이라는 듯이 부드럽게 물었다.

"호, 이젠 염탐까지 해요!" 게르다가 소리쳤다.

"그렇게 생각해도 괜찮으니까 말해봐. 나를 스파이라고 생각해도 상관없어."

게르다는 당황했다. "특별한 건 없어요. 그냥 독일 젊은이들의 시위예요. 거리 행진을 하고 반대 구호를 외치겠죠. 평행운동은 수치스러운 일이니까!"

"왜지?"

게르다는 어깨를 으쓱했다.

"좀 앉아봐!" 울리히가 말했다. "넌 과장하고 있어. 차분히 이야기해봐."

게르다는 고분고분 따랐다. 울리히가 말을 이었다. "일단 내가 네 생각을 제대로 이해하고 있는지 들어봐. 넌 소유가 모든 걸 죽인다고 했어. 여기서 네가 맨 먼저 떠올리는 건 돈과 부모겠지. 그게 죽은 영혼이라는 건 나도 동의해……"

게르다는 거만한 자세를 취했다.

"이제 돈 말고 다른 종류의 소유에 대해 이야기해보지. 자기 자신의 주인이 된 인간도 있고, 확신을 가진 인간도 있고, 반대로 타인이나 자신의 열정에 소유권을 넘기거나 단순히 습관이나 성공에 소유당한 인간도 있어. 뭔가를 정복하려는 인간도 있고, 뭣이건 원하는 인간도 있어. 이 모두를 넌 거부해. 방랑자가 되고 싶은 거지. 내 기억이 틀리지 않다면, 한스도 영원히 떠도는 방랑자라는 말을 입에 올렸어. 뭔가 다른 의미와 존재를 찾는 방랑자인가, 내 말이 맞나?"

"경악스러울 정도로 딱 맞아요. 지능이 영혼의 훌륭한 모방자라는 걸 새삼 깨닫게 되네요!"

"지능도 소유의 영역에 속하나? 지능은 측정하고, 재고, 분류하고, 수집하지. 경험 많은 은행가처럼. 하지만 오늘 내가 우리의 영혼과 관련이 깊은 이야기를 많이 해주지 않았나?"

"그건 차가운 영혼이에요!"

"물론 맞는 말이야, 게르다. 그럼 이제 내가 왜 차가운 영혼이나 심지어 은행가 편에 서는지 그 이유를 말하면 되겠군."

"비겁하기 때문이죠!" 울리히는 그녀가 이 말을 하면서 죽음의 공포에 떠는 어린 동물처럼 이빨을 드러내는 것을 보았다.

"그래, 왜 아니겠어." 그가 대답했다. "하지만 다른 건 몰라도 이거 하나는 믿어줬으면 좋겠어. 나는 모든 도주 시도가 아버지에게 다시 돌아가게 될 거라는 확신에 조금이라도 틈이 생기면 도주를 위해 피뢰침이나 하다못해 벽의 작은 돌림띠 위에라도 올라갈 남자야!"

게르다는 예전에 울리히와 비슷한 대화를 나눈 뒤로는 이런 대화에 휘말려들기를 거부했다. 그 대화에 담긴 감정은 오직 그녀와 한스의 것이었다. 그녀는 울리히의 냉소보다 그의 동의가 훨씬 더 두려웠다. 그가 동의를 표하면 그녀는 그게 실제로 그녀 편을 드는 것인지, 아니면 모독을 하는 것인지 판단이 서기도 전에 무방비 상태로 자신을 넘겨주었기 때문이다. 아까 그의 우울한 말에 깜짝 놀랐던 순간부터 그 말의 결과를 견뎌야 하는 지금 이 순간까지 그녀는 내적으로 엄청나게 흔들리고 있었다. 물론 울리히도 상태가 비슷했다. 예전에는 이 아가씨에 대한 자신의 영향력을 삐딱한 마음으로 즐겼지만 지금은 그런 게 없었다. 게르다를 진지하게 여기지 않던 그의 태도에는 정신적 혐오감도 일부 포함되어 있었기에 대개 입을 열면 불쾌한 말이 튀어나오곤 했는데, 그러던 것이 얼마 전부터 바뀌었다. 그녀에게 세상을 열심히 변호하면 할수록 점점 더 괴상한 욕구에 끌리고 있었던 것이다. 그녀에게 자신의 속마음을 털어놓고 아무 악의나 겉치레 없이 자기 속을 보여주거나, 반대로 민달팽이처럼 하나도 가리지 않은 그녀의 속을 보고 싶다는 욕구였다. 때문에 그는 생각에 잠긴 표정으로 그녀의 얼굴을 바라보며 말했다. "나는 내 시선을 네 두 뺨 사이에 고정시킬 수 있어. 하늘에 떠 있는 구름처럼. 구름이 하늘에 머물길 좋아하는지는 잘 모르겠지만. 아무튼 나는 신이 우리를 장갑처럼 쥐고 자신의 손등 위로 아주 천천히 뒤집는 순간을 남들만큼은 알고 있어! 너와 네 친구들은 너무 경솔해. 너희는 우리가 살아가는 긍정적인 세계에 대한 부정을 감지하고는 곧장, 긍정적 세계는 부모와 나이든 사람들의 것이고 그림자 같은 부정적 세계는 새로운 청년들의 것이라고 주장해. 게르다, 난 네 부모의 스파이 노릇을 하고 싶지 않아. 하지만 네가 은행가와 천사처럼 순수한 사람 사이에서 선택할 때 은행가라는 직업의 좀더 현실적인 측면도 고려해봤으면 좋겠어!"

"차 드실래요?!" 게르다가 날카롭게 말했다. "불편한 점 있으면 얼마든지 말씀하세요. 이 집의 완벽한 딸의 모습을 보여줄 테니까." 그녀는 다시 냉정을 되찾고 있었다.

"네가 한스와 결혼하다고 쳐."

"난 한스와 결혼할 마음이 없어요!"

"무언가 계획 같은 건 있어야지. 이대로 계속 부모와 대립하면서 살 순 없잖아."

"나는 언젠가 집을 나가 독립할 거고, 그때도 우린 친구로 남을 거예요!"

"게르다, 난 그냥 네가 한스와 결혼하거나 그 비슷한 상황을 가정해보라는 거야. 이대로 계속 가다보면 꼭 그러지 말라는 법도 없잖아. 그렇다면 세상과 등진 상태에서 네가 아침에 어떻게 이를 닦고, 한스가 소득세 신고서를 어떻게 수령할지 계획을 세워볼 수도 있잖아."

"그런 걸 알아야 해요?"

"네 아버지라면 그렇다고 대답할 거야. 세상과 등진 상태가 어떤 것인지 안다면. 안타깝지만 일반 사람들은 비일상적인 체험을 자신들이 탄 인생의 배 밑바닥에 깊숙이 쌓아두기만 해서 그런 것이 있다는 것조차 알아채지 못해. 좀더 단순한 문제를 생각해보지. 넌 한스한테 남편으로서 신의를 지키라고 요구할 건가? 신의도 소유의 복합적 관념 가운데 하나일 텐데! 그렇다면 한스가 다른 여자를 통해 영혼의 고양을 느끼더라도 넌 아무렇지 않아야 해. 심지어 네가 생각하는 그 법칙들에 따르면 남편의 부정을 오히려 네 인생을 풍요롭게 하는 것으로 받아들여야겠지!"

"우리가 그런 문제에 대해 이야기하지 않았다고 생각해요? 단번에 새로운 인간이 될 수는 없어요. 그런데도 그걸 반대 근거로 삼는 건 아주 편협한 짓이에요!"

"네 아버지가 요구하는 건 네 생각과는 완전히 달라. 네 아버지는 이 문제를 너와 한스보다 더 잘 안다고 생각하지 않아. 다만 네가 뭘 하는지 모르겠대. 네 아버지는 권력이 무척 이성적이라는 걸 알고 있어. 자기에다 너희 둘을 합쳐도 권력의 이성을 못 따라간다고 믿어. 한스가 돈 걱정 없이 학업을 마칠 수 있도록 네 아버지가 금전적인 지원을 해주는 건 어때? 그래서 일정한 시험 기간을 두고 지켜본 뒤 결혼까지는 아니더라도 둘의 만남을 완강하게 반대하지는 않겠다고 약속하면? 단 그 기간이 끝날 때까지는 너희 둘이 만나는 건 안 돼. 그러니까 지금처럼은 절대 안 돼. 그런 조건이야."

"당신도 동의했어요?"

"나는 네 아버지가 어떤 사람인지 설명하고 싶었을 뿐이야. 네 아버지는 섬뜩한 힘을 가진 어둠의 신이야. 돈만 있으면 한스를 자기가 원하는 곳으로, 그러니까 이성적 현실로 데려갈 수 있다고 믿어. 일정한 월급을 받는 사람은 그렇게 바보같이 행동할 리가 없다고 생각하는 거지. 어쩌면 네 아버지는 몽상가일지 몰라. 그래도 난 네 아버지가 경탄스러워. 타협이나 평균, 건조함, 죽은 숫자만큼. 악마를 믿지는 않지만 만일 믿는다고 친다면 나는 네 아버지를, 최고 기록을 위해 정신없이 천국으로 몰아가는 트레이너라고 생각해. 네 아버지와 약속했어. 너를 압박해서 네 머릿속에 현실 말고 다른 건 남아 있지 않도록 하겠다고."

울리히는 이 말을 하면서 마음이 편치 않았다. 게르다는 활활 타오르는 모습으로 그 앞에 서 있었다. 두 눈엔 눈물과 분노가 층을 이루고 있었다. 순간적으로 그녀와 한스 앞에 장애물이 치워지고 새 길이 뚫렸다. 그런데 울리히는 배신을 한 것일까, 아니면 한스와 그녀를 도우려고 한 것일까? 알 수 없었다. 두 경우 다 그녀를 불행하게도 하고 행복하게도 했다. 그녀는 혼란 속에서 그를 의심했다. 그러면서도 그들 사이에 성스러운 유대감이 존재한다는 사실을 뜨겁게 느꼈다. 그는 그런 면을 내비치려고 하지 않았지만.

울리히가 덧붙였다. "물론 네 아버지는 그사이에 내가 너한테 구혼해서 네 생각을 돌려놓길 원해."

"그건 불가능해요!" 게르다가 간신히 내뱉었다.

"그래, 우리 사이엔 불가능한 일이지." 울리히가 부드럽게 반복했다. "하지만 이대로 계속될 수도 없어. 난 너무 멀리 갔어." 그는 웃으려고 했다. 그러는 자신이 너무 역겨웠다. 이 모든 건 그가 정말 원치 않는 일이었다. 문득 영혼의 우유부단함을 느끼며 스스로가 경멸스러웠다. 영혼의 우유부단함이 그의 내면에 잔인함을 야기했기 때문이다.

순간 게르다가 경악스러운 눈으로 그를 바라보았다. 갑자기 그녀가 너무 가깝게 다가간 불꽃처럼 아름답게 느껴졌다. 형체는 없고 의지를 마비시키는 온기만 있는 불꽃이었다.

"언제 한번 날 찾아와!" 그가 제안했다. "여기서는 편하게 얘기할 수가 없어." 그의 눈에 수컷의 무자비한 공허함이 흘렀다.

"싫어요." 게르다는 거부했다. 그러고는 시선을 돌렸다. 울리히는 그녀가 마치 이렇게 눈을 돌린 뒤에야 자기 앞에 다시 솟구쳐오르기라도 한 것처럼 그녀를 슬프게 바라보았다. 힘겹게 숨을 쉬고 있는, 아름답지도 못생기지도 않은 아가씨를. 그의 입에서 깊은 한숨이 새어나왔다.

한 치의 거짓도 없는 솔직한 한숨이었다.

104. 전투 상황에 돌입한 라헬과 졸리만

투치 집의 고결한 사명과 거기 모인 많은 사유들 사이를 여기저기 그림자처럼 재빠르게 돌아다니는 열정적인 비非독일인이 하나 있었다. 어린 하녀 라헬 말인데, 모차르트의 음악이 하녀의 모습으로 나타난 것만 같았다. 그녀는 현관문을 열어주면서 늘 팔을 반쯤 벌려 손님의 코트를 받을 준비를 했다. 울리히는 가끔 그녀가 자신과 투치 집의 관련성을 알고 있는지 궁금했다. 그래서 그녀의 눈을 들여다보려고 했지만, 라헬은 그의 시선을 피해버리거나, 검은 비단 조각처럼 잘 보이지 않는 두 눈으로 그의 시선을 무심히 받아냈다. 처음 봤을 때는 그녀의 시선이 지금과 달랐다. 울리히는 그것을 똑똑히 기억하고 있었다. 게다가 대기실의 어두운 구석에서 다른 눈 한 쌍이 커다란 흰 달팽이집처럼 끈끈하게 라헬을 향해 있는 것도 몇 번 목격했다. 졸리만의 눈이었다. 그런데 라헬의 그런 쭈뼛거리는 태도가 그 소년 때문인지는 명확하지 않았다. 라헬이 졸리만의 시선에 답하는 일은 별로 없었고, 손님이 왔음을 알리고는 바로 조용히 방을 나갔기 때문이다.

진실은 호기심어린 상상보다 더 낭만적이었다. 라헬은 졸리만의 집요한 빈정거림을 통해 아른하임의 눈부신 모습 뒤에 숨은 수상쩍은 술책을 의심하게 되었고, 거기다 디오티마에 대한 어린아이 같은 경탄조차 조금씩 식기 시작하면서 하녀로서의 올바른 몸가짐과 헌신적인 봉사에 필요한 모든 열정을 울리히에게 집중하기로 한 것이다. 그녀는 졸리만의 말을 듣고 이 집에서 일어나는 일을 감시해야 한다는 확신이 생긴 뒤로 시중을 들 때나 문 뒤에 서서 손님들의 이야기를 열심히 엿들었고, 투치 국장과 디오티마의 대화에도 종종 귀를 기울였다. 때문에 울리히가 디오티마와 아른하임 사이에서 차지하고 있는 위치, 그러니까 적대감과 애정이 뒤섞인 그 위치가 낯설지 않았을 뿐 아니라 자기 감정, 즉 아무 의심도 하지 않는 여주인에 대한 반감과 후회 사이에서 흔들리는 감정과도 일치하는 듯했다. 오래전에 느낀 거지만, 울리히가 자신에게 무언가 원하는 게 있는 것 같다는 느낌도 기억났다. 물론 그가 자신을 좋아할지도 모른다는 생각은 전혀 하지 않았다. 집에서 쫓겨난 뒤로 갈리시아의 가족에게 자신이 얼마나 성공했는지 보여주고 싶었던 라헬은 무언가 큰 행운을 꿈꾸었다. 기대하지 않았던 유산을 받게 되거나, 자신이 귀족의 잃어버린 자식이라는 사실이 밝혀지거나, 우연히 제후의 목숨을 구해주는 일 같은 행운 말이다. 이 집을 들락거리는 한 신사의 마음에 들어 그의 애인이 되거나 어쩌면 결혼까지 할 수 있으리라는 단순한 가능성은 전혀 떠올리지 못했다. 어쨌든 그 때문에 그녀는 울리히를 잘 모실 준비가 되어 있었다. 울리히가 슈툼 장군과 친분이 있다는 사실을 알고 나서 그 장군에게 초대장을 보낸 것도 바로 라헬과 졸리만이었다. 물론 꼭 그 때문에 초대장을 보낸 것은 아니었다. 지금까지의 과정을 보았을 때 일이 진척되려면 장군 같은 인물이 필요할 거라는 판단도 어느 정도 작용했다. 그런데 라헬이 집의 요정처럼 울리히와의 은밀한 합의 속에서 행동했기에 그의 행동을 호기심어린 눈으로 감시하던 그녀와 울리히 사이에 격렬한 동일시 감정이 생겨난 것은 피할 수 없었다. 이러한 동일시를 통해 그녀가 몰래 관찰하던 그의 입술과 눈, 손가락의 모든 움직임은 큰 무대의 배우가 되었고, 라헬은 그런 무대에 볼품없이 세워져 이를 열정적으로 바라보는 인간이 되었다. 그녀는 이런 상호관계가 열쇠 구멍 앞에 쪼그리고 앉아 있을 때의 꽉 쪼이는 옷만큼 가슴을 강하게 짓누르는 것을 선명하게 깨달아 갈수록 자신이 점점 더 타락하는 느낌이 들었다. 그럴수록 졸리만의 노골적인 구애를 좀더 분명하게 거절하지 못했기 때문이다. 울리히는 알 리가 없었지만, 그것이 바로 그녀가 울리히의 호기심에 경외심에 가까운 열정으로 응대하고, 훌륭한 수업을 받은 모범적인 하녀로 보이려 애쓴 이유였다.

울리히는 천성적으로 부드러운 사랑을 타고난 것 같은 이 인간이 반항적인 불감증으로 보일 만큼 왜 그렇게 정숙하게 구는지 궁금했지만 그 이유를 찾지 못했다. 그런 불감증은 좋은 가문의 여자들에게서만 드물지 않게 나타났던 것이다. 어쨌든 그는 생각을 바꾸었고, 어느 날 뜻밖의 장면을 보면서 약간 실망하기도 했다. 아른하임이 막 도착했을 때였다. 졸리만은 대기실 구석자리로 찾아들었고, 라헬은 평소처럼 재빨리 자기 방으로 기어들어갔다. 울리히는 아른하임의 등장으로 소란해진 틈을 타 외투에서 손수건을 가져오려고 했다. 대기실의 불빛은 다시 꺼져 있었다. 울리히는 출입구의 그림자에 숨어 대기실을 떠난 것처럼 속이려고 문을 열고 닫았다. 그것을 눈치채지 못한 졸리만은 조용히 일어나더니 윗옷에서 커다란 꽃 한 송이를 조심스럽게 꺼냈다. 희고 아름다운 아이리스였다. 졸리만은 잠깐 꽃을 바라보더니 살금살금 부엌 쪽으로 움직이기 시작했다. 라헬의 방이 어디에 있는지 알고 있던 울리히도 무슨 일이 벌어지는지 궁금해서 살며시 뒤쫓아가보았다. 졸리만은 문 앞에서 걸음을 멈추고 꽃에다 입을 지그시 맞추더니 급히 문손잡이에 줄기를 두 번 감아 그 끝을 열쇠 구멍 속에 밀어넣었다.

라헬에게 아이리스를 주려고 도중에 주인 몰래 꽃다발에서 한 송이를 빼내 감추기란 쉽지 않았을 테고, 라헬도 그 노력을 가상히 여길 줄 알았다. 그러나 이런 일을 하다가 걸려서 해고당하는 건 그녀에겐 죽음과 최후의 심판이나 마찬가지였다. 그래서 라헬은 어디에 서 있건, 어디로 가건 졸리만을 조심해야 하는 것이 귀찮았다. 졸리만이 숨어 있다가 갑자기 튀어나와 다리를 꼬집는 것도 유쾌하지 않았다. 아프다고 비명을 지를 수도 없었다. 그럼에도 누군가 위험을 무릅쓰며 애정을 표하고, 그녀의 발소리를 헌신적으로 찾아내고, 어려운 상황에서 그녀의 성격을 시험하는 것에 감동하지 않은 것은 아니었다. 그 작은 원숭이는 그녀를 터무니없고 위험하게 느껴지는 상황으로 급속하게 몰아갔다. 라헬은 그렇게 느꼈다. 가끔 그녀는 자신의 원칙에 반해, 그녀의 머릿속에 가득한 온갖 헝클어진 기대들 사이에서 불경한 욕망을 느꼈다. 도처에서 그녀를 기다리는, 오직 그녀 한 사람에게만 봉사하려고 만들어진 것 같은 그 아프리카 왕자의 두툼한 입술을 정말 제대로 한번 이용해보고 싶다는 욕망이었다.

하루는 졸리만이 라헬에게 용기가 있냐고 물었다. 아른하임은 디오티마를 비롯해 다른 몇몇 친구들과 함께 이틀 일정으로 산악 지대로 떠나면서 졸리만은 데려가지 않았다. 여자 요리사는 스물네 시간 휴가를 받았고, 투치 국장은 레스토랑에서 식사를 했다. 라헬은 자신의 방에 배어 있던 담배 냄새에 대해 졸리만에게 이야기했다. 어린 하녀가 방에 밴 담배 냄새를 맡고 어떤 생각을 할지 걱정하던 디오티마의 물음에 라헬과 졸리만은 이구동성으로 이런 추측을 내놓았다. 그러니까 이제 자기들도 지성회의에서 어떤 형태로건 좀더 고상한 활동을 요구받게 되었다고 생각한 것이다. 졸리만이 라헬에게 용기가 있냐고 물었던 것은 자신의 귀족 출생을 증명할 서류를 아른하임에게서 슬쩍하려는데, 함께하지 않겠냐는 뜻이었다. 라헬은 그 증명서를 믿지 않았지만 주변의 여러 유혹적인 상황들 때문에 무슨 일이건 일어났으면 좋겠다는, 뿌리칠 수 없는 욕구를 느꼈다. 결국 라헬이 흰 두건과 하녀 앞치마를 두르고 졸리만과 함께 호텔로 가기로 합의를 보았다. 그래야 주인 심부름으로 가는 것으로 비칠 테니까 말이다. 둘이 거리에 나왔을 때 그녀 앞치마의 레이스 턱받이 밑에서 더운 김 같은 열기가 치솟아 라헬은 앞이 안 보일 지경이었다. 그러자 졸리만이 대담하게 택시를 잡았다. 요즘엔 그의 수중에 돈이 많았다. 아른하임이 방심할 때가 많았기 때문이다. 이젠 라헬도 용기가 났고, 누가 보든 말든 당당하게 차에 탔다. 이 흑인 소년과 드라이브를 하는 것이 임무이자 소명이라도 되는 것처럼. 택시는 반짝거리는 오전의 거리를 휙휙 지나갔다. 이 거리가 자기 것이라도 되는 양 우아하게 거리를 활보하는 한가한 사람들을 뒤로한 채. 라헬은 도둑질을 눈앞에 둔 사람처럼 흥분하기 시작했다. 그래서 일단 디오티마가 차에 타면 하던 대로 푹신한 쿠션에 느긋하게 기대앉으려 했다. 그러나 아래위로 움직이는 쿠션의 출렁임이 그녀의 몸속으로 어지럽게 전달되었다. 차는 외부와 차단되어 있었고, 졸리만은 라헬이 몸을 뒤로 기댄 틈을 이용해서 고무도장 같은 넓은 입술로 그녀의 입술을 덮쳤다. 이 장면은 차창 너머 밖에서도 보였겠지만, 차는 후딱 지나가버렸다. 향긋한 액체가 가볍게 끓는 것 같은 느낌이 흔들리는 쿠션에서 라헬의 등줄기로 흘러들어왔다.

흑인 소년은 호텔 현관 바로 앞까지 가자고 고집했다. 검은 비단 토시를 끼고 초록색 앞치마를 두른 호텔 짐꾼이 라헬이 차에서 내리는 것을 보고 히죽 웃었다. 도어맨은 졸리만이 계산하는 모습을 유리문으로 유심히 살폈다. 라헬은 발밑의 포석이 풀썩 꺼지는 느낌이 들었다. 하지만 곧 이 호텔에서 졸리만의 영향력이 대단하다고 여겼다. 기둥이 늘어선 거대한 로비를 지나가는데도 누구 하나 그녀를 제지하지 않았기 때문이다. 로비 소파에 띄엄띄엄 앉아 있던 몇몇 신사들이 눈으로 라헬의 움직임을 좇았다. 그녀는 다시 무척 창피해졌다. 그러나 곧 계단 위로 올라갔고, 객실 하녀들을 여럿 발견했다. 자신과 마찬가지로 검은 옷을 입고 흰 두건을 쓰고 있었다. 다만 라헬만큼 맵시가 있지는 않았다. 그녀는 꼭 위험이 내포된 미지의 섬에서 길을 잃었다가 인간을 처음 만난 탐험가 같은 기분이 들었다.

이어 라헬은 난생처음 최고급 호텔 객실을 보았다. 졸리만은 우선 문부터 모두 닫았다. 그러고는 여자친구에게 다시 한번 키스를 해야겠다고 생각했다. 최근에 라헬과 졸리만이 주고받은 키스에는 아이들의 키스처럼 무언가 멋모르는 뜨거움이 담겨 있었다. 온몸을 나른한 무방비상태로 만들기보다 온몸에 힘을 더하는 키스에 가까웠다. 지금도 졸리만은 닫힌 방에 처음으로 단둘이 있으면서 이곳을 더욱 낭만적으로 꼭꼭 닫으려는 마음밖에 없는 듯했다. 그는 창문 덧문을 내리더니 밖에서 엿볼 수 있는 열쇠 구멍까지 막아버렸다. 라헬도 이런 준비에 너무 흥분해서 머릿속에는 자신의 용기와 혹시나 발각되었을 때 겪게 될 일의 수치스러움 말고 다른 생각은 떠오르지 않았다.

이어 그녀는 졸리만에게 이끌려 아른하임의 벽장과 트렁크들이 있는 곳으로 갔다. 트렁크는 하나만 빼고 모두 열려 있었다. 그렇다면 이 트렁크 속에 비밀이 숨겨져 있는 게 분명했다. 흑인 소년은 열려 있는 트렁크들의 열쇠를 뽑아 하나하나 시험해보았다. 그러나 맞는 것은 없었다. 그래도 포기하지 않고 끈질기게 매달렸다. 일을 하는 동안 그의 입에서는 낙타와 왕자들, 그리고 이 호텔을 들락거리는 미스터리한 전령들에 대한 이야기와 아른하임에 대한 의심 섞인 말이 흘러나왔다. 나중에 졸리만은 라헬에게 빌린 머리핀을 곁쇠 삼아 열어보려고 했지만 그조차 실패하자 벽장과 장식장 안에 있는 열쇠를 죄다 바닥에 늘어놓고 생각에 잠긴 표정으로 쪼그리고 앉아 잠시 멍하니 있더니 새로운 결심을 했다. "봤지, 내가 못 찾게 이렇게 꽁꽁 숨겼다니까!" 졸리만이 이마를 문지르며 말했다. "하지만 그전에 다른 것들부터 보여주지."

졸리만은 아른하임의 트렁크와 벽장에 어지럽게 널린 호화로운 물건들을 라헬 앞에 펼쳐 보였다. 라헬은 바닥에 쪼그리고 앉아 두 손을 무릎 사이에 끼우고 호기심어린 눈으로 물건들을 물끄러미 내려다보았다. 취향이 섬세하기 이를 데 없는 남자의 내밀한 옷장은 라헬이 처음 보는 것이었다. 라헬의 주인인 투치도 옷을 못 입는 편이 아니었지만 그는 지극히 세련된 옷과 속옷을 만드는 디자이너들의 새로운 물건과 섬세한 취향에 맞는 가재도구와 여행용품에 투자할 돈이 없었고, 그럴 욕구도 없었다. 심지어 라헬의 우아한 안주인도 엄청난 부자처럼 사치스럽고, 여성적인 부드러움이 돋보이고, 실용적인 면은 없으면서 복잡하기만 한 옷은 갖고 있지 않았다. 대부호에 대한 몸서리쳐지는 존경심 같은 것이 마음속에 다시 깨어났다. 졸리만은 주인의 물건들로 불러일으킨 엄청난 감동이 마치 자기 덕분인 것처럼 으스댔고, 모든 물건을 끄집어내 만지게 하면서 그 속에 담긴 비밀을 설명해주었다. 그런데 라헬은 서서히 피곤해지면서 불현듯 묘한 느낌이 들었다. 얼마 전부터 디오티마의 속옷과 가재도구에서도 비슷한 물건들이 등장하기 시작했다는 사실이 똑똑히 기억났다. 그것들은 여기 있는 물건들만큼 많지도 고급스럽지도 않았지만, 예전의 수도원적인 소박함과 비교하면 엄격한 생활을 하던 과거보다 지금 눈앞에 있는 이 물건들에 분명 더 가깝게 느껴졌다. 순간 라헬은 디오티마와 아른하임의 관계가 자신이 생각한 것만큼 정신적이지 않다는 수치스러운 상상에 사로잡혔다.

그녀는 머리까지 빨개졌다.

라헬은 디오티마 집에서 일하면서 이런 쪽으로 생각이 닿은 적이 없었다. 그녀의 눈은 마치 봉지째 가루약을 삼키듯 디오티마 몸의 찬란한 아름다움을 삼켰을 뿐, 그런 아름다운 몸을 어디에 쓸 수 있을지를 생각해본 적은 없었다. 그래서 쉽게 유혹에 빠지는 심성인데도 높은 사람들과 함께 사는 것에 대한 만족감이 너무 커서 남자를 단 한 번도 성적인 존재로 여기지 않고 소설에서나 볼 수 있는, 낭만적인 면에서 약간 다른 존재라고만 생각했다. 이러한 고결함이 그녀를 더욱 어린애같이 만들었고, 그로써 타인의 위대함에 헌신적으로 빠져드는 사춘기 이전 상태로 돌아간 듯했다. 그래서 요리사가 경멸적으로 웃어넘기고 만 졸리만의 같잖은 허풍도 라헬에게는 통할 수 있었다. 그러나 지금 바닥에 쪼그리고 앉아 아른하임과 디오티마의 불륜 관계를 머릿속으로 또렷이 떠올리자 라헬의 내면에도 부자연스러운 영혼 상태에서 믿지 못할 육체의 세계로 깨어나는 혁명의 시간이 찾아왔다. 물론 오래전부터 물밑에서 준비되어온 과정이었지만.

라헬은 한순간에 이전의 낭만주의에서 완전히 벗어나 약간 화까지 치밀었다. 구체적 실재로서의 몸은 하녀에게도 자기 삶의 권리가 있음을 말하고 있었다. 졸리만은 그녀 옆에 쪼그리고 앉더니 특히 라헬이 감탄한 물건들을 끌어모아 크기가 맞는 대로 앞치마 주머니에 쑤셔넣었다. 그러고는 벌떡 일어나 주머니칼로 다시 한번 닫힌 트렁크를 거칠게 열려고 했다. 그러면서 아른하임이 돌아오기 전에 주인의 수표책으로 거액을 인출해서 라헬과 함께 도망칠 생각이라고 했다. 이 정신 나간 악동도 돈 문제에서는 아이답지 않게 잘 알고 있었다. 어쨌든 그전에 자신의 신분증명서를 손에 넣어야 한다고 했다.

라헬은 바닥에 무릎을 대고 일어나 앞치마 주머니에 꽉 들어찬 선물을 결연한 표정으로 쏟아냈다. "쓸데없는 소리 하지 마! 나 이제 가봐야 돼! 몇시야?" 목소리가 낮게 깔렸다. 라헬은 두 손으로 앞치마를 평평하게 펴고는 두건도 바로 썼다. 이 유치한 놀이를 여기서 끝내겠다는 의지가 담긴 행동이었다. 순간 졸리만은 그녀가 자기보다 나이가 많다는 사실을 새삼 확인했다. 그런데 그가 뭐라고 반발도 하기 전에 라헬이 작별의 키스를 했다. 그녀의 입술은 평소처럼 떨리지 않았다. 대신 졸리만 얼굴의 물기 많은 열매 속으로 혀를 밀어넣고는 자기보다 키가 작은 그의 머리를 뒤로 젖힌 채 한참을 키스했다. 결국 졸리만은 숨이 막혀 몸을 버둥거렸고, 라헬의 품에서 벗어나자마자 힘센 남자애가 자기 머리를 잡고 물속으로 집어넣은 것 같은 기분에 휩싸였다. 그래서 처음엔 이 불쾌한 모욕에 복수하겠다는 생각밖에 들지 않았다. 그러나 라헬이 문을 빠져나가고, 그가 할 수 있는 것이라고는 그 모습을 눈으로 좇는 것밖에 없게 되었을 때 불화살처럼 분노로 이글거리던 그의 시선도 불꽃이 삭은 부드러운 재로 변해 있었다. 주인의 물건들을 바닥에서 끌어모아 원래 자리에 갖다놓은 졸리만은 도달할 수 없다고는 하지 못할 무언가를 갈망하는 젊은 남자가 되었다.

105. 고결한 사랑에는 웃음이 없다

아른하임은 산악 여행에 이어 평소보다 좀더 오래 외유에 나섰다. 그의 입에서 무의식적으로 툭 튀어나온 "외유"라는 이 말은 퍽 특이했다. 그의 입장에서 보면 빈을 벗어나는 것이 오히려 '집'에 더 가까울 텐데 말이다. 어쨌든 아른하임은 이런저런 이유로 어떤 결정을 내려야 할 절박한 필요성을 느꼈다. 요즘 그는 불쾌한 백일몽에 시달렸다. 늘 엄격한 규율에 따라 움직이는 그로서는 처음 겪는 일이었다. 특히 한 꿈이 끈질기게 따라붙었다. 그가 디오티마와 함께 높은 교회 첨탑에 서 있는데, 발밑의 풍경이 순간적으로 초록빛으로 변하고, 이어 둘이 함께 뛰어내리는 환상이었다. 저녁이면 기사도에 어울리지 않게 디오티마의 침실로 숨어들어가 투치를 총으로 쏘아 죽이는 것도 분명 같은 차원의 환상이었다. 투치 정도라면 결투를 해도 충분히 이길 수 있을 것 같았다. 하지만 그게 더 부자연스러웠다. 이런 환상들은 너무 많은 현실적 제식을 통해 더욱 그를 짓눌렀다. 아른하임이 현실에 다가갈수록 그러고 싶지 않은 마음은 괴로울 만큼 커졌다. 어떻게 보면 투치에게 직접 디오티마와 결혼하겠다는 의사를 밝힐 수도 있었다. 하지만 투치가 뭐라고 할까? 보지 않아도 뻔했다. 웃음거리를 자처하게 될 가능성은 충분했다. 설령 투치가 그의 구혼에 인간적으로 반응하고 이 스캔들이 최소한으로 제한된다고 하더라도, 또 요즘 상류층에서도 이혼을 관용적으로 받아들이기 시작하는 분위기에 비추어 이 사건이 스캔들로 비화하지는 않는다고 하더라도 노총각의 만혼이 남들의 입방아에 오르내릴 가능성은 여전히 남아 있었다. 은혼식을 치른 부부가 늦둥이를 본 것처럼 말이다. 또한 설사 결혼을 하더라도 사업에 대한 책임감을 고려하면 최소한 미국의 저명한 과부나 왕실과 가까운 귀족과 해야지 시민계급 출신의 관료의 전처와 결혼할 수는 없었다. 관능적 행위를 포함해서 아른하임의 모든 행위에는 책임의 요소가 스며들어 있었다. 오늘날처럼 행위건 생각이건 책임이 별로 중요하지 않은 시대에는 그에 대해 반기를 드는 것은 개인적인 야망이 아니라 바로 초개인적인 욕구다. 예를 들면 아른하임 양손에서 뻗어나온 권력과 현실 삶의 위계질서 및 권력을 조화시키려는 노력이 그런 욕구다. (사실 뿌리를 더듬어보면 아른하임의 권력은 돈에 대한 갈망에서 생겨났는데 나중에는 그 갈망이 감당하지 못할 정도로 커져서 스스로 이성과 의지를 갖추고, 확대되고 견고해졌으며, 멈추면 쉬이 녹슬고 병들었다!) 그 자신의 생각으로는 이러한 사실을 디오티마에게도 숨긴 적이 없었다. 개인으로서의 아른하임은 염소 치는 처녀와도 결혼할 수 있었지만, 그건 그저 개인적으로만 허용되었다. 개인적인 약점을 드러내는 일로서 말이다.

그럼에도 그가 디오티마에게 청혼했던 것은 옳았다. 훌륭한 도덕적인 삶과는 어울리지 않는 불륜의 상황을 예방하기 위해서였다. 당시 디오티마는 감사의 마음으로 그의 손을 잡고 예술사적으로 최고의 모범을 상기시키는 미소를 지으며 그의 청혼에 이렇게 답했다. "몸으로 껴안는 사랑은 아득히 깊을 수가 없습니다……!" 엄정한 백합꽃 품속의 유혹적인 노란색처럼 다의적인 대답이었다. 이 대답을 들은 아른하임은 청혼 문제로 돌아갈 엄두가 나지 않았다. 대신 이혼과 결혼, 불륜 같은 말이 이상하게도 자주 튀어나오는 일반적인 차원의 대화가 이어졌다. 이렇게 해서 아른하임과 디오티마는 동시대 문학에 존재하는 불륜의 문제에 대해 거듭 심도 있는 대화를 나누었다. 디오티마는 이 문제가 자기규제나 금욕, 영웅적 절제 같은 고차원의 가치에 대한 이해 없이 전적으로 관능적인 차원에서만 다루어지고 있다고 말했다. 아른하임은 안타깝게도 그녀와 똑같은 견해였기에, 인간의 깊은 도덕적 비밀과 관련된 감각이 오늘날 거의 상실되었다는 말만 덧붙일 수 있었다. 이 비밀의 본질은, 인간은 스스로에게 모든 것을 허용해서는 안 된다는 데 있다. 모든 것을 허용하는 시대는 항상 그 시대를 살아가는 사람들을 불행하게 했다. 금욕과 절제, 기사도, 음악, 도덕, 시詩, 형식, 금기, 이 모든 것의 목적은 삶에 일정하게 제한된 형태를 부여하는 것이다. 무한한 행복은 없다. 강력한 금기 없이는 커다란 행복도 없다. 사업 역시 이익만 좇아서는 안 된다. 그랬다가는 어떤 것도 얻지 못한다. 정도를 지키는 것이 현상과 권력의 비밀이자, 행복과 믿음의 비밀이자, 티끌 같은 인간이 우주 속에서 의미를 찾아야 하는 사명에 담긴 비밀이다. 아른하임은 이런 식으로 자세히 설명했고, 디오티마는 그저 동의만 표했다. 그로써 정당성의 개념이 충만해지기는 하나, 보통의 인간들에게는 아무런 의미가 없다는 사실이 이런 인식들에서 오는 유감스러운 점이다. 위대한 영혼은 정당성에 대한 욕구가 있다. 인간은 지각이 정점에 이른 숭고한 순간에 우주의 수직축으로 작용하는 엄격함을 예감한다. 사업가가 세계를 지배하는 세상이 되었다고 할지언정 그들은 왕권과 귀족과 교회를 비합리성을 떠받치는 기둥으로 존경한다. 정당성은 어떤 오성도 필요로 하지 않는 세상의 온갖 위대성처럼 단순하기 때문이다. 호메로스도 단순했다. 그리스도도 단순했다. 위대한 정신은 늘 단순한 원칙에 이른다. 그러니 사람들에게 상투적인 도덕으로 돌아가라고 말할 용기를 내야 한다. 요컨대 세상의 전통을 부정하기 가장 어려운 사람은 진정으로 자유로운 영혼의 소유자들이다.

이런 인식이 아무리 참되다고 하더라도 타인의 결혼생활을 침범하려는 의도에는 별 도움이 되지 않는다. 그래서 두 사람은 멋진 다리를 양끝에서부터 연결하려고 달려가지만 다리 중간에 있는 수미터 크기의 구멍 때문에 결국은 만나지 못하는 처지에 빠졌다. 아른하임은 한 치의 욕망도 없음을 정말 유감스러워했다. 대상이 무엇이건 똑같고, 인간을 무분별한 사업만큼이나 무분별한 사랑 속으로 몰아넣는 욕망 말이다. 그게 유감스러워서 욕망에 대해 소상히 설명하기 시작했다. 그의 말에 따르면, 욕망은 우리 시대의 오성적 문화와 일치한다. 이 감정만큼 목표가 뚜렷한 감정은 없다. 이 감정은 계속 새로운 영역으로 날아가는 새떼처럼 왱왱거리는 것이 아니라 과녁에 맞힌 화살처럼 달라붙어 떨어지지 않고, 산수와 역학, 잔인성이 영혼을 초라하게 하는 것처럼 우리의 영혼을 가난하게 한다. 이렇듯 아른하임은 욕망에 대해 반감을 갖고 이야기했지만, 자신의 내면에서는 이 욕망이 지하실에 감금된 눈먼 노예처럼 몸부림치는 것을 느꼈다.

디오티마는 이러한 욕망을 다른 방향에서 설명하고자 했다. 아른하임에게 손을 뻗더니 이렇게 말했다. "이제 말은 그만하도록 해요! 말은 대단한 것을 할 수 있지만, 말 저편에는 더 대단한 것이 있어요! 두 사람 사이의 진실은 말로 표현할 수 없어요. 말을 하자마자 진실의 문들이 닫혀요. 말은 오히려 비실재적인 것을 전달하는 데만 유용해요. 우린 실제로 사는 대신 말만 하고……"

아른하임은 동의했다. "당신 말이 옳소. 오만한 말은 우리 내면의 보이지 않는 움직임에 자의적이고 빈약한 형태만 부여할 뿐이오!"

"말하지 말아요!" 디오티마가 다시 한번 반복하더니 아른하임의 팔에 손을 올렸다. "침묵하고 있으면 우리가 삶의 어떤 순간을 서로에게 선사하고 있다는 느낌이 들어요." 잠시 후 그녀가 손을 빼더니 한숨을 쉬었다. "영혼의 숨겨진 보석들이 모두 드러나는 순간이 있죠!"

"아마 그런 시간이 올 거요." 아른하임이 보완했다. "두 영혼이 감각의 매개 없이도 서로를 보게 될 시간이 벌써 가까워졌다는 징조는 많아요. 영혼은 서로의 입술이 떨어질 때 하나가 되오!"

디오티마는 입술을 모아 앞으로 삐죽 내밀었다. 입술은 마치 나비가 꽃 속으로 밀어넣는 흰 대롱을 연상시켰다. 그녀의 정신은 도취되어 있었다. 그건 어쩌면 여느 고조된 감정 상태와 마찬가지로 사랑이 가진 특성일지 모른다. 사물들의 연관을 드러내는 약한 광기처럼 말이다. 그래서 무슨 말이라도 입에서 떨어지는 순간 다의적인 의미가 빛을 발하며 베일에 가려진 신처럼 현현해서 침묵 속에서 해체되었다. 디오티마는 고독하고 고조된 명상의 시간에 이런 현상을 이미 맛보았다. 하지만 지금처럼 간신히 견딜 정도로 정신적 행복감이 최고조에 달했던 순간은 없었다. 그녀의 내면은 통제할 수 없는 어지러운 느낌으로 충만했다. 스케이트를 탈 때처럼 거룩한 무언가의 가벼운 움직임 같았다. 그녀는 졸도할 것 같은 기분을 몇 번이고 느꼈다.

아른하임은 위대한 문장들로 졸도하기 직전의 그녀를 잡아주었다. 그로써 그녀는 회복하고 숨 돌릴 틈이 생겼다. 이어 그들 밑에 의미 있는 생각들의 팽팽한 그물망이 다시 일렁였다.

확장된 행복 속의 고통은 그 행복이 어떤 집중도 허용하지 않는다는 데 있었다. 이 행복에서 줄곧 파르르 떨리는 물결이 생겨나더니 원을 그리며 퍼져나갔다. 그러나 서로 밀착해 행위의 흐름을 만드는 일은 없었다. 그럼에도 디오티마는 지금껏 쌓아온 이력의 붕괴보다 거친 재앙을 예고하는 불륜의 위험을 택하는 것이 최소한 정신적으로 더 사려 깊고 개화된 것이라고 여기고 있었다. 아른하임은 도덕적으로 벌써 오래전부터 그런 희생을 감수할 것 없이 그녀와 결혼하기로 결심하고 있었다. 결국 두 사람은 이 방식이든 저 방식이든 서로를 매 순간 취할 수 있었다. 둘 다 그것을 알고 있었지만, 어떤 식이어야 할지는 몰랐다. 왜냐하면 행복감이 그들의 영혼을 엄숙한 고상함의 세계로 몰아가, 아름답지 못한 행동에 대한 불안으로 떨게 할 정도였기 때문이다. 구름을 딛고 서 있는 사람들에게서 나타나는 매우 자연스러운 불안 상태였다.

이렇게 두 사람의 정신 속에는 삶이 그들에게 쏟아부은 온갖 위대하고 아름다운 것들이 남김없이 담겨 있었다. 그러나 행복감이 절정에 이른 순간 야릇한 단절이 일어났다. 평소 그들의 존재를 가득 채웠던 소망과 허영심은 장난감 집과 장난감 농장처럼 그들 아래 계곡 깊숙한 곳에 가라앉아 있었다. 세상의 온갖 소음과 흥분은 전부 정적이 집어삼

켰고, 남은 건 침묵과 공허, 심연뿐이었다.

'우리는 선택받은 사람일까?' 디오티마는 생각했다. 이런 식으로 감정이 최고조에 이른 상태에서 주위를 둘러보며 무언가 고통스럽고 상상조차 할 수 없는 것을 예감하면서. 이보다 낮은 차원의 행복은 그전에도 경험했을 뿐 아니라 그녀의 사촌처럼 믿음이 안 가는 남자도 그런 이야기는 했었고, 최근에는 그와 관련된 책도 많이 나왔다. 그 이야기들이 거짓이 아니라면 영혼의 각성이 여느 때보다 가까워지고 읽기와 말하기와는 완전히 다른 과제를 부여받은 특정 개인들을 통해 실제 세계 속으로 스며드는 시대가 천 년마다 있어왔다. 이와 관련해서 초대받지도 않고 자신들의 모임에 나타난 그 장군의 비밀스러운 등장이 갑자기 다시 떠올랐다. 그녀는 새로운 말을 찾고 있는 아른하임에게 나직이 말했다. 둘 사이에는 흥분의 그림자가 아치를 그리며 파르르 떨고 있었다. "오성은 두 사람 사이의 유일한 소통수단이 아니에요!"

아른하임이 답했다. "맞아요." 그의 시선은 일몰 때의 햇살처럼 수평으로 그녀의 눈 속으로 파고들었다. "당신은 전에도 그런 말을 했죠. 두 사람 사이의 진실은 말로 표현할 수 없소. 말로 하는 어떤 노력도 진실에 방해가 될 뿐이오!"

106. 현대인은 신을 믿는가, 아니면 세계적인 회사의 수장을 믿는가? 아른하임의 망설임

아른하임이 생각에 잠긴 표정으로 혼자 호텔 객실 창가에 서서 헐벗은 나무 꼭대기를 내려다본다. 잎이 다 진 나뭇가지는 어지럽게 엮어놓은 울타리 같다. 나무 아래 알록달록하거나 짙은 색 옷을 입은 사람들이 길게 두 줄로 늘어서서 지나쳐간다. 이런 행렬이 시작될 시간이었다. 위대한 남자의 입술이 벌어지며 짜증 섞인 웃음이 피어난다.

지금까지는 '영혼 없는 것'이 무엇인지 규정하는 데 전혀 어려움이 없었다. 오늘날엔 대체 어떤 것에 영혼이 있을까? 개별적인 예외는 그 자체로 쉽게 알아볼 수 있었다. 아른하임의 기억 저편에서 아득히 실내악 연주가 들려오는 듯했다. 프로이센의 보리수 향내가 물씬 풍기는 변경의 성에 친구들이 모여 열었던 음악회였다. 젊은 악사 친구들은 돈에 쪼들리는 사람들인데도 내면의 감흥을 그날 밤 내내 음악에 불어넣었다. 분명 영혼으로 충만한 시간이었다. 다른 일도 있었다. 아른하임은 얼마 전에 한동안 후원하던 어떤 예술가에게 금전적 지원을 끊어버렸다. 그뒤 이 예술가가 자신에게 화를 내면서 성공할 기회를 얻기도 전에 버림받았다고 생각하리라 예상했다. 그래서 지원이 절실한 예술가들이 있다든지 하는 불편한 변명을 뭐라도 내놓을 거라고 생각했다. 그런데 최근의 여행길에서 만났을 때 남자는 아른하임의 눈을 꼿꼿이 바라보았고, 악수를 청하며 말했다. "덕분에 상황이 어려워지긴 했지만, 당신 같은 사람은 아무 이유 없이 행동하지 않는다는 걸 알기에 괜찮습니다." 남자는 영혼을 가진 사람이었다. 따라서 아른하임도 다음번엔 이 남자에게 다시 뭔가 해줘야겠다는 마음이 들었다.

이렇듯 개별 경우에선 오늘날에도 아직 영혼이 다수 존재한다. 아른하임은 그 점을 늘 중요하게 여겼다. 그러나 영혼과 직접적이고 무조건적으로 교류하면 사람의 솔직함은 시험에 빠진다. 영혼들이 감각의 매개 없이도 서로 소통할 수 있는 때가 정말 가까워지고 있을까? 최근에 내적 갈망이 그와 디오티마에게 강요한 그런 형태로 교류하는 것에 현실 삶의 목표와 같은 가치와 중요성이 있을까? 그는 의식이 말짱하게 깨어 있을 때에는 한순간도 이것을 믿지 않았다. 그럼에도 자신이 디오티마의 그 믿음을 부추긴 것은 분명했다.

아른하임은 독특한 갈등상태에 빠져 있었다. 도덕적 부유함은 금전적 부유함과 밀접한 관련이 있다. 그건 그도 잘 알고 있었다. 왜 그런지도 쉽게 알 수 있다. 도덕은 영혼을 논리학으로 대체하기 때문이다. 만일 영혼이 도덕을 갖고 있다면 그 안에 도덕적 문제는 사라지고 오로지 논리적 문제만 남는다. 영혼은 이렇게 자문한다. 내가 하고자 하는 행동은 이 계명에 해당할까, 저 계명에 해당할까? 혹은 내 의도는 이렇게 해석될까, 저렇게 해석될까? 비슷한 질문들은 많다. 이 모든 것은 무질서하게 움직이는 사람들을 체조로 기율을 잡은 뒤 한 번의 신호로 다리를 오른쪽으로, 팔을 옆으로 뻗게 하고, 무릎을 깊이 구부리게 하는 것과 비슷한 면이 많다. 그러나 논리학은 반복 경험을 전제로 한다. 만일 사건들이 결코 같은 상태로 돌아오지 않는 소용돌이처럼 변하면 우리는 결코 A는 A와 같다는 인식을, 또는 더 큰 것은 더 작은 것이 아니라는 인식을 결코 언명할 수 없고, 그저 꿈을 꾸게 될 뿐이다. 모든 사상가들이 혐오하는 상태다. 도덕도 똑같다. 만일 우리의 행동이 반복되지 않으면 우리를 규정해주는 것은 있을 수 없다. 인간에게 무언가를 규정해주지 못하는 도덕은 즐거움을 주지 못한다. 그런데 도덕과 이성의 고유한 특성인 이 반복성은 돈에 가장 크게 달라붙어 있다. 바로 이 특성으로 이루어진 돈은 그 가치가 유지되는 한 세상의 모든 즐거움을 구매력의 자잘한 조각으로 분해하고, 사람들은 이 조각들을 자신이 원하는 것으로 조립한다. 때문에 돈은 도덕적이면서 이성적이다. 그런데 다들 알다시피 역으로 도덕적이고 이성적인 인간이라고 다들 돈이 있는 것은 아니기에 이 특성은 본래 돈에서 나온 거라고 추론할 수 있다. 그게 아니라면 최소한 돈은 도덕적이고 이성적인 삶의 더할 나위 없는 보상이라고 추론할 수 있다.

물론 아른하임은 이를테면 교양과 종교가 부의 자연스러운 결과라는 식으로 생각한 것은 아니었고, 부의 소유가 교양과 종교에 복무할 의무가 있다고 생각했다. 하지만 정신적 힘들이 삶의 실질적인 힘들을 언제나 충분하게 이해하지는 못하고 비세속성의 흔적을 완전히 벗어던지기는 어렵다는 사실을 강조하고자 했다. 통찰력을 갖춘 남자로서 아른하임은 또다른 인식에 이르렀다. 계산하고, 재고, 측정하는 행위는 그 대상이 숙고하는 중에는 바뀌지 않는다는 사실을 전제로 하기 때문이다. 그럼에도 대상에 변화가 생긴다면 통찰력은 변화 속에서도 변하지 않는 것을 찾기 위해 총력을 쏟아야 한다. 이렇듯 돈은 모든 정신적인 힘과 혈연관계에 있다. 그 모델에 따라 학자들은 세계를 원자와 법칙, 가설, 희한한 수학 기호들로 분해하고, 기술자들은 이러한 허구에 바탕해 새로운 사물의 세계를 구축한다. 이 힘들의 본질을 잘 아는 거대 산업가는 독일의 일반적인 소설 독자가 성경의 도덕적 표상에 익숙한 것만큼 그런 현상에 익숙하다.

아른하임은 거리를 내려다보며 계속 생각에 잠겼다. 사고와 계획의 성공 조건이라고 할 명백함과 반복성, 확고함에 대한 필요는 영혼의 영역에서 늘 폭력적 형식으로 충족된다. 인간 문제를 반석 위에서 다루려는 사람은 저급한 특성과 열정에 주목해야 한다. 이기심과 밀접한 관련이 있는 것만이 지속성이 있고, 어디서건 믿을 만하게 고려할 수 있기 때문이다. 고결한 의도는 신뢰성이 떨어지고 모순적이고 바람처럼 일시적이다. 머지않아 제국이 공장처럼 다스려져야 한다는 사실을 아는 이 남자는 자기 밑에 우글거리는 제복들의 무리와 서캐만큼 작은 얼굴들을 우월감과 우울함이 섞인 웃음을 띠고 내려다보았다. 그는 다음 사실에 대해서는 한 치의 의심도 없었다. 즉 오늘 신이 당장 지상에 천년 제국을 건설하기 위해 돌아온다고 하더라도 실용적이고 경험 많은 사람이라면 그 사실을 절대 그냥은 믿지 않으리라는 것이다. 최후의 심판이 내려질 때 형 집행을 위한 기구들, 예를 들어 요새 같은 감옥과 경찰, 근위병, 군대, 반란죄 조항, 정부 부처, 그리고 그 밖에 필요한 다른 것들이 완벽하게 갖춰져 있지 않는 한 말이다. 거기다 인간 영혼의 예측할 수 없는 잠재력을 두 가지 근본 사실로 환원하는 데 필요한 장치도 필요하다. 즉, 믿음직한 미래의 천국 주민은 오직 나사를 조이고 협박하는 방법이나 욕망의 매수를 통해서만, 다시 말해 '강력한 수단'으로만 만들어질 수 있는 것이다.

그러나 파울 아른하임은 신 앞에 나서 이렇게 말할 것이다. "주여, 무엇을 위해 그리 애쓰시나이까? 인간 삶에서 이기심만큼 믿을 만한 특성이 있나이까? 정치인, 군인, 왕들은 이기심 덕분에 당신의 세계를 계략과 힘으로 질서 있게 유지해올 수 있었습니다. 인류는 그 장단에 맞춰 춤을 춰왔고요. 당신과 저는 이를 용인해야 합니다. 폭력적 힘을 포기하는 것은 곧 세계의 질서를 약하게 하는 것입니다. 말종 같은 인간에게도 위대한 존재로 거듭날 기회를 주는 것이 바로 우리의 사명입니다!" 이 대목에서 아른하임은 위대한 비밀을 겸허하게 인정하는 것이 인간에게 얼마나 중요한지 잊지 않으려는 차분한 태도로 신에게 겸손한 미소를 지을 것이다. 그런 다음 말을 이어갈 것이다. "그런데 물리적 폭력만큼 인간관계를 안정적으로 조정하는 수단이 돈 아니겠나이까? 더구나 돈은 폭력의 무분별한 사용을 막는 수단이기도 합니다. 곧 정신화된 폭력이자, 폭력의 유연하고 고도화되고 창조적인 특수 형식입니다. 사실 사업은 계략과 폭력, 갈취와 착취에 기반을 둔 것이 아니겠습니까? 다만 인간 속에 완전히 내면화된, 인간 자유의 외피를 입은 문명의 산물이지요. 돈을 버는 힘들의 서열에 따라 이기심을 조직화한 제도로서 자본주의야말로 우리가 당신의 영광을 지키기 위해 만든 가장 위대하고 인간적인 체계입니다. 인간 행위에 그보다 엄밀한 기준은 없을 것입니다!" 이어 아른하임은 신에게, 천년제국을 사업가의 원칙에 따라 설립하고 그 제국의 관리를 당연히 철학적 세계관까지 겸비한 대사업가에게 맡기라고 충고할 것이다. 왜냐하면 순수 종교적인 것은 속세에서 늘 많은 고생을 했고, 사업가의 지도력은 전쟁통에 겪는 실존적 불안과 비교하면 여전히 득이 크기 때문이다.

아른하임은 신에게 그렇게 말했을 것이다. 사람은 이성과 도덕만큼이나 돈을 포기할 수 없다고 내면의 깊은 목소리가 분명히 말했기 때문이다. 그런데 또다른 깊은 목소리가 똑같이 분명한 어조로, 사람은 이성과 도덕과 합리화된 삶을 과감히 포기해야 한다고 말했다. 그런데 그에게 길 잃은 위성처럼 디오티마라는 태양 속으로 추락하고픈 욕구만 남을 때면, 그 현기증나는 순간에 이 목소리가 처음 목소리보다 더 강렬하게 솟구쳤다. 그러고 나면 이 생각의 생장은 마치 손톱과 머리카락이 자라는 것처럼 내면과 무관하고 낯설었다. 도덕적인 삶은 죽은 것처럼 느껴졌다. 도덕과 질서에 대한 이러한 숨겨진 혐오감에 얼굴이 붉어졌다. 아른하임이 처한 상황도 그의 시대와 별반 다르지 않았다. 이 시대는 돈과 질서, 지식, 계산, 측정, 계량, 즉 한마디로 돈의 정신과 돈과 관련된 모든 것들을 숭배하면서도 동시에 한탄했다. 돈은 자기 노동시간에는 열심히 망치질을 하고 계산하지만 그 외 시간에는 기본적으로 씁쓸하고 역한, '우리 이제 뭐하지?'의 강요에 쫓겨 이런저런 과장된 행동으로 몰려가는 아이들 무리처럼 행동한다. 하지만 그러면서도 회개하라는 내적 훈계는 떨치지 못한다. 이때 활용되는 것이 분업의 원칙이다. 그러니까 그런 예감과 내면의 한탄을 위해 시대의 특별한 지식인과 고해자와 고해신부를 마련해둔다. 성스러운 계율을 개인적으로 지킬 수 없는 사람들에게는 그 존재만으로 큰 위안이 되는, 면죄부 같은 문학적 참회 설교자, 전도사들도 마찬가지다. 사실 국가가 매년 밑 빠진 독 같은 문화 시설에 온갖 미사여구를 아끼지 않고 돈을 쏟아붓는 행태도 결국 일종의 도덕적인 몸값과 다름없었다.

이러한 분업은 아른하임의 내면에도 존재했다. 그는 집무실에서 결산표를 검토할 때면 사업가적 기술자적 마인드가 아닌 다른 방식으로 사고하는 자신이 부끄러웠다. 하지만 회사 돈이 손해를 볼 위험이 없어지는 즉시 반대로 사고하지 못하는 자신이 부끄러웠다. 인간에게 전혀 다른 형태로 자기 자신을 갈고 닦아야 한다고 요구하지 않는 것도 잘못이었다. 규칙성과 규정, 규범을 비롯해 그 결과가 완전히 비내면적이고 밑바닥까지 비본질적인 것들과는 구별되는 수양법을 택해야 하는데 말이다. 이런 형태의 수양은 사람들이 종교라 부르는 것과 일맥상

통했다. 아른하임은 이런 문제를 다룬 책들을 썼는데, 그 속에서 그것을 신화, 혹은 단순성으로의 회귀, 영혼의 제국, 경제의 정신화, 행위의 본질이라 부르기도 했다. 거기엔 다양한 측면이 있었기 때문이다. 좀 더 정확히 말하자면, 스스로에게 위대한 사명이 주어져 있다고 생각하는 남자가 그러하듯 자신과 거리를 둔 채 자신을 해부할 때 자신에게서 깨닫게 되는 것만큼 많은 측면이 있다. 하지만 결정의 순간에 이 분업이 와해된 것은 분명 그의 운명이었다. 그가 감정의 불덩이 속으로 뛰어들고 싶다거나, 태곳적의 인물들처럼 분열되지 않은 위대한 상태에 머물고 싶다거나, 진정으로 고결한 인간만이 할 수 있는 것처럼 아무 걱정 없는 상태에 빠지고 싶다거나, 내면 깊숙이 자리한 사랑만이 요구할 수 있는 철저히 종교적인 상태에 빠지고 싶은 순간, 그러니까 자신의 신분이나 미래에 대한 고려 없이 디오티마의 발아래로 그냥 몸을 내던지고 싶은 충동이 이는 순간에 하필 한 목소리가 그를 제지했다. 그것은 적절하지 않은 시점에 깨어난 이성의 목소리이자, 그가 스스로에게 화를 내며 말하듯 오늘날 위대한 삶과 감정의 비밀에 다가가는 것을 곳곳에서 가로막는 타산과 물적 욕심의 목소리였다. 그는 이 목소리를 증오하는 동시에 이 목소리가 틀리지 않았음을 알고 있었다. 밀월의 시간이 지나고 나면 디오티마와의 삶이 어떤 형태를 띠게 될지 스스로 잘 알고 있었던 것이다. 그는 자신의 사업으로 돌아갈 것이고, 그녀와 함께 삶의 나머지 과제들을 헤쳐나가야 할 것이다. 또한 거대한 금융 사업과 자연에서의 휴식을 반복하고, 자기 존재의 동물적 부분과 식물적 부분 사이를 오가는 가운데 해가 바뀔 것이다. 어쩌면 그것은 일과 휴식, 인간적인 필요와 아름다움의 위대한 혼인일 수 있었다. 진정으로 인간적인 혼인 말이다. 그건 무척 매력적인 일이었다. 그의 눈 앞에 그것이 하나의 목표처럼 어른거렸다. 아른하임은 완벽한 이완과 내려놓음을 모르는 사람, 혹은 로인클로스만 두른 채 아무것도 바라지 않고 세상과 동떨어져 누워 있을 줄 모르는 사람은 결코 거대한 금융 사업을 꾸려갈 힘이 없다고 믿었다. 아른하임 속에서 조용하면서도 격렬한 만족감이 광풍처럼 일었다. 이 모든 것은 디오티마가 그의 내면에 불러일으킨 처음과 끝의 감정과 모순을 일으켰기 때문이다. 그는 현대적인 색채의 풍만함을 갖춘 그 고대의 미인을 볼 때마다 혼란에 빠졌을 뿐 아니라 내면의 모든 힘이 녹아 없어지는 것 같았다. 그것은 자기 속에 차분하게 가라앉아 조화롭게 원을 그리고 있는 그 균형 잡힌 존재를 그의 내면으로 불러들일 수 없는 데서 생긴 무력감이었다. 그것은 고상한 인간 감정도 아니고, 그렇다고 단순한 인간 감정도 아니었다. 이 상태에는 영원함의 우주적 공허가 담겨 있었다. 그는 천 년을 찾아 헤맨 듯한 눈길로 애인의 아름다움을 멍하니 바라보았고, 그녀를 만난 지금은 갑자기 할일을 잃은 듯했다. 그 결과 아무것도 할 수 없을 것 같은 무력감이 생겨났는데, 그것은 일종의 혼미한 속수무책 상태나, 바보같이 놀라서 눈만 끔벅거리는 상태와 비슷했다. 감정의 이런 과도한 요구에는 답할 길이 없었다. 굳이 표현하자면 둘이 함께 대포로 발사되어 총알처럼 우주로 날아가고픈 소망에 견줄 만큼 엄청난 것이 없었다!

영리한 디오티마는 그 상태를 가리키는 올바른 말을 발견했다. 언젠가 그런 상태가 찾아왔을 때, 위대한 도스토옙스키가 사랑, 백치, 내적 거룩함 사이의 관련성에 대해 한 말을 상기시킨 것이다. 하지만 독실한 러시아의 전통과 상관없는 현대인들은 이런 생각을 현실화하기에 앞서 특별한 구원이 필요할 거라고 덧붙였다.

디오티마의 이 말은 아른하임의 가슴에서 솟아난 것만 같았다.

디오티마가 이 말을 했던 순간은 어떤 음도 만들어내지 못하는 꽉 막힌 트럼펫처럼 피가 거꾸로 솟는, 자아와 대상을 동시에 뛰어넘는 순간들 중 하나였다. 이럴 때는 의미가 없는 것이란 없었다. 반 고흐의 그림처럼 방안에서 존재감을 과시하는 특별한 대상이 된 벽 선반 위의 작은 컵에서부터, 말할 수 없는 것에 부풀려지고 뾰쪽해진 채 공간 속을 밀고 들어가는 것 같은 인간의 몸에 이르기까지.

당시 디오티마는 자기 말에 깜짝 놀라 이렇게 말했다. "농담으로 한 말이에요. 유머는 참 멋져요. 온갖 욕망에서 벗어나 모든 현상들 위에 무심하게 떠 있으니까요!"

그 말에 아른하임은 싱긋 웃었다. 그는 자리에서 일어나 방안을 서성거리기 시작했다. '내가 디오티마를 갈기갈기 찢는다면, 내가 포효하고 춤을 추기 시작한다면, 내가 목안으로 손을 넣어 그녀를 위해 내 가슴속의 심장을 끄집어낸다면 혹시 기적이 일어날까?' 그는 스스로 이렇게 물었다. 그러다 감정이 식어가면서 생각도 멈췄다.

이 장면이 지금 다시 생생하게 떠올랐다. 그는 발밑의 거리를 또다시 차갑게 내려다보았다. '진정으로 구원의 기적은 일어나야 해!' 그는 스스로에게 말했다. '그런 생각을 현실로 옮기기 위해선 먼저 새로운 유형의 인간이 세상에 나타나야 해.' 어떻게, 그리고 무엇으로부터 구원을 받아야 하는지는 더이상 고민하지 않았다. 어쨌든 전부 달라져야 했다. 아른하임은 반시간 전에 편지와 전보를 보내기 위해 앉아 있던 책상으로 돌아갔다. 그러고는 벨을 눌러 졸리만을 부르더니 비서를 데려오라고 했다.

비서가 오길 기다리는 동안 그는 생각을 정리해 경제 문제에 관한 글의 첫 문장을 다듬었고, 내면의 체험을 아름답고 함축적인 도덕의 결정체로 만들었다. 아른하임은 혼자 확신에 차서 말했다. '자기 책임을 분명히 의식하는 남자는 설령 영혼을 저버릴지언정 자본을 희생시켜서는 안 돼! 이자라면 몰라도.'

107. 라인스도르프 백작이 예상 밖의 정치적 성공을 거두다

백작은 가부장 같은 노황제를 중심으로 환호하며 모여 있는 유럽의 한 국가패밀리에 대해 이야기할 때면 항상 은연중에 프로이센을 배제했는데, 이제는 예전보다 한층 더 은밀하게 그랬다. 파울 아른하임 박사가 줄곧 신경쓰였기 때문이다. 백작은 디오티마의 집에 가서 아른하임이나 이 남자의 흔적을 보게 될 때마다 이것을 어떻게 해석해야 좋을지 난감해했다. 투치 국장만큼이나 말이다. 예전과 달리 이제 디오티마는 그윽한 눈길로 백작을 바라볼 때마다, 백작의 손과 목에 부풀어오른 혈관과 노인네 냄새가 물씬 풍기는 빛바랜 담뱃잎 같은 살갗을 보게 되었고, 그렇다고 이 위대한 남자에게 존경심을 못 느끼게 된 것은 아니었지만 여름해가 겨울해로 바뀌듯 내면에서 백작을 향한 공경의 빛이 시나브로 바뀌는 것을 느꼈다. 라인스도르프 백작은 체질적으로 판타지나 음악과는 거리가 먼 사람이었지만, 아른하임 박사를 어쩔 수 없이 곁에 두면서부터는 이상하게 귓속에서 오스트리아 군악대의 팀

파니와 심벌즈 소리가 약하게 울리는 것을 자주 느꼈다. 아니 어떤 때는 눈을 감고 있어도 어둠 속에서 떼로 움직이는 검정 노랑 깃발들의 파도가 보여 불안하기도 했다. 그런데 이런 애국적인 환상은 투치 집의 다른 손님들에게도 똑같이 찾아드는 듯했다. 귀를 열어두고 있는 곳 어디서건 사람들은 독일에 대해 대단한 경의를 갖고 말했지만, 그가 이 애국대운동이 어쩌면 일의 전개 과정에 따라 그 형제국을 향한 날카로운 칼끝이 될 수도 있다고 넌지시 밝힐 때면 그 경의는 진심어린 미소로 미화되었다.

백작은 자신의 관심 영역에서 한 중요한 현상에 맞닥뜨렸다. 세상엔 특히 강한 가족 감정이 있는데, 전쟁 전 그 유럽 국가패밀리 내에 보편적으로 퍼져 있던 독일에 대한 반감도 그중 하나였다. 어쩌면 독일은 정신적으로 가장 통일성이 적은 나라여서 패밀리 내의 어떤 나라든 혐오할 요소를 발견할 수 있었는지 모른다. 독일의 옛 문화는 새 시대의 수레바퀴 밑에 가장 먼저 깔렸고, 모조품과 상업의 근사한 선전 문구들로 산산조각나버렸다. 게다가 독일은 전쟁광에다 약탈에 눈멀었고, 떠벌리기 좋아하고, 폭도들처럼 위험하다고 할 만큼 책임능력이 없었다. 그런데 가만히 보면 이 모든 건 그저 유럽적인 속성이었다. 다만 유럽인들의 눈에 독일이 기껏해야 조금 더 유럽적일 뿐이었다. 원래 세상에는 인간들이 원치 않는 이미지가 투영된 구체적 대상이 있어야 한다. 그건 오늘날의 삶이 남긴 불완전연소의 잔해와 비슷한 불쾌함과 부조화의 찌꺼기가 적체된 것이나 다름없다. 어느 순간 갑자기 '가능성'에서 '현실'이 생겨나는 것을 보며 모든 참가자들은 소스라치게 놀란다. 지극히 무질서한 이 과정에서 탈락하고, 남아돌고, 겉돌고, 정신을 만족시키지 못하는 것들에서 바로 그런 증오가 만들어지는 듯하다. 그리고 모든 피조물들 사이에서 일렁이고 대기 중으로 퍼져간다. 이 증오는 현재의 문명적 특징으로서 자기 행위에 대한 불만을 남의 행위에 대한 손쉬운 불만으로 대체한다. 이런 혐오감을 어떤 특정 존재에 집중 투사하는 것은 인간 삶의 아주 오래된 심리기법적 자산의 일부다. 그래서 마법사는 환자의 몸에서 세심하게 준비되어온 우상을 끄집어내고, 선한 기독교인은 선한 유대인들에게로 자신의 잘못을 이전한다. 유대인들 때문에 광고와 높은 금리, 신문, 그 비슷한 것들에 현혹되었다고 하면서 말이다. 시간이 흐르면서 사람들은 자기가 고통의 책임을 천둥과 마녀, 사회주의자, 지식인, 장군들에게로 돌렸고, 그사이 완전히 없어진 특별한 이유에서 오스트리아인들은 전쟁 전에 프로이센-독일을 가장 기꺼이 희생양으로 삼았다. 세상에는 신만 없어진 것이 아니라 악마도 없어졌다. 사람들은 자신이 원치 않는 희생양 속에 악을 투사하듯 자신이 원하는 상에는 선을 집어넣는다. 자신들은 감히 하지 못하는 것을 실행에 옮기는 것에 대한 경의의 표시로 말이다. 우리는 정작 앉은 자리에서 구경만 하면서 남에게는 힘든 재주를 부리게 하는데, 그것이 스포츠다. 우리는 과장을 하지 않으면서 남에게는 지극히 일방적인 과장을 허용하는데, 그것이 이상주의다. 또한 우리 자신은 악을 흔들어 떨어내면서 그 때문에 악에 더럽혀진 사람들을 보고는 손가락질을 한다. 그것이 희생양이다. 이처럼 모든 것은 세상 속에서 자기 자리와 질서를 찾는다. 하지만 이와 같이 투사를 통해 무언가를 신성시하고 희생양을 키워내는 기술에는 위험도 있다. 이 기술은 세상을 확정되지 않은 모든 내적 힘들의 긴장으로 가득 채우기 때문이다. 사람들은 서로 죽이거나 형제의 의를 맺는다. 그러나 그게 진심인지는 자신도 모른다. 인간은 내면의 일부를 바깥으로 투사하기 때문이다. 모든 일은 반은 현실 앞에서, 반은 현실 뒤에서 일어나는 듯한데, 거울 앞에서 증오와 사랑이 가짜 펜싱 시합을 하는 것과 비슷해 보인다. 그런 점에서, 자신이 느끼는 모든 선과 악을 천사나 악령 탓으로 돌린 고대의 데몬 신앙이 훨씬 낫고 정확한데다 깔끔했다. 이제 우리는 진보하는 심리기법을 이용해서 다시 그 신앙으로 돌아갈 수 있기만 바랄 뿐이다.

특히 카카니엔은 원하는 상, 원치 않는 상과 어울려 살기에 정말 적합한 나라였다. 이 나라의 삶에는 어차피 비현실적인 무언가가 담겨 있었기 때문이다. 베토벤에서부터 오페레타에 이르기까지 유명한 카카니엔 문화의 계승자와 지도자를 자처하는, 정신적으로 고결한 카카니엔인들은 독일인들을 좋아하지 않으면서도 그들과 연합하고 형제 관계를 맺는 것을 지극히 당연하게 여기는 듯했다. 때로 독일인들에게 따끔한 야단을 치면서도 독일인들의 성공을 떠올리며 항상 고국의 상황을 약간 걱정스러워했다. 여기서 걱정스러웠던 것은 다름 아니라, 원래는 다른 국가들에 뒤지지 않고 몇몇보다는 더 낫기도 했던 카카니엔이라는 나라가 몇 세기가 흐르면서 자기 자신에 대한 흥미를 잃었다는 것이다. 평행운동을 추진하며 벌써 몇 번 확인한 사실이지만, 세계사는 다른 이야기들처럼 지어낼 수 있었다. 그것은 곧, 작가들이 무언가 새로운 것을 창작하기보다 서로 남의 플롯과 아이디어를 베낀다는 뜻이다. 여기엔 지금껏 언급하지 않았던 무언가가 또 담겨 있는데, 바로 이야기의 즐거움이다. 또한 훌륭한 이야기를 쓰고 있다는 작가들의 관습적인 확신과, 열정적으로 귀를 늘어뜨리지만 비판에는 그냥 귀를 닫아버리는 작가의 열정도 존재한다. 라인스도르프 백작은 이런 확신과 열정을 둘 다 갖고 있었다. 그의 친구 중에도 그런 사람들이 있었다. 반면에 카카니엔 전체를 보면 그런 확신과 열정이 사라지고 없었다. 대신 사람들은 오래전부터 대용품을 찾았다. 카카니엔의 역사 자리에 작가들이 허구로 지어낸 민족의 역사가 등장한 것이다. 작가들은 그 이야기를 역사소설과 시대극을 즐기는 유럽적 취향에 맞게 집필했다. 이렇게 해서 이상하고도 어쩌면 아직 제대로 주목받지 못한 일이 일어났다. 즉 학교 설립이나 역장 임명 같은 아주 일상적인 사안을 논의할 때, 사람들은 1600년과 400년이라는 연도를 언급하고 민족이동기에 저지 알프스 지대의 정착 상황이나 반종교개혁의 전투를 끌어와 어떤 후보가 나을지를 두고 싸웠던 것이다. 게다가 이런 논쟁에 고결함과 악행, 고향, 충직, 남성다움 같은 관념을 투영하는 일도 심심치 않게 일어났다. 도처에 만연한 일종의 박학다식함과도 일맥상통하는 관념이었다. 문학을 별로 중요하게 생각하지 않던 라인스도르프 백작은 이런 상황에 놀라움을 금치 못했다. 특히 독일인과 체코인들이 사는 자신의 보헤미아 영지를 여행하면서 만난 모든 농부와 수공업자, 도시민들 사이에서 그런 일이 얼마나 보편적으로 일어나는지 생각하면 말이다. 때문에 백작은 그들이 이따금 서로에 대해, 혹은 정부의 지혜로운 정책에 대해 폭풍 같은 불만을 터뜨리는 것을 특수한 바이러스, 즉 가증스럽기 짝이 없는 선동가들 탓으로 돌렸다. 더구나 그들은 그런 발작을 일으키지 않는 평소 대부분의 시간에는, 혹은 자신들의 이상을 잊고 있을 때는 아무하고나 평화롭고 만족스럽게 살 수 있는 사람들이기에 더더욱 그런 행동이 납득되지 않았다.

거기에 대응하는 국가정책, 즉 카카니엔의 유명한 소수민족 정책은 대략 육 개월 간격으로 어떤 때는 반항적인 소수민족에 채찍을 들고, 어떤 때는 현명하게 물러서는 방식을 택했다. 반쪽의 액체가 가라앉으면 다른 반쪽이 차오르는 U자 관처럼 소수의 독일 '민족'에 대한 정부의 대응도 다르지 않았다. 독일 소수민족은 카카니엔에서 특별한 역할을 담당했다. 그들은 대체로, 강한 국가 한 가지밖에 원하지 않았기 때문이다. 카카니엔의 역사에 어떤 특별한 의미가 부여되어야 한다는 믿음을 가장 오래 고수해온 민족도 그들이었다. 그런데 카카니엔에서는 반역자로 시작해 결국엔 장관이 될 수도 있고, 거꾸로 장관 경력이 다시 반역자로 이어질 수 있다는 사실을 깨달으면서 그들도 서서히 자신을 탄압받는 민족으로 느끼기 시작했다. 어쩌면 카카니엔에서만 일어나는 일은 아니었을 것이다. 그럼에도 이 국가의 독특한 점은 그런 결과에 이르는 데 어떤 형태의 혁명이나 쿠데타도 필요하지 않다는 것이다. 모든 건 시간이 흐르면서 개념들의 애매함에 힘입어 자연스러운 진자 운동으로 조용히 진행되어나갔기 때문이다. 그러다 마지막에는 아직 탄압받는 민족들과 최상층부의 집단만 카카니엔에 남았다. 이들 상층부는 원래는 억압자지만 피억압자들에게 무한히 놀림을 받고 들볶이고 있다고 느꼈다. 이 집단은 카카니엔에 아무 일도 일어나지 않는 것, 다시 말해 역사의 부재를 심히 염려했다. 하지만 언젠가는 무슨 일이 일어날 거라고 확신했다. 또한 평행운동이 보여주듯 그게 독일을 겨냥한 일이라면 달갑지 않게 받아들이는 경우는 없었다. 이유는 이랬다. 첫째, 그들은 제국 내의 독일 형제들에게 늘 약간의 굴욕감을 느꼈고, 둘째, 그러면서도 지배계층은 스스로를 독일인이라고 여겼고, 그로써 카카니엔의 초당파적인 과업을 그보다 더 사심 없이 잘 드러낼 수는 없었기 때문이다.

이런 상황이다보니 백작이 이 일을 범汎게르만적으로 추진할 생각이 없음은 명명백백했다. 그럼에도 그렇게 잘못 간주된 것은, 평행운동 위원회에서 소망 사항을 접수한 '공식 소수민족' 명단에서 슬라브족 계열이 차츰 빠지기 시작했기 때문이다. 게다가 아른하임과 투치 국장, 그리고 슬라브족을 노린 게르만족의 음모에 관한 끔찍한 정보들이 외국 대사관으로 속속 흘러들어갔다. 그중 일부는 수군거리는 소문의 형태로 백작의 귀에도 들어갔는데 그는 이 소문들을 듣고 자신의 염려가 사실임을 확인했다. 그러니까 어떤 특별한 일이 일어나지 않는 시절에도 일어나지 말아야 할 일이 일어나지 않도록 하는 것은 힘들다는 것이다. 그러나 그는 현실 정치인이었던 까닭에 망설이지 않고 대응책을 마련했다. 다만 처음에는 그 대응책이 정치적 실책으로 비칠 만큼 너무 물러 보였지만 말이다. 당시까지도 평행운동의 대중화 작업을 담당하는 주무 부서인 홍보위원회의 수장이 아직 정해지지 않았었다. 라인스도르프 백작은 비스니츠키 남작을 그 자리에 앉히기로 결심했다. 비스니츠키가 몇 년 전 독일 민족주의자들에 의해 실각된 내각의 장관이었고, 듣기로는 독일에 적대적인 정책을 은밀히 폈던 인물임을 감안한 결정이었다. 백작은 자기만의 복안이 있었다. 평행운동이 시작될 무렵에 세운 여러 계획들 가운데 하나였는데, 조국보다 독일 민족이라는 이념에 더 애착을 느끼는 카카니엔의 독일계 주민들을 포섭하려는 계획이었다. 다른 소수민족들이 카카니엔을 감옥이라고 부르면서 각각 프랑스와 이탈리아, 러시아에 대한 애정을 공공연히 표현하더라도 그건 변방의 열광에 불과했다. 진지한 정치인이라면 다른 소수민족의 그런 열광을 독일제국에 대한 독일인들의 열광과 동급으로 생각할 수는 없었다. 독일제국은 지리적으로 카카니엔의 목을 조르고 있고, 역사적으로는 한 세대 전까지만 해도 카카니엔과 하나였던 나라다. 이 독일 변절자들의 행동은 라인스도르프 자신이 독일인이었기에 더더욱 가슴 아팠는데, 이들에 대해 백작은 이런 유명한 금언을 남겼다. "그들은 저절로 알아서 올 것이다!" 그사이 이 말은 애국운동의 많은 구성원들이 공감하는 정치적 예언으로까지 여겨졌는데, 다른 오스트리아 소수민족들을 먼저 애국주의 운동으로 끌어들여야 한다는 것이 대략적인 내용이었다. 이것이 성공하면 독일 소수민족도 동참할 수밖에 없을 것이다. 주지의 사실처럼, 다 같이 하는 행동에서 배제되는 것이 맨 앞에 서길 거부하는 것보다 훨씬 더 어렵기 때문이다. 그래서 독일인들을 얻으려면 우선 그들을 배제하면서 다른 민족들을 우대하는 길로 나아가야 했다. 라인스도르프 백작은 벌써 오래전에 이것을 깨달았고, 행동의 순간이 왔을 때 주저 없이 실행에 옮겼다. 그렇게 해서 비스니츠키 남작을 홍보위원회의 수장으로 앉히게 된 것이다. 백작이 생각하기로 비스니츠키는 태생은 폴란드지만 신념은 골수 카카니엔인이었다.

나중에 사람들이 비난했듯이, 이 선택이 독일 정신에 대한 모독이었음을 백작이 의식하고 있었는지는 단정하기 어렵다. 아무튼 자기가 결국은 진정한 독일 정신에 도움을 주게 되리라고 생각했을 가능성은 높아 보인다. 그러나 당장의 결과는 독일계 주민들 사이에서 평행운동에 대한 격렬한 반대 움직임으로 나타났다. 이렇게 해서 평행운동은 결국 한편에선 반독일적인 계획으로 간주되어 노골적인 저항을 불렀고, 다른 한편에선 범게르만적인 운동으로 간주되어 처음부터 조심스러운 변명하에 기피되었다. 백작도 이런 예기치 않은 결과를 모르진 않았고, 도처에서 그것을 심히 염려하는 목소리도 커져갔다. 그러나 이런 시련에도 라인스도르프 백작의 의지는 꺾일 기미를 보이지 않았다. 디오티마건 다른 지도자건 걱정스럽게 그에 대해 재차 물어오면 그는 이 소심한 자들에게 속내를 알 수 없는 단호한 표정을 지으며 이렇게 대답했다. "우리 운동은 단번에 성공할 수 없소. 큰일을 하려는 사람은 목전의 성공에 좌우되어서는 안 되는 법이지. 어쨌든 평행운동에 대한 세간의 관심은 한층 높아졌고, 이대로 우리 뜻을 계속 지켜나가면 나머지 일도 잘될 거라 믿어요!"

108. 구원받지 못한 민족들과 '구원'이라는 용어에 대한 슈툼 장군의 생각

대도시에서는 매 순간 쉬지 않고 개인적인 관심사를 표현하는 수많은 말이 쏟아져나오지만 딱 하나 들을 일 없는 말이 있다. '구원'이라는 말이다. 격정적인 말에서부터 명백한 예외로 간주될 만큼 복잡한 관계의 표현에 이르기까지 다른 모든 말들은 외침이건 속삭임의 형태건 자주 들을 수 있다. 예를 들면 이런 말들이다. '당신은 내 평생 만난 가장 나쁜 사기꾼이야.' 혹은 '당신만큼 가슴 설레게 아름다운 여자는 없어.' 이런 지극히 개인적인 체험들이 도시 전체에 얼마만큼 퍼져 있는지는 아름다운 통계 곡선으로도 나타낼 수 있다. 그러나 살아 있는 인간이

타인에게 '넌 날 구원할 수 있어!'라거나 '나의 구원자가 돼줘!'라고 말하는 일은 없다. 그 사람은 나무에 묶여 굶어죽을 위험에 처할 수도 있고, 몇 개월의 구애도 받아주지 않는 연인과 함께 무인도에 내쳐질 수도 있으며, 위조수표 때문에 투옥되는 것을 막아줄 조력자가 필요할 수도 있다. 그러면 그 사람의 입에서는 세상의 온갖 말들이 흘러나올 수 있지만, 현실 감정을 갖고 있는 한 '구원'이니 '구원자'니 하는 말은 분명 꺼내지 않을 것이다. 언어적으로 아무 문제가 없는 말인데도 그렇다.

그런데도 카카니엔 황실 아래 통일된 민족들은 스스로를 구원받지 못한 민족이라 불렀다!

슈툼 폰 보르트베어 장군은 이 점에 대해 깊이 숙고했다. 국방성 내에서의 직위 덕분에 카카니엔의 아킬레스건에 해당하는 민족주의적 갈등을 충분히 알고 있었던 것이다. 게다가 예산심의 과정에서 그런 문제와 갖가지 고려 사항들에 정책적으로 가장 민감한 곳이 군이었다. 얼마 전에는 국방성의 긴급 자금 계획이 심의를 통과하지 못해 국방장관이 격노하기도 했다. 구원받지 못한 한 소수민족이 그 자금을 승인하는 대가로 독립된 민족으로 인정해줄 것을 요구했기 때문이다. 중앙정부로서는 도저히 용납할 수 없는 일이었다. 그렇지 않아도 호시탐탐 기회만 노리는 다른 소수민족들까지 자극할 수 있었기 때문이다. 이로써 카카니엔은 외부의 적에 무방비 상태가 되었다. 이번에는 포병대의 낡은 대포를 새 대포로 교체하려는 대규모 예산안이었다. 지금의 대포는 사정거리로 따지자면 타국의 창에 칼로 맞서는 격이었고, 이제 새 대포를 창 삼아 타국 대포를 칼로 만들어버리려고 했는데, 그 계획이 기약 없이 또 연기되고 만 것이다. 그 때문에 슈툼 장군이 자살까지 생각할 정도로 절망했을 리는 만무했지만, 심각한 불쾌감 때문에 처음엔 사소한 일에도 무턱대고 화를 낸 것은 사실이었다. 모두 카카니엔 내부의 불편한 반목으로 인한 카카니엔군의 무력화와 무장해제 때문이었다. 그래서 슈툼은 구원받지 못한 것과 구원하는 것에 대해 깊은 고민에 빠졌다. 특히 얼마 전부터는 자신이 반半민간인의 신분으로 들락거리는 디오티마의 집에서 구원이라는 말을 참을 수 없을 정도로 많이 듣기도 했다.

슈툼의 첫 견해는 구원이라는 말이 언어학적으로 보면 완전히 규명되지 않은 '과장된 말' 집단에 속한다는 것이다. 이것은 몸에 밴 군인 감각에 따른 견해였다. 그런데 이 군인 감각은 디오티마로 인해 이미 혼란스러워져 있었다. 구원이라는 말을 그녀의 입에서 처음 들었을 때는 무척 황홀한 기분까지 들었기 때문이다. 포병대 예산안 건이 있긴 했지만 지금도 이 말 속에는 디오티마의 매혹적인 기운이 담겨 있었다. 그렇다면 장군의 그 첫 견해는 사실 두번째 견해라고 할 수 있었다! 어쨌든 슈툼의 군인 감각이 디오티마로 인해 흐트러진 점을 차치하더라도 '과장된 말' 이론은 다른 이유에서도 맞지 않는 듯했다. 구원이라는 말 집단의 개별 단위들에서 진지함을 빼고 사소하고 사랑스러운 어감을 더하면 그 즉시 혀에 착 감겼던 것이다. "네가 나를 정말 구원해주었어!"라거나 그 비슷한 말들이 예가 될 수 있다. 그러니까 십 분 동안 초초하게 기다린 사람이나 그와 비슷한 불쾌한 일을 겪은 사람이라면 누가 그런 말을 안 해봤겠는가? 이제 장군은 깨달았다. 그 말이 건강한 상식을 해치는 것이 아니라 그걸 문자 그대로 받아들이는 것이 터무니없다는 것을. 슈툼은 디오티마의 살롱과 정치권 외에 어디서 구원에 관한 이야기를 들었는지 생각해보니 정말 교회와 카페, 예술 잡지, 그리고 자신이 감탄하면서 읽은 아른하임의 책에서 접한 기억이 났다. 이렇게 해서 그는 그런 말로 표현되는 것이 자연스럽고 단순하고 인간적인 사안이 아니라 일반적으로 복잡하게 뒤엉킨 추상적인 문제라는 사실을 분명히 깨달았다. 어떻게 보면 구원과 구원에 대한 동경은 저마다의 방식으로 정신과 정신 사이에서만 베풀 수 있는 것이었다.

장군은 직무상 얻게 된 이 매혹적인 통찰력에 놀라움을 금치 못하며 고개를 끄덕였다. 그러고는 사무실 문 위, 전기로 작동하는 둥근 유리판에 중요한 회의 중임을 알리는 붉은 등을 켰다. 서류 가방을 든 부하 장교들이 방문 앞에서 한숨을 쉬며 등을 돌리는 동안 슈툼은 숙고를 이어갔다. 요즘 그가 어디를 가건 맞닥뜨리게 되는 지적인 인간들은 늘 불만이 가득했다. 그들은 어떤 일이건 흠을 잡았고, 모든 일이 너무 과하거나 모자라다고 비난했다. 마음에 차는 것은 하나도 없는 듯했다. 슈툼은 그런 인간들이 차츰 역겨워졌다. 그들은 늘 외풍이 드는 추운 곳에 앉아 있는 불행하고 예민한 사람들과 비슷했다. 그들은 과학의 위세를, 무지와 투박함을, 과도한 섬세함을, 투쟁심과 무관심을 욕했다. 그러다보니 그들의 시선이 향하는 곳에서는 언제나 분열이 생겼다! 그들의 사고는 평온하게 쉬는 법이 없었으며, 어디서도 제자리를 찾지 못하고 영원히 떠도는 사물들의 남은 부분에 병적으로 집착했다. 그러다 결국 자신들이 사는 시대가 운명적으로 영혼의 불모지이고, 특별한 사건이나 특별한 인물을 통해서만 구원받을 수 있다고 확신하기에 이르렀다. 이렇게 해서 당시 이른바 지성인이라고 하는 사람들 사이에서

'구원'이라는 말이 인기를 얻었다. 그들은 메시아가 곧 나타나지 않으면 세상은 이 상태에서 앞으로 더 나아갈 수 없다고 확신했다. 상황에 따라 그것은 인간이 병들어 죽는 것을 어찌하지 못하는 학문적 연구로부터 의술을 구원해야 할 의학의 메시아일 수도 있고, 수백만 명의 인간을 극장으로 끌어들일, 정신적으로 완벽하게 숭고한 희곡을 쓸 문학의 메시아일 수도 있었다. 어떤 특별한 메시아만이 인간의 모든 개별적 활동을 원래 목적에 맞게 돌려놓을 수 있다는 확신 말고도 당연히 세계 전체에 강한 힘을 발휘할 메시아에 대한 단순하고 순수한 갈망도 있었다. 이렇듯 큰 전쟁을 눈앞에 둔 이 시대는 진정한 메시아의 시대였고, 그렇기에 모든 민족이 구원받기를 원하는 것도 그리 특별하고 이례적인 일은 아니었다.

물론 장군은 이것을 사람들이 하는 말이 다 그렇듯 자구 그대로 받아들이지는 않은 것 같았다. 그는 스스로에게 말했다. '만일 오늘 구원자가 돌아온다고 해도 저들은 다른 모든 정부와 마찬가지로 구원자의 정부도 무너뜨리려고 할 거야!' 개인적 경험에 따르면 이는 사람들이 책과 신문 기사를 너무 많이 썼기 때문인 듯했다. '장교들에게 상부의 허가 없이 집필을 금지한 군대의 규정은 어찌나 현명하던지.' 그와 동시에 이렇게 군대에 뜨거운 충성심을 느낀 것이 아주 오랜만이라는 생각에 약간 섬찟했다. 본인 스스로 생각이 너무 많아진 것이 분명했다! 민간 정신과의 잦은 접촉 때문에 생긴 일이었다. 민간 정신은 확고한 세계관을 소유함으로써 생기는 장점을 이미 잃었다. 장군은 그걸 또렷이 꿰뚫고 있었다. 그로써 이제 구원에 관한 이 모든 잡담이 다르게 다가왔다. 이 새로운 관련성을 밝히려고 슈툼 장군의 정신은 예전에 받았던 종교 수업과 역사 수업에 대한 기억을 더듬기 시작했다. 이때 그의 머릿속에 어떤 생각들이 떠올랐는지 정확히 말하기는 어렵지만, 그 머릿속에서 생각을 집어내어 세심히 펼쳐보면 대략 다음과 같은 모습일 것이다. 종교를 믿는다고 하면 기독교적인 측면에서 간단히 시작해볼 수 있는데, 선한 기독교인이건 경건한 유대교인이건 희망과 안녕의 성 어느 층에서건 추락할 수 있었다. 하지만 그는 항상 자기 영혼의 발 위에 떨어졌다. 그건 모든 종교가 인간에게 삶을 설명하는 방식 속에 신의 불가해함이라 부르는 비합리적이고 가늠할 수 없는 부분을 미리 마련해두었기 때문이다. 만일 뭔가 이해할 수 없는 것을 만나면 인간은 그저 이를 기억하면서 만족스럽게 두 손을 모아 비비기만 하면 된다. 이처럼 자기 영혼의 발 위에 떨어지고 두 손을 비비는 것을 사람들은 세계관이라 부른다. 그런데 이 시대 사람들은 그것을 잊어버렸다. 그래서 그들은 많은 이들이 기꺼이 그러듯 삶에 대한 숙고를 포기하거나, 이상한 분열 상태에 빠진다. 생각을 하긴 하지만 결코 만족스러운 결과에 이르지 못하는 상태다. 이러한 분열은 역사 속에서 믿음으로의 완벽한 귀의만큼이나 자주 완벽한 불신의 형태를 띠었다. 오늘날 분열의 가장 빈번한 형태는 아마도 이성 없이는 제대로 된 인간의 삶이 있을 수 없지만 이성이 너무 많아도 마찬가지일 거라는 확신일 것이다. 우리의 문화는 전적으로 이 확신에 기반하고 있다. 문화는 교육기관과 연구기관에 쓸 자금을 마련해두지만 결코 너무 많은 돈을 쏟아붓지 않고 오락과 자동차, 무기에 지출하는 액수보다 적당히 적은 액수를 지출하도록 엄정하게 신경을 쓴다. 또한 유능한 사람들에게 갖가지 길을 터주면서도 그들을 유능한 직업인으로 만들려고 애쓴다. 문화는 약간 저항하는 척하다가 모든 이념을 인정하고, 그리되면 그것은 저절로 반대 이념의 형성에도 도움이 된다. 그런 면은 문화의 엄청난 약점과 허술함으로 비친다. 하지만 그것은 정신이 전부가 아님을 정신 스스로 깨닫게 하려는 의도적인 노력이기도 하다. 우리의 삶을 움직이는 여러 이념들 가운데 단 하나라도 남김없이, 그러니까 반대 이념이 하나도 남지 않을 정도로 철저히 현실화되면 우리의 문화는 더는 우리 문화가 아닐 테니 말이다!

장군은 어린애 손같이 작고 두툼한 주먹을 말아 쥐고 두꺼운 장갑을 낀 것처럼 책상을 쿵 내리쳤다. 강한 주먹이야말로 필수불가결하다는 듯이. 그에게도 장교로서의 세계관이 있었다! 그 안에서 비합리적인 요소란 명예, 복종, 최고사령관, 복무규정 3조였는데, 이 모두를 종합하면 전쟁은 더 강한 수단을 지닌 평화의 연장이라는 확신으로 귀결되었다. 즉 전쟁은 세계를 유지하는 데 없어서는 안 될 강력한 질서의 형태라는 것이다. 장군이 책상을 내리칠 때의 몸짓은 좀 우스꽝스러웠다. 주먹에는 정신적인 것, 혹은 정신의 필수불가결한 보완이 담겨 있는 것이 아니라 그저 육체의 운동적인 면만 담겨 있었기 때문이다. 슈툼은 민간인들의 사고방식에 벌써 웬만큼 질렸다. 그의 경험으로는 민간 오성을 믿을 만하게 개괄할 수 있는 사람은 도서관 하인이 유일했다. 슈툼은 질서의 완성은 결국 무위無爲의 상태로 이어질 수밖에 없다는 질서 과잉의 역설을 찾아냈다. 그의 감정에는 좀 웃기는 면이 있었다. 군대에 왜 지상 최고의 질서가 존재하는 동시에 생명을 포기할 준비가 정연한 형태로 존재하는지가 그랬던 것처럼 말이다. 슈툼은 말로 표현할 길 없는 연관 관계에 의해 질서가 살해 욕구로 이어진다는 사실을 깨달았다. 그는 스스로에게 걱정스레, 이런 속도로는 진척이 없을 것 같다고 말했다. '대체 정신이란 무엇인가?' 그가 반항적으로 자문했다. '설마 한밤중에 흰 잠옷을 입고 돌아다니지는 않을 거야. 그렇다고 하면 우리가 우리 자신의 인상과 체험에 부과하는 모종의 질서와 무엇이 다른가? 하지만……' 그는 행복한 착상이 떠올라 단호하게 결론을 내렸다. '만일 정신이 정돈된 체험에 불과하다면 질서정연한 세계에는 필요하지 않아!'

슈툼 폰 보르트베어는 안도의 한숨을 내쉬며 회의중임을 가리키는 등을 끄고 거울 앞에 서서 머리를 매만졌다. 부하들이 방에 들어오기 전에 감정적 흔들림의 흔적을 지우기 위해.

109. 보나데아, 카카니엔. 행복과 균형의 체계들

카카니엔에서 정치에 대해 아무것도 모르고 알려고도 하지 않는 사람이 있다고 한다면 아마 보나데아일 것이다. 그렇지만 그녀와 구원받지 못한 민족들 사이에도 한 가지 관련이 있다. 보나데아에겐 체계가 있었지만 카카니엔의 정치에는 체계가 없었던 것이다(여기서 보나데아를 디오티마와 혼동해서는 안 된다. 보나데아는 운명적인 결합을 통해 방탕의 무대가 된 사원의 선하고 순결한 여신이자, 지방법원 재판장의 아내이자, 그녀를 존중하지도 크게 필요로 하지도 않는 한 남자의 불쌍한 연인이다).

지금까지 보나데아의 체계는 이중생활에 그 본질이 있었다. 그녀는 지체 높은 가문의 일원으로서 사회적 지위를 보장받았고, 상류사회와의 교류를 통해 교양 있고 세련된 부인으로 대접받는 즐거움도 누렸다. 하지만 그러면서도 정신으로 촉수를 뻗어오는 유혹들에는 자신이 과민한 체질의 희생자라거나 어리석음으로 이끄는 심장을 갖고 있다는 핑계로 쉽게 굴복했다. 가슴의 어리석음이란 그 정황에 아무리 비판적 구석이 있다고 하더라도 낭만적 정치 범죄만큼이나 명예롭기 때문이다. 여기서 그녀의 심장은 슈툼 장군의 삶에서 명예와 복종, 복무규정 3조나, 오성의 손이 닿지 않는 모든 것에 질서를 부여하는, 모든 정돈된 삶의 태도에 내재하는 비합리적 요소와 같은 역할을 했다.

그런데 이 체계에는 결함이 하나 있었다. 막대한 대가를 치르지 않고는 서로 오갈 수 없는 두 상태로 보나데아의 삶을 분열시킨 것이다. 왜냐하면 일탈 행위에 대해 아무리 그럴듯한 말을 늘어놓더라도 그녀의 심장은 결국 낙담했기 때문이다. 심장 주인의 영혼은 미친듯이 거품이 이는 상태와 잉크처럼 검은 물이 빠져나가는 상태 사이에서 줄곧 요동쳤고, 둘 사이에서 균형을 이루는 경우는 드물었다. 어쨌든 그게 그녀의 체계였다. 그 말은 곧 이 체계가 단순히 통제되지 않는 본능의 유희가 아니라는 것이다. 그러니까 한때 누군가 삶을 쾌락과 고통의 자동적인 결산, 그것도 쾌락이 조금 더 남는 결산으로 이해하려고 했던 것과 달리 그 체계에는 이 결산표를 위조하기 위한 심리적 대비책이 상당 부분 포함되어 있었다.

모든 인간은 자신의 심리 계좌를 자기 쪽으로 유리하게 해석하는 방법을 갖고 있고, 그걸 통해 일상생활에 필요한 최소한의 즐거움이 날마다 생겨난다. 그런데 삶의 즐거움은 불쾌로 이루어질 수 있다. 종류의 차이는 문제가 되지 않는다. 주지하다시피 행복한 멜랑콜리도 있고, 본질 면에서 춤곡처럼 경쾌한 장례식 행렬도 있기 때문이다. 심지어 역으로 이렇게도 주장할 수 있다. 유쾌한 사람이 실은 슬픈 이들보다 조금도 더 행복하지 않은 경우도 많다고 말이다. 행복은 불행만큼 애를 많이 써야 하기 때문이다. 그것은 대략 공기보다 가볍냐-무겁냐의 원칙에 따라 하늘을 나는 것과 비슷하다. 그런데 다른 반박이 쉽게 떠오른다. 그러니까 그 논리에 따르자면, 돈이 사람을 행복하게 해준다는 것이 단순히 환상일 뿐이라는 이유로 빈자들이 부자를 부러워할 필요가 없다고 주장하는 부자들의 금언이 맞지 않겠는가? 결국 돈은 인간에게 자신의 체계 대신 타인의 체계를 만들어내게 한다. 타인의 즐거움이라는 것도 어차피 빈자가 가진 행복의 작은 잉여로 결산하는 것에 불과할 텐데 말이다. 이론적으로 보면, 이것은 집 없는 가족이 얼음처럼 차가운 겨울밤에 얼어죽지 않고 새벽의 첫 햇살을 맞을 때 따뜻한 침대에서 일어나는 부자만큼 행복할 수 있음을 뜻한다. 결국 이것은 모든 인간이 자기 등에 실린 짐을 당나귀만큼 끈기 있게 잘 지고 간다는 이야기로 귀결된다. 자기 짐보다 조금이라도 더 강한 당나귀가 행복하기 때문이다. 실제로 이것은 당나귀 한 마리만 떼어놓고 본다면 개인이 도달할 수 있는 행복을 가장 믿을 만하게 정의한 것이다. 그러나 진실을 놓고 보면, 개인의 행복(또는 균형, 만족감. 개인의 가장 내밀한 자동반사적인 목표를 뭐라고 부르든 상관없다)은 전체의 힘과 긴장이 관통하는 담벼락 속의 돌멩이 하나나 강물의 물 한 방울만큼만 자기완결적 구조를 갖추고 있을 뿐이다. 한 인간의 행동과 감정은 나무랄 데 없는 타인들의 다른 모든 행동과 감정에 비하면 정말 하찮기 그지없다. 자기만의 균형에 맞게 사는 사람은 없고, 모두들 자신을 둘러싼 많은 층들의 균형에 기대어 산다. 그래서 개인의 자그마한 쾌락 공장은 복잡하기 짝이 없는 도덕적 신용의 문제와 얽혀 있다. 도덕은 개인의 영혼적 결산 못지않게 전체의 영혼적 결산에 속하기 때문이다. 이 부분에 관해서는 나중에 좀더 상세히 이야기할 기회가 있을 것이다.

보나데아는 연인의 마음을 되돌리려는 노력이 수포로 돌아가자 지적인데다 추진력까지 갖춘 디오티마에게 울리히를 빼앗겼다고 생각하고 그 여자에게 무한한 질투를 느꼈다. 그러나 대개 의지가 약한 사람들이 그렇듯, 디오티마에 대한 경탄 속에서 그 상실의 아픔을 일부 상쇄시키는 설명과 보상을 찾았다. 제법 오랫동안 이런 상태에 빠져 있다가 마침내 평행운동에 조금이라고 기여하겠다는 핑계로 가끔 디오티마의 집을 찾았다. 물론 그 집의 살롱 모임에는 끼지 못했는데, 디오티마와 울리히 사이에 모종의 합의가 있었던 게 분명하다고 혼자 믿었다. 이로써 그녀는 두 사람의 잔인함 때문에 괴로워했다. 하지만 이 두 사람을 사랑했기에 마음속에서는 비할 바 없이 순수한 감정과 희생심의 환상이 생겨났다. 그녀는 아침이면 남편이 출근하기를 초조하게 기다렸다가 남편이 집을 나가자마자 거울 앞에 앉았다. 마치 깃털 다듬을 준비를 하는 새 같다고 할까? 그녀는 머리카락을 묶고 이리저리 꼬면서 디오티마의 그리스식 스타일과 엇비슷한 모양이 나올 때까지 머리를 매만졌다. 머리를 빗다가 곱슬머리 일부가 돌출하는 바람에 전체적인 모양이 약간 우스꽝스러웠지만 그녀는 알아차리지 못했다. 전체적인 느낌에서 신적인 형상을 희미하게 연상시키는 얼굴이 거울 속에서 그녀를 향해 미소 짓고 있었기 때문이다. 그러고 나면 자신이 경탄하는 그 여자의 균형과 아름다움, 행복감이 아직 깊이는 부족하지만 비밀스러운 합일의 따스한 물결이 되어 마음속에서 일었다. 마치 바닷가에 앉아 두 발을 물에 담근 것 같은 느낌이었다. 종교적인 경배와도 비슷해 보이는(왜냐하면 인간이 온몸으로 신들의 가면 속에 자신을 집어넣고자 하던 원시시대부터 문명의 제식에 이르기까지 경건한 모방이 주는, 육신을 휘어잡는 그런 행복감은 결코 힘을 잃은 적이 없기 때문이다!) 이 태도는 그녀가 옷과 외모를 일종의 강박증과도 같이 사랑하기에 한층 더 부각되었다. 새 옷을 입고 거울 앞에 선 보나데아는 윗부분이 넓고 소맷부리가 좁은 윗옷과 이마까지 내려오는 곱슬머리, 종 모양으로 아래가 넓은 치마 대신 여자들이 무릎 치마를 입고 남자애들처럼 짧은 머리를 하는 시대가 올 거라고는 결코 상상할 수 없었을 것이다. 물론 그런 시대가 온다고 해도 그런 스타일에 반대할 일도 없을 것이다. 그녀의 뇌가 그런 상상을 전혀 받아들일 수 없었을 테니까. 그녀는 항상 귀부인처럼 옷을 입었고, 육 개월마다 바뀌는 최신 스타일을 마치 영원에 대한 외경만큼 숭배했다. 만일 사람들이 그녀의 지적 능력에 그것들의 무상함을 억지로 주입하더라도 그런 숭배심은 조금도 줄지 않았을 것이다. 그녀는 세상의 강요를 깔끔하게 받아들였다. 사람들이 명함 한 귀퉁이를 구부리거나, 지인들 집으로 신년 축하 카드를 보내거나, 무도회에서 장갑을 벗던 시절은 이제 동시대인들에겐 백 년 전의 일처럼 까마득한 과거, 즉 더는 상상할 수 없고 불가능하고 케케묵은 일로 여겨졌다. 그런 점에서 옷을 입지 않은 보나데아를 상상하는 건 퍽 이상했다. 옷을 벗은 그녀는 이념의 모든 보호망을 벗어던진 존재이자, 지진처럼 비인간적으로 덮치는 가차없는 강요 앞의 벌거벗은 포획물로 비쳤기 때문이다.

그런데 둔중한 현실의 변혁 속에서 일어나는 문화의 이런 주기적 몰락은 이제 그녀의 삶에서 사라졌다. 외모에 그렇게 비밀스러운 정성을 쏟아온 보나데아는 삶의 이 불법적인 시기를 과부처럼 살았다. 스무 살 이후 처음 있는 일이었다. 외모에 지극한 정성을 쏟는 여자들이 상대적으로 더 도덕적이라는 사실은 아마 일반적인 경험으로 받아들일 수 있을지 모른다. 그 경우, 수단이 목적을 몰아내기 때문이다. 위대한 스포츠 영웅이 사랑에서는 형편없는 아마추어일 때도 많고, 지극히 전투적으로 보이는 장교가 나쁜 군인일 수도 있으며, 심지어 굉장히 지적으로 보이는 남자가 종종 멍청이로 드러나는 것과 비슷하다. 그런데 보나데아의 경우 문제는 단순히 내부 에너지를 어떻게 분배하느냐가 아니었다. 그녀는 정말 깜짝 놀랄 정도로 강렬하게 새 삶으로 돌아섰다. 화장할 때면 화가의 마음으로 정성스레 눈썹을 그렸고, 자연 상태에서 벗어나 현실에 초연할 수 있게 살짝 고양되는 느낌으로 이마와 볼에 분을 조금 발랐으며, 몸은 부드러운 코르셋 속에 끼워넣었고, 그전에는 너무 여성스럽다고 생각해서 창피하고 거추장스럽게 느껴지던 큰 가슴에도 갑자기 자매의 사랑을 느꼈다. 남편은 아내의 목을 손가락으로 간질일 때 보나데아가 "머리 망가져요!" 하고 거부감을 표시하면 적잖이 놀랐다. 또는 아내의 손을 잡으려고 할 때 "지금은 새 옷을 입고 있어서 안 돼요!"라는 대답이 돌아올 때도 마찬가지였다. 닫힌 문처럼 몸속에 갇혀 있던 죄악의 힘이 풀려나와, 보나데아 내부의 행복한 새 세계에서 봄 하늘의 별들처럼 이리저리 돌아다니고 있었다. 그녀는 지극히 민감한 감수성의 이런 낯설고 부드러운 빛을 받으며 몸에서 딱지가 떨어져

나가는 듯한 해방감을 느꼈다. 이런 아내를 보며 남편은 결혼 이후 처음으로, 제삼자가 자기 가정의 평화를 파괴하고 있는 건 아닌지 고개를 갸웃거렸다.

그와 함께 일어난 일은 바로 삶의 체계라는 영역에서 나타난 하나의 현상이었다. 옷은 현재가 뿜어내는 특별한 기운으로 만들어지고, 인간의 몸에 걸쳐지면 형식 그 자체로 간주할 수 있는데, 코에 화살을 꽂거나 입술에 고리를 끼운 사회에나 어울릴 만큼 이상한 대롱이자 돌기다. 그렇지만 그것을 입은 사람에게 부여하는 특성과 함께 보게 되면 옷이라는 게 얼마나 매혹적인지 모른다! 마치 종이 위의 복잡한 선 안으로 한 위대한 단어의 의미가 파고든다고 할까! 이렇게도 상상할 수 있다. 누군가 산책하거나 찻잔 옆의 접시에 막 샌드위치를 올려놓는데, 마치 경건한 옛 그림에 자주 등장하는 것처럼 그 사람의 보이지 않는 선함과 특별함이 계란 노른자처럼 노랗고 성스러운 불빛의 형태로 갑자기 정수리 뒤에서 보름달처럼 나타난다고 말이다. 이는 의심할 바 없이 정말 엄청나고 감동적인 체험일 것이다. 이처럼 잘 만든 옷은 보이지 않는 것, 심지어 존재하지 않는 것까지 눈에 보이게 하는 힘을 매일 증명한다!

그런 물건들은 우리가 빌려준 물질적 가치를 환상적인 이자를 쳐서 돌려주는 채무자와 비슷하다. 사실 세상엔 채무자 같은 그런 물건밖에 없다. 왜냐하면 확신과 선입견, 이론, 희망에도 옷의 그런 특성이 담겨 있고, 무언가에 대한 믿음과 생각, 심지어 아무 생각 없음의 상태에도 그런 특성이 있기 때문이다. 오직 자기 힘으로만 올바른 상태에 도달한 무념무상이라면 말이다. 이 모든 것들은 우리가 그것들에 빌려준 자산을 우리에게 다시 돌려줌으로써, 우리에게서 출발한 빛으로 세계를 비추기 위함이다. 말하자면 이것은 누구나 자기만의 특별한 체계로 해결해야 할 과업이라고 할 수밖에 없다. 우리는 거대하고 다양한 기술로 망상을 만들어내고, 그 망상의 도움으로 정말 말도 안 되는 것들과 함께 태연히 살아갈 수 있다. 왜냐하면 우리는 꽁꽁 얼어붙은 우주의 이 찡그린 얼굴을 책상이나 의자, 고함이나 쭉 뻗은 팔, 또는 속도나 구운 닭으로 인식하기 때문이다. 우리는 머리 위 탁 트인 아득한 하늘 절벽과 발아래 약간 가려진 하늘 절벽 사이에서, 그리고 이 지구 땅덩어리에서 마치 닫힌 방 안에 있는 것처럼 아무 문제 없이 태평하게 살 수 있다. 우리는 우리의 삶이 밖으로는 우주 공간의 비인간적인 광활함과 안으로는 원자 세계의 비인간적인 협소함 속에서 서서히 저물어가는 것을 안다. 하지만 그 광활함과 협소함 사이에 있는 중간층의 형상물들을 이 세상의 것으로 취급한다. 그게 실은 우리가 웬만큼 거리를 두고 느끼는 인상들의 선택적인 추출일 뿐이라는 사실에는 전혀 개의치 않는다. 그런 태도는 분명 우리 오성의 높은 수준에 부합하지 않는다. 하지만 그게 바로 우리의 감정이 거기에 얼마나 강력하게 개입하고 있는지를 증명해준다. 사실 이는 인간의 가장 중요한 정신적 안전책으로서 일정한 심리 상태를 유지하는 데 큰 도움이 된다. 세상의 모든 감정과 열정도 인간이 자신의 고상한 심리적 안정을 지키기 위해 기울이는, 막대하지만 의식적으로 하는 것은 아닌 이런 노력에 비하면 아무것도 아니다! 하지만 이런 이야기를 아무리 해도 별 소용이 없어 보인다. 어차피 세상은 문제없이 잘 돌아가고 있으니까. 그런데 좀더 자세히 들여다보면, 이것은 선회하는 천체 사이에서 인간이 똑바로 걸을 수 있게 해주고, 거의 무한한 미지의 세계 한가운데에서 저고리 두번째 단추와 세번째 단추 사이로 품위 있게 손을 넣을 수 있게 하는 지극히 인위적인 의식 상태다. 인간이라면 바보건 현자건 할 것 없이 모두 이 상태에 이르는 자기만의 요령이 있다. 그뿐 아니다. 이 개인적인 요령들의 체계는 아주 교묘한 방식으로 사회와 세계의 도덕적이고 지적인 균형 체계로 구축된다. 크게 보면 사회의 이런 체계도 동일한 목적에 이용된다. 이 맞물림은 우주의 모든 자기장이 지구의 자기장에 영향을 끼치는 우리 자연의 커다란 맞물림과 비슷하다. 우리가 그걸 의식하지 못하는 것은 지구에서 일어나는 일들이 바로 그런 맞물림의 결과이기 때문이다. 하지만 그로 인해 유발된 정신적 홀가분함은 어찌나 큰지, 지극히 현명한 사람들조차 아무것도 모르는 어린 여자애들처럼 아무 걱정 없는 태평한 마음으로 스스로 현명하고 선하게 살고 있다고 여긴다.

그런데 어떤 의미에서 감정과 욕망의 강요 상태라고도 할 수 있을 그런 만족 상태가 지나고 나면 때때로 그 반대 상태가 우리를 찾아오는 듯하다. 그것을 정신병원의 용어로 표현하면 관념분일이다. 지상에 갑자기 엄청난 관념분일이 휩쓸고 지나가고, 그후 전 인류의 삶이 새로운 중심축 주위로 모인다. 모든 거대 혁명의 외적 동기보다 더 깊은 곳에 자리하는 원인은 참을 수 없는 상태의 응축이 아니라 영혼의 인위적 만족을 받치고 있는 응집력의 상실이다. 한 유명한 초기 스콜라 철학자의 금언이 여기에 잘 어울릴 듯하다. "크레도, 우트 인텔리감!"* 이 라틴어 문구를 동시대 독일어로 약간 자유롭게 옮겨보면 다음과 같다.

* 중세 철학자 안셀무스의 말로 '나는 이해하기 위해서 믿는다'는 뜻이다.

'주여, 오 나의 신이시여, 나의 정신에 생산의 신용거래를 허락해주소서!' 어쩌면 모든 인간적 믿음은 신용거래의 한 특수 형태일 뿐이다. 사랑과 사업, 과학, 심지어 멀리뛰기에서도 사람들은 승리하고 득점을 하기에 앞서 먼저 믿어야 한다. 이게 어떻게 인생 전반에 해당되지 않겠는가?! 어떤 질서가 아무리 뿌리깊더라도 배경에는 항상 그 질서에 대한 자발적 믿음이 깔려 있다. 그것은 곧 식물에서 새로운 성장이 시작하는 지점을 가리키기도 한다. 해명할 필요도 없고 보장할 수도 없는 이런 믿음이 다 소진되고 나면 곧 와해가 뒤따른다. 시대와 제국은 신용을 잃은 사업체가 망하는 것처럼 무너진다. 이로써 영혼의 균형에 대한 근본적 고찰은 보나데아의 아름다운 예시에서 슬픈 운명을 가진 카카니엔의 예시로 넘어간다. 카카니엔은 현단계에서 보면 신이 신용거래와 생의 즐거움, 자기 자신에 대한 믿음, 그리고 자신들에게 어떤 사명이 있다는 유익한 환상을 퍼뜨릴 문명국가로서의 능력을 박탈한 첫 나라였기 때문이다. 카카니엔은 개화된 사람들이 사는 지적인 나라였다. 그들은 지구 곳곳의 모든 문명인들처럼 소음과 속도, 혁신, 분쟁, 그 밖에 우리 삶의 시각적 청각적 풍경에 속하는 모든 것들의 엄청난 소용돌이 속에서 무언가 딱히 결정을 내리지 못하는 심정으로 이리저리 돌아다녔다. 그들도 다른 나라 사람들처럼 날마다 책을 읽고 머리카락이 곤두설 정도로 오싹한 수십 건의 뉴스를 들으면서 흥분할, 아니 개입할 준비를 하고 있었다. 그러나 실제로 그렇게 하는 일은 없었다. 몇 순간만 지나면 벌써 새로운 흥분이 이전의 흥분을 의식에서 몰아냈기 때문이다. 그들은 다른 모든 이들과 마찬가지로 살인과 학살, 열정, 희생심, 위대함에 둘러싸여 있다고 느꼈고, 그런 것들은 그들 주위에 실뭉치처럼 뒤엉킨 복잡한 관계 속에서 일어났다. 그러나 그들은 이 모험들을 직접 겪지는 못했다. 사무실이나 여타 직장에 매여 있었기 때문이다. 그래서 저녁 무렵 직장에서 풀려나면 해소되지 못한 그들의 긴장은 어떤 즐거움도 주지 못하는 유흥 속에서 폭발했다. 사랑 하나에만 헌신하는 보나데아와는 달리 문명인들에게는 또 한 가지 문제가 있었다. 이제 그들에게는 더는 신용거래의 재능도 사기의 재능도 남아 있지 않았고, 자신들의 웃음이, 한숨이, 생각이 어디로 가는지도 몰랐다. 왜 생각하고 왜 웃는지도 몰랐다. 그들의 입장은 우연한 인자에 의해 형성되었고, 그들의 취향은 진부했다. 그들이 걸어가는 길에 있는 모든 것이 이미 존재하는 틀에 맞춰 허공에 걸려 있는 듯했다. 그들은 무엇이건 진심으로 하거나 그만두는 것이 없었다. 통일적인 원칙이 없었기 때문이다. 이처럼 문명인은 모종의 빚이 스스로 감당할 수 없을 만큼 계속해서 늘어난다고 느끼는 사람이었다. 불가피한 파산을 눈앞에 두고 있는 사람이었고, 실은 남들과 똑같이 살기를 원함에도 그렇게 살 수밖에 없는 이 시대를 탓하고 그러면서도 다른 아무개와 마찬가지로 기꺼이 그렇게 살아가거나, 아니면 더는 잃을 게 없는 사람의 용기로 자신에게 변화를 약속하는 이념에 빠졌다.

물론 이제는 세상 어디를 가나 똑같았다. 그럼에도 신이 카카니엔의 신용거래를 박탈했을 때에는 특별히 이 나라의 온 민족들을 문화의 난점들에 눈뜨게 했다. 그들은 하늘이 제대로 둥근지 어떤지 하는 문제를 일절 고민하지 않고 자신들의 땅에 박테리아처럼 안주하며 살았다. 그러다 갑자기 삶이 그들을 빡빡하게 조여왔다. 인간은 보통 자신이 본연의 인간이 되려면 실제보다 더 큰 존재라고 믿어야 한다는 사실을 모른다. 그건 어떤 식으로든 자기 위에서, 자기 주위에서 느껴야 하지만, 갑자기 그것을 놓칠 때가 가끔 있다. 그럴 때 없어진 것은 상상의 요소다. 카카니엔에서는 아무 일도 일어나지 않았다. 예전에는 그게 바로 카카니엔의 수수한 옛 문화라고 생각했을 것이다. 그러나 이제는 아무 일도 일어나지 않는다는 것이 잠을 잘 수 없거나 아무것도 이해할 수 없을 때처럼 불안한 것이 되어버렸다. 때문에 지성인들은 통일성 있는 하나의 민족문화 안에서는 그런 일이 없을 거라고 스스로를 납득시킨 뒤 카카니엔의 민족들에게도 그런 확신을 심어주려고 했다. 이제 그것은 일종의 종교적 대용물이자, 빈에 있는 선한 황제의 대용물이자, 일주일이 이레로 이루어져 있다는 너무나 분명한 사실에 대한 설명이 되었다. 왜냐하면 설명할 수 없는 일은 많고, 국가國歌를 부를 때면 그런 걸 느끼지 못하기 때문이다. 당연히 그것은 선한 카카니엔 사람이, 당신은 누구냐는 질문에 감격적으로 "그 무엇도 아니다!"라고 대답할 수 있는 그런 순간일 것이다. 여기서 '그 무엇도 아니다'라는 말은 한 카카니엔인을 아직 존재하지 않는 모든 것이 될 수 있는 무언가로 만들기 때문이다! 카카니엔인들은 그리 반항적인 인간들이 아니었고, 각 민족은 자신에게 좋아 보이는 것을 다른 민족들과 함께하고자 하는 절반의 타협에 만족했다. 이런 환경에서는 당연히 자기 것이 아닌 아픔에 공감하기란 어렵다. 그리고 이천 년 동안 이타적 교육을 받아오며 이기주의를 배격한 덕에 나 또는 네가 나쁜 일을 겪어야 할 때면 항상 상대방 쪽을 가리키게 되었다. 그렇다고 유명한 카카니엔 민족주의를 특별히 야만적인 것으로 생각해서는 안 된다. 카카니엔 민족주의는 실제 현실이라기보다 역사상의 과정이다. 거기 사는 인간들은 서로를 정말 좋아했다. 서로 머리통을 때려부수고 침을 뱉기는 했지만, 그건 더 고상한 문화를 생각해서 그랬을 뿐이다. 평소 사람들이 없는 데서는 파리 한 마리 죽이지 못하는 인간이 십자가상이 걸린 재판정에서는 타인에게 사형선고를 내리는 것과 다르지 않다. 어쩌면 이렇게 말해도 될 듯하다. 좀더 높은 인간들의 자아가 휴식을 취할 때마다 카카니엔인들은 안도의 한숨을 내쉬었고, 스스로를 다른 모든 인간들과 마찬가지로 착실한 식사 도구로 느껴온 그들은 역사의 도구라는 자신의 역할에 무척 놀라워했다.

110. 모스브루거의 해체와 보존

모스브루거는 여전히 감옥에 있었고, 반복되는 정신과 진료를 기다렸다. 그렇게 덩어리진 날들이 죽 이어졌다. 하루하루는 막상 그날이 되면 그 덩어리에서 튀어나왔지만 저녁이면 벌써 다시 덩어리 속으로 가라앉았다. 모스브루거가 접촉하는 것이라고는 죄수와 간수, 복도, 뜰, 파란 하늘 한 조각, 이를 가로지르는 구름 몇 점, 음식, 물, 그리고 이따금 자신을 살피러 오는 높은 사람이 전부였다. 그런데 이 인상들은 너무 약해서 지속적이지 못했다. 그는 시계도 해도 없고, 일도 시간관념도 없었다. 항상 배가 고프고 항상 피곤했다. 6제곱미터밖에 안 되는 공간에서 어슬렁거리는 것이 수킬로미터를 헤매고 돌아다니는 것보다 더 피곤했다. 게다가 자기가 하는 모든 일이 지겨웠다. 마치 밀가루로 죽을 쑬 때 냄비를 계속 젓는 것과 비슷했다. 전체적으로 보면 낮과 밤, 식사와 식사, 점검과 감시가 끊임없이 빠른 속도로 윙윙거리며 반복되는 듯했다. 그는 이것을 즐겼고, 삶의 시계는 무질서 속에 빠졌다. 이 시계는 앞으로도 뒤로도 돌릴 수 있었다. 이게 좋았고, 자신에게 맞았다. 오래전에 일어난 일과 방금 일어난 일은 더는 서로 인위적으로 떨어지지 않았다. 둘이 동일하다면 사람들이 '상이한 시간'이라 부르는 것에 매일 필요가 없었다. 그건 그저 쌍둥이를 구별하려고 한 아이의 목에다 빨간 실을 묶어두는 것과 비슷했다. 그의 삶에서 비본질적인 것은 사라졌다. 그는 이 삶에 대해 깊이 생각할 때면 속으로 천천히 자기 자신과 대화했고, 모든 음절에 똑같은 강세를 두었다. 그것은 사람들이 매일 듣는 노래와는 완전히 다른 삶의 노래였다. 그는 한 단어에서 꽤 오래 멈춰 있을 때가 많았다. 그러다 마침내 어쩌다 그 단어를 떠나게 되면 그것은 얼마 뒤 다른 곳에서 불현듯 그를 다시 찾아왔다. 그는 기쁨으로 웃음을 터뜨렸다. 자신이 무엇을 만났는지 아무도 모르기 때문이다. 그가 가끔 도달하던 자기 자신과의 이런 일체감은 말로 표현하기 어렵다. 다만 한 인간의 삶이 시냇물 같다고 상상한다면 모스브루거가 자신의 삶에서 인지한 움직임은 거대하고 잔잔한 호수를 관통하는 시냇물처럼 흘러가고 있었다. 이 시냇물은 앞으로 흘러가면서 뒤로도 엉켰다. 그러다보니 본래의 흐름은 사라져버렸다. 한번은 비몽사몽간의 꿈속에서 현실 속의 자신이 마치 몸에 안 맞는 저고리를 걸친 것처럼 느껴졌고, 이따금 그 저고리를 약간 열어젖히면 아주 괴상한 안감이 숲처럼 거대한 비단 물결이 되어 흘러나왔다.

그는 이제 밖에서 일어나는 일이 궁금하지 않았다. 어디서는 전쟁이 벌어졌고, 어디서는 성대한 결혼식이 열렸다. 발루치스탄의 왕은 지금

오는 중일 것이다. 그는 그렇게 생각했다. 곳곳에서 군인들은 훈련을 하고, 창녀들은 이리저리 돌아다니고, 목수들은 연장을 든 채 지붕 사다리 위에 서 있다. 슈투트가르트의 술집에서는 베오그라드에서와 똑같이 굽은 노란 꼭지에서 맥주가 콸콸 쏟아진다. 길을 걷다보면 근위병이 다가와 증명서를 보자고 하면서 도장을 찍어준다. 빈대가 있는 곳도 널려 있고 없는 곳도 널려 있다. 어떤 곳엔 일이 있고 어떤 곳엔 없다. 여자는 모두 똑같다. 병원의 의사들도 똑같다. 일이 끝난 저녁에는 사람들이 거리로 쏟아진다. 더는 해야 할 일이 없는 사람들이다. 이런 풍경은 언제 어디서건 똑같다. 누구도 새로운 생각을 하지 않는다. 모스브루거의 머리 위 파란 하늘로 비행기가 처음 날아갔을 때는 아름다웠다. 그러나 그런 비행기가 차례로 하나둘 다시 지나가자 모두가 똑같아 보였다. 그것은 시시각각 변하는 모스브루거의 멋진 생각과는 달리 천편일률적인 모습이었다. 그는 어떻게 그럴 수 있는지 이해가 되지 않았다. 어쨌든 그게 그의 길을 가로막았다! 그는 고개를 저었다. '이놈의 세상, 될 대로 되라지!' 사형집행인이 와서 자기를 데려가도 상관없었다. 어차피 잃을 것은 많지 않았다……

그럼에도 그는 때로 생각 속에서처럼 문으로 걸어가 바깥에 자물쇠가 달린 지점을 살며시 만지작거렸다. 그러면 간수의 눈이 복도에서 감시창 안을 들여다보았고, 호통을 치는 화난 목소리가 뒤따랐다. 이런 모욕을 피해 모스브루거는 얼른 감방 안쪽으로 물러났고, 그러고 나면 자신이 유폐되고 강탈당한 느낌이 들었다. 사방의 네 벽과 하나의 철문은 사람이 드나드는 공간치고 특별할 것이 없었다. 친밀감이 들지 않는 창문 앞의 창살도 결코 특별하지 않았다. 나무 침상과 나무 책상이 늘 같은 자리에 놓여 있는 것도 정상이었다. 다만 그것들을 원하는 대로 다룰 수 없다는 생각이 드는 순간 말도 안 되는 어떤 것이 생겨났다. 여기 있는 물건들, 그러니까 어떻게 생겼는지 알 수 없는 하인과 노예들이 만든 이 물건들이 갑자기 뻔뻔해진 것이다. 이것들은 서라고 명령했다. 이 물건들이 자신에게 이런저런 명령을 내린다는 것을 알아차린 순간 모스브루거는 이것들을 부숴버리고 싶은 마음이 들었다. 그러나 이런 법의 하인들과 싸우는 것이 자신의 품위에 맞지 않는다고 간신히 스스로를 다독였다. 그럼에도 두 손은 발작을 일으키지 않을까 염려될 정도로 심하게 실룩거렸다.

그들은 드넓은 세상에서 6제곱미터의 이 공간을 골랐고, 모스브루거는 그 안을 이리저리 서성였다. 갇히지 않은 건강한 사람들의 생각은 그의 생각과 무척 비슷했다. 그런데 바로 얼마 전까지도 그에게 그렇게 열렬한 관심을 보이던 사람들이 재빨리 그를 잊어버렸다. 그는 여기로 보내져 벽에 박힌 못처럼 단단히 이곳에 붙들렸다. 여기 갇히니 아무도 그에게 신경쓰지 않았다. 이어 다른 모스브루거들이 차례로 왔다. 물론 그들은 그가 아니고, 다 다른 사람들이었지만 하는 일은 똑같았다. 그것은 성범죄였고, 음습한 이야기였고, 잔인한 살인이었고, 광인의 행위였고, 책임능력이 절반밖에 없는 자의 범행이었고, 모든 사람이 조심해야 할 만남이었고, 경찰과 법이 적절히 대처해야 할 대상이었다…… 이런 별 내용도 없는 일반적인 개념들과 기억의 꼬리표들이 말라비틀어진 이 사건을 자신들의 넓은 그물망 어딘가에 끼워넣었다. 사람들은 모스브루거의 이름을 잊었고, 구체적인 내용 또한 잊었다. 그는 그냥 '다람쥐나 토끼, 또는 여우 한 마리'가 되었다. 더 자세하게 구분하는 것은 의미가 없었다. 대중의 의식 속에는 모스브루거에 관한 특정 관념이 있었던 게 아니라 굉장히 먼 거리에 초점을 맞춘 망원경 속의 희미한 회색빛과 같은, 뒤섞인 일반 개념들의 칙칙하고 넓은 들판만 있을 뿐이었다. 이처럼 제대로 된 연결을 만들지 못하는 점, 그리고 결정을 어렵게 하는 삶과 고통의 무게에는 아랑곳없이 오직 자신에게 맞는 개념들만 사용하는 사고의 잔인함 면에서는 일반의 영혼과 모스브루거의 영혼이 일치했다. 그러나 그의 미친 뇌 속에 꿈과 동화로 남아 있는 것, 또는 세상 모습을 반영하지 않고 그냥 빛을 통과시키기만 하는 그의 의식 속 거울에 있는, 손상되었거나 이상한 지점이 일반의 영혼에는 없었다. 그런 건 기껏해야 개별 인간과 그들의 분명치 않은 흥분 속에 이따금 조금씩 담겨 있을 뿐이었다.

다른 모스브루거가 아니라 오직 이 모스브루거에게만 해당되는 일, 즉 세상의 이 특정한 6제곱미터 공간에 당분간 그를 가두어놓고, 먹이고 감시하고 규정에 따라 대우하고, 다른 형무소로 이송하거나 죽음으로 안내하는 일은 삶의 태도 자체가 완전히 다른 비교적 작은 집단에 맡겨져 있었다. 여기 사람들은 일을 할 때면 쉴새없이 불신의 눈알을 굴렸고, 조금이라도 규정에 어긋난 일이 발생하면 가차없이 불호령을 내렸다. 모스브루거의 감방에 들어갈 때는 꼭 두 명 이상 들어갔고, 복도로 데리고 나올 때는 꼭 수갑을 채웠다. 그들은 이 작은 구역에서 여기 이 모스브루거를 불안하고 조심스럽게 다루었다. 이 조심성은 모스브루거가 일반적으로 받았던 대우와 이상한 대조를 이루었다. 그는 사람들의 이런 조심성에 대해 불평을 늘어놓았다. 그러나 간수장이건 형무소장이건, 의사건 성직자건 할 것 없이 이 항의를 들을 때마다 한결

같이 무뚝뚝한 표정을 지으며 그에 대한 이런 대우는 규정에 따른 것이라고만 대답했다. 이제 그에게는 규정이 세상의 잃어버린 관심에 대한 대체물이 되었다. 모스브루거는 생각했다. '네 목에 긴 밧줄이 둘러져 있는데, 그걸 누가 당길지는 볼 수 없어.' 그는 흡사 길모퉁이 뒤편 외부 세계에 묶인 기분이었다. 모스브루거에 대한 생각을 거의 하지 않는 사람들, 그에 대해 아무것도 모르는 사람들, 혹은 그를 기껏해야 동물학 교수의 눈에 비친 평범한 마을 길거리의 평범한 암탉 같은 존재로밖에 여기지 않는 사람들, 이들 모두가 그에게 비운의 운명을 마련해주기로 합심한 듯했다. 그는 이 운명이 자신에게 다가오는 것을 비육체적으로 느끼고 있었다. 한 사무실 여직원은 그의 서류에 추가할 내용을 타이핑했고, 한 기록물 담당관은 아주 근사한 기억 규칙에 따라 이 서류를 분류했으며, 한 참사관은 형 집행에 필요한 새로운 행정명령을 준비하고 있었다. 몇몇 정신과의사들은 순수 정신병적 기질과 간질 및 간질 합병증의 특수 케이스 사이의 경계를 두고 전문적인 논쟁을 벌였고, 법률가들은 선고 변경 요인과 작량감경 요인 사이의 관계를 분석했다. 또한 어떤 주교는 사회 전반의 도덕적 해이를 꼬집었고, 어떤 수렵감시관은 보나데아의 남편인 법관에게 여우 개체수의 과도한 증가를 하소연했는데, 이를 계기로 그 높은 양반은 법원칙을 엄정하게 수호하겠다는 마음을 더욱 굳혔다.

개인적인 사건은 이런 비개인적인 사건들로 조합되어 있다. 그 방식을 지금 당장은 자세히 기술할 수 없지만 말이다. 모스브루거의 사건에서 그 자신과 그가 살해한 몇 사람하고만 관련된 모든 개인적이고 낭만적인 요소를 빼버리면 대략 울리히의 아버지가 최근에 보낸 편지에 동봉되어 있던 인용 문헌들의 목록 같은 것밖에 남지 않는다. 그 목록은 다음과 같다. AH. - AMP. - AAC. - AKA. - AP. - ASZ. - BKL. - BGK. - BUD. - CN. - DTJ. - DJZ. - FBgM. - GA. - GS. - JKV. - KBSA. - MMW. - NG. - PNW. - R. - VSgM. - WMW. - ZGS. - ZMB. - ZP. - ZSS. - Addickes a. a. O. - Aschaffenburg a. a. O. - Beling a. a. O. 등등. 이 약어들을 풀면 이렇다. 먼저 AH.는 Annales d'Hygiène Publique et de Médicine légale, hgb. v. Brouardel, Paris. 그다음은 Annales Médico-Psychologiques, hgb. v. Ritti…… 등등. 이처럼 간결하게 줄인 단어가 한 페이지에 이른다. 그러나 진실은 주머니에 넣을 수 있는 크리스털이 아니라 사람들이 빨려들어가는 무한한 흐름이다. 이 약어들 하나하나에서 수십 페이지나 수백 페이지에 이르는 인쇄된 종이를 떠올려보고, 각 페이지에서 그것을 쓴 열 손가락을 떠올려보고, 각각의 손가락에서 열 명의 신봉자와 열 명의 반대자를 떠올려보고, 각 신봉자와 반대자에서 또 열 손가락을 떠올려보고, 또 이 각각의 손가락에서 개인적인 생각의 10분의 1씩을 떠올려보면 진실이라는 것이 무엇인지 그 일면을 짐작할 수 있다. 진실 없이는 그 유명한 참새도 지붕에서 떨어질 수 없다. 해와 바람, 먹이가 참새를 지붕으로 데려왔고, 병과 굶주림, 추위, 또는 고양이가 참새를 죽였다. 그러나 이 모든 건 생물학, 심리학, 기상학, 물리학, 화학, 사회학 등의 법칙 없이는 일어날 수 없었을 일이다. 이런 법칙들은 단순히 찾기만 하면 된다는 것이 참으로 안심이다. 도덕과 법학에서처럼 직접 만드는 대신 말이다. 게다가 모스브루거 개인으로 보면 그는 안타깝게도 인간의 지식을 아주 조금밖에 갖고 있지 않았지만 그 지식에 대한 존경심은 무척 컸다. 그러나 그가 자신의 상황을 알고 있었다 해도 결코 그것을 완전히 이해하지는 못했을 것이다. 그는 자신의 상황을 희미하게만 예감했고, 언제든 변할 수 있는 불안정한 상태로 느꼈다. 그의 힘센 몸도 겉보기만큼 단단하지 않았다. 가끔 하늘이 그의 두개골 속을 들여다보았다. 예전에 길을 떠돌 때 자주 있었던 일이다. 요즘은 온 세상에서 감옥 담장을 통해 그에게로 흘러들어오는, 굉장히 중요한 사람으로 고양되었다는 느낌이 불쾌하게 다가올 때도 많았지만, 결코 그 상태에서 벗어나지는 못했다. 그래서 이제 그는 보이지 않게 자신을 둘러싼 논문들의 무한한 바다 한가운데에, 사람이 살지 않는 산호섬처럼 앉아 있었다. 깊숙이 갇힌 무서운 행위의 거친 가능성으로서.

111. 법률가들의 사전에는 반쯤 미친 인간이란 없다

어찌됐건, 한 범죄행위는 법 전문가들의 지난한 정신노동과 비교하면 단순할 때가 많다. 피고는 정상적인 상태에서 병적 상태로 넘어가는 일이 자연에선 무척 매끄럽게 이어진다는 사실을 자주 들먹인다. 반면에 법률가는 그 경우 이렇게 주장한다. "자기결정의 자유나 한 행위의 범죄적 성격에 대한 사전 인지와 관련해서 긍정과 부정의 근거들은 어떤 사고 규칙에 따르더라도 배제와 상쇄 과정을 거쳐 단 하나의 문제적 판결만 이끌어낸다"는 것이다. 왜냐하면 법률가는 논리적 이유로 '동일한 행위에 대해 결코 두 상태의 혼합을 인정해서는 안 된다'는 입장을 견지하기 때문이다. 또한 "도덕적 자유의 원칙이 육체에 좌우되는 영혼적 상태와의 관계에서 경험적 사고의 애매한 불확실성으로 해체되는" 것도 인정하지 않는다. 법률가는 자연에서 개념을 가져오는 것이 아니라 오히려 사고의 불꽃과 도덕률의 칼로 자연을 꿰뚫어버린다. 법무부가 소집한 형법 개정 위원회에서 이와 관련한 논쟁이 불붙었다. 울리히의 아버지도 그 일원인데, 아들은 아버지가 보낸 모든 참고자료와 아버지의 입장을 이해하기까지 약간의 시간이 걸렸을 뿐 아니라 착한 아들로서 의무를 다해야 한다는 훈계도 그사이 몇 번 들어야 했다.

매우 신랄한 편지에서도 "너를 사랑하는 아버지"라고 스스로를 지칭하는 울리히의 아버지는 다음과 같은 주장과 요구를 했다. 부분적으로 병든 사람은 그 행위를 정당화하거나 처벌 책임을 면제해줄 만한 망상이 있었음이 증명될 경우에만 무죄로 인정된다. 반면 슈붕 교수는 다른 입장을 개진했다. 울리히 아버지의 사십 년 지기이자 동료로서 격렬한 반대 입장으로 논쟁을 격화시킬 필요가 있어 그랬던 것 같은데, 어쨌든 그의 주장과 요구는 이랬다. 책임능력과 책임무능력의 상태는 법률적으로 병존할 수 없고 단지 급격하게 연이어질 수 있을 뿐이라는 점에서, 부분적으로 병든 개인은 개별적인 욕망과 관련해서 범행 순간에 그 욕망을 제어하는 것이 불가능했다는 점이 증명될 때에만 무죄판결을 받을 수 있다. 이것이 쟁점이었다. 범죄자가 범행 순간에 자신의 온전한 의지를 인지하지 못하는 것이 법적으로 처벌받을 수 있을 가능성을 인지하지 못하는 것만큼이나 어려울 거라는 점은 법률을 모르는 문외한도 쉽게 생각할 수 있다. 그러나 사법의 임무는 사고와 도덕적 행위에 편한 잠자리를 깔아주는 것이 아니지 않은가! 두 학자는 법의 존엄을 비슷한 정도로 확신했고, 둘 중 누구도 위원회의 다수를 자기편으로 확보할 수 없었기에 처음에는 서로를 오류라고 비난하다가 나중에는 서로 연이어 무논리니 의도적인 오해니, 규범성의 결핍이니 하는 말로 헐뜯었다. 이런 비난은 처음엔 어느 한쪽으로 명확하게 결정을 내리지 못하는 위원회의 회의 자리에서 오갔지만, 나중에는 회의가 진전을 보지 못하고 미루어지다가 급기야 오랫동안 열리지 못하게 되자 울리히의 아버지는 소논문 두 편, 즉 「형법 318조와 진정한 법 정신」 「형법 318조와 우리 법학의 우울한 원전들」을 발표해서 논쟁을 장외로 옮겼고, 슈붕 교수 역시 울리히가 참고 자료로 받은 바 있는 〈법률가들의 세계〉라는 잡지에 글을 발표해 울리히 아버지를 비판했다.

이 논쟁 글들에는 '그리고'와 '또는'이 많이 나타났다. 왜냐하면 이 두 입장을 '그리고'로 묶어야 할지, '또는'으로 떨어뜨려야 할지 '정리'해야 했기 때문이다. 긴 정회 끝에 다시 회의가 개최되었을 때 위원회는 이미 '그리고 파派'와 '또는 파'로 나뉘어 있었다. 거기다 범죄자가 병적 상태에서 자기통제를 유지하기 위해 들이는 정신적 힘의 소모량에 비례해 책임 및 책임능력의 정도를 정하자는 파도 생겨났다. 여기에 맞선 것이 네번째 파였다. 일단 범인에게 책임능력이 있느냐부터 명확히 결정되어야 한다는 것이 그들의 입장이었다. 책임능력의 경감은 이론적으로 볼 때 책임능력이 있음을 전제로 하기 때문이다. 그리고 만일 범인에게 일부만 책임능력이 있다고 하더라도 처벌은 일부가 아닌 전체로 받아야 한다. 형법의 논리로 따지자면 이 일부만 따로 떼어내어 처벌할 방법은 없기 때문이다. 이 파에 또 새로운 파가 반기를 들었다. 이들은 상대 파의 원칙을 인정하기는 했지만 자연이 그 원칙을 지키지 않고 반쯤 미친 인간들도 만들어낸다는 점을 강조했다. 때문에 이런 인간들의 경우 죄 자체를 경감할 수는 없으나 정상참작의 형식으로 형을 줄여줄 수는 있다는 것이다. 여기서 또 두 분파가 형성되었다. '책임능력 파'와 '책임 파'가 그것이었다. 그런데 이 두 분파가 분명하게 갈라졌을 때 적용 과정에서는 아직 차이가 드러나지 않던 관점이 표출되었다. 당연히 오늘날엔 어떤 전문가도 자신의 논거를 철학과 신학에서 찾지 않는다. 하지만 이 두 경쟁자, 즉 철학과 신학은 공간처럼 텅 비었으면서도, 공간처럼 사물들을 서로 접근시키는 관점으로서 궁극의 지혜를 위해 곳곳에서 각각의 전문적 시각 속으로 섞여들어간다. 이렇게 해서 마침내 조심스럽게 우회한 질문이 나오게 되었다. 즉 모든 인간은 도덕적으로 자유로운 존재로 봐도 되는 것일까? 그러니까 논외의 문제이기는 하지만, 오래전부터 제기되어온 의지의 자유가 모든 의견 차이의 핵심이었다. 이렇게 말하는 이유는 분명하다. 인간이 도덕적으로 자유롭다면 처벌을 통해 실질적인 압력을 행사해야 하기 때문이다. 이론적으로는 아무도 믿지 않는 압력이지만 말이다. 그런데 인간이 도덕적으로 자유로운 존재가 아니라 변경할 수 없게 맞물려 있는 자연 과정들의 결집체로 간주된다면 처벌 위협을 통해 범죄 욕구를 효과적으로 저지할 수는 있겠지만, 그의 행동에서 도덕적인 것을 기대할 수는 없을 것이다. 따라서 이 문제에서 또하나의 분파가 생겨났다. 이들은 범죄자를 두 부류, 즉 재판관과는 아무 상관 없는 동물적-심리학적 부류와 허구이기는 하지만 법적으로 자유로운 법률적 부류로 나눌 것을 제안하였다. 다행히 이것은 이론에 그쳤다.

잠시라도 정의 자체에 정의가 일어나게 하는 것은 어렵다. 그 위원회는 대충 헤아려도 서로 수천 가지 입장을 취하는 것이 가능한 이십여 명의 학자로 이루어져 있었다. 개정해야 할 법률은 1852년부터 시행되어왔는데, 그렇다면 여기서 중요한 것은 기존의 것을 다른 것으로 쉽게 대체해서는 안 된다는 지속성의 문제였다. 한 참석자가 언급한 것처럼, 확고부동한 법 기관은 모름지기 개별 시대의 정신적 유행에 따라서는 안 되기 때문이다. 위원회가 이 문제를 얼마나 성실하게 다루어야 하는지는 다음에서 잘 드러난다. 즉 통계에 따르면 사회 해악적인 범죄를 저지르는 사람의 백 중 칠십은 자신이 정의의 법망을 빠져나갈 수 있을 거라고 확신한다는 것이다. 그래서 붙잡은 4분의 1을 더욱 꼼꼼하게 다루어야 하는 것은 자명하다. 어쨌든 이런 상황은 그사이 당연히 조금이라도 나아졌을 것이다. 게다가 그런 보도가 똑똑한 법 전문가들의 머릿속에서 명징하게 피어나는 논리적 오성의 얼음꽃을 조롱하려는 의도를 가졌다고 보는 것은 잘못이다. 사실 법률가들의 그런 얼음꽃은 정신적 해빙기를 맞은 많은 사람에게 비웃음을 사기는 했다. 어쨌든 그와는 반대로 참석 학자들에게 자신의 오성적 힘을 선입견 없이 사용하지 못하게 하는 것은 바로 남성적인 엄격함과 자부심, 도덕적 건강함, 난공불락의 견고함, 현실에 대한 안주, 그러니까 우리가 흔히 말하는 것처럼 잃지 않기를 바라는 인간적 기질과 대부분의 미덕이었다. 그들은 인간을 마치 늙수그레한 학교 선생이 자기 보호 아래 있는 학생을 대하듯 스스로 책임지고 이끌어야 할 아이처럼 다루었다. 여기서 학생은 잘 헤쳐나가려면 선생 말에 따를 마음가짐과 주의력만 있으면 되었다. 그 결과 생겨난 것이 바로 이전 세대들이 갖고 있던 1848년 3월 혁명 이전의 정치적 감정이었다. 이런 법률가들의 심리학적 지식은 오십 년가량 시대에 뒤떨어진 게 틀림없다. 그런 일은 이웃 학문의 도구를 자신의 지식 영역 일부에 들여와 작업할 때 드물지 않게 일어나고, 여건이 허락하면 재빨리 다시 만회할 수도 있다. 하지만 끊임없이 시대에 뒤떨어지는 것은 인간의 가슴이다. 그것도 철두철미한 인간의 가슴이다. 그것은 역설적으로 가슴이 지속성과 관련해서 자부심이 크기 때문에 그러하다. 오성이 가장 메마르고 딱딱하고 뒤틀리게 나타나는 순간은 바로 가슴에 만성적인 문제가 있을 때다!

이 만성적인 문제는 마침내 격정적인 폭발로 이어졌다. 끝날 줄 모르는 논쟁으로 모든 참석자들이 지쳤고 그 와중에 논의가 진전될 가망은 전혀 보이지 않자 결국 합의를 제안하는 목소리가 늘기 시작한 것이다. 여기서 합의는 모든 공식이 그렇듯 해결되지 않은 대립을 아름다운 말로 봉합하는 것과 비슷했다. 사람들의 의견은 차츰 그 유명한 개념 정의, 즉 정신적 도덕적으로 볼 때 범죄를 저지를 수 있는 기질을 가진 범죄자만 책임능력을 인정하자는 쪽으로 모아졌다. 그런 기질이 없는 사람에게는 결코 책임능력을 물을 수 없다는 것이다. 탁월한 개념 정의였다. 여기에는 죄수복을 입는 것이 박사학위 가운을 입는 것에 비견될 만큼 범죄자의 자격 요건을 어렵게 만드는 장점이 있었다. 그런데 울리히의 아버지는 기념주년을 계기로 지나치게 유해지려는 경향 속에서 자신에게 날아온 수류탄으로 간주한 달걀처럼 둥근 개념 정의에 맞서 '사회학파'로의 파격적인 전환을 일구어냈다. 이 사회적 관점은 우리에게, 범죄적 변종 인간은 도덕적으로 심판을 내릴 것이 아니라 오직 인간 사회에 대한 유해성을 기준으로 판단해야 한다고 말한다. 여기서 다음의 결론이 나온다. 그런 변종 유형은 사회에 유해할수록 책임능력도 더 크게 인정되어야 한다는 것이다. 여기서 다시 논리적으로 귀결되는 것은 다음과 같다. 겉보기에 굉장히 천진무구해 보이는 범죄자들, 다시 말해 타고난 성품 때문에 형벌을 통한 개선 효과를 크게 기대할 수 없는 정신병 환자들은 최대한 가혹한 형벌, 어쨌든 건강한 사람보다는 훨씬 가혹한 형벌로 위협해야 한다는 것이다. 그래야 처벌의 위협을 통한 범죄 예방 효과가 동일하게 나타날 수 있기 때문이다. 이제 이런 사회적 개념에 슈붕 교수가 반박할 무기는 아무리 둘러봐도 없을 것 같았고, 실제로도 그래 보였다. 그러나 모두들 그렇게 생각할 때 슈붕은 뭔가 수를 썼고, 그 때문에 울리히의 아버지가 이렇게 편지를 쓰게 되었다. 즉 위원회 안에서 끝없는 논쟁으로 흐지부지될 위험이 큰 법의 길을 떠나, 자기 쪽으로 일을 유리하게 돌리려고 울리히를 통해 고위층과의 연결을 시도하게 된 것이다. 슈붕 교수가 울리히 아버지의 입장을 객관적으로 반박하는 대신 '사회적'이라는 말을 악의적으로 부각시켜 최근 게재한 논문에서 그 개념에 '유물론'과 '프로이센의 국가 이념'과 비슷하다는 혐의를 씌운 탓에 벌어진 일이었다.

울리히의 아버지는 아들에게 보낸 편지에서 이렇게 썼다. "나는 사회적 법학파의 개념이 고대 로마에 그 뿌리가 있고 프로이센의 예를 참조한 것은 아니라고 즉각 반박에 나섰지만, 증오심으로 똘똘 뭉쳐 우리 고위층의 마음에 거부감을 불러일으키려는 그 비방과 고발에 대해서는 어쩌면 아무 도리가 없을 것 같구나. 겉으로만 보면 유물론이나 프로이센과 너무 쉽게 연결되니 말이다. 따라서 이것은 더는 스스로 방어할 수 있는 비난이라고 할 수 없고 그저 수준도 안 되는 소문의 무차별적인 살포일 뿐이다. 고위층에서는 이 소문의 진위를 검증하기란 거의 불가능할 테고, 거기다 이 문제를 다루는 데서 오는 번거로움 때문에 그 양심 없는 고발자뿐 아니라 무고한 희생자에 대해서도 똑같이 언짢아할지 모르겠구나. 살아오면서 뒷길을 이용하는 인간들을 늘 경멸해온 아비지만, 이번에는 부득이 당부하자면……" 이런 식으로 계속되다가 편지는 끝을 맺었다.

112. 아른하임이 자신의 아버지 자무엘을 신들의 반열에 올려놓고, 울리히를 자기 사람으로 만들기로 마음먹다. 졸리만은 왕족 아버지에 대해 좀더 상세히 알고 싶어하다

아른하임은 벨을 눌러 졸리만을 찾았다. 그동안 녀석과 대화하고픈 마음이 없어 찾지 않다가 오랜만에 벨을 누른 것이다. 그런데 이 악동은 지금 호텔 어딘가를 어슬렁거리며 돌아다니고 있는 듯했다.

아른하임도 울리히의 반대로 끝내 상처를 받았다.

당연히 그는 울리히가 자기 반대편에 서 있다는 사실을 모르지 않았다. 그것도 남들과는 달리 사심 없이 그러는 듯했다. 울리히는 물이 불에 작용하듯, 소금이 설탕에 작용하듯 움직이면서 아른하임의 영향력을 약화시키고자 했다. 물론 명확한 의도를 갖고 그러는 것 같지는 않았다. 아무튼 아른하임은 울리히가 디오티마의 신임을 남용해 은밀히 자신에 대해 좋지 않은 말이나 비꼬는 말을 하고 있다고 확신했다.

그에게는 오랫동안 없던 일이었다. 상대를 누르기 위해 그가 평소에 사용하던 승리 전법도 여기선 먹히지 않았다. 위대하고 주관이 뚜렷한 남자의 영향은 미의 영향과 같다. 위대함이건 아름다움이건 자신의 영향력이 부정되는 것을 잘 견디지 못한다. 멀쩡한 풍선을 터뜨리거나 동상에다 모자를 씌우는 것만큼 못 참아한다. 아름다운 여자는 남들이 좋아해주지 않으면 매력을 잃는다. 위대한 남자도 남들이 주목해주지 않으면 조금 더 위대한 무언가가 될 수 있을지는 몰라도 위대한 공적 인물이 될 수는 없다. 아른하임이 이런 말들로 그 사실을 털어놓은 것은 아니었다. 다만 이렇게 생각했다. '나는 반대를 견디지 못한다. 오직 오성만이 반대를 통해 번성하기 때문이다. 그러나 나는 오성만 있는 인간을 경멸한다!'

아른하임은 자신의 적을 어떤 방식으로건 자신에게 무해한 인간으로 만들기가 어렵지 않을 거라고 생각했다. 그러나 울리히에게는 그런 방법을 쓰기 싫었다. 그냥 그를 자기 사람으로 만들고 싶었고, 영향을 끼치고 싶었고, 교육을 시키고 싶었고, 자신을 경탄하게 만들고 싶었다. 모순적이긴 하지만 그것을 쉽게 이루려면 그를 깊이 사랑해야 한다고 스스로를 다독였다. 왜 그래야 하는지는 자신도 모르면서 말이다. 아른하임은 울리히에게 두려울 것도 원할 것도 없었다. 어차피 라인스도르프 백작과 투치 국장 진영에는 우군이 없었다. 그도 그것을 알고 있었다. 게다가 비록 속도가 느리기는 하지만 일은 원하는 방향으로 조금씩 진척되고 있었다. 울리히의 반작용은 아른하임의 작용에 대면 아무것도 아니었다. 저세상에서 울려퍼지는 항변이라고 할까! 울리히의 반작용이 할 수 있는 유일한 일은 디오티마의 결단력을 약간 마비시킴으로써 결정을 미루게 하는 것밖에 없을 듯했다. 이것은 디오티마에게서 조심스럽게 캐낸 사실인데, 지금 생각하면 웃음밖에 나지 않았다. 아쉬움의 웃음일까, 적개심의 웃음일까? 이런 문제에서 그 차이는 중요하지 않다. 아른하임은 울리히의 논리적 비판과 반대가 울리히도 모르는 가운데 결국은 아른하임 자신에게 유리한 방향으로 쓰이는 것이 정의롭다고 생각했다. 또한 그것이 대의명분의 승리이자, 해결되어가는 삶의 여러 명확한 문제들 가운데 하나라고 믿었다. 아른하임은 그 젊은 친구와 자신을 연결시키고, 그 친구로서는 도저히 이해하지 못할 양보를 하게 만드는 것이 운명의 올가미라고 느꼈다. 울리히는 감언이설에 넘어올 친구가 아니었기 때문이다. 게다가 그는 사회적 이득 같은 것엔 바보처럼 둔감했고, 아른하임이 보내는 우정의 신호도 눈치채지 못했거나 아니면 대수롭지 않게 여기는 듯했다.

아른하임이 '울리히의 익살'이라고 부르는 무언가가 있었다. 이것은 부분적으론, 매우 지적인 남자가 삶이 제공하는 이득을 알아채지 못하고, 자신에게 기품과 사회적 지위를 부여해줄 대상과 기회에도 정신적으로 순응할 줄 모르는 것을 의미했다. 울리히는 아른하임과는 상반되는, 가소롭기 짝이 없는 삶의 신조를 표방하고 있었다. 그러니까 삶이 정신에 적응해야 한다는 것이다. 아른하임은 울리히의 모습을 떠올려보았다. 키는 자신과 비슷했지만 나이는 젊었다. 자신의 육체에서는 숨길 수 없는 탄력성의 상실이 그의 몸에는 없었다. 게다가 얼굴에는 절대적인 독자성이 깃들어 있었다. 그 이유를 아른하임은 일말의 질투심을 갖고, 울리히가 금욕적인 학자 족속의 후예라는 데서 찾았다. 울리히를 그런 가문의 후손으로 생각하고 있었기 때문이다. 이 얼굴에는, 떠오르는 가공 처리 전문 기업의 왕조가 자신의 후예들에게 허용한 돈과 영향력에 대한 관심 같은 건 없었다! 없는 것은 또 있었다. 삶이었다. 삶의 흔적이 없었다. 소스라치게 놀랄 만큼! 초현실적일 정도로 또렷이 울리히의 얼굴이 떠오르는 순간 아른하임은 자신이 얼마나 그에게 마음을 쓰고 있는지 깨닫고 혼란스러운 마음을 지울 수 없었다. 재앙을 예언한다고까지 할 수 있을 얼굴이었다. 아른하임은 부러움과 걱정의 이 이중적 감정을 골똘히 생각해보았다. 그것은 슬픈 만족감이었다. 비겁하게 안전한 곳으로 숨어들어간 사람이 느끼는 그런 감정이었다. 갑자기 부러움과 반감이 격하게 일면서 그가 무의식적으로 찾으려고 하면서도 동시에 피하려고 했던 그 생각이 불쑥 치솟았다. 울리히는 만일 여건상 그래야 할 일이 생긴다면 영혼의 이자뿐 아니라 자본 전체를 희생시킬 남자라는 것이다! 그렇다, 바로 이것이 이상하게도 아른하임이 생각하는 울리히의 익살이었다. 그런데 자신이 만들어낸 이 말을 떠올리는 순간 그는 분명히 깨달았다. 한 남자가 격정에 사로잡혀 숨쉴 수 있는 공간 너머까지 갈 수 있다는 생각 자체가 하나의 익살처럼 느껴진다는 것을!

졸리만이 방안으로 슬금슬금 들어와 주인 앞에 섰을 때 주인은 이미 자기가 이 녀석을 왜 불렀는지 거의 잊고 있었다. 하지만 살아 있는 존재의 공손한 태도에 불안했던 마음이 진정되는 것을 느꼈다. 아른하임은 근엄한 표정으로 방안을 서성거렸고, 소년의 검은 얼굴은 주인의 움직임을 따라 이리저리 움직였다. "앉아." 아른하임은 이렇게 명령하더니 발뒤꿈치로 돌아 구석자리에서 걸음을 멈추었다. "위대한 괴테는 『빌헬름 마이스터』의 한 대목에서 격한 어조로 삶의 지침이 될 만한 원칙을 내놓았다. 그 원칙은 이렇다. '행동하기 위해 생각하라. 그리고 생각하기 위해 행동하라!' 이해하겠느냐? 아니겠지. 그래, 넌 이 말을 이해할 수 없을 것이다……" 그는 본인이 던진 질문에 본인이 답하고는 다시 침묵에 빠졌다. '이건 삶의 모든 지혜를 담고 있는 처방전이야.' 그는 생각했다. '내 적이 되려고 하는 그 친구는 그중 절반밖에 몰라. 생각하는 것!' 문득 아른하임은 이 '생각하는 것'을 '순전히 익살스럽다'는 뜻으로 이해할 수도 있을 것 같다는 생각이 들었다. 그와 함께 울리히의 약점을 간파했다. 익살은 지식에서 나온다. 이 언어적 지혜는 그런 특성의 지적 태생을 가리킨다. 감정적으로 빈곤한 유령 같은 본성이다. 익살스러운 사람은 항상 건방지고, 충만하게 느끼는 사람이 지키는 한계를 무시해버린다. 이렇게 생각하니, 디오티마와의 일, 영혼의 자본과 관련한 일이 좀더 편안해지는 듯하다. 아른하임은 이런 생각을 하면서 졸리만에게 말했다. "그것은 삶의 모든 지혜가 담긴 지침이다. 그 지침에 따라 나는 너에게 책을 멀리하게 했고, 일에 집중하게 했다!"

졸리만은 대꾸 없이 진지한 표정만 짓고 있었다.

"너는 내 아버지를 몇 번 봤을 텐데 혹시 그분을 기억하느냐?" 아른하임이 갑자기 물었다.

졸리만은 흰자가 드러나게 눈알을 굴리며 멀뚱멀뚱 바라보는 것이 적절한 대답이라고 생각했다. 아른하임은 생각에 잠긴 얼굴로 말을 이어갔다. "너도 알다시피 내 아버지는 책을 거의 읽지 않으신다. 네가 보기엔, 내 아버지의 연세가 얼마쯤 된 것 같으냐?" 아른하임은 이 질문 역시 대답을 기다리지 않고 직접 답을 덧붙였다. "벌써 일흔이 넘으셨지. 그런데도 우리 가문과 관련된 일이라면 손을 안 대는 일이 없다!" 아른하임은 다시 묵묵히 방안을 거닐기 시작했다. 아버지 이야기를 하고 싶다는 욕구는 억누를 수 없을 만큼 컸지만 자신이 생각하는 것을 모두 이야기할 수는 없었다. 아버지도 때론 사업에 실패했다는 사실을 자기보다 잘 아는 사람은 없었다. 하지만 아버지의 실패는 아무도 믿지 않을 것이다. 일단 누군가 나폴레옹의 반열에 오르게 되면 패한 전투도 승리한 전투로 둔갑해버리기 때문이다. 그래서 아른하임으로서는 아버지에게 뒤지지 않음을 보이기 위해 문화적, 정치적, 사회적 요소를 사업에 써먹는 것 말고 다른 도리가 없었다. 부친도 아들이 상당한 지식을 갖추고 큰 수완을 보인 것에 대해 기뻐하는 듯했다. 하지만 중요한 문제를 결정할 때는, 사람들이 몇 날 며칠 동안 생산적 재정적 측면을 넘어 세계 경제와 문명에 끼치는 영향까지 철저히 분석하고 논의하고 나면 늙은 아른하임은 그 수고에 사의를 표한 뒤 사람들의 제안과는 반대되는 것을 지시하는 일이 드물지 않았다. 그에 대해 이의제기가 있으면 그는 자신도 어쩔 수 없다는 듯 고집스러운 미소를 짓는 것으로 대답을 대신했다. 늙은 아른하임의 이런 결정에 대해 이사진도 고개를 절레절레 흔들 때가 많았지만, 오래지 않아 그 노인네의 결정이 옳았다는 것이 매번 어떤 방식으로든 증명되곤 했다. 이것은 늙은 사냥꾼과 산악 안내자가 기후 회의에 참석해 전문가들의 얘기를 듣기는 듣지만 결국 마지막엔 자신의 류머티즘이 예고하는 바에 따라 결정을 내리는 것과 비슷했다. 이건 근본적으로 결코 이상한 일이 아니다. 류머티즘은 여러 면에서 과학보다 확실하기 때문이다. 게다가 중요한 것은 예보의 정확성만이 아니다. 앞날의 일은 항상 사람들이 예상하는 것과는 다르기 마련이니까. 관건은 그런 류머티즘의 완강한 고집에 기민하고 끈질기게 반응하는 것이다. 따라서 아른하임은 삶의 베테랑이라면 이론적으로 예측할 수 없는 일에 대해 많은 지식과 능력을 갖추고 있다는 사실을 어렵지 않게 이해할 수 있을 터였다. 그럼에도 그 늙은 자무엘 아른하임에게 직관이 있음을 발견하는 아주 중대한 날이 찾아왔다.

"너는 직관이 뭔지 아느냐?" 아른하임은 생각에 잠겨 물었다. 마치 이런 말을 하는 것에 대해 사죄의 그림자를 더듬거리며 찾는 듯했다. 졸리만은 힘겹게 눈을 끔벅거렸다. 지시를 깜박 잊어 주인에게 추궁을 당할 때면 늘 하는 행동이었다. 아른하임은 재빨리 자신의 말을 바로잡았다. "나는 오늘 신경이 아주 날카롭구나. 너는 당연히 그걸 알 수 없겠지만! 그래도 내가 지금부터 하는 얘기를 귀담아듣기 바란다. 돈벌이란 너도 알다시피 늘 그렇게 고결하지만은 않다. 끝없이 이해득실을 따지고 모든 것에서 이득을 취하려는 노력은 과거 좀더 행복했던 시절의 좀더 고결하고 위대했던 삶의 이상과는 동떨어져 있지. 과거엔 살인도 고결한 용기의 미덕으로 만들 수 있었지만, 지금은 돈으로 그 비슷한 일을 할 수 있을지는 사실 의문이다. 이해타산 속에는 선도 품위도 깊은 본성도 없다. 돈은 모든 걸 추상적인 개념으로 만들어버리고, 불쾌할 정도로 합리적이다. 이해가 될지 모르겠다만, 나는 돈을 볼 때마다 불신에 가득차서 검사하는 손가락이 떠오른다. 악다구니와 계산도 함께. 그런 생각이 들 때마다 난 역겨워 견딜 수가 없다." 아른하임은 말을 중단하더니 다시 혼자만의 세계에 빠져들었다. 어릴 때 자신의 머리를 쓰다듬으며 아주 똑똑한 아이라고 말해주던 친척 어른들이 문득 떠올랐다. 계산을 잘하는 아이라는 뜻이었다. 그는 이 말이 정말 듣기 싫었다! 반짝거리는 금화에는 세계적으로 우뚝 선 가문의 계산적 정신이 아로새겨져 있었다! 아른하임은 자신의 가문을 부끄러워하지 않았다. 그건 스스로를 부정하는 짓이었다. 그래서 최상류층 앞에서는 특히 고결한 겸손함으로 자신의 출신을 당당히 밝혔다. 하지만 그런 가운데에도 자기 가문의 이성, 즉 계산적인 정신을 늘 걱정스럽게 생각했다. 그게 마치 불안한 몸짓으로 파르르 떨면서도 너무 활기차게 말하는 것과 마찬가지로 아른하임을 인류의 정점에 올리는 것을 불가능하게 만드는 가문의 약점인 것처럼.

그가 비합리적인 면을 그렇게 숭배하는 이유도 여기에서 찾을 수 있을 듯했다. 귀족은 비합리적이었다. 이 말은 귀족에게 오성이 없음을 슬쩍 비꼬는 농담으로 들릴 수도 있지만, 아른하임은 그 의미를 잘 알았다. 그건 그가 유대인이라는 이유로 예비군 부대의 장교가 될 수 없었던 사실만 떠올려봐도 알 수 있었다. 심지어 당시 그는 아른하임이라는 이름으로는 보잘것없는 하사관 자리도 차지할 수 없었다. 결국 그에게 돌아온 것은 군복무 부적합 판정이었다. 지금도 그는 그 일을 단순히 합리성의 결핍으로만 보지 않고, 그와 연관된 고결함의 진가를 인정할 수밖에 없었다. 이 기억 때문에 아른하임은 졸리만에게 하려던 말에 살을 좀더 붙였다. "가능한 일이지." 그는 아까 말이 끊어졌던 지점에서부터 다시 말을 이어갔다. 원래 말을 하다가 옆길로 새는 것을 지극히 싫어하는 정연한 사람이었다. "귀족이라고 해서 항상 오늘날 우리가 생각하는 귀족적 태도의 귀감이 되는 것은 아니라는 말이다. 훗날 귀족 작위의 토대를 이룰 토지를 엄청나게 사 모은 사람은 당시 오늘날의 장사꾼 못지않게 이해타산을 따지며 냉혹하게 거래했을 것이다. 아니, 거기다 대면 오늘날의 장사꾼이 더 순진하게 비칠지도 모르지. 어쨌든 땅에는 힘이 있어. 무슨 말인지 알겠느냐? 밭에는 힘이 있어. 사냥과 전쟁, 하늘에 대한 믿음, 농부의 삶에도 힘이 있어. 한마디로 머리보다 팔다리를 더 많이 움직이는 사람들의 육체적인 삶 속에 힘이 있다는 말이다. 그 사람들에게 품위와 고결함을 선사하고 모든 비천한 것을 혐오하게 하는 힘을 준 것은 자연이다."

아른하임은 기분에 취해 말을 너무 많이 하는 것은 아닌지 숙고했다. 졸리만이 자신의 말을 제대로 알아듣지 못했다면 이 말을 듣고 귀족에 대한 존경심이 줄어들 수도 있었다. 그런데 예기치 않은 일이 일어났다. 한동안 불안하게 꼼지락거리고만 있던 졸리만이 갑자기 주인의 말을 중단시키며 질문을 던진 것이다. "죄송하지만, 제 아버지가 왕이었나요?"

아른하임은 어이가 없다는 듯 소년을 빤히 바라보았다. "그건 나도 아는 바가 없구나." 그는 한편으론 엄하게, 다른 한편으론 재미있다는 듯 대답했다. 하지만 화가 난 것 같은 졸리만의 굳은 얼굴을 보는 순간 뭔가 뭉클한 것이 그를 사로잡았다. 그는 이 소년이 모든 것을 진지하게 받아들이는 걸 좋아했다. '농담 같은 구석은 전혀 없어.' 그는 생각했다. '오히려 슬픔으로 가득차 있어.' 어쩐지 그에게는 익살이나 장난기가 전혀 없는 이런 태도가 삶의 무거움과 충만함으로 여겨졌다. 그는 소년에게 부드럽게 가르치는 듯한 태도로 덧붙였다. "네 아버지가 왕이었던 것 같지는 않다. 오히려 내 생각엔 좀 하찮은 직업을 가졌을 것 같구나. 너를 발견한 게 어느 해안 도시의 곡예단이었으니까."

"저를 얼마 주고 사셨나요?" 졸리만이 집요하게 물었다.

"얘야, 내가 그걸 지금 어떻게 기억하겠니! 다만 많은 돈을 주진 않았을 거다. 그건 틀림없다! 그런데 뭐하러 그런 걸 걱정해? 우리는 우리 자신의 왕국을 건설하기 위해 태어난 사람들이야! 나는 내년에 적당한 기회를 봐서 네가 상업 과정을 밟게 할 생각이다. 그 과정을 마치고 나면 우리 지점 한 곳에서 견습생으로 일하게 될 게다. 그때부터는 당연히 모든 것이 너 하기 나름이지. 물론 그뒤로도 나는 너를 계속 지켜보겠다. 너는 나중에 어쩌면 유색인종들이 실권을 장악하고 있는 지역에서 우리의 이익을 대변할 수 있을 것이다. 그런 곳에서는 당연히 신중하게 일을 추진해야 하는데, 네가 흑인이기 때문에 여러모로 유리한 점이 있겠지. 어쨌든 현장에서 직접 뛰다보면 네가 내 밑에서 지냈던 몇 년이 얼마나 유익한 시간이었는지 분명히 깨닫게 될 것이다. 한 가지 분명하게 말해줄 수 있는 게 있다. 너는 자연의 고귀함을 타고난 혈통이다. 중세의 기사 성담에서 흑인 왕들은 항상 존경받을 만했다. 네가 만일 네 속에 있는 귀족적인 성격을 잘 키워나가면, 그러니까 기품과 선함, 솔직함, 진실에의 용기, 그리고 그보다 더 큰 용기, 즉 오늘날 대부분의 사람들에게서 나타나는 조급함과 질투, 미움, 자잘한 신경질적인 언사를 멀리할 줄 아는 용기를 잘 키워나가면 너는 분명히 상인으로서 네 길을 찾게 될 것이다. 왜냐하면 우리의 임무는 이 세상에 단순히 상품만이 아니라 좀더 나은 삶의 형식을 가져다주는 것이기 때문이지."

아른하임은 졸리만과 이렇게 친밀하게 이야기를 나눈 것이 아주 오랜만이었던 까닭에 혹시 누가 보는 사람이 있으면 자기 꼴이 아주 웃길 거라는 느낌이 들었다. 하지만 주위엔 졸리만 말고 아무도 없었다. 게다가 그가 방금 말했던 것도 사실 따지고 보면 혼자 간직해둔 깊은 사고 덩어리의 표층일 뿐이었다. 그래서 그가 귀족적 정신과 귀족의 생성에 대해 내놓았던 생각은 외부로 향하는 그의 말과는 반대로 그의 내면으로 깊숙이 파고들고 있었다. 그때 한 생각이 솟구쳐올랐다. 세상이 생긴 이래 순수한 정신과 선한 의도만으로 무언가 생겨난 적은 한 번도 없었고, 오로지 모든 게 시간이 지나면서 차츰 악습을 떨쳐내고 각성한 저속함에서 비롯되었을 뿐 아니라 급기야 그 저속함에서 위대하고 순수한 정신까지 나온다는 생각이었다! 그가 보기에, 귀족의 생성이 고결한 휴머니즘에 뿌리를 두고 있지 않다는 것은 쓰레기수거 사업이 세계적인 대기업과 별로 관계가 없는 것만큼이나 분명했다. 그럼에도 귀족계급에서 18세기의 은빛 문화가 생겨났고, 쓰레기수거 작업에서 아른하임이 생겨났다. 그와 함께 삶은 그에게 회피할 수 없는 과제를 던져주었다. 깊은 딜레마가 담긴 이 과제는 이렇게 표현될 수 있다. 고결한 정신을 만들려면 저속함이 얼마만큼 필요하고 허용되어야 할까? 그런데 그의 머릿속 다른 층위에서는 그가 조금 전 졸리만에게 직관과 합리성에 대해 설명했던 말이 틈틈이 계속 생각의 실을 자아내고 있었다. 그러다 갑자기 아른하임이 아버지에게 처음으로, 아버지가 직관적으로 사업을 해나가고 있다고 말했던 장면이 생생히 떠올랐다. 직관이라는 것이 자기 행위를 논리적으로 설명할 수 없는 사람들이나 쓰는 방법으로 알려져 있고, 순간적인 속도가 빠르다는 말과 대략 비슷하게 사용되던 시절의 일이었다. 아무튼 당시에는 잘못된 일이나 정말 못마땅한 행동은 모두 직관 탓으로 돌렸다. 사람들은 요리할 때도 그렇고 책을 쓸 때도 직관을 사용했다. 하지만 그런 말을 들어본 적이 없던 늙은 아른하임은 아들이 그런 말을 하는 순간 깜짝 놀란 눈으로 아들을 쳐다볼 뿐이었다. 아버지의 그런 모습은 아들에게 고소하다는 느낌을 안겨주었다. 아들이 말했다. "돈벌이는 항상 고결하지만은 않은 생각으로 우리를 이끕니다. 우리가 다음 역사 전환기에서 대중을 지도해야 할 위대한 사업가의 소명을 받은 사람들인 건 거의 분명해 보입니다. 우리가 정신적으로 그럴 능력이 있는지는 몰라도 말이죠! 아무튼 이 세상에 제게 그럴 용기를 줄 수 있는 사람이 있다면 그건 아버지입니다. 아버지는 그 옛날 위대한 시절에 신이 인도한 많은 제왕과 예언가들의 예지력과 의지를 갖고 계시기 때문이죠. 아버지가 사업을 해나가시는 방법은 비밀스럽습니다. 제 생각에, 우리의 계산에서 벗어나는 비밀은 그게 용기건 발명이건 별의 비밀이건 간에 서로 비슷하게 위대한 것 같습니다!" 아른하임은 아버지가 자신의 말을 몇 마디 듣지도 않고 다시는 고개를 들지 않겠다는 듯 들고 있던 신문으로 시선을 내리던 모습을 떠올리며 새삼 마음의 상처를 받았다. 아들이 사업과 직관에 대해 이야기할 때면 아버지는 늘 그랬다. 아버지와 아들의 관계는 항상 그런 식이었다. 아른하임은 지금 사고의 세번째 층위에서 마치 기억의 영사막처럼 생생하게 당시의 장면을 떠올리고 있었다. 항상 그를 의기소침하게 만들었던 아버지의 우월한 사업 재능 속에는 한층 복잡한 뇌 구조를 가진 아들로서는 도저히 따라잡을 수 없는 원초적 힘 같은 것이 있었다. 그래서 그는 어차피 도달할 수 없는 것을 따라가려는 헛된 노력을 포기했고, 동시에 스스로의 혈통에 작위를 마련했다. 이 두 방법은 그가 삶의 위기를 벗어나는 데 큰 도움이 되었고, 돈은 원초적인 순수성을 지닌 사람들만 감당할 수 있는 초개인적이고 신비스러운 힘이 되었다. 아른하임은 고대 영웅들이 그랬던 것처럼 자신의 조상을 신들의 반열에 올려놓았다. 온갖 외경심에도 불구하고 영웅들의 눈엔 자신들과 비교해서 약간 원초적으로 보이는 조상들이었다. 그런데 사고의 네번째 층위에서는 이 세번째 층위에 놓여 있던 웃음기가 싹 달아났다. 대신 그는 지상에서 자신이 맡고자 하는 역할에 대해 숙고함으로써 같은 생각을 다시 한번 진지하게 곱씹었다. 그런데 사고의 다양한 층위라는 것은 여러 겹으로 쌓인 토양층 같은 것이 아니라 감정이 서로 격하게 맞설 때 여러 방향에서 홍수처럼 밀어닥치는 사고의 흐름을 표현한 것뿐이다. 아른하임은 평생 농담과 반어에 대해 거의 병적인 혐오증을 갖고 있었는데, 이는 유전적 영향에서 비롯되었을 것이다. 그는 이 유전적 성향을 억눌렀다. 그런 성향은 귀족적이지 못한 인간과 조야한 지성인을 통칭하는 개념 같았기 때문이다. 그런데 그의 감정이 지적인 것에 대한 적대성과 함께 가장 귀족적으로 나타난 바로 이 순간에 디오티마와의 관계 속에 그 유전적 소인이 다시 나타났다. 그는 감성이 발꿈치를 들고 살금살금 도망치려고 할 때면, 아랫것들이나 거친 인간들에게서 드물지 않게 들었던 농담, 즉 사랑을 적확하게 표현하는 그 언어를 통해 자신의 고상한 감정 상태에서 벗어나고자 하는 치명적인 유혹을 자주 느꼈다. 아른하임은 이 모든 사고의 층위에서 서서히 표면으로 올라오면서 갑자기 깜짝 놀란 표정으로 졸리만을 바라보았다. 음침하게 귀를 기울이고 있는 졸리만의 얼굴은 마치 불가해한 삶의 지혜가 후드득 내려앉은 검은 펀칭볼 같았다. '내가 자초한 상황이지만 참으로 우습군!' 아른하임은 생각했다.

주인이 일방적인 말을 마쳤을 때 졸리만의 몸은 의자 위에서 눈을 뜬 채 잠든 것처럼 보였다. 눈은 움직이고 있었지만 몸은 미동도 하지 않았다. 마치 자신을 깨울 말이 나오길 기다리는 것 같았다. 아른하임은 그것을 알아챘다. 또한 흑인 소년의 눈에서 왕의 아들이 어떤 음모로 노예가 되었는지 좀더 자세히 알아내려는 뜨거운 욕망이 이글거리는 것도 보았다. 사냥감을 향해 발톱을 세운 듯한 이 시선을 보는 순간 아른하임은 예전에 자신의 수집품 일부를 갖고 도망친 정원사 조수가 생각났다. 그는 자신에게 그런 단순한 소유욕이 없음을 한탄했다. 문득 디오티마와의 관계도 이 한마디로 요약할 수 있을 듯했다. 쓰라린 심정으로 그는 인생의 정점에서 한 차가운 그림자가 지금껏 손댔던 모든 것으로부터 자신을 분리시키는 것을 느꼈다. 이것은 행동하기 위해 사고해야 한다는 원칙을 방금 발설한 남자에게는 결코 어울리는 생각이 아니었다. 그것도 항상 모든 위대한 것을 취하려 하고 그 어떤 하찮은 것에도 나름의 의미를 부여하려고 애쓰는 남자에게는 말이다. 그런데 지금껏 그의 의지력이 부족했던 적이 없었음에도 그와 그가 욕망하는 대상들 사이에 그림자가 끼어들었다. 아른하임은 청소년기를 감싸고 있던 경외감의 빛과 이 그림자가 관련이 있음을 생각하며 스스로도 깜짝 놀랐다. 그 경외감을 잘못 다루는 바람에 얇은 얼음막이 생긴 듯했다. 다만 이 얼음막이 세속을 초월한 디오티마의 심장 앞에서는 왜 녹지 않는지 답을 찾을 수 없었다. 그런 아른하임의 머릿속에 건드려주기만을 기다리는 불쾌한 아픔처럼 울리히가 다시 떠올랐다. 문득 이 남자의 삶에도 영향만 다를 뿐 자신의 것과 똑같은 그림자가 있음을 깨달았다! 다른 이의 가슴에 질투를 유발하는 종류의 열정은 그 강렬함에 어울리는 마땅한 자리를 찾아주기가 무척 힘들다. 아른하임은 울리히에게 느끼는 무기력한 분노가 좀더 밑바닥을 더듬어보면 서로 형제임을 알아보지 못하는 두 사람의 적대적인 만남과 비슷하다는 느낌이 들었다. 이것은 무척 강렬하면서도 유쾌한 감정이었다. 아른하임은 호기심에 젖어 이 두 인격을 비교해보았다. 현실적 이득을 노리는 조야한 소유욕은 아른하임보다 울리히가 훨씬 부족했다. 게다가 우아한 소유욕, 즉 품위와 남들로부터의 인정을 취하고자 하는 소망 역시 울리히에게는 화가 날 정도로 없었다. 이 인간에게는 사람들이 삶에서 정말 중요하게 생각하는 것들에 대한 욕구가 없었다. 그에게 분명히 존재하는 것처럼 보이는 객관적인 열의에도 무언가를 소유하려는 의도는 없었다. 아른하임은 하마터면 사심 없이 헌신적으로 일하는 자신의 부하 직원들을 떠올릴 뻔했다. 그러나 직원들의 열의에는 오만함 같은 것이 전혀 담겨 있지 않았다. 울리히는 차라리, 아무것도 소유하려고 하지 않는 생각에 사로잡힌 사람이라고 할 수 있었다. 아니 어쩌면 자발적 가난을 위해 싸우는 전사로 볼 수도 있었다. 또한 머리부터 발끝까지 이론적 인간이라고 하는 표현도 가능해 보였다. 하지만 한번 더 생각해보니 그건 맞지 않았다. 어떤 경우에도 울리히를 이론가라 부를 수는 없었기 때문이다. 아른하임은 언젠가 울리히에게 그의 지적 능력이 실무적 능력을 따라가지 못한다고 지적한 기억이 났다. 하지만 그를 실용적 인간으로 보는 것은 가당치 않은 일이다. 이렇듯 아른하임의 생각은 오락가락했다. 물론 이런 일이 처음은 아니었다. 그런데 오늘 그를 사로잡은 자기회의에도 불구하고 그는 어떤 점에서건 울리히의 우월성을 인정할 수 없었다. 결국 그가 도달한 결론은 이랬다. 둘 사이의 결정적인 차이는 울리히에겐 무언가가 없다는 사실이었다. 그럼에도 전체적으로 보면 이 남자에게는 신선하고 자유로운 무언가가 있었다. 아른하임은 망설이듯, 자신이 가졌으나 울리히에 의해 그 믿음이 흔들린 "전체의 비밀"을 방금 떠올렸음을 자인했다. 그렇지 않고 순수 합리적 차원으로만 생각했다면, 아른하임이 그의 아버지처럼 그렇게 꼼꼼한 현실 전문가를 따라 두려워하게 된, '익살'이라는 불쾌한 감정을 어떻게 그런 비현실적 인간에게 적용했겠는가! '그러니까 그 인간에게는 전체적인 무언가가 없어!' 아른하임은 생각했다. 하지만 거의 같은 순간 마치 그 확신의 이면인 것처럼 그의 의지와는 상관없이 이 말이 퍼뜩 떠올랐다. '그 남자에게는 영혼이 있어!'

그것도 사용하지 않은 신선한 영혼이! 이는 직관적 영감으로 떠오른 것이기에 아른하임 자신도 이 말을 무슨 뜻으로 했는지 정확히 이야기할 수 없었다. 다만 모든 인간은 시간이 지나면서 영혼을 오성과 도덕, 거대한 이념들로 해체시키는 비가역적인 과정을 거치기 마련인데, 친구 같으면서 적이기도 한 울리히의 경우 그 과정이 아직 끝나지 않아서 그에게는 아직 무언가가 남아 있는 것 같았다. 그 무언가의 매력은 뭐라 규정할 수 없을 정도로 모호했지만, 영혼이 없는 세계, 합리적인 세계, 기계적인 세계의 모든 요소들, 그러니까 더는 문화적 내용물에 포함되지 않는 요소들과 이례적인 결합을 이루고 있다는 사실은 알아차릴 수 있었다. 아른하임은 이 모든 것을 자신이 쓴 철학 저서의 표현 방식에 따라 숙고하면서 그중 어떤 내용도 결코 울리히 덕분이라고 인정하지 않았다. 울리히의 공적으로 인정할 수밖에 없는 것조차도. 그만큼 자신이 뭔가를 발견했다는 인상이 강했다. 그런 생각을 해낸 것이 바로 자기 자신이라는 것이다. 그는 마치 아직 잠재력이 발현되지 않은 고운 목소리를 미리 알아본 거장이 된 듯한 기분이 들었다. 이런 생각은 졸리만의 얼굴을 보고 나서야 식기 시작했다. 녀석은 오래전부터 자신을 뚫어지게 보고 있다가 이제 질문을 이어갈 기회가 왔다고 생각하는 듯했다. 이런 반쯤 야만적인 흑인 아이의 도움으로 그런 인식에 도달할 수 있는 사람은 자기 말고 없을 거라는 생각도, 자신이 적수의 비밀을 알아챈 유일한 사람이라는 데서 오는 행복감을 상승시켰다. 물론 아직 여러 가지가 해명되지 않았고, 앞으로 인식되어야 할 것들이 많이 남아 있었지만 상관없었다. 여기서 그가 느낀 감정은 돈을 빌려준 희생자에게 고리대금업자가 느끼는 사랑 같은 것이었다. 게다가 그는 자신의 다른 모험적 화신처럼 느껴지는 그 남자를 어떤 대가를 치러서라도, 정 안 되면 양자로 삼아서라도 자기편으로 만들어야겠다는 생각을 갑자기 갖게 되었다! 어쩌면 졸리만 때문이었을지 모른다. 어쨌든 아른하임은 이제 막 시작된 계획에 양자 운운하며 조급하게 열을 내는 자신에게 싱긋 웃음을 짓고 말았다. 그와 동시에 자신의 과거를 알고자 하는 슬픈 욕망으로 얼굴을 실룩거리는 졸리만의 말을 가차없이 끊어버렸다. "오늘은 이만. 이제 내가 주문한 꽃을 투치 부인에게 가져다드리도록 해라. 물어볼 게 더 남았다면 그건 다음에 생각해보기로 하고."

113. 울리히는 초월적 이성과 종속적 이성 사이의 경계 언어로 한스 제프, 게르다와 이야기를 나누다

울리히는 아버지의 소망을 들어주려면 어떻게 해야 할지 정말 알 수가 없었다. 아버지는 자신의 '사회학파' 이념에 우호적인 분위기를 조성하기 위해 백작 각하나 다른 애국적 고위 관료를 개인적으로 만나보기를 당부했다. 울리히는 이 모든 걸 다 잊어버리려고 게르다의 집을 찾았다. 거기엔 한스도 있었는데, 그는 울리히를 보자마자 즉시 공격을 개시했다. "피셸 이사의 편에 섰다면서요?"

울리히는 그 말을 게르다에게 들었느냐고 반문하는 것으로 즉답을 회피했다.

그랬다. 게르다가 한스에게 그 이야기를 했다.

"그래서? 무슨 이야기를 듣고 싶습니까? 그 이유요?" 울리히가 말했다.

"네, 말씀해보세요!" 한스가 요구했다.

"그건 그리 간단하지 않아요, 한스 군."

"그런 식으로 부르지 마세요!"

"그렇다면, 게르다 양." 울리히는 게르다에게로 고개를 돌렸다. "그건 결코 그리 간단하지 않아요. 당신은 나를 이해하는 것 같다고 벌써 수없이 말했을 텐데."

"당신을 이해하기는 하지만 믿지는 않아요." 게르다가 대답했다. 한스 편에 선 자신의 입장을 해명하려고 눈길과 어조를 통해 울리히에게 화해의 손길을 내밀면서.

"우린 당신을 믿지 않아요." 한스가 부드러워지려는 대화 분위기를 즉시 깨뜨렸다. "그 말은 당신 진심이 아니에요. 어디선가 주워들은 게 분명해요!"

"뭘?! 혹시 말로 표현하기는 어렵다고 한…… 그걸 말하는 건가?" 울리히는 이렇게 물으며, 한스의 저런 무례한 태도가 자신이 게르다와 단둘이 나누었던 그 말과 관련이 있음을 즉시 알아차렸다.

"진심이라면 얼마든지 말로 정확하게 표현할 수 있어야 합니다!"

"난 그게 안 돼요. 이야기를 하나 해보죠."

"또 그놈의 이야기! 당신은 위대한 호메로스처럼 이야기만 하려고 해요!" 한스는 더한층 무례하고 불손하게 소리쳤다. 게르다가 진정하라는 듯 한스를 바라보았다. 그러나 울리히는 개의치 않고 말을 이어갔다. "언젠가 난 깊은 사랑에 빠진 적이 있어요. 아마 지금 당신 나이와 비슷했을 겁니다. 그런데 가만히 살펴보니까, 내가 사랑에 빠진 건 그 대상인 여자가 아니라 사랑 그 자체였어요. 그러니까 사랑으로 변화된 내 상태에 깊은 사랑을 느낀 것이죠. 당신과 당신의 친구들, 그리고 게르다가 지금 거대한 비밀로 삼고 있는 그 모든 걸 나는 그때 알게 되었어요. 내가 이야기하고 싶었던 건 바로 이거예요."

두 사람은 울리히의 이야기가 이렇게 짧게 끝난 것에 어이없어했다. 게르다가 망설이듯 물었다. "정말 옛날에 그런 식으로 사랑에 빠졌……?" 순간 그녀는 젊은 처자의 무시무시한 호기심으로 한스 앞에서 그렇게 묻는 자신에게 화가 났다.

그러나 한스가 게르다의 말을 끊었다. "우리가 왜 그딴 이야기를 해야 하죠? 그런 얘기 말고, 지금 정신적 파산자들의 손아귀에 들어간 당신 사촌이 무슨 짓을 꾸미고 있는지나 얘기해주시죠?"

"내 사촌은 우리 조국의 정신을 세계만방에 훌륭하게 표현해줄 이념을 찾고 있어요. 혹시 좋은 제안 있으면 내 사촌을 도와주지 않겠어요? 그럴 마음이 있다면 내 기꺼이 다리를 놓아드리죠." 울리히가 대답했다.

한스는 경멸하듯이 웃음을 터뜨렸다. "우리가 그 계획 자체를 저지하려 한다는 걸 전혀 모르는 사람처럼 구는 이유가 뭐죠?"

"그 계획에 그렇게 격분하는 이유는 뭐죠?"

"이 나라에서 게르만적인 것을 배척하려는 거대 세력들의 비열한 움직임 때문이죠!" 한스가 말했다. "현재 그 계획에 맞서 강력한 반대 운동이 형성되고 있는 걸 정말 모르십니까? 범게르만동맹은 라인스도르프 백작의 책략을 유심히 지켜보고 있고, 체육협회는 이미 게르만 정신을 훼손하려는 책동에 강력히 항의하는 성명을 발표하기도 했습니다. 또한 오스트리아무장대학생연합도 임박한 슬라브화에 반기를 들 것이고, 내가 속한 독일청년동맹도 거리로 나가 싸우는 한이 있더라도 그 계획을 막아설 생각입니다!" 한스는 허리를 꼿꼿이 세우고 자부심이 가득찬 표정으로 이야기했다. 그럼에도 다음 말을 덧붙였다. "하지만 사실 이 모든 건 별 의미가 없어요! 그 사람들은 외적 조건에만 주목하죠. 결정적인 건 이 나라에선 누구를 만족시킬 만한 일이 결코 일어나지 않는다는 것이죠!"

울리히가 그 이유를 물었다. 한스의 대답은 이랬다. 위대한 민족이라면 초창기에 이미 자기만의 신화를 만들어낸다. 하지만 오스트리아에 그런 신화가 있는가? 오스트리아에서 출발한 고대 종교는 있는가? 오스트리아만의 대하 서사시는 있는가? 가톨릭과 개신교 어느 것도 여기서 만들어지지 않았다. 인쇄술과 회화의 전통은 독일에서 건너왔고, 왕가는 스위스와 스페인, 룩셈부르크에서 들여왔으며, 과학기술은 영국과 독일에서 왔다. 심지어 빈과 프라하, 잘츠부르크처럼 아름다운 도시들도 모두 이탈리아인과 독일인이 건설했다. 군제軍制 역시 나폴레옹 군대의 모범을 따르고 있다. 이런 나라가 독자적인 길을 걷는다는 것이 말이 되는가? 오직 독일과 연합하는 것만이 살 길이다. "이제 우리한테 듣고 싶었던 말은 다 들었죠?" 한스는 이 말로 설명을 끝냈다.

게르다는 한스를 자랑스러워해야 할지 부끄러워해야 할지 알 수 없었다. 요즘 들어 울리히에 대한 애정이 다시 생생하게 깨어났다. 어떤 일이 됐건 모종의 역할을 맡고 싶다는 인간적인 소망은 울리히보다 젊은 한스를 통해 더 쉽게 충족되었음에도 말이다. 이상한 점은 이 젊은 처자가 상반된 두 성향으로 혼란스러워한다는 것이다. 즉 처녀로 늙고 싶다는 마음과 울리히에게 자신을 내주고 싶다는 마음이 함께 있었다. 두번째 성향은 당연히 몇 년 전부터 느껴온 사랑의 결과였다. 불꽃처럼 뜨겁게 타오르는 사랑이 아니라 내면에서 뭉근하게 달구어진 그런 사랑이었다. 그녀의 감정은 어떤 저급한 것에 대한 사랑의 감정과 비슷했다. 그러니까 육체적으로 굴복하려는 경멸스러운 성향에 의해 영혼이 더러워지는 느낌이었다. 그런데 이 감정과 이상야릇하게 대조를 이루면서도 평화에 대한 동경의 형태로 단순하고 자연스럽게 연관되어 나타나는 예감이 있었다. 절대 결혼을 하지 않을 것이고 모든 꿈이 지나가고 나면 조용하고 외롭게 살게 될 거라는 예감이었다. 물론 이것은 확신에 기반한 소망이 아니었다. 게르다는 자기 자신과 관련해서 명확하게 아는 것이 없었기 때문이다. 차라리 그것은 우리의 몸이 이따금 머리보다 훨씬 빨리 깨닫는 그런 예감들 가운데 하나였다. 한스가 그녀에게 갖는 영향력도 그와 관련이 있었다. 한스는 키도 덩치도 크지 않고 광대뼈가 나온 평범한 외모의 청년이었다. 게다가 두 손을 머리나 옷에다 문질러 닦는 버릇이 있었고, 틈나는 대로 양철 테가 있는 작고 둥근 손거울을 꺼내 얼굴을 확인했다. 거친 얼굴에 뾰루지 같은 게 또 생기지 않았는지 계속 신경이 쓰였기 때문이다. 하지만 게르다는 그를 보면 로마시대에 온갖 탄압에도 지하 묘실에 모여 예배를 올리던 초기 기독교인들의 모습이 떠올랐다. 손거울만 제외하면 말이다. 모든 점에서 세세하게 일치한다는 것이 아니라 그녀가 기독교에서 느끼는 근본 감정과 공포심에서 일치한다는 뜻이었다. 게르다는 깨끗이 씻고 성유를 바른 이교도들이 늘 마음에 더 들었지만, 기독교 편에 서는 것 속에는 희생자의 이미지가 섞여 있었다. 그로써 좀더 고결해야 한다는 요구들에서는 퀴퀴하고 약간 혐오스러운 냄새가 났다. 한스가 그녀에게 피력한 신비적 세계관에 딱 어울리는 냄새였다.

울리히는 이 세계관을 무척 잘 알고 있었다. 우리가 죽은 여자 요리사의 혼령을 떠올리게 하는, 웃기지도 않은 저승 보고서를 통해 조야한 형이상학적 욕구를 충족시킬 수 있는 것도 아마 심령론 덕분일 것이다. 신이 아니라면 최소한 혼령들이라도 음식처럼 어둠 속에서 차갑게 목구멍으로 넘기려고 하는 욕구 말이다. 예전 시대에는 신이나 천상의 존재들과 개인적으로 접촉하려는 이 욕구, 즉 이른바 황홀경 속에서 일어나곤 했다는 이 욕구는 부드럽고 부분적으로 경이로운 모습을 띠긴 했어도 거친 세속적 행위와 지극히 이례적이고 규정할 수 없는 예감의 체험이 뒤섞인 상태를 만들어냈다. 형이상학은 이 상태에 끼워넣은 물질적인 것이자 세속적인 욕망의 모사였다. 왜냐하면 사람들은 시대의 관념이 불어넣은 기대로 인해 그 속에서 형이상학적인 무언가를 볼 수 있을 거라 믿었기 때문이다. 그런데 시간이 가면서 변하고 신뢰성을 잃은 것은 바로 이지력이 만들어낸 관념이다. 만일 오늘날 누군가, 신이 자신에게 말을 걸고, 자신의 머리카락을 아프게 잡아 위로 끌어올린다거나, 아니면 자신이 불가사의하지만 정말 생생하게 달콤한 방식으로

신의 품안으로 스르르 미끄러져 들어갔다고 말한다면, 그 체험을 말로 구현한 그 특이한 생각을 믿는 사람은 아무도 없을 것이다. 특히 신을 섬기는 직업을 가진 성직자들은 더더욱 믿지 못할 것이다. 왜냐하면 그들은 합리적 시대의 자식으로서 과대망상과 히스테리에 빠진 신자들로 인해 웃음거리가 되는 것에 대한 인간적인 두려움을 갖고 있기 때문이다. 그 결과, 사람들은 고대의 이교도 땅이나 중세에 만연했던 수많은 신비적 체험을 망상이나 병적 현상으로 치부하든지, 아니면 지금까지 늘 연결시켜온 신비적 현상과는 무관한 독자적인 무언가가 거기에 담겨 있다는 추정을 내놓든지, 둘 중 하나를 선택해야 한다. 여기서 독자적인 무언가란, 엄격한 경험적 원칙을 적용해도 믿을 만하고, 그래서 저 너머 세상과 우리의 관계에 대해 어떤 결론을 끄집어낼 것인가 하는 두번째 문제에 이르기도 전에 벌써 굉장히 중요한 의미를 갖는 순수 체험의 핵을 가리킨다. 신학적 이성에 뿌리를 둔 믿음이 오늘날 만연한 합리적 사고의 의심과 저항을 곳곳에서 혹독하게 견뎌내야 하는 지금, 믿음에 관한 모든 전통적 개념적 껍질에서 떨어져나와 고대의 종교적 관념에서 해방되어, 어쩌면 이제는 종교적이라 부를 수 없는 민낯의 근본 체험, 즉 신비적인 것으로 여겨지는 근본 체험이 엄청나게 확산되고 있는 듯하다. 그리고 이 체험이 바로 낮에 길 잃은 야조夜鳥처럼 우리 시대를 정처 없이 여러 형태로 떠도는 비합리적 운동의 영혼이 되어주고 있다.

이 다양한 운동에서 극히 작고 기괴한 일부가 한스 제프가 관여하는 그 소용돌이 같은 집단이었다. 썰물과 밀물처럼 사회 안에서 물러났다가 다시 밀려오는 이념들을 전부 합해보면(물론 사회에서 통용되는 기존의 방식대로 합해서는 안 된다. 이념들은 수와 양으로 계량화되는 것을 끔찍이 싫어하기 때문이다) 시험적 결혼과 동료애적 결혼에 대한 소심하고 플라톤적인 요구, 즉 일부다처제와 일처다부제에 대한 요구를 먼저 만나게 될 것이다. 그다음 예술 쪽으로 넘어오면 보편과 불변을 추구하는 추상적 경향을 만날 수 있다. 이해하기 쉽지 않지만 한 세대 전만 해도 조야한 외적 현상과 외피 같은 '진부한 외관'을 충실히 모사하는 것이 혁명적인 행위로 간주되었는데, 이제는 표현주의라는 경향에 의해 경멸적으로 배척되고 있다. 그런데 외적인 것에 크게 신경쓰지 않고 정신과 세계의 '본질적 모습'을 직접 포착해내려는 이런 추상적 의도에 발맞춰 굉장히 구체적이고 제한적인 경향도 나타났다. 그것은 민속 예술적 경향으로, 한스 제프 같은 젊은이들의 범게르만적 정신이 성스러운 의무감을 느끼는 분야였다. 이런 경향의 사람들은 시대의 길 위에서 주워모은 멋들어진 지푸라기와 풀로 다채롭게 돌아가면서 게르만 정신의 보금자리를 만들려고 했다. 그중에서도 청춘의 권리와 의무, 창조적 힘 같은 다양한 개념이 좀더 상세히 언급될 정도로 큰 역할을 했다. 하지만 익히 알려진 대로 현시대는 청춘의 권리를 알지 못한다고들 한다. 인간은 성년이 되기 전까지는 권리가 없는 존재나 다름없기 때문이다. 아버지와 어머니, 후견인은 본인들이 원하는 대로 아이를 입히고, 재우고, 먹이고, 야단치고 벌준다. 또한 한스 제프의 말처럼 아이의 삶을 완전히 망가뜨리기도 한다. 집에서 키우는 동물 이상으로 아이에게 권리를 보장하지 않는 법 조항의 경계를 지키는 한 이 모든 것은 허용된다. 아이는 부모의 것이다. 노예가 주인의 것이듯. 아이는 경제적 의존성으로 인해 자본주의의 소유물이자 객체다. "아이의 인간성을 말살하는 자본주의"(이 표현은 한스가 어느 책에선가 보고 나중에 살을 붙여 자기 것으로 만들어냈다)는 그가 지금껏 온실 속의 화초처럼 자란 자신의 순진한 사도 게르다에게 처음으로 강의한 내용이었다. 간추리면 이렇다. 기독교는 가정에서 아내의 멍에를 가볍게 해주었을 뿐 딸의 멍에를 없애지는 않았다. 딸은 간신히 살아갈 뿐이다. 실제 삶에서 유리된 채 살도록 강요당하기 때문이다. 한스는 이 내용을 시작으로 자기 본성의 법칙에 따라 어린이가 스스로를 가르칠 권리를 가르쳤다. 아이는 창조적이다. 아이 자체가 성장의 화신이자 끊임없이 스스로를 만들어나가기 때문이다. 또한 아이는 제왕적이다. 세계에 자신의 생각과 감정, 판타지를 집어넣기 때문이다. 아이는 이미 만들어져 있는 세계에 대해서는 아무것도 알려고 하지 않는다. 대신 자기만의 이상적 세계를 구축해나간다. 또한 아이에게도 나름의 성적 취향이 있다. 어른들은 아이들의 세계를 빼앗음으로써 그 창조적 세계를 파괴하고, 죽은 지식을 주입함으로써 아이들을 질식시키고, 아이들과 전혀 상관없는 특정한 목표를 강요함으로써 야만적인 죄악을 저지른다. 아이는 목적이 없다. 아이의 행위는 놀이이고 나긋나긋한 성장이다. 아이는 어른들이 개입하지만 않으면 자기 본성에 진정으로 맞는 것 말고는 아무것도 받아들이지 않는다. 아이들이 건드리는 모든 대상은 살아난다. 아이는 세계이자 우주다. 또한 표현할 수는 없더라도 궁극적이고 절대적인 것을 본다. 어른들은 아이에게 세속적인 목적에 따라 살도록 가르치고, 현실이라 속이는 저급하고 상투적인 것에 묶어버림으로써 아이들을 죽이고 만다! 한스 제프가 이런 주장을 피셸의 집에 심기 시작했을 때 그는 벌써 스물한 살이었고, 게르다도 더 어리지 않았다. 게다가 한스는 일찍이 아버지 없이 자랐고, 자그마한 가게 하나로 한스와 다른 자식들을 먹여살리는 홀어머니를 언제나 함부로 대하며 살아왔다. 그렇기에 그의 삶에서 아이를 억압받는 피해자로 보는 철학이 나올 만한 직접적인 동기는 존재하지 않았다.

이런 가르침을 받은 게르다는 미래 세대를 키우는 온건한 교육 방향을 따를지, 아니면 앞으로 본격적으로 부모와 부딪쳐야 할 전투적 길을 걸을지, 둘 사이에서 마음을 정하지 못했다. 반면에 한스 제프는 원칙에 한층 더 확고한 입장을 견지하며 "우리 모두 아이가 되자!"는 슬로건까지 내걸었다. 그가 아이의 입장에 그렇게 끈질기게 집착한 것은 일찍부터 독립하려는 마음이 있었기 때문이겠지만, 기본적으로는 당시 유행하던 청년 운동의 언어가 그에게 영혼을 표현할 수단을 찾도록 도와준 첫 언어였다는 점이 결정적으로 작용했다. 또한 올바른 언어가 다 그렇듯, 청년 운동의 언어는 단어와 단어의 연결을 쉽게 해주고, 말 한마디 한마디가 원래 의미보다 더 많은 뜻을 품고 있다는 점도 거기에 함께 작용했다. 그래서 "우리 모두 아이가 되자!"는 말도 굉장히 중요한 인식으로 발전해나갔다. 아이가 아버지와 어머니가 되기 위해 자기의 본성을 거스르고 포기해서는 안 되기 때문이다. 그런 일은 오직 '시민', 즉 손발이 묶인 세계의 '유용한' 노예가 되려고 할 때 일어날 뿐이다. 이렇듯 사람을 나이들게 하는 것은 체제에 순응하는 속성이다. 반면에 아이는 체제 순응적 시민으로 만들어지는 것에 저항한다. 이로써 스물한 살 먹은 사람이 아이처럼 행동하는 것도 용서된다. 이 싸움은 태어나서 꼬부랑 노인이 될 때까지 지속되고, 사랑의 세계가 시민적 세계를 파괴해야만 비로소 끝나기 때문이다. 이것이 바로 한스 제프가 주장하는 좀더 높은 단계의 이론이었다. 울리히는 이 모든 걸 이미 게르다에게 들어 알고 있었다.

이 젊은이들이 자신들의 사랑, 다른 말로 공동체라고도 부르는 것과 한 특이한 상태의 결과들 사이에 존재하는 관련성을 발견한 사람은 울리히였다. 여기서 특이한 상태란 미쳐 날뛸 정도로 종교적이고, 비신화적으로 신화적이고, 또는 그저 사랑에 빠진 것일 뿐인 상태를 가리키는데, 울리히는 이것에 무척 관심이 많았다. 물론 한스와 게르다는 그걸 몰랐다. 울리히가 그들 속에 나타난 이 상태의 흔적을 놀리기만 했을 뿐 전혀 내색을 하지 않았기 때문이다. 어쨌든 울리히는 지금도 그런 식으로 한스에게 관심을 드러내며 단도직입적으로 물었다. 왜 평행운동을 '완벽한 이타심의 공동체'를 촉진하는 수단으로 활용하려 하지 않는지.

"어차피 가능한 일이 아니니까요!" 한스가 답했다.

이렇게 해서 둘 사이에 대화가 시작되었다. 한발 떨어져 듣는 사람에게는 야릇한 인상을 풍기는 대화였는데, 마치 범죄자들의 은어로 주고받는 대화와 비슷한 면이 없지 않았다. 사실 범죄자들의 은어도 세속적-종교적 열애의 혼성어와 다름없으니까 말이다. 어쨌든 그런 이유로 이 대화를 말 그대로 재현하는 것보다는 의미에 더 중점을 두고 전달하는 것이 나을 듯하다. 우선 '완벽한 이타심의 공동체'는 한스가 발견한 말이었음에도 일반적인 이해가 가능했다. 인간이 이타적으로 변할수록 세상 사물은 더욱 밝아지고 강력해진다. 또한 인간은 가벼워질수록 점점 고양되는 느낌을 받는다. 이런 형태의 경험은 누구나 안다. 다만 이것을 단순히 즐거움과 명랑함, 태평함 같은 것들과 혼동해서는 안 된다. 이것들은 부패까지는 아니더라도 어쨌든 저급한 목적을 위한 대용물에 불과하기 때문이다. 어쩌면 우리는 순수한 상태 일반을 '고양'이라 부르지 말고 '탈脫철갑'이라 불러야 할지 모른다. 한스는 이것을 '자기'라는 철갑을 벗는 것이라고 설명했다. 우리는 인간에 내재하는 두 장벽을 구분해야 한다. 하나는 인간이 선하고 이타적인 행위를 할 때마다 쉽게 뛰어넘을 수 있다. 그만큼 낮은 벽이라는 말이다. 반면에 이보다 훨씬 큰 장벽은 지극히 이타적인 사람 속에도 끈끈하게 남아 있는 '아집', 즉 자기에 대한 집착이다. 이는 원죄나 다름없다. 모든 느낌과 감정, 심지어 헌신의 감정조차 실제로는 '주는 것'이라기보다 오히려 '받는 것'에 더 가깝다. 이기심에 푹 젖은 이 철갑에서 벗어나는 것은 어떤 식으로든 거의 불가능하다. 한스는 구체적으로 설명해나갔다. 지식도 외부 대상을 '자기화하는 것'에 지나지 않는다. 우리는 대상을 동물 죽이듯 갈기갈기 찢어 소화한다. 개념은 죽어서 움직이지 않는 시체이고, 신념은 더는 변하지 않는 차갑게 식은 관계다. 연구는 알려진 것을 확인하는 일과 다름없고, 성격은 변화를 거부하는 타성과 비슷하다. 한 인간을 안다는 것은 그 인간에게 더는 감동받지 않는다는 뜻일 뿐이다. 통찰도 하나의 시각에 지나지 않고, 진실은 객관적이고 비인간적인 사고의 성공적인 실험이다. 이 모든 점을 고려하면 대상을 죽이고 얼리고 소유하고 굳히려는 욕망은 결국 사무적이고 비겁하고 음흉하고 불순한 이타심이 이기심과 함께 만들어낸 혼합물이다! 한스는 사랑과 관련해 경험한 것이라고는 천진무구한 게르다밖에 없으면서도 이렇게 물었다. "사랑이 소유욕이나 반대급부를 염두에 둔 헌신과 다른 무언가가 되는 순간이 어디 있겠습니까?!"

울리히는 철저하게 일관적이지는 않은 이 주장에 조건부로 조심스럽게 동의를 표했다. 고통과 포기의 순간에도 에고ego에 조금이라도 득이 되는 것이 있다는 말은 옳다. 결국 인간의 모든 행위에는 이기심의 창백하고 문법적인 그림자가 집요하게 달라붙어 있다. 주어 없이 술어가 존재할 수 없듯이.

그러나 한스는 격하게 거부했다. 그와 그의 친구들은 어떻게 살아야 하는지를 두고 싸웠다. 그들은 가끔 인간은 일단 자기를 위해 살아야 하고, 그다음에야 다른 이들을 위해 살 수 있다는 쪽으로 의견을 모으기도 했다. 그러다 한번은 모든 인간에겐 단 한 명의 진정한 친구만 있으면 된다는 확신에 이르렀다. 그런데 이 친구 입장에서도 다시 다른 친구가 필요하기에 이런 식으로 계속 가다보면 원형으로 연결된 영혼의 집합체 같은 공동체가 생겨났다. 색의 스펙트럼이나 마디로 이루어진 사슬 형태의 공동체였다. 그런데 그들이 가장 믿고 싶었던 것은 공동체 감각의 영혼적 법칙 같은 것이었다. 이것은 이기심에 가려 보이지 않을 뿐 내면 깊은 곳에 아직 사용되지 않은 채로 숨어 있는 엄청난 양의 삶의 에너지였다. 그들은 이 에너지에 모험적인 가능성이 있다고 여겼다. 숲의 보호를 받으면서도 숲속에서 생존을 위해 싸워야 하는 나무도 오늘날 예민한 인간들이 무리의 어두운 열기와 자신들의 활력, 그리고 무의식적인 응집력의 보이지 않는 분자적 과정들에 대해 느끼는 것보다 더 불안하다고 할 수 없다. 여기서 분자적 과정은 호흡할 때마다 가장 큰 것이건 가장 작은 것이건 결코 혼자서 이루어지지는 않는다는 사실을 상기시켜준다. 울리히도 같은 것을 느꼈다. 삶의 토대가 되는 길들여진 이기심은 정연한 조직을 만들어내는 반면에 인류 공통의 호흡은 모호한 관련들의 총칭에 지나지 않음을 분명히 알 수 있었다. 울리히 자신은 남들과 어울리지 않는 고립형 인간이었다. 그런데 게르다의 젊은 친구들이 제기한, 뛰어넘어야 할 큰 장벽에 관한 과장된 주장에 야릇하게 마음이 움직였다.

한스는 뭔가를 보지는 않으면서 그냥 시선을 앞으로 향한 채 때로는 기계적으로 때로는 격정에 사로잡혀 자신의 신조를 술술 풀어냈다. 창조를 통해 비자연스러운 균열이 생기고, 우주는 둘로 쪼개져 말라가는 사과처럼 나누어진다. 때문에 우리는 예전에 우리 자신의 자연스러운 일부였던 것을 인위적이고 반자연적인 수단으로 되찾아야 한다. 그런데 이 분열은 우리 자신을 엶으로써, 즉 태도를 바꿈으로써 없앨 수 있다. 자신을 잊으면 잊을수록, 지우면 지울수록, 그리고 자신에게서 멀어지면 멀어질수록 우리의 내면에서는 공동체를 위한 에너지가 더 많이 방출되기 때문이다. 마치 잘못된 조합에서 풀려나듯 말이다. 다른 한편, 공동체에 점점 가까이 다가갈수록 자기 자신에게도 더 가까워진다. 한스의 말에 따르면, 진정한 독창성이란 공허한 독특성에 본질이 있는 것이 아니라 참여와 헌신의 크기를 점점 늘려가면 도달할 수 있을 완성된 이타적 공동체의 최고 단계까지 자기를 열어나감으로써 생겨나기 때문이다!

울리히는 내용이 전혀 없는 것 같은 이 문장들에 어떻게 현실적인 의미를 부여할 수 있을지 속으로 궁금해하면서도 겉으로는 한스에게, 자신을 여는 그런 행위가 어떻게 실제로 가능한지 차갑게 물었다.

한스는 그에 대한 대답으로 엄청난 말들을 내놓았다. 감각적 자아 대신 초월적 자아, 자연주의적 자아 대신 고딕양식의 자아, 현상의 왕국 대신 실체의 왕국, 그리고 그가 생각하기에 형언할 수 없는 리얼리티에 속하는 절대적 체험과 여타 비슷하게 어마어마한 표현들이었다. 여기서 가외로 덧붙이자면 일의 품위가 올라가도 본질은 손상되는 일이 흔하다. 한스가 가끔, 어떤 때는 좀더 자주 보는 그런 상태는 명상할 때의 몇 순간보다 길지 않았기에 그는 한걸음 더 나아가 이렇게 주장했다. 초월적 세계는 오늘날 돌발적 산발적 형태로밖에 드러나지 않는다. 그것도 명확하게 포착하기 어려운 초육체적 환상의 빛 속에서만 드러날 뿐이다. 이 빛은 기껏해야 위대한 예술작품에나 흔적이 남아 있다. 이렇게 해서 그가 가장 좋아하는 '상징'이라는 말에 이르렀다. 예술과 초자연적으로 우뚝 솟은 삶의 신호에 대한 상징이었다. 그러다 마침내 그런 상징을 만들고 관조하는 범게르만적 체험, 게르만의 피를 조금이라도 이어받은 사람들 특유의 체험을 입에 올렸다. 이렇듯 그는 '좋았던 옛 시절'을 따르는 숭고한 변주의 방식으로, 과거에나 사물의 본질을 꿰뚫어볼 수 있었지 지금은 그것이 불가능하다고 차분하게 설명했다. 이후 논쟁의 불씨가 된 주장이었다.

울리히는 이런 미신적인 생각에 화가 치밀었다. 그에게는 오랫동안 풀리지 않은 의문이 하나 있었다. 대체 게르다를 끌어당긴 한스의 매력은 무엇일까? 게르다는 대화에 참여하지 않고 창백한 얼굴로 앉아 있었다. 한스 제프는 사랑에 관한 웅장한 이론을 갖고 있었고, 게르다는 그 이론 속에서 자기에게 좀더 깊은 의미가 있는 무언가를 찾았을지 모른다. 울리히는 이제 새로운 주장으로 대화의 방향을 틀었다. 애초에 이런 대화를 지속하는 것에 대한 반감이 컸지만 말이다. 울리히의 주장은 이랬다. 인간에게 나타나는 최고조의 감정은 무엇이든 보이는 족족 손에 넣으려는 일상의 이기적 태도에서 생기는 것도, 또 이 친구들의 말처럼 자기를 열고 내주는 데서 오는 자아의 고조에서 생기는 것도 아니라 원래 고여 있던 물처럼 어떤 변화도 없는 고요한 상태에서 생긴다는 것이다.

게르다가 갑자기 활기를 띠며 그게 무슨 뜻이냐고 물었다.

울리히는 그녀에게 대답했다. 그렇게 보이지 않으려고 가장했음에도 한스는 내내 사랑에 관한 이야기밖에 하지 않았다. 성스러운 사랑, 고독한 은자의 사랑, 욕망의 둑을 넘어선 사랑, 그리고 늘 이완과 해체로서, 아니 그것을 넘어 모든 세속적 관계의 전복으로 묘사되고, 어떠한 경우에도 단순한 감정에 그치지 않고 사고와 감각의 변화를 뜻하는 사랑 말이다.

게르다는 마치 심사하듯이 울리히를 빤히 바라보았다. 자기보다 아는 것이 많은 이 남자는 어떤 식으로든 경험을 통해 이런 생각을 갖게 된 것일까? 혹은 속내를 별로 드러내지 않은 채 옆에 앉아 있는, 자기가 남몰래 사랑하는 이 남자에게서는 분리된 두 육신을 하나로 이어주는 기묘한 기운이 뿜어져나오는 것일까?

울리히는 게르다의 탐색하는 시선을 느꼈다. 마치 자신이 유창한 외국어로 말하고 있는 것 같은 기분이 들었다. 그것도 자신의 내면에 뿌리를 둔 단어들이 아닌 말을. 울리히가 말했다. "인간의 행동을 제약하는 일반적 경계를 넘어서면 이해되지 않는 것이 없어요. 영혼은 자기에게 속하는 건 무엇이건 쏙쏙 받아들이니까. 어떤 면에서 영혼은 자신이 경험하게 될 것을 전부 예지하고 있어요. 사랑하는 사람들은 서로에 대해 새로운 것을 말할 수 없어요. 서로 알게 되는 것도 없고. 연인들이 사랑하는 사람에 대해 아는 것이라고는 그 사람을 통해 자신이 내적으로 활성화된다는 사실밖에 없어요. 사랑하지 않는 사람에 대해 안다는 것은 태양빛이 내려앉은 죽은 담벼락처럼 그 사람을 자신의 사랑 안으로 끌어들이는 것을 의미해요. 게다가 생명이 없는 물체를 안다는 것은 이런저런 속성을 탐지해낸다는 뜻이 아니라 지각 가능한 세계에 속하지 않는 장막을 걷고 바리케이드를 치우는 걸 의미해요. 그 존재 양태에 대해서는 알 길이 없지만 무생물조차 신뢰를 가득 안은 채 연인들의 공통 삶 안으로 입장해요. 자연과 연인들 특유의 정신은 서로의 눈을 응시해요. 그건 동일한 행위의 서로 다른 두 방향이자, 두 방향으로 흘러가는 물줄기이자, 양끝에서 타오르는 불꽃이죠. 그렇다면 서로 관계를 맺지 않고 한 인간이나 사물을 안다는 건 불가능해요. 무언가를 안다는 건 결국 대상에게서 무언가를 취하는 것이기 때문이죠. 그 경우 대상은 기존의 형체를 유지하기는 하지만 내면에서부터 재가 되어 무너져내리고, 일부가 증발하면서 미라만 남게 되죠. 때문에 연인들에겐 진실과 같은 것이 없어요. 진실은 막다른 골목이자 종결이에요. 게다가 살아 있는 동안에는 빛과 어둠이 가슴을 맞댄, 불꽃의 숨쉬는 가장자리와 비슷한 사고思考의 죽음이에요. 모든 것이 빛을 낸다면 어떻게 개별자가 홀로 빛날 수 있을까요?! 모든 것이 빛으로 충만하다면 명료성의 자비를 베푸는 것이 무슨 소용이 있겠어요? 또한 연인들이 더는 서로의 것이 아니고, 네 개의 눈으로 엮인 그들 자신에게 다가오는 모든 것에 스스로를 내주어야 한다는 것을 알게 된다면 설령 사랑하는 사람이라고 하더라도 어떻게 혼자만을 위해 갈망할 수 있을까요?"

이 언어를 능수능란하게 구사할 줄 알면 힘들이지 않고 이 언어로 계속 말을 해나갈 수 있을 것이다. 그것은 부드러운 불빛으로 인생의 측면들을 차례로 밝히는 횃불을 들고 걷는 것과 비슷하다. 이 모든 측면은 확고부동한 일상의 빛을 머금은 평범한 현상 속에서는 마치 거친 오해로만 비친다. 예를 들어 '소유'라는 말을 연인들에게 적용하면 이 말의 몸짓은 얼마나 가당찮아 보이는가! 원칙에 적용한다고 해서 아름다운 소망처럼 들리는가? 또 아이들이 표하는 존중을 소유하는 건 어떤가? 생각을 소유하는 건? 자기 자신을 소유하는 건? 하지만 먹잇감을 온몸으로 짓누르는 육중한 동물의 사나운 공격 몸짓은 의당 자본주의가 좋아하는 가장 기본적인 표현이다. 그래서 이 몸짓 속에는 시민적 삶의 소유자들과 인식 및 재능의 소유자들(사상가와 예술가들) 사이의 한 관련성이 드러난다. 반면에 사랑과 고행은 고독한 형제처럼 멀찌감치 거리를 두고 서 있다. 한자리에 모인 이 형제는 일상적 삶의 목표 및 목적과 비교하면 목표도 목적도 없지 않은가? 한편 목표나 목적이라는 말은 원래 사수射手의 용어에서 왔다. 그렇다면 목표와 목적이 없다는 건 곧 죽일 마음이 없다는 뜻 아닐까? 그래서 이 언어의 흔적, 즉 많이 지워졌지만 아직은 알아볼 수는 있는 흔적을 따라가기만 해도, 거칠게 변한 의미가 어떻게 곳곳에서 현재의 우리에게는 없는 무척 미묘한 관계들을 몰아냈는지 알 수 있다. 이것은 도처에서 느낄 수는 있지만 어디서도 포착하지 못할 하나의 관련과 비슷하다. 울리히는 이 생각을 계속 말로 표현하기를 포기했다. 한스를 탓할 일은 아니었다. 한스는 직물의 한 곳을 잡아당기면 실이 완전히 풀리는 지점이 있다고 믿었고, 다만 우리는 그 지점을 못 찾았을 뿐이라고 생각했다. 그가 울리히의 말을 재차 끊으며 다음과 같이 보완했다. "당신이 이 체험들을 과학적 시각으로 관찰한다면 은행원이 보는 것 말고 다른 건 볼 수 없을 겁니다! 경험적 설명은 모두 피상적일 따름이고, 감각적으로 포착할 수 있는 저급한 인식의 범주를 벗어나지 못합니다! 당신의 지적 욕구는 오직 세계를 이른바 자연력이라고 하는 것의 기계적인 반복으로 환원시키고자 할 뿐입니다!" 한스의 반론이었다. 아니 반론이라기보다 비난이었다. 그는 때론 무례했고 때론 뜨거웠다. 그는 자기 입장을 제대로 피력하지 못했다고 느꼈고, 그것을 게르다와 단둘이 있는 것을 방해한 이 낯선 남자 탓으로 돌렸다. 그녀와 눈을 마주보고 얘기하면 같은 이야기라도 분수의 반짝거리는 물줄기나 하늘 높이 치솟는 매의 비상처럼 완전히 달라질 수 있었기 때문이다. 오늘은 근사한 날이 될 거라는 예감이 있었다. 그런데 울리히가 자기 대신 그렇게 유려하게 달변을 늘어놓는 것을 보면서 깜짝 놀랐고 언짢았다. 울리히는 결코 정밀함을 신봉하는 과학자처럼 말하지 않았고, 자신이 책임질 수 있는 것보다 훨씬 더 많은 말을 했다. 그렇다고 스스로 믿지 않는 것을 말하는 느낌은 없었다. 모종의 억눌린 분노가 그를 그렇게 몰아가는 듯했다. 그가 계속 그렇게 말을 한 것은 이상하게 고조되고 쉽게 타오른 기분 때문이었다. 울리히의 기분은 이 상태와 지금 바라보는 한스의 모습 사이 어딘가에 머물러 있었다. 기름기 많은 뻣뻣한 머리, 거친 피부, 역겨울 정도로 단호한 몸짓, 쏟아지는 말. 심장의 벗겨진 살갗 같은 가장 내밀한 베일이 말 속에 걸려 있는 듯했다. 그런데 엄밀하게 말하자면 울리히는 평생을 이런 두 측면 사이에 처해 있었고, 이에 관해서라면 오늘 그런 것처럼 예전부터 막힘없이 말할 수 있었다. 자신이 말하는 것을 반쯤 믿을 수도 있었다. 하지만 그러면서도 결코 유희적 속성에서 벗어나지는 못했다. 그 내용을 실제로 믿지는 않았기 때문이다. 그리하여 지금도 대화에서 오는 역겨움과 즐거움이 함께 보조를 맞춰나가고 있었다.

그런데 게르다는 울리히가 가끔 스스로를 희화화하듯 끼워넣는 조롱조의 반론에는 관심을 두지 않았고, 대신 그가 이제 자신을 열어 보였다는 인상만 받았다. 그녀는 불안스레 그를 바라보았다. '스스로 인정하는 것보다 훨씬 여린 사람이야.' 그가 말하는 동안 그녀의 머릿속에 떠오른 생각이었다. 엄마의 젖가슴을 찾는 어린아이 같은 감정이 그녀를 무방비 상태로 만들었다. 울리히는 그녀의 그런 시선을 포착했다. 그녀와 한스 사이에 일어난 일은 거의 다 알고 있었다. 게르다 입장에서는 걱정스러운 마음에 자기 문제를 암시적으로나마 이야기함으로써 마음의 짐을 덜 필요가 있었던 것이다. 울리히가 그 이야기를 토대로 나머지를 추론하기란 어렵지 않았다. 한스와 게르다는 다른 젊은 연인들에겐 목표나 다름없는 육체적 소유 행위를 혐오스러운 자본주의적 충동에 영혼을 내주는 일이라고 여겼고, 둘 다 육체적 욕정을 경멸하고 있다고 스스로 믿었다. 그러면서도 시민적 미덕으로 간주되는 수상쩍은 자기절제도 경멸했다. 그리하여 둘 사이에는 비육체적인 교합이나 어설픈 육체적 접촉만 존재했다. 그들의 표현대로 하자면 둘은 그런 자신을 서로 긍정하고자 했고, 파르르 떠는 두 존재의 부드러운 합일을 느꼈다. 이런 합일은 서로를 관찰할 때, 서로의 가슴과 머릿속에서 이는 보이지 않는 물결 속으로 함께 미끄러져 들어갈 때, 그리고 서로를 이해한다는 믿음 속에서 상대를 자기 안에 받아들여 하나가 될 때 생겨났다. 하지만 감정이 그렇게 충일하지 않을 때면 상대를 유명한 그림이나 극적인 장면 속 묘사처럼 생각하며 서로를 평범하게 예찬하는 것에 만족했고, 키스를 할 때면 그 유명한 문구처럼 수천 년의 역사가 그들을 굽어보는 것 같은 느낌에 경이로워했다. 왜냐하면 그들은 몸속에서 뒤틀리는 자아의 거친 감정을 위경련에 버금갈 만큼 저급한 것으로 여기고 있었음에도 실제로 키스를 하고 있었기 때문이다. 키스할 때 그들의 사지는 영혼의 눈치 같은 건 전혀 보지 않으면서 자기 책임하에 서로를 휘감았다. 물론 그런 몸짓이 끝나면 매번 둘 다 당혹스러워했다. 그들의 연약한 철학은 주위에 아무도 없다는 생각과 밤의 어스름에 직면해, 바짝 밀착한 두 몸이 서로를 급속하게 잡아당기는 힘을 버텨내지 못했다. 특히 게르다는 둘 중 나이가 조금 더 많은 성숙한 여자로서 단순히 포옹을 넘어 그것을 완성하려는 갈망을 순수한 마음으로 강하게 느꼈다. 마치 무언가에 의해 봄에 꽃피우는 것을 저지당한 나무처럼. 어린아이의 키스처럼 싱겁고 노인들의 애무처럼 무의미한 그런 불충분한 포옹이 끝나고 나면 게르다는 늘 참담한 기분을 느꼈다. 반면에 한스는 그런 상황에 한결 쉽게 순응했다. 그런 몸의 행위를 자신의 신념에 대한 시험으로 보았기 때문이다. 그는 당당하게 게르다를 가르쳤다. "우리에겐 소유란 있을 수 없어. 우리는 한 걸음씩 나아가는 방랑자야." 그는 게르다가 불만으로 온몸을 파르르 떠는 모습을 보면 주저 없이 그것을 비非게르만적 유전자의 잔재까지는 아니더라도 개인적인 약점으로 치부했고, 그와 동시에 자신은 신의 뜻에 맞게 사는 아담인 것처럼 굴었다. 믿음을 시험에 빠뜨리는 옛 갈비뼈의 유혹을 이겨낸 강인한 남자의 상징으로서 말이다. 그러면 게르다는 그를 경멸했다. 그것이 아마 그녀가 울리히에게 최소한 옛날에는 그 이야기를 될 수 있는 한 많이 꺼내놓으려던 이유일 것이다. 한스는 그런 식으로 그녀를 모욕하고 나면 눈물범벅이 된 얼굴을 어린아이처럼 그녀의 다리 사이에 묻었는데, 게르다는 최소한 성인 남자라면 한스와는 다르게 행동하리라고 짐작했다. 그녀는 이 체험을 혐오하기도 하고 자랑스러워하기도 하면서 울리히에게 이야기했다. 그가 특유의 어법으로 이 고통스러운 아름다움을 파괴해주리라는 불안한 기대를 안고서.

그러나 울리히는 그녀가 기대한 말을 거의 해주지 않았다. 대신 냉소적인 톤으로 그녀를 식혀주었다. 왜냐하면 바로 이런 식이어서 게르다가 그를 믿지 않았음에도 그녀가 자신에게 여전히 순종적인 갈망을 계속 갖고 있고, 한스를 비롯해 다른 누구도 자신만큼 그녀의 마음을 휘어잡을 힘이 없음을 잘 알고 있었기 때문이다. 울리히는 그 모호하고 더러운 한스 다음으로 누가 오더라도 사내라면 분명 게르다에게 구원자로서 영향을 끼칠 거라는 말로 자신의 입장을 해명했다. 그가 이 모든 것을 숙고하고 눈앞에 전체 그림을 생생하게 그리는 동안 한스는 마음을 가라앉힌 상태에서 또 한번의 공격을 준비하고 있었다. "요컨대 당신은 사고를 개념 이상의 무언가로 만들어주는 것을 하필 개념으로 표현하고자 함으로써 식자가 저지를 수 있는 최대의 실수를 저질렀습니다. 하지만 그게 바로 박학다식한 신사와 우리 사이의 차이겠죠. 인간은 사는 법을 먼저 배우고 그다음에 생각하는 법을 배워야 할 겁니다!" 그가 자랑스럽게 덧붙였다. 그런데 울리히가 이 말에 미소로 대답하자 한스의 입에서는 단죄의 번개처럼 다음 말이 튀어나왔다. "예수는 열두 살에 예언자가 되었습니다. 박사학위 같은 건 따지도 않고 말이죠!"

울리히는 이 말에 자극받아 비밀 누설 금지의 의무를 어겨가면서까지 게르다를 통해서만 알 수 있는 정보를 바탕으로 한스에게 충고를 했다. "그렇게 살고 싶으면 끝까지 그렇게 하면 될 텐데 왜 그렇게 안 하는지 모르겠군요. 나라면 이성의 의구심 같은 건 다 벗어던지고 두 팔로 게르다를 꼭 안아주었을 겁니다. 우리 몸이 재로 변할 때까지, 혹은 감각의 변화에 따라 우리가 상상할 수 없는 방식으로 우리 안으로 돌아올 때까지!"

한스는 질투심을 느끼며 울리히에게서 게르다로 시선을 돌렸다. 게르다는 얼굴이 하얘지면서 당황해했다. "나라면 이성의 의구심 같은 건 다 벗어던지고 두 팔로 게르다를 꼭 안아주었을 거"라는 말을 들었을 때 마치 그게 비밀스러운 약속처럼 느껴졌던 것이다. 지금 이 순간에는 '다른 삶'을 어떻게 논리정연하게 상상할지는 아무래도 상관없었다. 다만 울리히라는 인간은 자신이 진정으로 원하고 꼭 그렇게 되어야 하는 일이면 뭐든 할 사람이라는 확신이 들었다. 게르다의 배신에 화가 치민 한스는 울리히의 말에 다음과 같이 반박했다. 울리히가 말한 대로 살 수는 없다. 시간이 무르익지 않아서다. 첫 영혼은 최초의 비행기들처럼 산에서 출발해야지, 지금 시대 같은 저급한 저지대에서 출발할 수는 없다. 어쩌면 영혼이 지고의 수준에 도달하기 위해선 인류를 속박 상태에서 구원해줄 한 인간이 먼저 나타나야 할지 모른다! 자신이 그런 구원자가 아니라는 법도 없다. 다만 그건 자기가 알아서 할 문제다. 어쨌든 지금처럼 영혼의 발전 수준이 낮은 시대에는 그런 구원자가 나오는 것이 불가능하다고 한스는 주장했다.

그러자 울리히는 오늘날 얼마나 많은 사람이 구원자를 자처하고 있는지를 지적했다. 협회장이라고 하는 사람들은 죄다 스스로를 그런 구원자라 생각한다. 게다가 예수가 다시 살아나더라도 예전보다 시대 상황이 결코 더 나아지지는 않을 거라고 확신한다. 도덕적인 기치를 내건 신문과 서적 조합도 예수의 말을 통속으로 여길 것이고 세계 언론도 예수에게 기회를 주지 않을 것이다! 이로써 모든 게 다시 원점으로 회귀했다. 대화는 처음 상황으로 되돌아갔고, 게르다도 생각 속에 푹 잠겼다.

다만 한 가지는 달랐다. 내색은 안 했지만 울리히는 속으로 삐걱대고 있었다. 생각과 말이 따로 놀았다. 그는 게르다를 바라보았다. 그녀의 몸은 말랐고, 피부는 윤기 없이 지쳐 보였다. 문득 노처녀의 미세한 숨결이 뚜렷이 느껴졌다. 어쩌면 바로 이 숨결이 울리히를 사랑하는 이 젊은 아가씨와 그를 하나되지 못하게 하는 심리적 주요인이었을 것이다. 물론 한스도 공동체적 유토피아의 반半육체성과 함께 거기에 어느 정도 영향을 끼치고 있었다. 그 또한 노처녀의 그런 감정 상태와 완전히 동떨어져 있지는 않을 터였다. 아무튼 울리히는 게르다에게 매력을 느끼지 않았다. 그러면서도 그녀와 계속 대화를 이어가고픈 욕망이 있었다. 문득 그가 예전에 게르다에게 자기를 한번 찾아오라고 했던 기억이 떠올랐다. 그녀는 이 제안을 까맣게 잊어버렸는지, 아니면 아직 기억하고 있는지 전혀 드러내지 않았다. 울리히로서는 그걸 은밀하게 확인할 기회가 더이상 없었다. 그게 그의 내면에 불안한 유감과 함께 안도의 감정을 동시에 남겼다. 마치 어떤 위험이 곁을 바짝 스치고 지나간 것을 뒤늦게 알아차리고 가슴을 쓸어내릴 때와 비슷했다.

114. 상황은 점점 첨예해지고, 아른하임은 슈툼 장군을 무척 자애롭게 대하고, 디오티마는 무한성의 영역으로 들어갈 채비를 하고, 울리히는 읽은 대로 살아갈 가능성에 대해 상상의 나래를 펼친다

백작은 디오티마에게 1870년대에 전 오스트리아를 열광 속에 하나로 단결시킨 그 유명한 마카르트 가장행렬*에 대해 신속히 알아볼 것을 재촉했다. 양탄자를 걸어놓은 마차들, 화려하게 성장한 말들, 트럼펫 연주자들, 그리고 따분한 일상을 잊게 해주는 중세 복식에 대한 백성들의 자부심이 백작의 기억 속에 아직도 또렷했다. 이렇게 해서 디오티마와 아른하임, 울리히는 황실도서관을 찾아 당시의 상황을 상세히 묘사해놓은 자료를 찾아보았다. 그러나 디오티마가 이미 입술을 샐룩거리며 백작에게 장담한 바와 같이, 알아본 결과 현실성이 없는 것으로 판명되었다. 그러니까 그런 화려한 행사로는 더이상 사람들을 따분한 일상에서 벗어나게 할 수 없다는 것이다. 이 아름다운 여인은 도서관 계단에서 이미 동행들에게, 자신은 그 곰팡내나는 시대와 멀찌감치 떨어져 몇 주 전에 시작된 1914년과 지금의 환한 햇살을 즐기고 싶다며 산책 삼아 집으로 걸어가겠다는 소망을 피력했다. 그런데 그들이 환한 햇살 속으로 나오자마자 막 도서관 정문으로 들어오려고 하던 슈툼 장군을 만났다. 그는 자신의 이런 학구적 행동에 대한 자부심을 숨기지 않으면서도 즉시 몸을 돌려 디오티마를 집까지 동행해드리겠다고 자청

* 1879년 4월 27일 오스트리아 황제 부부 프란츠 요제프 1세와 엘리자베트의 은혼식을 기념해서 성대하게 거행된 거리 축하 행렬. 화가 한스 마카르트가 행사를 조직해 이러한 별칭이 붙었다.

하고 나섰다. 때문에 디오티마는 몇 걸음 떼지도 않고 피곤하다면서 마차를 타고 가겠다고 했다. 그러나 빈 마차가 지나가지 않자 네 사람은 도서관 앞 광장에 함께 서 있게 되었다. 장방형의 광장은 삼면이 웅장한 옛 벽과 경계를 이루었고, 한 면만 길고 낮은 궁전 앞쪽으로 빙판처럼 반짝거리는 아스팔트 도로가 깔려 있었는데, 그 위로 자동차와 마차가 지나다녔다. 그런데 난파된 승객들처럼 아무리 손을 흔들어도 멈추는 마차가 없었다. 결국 그들은 피곤해졌거나 잊어먹어서 그 동작을 그만두거나 아니면 가끔 건성으로 같은 동작을 반복할 뿐이었다.

아른하임은 겨드랑이에 커다란 책을 한 권 끼고 있었다. 정신적 삶에 대한 공손과 존경을 담은 이 몸짓을 스스로 즐기는 듯했다. 그는 장군과 열심히 대화를 나누었다. "장군님 같은 분을 이런 도서관에서 만나뵈니 얼마나 기쁜지 모르겠습니다. 요즘은 지위가 높은 분들 중에서 가끔이라도 이렇게 정신의 보금자리를 찾는 사람은 아주 드물지요!"

그러자 슈툼 장군은 이 도서관에 자주 들른다고 대답했다.

아른하임은 그것을 대단한 일로 평가했다. "요즘은 책을 읽는 사람이라고는 작가 말고 거의 없습니다. 장군님은 혹시 책이 일 년에 몇 권 나오는지 알고 계십니까? 제 기억으로는 독일에서만 하루에 백 권이 넘게 나옵니다. 잡지도 연간 천 권 넘게 창간되고요! 한마디로 누구나 글을 쓰고, 누구나 남의 생각이라도 자기에게 맞으면 자기 것처럼 이용합니다. 하지만 이런 상황 전체에 책임을 느끼는 사람은 아무도 없습니다. 교회가 영향력을 상실한 이후 혼돈과도 같은 우리 사회에는 더이상 권위가 존재하지 않습니다. 교육적 모델도 교육 원칙도 없습니다. 이런 환경에서 감정과 도덕은 당연히 정신적 지주 없이 표류하고, 아무리 확고한 사람이라고 해도 흔들릴 수밖에 없죠!"

장군은 입술이 마르는 것을 느꼈다. 방금 아른하임 박사가 한 말이 자기 들으라고 한 소리인지는 알 수 없었다. 광장에 서서도 큰 소리로 자기 생각을 외칠 사람이니까! 장군은 이동중에 길에서 자기들끼리 이야기하는 많은 사람의 모습이 떠올랐다. 정확히 말하자면 많은 민간인들이었다. 왜냐하면 병사가 그랬다가는 감옥에 가기 십상이고, 장교가 그랬다가는 정신병동으로 보내질 것이기 때문이다. 그래서 슈툼은 제국 수도이자 황성 도시 한가운데에서 이렇게 자기 철학을 대놓고 늘어놓는 것이 당혹스러웠다. 이 두 사람 말고 햇볕 내리쬐는 광장에는 말없이 서 있는 남자가 하나 더 있었다. 석조 받침대 위에 선 청동 인물이었다. 장군은 이게 누구 동상인지 기억나지 않았다. 아니, 여기 이런 게 있는 것도 지금 처음 알았다. 그래서 아른하임이 누구 동상이냐고 물었을 때 장군은 자신의 무지를 사죄했다. 힘있는 인간 아른하임이 말했다. "여기다 동상을 세운 것은 이 인물을 존경하라는 의미였을 테지요! 하지만 실상은 이렇습니다! 우리는 매 순간 여러 기관들과 질문, 요구 사이에서 움직이고 있고, 그중에서 우리가 아는 것은 말단뿐입니다. 그래서 현재는 끊임없이 과거 속으로 손을 뻗고 있죠. 이렇게 표현해도 된다면, 우리는 무릎 높이만큼 과거의 시간이라는 지하실에 묻힌 채 그것을 현재라는 시간의 최상층이라고 생각하며 살죠!"

아른하임은 웃었다. 그는 대화를 만들어나가고 있었다. 입술은 햇빛 속에서 쉴새없이 아래위로 움직였고, 눈 속에서는 마치 신호를 보내는 증기선처럼 빛이 어른거렸다. 슈툼은 불편한 기분이 들었다. 대화가 이렇게 이례적으로 수없이 방향을 틀 때마다 알은척하기란 퍽 어려운 일이었다. 그것도 타인들이 다 보는 광장 한가운데에서 제복을 입은 인간이 말이다. 포석들 틈새로 풀이 자라고 있었다. 작년의 풀이지만 마치 눈 속에 누워 있는 시체처럼 싱싱해 보였다. 돌들 사이에 풀이 자라는 것은 지극히 특이하고도 꺼림칙한 일이었다. 몇 걸음 떨어져 있지 않은 아스팔트가 시대에 맞게 자동차들에 의해 계속 닦여나가는 것과 비교하면 더욱 그랬다. 장군은 이대로 좀더 듣고 있으면 사람들이 보는 데서 자신이 무릎을 꿇고 풀을 뜯어먹는 일이 일어날 수도 있다는 까닭 모를 불안과 두려움에 시달렸다. 그래서 보호처를 찾는 심정으로 울리히와 디오티마에게로 고개를 돌렸다.

이 두 사람은 담장 모서리 주위에 만들어진 얇은 베일 같은 그늘 속에 들어가 있었다. 둘 사이에 불붙기 시작한 언쟁 속에서 목소리만 불분명하게 나직이 들렸다.

"그건 절망적인 의견이에요!" 디오티마가 말했다.

"뭐가요?" 울리히가 물었다. 궁금해서라기보다는 기계적인 반응에 가까웠다.

"우리 삶에는 개성 같은 것도 있다고요!"

울리히는 측면에서 그녀의 눈을 들여다보려고 애썼다. 그가 말했다. "맙소사, 벌써 다 끝난 이야기 아니던가요!"

"당신은 참 무정한 사람이에요! 그렇지 않고서야 늘 그런 식으로 말할 수는 없을 거예요!" 디오티마가 부드러운 어조로 말했다. 포석에서 바닥의 따뜻한 공기가 그녀의 다리 쪽으로 올라왔다. 범접할 수 없으면서도 실재하지 않는 어느 동상의 다리처럼 긴 치마에 둘러싸인 다리 쪽으로. 그녀가 그것을 알아차린 낌새는 어디에도 없었다. 그것은 어떤 인간, 어떤 남자와도 무관한 부드러운 애무였다. 그녀의 눈은 창백해졌다. 하지만 그건 어쩌면 단순히 행인들의 시선에 노출된 현재 상황이 난처해서 그런 건지 몰랐다. 디오티마는 울리히에게 몸을 돌려 힘겹게 말했다. "한 여자가 의무와 격정 사이에서 선택을 할 때 자기 성격이 아니라면 무엇에 기대 결정할 수 있죠?!"

"선택을 하지 말아야죠!" 울리히가 대꾸했다.

"너무 나갔어요. 지금 내 이야기를 한 게 아니에요!" 디오티마가 속삭이듯이 말했다.

대꾸가 없자 두 사람은 한동안 침묵 속에서 적의에 찬 눈빛으로 광장을 응시했다. 그러다 그녀가 질문을 툭 던졌다. "당신은 우리가 영혼이라고 부르는 것이 평소 어떤 그림자에 머물러 있다가 나올 수도 있다고 생각해요?"

울리히는 어리둥절한 눈으로 그녀를 바라보았다.

"특별한 재능을 가진 비범한 사람들의 경우에요." 그녀가 보충했다.

"결국 당신이 찾는 게 긴밀한 정신적 교감인가요?" 그가 믿기지 않는다는 듯이 물었다. "혹시 아른하임이 영매라도 연결시켜주던가요?"

디오티마는 실망한 기색을 드러냈다. "당신이 그런 식으로 오해하리라고는 생각하지 못했어요!" 그녀가 질책했다. "내가 그림자에서 나온다고 한 것은 비현실성의 세계, 즉 우리가 간혹 이례적인 무언가를 느끼는 그 반짝거리는 은신처에서 나온다는 뜻이에요. 그 세계는 우리를 붙잡지도 놓아주지도 않는 그물처럼 펼쳐져 있어요. 그래서 우리가 괴롭고요. 그런데 혹시 지금과 다른 시절이 있었을 거라고 생각하지 않아요? 인간의 내면이 강하게 발현되고, 개인들은 환한 길, 즉 예전 사람들의 표현에 따르자면 성스러운 길을 걸었던 시절 말이에요. 그땐 기적이 현실이 되었죠. 기적이라는 것이 늘 존재하는 현실의 다른 양태에 지나지 않았기 때문이죠!"

디오티마는 특별히 감정이 고조되지 않았음에도 흡사 단단한 땅 위를 걷는 것처럼 이렇게 분명한 표현을 하는 확실성에 스스로도 깜짝 놀랐다. 울리히는 속으로 화가 치밀었다. 하지만 좀더 유심히 살펴보면 깊은 충격에 더 가까웠다. 그러니까 이 거대한 암탉이 어느새 이렇게 나처럼 말할 수 있게 된 것일까? 자기만의 물음이었다. 예전의 그 상상이 다시 불쑥 떠올랐다. 눈앞에 디오티마와 자신의 영혼이 보였다. 작은 벌레를 쪼아먹는 한 마리 거대한 닭의 형상이었다. 그는 여자 거인에 대한 어린 시절의 원초적 공포에 휩싸였다. 그런데 거기엔 다른 이상한 감정도 섞여 있었다. 여자 친척과의 말도 안 되는 합일을 통해 영혼적으로 소멸되는 것이 꽤 유쾌했던 것이다. 이 합일은 당연히 터무니없는 우연이었을 뿐이다. 그는 혈연의 마술적 끌림을 믿지 않았고, 아무리 만취한 상태에서도 이 여자 사촌을 진지하게 받아들일 가능성은 없다고 생각했다. 하지만 최근 들어 변화가 일어났다. 그는 부드러워졌다. 공격적이던 성향이 누그러들면서 다정다감함과 꿈, 혈연적 끌림을 향한 욕구에 자리를 내주었다. 그것과 대립 관계에 있는 나쁜 의지가 종종 직접적으로 튀어나와 욕구를 드러내기도 했다.

그 때문에 울리히는 지금도 사촌을 비아냥거렸다. "공개적으로건 사적으로건 가능한 한 빨리 아른하임의 '완벽한' 연인이 되는 것이 당신의 의무라고 생각합니다!"

"그런 말 좀 하지 말아요! 난 당신한테 그런 말을 할 권리를 허락한

적이 없어요!" 디오티마가 꾸짖었다.

"그래도 난 말할 수밖에 없어요! 얼마 전까지는 당신과 아른하임이 어떤 관계인지 불확실했지만 이제야 분명히 알겠어요. 내가 보기에 당신은 정말 진지하게 달로 날아가고 싶어하는 사람 같아요. 당신이 그런 미친 짓을 할 수 있으리라고는 생각하지 않았는데."

"당신한테 말했을 텐데요, 나는 극단으로 밀고 나갈 수 있는 사람이라고!" 디오티마는 도도하게 시선을 들어 허공을 응시하려 했지만, 햇빛 때문에 동공과 눈꺼풀만 우스꽝스럽게 찡그리고 말았다.

"그건 충족시켜야만 진정되는 사랑에 굶주려서 나온 헛소리예요!" 울리히는 아른하임이 자신의 사촌과 뭘 하려는 건지 의문이 들었다. 그녀에게 청혼한 것을 후회하고 희극 같은 연기로 덮고 넘어가려고 할까? 하지만 그보다는 그냥 이 도시를 떠나 다시는 돌아오지 않는 것이 더 간단한 방법일 것 같았다. 평생 사업만 해온 남자라면 당연히 그에 필요한 냉정함을 갖고 있지 않을까? 울리히는 아른하임에게서 중년 남자의 욕망을 암시하는 모종의 신호를 보았다는 기억이 났다. 아른하임의 얼굴은 가끔 약간 누런색을 띠었고, 늘어지고 지쳐 보였다. 아직 잠자리를 깔지 않은 정오경의 방을 보는 것 같다고 할까? 어쩌면 헛되이 패권을 놓고 싸우는, 거의 힘이 비슷한 두 개의 욕망이 만들어낸 파괴의 흔적일 거라는 생각이 들었다. 그러나 울리히는 아른하임 같은 인간이 권력에 대해 갖고 있는 욕망의 크기를 상상할 수 없었기에 그에 맞서 사랑이 취하는 예방조치가 얼마나 강할지 알 수 없었다.

"당신은 참 특이한 사람이에요!" 디오티마가 말했다. "항상 예상과 달라요! 예전에는 당신 입으로 천사 같은 사랑에 대해 말하지 않았나요?"

"그게 실제로 가능하다고 생각합니까?" 울리히는 건성으로 물었다.

"당신이 설명한 것처럼은 당연히 불가능하죠!"

"그럼 아른하임은 천사의 사랑으로 당신을 사랑하는군요!" 울리히는 나직이 웃기 시작했다.

"웃지 말아요!" 디오티마가 쇳소리에 가까운 목소리로 화를 냈다.

"내가 웃은 이유를 이해하지 못하신 것 같군요." 울리히는 사죄했다. "나는 흥분해서 웃은 것뿐입니다. 당신과 아른하임은 섬세한 감정을 가진 사람들입니다. 특히 당신은 시를 좋아하죠. 생각건대, 가끔 어떤 숨결에 건드려지기도 하겠지요. 무언가의 숨결인 것은 분명한데, 문제는 바로 그것이 무엇이냐 하는 것이죠. 지금 당신은 이상주의의 철저함으로 그것의 실체를 밝혀내고자 하는 것 같군요, 아닌가요?!"

"엄밀하고 철저해야 한다는 것은 항상 당신이 요구해왔던 게 아니었나요!" 디오티마가 받아쳤다.

울리히는 약간 어이가 없었다. "미쳤군요!" 그가 말했다. "이렇게 말해서 미안하지만 당신은 미쳤어요! 다른 사람은 몰라도 당신이 미쳐선 안 됩니다!"

그사이 아른하임은 장군에게 두 세대 전부터 세상이 정말 엄청난 변혁을 겪고 있다고 설명했다. 영혼이 종말을 맞이하고 있다는 것이다.

장군은 한 방 맞은 기분이었다. 망할 놈의 것, 생각해야 할 문제가 또 생기다니! 진실을 얘기하자면 그는 디오티마에게 듣고 나서도 이 순간까지 '영혼'이 존재한다는 걸 믿지 않았다. 사관학교에서도 연대에서도 전도사들의 설교에나 나올 법한 이런 식의 말에는 콧방귀를 뀌었다. 그런데 대포와 장갑판을 만드는 공장주가 마치 근처에 서 있는 영혼을 보기라도 한 것처럼 자연스럽게 영혼 이야기를 꺼내자 장군의 눈은 갑자기 근질거리기 시작하더니 투명한 공기 속에서 음습하게 좌우로 굴러갔다.

아른하임은 상대가 좀더 상세히 설명해달라고 부탁할 때까지 기다리지 않았다. 대신 짧게 자른 콧수염과 턱수염 사이의 창백한 분홍색 입술에서 쉴새없이 말이 흘러나왔다. 그의 말에 따르면 영혼은 교회의 몰락 이후, 그러니까 대략 시민사회의 대두와 함께 벌써 수축과 노화 과정에 빠져들었다. 그때부터 영혼은 신을 상실했고, 확고한 가치와 이상을 잃어버렸다. 그래서 오늘날의 인간들은 도덕과 원칙은 물론이고 실제적인 체험 없이 살아가야 하는 지경에 이르렀다.

장군은 도덕이 없다고 해서 어떻게 체험까지 없을 수 있는지 도대체 이해가 되지 않았다. 아른하임은 손에 들고 있던 돼지가죽으로 장정된 큼직한 책을 펼쳤다. 그 안에는 진귀한 필사본의 복사본이 담겨 있었는데, 원본은 아른하임처럼 대단한 사람도 도서관 밖으로 반출할 수 없을 만큼 귀중한 모양이었다. 장군은 두 페이지에 걸쳐 날개를 수평으로 넓게 펼친 천사를 보았다. 배경은 어두운 땅과 황금빛 하늘, 그리고 구름이 층지어져 만들어낸 특이한 색으로 덮여 있었다. 슈툼이 보고 있는 그림은 중세 초기에 제작된 지극히 감동적이고 탁월한 걸작이었다. 그러나 그는 그 사실을 몰랐다. 대신 날짐승 사냥과 그것을 묘사한 그림들은 알고 있었기에 인간 같지도 도요새 같지도 않은 이 긴 목의 날개 달린 피조물이 잘못 그려졌을 뿐이며, 아른하임이 그걸 지적하려고 책장을 펼쳤다고 짐작했다.

하지만 아른하임은 손가락으로 그림을 가리키며 생각에 잠긴 표정으로 말했다. "장군님은 지금 오스트리아 애국운동을 창시한 저 위대한 여성이 세계에 무엇을 재현하려고 하는지 보고 계십니다……!"

슈툼은 연신 "아, 예, 예?!" 하고 대답했다. 이 그림의 진가를 알아보지 못한 것을 깨달으며 지금부터는 좀더 신중해질 필요가 있다고 여긴 것이다.

아른하임이 말을 이어갔다. "완벽한 단순함이 깃든 이 위대한 표현력은 우리 시대가 잃어버린 것을 또렷이 보여주고 있습니다. 이와 비교하면 우리의 과학은 대체 무슨 의미가 있을까요? 파편들의 짜깁기가 아닐까요! 우리의 예술은요? 중재하는 존재 없이 극단만 추구하고 있지 않습니까! 우리의 정신에는 통합을 가능케 하는 비밀스러운 열쇠가 없습니다. 나는 온 세상에 통합의 모범, 공통의 사상을 선사하려는 이 오스트리아 운동에 깊은 감동을 받았습니다. 물론 나 또한 이 운동이 완전히 실현 가능하다고는 여기지 않지만요. 나는 독일인입니다. 오늘날엔 세계 어디를 가건 시끄럽고 조야합니다. 그중에서도 독일은 한층 더 시끄럽지요. 어느 나라에서건 사람들은 아침 일찍부터 밤늦게까지 바쁘게 쫓아다닙니다. 일을 하건 유흥을 즐기건 상관없이요. 그중에서도 우리 독일인들은 훨씬 일찍 일어나서 훨씬 늦게 잠자리에 듭니다. 전 세계에서 차가운 계산의 정신과 현실적 권력은 영혼과의 관계를 잃어버렸습니다. 더구나 전 세계에서 상인이 가장 많고, 가장 강한 군대를 보유한 나라는 우리 독일이지요." 아른하임은 황홀한 표정으로 광장을 둘러보았다. "오스트리아는 아직 그렇게까지 되지는 않았습니다. 여기엔 과거가 아직 남아 있고, 여기 사람들은 원초적 직관의 일부를 지켜왔습니다. 독일의 본래적 정신을 합리주의로부터 지켜내는 것이 아직 가능하다고 한다면 그 구원의 출발점은 여기 오스트리아일 수밖에 없습니다. 다만 두려운 건……" 그는 이 대목에서 한숨을 내쉬었다. "그게 그리 쉽지 않은 일이라는 사실입니다. 오늘날 위대한 이념은 늘 수많은 저항에 부딪히게 되어 있습니다. 그래서 위대한 이념들은 겨우 서로의 남용을 막는 데만 도움이 될 뿐입니다. 결국 우리는 이념으로 무장한 도덕적 휴전 상태에 살고 있습니다."

아른하임은 자신의 농담에 슬그머니 웃음을 지었다. 그러더니 뭔가 할 얘기가 더 떠올랐는지 이렇게 덧붙였다. "참, 나는 우리가 방금 말한 독일과 오스트리아의 차이를 생각하면 항상 당구 게임이 떠오릅니다. 당구에서도 감정이 아니라 계산으로만 움직이려고 하면 늘 빗나가게 되어 있지요."

장군은 무장한 도덕적 휴전 상태라는 말을 들으면서 왠지 우쭐해지는 느낌을 받았다. 그래서 자신도 주의깊게 듣고 있다는 점을 보이고 싶었다. 당구에 관해서라면 어느 정도는 알고 있었기 때문이다. "나도 캐럼 당구와 나인볼을 치기는 하지만, 독일과 오스트리아의 게임 방식에 차이가 있다는 말은 아직 듣지 못했습니다!"

아른하임은 눈을 감고 잠시 생각에 잠기더니 다시 입을 열었다. "나는 당구를 쳐본 적이 없지만 공을 상하좌우로 칠 수 있다는 건 압니다. 또한 두번째 볼을 정면으로 맞히거나 비껴 맞힐 수도 있고, 강하거나 약하게 칠 수도 있고, 회전을 조정할 수도 있죠. 이것들 말고도 다른 가능성은 무척 많습니다. 이 요소들 하나하나를 단계적 차이에 따라 임의로 분류하면 거의 무한에 가까운 조합이 생겨납니다. 만일 내가 이 조합들을 이론적으로 조사하고자 한다면 수학과 강체역학의 법칙 외에

탄성의 법칙도 고려해야 합니다. 물질 계수와 기온의 영향도 당연히 알아야 하고요. 거기다 내 운동적 자극의 배치와 단계적 차이를 잴 수 있는 정밀한 측정 수단도 있어야 합니다. 공을 치는 나의 거리 감각은 노기스처럼 정확해야 하고, 조합 능력은 계산자보다 더 빠르고 확실해야 할 것입니다. 오차 허용치와 편차에 대한 계산은 말할 것도 없고요. 게다가 목표라는 것도 두 공이 계산한 대로 정확히 움직여 도달해야 할 하나의 뚜렷한 목표 지점이 아니라, 평균치 근방에 몰린 적당히 만족할 만한 자료들의 집단에 불과합니다."

아른하임은 상대의 주의를 의도적으로 끌 생각인지, 유리병에서 액체를 한 방울 한 방울 따라 잔을 채우듯 느릿느릿 말했다. 그만큼 조금도 두루뭉술하게 넘어가는 일 없이 상세히 설명했다.

아른하임의 말이 이어졌다. "아시다시피 나는 온갖 형태의 특성을 갖고 있어야 하고, 불가능해 보이는 일들을 처리해나가야 합니다. 수학을 잘 아시니, 앞서 말한 요인을 모두 고려해서 당구공의 궤적을 계산하려고 하면 한평생이 걸릴 거라는 점은 충분히 짐작하실 겁니다. 오성은 우리를 그저 궁지에 몰아넣을 뿐입니다! 하지만 나는 어떨 것 같습니까? 계산 같은 것엔 거의 신경을 쓰지 않고 그냥 입에 담배를 물고 속으로는 멜로디를 흥얼거리면서 모자까지 쓴 채 당구대로 다가가서는 별생각 없이 큐로 공을 쳐서 단번에 문제를 해결해버리죠! 장군님, 똑같은 일이 우리 삶에서도 무수히 일어나고 있습니다! 장군님은 오스트리아 사람이지만 장교이기도 하니까 당연히 내 말을 이해하시겠죠. 정치, 명예, 전쟁, 예술, 그리고 그 밖에 삶의 결정적인 사건들은 모두 오성 너머에서 이루어집니다. 인간의 위대함은 비합리적인 것에 뿌리를 두고 있습니다. 장군님은 어떻게 생각하실지 모르겠지만, 우리 장사꾼들도 계산을 하지 않습니다. 우리를 성공으로 이끈 착상들을 오히려 계산으로는 닿을 수 없는 일종의 신비로 여기죠. 물론 장사꾼 중에서도 지도적인 위치에 있는 사람들만 그렇다는 말이지, 자잘한 장사치들은 여전히 돈 몇 푼을 따지고 계산을 합니다. 아무튼 감정, 도덕, 종교, 음악, 시, 형식, 규율, 기사도, 솔직함, 개방성, 너그러움을 사랑하지 않는 사람은 절대 큰 장사꾼이 될 수 없습니다. 이건 제 말을 믿으셔도 됩니다. 때문에 나는 항상 군대를 경탄해왔습니다. 특히 오랜 전통에 뿌리를 둔 오스트리아 군대를요. 나는 장군님이 우리의 경애하는 투치 부인 곁에 있어서 무척 기쁩니다. 든든하기도 하고요. 장군님의 영향력은 그 젊은 친구와 더불어 정말 뭐라 말할 수 없을 정도로 중요합니다. 위대한 일은 전부 동일한 특성에 기반하고 있습니다. 위대한 의무는 축복입니다, 장군님!"

아른하임은 자신도 모르게 슈툼의 손을 잡고 흔들었다. "안타깝게도 진정한 위대함이란 합리적인 근거로 설명할 수 있는 것이 아니라는 사실을 아는 사람은 거의 없습니다. 내 말은 그러니까, 강한 것은 모두 단순하다는 겁니다!" 슈툼 폰 보르트베어는 숨이 턱 막혔다. 거의 한마디도 이해하지 못했다는 생각에 얼른 도서관으로 돌아가, 아른하임이라는 큰 인물이 자신의 비위를 맞추려고 늘어놓은 게 분명한 이 모든 관점들에 대해 몇 시간이고 알아보고 싶은 욕구를 느꼈다. 그런데 봄 폭풍처럼 어지러운 머릿속으로 불현듯 명확하게 떠오르는 것이 있었다. '빌어먹을, 저 작자는 나한테 뭔가 원하는 게 있는 게 분명해!' 그는 이렇게 혼잣말을 하며 시선을 들었다. 아른하임은 여전히 두 손에 책을 들고 있었지만 지금은 정말 진지한 몸짓으로 지나가는 마차를 세울 채비를 하고 있었다. 얼굴은 방금 다른 누군가와 열심히 생각을 교환한 남자가 흔히 그렇듯 흥분으로 약간 불그스름했다. 무언가 거창한 말을 듣고 나면 존경의 뜻으로 침묵하듯이 장군은 한동안 입을 열지 못했다. 아른하임이 자신에게 요구하는 것이 있다면 슈툼도 황제를 모시는 일과 관련해서 아른하임에게 무언가 얻어낼 것이 있을 것 같았다. 생각이 여기에 미치자 슈툼은 당분간 이 모든 것의 의미를 힘들게 숙고하지 않아도 될 것 같았다. 설령 책 속의 천사가 슬쩍 날개를 들어올려 똑똑한 슈툼 장군에게 그 아래 숨기고 있던 것을 보여주었다 해도 이렇게 혼란스러우면서도 행복하지는 않았을 것이다!

그사이 디오티마와 울리히가 있는 구석자리에서는 다음과 같은 질문이 제기되었다. 어떤 여자가 디오티마처럼 어려운 상황에 처해 있다면 유혹을 뿌리쳐야 하는가, 또는 불륜의 거센 물결에 자신을 내맡겨야 하는가, 아니면 이 둘이 혼재된 제삼의 선택, 즉 몸은 이 남자에게, 마음은 저 남자에게, 또는 누구에게도 몸을 주지 않는 선택을 해야 하는가? 이 세번째 상태와 관련해선 대본은 없고 대신 높은 음악적 울림만 있었다. 디오티마는 이것이 자기 이야기가 아닌 다른 "어떤 여자"의 이야기라는 태도를 여전히 강경하게 고수했다. 그래서 울리히가 그 둘을 같은 사람으로 전제하는 뉘앙스로 말할 때마다 그를 바라보는 그녀의 시선에는 분노가 어른거렸다.

결국 울리히도 돌려서 말할 수밖에 없었다. "지금껏 개를 본 적이 있습니까?" 그가 물었다. "당연히 그렇다고 대답하시겠죠! 하지만 당신이 본 것은 어느 정도 개라고 여겨지는 존재일 뿐입니다. 그 존재는 한편으론 개의 속성을 전부 다 갖고 있지도 않고, 다른 한편으론 다른 개들에게는 없는 나름의 고유한 특성을 갖고 있습니다. 그렇다면 우리는 삶에서 어떻게 '올바로' 행동할 수 있을까요? 우리는 완벽하게 올바른 것이 아니라 그저 웬만큼 올바른 것을 하고 있을 뿐입니다.

지붕에서 벽돌이 떨어질 때도 정확히 낙하 법칙에 따라 떨어지던가요? 그렇지 않죠! 실험실에서조차 사물들은 원하는 대로 움직이지 않습니다. 그저 규칙 없이 사방으로 이탈해버리죠. 이것을 실험 과정상의 오류로 여기고, 실험의 평균치에서 진정한 값을 추정하는 것은 허구에 가깝습니다.

누군가 어떤 돌들을 발견했는데, 그에 내재한 공통적 속성을 이유로 그것들을 다이아몬드라고 부릅니다. 그런데 한 돌은 아프리카에서 왔고 다른 돌은 아시아에서 왔습니다. 하나는 흑인이 땅에서 파낸 것이고, 다른 하나는 아시아인이 파낸 것이죠. 이 차이는 공통성을 지울 만큼 중요한 것일 수도 있지 않을까요? 하지만 '다이아몬드에 환경을 더해도 여전히 다이아몬드'라는 등식에서 다이아몬드의 사용가치는 주변적 사용가치를 무화시켜버릴 만큼 큽니다. 반면에 영혼의 환경은 그와 정반대로 볼 수 있습니다.

모든 것엔 보편적인 속성이 있고, 거기다 자기만의 고유한 속성도 있습니다. 또한 모든 것엔 본래적인 속성과 동시에 다듬어지지 않은 유일무이한 속성이 있습니다. 어떤 피조물이든 개성은 다른 무엇과도 일치하지 않는 속성처럼 느껴집니다. 나는 예전에 당신에게 이런 말을 했죠. 우리가 참되고 올바른 것을 더 많이 발견할수록 이 세상에서 개성은 점점 줄어들 거라고요. 토대가 점점 허약해져가는 개성을 말살하려는 시도는 아주 오래전부터 있어왔죠. 이 세상 모든 것이 합리화되면 결국 우리에게 뭐가 남을지 알 수 없습니다. 어쩌면 아무것도 남지 않을지도 모릅니다. 하지만 우리가 개성에 부여한 잘못된 의미가 사라지면 정말 멋진 모험을 하듯 새로운 개성을 찾게 될지도 모르죠.

그럼, 당신은 어떤 결정을 내리시겠습니까? 아까 말씀하신 그 '어떤 여자'는 법칙에 따라 행동해야 할까요? 그럼 시민적 규범에 따르면 됩니다. 도덕은 그것이 통용되는 곳에서는 한 치의 일탈도 없이 자구 그대로 따라야 할, 전적으로 타당한 평균적 집단적 가치죠. 하지만 개인적인 사건들은 도덕적으로 판단 내릴 수 없습니다. 그것은 그 속에 포함된 우주의 무궁무진함만큼이나 도덕과 무관하기 때문이죠!"

"연설을 하시는군요!" 디오티마가 말했다. 그녀는 자신에게 제기된 요구의 높은 수준에 만족감을 느꼈지만, 울리히와 달리 구체적인 이야기를 함으로써 자신의 우월감을 드러내고자 했다. "그 여자는 현실 삶에선 어떻게 해야 하죠? 우리가 말한 그 상황에서 말이에요." 그녀가 물었다.

"내버려둬야죠!" 울리히가 대답했다.

"뭘요?"

"오는 건 무엇이건! 그 여자의 남편이건 연인이건, 그 여자의 단념이건, 그 여자의 복합적인 감정이건."

"지금 그게 무슨 뜻인지 알고나 하는 말이에요?" 디오티마가 물었다. 그녀는 고통스러운 기억이 떠오르는 것을 느꼈다. 투치와 한 침대에서 잔다는 그 단순한 사실 때문에, 아른하임을 포기해야 할지도 모른다는 그 고결한 결심의 날개가 매일 밤 꺾이던 순간에 대한 기억이었다. 사촌도 그녀의 생각을 슬쩍 엿보았는지 곧장 이렇게 물었다. "혹시 나와 그렇게 한번 해보시겠습니까?"

"당신과?" 디오티마는 말끝을 길게 늘어뜨렸다. 악의 없이 비꼬면서 스스로 보호막을 친 것이다. "혹시 나한테 제안할 것이 있으면 심중에 있는 생각부터 먼저 꺼내보시죠!"

"얼마든지요!" 울리히는 진지하게 대답했다. "책을 무척 많이 읽으시죠, 안 그런가요?"

"맞아요."

"책을 읽으면서 어떻게 하나요? 내가 대신 답을 드리죠. 당신은 자기 견해에 맞지 않는 부분은 생략해버립니다. 작가도 작품을 쓰면서 당연히 그렇게 하죠. 당신은 꿈이나 상상 속에서도 마찬가지로 생략을 합니다. 결국 우리는 이렇게 생략함으로써 아름다움이나 흥분을 만들어냅니다. 우리의 태도는 현실 한가운데에서 만들어낸 일종의 타협이 분명합니다. 그러니까 감정들이 격정적으로 표출되는 것을 서로 막으면서 약간 회색빛으로 섞이는 중간 상태라고 할 수 있죠. 그런데 이런 태도가 아직 없는 아이들은 그런 이유로 어른보다 더 행복하기도 하고 더 불행하기도 합니다. 나는 곧바로 이렇게 덧붙이고 싶습니다. 무지한 사람들도 생략을 한다고요. 그러니까 무지하면 행복해지는 이유가 바로 거기에 있죠. 따라서 나는 일단 이렇게 제안합니다. 우리 둘이 한 소설의 책장 속에서 만난 등장인물들처럼 사랑해봅시다. 어떤 경우에도 현실을 둥글둥글하게 만드는 지방 조직은 빼버리고요."

디오티마는 반박하고픈 욕구를 느꼈다. 이제 너무 개인적인 문제에서 벗어나 대화의 방향을 돌리고 싶었다. 그러면서도 지금 제기된 이 문제에 대해 자신이 어느 정도 알고 있음을 드러내고 싶기도 했다. "그것도 괜찮기는 해요. 하지만 흔히 예술은 현실로부터의 휴양이라고 하죠. 다시 힘을 얻어 현실로 돌아가기 위한 휴양 말이에요!"

사촌이 대답했다. "동의할 수 없습니다. 나는 '휴양'이라는 건 있어서는 안 된다고 생각합니다! 우리의 삶이 가끔 휴양으로 구멍이 난다고 생각해보세요! 삶이 어떻게 되겠습니까? 한 그림이 우리의 미적 감각에 너무 과도한 요구를 한다는 이유로 그 그림에다 구멍을 내야 할까요?! 영원한 지복의 세계에도 휴가가 있을까요? 고백하자면 나는 잠을 잠으로써 내 삶으로부터 휴가를 얻는다는 생각조차 가끔 마뜩잖게 여겨집니다."

"오, 그것 보세요." 이 사례를 잘 아는 디오티마가 그의 말을 중단시켰다. "당신이 방금 말한 것이 얼마나 부자연스러운지 아세요? 휴식과 안식에 대한 욕구가 없는 인간이라니! 이것만큼 당신과 아른하임 사이의 차이를 잘 보여주는 것은 없다고 생각해요. 한쪽은 대상의 그림자를 알려고 하지 않는 정신이고, 다른 쪽은 어둠과 햇빛이 공존하는 충만한 인간성으로 수양해나가는 정신이에요!"

"당연히 내 말엔 과장이 섞여 있습니다." 울리히는 무덤덤하게 시인했다. "세세하게 들어가면 당신도 좀더 분명히 알게 될 겁니다. 예를 들어, 위대한 작가들을 생각해봅시다. 우리는 그들을 우리 삶의 모범으로 삼을 수 있습니다. 하지만 포도를 짜서 와인을 만드는 것과는 달라서 거기서 우리 삶을 짜낼 수는 없습니다. 그들은 과거 자신들을 움직인 것에 단단한 형체를 부여했습니다. 압착한 금속처럼 단단한 것이 행간 속에서마저 느껴질 정도로요. 하지만 그들은 실제로 무슨 말을 하고 싶었을까요? 그건 아무도 모릅니다. 그들 자신도 결코 알지 못합니다. 그들은 벌이 날아다니는 들판과 같습니다. 아울러 그들 자신이 이리저리 날아다니기도 합니다. 그들의 생각과 감정에는 필요에 따라 증명 가능한 진실 또는 오류, 거기다 변화 가능한 성격, 그러니까 우리가 관찰하고자 하면 제 마음대로 우리한테 다가오거나 멀어지는 그 성격 사이를 오가는 세밀한 단계가 있죠.

한 책을 관통하는 정신은 그것을 둘러싼 각 페이지들과 분리시킬 수 없습니다. 그 정신은 우리 곁을 스쳐지나가는 군중 속에서 불쑥 의미심장하게 떠오른 한 사람의 얼굴처럼 우리의 시선을 끕니다. 내가 또 약간 과장을 하고 있는지 모르겠군요. 하지만 이런 질문을 던지고 싶어요. 우리의 인생에서 내가 방금 묘사한 것과 다른 일이 일어나던가요? 측정과 규정이 가능한 정확한 인상들을 떠나서 말입니다. 우리 삶의 토대가 되는 다른 모든 개념들은 굳어버린 비유에 지나지 않습니다. 남성성이라는 개념을 한번 생각해보세요. 이 단순한 개념도 수많은 표상들 사이에서 얼마나 흔들리고 있습니까? 그것은 숨쉴 때마다 형체가 바뀌는 숨결과 같습니다. 고정된 것은 없습니다. 인상도 체계도 마찬가지입니다. 결국 내가 앞서 말한 것처럼 우리가 문학 속에서 우리하고 맞지 않는 것을 배제한다면 그것은 삶의 본래적인 상태를 복원하는 것과 다름없습니다."

"이봐요, 사촌. 지금 당신의 사변에는 구체적인 대상이 없는 것 같아요." 울리히가 잠시 말을 멈춘 틈에 나온 말이었다.

"네, 그렇게 보일 수도 있겠군요. 내가 너무 시끄럽게 떠든 건 아니었으면 좋겠네요." 그의 대답이었다.

"당신은 나직이 빨리 길게 얘기했어요." 그녀의 목소리에 비아냥이 약간 묻어났다. "하지만 원래 말하려고 했던 건 한마디도 하지 않았어요. 당신이 방금 나한테 뭘 설명하려고 했는지 알아요? 현실을 철폐해야 한다는 말이었겠죠! 고백하자면, 그 말을 처음 들었을 때, 아마 우리가 처음 나들이를 갔던 때였을 텐데, 아무튼 그때 듣고 나는 그 말을 오랫동안 잊을 수가 없었어요. 이유는 잘 모르겠지만. 어쨌든 현실을 어떻게 철폐할 건지는 이번에도 이야기하지 않았어요!"

"그렇다면 최소한 한 번 이상은 아까처럼 길게 얘기해야 합니다. 그런데 현실을 철폐한다는 게 간단할 거라고 생각하십니까? 내 기억이 틀리지 않다면 당신은 예전에 나한테 아른하임과 함께 일종의 성스러운 세계로 훨훨 날아가고 싶다고 말한 것 같은데…… 그러니까 당신은 그 세계를 제2의 현실 정도로 여기고 있는 겁니다. 하지만 내가 말했던 건 우리가 다시 비현실을 장악해야 한다는 뜻입니다. 현실은 이제 의미가 없으니까요!"

"오, 아른하임은 동의하기 어렵겠군요!" 디오티마가 말했다.

"당연히 동의하지 못하겠죠. 그게 그 사람과 나의 차이니까. 그 사람은 당신과 결혼할지 말지는 모르지만 위대한 아른하임으로서 먹고 마시고 자는 자신의 행위에 의미를 부여하고 싶어합니다. 그러기 위해 오래전부터 정신의 재화를 모아왔죠." 울리히는 갑자기 말을 중단하더니 침묵으로 넘어갔다.

얼마 뒤 목소리 톤을 바꾸어 그가 물었다. "내가 왜 하필 당신과 이런 이야기를 하는지 얘기해줄 수 있나요? 이 순간 어린 시절이 떠오릅니다. 당신은 믿지 못하겠지만 나는 착한 아이였어요. 온화한 달밤의 공기처럼 부드러웠죠. 나는 개나 잭나이프를 한없이 사랑할 수 있었는데……" 그는 이 문장도 끝을 맺지 못했다.

디오티마는 그가 무슨 뜻으로 이런 말을 하는지 의아해하는 시선으로 그를 바라보았다. 문득 그가 예전에 '감정의 정확성'을 맹렬하게 옹호했던 기억이 떠올랐다. 지금은 그와 정반대되는 이야기를 하고 있었다. 심지어 예전에는 생각이 순수하지 못하다며 아른하임을 질책하기도 했다. 그런 사람이 오늘은 그냥 오는 대로 '내버려두라'고 이야기하고 있었다. 그녀는 울리히가 '휴가 없는 감정'을 옹호하는 것에 불안감을 느꼈다. 전적으로 미워해서도, 전적으로 사랑해서도 안 된다던 아른하임의 애매한 말과 비교가 된 것이다. 그녀는 이 생각에 무척 불안해졌다.

"당신은 정말 무한한 감정이 있다고 믿어요?" 울리히가 물었다.

"그럼요, 무한한 감정은 있어요!" 디오티마는 이렇게 대답하며 자기 발밑의 단단한 토대를 다시 느꼈다.

"짐작하겠지만 나는 그렇게는 믿지 않습니다." 울리히는 무심결에 대답했다. "이상하게도 우리는 이 문제를 자주 이야기하게 되는군요. 거기에 빠져 죽지 않을까 두려워 평생 피하려고 애쓰는 바로 그런 문제죠." 그는 디오티마가 자신의 말에는 귀를 기울이지 않고, 눈으로 빈 마차를 찾는 아른하임을 불안스레 건너다보고 있는 것을 알아챘다.

그녀가 말했다. "우리가 아른하임을 장군에게서 구해줘야 할 것 같군요."

"내가 마차를 세워 장군 쪽을 맡겠습니다." 울리히가 자청하고 나서 걸음을 옮기려는 찰나에 디오티마가 팔을 붙잡더니 그의 수고에 상이라도 내리려는 듯 다정하고 부드럽게 말했다. "무한하지 않은 감정은 아무 가치가 없어요."

115. 너의 젖꼭지는 양귀비 잎 같다

큰 안정기 이후에 다시 노도와 같은 격변의 시기가 찾아오듯 보나데아도 예전 상태가 재발했다. 디오티마에게 접근하려는 시도는 물거품이 되었고, 두 연적이 합심해서 울리히를 따돌림으로써 벌을 주려던 멋진 계획도 무산되고 말았다. 물론 따지고 보면 그녀의 꿈이 깃든 판타지일 뿐이었지만. 어쨌든 이렇게 해서 그녀는 결국 다시 자존심을 굽히고 연인의 집을 노크할 수밖에 없었다. 그런데 연인은 그녀의 끊임없는 방해에 미리 대비하고 있던 사람 같았다. 그녀가 애인으로서 아무 자격도 없는 울리히를 왜 찾아왔는지 구차하게 설명하는 이야기조차 그의 무덤덤한 친절함에 막혀 공중으로 흩어지고 말았으니까 말이다. 그녀는 한바탕 난리를 피우고 싶은 마음이 굴뚝같았지만 꾹 눌러 참았다. 예의에 맞게 행동해야 한다는 내적 규범에 따른 결과였다. 그래서 시간이 지나면서 그녀는 스스로에게 부과한 그런 도덕적 태도에 큰 혐오감을 느꼈다. 채워지지 않은 욕망으로 무거워진 머리는 밤이면, 마치 원숭이 털 비슷한 결로 덮인 껍질이 자연의 실수로 안쪽으로 자란 야자열매처럼 어깨 위에 얹혀 있었다. 그러다 결국엔 술병을 빼앗긴 술꾼처럼 주체하지 못할 분노에 사로잡혔다. 그녀는 디오티마를 사기꾼이니, 재수없을 만큼 거만한 계집이니 하고 부르며 울분을 터뜨렸다. 하지만 판타지 속에서는 디오티마 매력의 비밀인 고결하고 우아한 여성성을 인정했다. 꼼꼼한 주석과 함께. 그런데 디오티마에게 그런 행운을 안겨준 독특한 스타일을 흉내내는 일은 보나데아에게 감옥이 되어버렸고, 그녀는 거칠게 자유를 갈망하다가 그 감옥에서 뛰쳐나와버렸다. 고데기와 거울은 그녀를 이상형과 똑같은 스타일로 만들어주는 힘을 상실했고, 그와 함께 그녀를 떠받치고 있던 인위적인 의식 상태도 무너졌다. 심지어 삶의 어떤 갈등에도 불구하고 매일 밤 최고의 기쁨이 되어주던 수면조차 이제는 곧바로 찾아들지 않아 침대에서 뒤척거리는 일이 벌어졌다. 처음 있는 일이라 병적인 불면증은 아닐까 걱정될 정도였다. 이런 상태에서 그녀는 중병에 걸린 사람이라면 누구나 느끼듯, 정신이 육체를 마치 부상병처럼 홀로 전장에 방치하고 떠나버린 듯한 느낌이 들었다. 보나데아는 뜨겁게 달구어진 모래 같은 유혹에 빠져 있으면 자신이 경탄했던 디오티마의 모든 고매한 말들이 수십 마일 떨어져 있는 듯했다. 아울러 그 말들을 정말로 경멸했다.

그녀는 울리히를 다시 찾아가는 게 불가능하다고 여겼기에 그의 감정을 되돌릴 다른 방법을 궁리했다. 일단 결말은 나와 있었다. 만일 울리히가 그를 유혹한 디오티마의 집에 있다면 그 집에 쳐들어갈 것이다. 그가 상담을 위해 그녀의 집에 간다는 건 속보이는 핑계에 불과했다. 공동선을 위해 실제로 뭔가를 하기보다는 두 사람의 불장난을 위한 속임수라고 생각한 것이다. 반면에 보나데아는 정말 공공을 위한 일을 할 것이고, 그로써 그녀의 계획도 첫걸음을 뗄 수 있었다. 이제는 누구도 모스브루거에게 관심을 보이지 않았고, 남들이 말만 요란하게 내놓는 사이 모스브루거는 파멸로 치닫고 있었기 때문이다. 보나데아는 모스브루거가 궁지에 빠진 자신을 또다시 구해주리라는 생각에 조금도 놀라지 않았다. 그 사람에 대해 한 번이라도 진지하게 생각해보았다면 아마 소름이 끼쳤을 텐데 말이다. 어쨌든 머릿속에는 이런 생각뿐이었다. '울리히가 모스브루거에 대해 그렇게 관심이 많았던 걸 보면 지금도 잊었을 리 없어!' 계획을 계속 짜나가던 중에 두 가지 일이 떠올랐다. 예전에 대화하던 중에 울리히는 그 살인자와 관련해서, 사람에겐 언제나 죄를 물을 수 없는 결백한 두번째 영혼이 있다고 주장했다. 책임능력이 있는 사람은 어떤 상황에서도 다른 선택을 할 여지가 있지만 책임능력이 없는 사람은 절대 그럴 수 없다는 것이다. 여기서 보나데아는 다음과 비슷한 결론을 끄집어냈다. 스스로 책임능력이 없는 사람이 되어 죄를 물을 수 없는 결백한 사람이 되자는 것이다. 이것은 울리히에게는 없는 상태이자, 동시에 그의 구원을 위해 도달해야 할 상태이기도 한 듯했다. 이렇게 해서 그녀는 계획을 실행에 옮기려고 사교 모임에 가는 사람처럼 곱게 차려입고 여러 날 밤을 디오티마의 집 앞에서 서성거렸다. 그러다 오래지 않아, 방안에서 무슨 일이 시작되었음을 알리는 신호처럼 창문들에 불이 들어왔다. 남편에게는 이 집에 초대를 받았지만 그리 오래 머물 생각은 없다고 미리 말해두었다. 며칠째 용기를 내지 못해 집 앞만 서성거리다가 이런 거짓말까지 하고 나니 강렬한 충동이 일면서 그녀는 곧장 대문 앞 계단으로 올라섰다. 거기엔 이런 염려도 작용했다. 계속 이렇게 서성거리다가 아는 사람이나, 심지어 우연히 지나가던 남편의 눈에 띄면 어떡하지? 게다가 이 집 집사가 볼 수도 있었고, 아니면 그녀의 움직임을 유심히 지켜보던 순경이 다가와 말을 걸지도 몰랐다. 계속 이 앞에서 서성거리다가는 위험한 일이 생길 수 있고, 계속 이렇게 망설이다가는 무슨 일이 일어날지 모른다. 물론 그전에도 보나데아는 출입구 안으로 미끄러져 들어가거나 남의 눈에 띄지 않는 길로 몰래 다닌 적이 드물지 않았다. 하지만 그럴 땐 자신이 이루고자 하는 목표를 위해 불가피한 일이라는 생각이 수호천사처럼 따라붙곤 했다. 초대받지 않은 곳에 쳐들어가 무슨 일이 일어날지 모를 지금의 상황과는 달랐다. 그녀는 마치 암살자가 된 듯한 기분이었다. 처음에는 전체 일을 그렇게 정확하게 구상하지 않았지만, 주변 환경의 도움으로 총을 쏘거나 염산 방울이 대기 중에 반짝거리며 뿌려지는 일을 더는 아무렇지도 않게 느끼는 그런 암살자 말이다.

보나데아는 마침내 그 집 초인종을 누르고 안으로 들어서는 순간 의도하지 않게 넋이 나간 듯한 상태에 빠졌다. 어린 라헬은 울리히에게 살짝 다가가 지금 밖에서 누군가가 뵙고 싶어한다고 전했다. 그 '누군가'가 두꺼운 베일을 쓴 낯선 부인이라는 얘기는 하지 않았다. 라헬이 울리히의 뒤에서 살롱 문을 닫는 순간 보나데아가 얼굴을 가리고 있던 베일을 걷었다. 순간 그녀는 모스브루거의 운명이 더는 미룰 수 없는 사안임을 확신하면서 질투에 눈먼 여인이 아니라 방금 마라톤을 마친 선수처럼 가쁘게 숨을 몰아쉬며 울리히를 맞았다. 이어 얼마 안 있으면 모스브루거를 구하고 싶어도 구할 수 없게 될 거라는 말을 어제 남편한테 들었다고 천연덕스레 거짓말했다. 그러고는 이렇게 끝맺었다. "색욕에 눈먼 그런 살인자는 정말 끔찍하게 싫지만 그래도 내가 이렇게 불청객이 되는 위험까지 무릅쓰고 찾아온 건, 당장 저 안으로 돌아가 이 집의 부인과 힘있는 손님들에게 당신의 관심사를 털어놓게 하기 위해서예요. 당신이 아직 그 사람을 도울 마음이 있다면요!" 어떤 일이 벌어질지 예상하고 한 말은 아니었다. 혹시 가슴이 뭉클해진 울리히가 감사를 표할까? 혹은 디오티마를 즉시 밖으로 불러내 셋이 함께 좀 외진 방으로 옮길까? 아니면 디오티마 스스로 밖에서 오가는 목소리를 듣고 나와, 보나데아가 울리히의 고결한 감정에 어울리고도 남을 사람이라고 말해줄까? 보나데아는 눈이 촉촉하게 반짝거렸고, 손은 떨렸으며, 목소리까지 통제권을 벗어나 높아졌다. 울리히는 이 난감한 상황을 어쩌지 못해 계속 미소만 지었다. 이것은 그녀를 진정시키기 위한 방편인 동시에, 어떻게 설득해야 보나데아를 가능한 한 빨리 집으로 돌려보낼 수 있을지, 묘안을 찾아낼 시간을 벌려는 고육책이었다. 그러나 상황은 쉽지 않아 보였다. 이대로 가다가는 보나데아가 절규를 하거나 발작에 가까운 몸짓으로 울음을 터뜨릴 상황이 올 수도 있었다. 라헬이 도와주지 않는다면 말이다. 어린 하녀는 동그란 눈을 반짝이며 두 사람과 멀지 않은 곳에 내내 서 있었다. 처음 보는 이 아름다운 부인이 온몸을 덜덜 떨며 울리히를 찾을 때 이미 두 사람이 심상치 않은 관계임을 직감했다. 라헬은 두 사람의 대화를 대부분 들었다. 모스브루거의 이름은 음절 하나하나 또렷이 그녀의 귀에 총알처럼 박혔다. 게다가 슬픔과 갈망과 질투가 뒤섞여 울려퍼지는 부인의 목소리에 함께 휩쓸려갔다. 이 감정들을 이해할 수는 없었지만 말이다. 이 부인이 울리히의 연인이라는 생각에 울리히에게 느끼는 애착이 평소보다 더 깊어졌다. 그와 함께 온 가슴으로 노래 부르는 두 사람과 호흡을 맞추고 싶은 기분에 휩싸였다. 그래서 아무 말 말라는 시선과 함께 어느 방문을 열더니 손짓으로 두 사람에게 안으로 들라고 했다. 손님들이 이용하지 않는 유일한 방이었다. 이것은 분명 라헬이 주인에게 저지른 첫 배신행위였다.

이 일이 발각되면 어떻게 될지 너무나 잘 알고 있었기 때문이다. 그러나 지금 이 일을 깊이 생각할 겨를도 없이 세상은 너무 아름다웠고, 낭만적인 흥분은 사람의 마음을 어지럽혔다.

보나데아는 가스불이 켜지고 자신이 지금 어디에 있는지 서서히 알게 되면서 하마터면 다리에 힘이 풀려 풀썩 쓰러질 뻔했다. 곧이어 두 뺨에 질투의 홍조가 피어올랐다. 보아하니 여기는 디오티마의 침실이었기 때문이다. 스타킹과 머리빗을 비롯해 다른 많은 물건들이 주위에 널려 있었다. 안주인이 사교 모임을 위해 머리부터 발끝까지 급히 치장을 끝낸 뒤 하녀가 치울 시간이 없었거나, 아니면 이번 경우처럼 다음 날 아침에 어차피 전체를 깨끗이 치워야 했기에 지금은 방치해둔 그런 물건들이었다. 손님을 치르는 날엔 다른 방들의 가구를 빼서 임시방편으로 침실에 옮겨두었던 것이다. 어쨌든 방안에는 다닥다닥 밀착한 가구 냄새를 비롯해 분가루, 비누, 향수 냄새가 났다. "저 어린것이 쓸데없는 짓을 했군. 우리를 여기다 둬서 어쩌겠다는 건지!" 울리히가 웃으며 말했다. "게다가 당신은 이 집에 오지 말았어야 했어. 여기서 모스브루거를 위해 할 일은 아무것도 없어."

"내가 찾아오지 말았어야 했다는 건가요?" 보나데아는 알아듣기 어려울 만큼 작은 목소리로 울리히의 말을 반복했다. 그녀는 이리저리 불안하게 두리번거리며 스스로에게 고통스러운 심정으로 이렇게 물었다. '이제까지 이런 일이 다반사로 일어나지 않았다면 하녀가 어떻게 울리히를 이 집의 가장 내밀한 곳으로 안내할 생각을 했을까?' 그러나 보나데아는 이 증거를 차마 그에게 들이밀 생각은 못하고 차라리 억양 없는 목소리로 이렇게 질책하고 말았다. "그렇게 옳지 못한 일이 버젓

이 일어나고 있는데도 당신은 편하게 잠이 와요? 나는 몇 날 며칠을 못 잤어요. 당신을 찾아가야겠다고 결심한 것도 그 때문이고요!" 그녀는 등을 돌려 창가에 서서, 창 너머에서 눈으로 반사되어 들어오는 불투명한 세계를 응시했다. 그것은 나무 우듬지일 수도 있었고, 아래쪽의 깊은 안뜰일 수도 있었다. 보나데아는 흥분 상태에서도 이 방이 거리 쪽으로 나지 않았다는 사실을 알 만큼 방향감각을 유지하고 있었다. 다른 창문들에서는 이 방이 들여다보였다. 그녀는 자신이 지금 부정한 연인과 함께 커튼이 쳐지지 않은 연적의 침실에서 한껏 빛을 받으며 서 있다는 생각이 들자, 그것도 미지의 시커먼 관객석 앞에 서 있다는 생각이 들자 갑자기 흥분되었다. 그녀는 모자를 벗고 외투까지 벗어던졌다. 이마와 따뜻한 젖꼭지가 차가운 유리창에 닿았다. 눈물과 부드러움으로 눈가가 촉촉해졌다. 그녀는 이 상태에서 천천히 벗어나서 다시 연인에게로 몸을 돌렸다. 그런데 그녀가 앞서 응시했던 부드럽고 유연한 어둠 속의 무언가가 평소보다 더 깊어진 그녀의 눈 속에 잔해처럼 남아 있었다. "울리히!" 그녀가 간절한 어조로 말했다. "당신은 나쁜 남자가 아니에요! 다만 나쁜 척하는 것뿐이에요! 어떻게든 착한 척하는 게 어려운 사람이니까!"

보나데아에게는 어울리지 않게 똑똑한 이 말 때문에 상황은 재차 위태로워졌다. 몸의 지배를 받는 여인이 이번만큼은 고결한 정신 속에서 위안을 얻으려는 같잖은 동경이 아니라 아름다운 몸이 직접 나서서 사랑의 부드러운 품위를 요구하고 있었다. 울리히는 다가가 그녀의 어깨에 팔을 올렸다. 두 사람은 이제 다시 어둠 쪽으로 몸을 돌려 함께 밖을 내다보았다. 이 집에서 나온 약간의 빛이 겉으론 아무 경계가 없어 보이는 어둠 속에 녹아들고 있었다. 마치 짙은 안개가 부드러움으로 대기를 꽉 채우는 것 같다고 할까! 늦겨울이었음에도 울리히는 왠지 모르게 서늘한 10월의 밤을 응시하고 있다는 인상을 강렬하게 받았다. 도시가 마치 어마어마한 양털 이불에 폭 싸인 느낌이었다. 그러다보니 양털 이불이 10월의 밤을 닮았다고 할 수도 있겠구나 하는 생각이 들었다. 울리히는 자신의 살갗에서 부드럽고도 불확실한 무언가를 느끼면서 보나데아를 자기 쪽으로 좀더 바짝 끌어당겼다.

"이제 안으로 들어갈 거예요?" 보나데아가 물었다.

"들어가서 모스브루거에게 가해질 부당한 짓을 막으라고? 아니. 난 그 사람한테 일어나고 있는 일이 실제로 부당한 짓인지조차 모르겠어. 그 사람에 대해 내가 뭘 알겠어? 법정 심리 때 지나가듯이 한 번 본 게 전부인데. 거기다 그 사람에 관한 글을 몇 편 읽은 것뿐이야. 그건 마치 내가 당신 젖꼭지가 양귀비 잎 같을 거라고 꿈꾸는 것과 같아. 그렇다고 당신 젖꼭지가 정말 그렇다고 믿어도 되겠어?"

그는 생각에 잠겼다. 보나데아도 생각에 잠겼다. 그는 생각했다. '냉정하게 보면 인간은 남의 눈에 일련의 비유에 지나지 않아.' 보나데아의 생각은 다음 말로 정리되었다. "우리 이 집에서 나가요!"

"안 돼," 울리히가 답했다. "내가 없어지면 다들 의아해할 거야. 게다가 당신이 찾아온 게 알려지기라도 해봐. 금방 나쁜 소문이 돌 거야."

침묵, 어둠 속의 응시, 10월 같은 1월의 밤, 양털 이불, 그리고 아픔인지 행복인지 분간이 안 가는 무언가가 두 사람을 다시 하나로 묶었다.

"당신은 왜 누구나 쉽게 떠올릴 수 있는 일을 하지 않는 거죠?" 보나데아가 물었다.

울리히는 갑자기 최근에 꾼 게 분명한 어떤 꿈이 생각났다. 원래 꿈을 잘 꾸지 않았고, 설령 꾼다고 해도 제대로 기억해내지 못하는 사람이었다. 그래서 뜻밖에 기억의 문이 열리면서 그의 입장을 허락하는 것에 기묘한 느낌을 받았다. 꿈에서 그는 수차례 가파른 산비탈을 올라가려고 했지만 심한 현기증 때문에 번번이 포기해야 했다. 그런데 특별히 해석하려고 애쓰지 않아도 이 체험이 모스브루거와 관련있음이 이제 분명해졌다. 꿈에는 직접 나타나지 않았지만 말이다. 그런데 꿈속의 한 영상은 여러 겹의 의미가 겹쳐 있을 때가 많듯이 이 역시 최근에 대화와 관계 속에서 반복적으로 드러나던 실패의 경험, 즉 어떤 지점을 넘어가지 못하고 길 없이 걷기만 하는 듯한 정신적 실패의 육체적 표현일 수도 있었다. 그는 꿈이 묘사한 그 자연스러운 구체성에 자신도 모르게 웃음이 났다. 매끄러운 돌, 흘러내리는 흙, 때로 손잡이나 목표로 삼을 수 있는 드문드문한 나무, 거기다 갈수록 점점 험준해지는 비탈…… 그는 좀더 높거나 낮은 고도에서도 시도해보았지만 결과는 마찬가지였다. 현기증으로 속이 울렁거리기 시작하면 함께 가던 누군가에게, 이만 포기하자고, 저 아래 골짜기로 내려가면 어차피 누구나 지나다니는 편안한 길이 있다고 말했다! 그게 무슨 의미인지는 명확했다! 게다가 동행하던 사람들 중에는 보나데아도 있었던 것 같았다. 어쩌면 그는 그녀의 젖꼭지가 양귀비 잎 같은 꿈을 실제로 꾸었을지 모른다. 더듬는 손길에는 넓고 뾰쪽뾰쪽할 수도 있고, 아욱처럼 짙은 분홍빛일 수도 있는 무언가 연관 없는 것이 아직 밝아오지 않은 꿈 세계의 한구석에서 안개처럼 떨어져나왔다.

순간, 슬쩍 눈만 돌려도 그사이에 있었던 모든 일과 배경까지 훤히 보일 만큼 명료한 의식이 찾아왔다. 물론 그 느낌을 말로 표현할 수는 없었지만. 그가 꾼 꿈과 그가 표현하는 꿈 사이의 관계에 대해선 울리히도 잘 알고 있었다. 그것은 그가 예전부터 관심을 가져온 유사성 비교, 즉 비유의 관계와 다르지 않았기 때문이다. 한 비유에는 하나의 진실과 하나의 비진실이 담겨 있고, 이 둘은 감정적인 측면에서 떼려야 뗄 수 없는 관계로 연결되어 있다. 만일 비유를 있는 그대로 받아들여 거기다 감각적 형태, 즉 현실적 형체를 부여하면 꿈과 예술이 생겨난다. 하지만 이것들과 실질적인 현실 삶 사이에는 유리벽이 놓여 있다. 만일 비유를 합리적 오성으로 분석해서 맞지 않는 것을 정확히 맞아떨어지는 것으로부터 분리하면 진실과 지식이 생겨나고, 반면에 감정은 파괴된다. 인간 족속은 유기물을 둘로 나누는 박테리아 종처럼 비유의 살아 있는 원초적 상태를 현실과 진실의 단단한 물질, 그리고 예감, 믿음, 인공물의 유리 같은 비현실, 이 둘로 쪼개버린다. 그 둘 사이에 세 번째 가능성은 없어 보인다. 그런데 별 고민 없이 시작했는데, 뭔가 막연하기만 했던 것이 성공적으로 끝날 때가 얼마나 많던가! 생각과 기분이 그렇게 자주 이끌던 복잡한 미로 같은 골목에서 나와 이제 모든 길이 통하는 중앙 광장에 서 있는 느낌이었다. 그는 이 모든 것을 보나데아에게 어느 정도 얘기했다. 그녀의 질문, 즉 그는 왜 남들처럼 머릿속에 쉽게 떠오르는 대로 행동하지 못하는지에 대한 대답이었다. 그녀는 이 이야기를 알아듣지 못한 듯했다. 그럼에도 오늘을 자신에게 아주 좋은 날로 받아들였다. 그녀는 한동안 생각에 잠겨 있다가 울리히의 팔에 자기 팔을 좀더 단단히 끼우더니 이렇게 정리했다. "당신도 꿈속에서는 생각을 하는 것이 아니라 어떤 이야기를 경험하는군요!" 진실에 가까운 말이었다. 그는 그녀의 손을 힘주어 잡았다. 그녀는 또다시 갑자기 눈물이 났다. 눈물은 아주 천천히 두 뺨을 타고 흘러내렸다. 눈물에 젖어 소금기 있는 살갗에서 뭐라 형언하기 어려운 사랑의 향기가 솟구쳤다. 울리히는 그 향기를 들이마시면서 이 애매하고 흐릿한 상태, 그리고 굴복과 망각을 향한 큰 동경을 느꼈다. 그러나 이내 냉정을 되찾고 그녀를 문 쪽으로 부드럽게 안내했다. 순간, 자기 앞에는 아직 해야 할 일이 남아 있고, 어정쩡한 애정 상태에서 그것을 포기해서는 안 된다는 확신이 들었다. "당신은 이제 가야 해." 그가 나직이 말했다. "화내지 마, 우리가 언제 다시 볼 수 있을지는 잘 모르겠어, 난 지금 나 자신과 해야 할 일이 많아!"

기적이 일어났다. 보나데아는 아무런 저항을 하지 않았을 뿐 아니라 상처 난 자존심을 드러내지도, 분노하지도 않았다. 더는 질투심에 사로잡힌 모습이 아니었다. 그녀는 스스로 울리히 이야기의 일부가 된 느낌이었다. 두 팔로 그를 안아주고 싶었다. 그를 다시 땅으로 끌어내려야 한다는 생각이 어렴풋이 들었다. 그녀는 자기 아이들에게 하듯이 이마에 그를 지켜줄 성호를 긋고 싶었다. 이게 끝을 의미하지 않는다는 느낌이 더더욱 아름답게 다가왔다. 그녀는 모자를 쓰고 그에게 입을 맞추었다. 그러고는 다시 한번 베일 사이로 입을 맞추었고, 그로써 베일의 실들은 달아오른 창살처럼 뜨거워졌다.

문 앞을 지키고 서서 두 사람의 대화를 엿듣던 라헬의 도움으로 보나데아는 남의 눈에 띄지 않고 무사히 떠날 수 있었다. 그사이 집에서는 벌써 손님들이 하나둘 자리에서 일어나기 시작했다. 울리히는 라헬의 손에 고액권 한 장을 쥐여주며 그녀의 마음씀씀이를 칭찬했다. 라헬은 두 사람에게 어찌나 감동했던지, 돈을 받고도 한참 동안이나 그의 손을 놓지 못하는 자신을 알아차리지 못했다. 마침내 그가 웃었고 그제야 라헬은 손을 놓으며 얼굴이 새빨개졌다. 울리히가 그런 라헬의 어깨를 다정스레 톡톡 두드려주었다.

116. 삶의 두 그루 나무, 그리고 정확성과 영혼의 세계사무국에 대한 요구

그날 저녁 투치의 집에는 예전처럼 많은 손님이 오지 않았다. 평행운동의 참여도가 점점 떨어지고 있었다. 참석한 이들도 평소보다 일찍 자리를 떴다. 마지막 순간에 백작이 모습을 드러냈지만, 그런 극적인 출현조차 이런 좋지 않은 분위기를 막을 수는 없었다. 게다가 백작은 잔뜩 우울한 표정에 기분이 안 좋아 보였다. 자기 일에 반대하는 민족주의적 움직임에 대한 경악스러운 소식을 들었기 때문이다. 아무튼 참석자들은 백작의 출현에 무언가 특별한 소식이 있을지도 모른다는 기대 속에 좀더 자리를 지키고 앉아 있었으나, 백작이 새 소식을 내놓을 낌새를 보이지 않고 참석자들에게도 별 신경을 쓰지 않자 마지막까지 남아 있던 사람들조차 모두 자리를 떴다. 때문에 다시 살롱에 들어온 울리히는 거의 텅 빈 방을 보고 깜짝 놀랐다. 얼마 뒤 쓸쓸한 방안에는 '측근들'만 남았다. 그사이 퇴근하고 집에 돌아온 투치 국장 한 사람만 추가되었을 뿐이다.

백작은 늘 즐겨 하던 말을 반복했다. "당연히 우리는 성수聖壽 여든여

덮이신 우리 평화의 황제를 하나의 상징으로 여길 수 있어요. 거기엔 위대한 생각이 깃들어 있죠. 하지만 우린 거기에 정치적 내용도 부여해야 합니다! 그러지 않으면 사람들의 관심도 멀어질 수밖에 없어요. 그 말은 곧, 다들 알겠지만 내 개인적으로 할 수 있는 건 다 했다는 뜻입니다. 게르만 민족주의자들은 비스니츠키 때문에 아주 단단히 골이 나 있어요. 그 양반이 슬라브주의의 숭배자라는 거죠. 하지만 슬라브인들은 어쩌고 있는 줄 알아요? 비스니츠키가 장관으로 있을 때 양의 탈을 쓴 늑대였다며 아주 길길이 날뛰고 있어요. 하지만 난 이것이야말로 그 양반이 당파를 떠나 진정한 애국자라는 걸 보여주는 증거라고 생각해요. 난 그를 내칠 생각이 전혀 없어요. 아무튼 이제는 사람들이 좀더 긍정적인 생각을 가질 수 있도록 문화적인 측면에서도 가급적 빨리 일이 진행돼야 해요. 다양한 집단들의 소망을 조사하는 작업이 너무 지지부진해요. 오스트리아의 해 또는 세계의 해가 멋진 아이디어인 것은 틀림없지만, 이렇게 말하고 싶습니다. 상징이라는 것은 모두 적절한 시기에 실제적인 것으로 바뀌어야 한다고요. 다시 말해, 그것이 상징으로 있는 한 아무것도 모르는 상태에서도 내 마음을 움직일 수 있지만 나중에는 그런 마음의 거울로부터 몸을 돌려, 그사이 필요해진 완전히 다른 일을 하게 된다는 뜻이죠. 내가 말하는 바를 이해하시겠소? 지금껏 이 집 안주인께서는 정말 경탄할 만큼 많은 수고를 해주셨고, 여기서는 벌써 몇 개월 동안 꼭 알아야 할 수많은 일들이 논의되었지요. 그럼에도 참여 열기는 갈수록 수그러들고 있어요. 내 느낌으로는 우리가 머지않아 뭔가 결정을 내려야 할 것 같아요. 어떤 결정인지는 아직 잘 모르겠지만. 뭐, 슈테판대성당에 두번째 첨탑을 세울 수도 있고, 아니면 아프리카에 오스트리아제국의 식민지를 건설할 수도 있겠고…… 사실 뭐가 됐든 중요하지 않아요. 어떤 것이든 마지막 순간에 질적으로 완전히 다른 결과물로 바뀔 게 분명하니까. 중요한 건 참석자들의 창의력이 모조리 새나가기 전에 얼른 붙들어 매야 한다는 겁니다!"

라인스도르프 백작은 자신이 꽤 쓸모 있는 얘기를 했다는 느낌을 받았다. 남들을 대신해 아른하임이 나서 여기에 답했다. "생각이 언젠가 필연적으로 행동을 통해 결실을 맺을 거라는 말씀은 설사 그 행동이 임시방편에 불과하더라도 지극히 훌륭한 삶의 지혜라고 생각합니다. 그런 점에서 얼마 전부터 여기 열린 지성들의 모임에서 새로운 분위기가 조성되고 있는 것은 정말 중요한 일입니다. 초창기에 끊임없이 쏟아진 제안과 사유들로 정신을 차리지 못하고 혼란스러워하던 시절은 지나갔습니다. 대신 이제 새로운 제안은 거의 등장하지 않고 있습니다. 나이 지긋하신 분들은 발언조차 하지 않고요. 어쨌든 집요하게 자기 입장을 변호하는 사람들도 없어졌습니다. 그럼에도 다들 이 집의 초대를 받아들인 것을 어느 정도 의견의 일치를 만들어낼 책임을 지고 있다는 뜻으로 여기고 있습니다. 그렇다면 이제 어느 정도 수긍할 만한 제안이 나온다면 모두 동의할 거라고 생각합니다."

"박사, 우리 일은 어떻게 돼가고 있나?" 백작이 울리히에게 고개를 돌렸다. 그사이 그가 돌아온 걸 알아챈 모양이다. "정리가 좀 되어가나?"

울리히는 아니라고 답할 수밖에 없었다. 서면으로 하는 의견 교환은 직접적인 의견 교환보다 당연히 지연될 수밖에 없다. 개혁 제안은 아직 부지런히 들어오고 있다. 그래서 그는 여전히 협회들을 창설해 백작 명의로 해당 부처에 통지하고 있다. 그런데 최근 들어 그 협회들을 담당하는 각 부처의 태도가 현저히 비협조적인 방향으로 바뀌고 있다. 이상이 울리히의 보고 내용이었다.

"놀라운 일도 아니지!" 백작은 이렇게 말하고는 다시 참석자들에게로 고개를 돌렸다. "우리 백성들에게는 셀 수 없이 국가관이 많아요. 그것들을 모든 방향에서 만족시키려면 백과사전만큼 풍부한 교양을 갖춰야 해요. 정부 부처에는 너무 무리한 요구죠. 그게 바로 우리가 위에서 개입해야 할 시점이 다가오고 있다는 증거이기도 합니다."

"그런 맥락에서……" 아른하임이 재차 발언에 나섰다. "슈툼 장군이 최근에 회의 참석자들의 관심을 상당한 수준으로 끌어올린 점을 각하께서도 주목하셔야 하지 않을까 싶습니다."

라인스도르프 백작이 처음으로 장군에게 눈길을 주었다. "어떻게 그랬다는 거요?" 백작이 물었다. 이 질문에 담긴 무례함을 굳이 숨기려고 애쓰지 않으면서.

"그렇게 물으시니 부끄러울 따름입니다. 전혀 의도한 것이 아니었습니다." 슈툼 폰 보르트베어는 쑥스럽다는 듯 손을 내저었다. "회의실에서 군인은 부각되어서는 안 된다고 생각하고, 그 원칙을 어느 정도 지켜오기도 했습니다. 그런데 각하께서도 기억하시겠지만, 저는 첫 회의에서 오직 군인의 의무를 다할 목적으로 다음 내용을 부탁드렸습니다. 다른 좋은 아이디어가 없다면, 지금 우리의 포병대에 현대적 대포가 없고 우리의 해군에도 한시가 급한 국토 수호의 임무를 수행할 전함이 턱없이 모자란다는 사실을 기억해주었으면 하고……"

"그래서요?" 백작이 장군의 말을 끊으면서 깜짝 놀라 묻는 눈으로 디오티마를 바라보았다. 그 눈길에는 불쾌감이 고스란히 묻어나 있었다.

디오티마는 체념의 뜻으로 아름다운 어깨를 으쓱 들어올렸다가 다시 내렸다. 어딜 가든 이 자그맣고 동글동글한 장군이 이해할 수 없는 힘의 도움으로 마치 악몽처럼 자기를 따라다니는 것에 이미 단련되어 있었던 것이다.

"최근에……" 슈툼 폰 보르트베어는 서둘러 말을 이어갔다. 괜한 겸손함 때문에 목전에 둔 승리를 놓칠 수 없다는 듯이. "누군가 그런 제안을 하자 지지의 목소리가 아주 높았습니다. 사람들은 이렇게들 말하더군요. 육군과 해군은 모두를 결집시키는 공통된 이념이라고요. 그것도 위대한 이념이죠. 어쨌든 그리만 된다면 황제 폐하께서도 기뻐하실 겁니다. 물론 프로이센인들은 깜짝 놀라겠죠. 아른하임 씨도 있는 자리에서 이런 얘기를 해서 죄송하지만!"

"아닙니다, 프로이센인들도 크게 당황하지는 않을 겁니다." 아른하임이 웃으면서 슈툼의 말을 일축했다. "게다가 이렇게 오스트리아에만 해당되는 이야기를 할 경우 저는 의당 이 자리에 없는 사람이나 마찬가지입니다. 여기 함께 앉아 경청할 수 있게 허락해주신 것만 해도 큰 영광이지요."

"어찌됐건……" 장군이 결론을 내렸다. "더이상 시간을 끌며 설왕설래하지 말고 군사적 해결책으로 의견을 모으는 것이 가장 간단한 방법이라고 여기는 목소리가 실제로 커졌습니다. 저 개인적으로는 이것을 어쩌면 민간의 위대한 두번째 이념과 연결시킬 수도 있을 거라고 생각합니다만, 앞서 말씀드린 대로 군인은 이런 자리에서 나서선 안 되는 법이죠. 다만 민간의 머리에서는 그보다 더 나은 것이 나올 수 없을 거라는 의견이 지금 최고의 지성들 사이에서 힘을 얻고 있는 실정입니다."

백작은 뚫어지게 슈툼을 바라보며 그의 말을 들었다. 다만 엄지손가락을 돌리고 싶은 억제할 수 없는 충동이 지금 내면에서 일어나는 불쾌한 감정을 드러내고 있었다.

지금껏 말을 한 적이 별로 없던 투치 국장이 낮은 목소리로 느릿느릿 입을 열었다. "제 생각에는 외무장관께서도 반대하실 것 같지는 않습니다!"

"오, 벌써 관계 부처 간에 협의가 이루어졌다?!" 라인스도르프 백작이 비아냥거리면서도 신경에 거슬리는 듯 물었다. 투치는 평정심을 잃지 않고 태연히 대답했다. "부처 간의 협의라니요, 가당치 않습니다. 국방성은 외무성과 의견 합의를 보느니 차라리 만국의 군비축소를 더 환영할 사람들이지요!" 투치가 말을 이어갔다. "그런데 각하께서는 남부 티롤에서 지난 십 년에 걸쳐 참모총장의 주도로 구축된 방어 진지에 관한 이야기를 알고 계신지요? 완전무결한 최신식 설비를 갖추고 있다고들 하는데, 당연히 전류가 흐르는 철조망과 거대한 서치라이트도 설치되어 있습니다. 이것들에 전기를 공급하려고 지하에 디젤엔진까지 마련해두었습니다. 이걸 갖고 시대에 뒤떨어졌다고 할 수는 결단코 없을 겁니다. 다만 불행인 것은 포병 병과에서 엔진을 주문했고, 국방성 건축과에서 연료를 공급했다는 사실입니다. 물론 모두 규정에 따른 것이었죠. 하지만 그 때문에 시설을 가동하지 못하는 일이 벌어졌습니다. 관할 부서 간에 의견 합의가 없었기 때문이죠. 문제는 엔진 예열에 필요한 성냥이었습니다. 즉 국방성 건축과에서는 성냥을 연료로 보고 자신들이 공급해야 한다고 하고, 포병에서는 성냥을 엔진 부속품으로 간주하면서 자신들이 공급해야 한다고 주장한 것이죠."

"흥미롭군요!" 아른하임이 말했다. 투치가 디젤엔진을 가스엔진과 혼동했고, 그런 엔진조차 요즘에는 점화용 성냥이 필요 없다는 사실을 잘 알고 있었음에도 말이다. 이런 이야기는 정부 부처 관료들이 밉지 않게 반어적으로 자신들을 깎아내리는 이야기들 중 하나였는데, 투치 국장 역시 불운을 불운으로 받아들이지 않는 사람의 어느 정도 유쾌한 어조로 이야기했다. 모든 사람이 미소를 짓거나 웃었다. 그중에서 가장 즐거워한 사람은 슈툼이었다. 그래서 그는 농담조로 이렇게 덧붙였다. "하지만 진짜 책임을 물어야 할 사람은 바로 민간 정부의 공무원들입니다. 예를 들어 만일 우리가 예산이 책정되지 않은 물건을 주문하려고 하면 재무부에서는 즉시 우리에게 이렇게 말합니다. 입헌 정부의 일 처리 방식을 전혀 이해하지 못하는 사람들이라고요. 만에 하나라도 그런 일은 없어야겠지만 혹시 회계연도가 끝나기 전에 전쟁이라도 일어나게 되면 우리는 동원령 첫날이나, 그것도 일출 시간에나 요새 사령관들에게 전보를 쳐서 성냥을 조달할 전권을 부여할지 모릅니다. 만일 산간 벽촌이라 성냥을 구할 수 없다고 하면 장교 당번병의 성냥으로라도 전쟁을 치를 수밖에 없겠지요!"

장군의 농담은 너무 나간 듯했다. 농담의 얇은 조직을 뚫고 갑자기 평행운동이 처한 심각한 위기 상황이 노출되었다. 백작은 신중한 표정으로 말했다. "시류를 보면……" 그런데 이런 곤란한 상황에서는 남들에게 말을 미루는 것이 더 현명하다는 생각이 떠오르면서 말을 끝맺지 않았다. 여섯 사람은 우물가에 둘러서서 우물 안을 들여다보는 사람들처럼 잠시 침묵했다.

디오티마가 말했다. "안 돼요, 그건 절대 안 될 말이에요!"

'무엇이?' 모두의 시선이 그렇게 묻고 있었다.

"그리되면 독일이 한다고 비난해온 일을 우리도 똑같이 하게 되는 꼴이에요. 전쟁을 위한 무장 말이에요!" 그녀가 문장을 마저 끝냈다. 그런데 그녀의 영혼은 지금까지 오간 이야기를 흘려들었거나 잊어버린 채 장군이 성공을 거둔 그 순간에 아직 머물러 있는 듯했다.

"그럼 어쩌면 좋겠소?" 라인스도르프 백작이 내심 디오티마에게 고마워하면서도 걱정스레 물었다. "어쨌든 뭔가 임시 방책이라도 찾아야 하지 않겠소!"

"독일은 에너지가 넘치면서도 비교적 순진한 나라입니다." 아른하임이 말했다. 마치 연인의 질책에 자신의 나라를 대신해 사죄라도 하는 듯했다. "그런 나라에 화약과 독주가 제공되었지요."

투치는 대담함을 넘어 위험스럽기까지 한 이 비유에 싱긋 웃음을 지었다.

"우리 운동에 참여하게 될 여러 모임에서 독일에 대한 혐오감이 점점 커지고 있는 것은 부인할 수 없는 사실입니다." 라인스도르프 백작은 이 말을 할 기회를 놓치지 않았다. "안타깝지만 심지어 이미 이 운동에 동참하고 있는 사람들 사이에서도 그렇지요!" 그가 믿을 수 없다는 듯이 덧붙였다.

그런데 아른하임이 자신은 그게 조금도 이상하게 느껴지지 않는다고 대답하자 백작은 불의의 일격을 받은 듯했다. 아른하임이 이어 말했다. "우리 독일인들은 불운한 민족입니다. 우리는 유럽 심장부에 살고 있을 뿐 아니라 그 심장으로서 시달릴 수밖에 없는……"

"심장이라고요?" 백작의 입에서 반사적으로 이 말이 튀어나왔다. 그는 심장이 아니라 뇌가 독일에 더 잘 어울릴 거라고 생각했고, 그랬더라면 선뜻 인정하고 넘어갔을 것이다. 그러나 아른하임은 심장을 고집했다. "그리 오래되지 않은 일인데, 프라하 행정 당국이 더 싸고 좋은 조건으로 물건을 공급할 수 있다는 제안에도 불구하고 우리 독일 대신 프랑스에 상당량의 물량을 발주한 일이 있습니다. 심리적 거부감 때문이죠. 저는 그런 심리를 십분 이해할 수 있습니다."

아른하임이 계속 말을 잇기 전에 슈툼 폰 보르트베어가 반가운 표정으로 먼저 발언권을 잡았다. "전 세계 사람들이 악착같이 일하지만 독일인들은 훨씬 더 악착같이 일합니다. 요즘은 전 세계가 큰 소리로 떠들어대지만 독일이 가장 시끄럽습니다. 장사도 세계 곳곳에서 천년 문화와의 관련성을 잃어버렸지만 그중에서 가장 심한 곳은 독일입니다. 요즘은 어느 나라건 뛰어난 젊은이들이 병영을 찾는데, 그런 병영이 월등하게 많은 곳이 독일입니다. 때문에 우리가 독일에 너무 뒤처지지 않는 것이 어떤 의미에선 형제의 의무가 아닐까요? 조금 역설적인 냄새가 났다면 양해 바랍니다. 하지만 오늘날엔 지성의 착종 현상은 일반적인 일이죠!"

아른하임은 동의의 뜻으로 고개를 끄덕였다. "아마 미국은 우리보다 더 심할 겁니다." 그가 말을 이어갔다. "하지만 미국은 어쨌든 지극히 순박합니다. 우리 같은 정신적 분열 현상이 없죠. 모든 점에서 우리 독일인은 세계의 온갖 동인動因이 교차하는 중심부에 위치한 민족입니다. 우리에겐 다른 무엇보다 종합이 절실합니다. 우리도 그걸 알고 있고,

그래서 우리에겐 일종의 죄의식이 있습니다. 미리 솔직하게 고백하자면, 우리가 다른 이들 때문에 고생하고, 그들의 잘못을 우리 잘못으로 받아들이고, 또 어떤 점에서는 세계를 대신해서 욕먹고 십자가에 매달린다는 점을 인정하는 것이 공정하다고 생각합니다. 그래서 독일의 전향은 아마 현재 지상에서 일어날 수 있는 가장 의미심장한 일이 될 것입니다. 장군님이 방금 말씀하신 우리에 대한 분열된, 하지만 강한 반감 속에는 그런 생각이 어느 정도 담겨 있을 거라고 짐작합니다!"

이제 울리히도 대화에 끼어들었다. "두 분께서는 독일에 우호적인 흐름도 있다는 사실을 과소평가하시는 것 같군요. 믿을 만한 소식통에 따르면 가까운 시일 안에 우리의 운동에 반대하는 격렬한 시위가 벌어질 거라고 합니다. 평행운동이 독일에 적대적이라고 생각하는 사람들이 주도하는 시위죠. 각하께서는 빈의 백성들이 거리에 나오는 것을 보시게 될 겁니다. 그들은 비스니츠키 남작을 임명하신 것에 항의할 텐데, 투치 국장님과 아른하임 두 분은 서로 은밀하게 손을 잡고 있다고 생각하지만 각하에 대해선 평행운동을 통해 독일의 영향력을 약화시키려 한다고 여기고 있습니다."

라인스도르프 백작은 무감각한 개구리와 예민한 황소의 모습을 합친 것 같은 표정을 짓고 있었다. 반면에 투치는 천천히 눈을 들어 그게 무슨 뜻이냐는 듯 울리히를 뚫어지게 바라보았다. 아른하임은 진심어린 미소를 지으며 자리에서 일어났다. 투치에게 정중하고도 유머러스한 눈길을 보냄으로써 그들 둘에게 씌워진 말도 안 되는 혐의를 사죄하려는 마음에서였을 것이다. 그러나 투치가 그에게 눈길을 줄 낌새를 보이지 않자 결국 디오티마에게로 고개를 돌렸다. 투치는 그사이 울리희의 팔을 잡고 어디서 그런 이야기를 들었는지 물었다. 울리히는 어떤 집에서 들었다고 하면서, 그건 비밀이 아니라 많은 사람이 공공연하게 믿는 소문이라고 대답했다. 투치는 울리히에게 얼굴을 바짝 갖다댐으로써 사람들이 못 보게 고개를 약간 돌리게 했다. 그렇게 남의 시선으로부터 어느 정도 벗어난 상태에서 그가 울리히에게 갑자기 이렇게 속삭였다. "아른하임이 여기에 왜 와 있는지 아직 모르십니까? 저자는 모슈토프 제후와 차르 궁전의 외교관과 아주 가까운 사이요. 그러니까 러시아와 연계해서 여기서 진행중인 운동을 평화주의적인 방향으로 이끌려고 한다 그 말이오. 물론 모든 건 비공식적이오. 다시 말해 러시아 황실에서 사적으로 보낸 인물이라는 뜻이죠. 이데올로기적인 사안이기도 하고. 당신만 알고 있으시오, 친구!" 그가 비아냥거리듯 덧붙였다. "그런데도 라인스도르프는 전혀 감도 못 잡고 있소."

투치 국장은 이 정보를 부처의 공식 채널을 통해 입수했다. 그리고 이 정보를 믿었다. 왜냐하면 평화주의란 아름다운 여자와 잘 어울리는 신조라고 여겼고, 그래야만 디오티마가 왜 아른하임에게 푹 빠졌는지, 아른하임이 왜 유독 자신의 집을 더 자주 들락거리는지가 설명되었기 때문이다. 예전에 투치는 질투심에 가까운 감정까지 느꼈다. '정신적' 사랑이란 일정한 선까지만 가능하다고 여기는 사람이었다. 하지만 이 선이 아직 지켜지고 있는지 알아내려고 치사한 수단까지 쓰고 싶지는 않았다. 때문에 어쩔 수 없이 아내를 믿기로 했다. 남자답게 모범적인 행동을 보이겠다는 마음이 성적 본능보다 컸던 것이다. 그러나 이 성적 본능은 아직 그의 내면에서 질투심을 불러일으킬 만큼 충분했다. 그래서 직장을 가진 남자는 생의 과업을 등한시하지 않는 한 자기 여자를 감시할 시간이 없음을 처음 알게 되었다. 그러나 증기기관차 운전사가 아내를 감시한답시고 기관차에 태우고 다닐 수 없듯이 한 나라를 움직이는 남자라면 더더욱 그런 질투심에 빠져서는 안 된다고 스스로를 다그쳤다. 하지만 다른 한편으로, 그가 고집하는 이 고상한 무지 상태는 외교관이라는 존재에도 맞지 않았고, 직업적인 자기 확신까지 약화시켰다. 때문에 그는 자신을 불안하게 하는 모든 것이 무해한 것처럼 보이는 순간 예전의 그 확신을 정말 감사하는 마음으로 다시 받아들였다. 심지어 이제 자신은 아른하임의 정체를 모두 알고 있는 반면에 아내는 그 남자에 대해 아직 아무것도 모르고, 그가 차르의 스파이라고는 꿈에도 상상하지 못하는 이 상황이 그녀에게 내린 자그마한 형벌처럼 느껴졌다. 그래서 투치는 다시 그녀에게 기꺼운 마음으로 아른하임에 대해 이런저런 단편적인 정보를 요구했고, 그녀는 자애롭고도 성마르게 그 요구를 받아들였다. 그는 아주 순진해 보이는 질문들을 지어냈고, 돌아오는 답변에서 결론을 끄집어내려 했다. 남편은 아내의 '사촌'에게도 그중 일부를 이야기해주고 싶었다. 그래서 라인스도르프 백작이 다시 대화의 주도권을 잡았을 때 사람들 앞에서 아내를 웃음거리로 만들지 않으면서 그렇게 할 수 있는 방법을 궁리했다. 백작은 혼자 앉아 있었다. 문제가 쌓여가기 시작한 이후 누구도 그의 내면에서 무슨 일이 일어나고 있는지 눈치채지 못했다. 그러나 전투의지는 분명 되살아난 것 같았다. 백작은 위로 말려간 콧수염을 빙빙 꼬며 천천히, 그러나 확고하게 말했다. "뭔가 일어나야 해!"

"드디어 결심하셨습니까?" 사람들이 물었다.

"특별히 떠오르는 건 없어요." 백작이 간단하게 대답했다. "하지만 뭔가 일어나야 한다는 건 분명해요!" 그러고는 마치 자신의 뜻이 관철되기 전까지는 이 자리에서 조금도 움직이지 않겠다는 듯이 앉아 있었다.

그 효과는 대단했다. 마치 아무리 흔들어도 틈새로 나오려고 하지 않는 저금통 속의 동전처럼 모두들 각자 내면에서 달가닥거리기만 하는 답을 찾으려고 헛심을 쓸 정도로.

아른하임이 말했다. "사실 우리는 구체적인 사건들에 초점을 맞추어선 안 됩니다."

라인스도르프는 답이 없었다.

평행운동에 내용을 부여하기 위한 제안들의 퍼레이드가 다시 한번 되풀이되었다.

라인스도르프 백작은 각각의 제안에 대해, 매 순간 위치는 다르지만 항상 같은 경로로 운동하는 진자처럼 대답했다. 예를 들면 이런 식이었다. 그건 교회의 입장을 배려하면 할 수가 없는 일이다. 그건 자유사상가들의 입장을 고려하지 않았다. 그 일은 건축가협회에서 이미 반대한 내용이다. 그건 재무부에서 꺼릴 것이다. 이렇게 끝없이 이어졌다.

울리히는 이 대열에 동참하지 않았다. 대신 이 자리에서 말을 하는 다섯 사람이 몇 개월 전부터 자신의 감각을 감싸온 탁한 액체에서 정제된 구체적 결과물인 듯한 느낌이 들었다. 그는 디오티마에게, 비현실을 장악해야 한다느니, 현실을 철폐해야 한다느니 하는 말을 무슨 뜻으로 한 것일까? 지금 그녀는 가만히 앉아 이 말들을 떠올리며 울리히에 관해 갖가지 생각을 하는 듯했다. 소설 속 등장인물처럼 살아야 한다는 말은 왜 또 하게 되었을까? 어쩐지 그녀가 오래전에 이 말들을 아른하임에게 옮겼을 거라는 생각이 들었다!

그러나 자신도 남들과 마찬가지로 지금이 몇시이고, 우산 가격이 얼마인지 알고 있다고 확신했다! 그럼에도 지금 이 순간 그의 관점이 자신과 남들 사이의 중간쯤에 위치해 있다면 그것은 둔감하고 멍한 의식 상태에서 나온 기괴한 형태가 아니었다. 오히려 그 속에서 예전에 보나데아가 있는 자리에서 인지했던, 자신의 삶 속으로 파고드는 환한 빛을 다시 느끼고 있었다. 그리 오래되지 않은 일이 떠올랐다. 지난가을 투치 부부와 함께 경마장에 갔을 때 승부 조작에 대한 의심으로 돌발 사태가 발생했다. 그전까지 평화롭기만 하던 관객 집단이 갑자기 성난 바다가 되어 광장으로 몰려가 닥치는 대로 물건을 파괴했을 뿐 아니라 금고까지 약탈했다. 그러다 경찰이 개입하고 나서야 오락을 즐기려던 예전의 무해하고 일상적인 인간 집단으로 다시 돌아갔다. 이런 실제적인 사건과 비교하면 인생이 취할지도 취하지 않을지도 모를 비유나 애매한 경계 형태들을 생각하는 것은 가소로운 일이었다. 삶이란 어차피 오늘 충분히 고생해야 하는데 내일 일까지 생각할 여유가 없는 그런 단단하고 고난에 찬 상태라는 생각을 울리히는 온전히 이해할 것 같았다. 인간 세계는 불규칙한 것이 나타날 때마다 온 세상이 금방 혼란에 빠지기라도 할 것처럼 두려워하기 때문에 현실에 아주 다부진 단단함을 요구하고, 결코 공중에 떠 있지 않다는 사실을 누가 간과할 수 있을까! 여기서 한걸음 더 나아가 눈 밝은 관찰자라면 불안과 충동, 이념으로 이루어진 삶의 복합체, 즉 이념을 기껏해야 자기합리화의 수단으로 오용하거나 자극제로 사용하는 그런 복합체가 결국 그 이념들에 자연스러운 움직임의 틀로서 형식과 일관성을 부여한다는 사실을 어떻게 인정하지 않을 수 있을까! 우리는 포도를 짜서 와인을 만들지만, 먹을 수 없는 거친 흙과 햇살 가득한 나무 말뚝이 무수히 박힌 경사진 포도밭이 와인만 담긴 거대한 통보다 얼마나 더 아름다운가! 그는 이렇게 생각했다. '한마디로 이 우주는 이론에 따라 생겨난 것이 아니라……' 이 대목에서 그는 '폭력에 의해' 생겨났다고 말하려고 했지만, 자신이 기대한 것과 다른 말이 불쑥 튀어나왔다. 그의 생각은 이렇게 정리되었다. '이 우주는 폭력과 사랑에서 생겨났다. 우리가 흔히 이 둘을 연결지어 생각하는 대립적 관계는 잘못되었다!'

이 순간 울리히에게 폭력과 사랑은 기존의 인습적인 개념과 완전히 달라져 있었다. 악한 것과 가혹한 것에 대한 그의 애정은 폭력이라는 말 속에 모두 포함되어 있었고, 그것은 회의적이고 객관적이고 의식적인 모든 행동의 결과였다. 모종의 냉정하고 완고한 폭력성은 그의 직업 선택에까지 영향을 끼쳤고, 어떤 잔인성을 의도하지 않았다면 그는 결코 수학자가 되지 못했을 것이다. 그것은 나무줄기를 가리고 있는 빽빽한 나뭇잎과 같았다. 만일 우리가 사랑에 대해 단순히 통상적인 의미로 말하지 않고 그 이름으로 사랑의 빈곤과는 체내 원자까지 다른 상태를 동경한다면, 또는 우리 속에 있는 이런저런 속성들이 실상 없는 것과 다름없다고 느낀다면, 또는 삶이, 그러니까 '지금'과 '여기'에 대한 자만심으로 파열되어 급기야 명백하게 불확실하고 비현실적으로 변해버렸을 뿐인 그런 삶이 현실을 구성하는 몇십 개의 케이크 틀 속으로 쏟아져내리기 때문에 늘 '비슷비슷한' 일만 일어난다는 인상을 받을 때면, 또는 우리가 함께 돌아가는 모든 궤도 속에 한 조각이 빠져 있다고 느낄 때면, 또는 우리가 만든 어떤 시스템에도 휴식의 비밀이 없다고 느낄 때면 그것은 비록 형태는 다양할지언정 사방으로 나무줄기를 가린 나뭇가지들과 비슷했다.

울리히의 삶은 이런 나무 두 그루 속에 나뉘어 자랐다. 삶이 언제부터 그런 무성한 가지로 뒤엉킨 나무의 상징으로 나타나게 되었는지는 정확히 말할 수 없으나, 어쨌든 상당히 이른 시기였음은 분명하다. 나폴레옹 같은 위대한 인물이 되려는 설익은 계획을 세웠을 때부터 이미 인생을 직업 활동의 과제와 사명으로 생각하는 남자였다. 삶을 공격하고 지배하려는 이 충동은 그의 내면에 늘 또렷했다. 그것이 기존 질서에 대한 거부로 나타나건 새 질서에 대한 다양한 추구로 나타나건, 아니면 논리적 요구나 도덕적 요구, 심지어 단순히 언제든 싸울 수 있게 몸을 준비하라는 요구로 나타나건 말이다. 시간이 흐르면서 울리히가 에세이즘, 가능성 감각, 좀스러운 정확성과 대비되는 개념으로 상상의 정확성이라 불렀던 것들, 그리고 그 밖에 우리는 역사를 발명해야 하고 세계의 역사 대신 이념의 역사를 살아야 하고 실현될 수 없는 것을 장악해야 하고, 급기야 한 인간이 아니라 마치 모든 비본질적인 요소가 생략된 소설 속의 인물처럼 살아야 한다는 요구, 이 모든 것들, 즉 이례적인 극단화 속에서 현실에 적대감을 드러내는 이 모든 견해에는 명백하고 무자비한 열정으로 현실에 영향을 끼치려는 공통점이 존재했다.

그의 인생을 형상화한 또다른 나무의 관련성들은 그림자 같고 꿈같아서 인식하기가 한결 어려웠다. 세계와 맺고 있던 유아적 관계, 즉 신뢰와 헌신에 대한 기억이 이 나무의 뿌리를 이루고 있었을 터인데, 이것들은 이제까지 단지 왜소한 도덕적 식물만 싹틔워온 화분의 흙에서 한번은 광대한 대지를 보았다는 잊히지 않는 느낌 속에 계속 살아 숨쉬고 있었다. 그의 삶에서 이 부드러운 그림자 영역이 완전한 형태로 발전하려 했던 유일한 시도는 단연 젊은 시절 소령 부인과 벌인 후회스러우면서도 약간 우스꽝스러웠던 연애 사건이었다. 이 사건은 끝나지 않는 후퇴의 시작이기도 했다. 어쨌든 그 사건 이후 나무는 시야에서 사라지고 잎사귀와 가지만 겉에서 흔들리고 있었지만, 바로 그것이 아직 나무가 있다는 표식이기도 했다. 그의 본성에서 비활동적인 이 반쪽은 활동적인 나머지 반쪽이 임시적으로만 유용하다는 본능적인 확신이 그늘을 드리울 때 가장 뚜렷이 드러날지 모른다. 아무튼 정신적 열정뿐 아니라 육체적 열정까지 포함해서 수많은 일을 시도했음에도 그는 결국 자신이 끝없는 준비의 덫에 걸린 사람 같은 느낌이 들었다. 그래서 해를 거듭하면서 그의 인생에는 마치 램프에 기름이 떨어지듯 무언가가 꼭 필요하다는 감정이 사라졌다. 그의 발전은 분명 두 길로 나뉘어 있었다. 하나는 환한 대낮에 표층에서 달리는 길이고, 하나는 어둡게 차단된 길이었다. 오래전부터 어쩌면 필요 이상으로 그를 포위하듯 눌러온 도덕적 정지 상태는 바로 이 두 갈래 길을 하나로 합쳐본 적이 없다는 사실에서 비롯되었다.

이제 울리히가 되돌아보니 이 불가능한 결합은 결국 문학과 현실, 비유와 사실 사이의 팽팽한 긴장 관계로 표현되곤 했다는 사실이 떠오르면서 불현듯 이 모든 것이 최근에 자신과 전혀 맞지 않는 사람들과 나눈, 목표 없이 뒤엉킨 대화중에 우연히 떠오른 영감보다 훨씬 의미가 크다는 것을 깨달았다. 비유와 명쾌함이라는 이 두 가지 기본적 행동방식은 일찍이 인류의 시작부터 구분되어왔기 때문이다. 명쾌함이란 논리학의 필연적인 결론 속에 있을 뿐 아니라 피해자의 의지를 단계적으로 자기 쪽으로 끌어당기는 협박범의 뇌 속에 있는 사유와 행위의 법칙으로서, 상황이 명쾌하지 않으면 모든 걸 그르칠 수 있다는 삶의 궁여지책에서 생겨난다. 반면에 비유는 꿈속에 등장하는 영상들의 결합인데, 예술과 종교의 직관 속에서 사물들 간의 동족 관계를 드러내는 영혼의 매끄러운 논리학이다. 일상적인 애착과 혐오, 일치와 거부, 경탄, 종속, 지도력, 모방, 그리고 그 반대 현상들에 깃든 것, 즉 자기 자신뿐 아니라 자연에 대한 인간의 다양한 관계는 객관적이지 않고, 어쩌면 영원히 객관적일 수 없으며, 비유 외에 다른 어떤 것으로도 포착될 수 없다. 우리가 고차원의 휴머니즘이라고 부르는 것도 실은 비유와 사실성이라는 삶의 이 거대한 두 반쪽을 먼저 조심스럽게 나눈 뒤 융합하려는 시도와 다름없다. 그런데 한 비유에서 사실일 수도 있는 모든 것을 단순히 거품뿐인 것과 분리해버리면 일반적으로 약간의 진실은 얻을 수 있을지 모르나 비유의 온전한 가치는 잃게 된다. 때문에 이런 식의 분리는 지적인 발전 과정에서는 불가피할 수 있지만, 내용적으로 보면 어떤 물질을 끓여서 졸이는 것과 비슷한 결과를 낳는다. 그렇게 졸이다보면 그 물질의 가장 내밀한 힘과 정신은 증기의 형태로 다 날아가버린다. 요즘은 간혹 도덕적 삶의 개념과 규칙들도 푹 끓여서 졸인 비유에 지나지 않는다는 인상을 받게 된다. 그 주위로 역겹도록 기름진 휴머니즘의 김이 모락모락 피어오르는 비유 말이다. 만일 여기서 일탈이 허용된다면, 모든 것 위에 불분명하게 떠도는 이 인상 역시 솔직한 표현으로 우리 시대가 평범한 것에 대한 숭배라고 부르는 것으로 귀결된다고 할 수 있다. 왜냐하면 우리는 오늘날 약해서 거짓말을 하기보다 삶을 지배하는 남자라면 당연히 거짓말도 할 수 있다는 확신에서 거짓말을 하기 때문이다. 우리는 폭력적이다. 결론도 없이 지루하게 늘어지는 대화 뒤에 오는 폭력의 명쾌함은 구원과도 같다. 우리는 집단으로 잘 뭉친다. 복종은 개인의 신념으로는 오랫동안 할 수 없었던 것을 하게 해주기 때문이다. 이런 집단들의 적대성은 인간들에게 결코 멈추지 않는 피의 복수를 서로에게 선사한다. 반면에 사랑은 무척 빨리 시든다. 이것은 인간이 선하냐 악하냐의 문제라기보다 인간이 고결함과 비천함의 감각을 잃어버린 것과 관련이 있다. 오늘날 정신을 불신한 나머지 오히려 정신의 치장을 과하게 하는 것 역시 이러한 상실의 또다른 모순투성이 결과일 뿐이다. 세계관과 그것의 극히 일부만 수용할 수 있는 활동(예를 들어 정치)의 연결, 모든 관점을 즉시 하나의 입장으로 만들고 모든 입장을 하나의 관점으로 치부하는 일반적인 강박증, 얻게 된 인식 한 가지를 거울 방 같은 곳에서 무한히 반사시키려는 온갖 광신자들의 욕구, 널리 퍼져 있는 이 모든 현상들은 각각이 원하는 모습, 즉 휴머니즘의 추구를 의미하는 것이 아니라 휴머니즘의 부재를 의미한다. 그래서 전체적으로 보면, 자리를 잘못 잡은 영혼이 모든 인간관계에서 일단 완전히 제거되어야 할 것만 같다. 이 생각을 하는 순간 울리히는 자신의 삶에 무언가 의미가 있다면, 인간 실존의 그 기본적인 두 영역이 그의 삶에서 분리되어 서로 대립하고 있다는 의미뿐이라고 느꼈다. 오늘날엔 울리히 같은 인간들도 분명 태어난다. 하지만 그들은 고립되어 있다. 그리고 울리히 혼자서는 그렇게 무너져내린 것을 다시 짜맞출 수 없다. 그는 자신의 이런 사고실험이 갖는 가치에 어떤 환상도 없었다. 그런데 엄격한 논리적 일관성 없이 생각과 생각을 연결한 적이 한 번도 없었음에도 마치 사다리 위에 또다른 사다리를 얹는 것 같은 일이 반복해서 일어났다. 그래서 그 꼭대기는 자연스러운 삶과는 거리가 먼 아득한 공중에서 위태롭게 흔들거렸다. 그것이 역겹게 느껴졌다.

그 때문이었는지는 몰라도 울리히가 갑자기 투치에게로 눈을 돌렸다. 아침의 첫 소리에 귀가 열리듯 그의 귀에 투치가 말하는 소리가 들려왔다. "당신 말씀대로 오늘날 위대한 인간적 예술적 업적이 정말 존재하지 않는지에 대해선 제가 감히 판단할 위치에 있지 않습니다만, 한 가지만 말씀드리자면 우리만큼 외교적 결정을 내리기 어려운 나라가 없다는 점을 지적하고 싶습니다. 외국의 대외 정책은 꽤 분명하게 예측할 수 있습니다. 예를 들어 프랑스는 우리의 위대한 기념주년에도 설욕과 식민지 획득이라는 두 가지 원칙에 따라 움직일 것이고, 영국은 흔히 그들 특유의 행동 양식이라고 일컫는 세계라는 큰 체스판에서 자기들의 이익을 최우선으로 삼는 방향으로 나아갈 것이며, 마지막으로 독일은 항상 명확한 건 아니지만 대체로 양지陽地의 삶이라고 하는 방향에 초점을 맞출 겁니다. 하지만 우리의 유서 깊은 제국은 특별히 욕심이 없습니다. 우리가 어떤 방향으로 나아갈지 아무도 예견할 수 없을 정도로요!" 투치는 브레이크를 걸고 경고를 하려는 듯했다. 반어적인 의도는 전혀 엿보이지 않았다. 오히려 그런 반어적인 분위기는 이 세계에서 그렇게 아무 욕심이 없다는 게 오히려 큰 위험이 될 수 있다는 확신을 건조한 톤으로 털어놓는 객관적인 태도에서 느낄 수 있었다. 울리히는 그런 투치를 보면서 마치 커피 원두를 씹은 것처럼 기운이 나는 것을 느꼈다. 그사이 투치는 경고의 뜻을 더한층 완강하게 드러내며 말을 끝냈다. "오늘날 과연 위대한 정치적 이념을 실현하겠다고 감히 나서는 사람이 있을까요?! 그런 사람이 있다면 범죄자와 파산자의 일면을 갖고 있을 겁니다! 그런 걸 원하시는 건 아니죠? 외교는 우리가 가진 것을 지키기 위해 존재하는 겁니다."

"가진 것을 지키려다 전쟁이 납니다." 아른하임이 받아쳤다.

"그럴 수도 있죠." 투치가 답했다. "다만 우리가 할 수 있는 유일한 것이라고는 어쩌면 어떤 일에 말려들어갈 때 우리에게 가장 유리한 순간을 선택하는 것뿐입니다! 혹시 알렉산드르 2세의 일 기억하십니까? 그의 부왕 니콜라이는 폭군이었죠. 하지만 부왕은 자연사했습니다. 반면에 알렉산드르는 따뜻한 심성의 군주로서 즉위 즉시 조정에 자유주의적 개혁의 바람을 불러일으켰습니다. 하지만 결과가 어땠습니까? 러시아 자유주의는 러시아 급진주의로 이어졌고, 알렉산드르는 세 번의 암살 시도를 이겨냈지만 결국 네번째에 희생되고 말았습니다."

울리히는 디오티마를 바라보았다. 허리를 꼿꼿이 세운 채 주의깊고 진지하고 육감적인 자태로 앉아 있던 그녀가 남편의 말에 힘을 실었다. "맞아요. 저는 평행운동을 준비하는 과정에서 정신적 급진주의에 대해 같은 인상을 받게 돼요. 하나를 양보하면 그다음엔 열을 요구하는 사람들이죠."

투치는 싱긋 미소를 지었다. 아른하임에게 작은 승리를 거둔 느낌이 든 것이다.

아른하임은 무표정하게 앉아 있었다. 숨을 쉬느라 막 벌어진 꽃봉오리처럼 입술만 살짝 벌린 채로. 디오티마는 폐쇄된 살덩이의 탑과 같이 깊은 골짜기 너머로 그를 건너다보았다.

장군이 뿔테안경을 닦았다.

울리히가 조심스럽게 입을 열었다. "그 원인은 이렇다고 생각합니다.

오늘날 인생의 의미를 복원하는 걸 사명감으로 느끼는 사람들의 모든 노력에는 한 가지 공통점이 있습니다. 우리가 단순히 개인적인 견해만이 아니라 진실을 얻을 수 있는 순간에 사유를 경멸한다는 것이죠. 그래서 무궁무진한 견해를 이끌어내야 할 순간에도 그냥 손쉬운 결론이나 어중간한 진실을 선택해버리고 맙니다!"

대답하는 사람이 없었다. 하긴 왜 꼭 대답을 해야 하는가? 누군가 하는 이야기는 결국 말일 뿐이다. 실제적인 것은 여섯 사람이 한방에 모여 중요한 회의를 하고 있다는 것이다. 그때 그들이 말한 것, 말하지 않은 것, 심지어 느낌, 추측, 가능성조차 이 실제에 포함되어 있다. 그건 마치 중요한 서류에 막 서명한 정장 차림의 사람 속에서 간肝과 위胃가 어둡게 움직이는 것과 같다. 이러한 위계질서를 결코 해쳐서는 안 된다. 현실의 본질이 바로 거기에 있기 때문이다!

울리히의 늙은 친구 슈툼은 이제 다 닦은 안경을 쓰고는 울리히를 바라보았다.

울리히는 늘 이 사람들과 재미삼아 놀고 있다고 생각했음에도 갑자기 그들 사이에서 자신이 버림받은 것 같은 외로운 느낌을 지울 수 없었다. 몇 주 아니면 몇 달 전에도 지금과 비슷한 것을 느꼈던 기억이 났다. 자기가 빨려들어간 석화된 달의 풍경에 창조의 숨결이 내뿜는 반감이었다. 이것은 그의 삶에서 결정적인 순간마다 이런 놀라움과 외로움이 동반되었다는 사실을 그에게 보여주려고 한 것 같았다. 그런데 이번에 그를 괴롭힌 것은 불안이었을까? 그는 자신의 감정이 어떤 것인지 분명히 판단할 수 없었다. 이 감정이 그에게 말하는 것은 대충 이랬다. 그는 아직 한 번도 인생에서 실제로 결정을 내린 적이 없으며, 그래야 할 순간이 머지않아 찾아오리라는 것이다. 울리히는 이 감정을 적절한 언어로 생각한 것이 아니라 단지 불쾌감 속에서 느꼈을 뿐이다. 마치 무언가가 함께 앉아 있는 이 사람들 무리에서 그를 떼어내려고 하는 듯한 불쾌감이었다. 울리히에게 이들은 별 의미 없는 존재였으나 돌연 그의 의지는 가지 않으려고 팔다리로 버티고 있었다!

라인스도르프 백작은 이제 방에 들이닥친 침묵의 시간에 현실 정치인으로서 자신의 의무를 되새기고 있었다. 그가 채근하듯이 말했다. "그럼 어째야 한단 말이오? 지금 상태에서는 어쨌든 임시적으로라도 뭔가 행동에 나설 수밖에 없어요. 우리 운동이 위험에 처하는 것을 막기 위해서라도!"

그때 울리히가 터무니없는 시도를 했다. "각하, 평행운동에는 오직 한 가지 임무밖에 없습니다. 현재 우리가 갖고 있는 정신문화 중에 어떤 것들이 남아 있는지 재고조사를 시작하는 것이지요! 그래서 1918년에 마치 최후의 심판일이 닥칠 것처럼 기존의 낡은 정신을 청산하고 좀더 고결한 정신으로 나아가려면 무엇이 필요한지 잘 생각해서 일을 추진해야 할 것입니다. 폐하의 이름으로 '정확성과 영혼의 세계사무국'을 설립하십시오, 각하. 그것 없이는 다른 과제들은 해결할 수 없거나 가짜일 뿐입니다!" 그 밖에도 울리히는 그전에 혼자 몇 분 동안 성찰한 내용도 몇 가지 덧붙였다.

그가 말하는 동안 사람들은 너무 놀라 동공만 안와에서 튀어나온 것이 아니라 상체까지 앉은 자리에서 튀어오르는 듯했다. 그들은 이 집의 바깥양반 다음으로 울리히가 자기 일화를 내놓으려나보다고 기대한 것이다. 어쨌든 무심코 던진 농담이 통하지 않자 울리히는 자기가 마치 이 단순한 놀이를 모욕으로 받아들이는 비스듬한 탑들 사이에 낀 어린 아이같이 느껴졌다. 라인스도르프 백작만 자애로운 표정을 짓고 있었다. "그것도 좋은 생각이오." 백작이 말했다. "하지만 우리는 단순한 제안을 넘어 구체적인 해결책을 찾아야 해요. 그 과정에서 가장 큰 장애물은 바로 자본과 문화요!"

아른하임은 울리히가 던진 농담의 덫에 이 귀족 신사가 걸려드는 것을 막아야겠다고 생각했다. "우리의 친구는 자기만의 특정 이념에 사로잡혀 있습니다." 아른하임이 설명했다. "그는 올바른 삶을 인조고무나 질소처럼 합성해서 만들 수 있다고 믿고 있습니다. 그러나 인간 정신에는……" 이 대목에서 아른하임은 지극히 정중한 미소를 띠며 울리히에게 시선을 돌렸다. "……안타깝게도 제약이 있습니다. 정신적 삶의 형태는 실험실의 쥐처럼 배양할 수 있는 것이 아닙니다. 또한 쥐 가족 몇몇을 먹여살리는 데는 웬만한 크기의 옥수수밭 하나면 충분합니다!" 아른하임은 나머지 사람들에게 이 대담한 비유에 대해 사죄하면서도 속으로는 만족하고 있었다. 이 비유는 지주 귀족인 라인스도르프 백작에게 어울릴 만한 농업적인 면을 담고 있을 뿐 아니라 그러면서도 실행에 대한 책임 유무와 상관없이 생각들 사이의 차이를 선명하게 드러내고 있었기 때문이다.

백작은 화가 난 듯 고개를 흔들었다. "나는 우리 박사의 말을 전적으로 이해합니다." 백작이 말했다. "옛날 사람들은 자신이 처한 상황을 당연하다는 듯이 받아들이며 살았고, 또한 그게 자신에게 이르는 믿을 만한 방법이었습니다. 하지만 모든 것이 뿌리를 잃고 혼란스럽게 흔들리는 오늘날에는 영혼을 복원할 때도 당연히 수공업의 전통을 공장의 이지력으로 대체해야 할 것입니다." 이것은 여기 높으신 분의 입에서 가끔 실수로 튀어나오곤 하는 놀라운 대답들 중 하나였다. 사실 이 말을 하기 전까지 백작은 계속 어이없다는 표정으로 울리히를 빤히 바라보고만 있었기 때문이다.

"하지만 박사가 말한 것들은 모두 실현이 불가능한 것들입니다!" 아른하임이 힘주어 말했다.

"왜 절대 불가능하다는 거요!" 라인스도르프 백작은 전의에 불타는 표정으로 말했다.

디오티마가 끼어들었다. "각하……" 그녀의 어조는 감히 말로는 표현할 수 없는 것을 백작에게 부탁하는 듯했다. 즉 제발 정신을 차리라는 것이다. "제 사촌이 말한 건 오래전에 다 시도해봤어요! 오늘처럼 이렇게 힘들고 긴 회의라고 뭐가 다르겠어요?!" "그래요?" 백작이 신경질적으로 반문했다. "이 똑똑한 사람들한테서는 아무 성과도 기대할 수 없을 거라는 생각이 방금 들었소! 정신분석이나 상대성이론, 그리고 그 밖에 뭐든 간에 모두 공허한 허영기일 뿐이오! 다들 자기만의 특별한 방식으로 세계를 정돈하려 해요! 박사 양반도 자신의 생각을 이론의 여지 없이 완벽하게 표현하지는 못했지만 기본적으로는 옳은 말이오! 새 시대가 시작되면 항상 무언가 새로운 것이 만들어지지만 그중에서 정말 뭔가 영특한 게 나온 적은 없어요!" 평행운동의 순조롭지 못한 흐름이 불러온 신경과민적인 분위기가 이제 표면을 뚫고 노골화되었다. 라인스도르프 백작은 자기도 모르게, 수염 대신 한쪽 엄지로 다른 쪽 엄지를 초조하게 빙글빙글 돌리고 있었다. 어쩌면 이제는 아른하임에 대한 반감도 노골적으로 드러났는지 모른다. 왜냐하면 울리히가 영혼에 대해 말하기 시작했을 때 백작도 무척 의아했지만 그뒤에 나온 이야기들에 대해선 무척 마음에 들었기 때문이다. 백작은 생각했다. '아른하임과 같은 인간이 영혼에 대해 저렇게 구구절절 늘어놓는 건 다 속임수야. 저런 인간한테서까지 영혼 이야기를 들을 필요는 없지. 그렇지 않으면 종교가 왜 필요하겠어?' 그런데 아른하임도 입술까지 창백해져 있었다. 라인스도르프 백작이 방금 자신에게 말했던 어조는 지금껏 슈툼 장군에게 말할 때만 나오던 톤이었다. 아른하임은 이런 대접을 받고도 가만히 있을 사람이 아니었다! 그러나 울리히의 편을 드는 백작의 확고한 태도에 본능적으로 기가 눌리면서 이제 울리히를 향한 분열된 감정이 고통스럽게 되살아났다. 게다가 이 일과 관련해서 울리히와 먼저 만나 이야기를 나누려고 했으나 그럴 기회를 잡지 못하고 덜컥 이렇게 남들 앞에서 뜻밖의 충돌이 생기는 바람에 갑자기 머릿속이 꼬여버렸다. 때문에 이제 백작은 내버려두고 평소와는 달리 격한 육체적 흥분 속에서 울리히에게 비난의 화살을 퍼부었다. "당신은 스스로 한 말을 전부 믿고나 있습니까?!" 아른하임은 상대에 대한 예의는 깡그리 무시해버리고 준엄하고도 직설적으로 물었다. "그게 실현 가능하다고 생각해요? 정말 '비유의 법칙'에 따라 살 수 있다고 생각해요? 그래서 만일 백작 각하께서 지금 당신한테 전권을 맡긴다면 뭘 할 거죠?! 말해보세요, 제발 한번 들어보고 싶네요!"

난감한 상황이었다. 그런데 이상하게도 디오티마는 이 순간에 며칠 전 신문에서 읽었던 한 이야기가 퍼뜩 떠올랐다. 몇 년 전부터 더는 정상적인 부부관계를 하지 못하면서도 이혼에는 동의하지 않는 늙은 남편을 죽이라고 정부情夫에게 사주한 여자가 중형에 처해졌다는 기사였다. 디오티마는 이 사건의 의학적 영역에 가까운 육체성과 모종의 도착적 매력에 끌렸다. 정황상, 자력구제의 가능성이 제한되어 있다는 점에서 누구 한 사람에게 책임을 물을 수는 없고, 대신 이런 상황을 만들어낸 비자연적인 상황 전체에 책임이 있을 것 같다는 느낌이 들었다. 그런데 지금 이 순간에 왜 이 이야기가 갑자기 떠올랐는지는 스스로도 납득이 되지 않았다. 이것 말고도 울리히가 최근에 자신에게, '흔들리고 떠다니는 것'에 관해 들려준 많은 이야기도 떠올랐다. 그가 항상 그것을 파렴치한 것과 연결시켜 말하는 바람에 화가 났었다. 디오티마 자신은 이런 말을 했었다. 몇몇 선택받은 사람들의 경우, 영혼이 비본질적인 상태에서 벗어날 수 있다고. 때문에 그녀는 사촌이 자신과 똑같이 불확실하고, 어쩌면 격정적일지도 모르겠다는 느낌이 들었다. 이 모든 것은 그녀의 머리 또는 가슴(라인스도르프 백작의 우정으로부터 버림받은 곳) 속에 중형을 선고받은 그 여자의 이야기와 엮여 있어서 디오티마는 입술을 벌린 채 앉아, 만일 아른하임과 울리히를 이대로 계속 내버려두면 끔찍한 일이 일어날 거라고, 아니 어쩌면 내버려두지 않고 개입하면 정말 끔찍한 일이 일어날 거라고 느꼈다.

울리히는 아른하임이 자신을 공격하는 동안 투치 국장을 바라보았다. 투치는 얼굴의 갈색 주름 사이에 기분좋은 호기심을 간신히 숨기고 있었다. '보아하니, 지금까지의 모든 가식적 행동이 이제야 드디어 자체 내의 모순을 이기지 못하고 결국 곪아터지겠군.' 그의 머릿속에 떠오른 생각이었다. 그는 울리히에게도 전혀 연민을 느끼지 못했다. 이 인간이 말하는 것을 들어보면 자기와 생각이 달라도 너무 달랐다. 투치가 보기에, 한 남자의 가치란 의지 또는 직업에 달려 있지, 절대 감정이

나 생각에 달린 것이 아니기 때문이다. 심지어 비유에 관해 했던 그런 말도 안 되는 소리는 정말 무례하다는 생각까지 들었다. 울리히도 투치의 그런 생각을 어느 정도 눈치챈 듯했다. 예전에, 삶으로부터 낸 이 일 년 휴가가 아무 성과 없이 끝나면 자신은 스스로 목숨을 끊을 거라고 투치에게 말했던 기억이 떠올랐기 때문이다. 물론 정확히 그렇게 말한 것은 아니었지만 그런 의사를 명확히 밝힌 것은 사실이었다. 지금 생각하니 부끄러웠다. 아무튼 울리히는 결정이 임박했다는 근거 없는 느낌을 또다시 받았다. 순간 게르다 피셸이 떠올랐고, 그녀가 자신을 찾아와 지난번 대화를 이어가려고 할지 모른다는 위험을 감지했다. 그로써 분명해지는 것이 있었다. 지금껏 그가 아무리 재미삼아 그녀와 대화를 해왔다고 하더라도 이제 두 사람은 언어의 경계 끝에 이르렀다는 사실이다. 여기서부터는 오직 한 단계밖에 남지 않았다. 즉 게르다의 표현되지 않은 욕망을 사랑스럽게 받아들이고, 지성의 허리띠를 풀고, 그녀의 '내적 장벽'을 무너뜨리는 일이었다. 그러나 그건 미친 짓이었다. 게르다와 그런 식으로 더 깊이 들어가는 것은 불가능하다고 늘 확신해왔다. 지금까지 게르다와 관계를 이어온 것도 그런 확신이 있었기 때문이라고 생각했다. 그는 야릇한 행복감에 빠져들었다. 멀쩡하면서도 과민한 행복의 도취 상태였다. 그 상태에서 그는 아른하임의 흥분한 얼굴을 보았고, 여전히 이 사람이 자신을 질책하고 있음을 알아차렸다. '현실감각'이 없다는 말로, 또는 "이렇게 말해서 미안하지만 당신과 같은 극단적인 양자택일은 유치하기 짝이 없다"는 말로 말이다. 울리히는 그에 대답하고픈 욕구가 사라졌다. 대신 시계를 보더니 달래는 듯한 미소를 지으며, 대화를 이어가기엔 시간이 너무 늦었다고 말했다.

이로써 그는 처음으로 다시 다른 사람들과 연결되었다. 투치 국장은 심지어 자리에서 벌떡 일어나기까지 했는데, 무슨 할일이 있는 사람처럼 굴면서 자신의 이 무례한 행동을 수습하려 했다. 그사이 라인스도르프 백작도 안정을 되찾았다. 울리히가 '프로이센인'의 코를 납작하게 해주었으면 통쾌했겠지만, 그런 일이 일어나지 않아도 그리 섭섭하지는 않았다. 백작은 생각했다. '사람이 좋으면 그냥 좋은 거지 뭐 어쩌겠어! 똑똑한 말을 하든 말든!' 백작은 아른하임의 아이디어인 '전체의 비밀'에 대담하게 접근해가고 있음을 알지도 못한 채, 이 순간 결코 지적이지 않은 울리히의 표정을 바라보면서 유쾌하게 덧붙였다. "다정하고 호감 가는 사람은 절대 어리석은 말이나 행동을 할 수 없을 거라고까지 말하고 싶군요!"

사람들은 서둘러 떠날 채비를 했다. 장군은 군복 상의 안주머니에 뿔테안경을 넣으려다 실패하자 바지 권총집에 챙겨넣었다. 민간인들이 사용하는 이 지혜의 도구를 어디다 보관해야 할지 아직 적당한 장소를 찾지 못한 것이다. "꼭 지성으로 무장한 평화유지군 같군요!" 장군이 급히 떠나려는 사람들을 빗대서 쾌활하고 친밀한 어조로 투치에게 말했다.

라인스도르프 백작만 예의상 떠나려는 사람들을 재차 만류했다. "자, 우리가 오늘 의견 일치를 본 게 뭐가 있죠?" 백작이 물었다. 아무도 대답하지 못하자 그는 안심시키려는 듯 덧붙였다. "좋아요, 그럼 차차 두고 봅시다!"

117. 라헬의 검은 날

졸리만은 수컷의 충동이 깨어나고 라헬을 유혹하려고 마음먹으면서 사냥감을 노리는 사냥꾼이나 가축을 잡으려는 도살자처럼 피가 싸늘해지는 것을 느꼈다. 그러나 어떻게 목표에 이를 수 있을지, 어떤 방법을 써야 할지, 둘이 함께 있으려면 어떤 환경을 만들어야 할지 몰랐다. 한마디로 수컷의 충동이 커질수록 미숙한 소년으로서의 미약함은 더욱 크게 느껴졌다. 라헬도 어떤 일이 닥쳐올지 알고 있었다. 울리히의 손을 실수로 잡은 날 그와 보나데아의 은밀한 만남을 견뎌낸 이후 라헬은 졸리만에게도 꽃비처럼 쏟아져내린 격렬한 관능적 도취 상태에 젖어 어쩔 줄 몰라하고 있었다. 다만 상황만 유리하게 돌아가지 않아 결정적인 순간은 계속 지연될 수밖에 없었다. 즉, 요리사가 아픈 바람에 라헬은 외출할 시간이 없었을 뿐 아니라 집에서 열리는 모임을 치다꺼리하느라 바빴으며, 또 아른하임이 여전히 디오티마의 집에 자주 들르기는 했으나 이제는 두 어린 것들을 좀더 눈여겨보기로 결심했는지 졸리만을 데리고 오는 일이 드물었고, 설령 데려온다고 하더라도 둘은 주인들이 있는 자리에서 순진하고 어두운 표정을 짓는 서로의 얼굴을 몇 분 보는 게 고작이었다.

그즈음 둘은 서로에게 거의 화가 나 있었다. 서로에게 너무 짧은 쇠사슬로 묶인 듯한 고통을 느끼고 있었기 때문이다. 심지어 졸리만은 격한 충동을 이기지 못하고 말도 안 되는 일을 꾸몄다. 밤중에 주인 몰래 호텔을 빠져나갈 계획을 세운 것이다. 그는 훔친 침대 시트를 길게 잘라 묶은 뒤 밧줄을 만들어 내려갈 생각이었다. 그러나 그 계획은 수포로 돌아갔고, 졸리만은 못 쓰게 된 침대 시트를 아래쪽 채광창에 던져 버렸다. 그뒤 졸리만은 밤중에 건물 외벽의 돌림띠와 인물 조각상을 이용해 내려갔다가 다시 올라올 방법을 한참 동안 궁리했지만 뾰쪽한 수를 발견하지 못했다. 그래서 낮에 심부름을 갈 때도 건축술로 유명한 이 도시의 건물들에서 오직 건물 외벽밖에 눈에 들어오지 않았다. 어떻게 하면 외벽을 잘 타고 내려올 수 있을지, 그 한 가지 생각밖에 없었기 때문이다. 그는 자신의 이런 계획과 실행상의 어려움을 라헬에게 짧게 귓속말로 알려주었다. 라헬은 이 이야기를 들은 뒤로 저녁에 불이 꺼지면 집 담장 위로 새까만 보름달 같은 졸리만의 얼굴이 떠오르거나, 잔뜩 소리를 죽여 자신을 부르는 졸리만의 목소리가 들린 것 같은 느낌이 드물지 않게 들었다. 그럴 때면 그녀는 얼른 자기 방의 창 너머로 몸을 내밀고 수줍게 답했지만 아래쪽에는 밤의 허공밖에 없었다. 시간이 지나면서 라헬은 자신의 이런 낭만적인 착란상태에 짜증을 내는 대신 애수에 젖은 그리움에 온몸을 내맡겼다. 그런데 이 그리움은 원래 울리히를 향한 것이었다. 졸리만은 여자들이 좋아할 남자가 아니었다. 그럼에도 라헬은 졸리만에게 자신을 내줄 수 있었고, 그렇게 될 거라고 추호도 의심하지 않았다. 왜냐하면 최근에 라헬과 졸리만이 단둘이 있었던 적이 없다는 점, 서로 귓속말 외에는 말을 거의 나누지 못했다는 점, 그리고 둘 다 갑자기 언제부터인가 상전의 미움을 받게 되었다는 점, 이 모든 점이 마치 불확실성과 섬뜩함과 한숨으로 가득찬 밤이 연인들에게 끼치는 것과 비슷한 영향을 끼쳤기 때문이다. 그래서 라헬의 성적 판타지는 마치 그 아래 있으면 쾌적한 온기를 느끼기보다 견딜 수 없을 정도로 뜨거운 광선을 모으는 집광렌즈처럼 뜨거운 한 점으로 수렴

되었다.

이와 관련해서 둘 중 좀더 현실적인 쪽은 밧줄을 이용해 외벽을 타고 내려가는 것에 대한 환상으로 시간을 허비하지 않은 라헬이었다. 야반도주의 흐릿한 꿈은 곧 은밀히 마련되어야 할 하룻밤으로 줄었고, 그조차 쉽지 않았기에 감시의 눈에서 벗어난 십오 분의 시간으로 다시 줄어들었다. 가만히 보면, 디오티마와 라인스도르프 백작, 아른하임은 지성들의 대회의가 아무 성과 없이 끝나면 대개 별달리 시중들 일 없이 자기들끼리 한 시간 가까이 더 머물면서 그날 있었던 결과들에 대해 걱정스레 의견들을 주고받았는데, 그럴 때면 한 시간이 십오 분 단위 네 개로 이루어져 있음을 모두 까맣게 잊은 듯했다. 라헬은 이 점을 노렸다. 게다가 요리사가 아직 완쾌되지 않아 일찍 퇴근해야 하는 상황이었던지라 이 어린 하녀는 일에 치여 자신이 어디에 있는지 일일이 주인에게 알리지 않아도 되는 특권을 누렸다. 경우에 따라서는 그 시간 동안 살롱에서 손님들을 시중드는 일도 면제되었다. 라헬은 시험삼아 벌써 몇 번 졸리만을 자기 방으로 몰래 끌어들였다. 마치 자살을 하려고 하지만 너무 겁이 나 몇 번 깔짝거리는 시도만 하다가 요행으로 성공하길 기대하는 그런 사람처럼. 어쨌든 그러다 들키면 일을 도와달라고 졸리만을 불렀다는 핑계를 댈 생각이었다. 이로써 라헬은 담을 넘지 않고도 자기 방으로 올 수 있는 길을 졸리만에게 알려주었다. 그러나 이 어린 두 연인은 아직 살롱의 대기실에서 지루하게 하품이나 하면서 안쪽의 상황에 유심히 귀를 기울이는 수준을 넘어서지 못했다. 그러던 어느 날 저녁, 살롱 안의 목소리들이 곡식을 타작하는 것처럼 고르게 이어지자 졸리만은 소설에나 나올 법한 멋진 표현으로 더이상 참을 수가 없다고 토로했다.

라헬의 방에 들어가 먼저 문빗장을 걸었던 것도 졸리만이었다. 그런데 둘 다 불을 켤 생각은 하지 못하고, 처음 얼마간은 어두운 공원의 동상처럼 얼굴을 마주보고 장님처럼 서 있었다. 앞이 안 보이자 다른 감각들까지 사라진 듯했다. 졸리만은 라헬의 손을 잡거나 그녀가 비명을 지를 정도로 다리를 꼬집어야 한다고 생각했을지 모른다. 지금껏 암컷에 대한 수컷의 정복은 그런 형태로 머릿속에 입력되어 있었기 때문이다. 그러나 지금은 절대 소리를 내서는 안 된다는 것을 알기에 그 욕구를 꾹 눌러야 했다. 마침내 졸리만이 어색하게 살짝 거친 시도를 하자 그에 대한 응답으로 라헬에게서 초조한 무심함이 흘러나왔다. 왜냐하면 라헬은 자신의 허리를 잡아 앞쪽으로 당기는 운명의 손길을 느끼면서도 다른 한편 코와 이마는 이전의 모든 환상이 벌써 달아났는지 서늘하게 식었기 때문이다. 졸리만도 갈피를 잡지 못하고 뼛속까지 서툴렀다. 어둠 속에서 이렇게 마주보고 서 있는 일이 어떻게 끝날지는 예견할 수 없었다. 결국 기품 있으면서도 상대적으로 경험이 더 많은 라헬이 유혹자의 역할을 맡아야 했다. 그렇게 하도록 도왔던 것은 예전에 디오티마에게 느꼈던 사랑의 자리를 대신 차지하고 있던 원한의 감정이었다. 라헬은 여주인의 고결한 황홀감을 함께 느끼는 것에 더는 만족하지 않고 스스로 사랑 사업을 추진한 뒤로 많이 달라졌다. 졸리만과의 만남을 숨기려고 거짓말을 했을 뿐 아니라 자신의 순진함을 예의주시하는 주인에게 복수하려고 머리를 빗길 때면 머리카락을 좀 세게 잡아당기기도 했다. 그런데 지금 가장 화나는 것은 예전에 디오티마가 입다 물려준 셔츠와 팬티, 스타킹을 입으면서 떨듯이 기뻐했다는 사실이다. 왜냐하면 속옷은 대개 원래 크기의 3분의 1 정도를 줄이고 스타일도 완전히 바꾸었음에도 그것을 입으면 마치 감옥에 갇히거나 자신의 나신裸身에 도덕적 멍에를 씌운 것 같았기 때문이다. 그런데 이번에는 지금 입고 있는 그 속옷이 현재 상황에 필요한 영감을 선사했다. 즉, 언제부터인가 디오티마의 속옷에 나타나기 시작한 변화에 대해 예전에 졸리만에게 이야기한 적이 있는데, 지금 그걸 보여주면 현재의 교착상태를 타개할 수 있겠다는 생각이 든 것이다. "그 둘이 얼마나 악질인지 이 속옷 좀 봐!" 라헬은 어둠 속에서 팬티의 달빛 레이스를 보여주면서 말했다. "그 사람들이 지금처럼 계속 저러면 그건 이 집 바깥어른을 속이는 거야. 이 집에서 오가는 전쟁 이야기도 둘이 만나려고 다 꾸며낸 거라고!" 라헬은 흑인 소년이 조심스럽게 부드럽고 위험한 팬티에 손을 대자 약간 숨찬 목소리로 덧붙였다. "졸리만, 넌 분명히 팬티도 너처럼 새까말 거야. 다들 그렇게 말해!" 졸리만은 모욕감을 느꼈지만 그녀의 다리 사이로 부드럽게 손가락을 찔러넣었다. 라헬은 벗어나려고 몸도 틀고 이런저런 말이나 행동도 해보았지만 딱히 성공을 거두진 못했다. 그러다 마침내 작고 날카로운 앞니로 졸리만의 얼굴을 마치 커다란 사과처럼 살짝 깨물었다. 그녀의 얼굴에 유치하게 따라붙는 바람에 움직일 때마다 방해가 되었던 것이다. 이제 그녀는 자신이 무슨 짓을 하고 있는지 잊었고, 졸리만도 자신의 서툰 행동에 대한 부끄러움을 잊어버렸다. 그와 함께 사랑의 폭풍이 어둠 속을 휩쓸고 지나갔다.

폭풍이 지나가자 두 연인은 거칠게 바닥에 쓰러졌다. 폭풍은 벽을 지나 사라졌고, 그들 사이의 어둠은 마치 죄인들에게 검댕 칠을 한 숯조각 같았다. 지금 몇시인지는 몰라도 둘은 시간의 흐름을 너무 과대평가하는 바람에 가슴이 철렁 내려앉았다. 졸리만은 라헬의 소심한 마지막 키스가 성가시게 느껴졌다. 그는 불을 켜고 싶었고, 이제 물건을 다 훔치고 여기를 빠져나가는 데만 관심이 있는 도둑처럼 굴었다. 부끄러운 마음에 재빨리 옷매무새를 가다듬던 라헬은 초점도 없고 깊이도 모를 시선으로 졸리만을 바라보았다. 그녀의 눈 위에 헝클어진 머리가 내려와 있었고, 눈 뒤에서는 이 순간까지 까맣게 잊고 있던, 명예욕이 그려내는 멋진 영상들이 다시금 펼쳐졌다. 라헬은 세상의 모든 미덕을 다 갖추고 싶었을 뿐 아니라 잘생기고 부유하고 멋진 사랑까지 할 줄 아는 연인을 꿈꾸었다. 그러나 지금 눈앞에는 옷도 제대로 갖추어 입지 않고 생긴 것도 끔찍하게 못생긴 졸리만이 서 있었다. 라헬은 그가 하는 말을 믿지 않았다, 단 한마디도. 어둠 속에서라면 둘의 몸이 떨어지기 전에 그의 통통하고 팽팽한 얼굴을 한동안 더 안고 싶었을지 모른다. 그러나 불이 켜진 지금 그는 그녀의 새로운 애인이었을 뿐 그 이상도 이하도 아니었다. 천 명의 남자를 약간 우스꽝스러운 작은 사내 녀석 하나로 압축시켜놓은 듯했다. 다른 모든 이들을 배제하는 애인으로서 말이다. 라헬은 사내의 유혹으로 아이가 덜컥 들어서는 바람에 자기가 한 짓이 들통날 것을 몹시 걱정해야 하는 하녀의 신분으로 다시 돌아갔다. 그런 변화가 너무 겁이 나서 한숨조차 나오지 않았다. 라헬은 졸리만이 옷 입는 것을 도와주었다. 소년은 정신적 혼란 속에서 단추가 많이 달린 저고리를 아무렇게나 벗어던졌었기 때문이다. 라헬이 그를 도운 것은 애정 때문이 아니라 한시라도 빨리 함께 내려가기 위해서였을 뿐이다. 그녀는 벌써 막대한 대가를 치른 기분이었다. 이 일이 발각되면 견딜 수 없을 것 같았다. 어쨌든 옷을 다 입고 나자 졸리만은 그녀에게 몸을 돌려 눈부신 미소를 지어주었다. 이 순간 스스로가 몹시 자랑스러웠기 때문이다. 라헬은 급히 성냥갑을 집고, 불을 끄고, 나직이 문빗장을 밀었다. 그리고 문을 열기 전에 졸리만에게 속삭였다. "이럴 땐 키스를 한번 더 해주는 거야!" 원래 그렇게 하는 거라고 생각했기 때문이다. 그런데 이 키스는 두 사람 모두에게 입술에 치약 바른 느낌밖에 주지 않았다.

대기실에 도착했을 때 그들은 적당한 시간에 돌아온 것을 알고 깜짝 놀랐다. 문 안쪽에서는 여전히 이전과 똑같이 대화가 진행되고 있었다. 손님들이 떠나자 졸리만도 사라졌다. 반시간 뒤 라헬은 주인의 머리를 정성스럽게 빗어주었다. 예전의 그 헌신적인 사랑에 가까운 정성스러운 태도였다.

"내 훈계를 잘 새겨들은 것 같아 기쁘구나!" 디오티마가 칭찬했다. 많고 많은 사안에서 제대로 된 만족감을 얻지 못한 이 여인은 어린 하녀의 손을 다정하게 톡톡 두드려주었다.

118. 그를 죽여라!

발터는 출근용 양복보다 더 좋은 양복을 입고 클라리세의 욕실 거울 앞에서 넥타이를 매고 있었다. 기포가 있는 듯한 값싼 유리 거울은 요즘 유행하는 감각으로 곡선이 들어간 틀에 끼워져 있음에도 천박하고 일그러진 영상을 비추고 있었다. "그 사람들 말이 딱 맞아." 그가 화난 듯 말했다. "그 유명한 운동은 사기일 뿐이라고!"

"사람들이 그렇게 소리치는 이유가 뭐죠?" 클라리세가 물었다.

"오늘날 삶이란 것에 뭐가 있겠어! 거리로 나가면 어쨌든 행렬은 만들어져. 거기 끼면 다른 사람의 몸이 느껴지지. 그러면 최소한 생각도 안 하고 글도 쓸 필요가 없어져. 그렇게 되면 분명 뭔가가 생겨날 거야!"

"당신은 정말 그 운동이 사람들한테 저렇게 격분을 일으킬 만한 일이라고 생각해요?"

발터는 어깨를 으쓱했다. "당신은 신문에서 독일 정계 대표들이 총리에게 제출했다는 결의안도 못 봤어? 우리의 운동이 독일계 주민에게는 심각한 모욕이자 부당한 처사라는 거지. 체코계 연합의 비아냥거리는 결의안은 또 어떻고? 폴란드계 의원들이 자기들 선거구로 돌아갔다는 단신도 있어! 그 행간을 잘 들여다보면 말이야, 아주 중요한 사실이 있어. 그러니까 의회의 결정을 좌우하던 폴란드 대표들이 정부를 궁지에 몰아넣은 거라고! 상황이 급박해졌어. 지금은 그런 애국운동으로 사람들을 자극할 때가 아냐!"

"오늘 아침 시내에 나갔을 때 말 탄 경찰들이 행진하는 걸 봤어요." 클라리세가 말했다. "연대 규모는 되는 것 같았어요. 어떤 여자가 그러는데, 그 사람들은 어딘가에 숨어 있을 거래요!"

"당연하지. 군대도 병영에서 대기중이라잖아!"

"정말 무슨 일이 일어날 거라고 생각해요?!"

"그거야 모르지!"

"기마대가 사람들에게 돌진하면 어떡해요? 말들이 사람들 사이를 헤집고 돌아다니는 걸 생각하면 정말 끔찍해요!"

발터는 넥타이를 풀어 다시 묶었다. "당신도 예전에 그런 데 동참한 적 있어요?" 클라리세가 물었다.

"대학생 때."

"그뒤로는 없어요?"

발터는 고개를 저었다.

"전에 당신이 그랬죠. 무슨 일이 생기면 그건 울리히 책임이라고." 클라리세는 다시 한번 확인하고자 했다.

"그런 말 안 했어!" 발터가 반발했다. "안타깝게도 울리히는 정치 따위에는 관심이 없어. 난 다만 울리히가 불미스러운 일을 경솔하게 야기할 것만 같은 사람이라고 말했을 뿐이야. 그런 일에 책임을 져야 할 인간들과 교류하고 있으니까!"

"나도 시내에 같이 가고 싶어요!" 클라리세가 말했다.

"안 돼! 괜히 흥분만 하게 돼!" 발터는 단호하게 잘랐다. 시위가 벌어지면 어떤 일이 일어날지에 대해선 사무실에서 이미 많이 듣고 온 터였다. 그런 일로부터 클라리세를 떼어놓고 싶었다. 시위대 속에서 필히 생겨날 수밖에 없는 군중의 히스테리에 노출시키고 싶지 않았다. 클라리세는 임신한 여자처럼 다루어야 했다. 임신이라는 말이 떠오르는 순간 그는 울컥했다. 아이를 가진다는 생각만으로도 마음이 따뜻해졌다. 자신에게 문을 닫은 아내의 극도로 예민한 성격을 떠올리면 바보 같은 생각이었지만. '그래, 우리의 삶에는 일상적인 개념을 뛰어넘는 그런 관련들이 있어.' 이렇게 스스로에게 말했고, 자부심도 없지 않았다. 그는 클라리세에게 제안했다. "당신이 원하면 나도 집에 있을게."

"아니에요. 당신은 어쨌든 거기 있어야 해요."

그녀는 혼자 있고 싶었다. 발터가 임박한 시위에 대해 이야기하고 그게 보통 어떤 식으로 전개되는지를 설명했을 때 눈앞에 뱀 한 마리가 떠올랐다. 비늘 하나하나가 따로따로 움직이는 뱀이었다. 그녀는 시위 광경을 눈앞에 생생하게 떠올리고 싶었다. 이런저런 말은 필요 없이.

발터가 그녀를 안았다. "나도 집에 같이 있을까?" 그가 재차 물었다.

클라리세는 그의 팔을 풀고는 벽에서 책을 한 권 꺼냈다. 그러고는 그를 무시하고 책을 읽었다. 니체의 책이었다. 그만 갈 때도 됐는데 발터는 떠나지 않았고, 대신 이렇게 부탁했다. "당신이 어떤 것에 관심이 있는지 내게도 보여줘!"

오후가 벌써 끝나가고 있었다. 봄의 막연한 예감이 집안에 감돌고 있었다. 유리창과 벽을 지나오느라 약간 눌린 새소리가 들려오는 듯했고, 게다가 마룻바닥의 니스와 가구 천조각, 깨끗이 닦은 청동 손잡이에서 있지도 않은 꽃향기까지 피어올랐다. 발터는 팔을 뻗어 책을 잡으려 했다. 클라리세는 양손으로 책을 와락 움켜쥐었다. 펼쳐진 책장 사이에 손가락을 끼운 채.

이제 그들의 결혼생활에서 자주 있었던 그 '끔찍한' 장면이 재현되었다. 그런 장면에는 동일한 패턴이 있었다. 극장 무대의 불이 꺼지고, 대신 마주한 칸막이 특별관람석 두 곳에 불이 켜진다. 한쪽에는 발터가, 맞은편에는 클라리세가 앉아 있다. 모든 여자 남자를 대표해서. 둘 사이에는 보이지 않는 관객들이 덥혀놓은 시커먼 심연이 있다. 이제 클라리세가 입을 열고 발터가 답을 한다. 청중은 숨죽인 채 귀를 기울인다. 아직 어떤 인간적 재능도 해내지 못한 소리와 행위의 무대다. 지금도 똑같은 일이 벌어졌다. 발터는 간절하게 팔을 뻗고, 클라리세는 책장 사이에 손가락을 끼우고 몇 발짝 떨어져 있었다. 손가락을 끼운 부분은 아무렇게나 책장을 넘기다 우연히 이른 아름다운 대목이었다. 스승이 의지의 몰락으로 인한 궁핍에 대해 이야기하고 있는데, 개별적인 것이 전체의 희생을 토대로 삶의 형식 전반에 번성한다는 내용이었다. "삶을 아주 작은 형식으로 되돌리고, 나머지는 삶의 빈약함으로 내버려두고……" 그녀는 이 문장을 아직 기억하고 있었다. 발터가 그녀를 방해하기 직전에 훑어보듯 확인한 전체 맥락은 대략 이 정도밖에 기억나지 않았다. 이렇게 좋지 않은 상황이었음에도 여기서 나름의 큰 발견을 했다. 스승이 그 대목에서 모든 예술에 대해, 심지어 인간 삶의 모든 형식에 대해 이야기하면서도 단지 문학의 예만 사용하고 있다는 사실이었다. 클라리세는 보편성이라는 것을 알지 못했기에 니체가 자기 사유가 영향을 미칠 수 있는 전체 범위를 파악하지 못했다고 생각했다. 그의 사유는 음악에도 해당되었기 때문이다!! 문득 남편의 병적인 피아노 연주 소리가 들렸다. 마치 음이 바로 옆에서 살아서 움직이는 듯했다. 그런데 그의 생각이 그녀에게로 가는 길을 잃고 배회하자마자 음들은 막혀 제대로 나오지 못했고, 감정으로 질식할 듯한 과도한 휴지기가 이어졌다. 그 스승의 다른 표현을 빌리자면 '부차적인 도덕적 요소'가 발터 속의 '예술가'를 압도하고 있었다. 클라리세는 발터가 자신을 말없이 갈망하는 소리를 알아들었고, 음악이 그의 얼굴에서 빠져나가는 것도 볼 수 있었다. 이때 그의 얼굴에서는 입술만 빛이 났고, 그는 마치 손가락을 자른 뒤 곧 실신할 사람처럼 보였다. 지금도 그랬다. 그녀를 향해 팔을 뻗고 불안하게 웃고 있는 모습이. 니체도 당연히 거기까지는 알 수 없었을 것이다. 다만 이 문제를 건드린 대목을 그녀가 책장을 넘기다 우연히 찾은 것은 모종의 신호 같았다. 클라리세가 이 모든 것을 한꺼번에 보고 듣고 파악하는 동안 그녀의 머릿속에서는 영감의 섬광이 번뜩였다. 그녀는 니체라는 이름의 높은 산 위에 서 있었고, 발터는 땅에 묻혀 있었다. 그것도 그녀의 발바닥 바로 아래! 창조적이지도 않고 정신에 열려 있지도 않은 대다수 사람들의 '실용적 철학과 문학'에는 외부의 거대한 사상과 개인의 자잘한 변화가 그런 식으로 희미하게 융합되어 있다.

그사이 일어나 있던 발터는 이제 클라리세에게로 다가갔다. 시위에 참가하지 않고 그녀 곁에 남기로 마음을 굳힌 듯했다. 발터가 다가갔을 때 클라리세는 마뜩잖은 표정으로 뒤로 물러나더니 벽에 등을 기대고 섰다. 그런데 노골적으로 남자에게 반감을 드러내는 여자의 감정이 불행히도 발터에게 전달되지는 못했고, 오히려 여자를 그렇게 행동하게 만든 원인이라고 할 수컷의 욕망만 일깨웠다. 원래 남자는 자신에게 반발하는 상대에게 자신의 의지를 강요하고 명령하는 태도가 몸에 배어 있다. 발터는 갑자기 남성성을 증명하려는 이 욕구가, 사람은 무언가 특별한 존재가 되어야 한다는 어릴 적 미신의 산산조각난 잔재에 대해 전쟁을 수행하려는 듯 느껴졌다. '사람은 특별한 무언가가 되어선 안 돼!' 그는 반항적으로 스스로에게 말했다. 그런 환상을 떨쳐내지 못하고 사는 건 비겁한 것 같았다. '우리 모두의 내면에는 과도함이 있어.' 그는 경멸적으로 생각했다. '우리 속에는 병적인 것, 섬뜩한 것, 고독한 것, 악한 것이 있어. 각자 자기만 할 수 있는 것을 하겠지만 그게 무슨 의미가 있을까!' 그는 쉽게 부패하는 이상 발육을 제거하고 유기적으로 주조해서 피가 잘 돌지 않는 시민적 혈류에 새로운 힘을 불어넣는 대신, 비범한 것을 발전시켜야 한다는 망상에 분개했다. 그런 생각에서 스스로가 음악과 그림을 고결한 자기만족 이상으로 생각하지 않게 될 날이 오길 기다렸다. 대신 아이를 원하는 것이 새로운 사명이 되었다. 젊은 날 그를 사로잡았던, 인간에게 불을 가져다준 프로메테우스 같은 위인이 되겠다는 갈망은 이제, 사람은 먼저 다른 모든 이들처럼 되어야 한다는 믿음을 약간 과장해서 받아들이는 것으로 끝났다. 그는 지금 아이가 없어 부끄러웠다. 클라리세와 자신의 수입이 허락한다면 아이를 다섯 정도는 갖고 싶었기 때문이다. 그랬다면 한 단란한 가정의 중심이 될 수 있었을 것이다. 그는 삶을 떠받치는 대다수 평범한 인간들을 평범함이라는 면에서 뛰어넘고 싶었다. 그 소망 자체가 모순이라는 점은 차치하고 말이다.

그런데 발터는 외출 준비를 하면서 이 대화를 시작하기 전에 생각을 너무 많이 했거나 너무 늦게 일어난 탓인지 이제 두 뺨이 달아오르기 시작했다. 클라리세는 그가 왜 그렇게 자신의 책을 보려고 하는지 즉시 알아차린 게 분명했다. 혐오감을 담고 있는 태도가 가슴 아팠지만, 상호간의 이런 섬세한 감정 조율은 즉각 그의 마음을 신비스럽게 움직여 이제 그의 잔인성은 진압되고 단순한 충동까지 부서졌다. "당신이 읽고 있는 게 무엇인지 왜 나한테는 보여주지 않지? 같이 이야기해보자고!" 그가 조심스럽게 소망을 드러냈다.

"'이야기'요? 그건 불가능해요!" 클라리세가 차갑게 대꾸했다.

"당신은 지금 과민하게 굴고 있어!" 발터가 소리쳤다. 그는 펼쳐진 책을 빼앗으려 했고, 클라리세는 기를 쓰고 빼앗기지 않으려고 했다. 한동안 둘이 책을 놓고 몸싸움을 벌이고 나자 발터의 머릿속에 문득 이런 생각이 떠올랐다. '내가 책으로 뭘 하자는 거지!?' 그런 생각에 클라리세를 놓아주었다. 이 일은 이렇게 마무리될 수도 있었다. 클라리세가 발터의 손에서 벗어나는 순간 마치 위협적인 폭력을 피해 뒤쪽의 단단한 산울타리로 도망치려는 듯 자기 몸을 힘차게 뒷벽에 부딪히지만 않았다면 말이다. 그녀는 숨을 제대로 쉬지 못하고 얼굴이 창백해지더니 쉰 목소리로 악을 썼다. "당신은 자신이 못한 걸 당신 자식을 통해 이루려고 하잖아!"

그녀의 말은 독을 품은 불처럼 그의 목을 휘감았고, 그래서 이제 발터도 "이야기해보자!"는 말을 반복하며 자기도 모르게 숨을 헐떡거렸다.

"당신과 얘기하고 싶지 않아요, 역겨워요!!" 클라리세가 갑자기 평소 목소리로 대답했다. 그것도 그녀와 발터의 발 사이에 무거운 도자기 그릇이라도 떨어지듯 아주 날카롭게. 발터는 한 걸음 주춤 물러나더니 깜짝 놀란 눈으로 그녀를 바라보았다.

클라리세는 나쁜 뜻으로 한 말이 아니었다. 다만 자신이 선한 마음이나 순간의 방심에 굴복할까 두려웠을 뿐이다. 그럴 경우 발터는 즉시 끈으로 그녀를 묶어두려 했을 것이다. 그것도 그녀가 전체 문제에 최종적인 결정을 내리려는 지금 이 순간에 말이다. 상황은 점점 '첨예해져갔다'. 이건 사람들이 왜 거리로 나가는지 설명하려고 발터가 사용한 말인데, 지금 그녀의 머릿속에서는 이 단어에 굵은 밑줄이 그어지고 있었다. 왜냐하면 그녀에게 결혼식 선물로 니체 저작을 선물함으로써 니체와 연관되어 생각할 수밖에 없었던 울리히가 지금의 상황이 곪아터질 경우 첨예한 창끝이 향하게 될 반대편 끝에 서 있었기 때문이다. 니체가 방금 그녀에게 하나의 신호를 주었다. 그녀가 어떤 '높은 산' 위에 서 있는 자신을 보면 그 산은 높게 첨예하게 솟은 땅과 뭐가 다르겠는가?! 그것은 결국 한 인간의 힘으로는 거의 해독할 수 없는 암호와도 같은, 정말 이상하게 엮인 관련들이었다. 클라리세 자신조차 그 관련들을 명확하게 이해하지 못했다. 바로 그 때문에 그녀는 혼자 있고 싶었고, 발터를 집에서 내쫓고 싶었다. 조금 전에 그녀의 얼굴에서 활활 불타올랐던 그 거친 증오는 아무것도 섞이지 않은 순수하고 진지한 증오가 아니라 인격이 모호하게 관여된, 육체적으로 격렬한 증오의 표현이었을 뿐이다. 그것은 발터의 손가락 끝에서 자주 나오던 '피아노의 분노'와 비슷했다. 어쨌든 그는 아내를 한동안 어이없다는 눈으로 바라보더니 갑자기 뒤늦게 얼굴에 핏기가 싹 사라지는 것과 함께 이를 드러내며, 자신이 역겹다는 그녀의 말에 대한 대답으로 이렇게 소리쳤다.

"그 천재를 조심해! 특히 당신은 더 조심해야 돼!"

그는 그녀보다 더 격하게 소리쳤다. 이 어두운 예언은 그 자신에게조차 섬뜩했다. 자신이 아는 어떤 힘보다 더 강하게 목구멍을 뚫고 나왔기 때문이다. 그는 일식이 시작된 것처럼 갑자기 방안의 모든 것이 새까매지는 것을 보았다.

클라리세도 충격을 받고 입을 열지 못했다.

그 효과는 일식처럼 강했다. 결코 사소하지 않았다. 발터의 예상치 못한 행동에는 울리히에 대한 질투심이 자리하고 있었고, 그 질투심은 자기도 모르게 폭발해버렸다. 그는 왜 울리히를 천재라고 불렀을까? 그가 말한 천재의 의미는 곧 몰락할 것을 알지 못하는 오만함과 비슷했다. 발터의 눈앞에 문득 과거의 영상이 떠올랐다. 군복을 입고 집에 온 울리히의 모습이었다. 그는 그때 벌써 여자들과 관계를 갖기 시작했는데, 발터의 눈엔 야만적으로 비쳤다. 반면에 발터는 그보다 나이가 많았음에도 아직 공원의 석상에 바치는 시를 썼다. 나중에 울리히는 정확성, 속도, 강철의 정신에 관한 새 소식을 갖고 왔다. 그조차 휴머니스트인 발터에게는 야만족의 침략처럼 느껴졌다. 그는 항상 자기보다 나이가 적은 그 친구에게 남모를 불쾌감을 느끼고 있었다. 육체적으로나 진취적인 면에서 자신이 뒤진다는 불쾌감이었다. 하지만 그러면서도 자기에겐 정신이 있고, 그 친구 속엔 거친 의지만 있다고 여겼다. 이들 사이에는 이런 견해를 강화시키는 관계가 존재했다. 즉 발터가 미와 선에 감동을 받았다면 울리히는 그것들에 고개를 저었다. 그런 인상은 지금까지 이어져오고 있었다. 만일 발터가 클라리세와 몸싸움까지 하면서 보려고 했던 그 책에서 펼쳐진 대목을 보았더라도 클라리세가 이해한 것처럼 그 속에 묘사된 해체, 즉 삶의 의지를 전체로부터 개별적인 것으로 몰아내는 해체를 결코 예술에 대한 집착과도 같은 자신의 숙고를 비난하는 내용으로 읽지 않았을 것이다. 그 대신 울리히라는 인간에 대한 탁월한 묘사라고 확신했을 것이다. 다시 말해, 현대 경험주의가 보이는 맹신의 특징인 개별적인 것에 대한 과대평가에서부터 한 단계 더 나아가 자아의 야만적 분열에 이르기까지 모두 울리히를 잘 특징짓는 말이라고 생각했을 것이다. 발터는 그런 분열적 상태를 특성 없는 남자, 또는 남자 없는 특성이라 불렀는데, 울리히는 그 과대망상 때문에 이를 흡족하게 받아들이고 있었다. 이 모든 비난이 바로 발터가 '천재'라고 부른 말 속에 담겨 있었다. 누군가를 고독한 천재라고 불러야 한다면 그건 바로 발터 자신이라고 생각했기 때문이다. 그러나 그는 그런 천재이길 포기했다. 자연스러운 인간적 사명으로 돌아감으로써 나머지 인간들의 대열에 합류하기 위해서였다. 그런 점에서 그는 자신이 울리히보다 한 세대는 앞서 있다고 느꼈다. 하지만 클라리세가 발터의 그런 비방에 계속 침묵하고 있자 속에서 이런 생각이 떠올랐다. '만일 클라리세가 한마디라도 울리히를 변호한다면 참지 않겠어!' 증오가 그의 몸을 흔들었다. 마치 울리히의 팔이 그러기라도 하는 것처럼.

발터는 과도한 흥분 속에서 모자를 홱 낚아채 급히 집을 나서는 자신의 모습을 어렴풋이 느꼈다. 골목을 빠르게 지나가고 있는 것도 자각하지 못했다. 머릿속에서는 마치 집들이 바람의 방향에 따라 옆으로 비켜서는 듯했다. 얼마 뒤에야 걸음이 차츰 느려지면서 행인들의 얼굴이 보였다. 그의 얼굴을 다정히 바라보는 얼굴들을 보면서 그의 마음도 진정되었다. 이제 그는 판타지 세계 바깥에 남아 있는 의식으로 자기가 한 말의 의미를 클라리세에게 설명하고자 했다. 물론 그 말들은 입에서 흘러나온 것이 아니라 그의 눈 속에서 빛나고 있었다. 인간과 형제들 사이에 있는 행복을 어떻게 묘사할 수 있을까! 클라리세는 그에게 개성이 없다고 말할 것이다. 그러나 그녀의 우뚝 솟은 자의식 속에는 무언가 비인간적인 것이 있었다. 그 자의식이 그에게 제기하는 오만한 요구를 더는 충족시켜주고 싶지 않았다! 그는 사랑과 개인적인 무질서의 한없는 망상 속에서 외롭게 표류하는 대신 그녀와 함께 좀더 큰 인간 질서에 편입되고 싶었다. 지독히 고통스러운 갈망이었다. '인간은 누가 됐건 무엇을 하건, 심지어 남들과 대립적인 상황에 있더라도 기본적으로 남들과 같은 방향으로 나아간다는 느낌이 있어야 해.' 대략 이것이 그가 그녀에게 해주고 싶은 말이었다. 발터는 늘 사람들과 함께 있으면서 행복을 느꼈다. 심지어 논쟁을 할 경우에도 그들은 그에게, 그는 그들에게 끌렸다. 이렇게 해서 모든 일에 균형을 맞추고 건실한 것에 상을 주고, 늘 끝까지 밀고 나갈 힘이 인간 공동체에 내재한다는 약간 진부한 생각이 그의 삶의 굳은 신조가 되었다. 문득 새들을 끌어당기는 사람들이 있다는 사실이 떠올랐다. 새들은 그들에게 날아가길 좋아한다. 그리고 그 사람들의 표정에는 새와 약간 비슷한 점이 있다. 그는 모든 인간에게는 설명하기 어려운 모종의 방식으로 연관을 맺고 있는 동물이 하나씩 있다고 확신했다. 이건 예전에 고안한 이론이었다. 물론 과학적이지는 않았지만, 음악적인 인간은 과학이 닿지 못하는 많은 것을 예감할 수 있다고 믿었다. 어릴 때부터 그는 자신의 동물이 물고기라고 확신했다. 늘 물고기에게 강하게 끌린 것이다. 물론 섬뜩한 감정도 섞여 있었다. 방학이 시작되면 그는 홀린 듯이 물고기에 빠졌다. 몇 시간씩 물가에 서서, 물고기를 그들의 본령인 물에서 낚아올려 자기 옆의 풀밭에 놓아두었다. 그러다 경악에 가까운 혐오감이 찾아들면 돌연 낚시질을 중단했다. 부엌의 물고기들에도 일찍부터 마음을 쏟았다. 내장을 빼고 나면 나머지 생선뼈는 보트 모양의 그릇에 담았다. 풀과 구름처럼 녹색과 흰색이 어우러진, 물을 반쯤 채운 그릇이었다. 생선뼈는 부엌 왕국의 법도와 관련이 있을 법한 이유에서 식사 준비가 끝날 때까지 그릇 속에 담겨 있다가 마침내 쓰레기통으로 들어갔다. 이 그릇에 비밀스럽게 끌린 소년은 유치한 핑계를 대며 몇 시간씩 그릇 주위를 맴돌았다. 그러다 누군가 정색을 하고 여기서 뭘 하느냐고 물으면 소년은 꿀 먹은 벙어리가 되었다. 지금이라면 아마, 물고기의 마력이 그 속에 있고 물고기의 본령은 둘이 아니라 하나일 수밖에 없다고 대답했을 것이다. 그의 눈앞에 다시 물고기들이 떠올랐다. 자주 보던, 수면 아래에서 유영하는 모습이었다. 물고기들은 발터와 달리 땅 위를 걷지 않았다. (그는 땅 위나, 땅과 허공의 경계에서 움직이는데 땅이든 허공이든 어느 쪽도 자신의 본령이 아니라고 생각한다. 이쪽저쪽으로 생각의 실을 자아내보니, 인간은 발이 닿는 작은 면적만큼만 땅에 속하고, 온몸은 넘어질 수도 있고 선 자세로 밀어내면서 움직일 수도 있는 허공에 솟아 있다!) 물고기들을 에워싸고 있는 것은 그들의 땅, 그들의 공기, 음료, 음식, 적에 대한 공포, 그늘진 사랑의 행렬, 무덤, 이런 것들이었다. 물고기들은 자신을 움직이게 하는 것 속에서 움직였다. 인간이라면 꿈속이나, 어머니 자궁의 부드러운 보호막을 다시 찾고 싶은 갈망 속에서나 체험할 수 있는 영역이었다. 당시엔 그런 갈망을 가지는 것이 유행이었다. 그런데 그는 왜 물고기를 그들의 본령에서 꺼내 죽였을까? 그것은 그에게 형언할 수 없는 성스러운 즐거움이었다! 그런데도 그는 그 이유를 알려고 하지 않았다. 발터, 그는 정말 수수께끼 같은 인간이었다! 그런데 클라리세는 언젠가 물고기를 물속의 부르주아라고 부르지 않았던가?! 발터는 자신이 모욕당한 것처럼 움찔했다. 자신이 처해 있고 방금 모든 것을 고안해낸 이 가상의 상태 속에서 행인들의 얼굴을 보며 급히 거리를 지나가는 동안 하늘은 낚시하기 딱 좋은 날씨로 변해 있었다. 비는 아직 내리지 않았지만 대기엔 습기가 가득했다. 이제야 알아차린 사실이지만 인도와 차도도 언제부터인가 벌써 흑갈색을 띠고 있었다. 이제 길 위에서 움직이는 사람들은 검은 옷을 입은 것처럼 보였다. 모두 중산모를 쓰고 있었고 와이셔츠는 입지 않았다. 발터는 별다른 위화감 없이 이것을 받아들였다. 느슨하게 무리를 지어 걸어가는 그들은 부르주아가 아니라 공장에서 나온 사람인 듯했다. 아직

일을 마치지 않은 이들은 발터처럼 급하게 인파 사이를 뚫고 지나갔다. 그는 이 모든 것에 큰 행복감을 느꼈다. 다만 아무것도 두르지 않은 빈 목만 무언가 불편하고 불쾌한 것을 떠올리게 했다. 갑자기 비가 눈앞에서 쏟아졌다. 사람들은 흩어지기 시작했고, 하늘이 갈라지면서 흰 섬광이 번쩍였다. 물고기들이 떨어졌다. 이 모든 것과 전혀 어울리지 않는 듯한 부드럽게 떨리는 목소리가 허공에 가만히 울려퍼졌다. 작은 개를 부르는 소리였다.

이 마지막 장면은 그와 무관한 것이어서 그는 순간적으로 깜짝 놀랐다. 생각이 꿈을 꾸며 걷잡을 수 없는 속도로 영상들을 몰고 다니는 것을 인지하지 못했다. 눈을 들었더니 아내의 얼굴이 보였다. 여전히 혐오감으로 일그러져 있었다. 그는 몹시 불안해하며, 자신이 불만을 소상히 털어놓으려 했던 것을 기억해냈다. 그의 입은 아직 열려 있었다. 그러나 이후 몇 분이 지났는지, 몇 초가 지났는지, 아니 몇천분의 1초가 지났는지 알 수 없었다. 그때 그는 자부심의 온기를 느꼈다. 마치 냉수목욕 뒤 피부에 애매모호한 소름이 돋는 것처럼. 대략 이런 뜻이었다. '내가 무얼 할 수 있는지 보라!' 아울러 그는 지금껏 묻어온 감정이 이런 식으로 분출된 것이 적잖이 부끄러웠다. 그런데 정돈된 것과 자기통제, 큰 집단 속에서 적당히 만족하는 것이 일탈적인 것보다 정신적으로 훨씬 낫다는 사실에 대해 막 말하려고 했을 때 그의 확신은 뿌리가 위를 향했고, 삶의 화산에서 나온 진흙이 거기에 엉겨붙어 있었다! 때문에 이미지의 홍수에서 빠져나온 이후 그를 사로잡은 가장 강한 감정은 공포였다. 무언가 끔찍한 것이 임박했음은 확실해 보였다. 다만 이 공포에 이성적인 내용은 없었다. 그는 아직 상상의 세계에서 다 빠져나오지 못한 채 클라리세와 울리히가 합심해서 자신을 이 이미지들로부터 떼어내려 한다는 생각만 했다. 발터는 이런 백일몽을 떨쳐버리려고 생각을 가다듬었고, 자신의 격한 반응으로 중단된 그 대화를 다시 이성적인 방향으로 이어가는 데 도움이 될 만한 말을 하려고 했다. 실제로 혀끝에 맴도는 말이 있었다. 그러나 너무 늦어버린 것 같다는 생각과, 그 사이 벌써 다른 말이 나왔고 상황이 달라졌을 거라는 예감이 그를 만류했다. 시간을 되짚어보던 중, 갑자기 그의 귀에 클라리세가 말하는 소리가 들렸다. "울리히를 죽이고 싶으면 죽여요! 당신은 너무 양심적인 사람이에요. 예술가는 양심에 매여서는 좋은 음악을 할 수 없어요!"

발터는 아주 오랫동안 이 말을 이해하지 못했다. 간혹 인간은 무언가에 스스로 대답하면서 깨달음을 얻곤 한다. 그러나 그는 대답을 망설였다. 그 말을 들었을 때의 넋 나간 상태를 드러내는 것이 두려웠다. 그는 이런 불안감 속에서 깨달았다. 아니 스스로를 납득시켰다. 클라리세가 실제로 내뱉었던 말은 그가 방금 체험한 그 불안한 관념분일의 뿌리에 해당한다는 사실을. 그녀 말이 옳았다. 발터에게 어떤 소원이든 허락된다면 울리히의 죽은 모습을 보는 것이 유일한 소원일 때가 많았다. 사실 이런 일은 사랑만큼 쉽게 찢어지지 않는 우정에서 드물지 않게 일어난다. 누군가의 자존심이 심각하게 훼손될 때 말이다. 그렇다고 이것이 실제로 누군가를 죽인다는 뜻은 아니었다. 울리히가 죽었다고 상상하면 그 즉시 잃어버린 친구에 대한 어릴 적 사랑이 최소한 일부나마 다시 떠올랐기 때문이다. 극악무도한 짓에 대한 심리적 억제가 연극에서는 어떤 커다란 인위적 감정을 통해 유보되듯, 발터는 비극적 해결을 생각하면 희생자의 역할에도 아름다운 구석이 있는 것 같았다. 그는 피를 보는 것이 무섭고 꺼려짐에도 불구하고 한껏 고양되는 느낌이 들었다. 솔직히 울리히의 오만함이 언젠가 무너지기를 소망하지만 자신이 나서서 무슨 일을 벌이지는 않을 것이다. 그러나 생각은 원래 논리가 없다. 사람들이 아무리 생각이라는 것에 논리가 있다고 주장하더라도 말이다. 현실의 아무 환상 없는 저항만이 '인간'이라는 시詩에 내재된 모순에 관심을 갖게 한다. 따라서 시민적 양심이 너무 많아도 예술가에겐 장애가 될 수 있다는 클라리세의 말은 맞을지 모른다. 아울러 이 모든 것은 미적거리며 반항적인 표정으로 아내를 바라보던 발터 속에도 있었다.

클라리세는 같은 말을 열성적으로 반복했다. "울리히가 당신 일에 방해가 되면 제거해도 돼요!" 그녀는 이 제안이 퍽 고무적이고 재미있는 아이디어라고 생각하는 듯했다.

발터는 그녀에게 손을 뻗으려 했다. 팔이 무언가에 걸린 것처럼 나아가지 않았음에도 몸은 가까워진 듯했다. "니체와 예수는 결국 미적거리다가 실패했어요!" 그녀가 그의 귀에 대고 속삭였다. 말도 안 되는 소리였다. 어떻게 예수를 이 문제에 끌어들일 수 있을까?! 예수가 미적거리다 실패했다는 게 무슨 뜻일까?! 이런 비유는 곤혹스러울 뿐이었다. 그러나 발터는 여전히 그녀의 달싹거리는 입술이 이루 말할 수 없을 정도로 자신을 부추기고 있음을 느꼈다. 다수의 대중에 합류해야 한다는 굳은 결심은 자기만의 입장을 견지하고자 하는 격하고 억눌린 욕구에 늘 시달려왔다. 그는 있는 힘껏 클라리세를 붙들어 움직이지 못하게 했다. 이제 그녀의 눈이 그의 눈과 두 개의 유리창처럼 마주했다. "어떻게 그런 생각을 할 수 있는지 난 모르겠어!" 그가 연거푸 말했다. 대답은 돌아오지 않았다. 그가 자기도 모르게 그녀를 확 끌어당긴 게 분명했다. 클라리세가 그의 얼굴이 더는 가까이 오지 못하게 마치 한 마리 새처럼 날카롭게 손톱을 세웠기 때문이다. '이 여자는 미쳤어!' 발터는 이렇게 느끼면서도 그녀를 놓지 않았다. 도저히 이해되지 않는 증오의 감정이 그녀의 얼굴에 드러나 있었다. 아직 광인을 본 적이 없지만 아마 이렇게 생겼을 거라고 생각했다.

갑자기 그가 탄식과 함께 물었다. "그를 사랑해?!" 이것은 특별히 독창적인 발언도 아니었고, 둘 사이에 처음 언쟁을 불러일으킨 말도 아니었다. 발터는 클라리세가 미쳤다고 믿기보다 차라리 그녀가 울리히를 사랑한다고 믿는 편이 더 낫다고 생각했다. 이런 자기희생적 믿음은 그가 지금껏 입술이 얇은 초기 르네상스의 미라고 경탄해온 클라리세가 처음으로 그에게 추하게 느껴진 것과 무관하지 않았다. 이 추함은 그녀의 얼굴이 그에 대한 사랑으로 부드럽게 보호되는 게 아니라 연적의 거친 사랑에 노출된 것과 관련이 있을지 몰랐다. 여기엔 복잡한 문제가 충분히 뒤엉켜 있었고, 그것은 그의 심장과 눈 사이에서 파르르 떨고 있었다. 일반적인 의미만큼 개인적인 의미도 가진 무언가 새로운 것이었다. 그런데 그가 "당신은 그를 사랑하고 있어" 하고 말하면서 끙 하고 동물적인 신음을 낸 것은 어쩌면 그 자신도 벌써 클라리세의 광기에 전염된 탓인지 몰랐다. 그 생각이 그를 약간 공포로 몰아넣었다.

그의 품에서 슬며시 벗어난 클라리세는 이번엔 자발적으로 그에게 다가와 노래 부르듯 몇 번 답을 주었다. "난 당신 아이를 원치 않아. 당신 아이를 원치 않는다고!" 그러면서 지나가듯 재빨리 그에게 몇 번 입을 맞추었다.

그런 다음 그녀는 떠나갔다.

예전에 클라리세가 정말 "그는 내 아이를 원해요"라고 말했을까? 그런 말을 한 기억이 확실하지는 않았지만 그럴 수도 있는 말이 귀에 들리는 듯했다. 그는 질투심에 사로잡혀 피아노 앞에 서서 따뜻한 무언가와 차가운 무언가가 일방적으로 자신에게 내뿜는 숨결을 느꼈다. 이것은 그 천재와 광녀의 기류일까? 굴복과 증오의 기류일까? 아니면 사랑과 정신의 기류일까? 그는 클라리세에게 길을 터준 뒤 그녀가 밟고 지나갈 수 있도록 길 위에 자신의 심장을 내려놓는 상상을 했다. 또한 자신이 우악스러운 말로 그녀와 울리히를 절멸시키는 상상도 했다. 그는 서둘러 울리히에게 달려가야 할지, 아니면 이 순간 땅과 별의 영원한 싸움이 될 교향곡을 쓰기 시작해야 할지 결정을 내리지 못했다. 아니면 그전에 금지된 바그너 음악의 인어 연못 속으로 뛰어들어 흥분을 식혀야 할까? 이런 숙고와 함께 말로 표현하기 곤란하던 그의 상태는 서서히 진정되기 시작했다. 그는 피아노 뚜껑을 열고 담배에 불을 붙였다. 생각이 넓게 흩어지는 동안 그의 손가락은 건반 위에서 애간장을 녹일 듯 물결치는 그 작센 마법사의 음악을 연주하기 시작했다. 한동안 천천히 감정을 풀어내고 나자 그는 아내와 자신이 책임무능력 상태에 빠져 있었음을 확연히 깨달았다. 하지만 그로 인한 곤혹스러운 감정에도 불구하고 이 사실을 납득시키려고 클라리세를 찾으러 가는 것이 헛된 일임을 깨달았다. 문득 그는 사람들 사이로 들어가고픈 욕구가 일었다. 그래서 얼른 모자를 쓰고 시내로 향했다. 원래의 의도를 실현하기 위해서, 그리고 시위대를 찾을 수 있다면 대중 일반의 흥분 상태에 섞여 들어가기 위해서. 길을 걸으면서 그는 자신이 다른 이들과 합류하려고 악마의 부대를 이끌고 가는 우두머리 같은 느낌이 들었다. 그러나 시내로 가는 전차 안에서 이미 삶은 다시 일상의 모습으로 돌아와 있었다. 울리히가 시위대 반대편에 서 있을 가능성, 어쩌면 라인스도르프 백작의 궁전이 습격당할 가능성, 울리히가 가로등에 묶인 채 성난 군중들의 발에 짓밟힐 가능성, 그때 발터가 나타나 사시나무처럼 떠는 울리히를 구해낼 가능성, 이 모든 가능성은 확고부동한 차푯값, 정류장, 전차 종소리 등으로 이루어진 전차 안의 환하고 정돈된 질서에 대면 기껏해야 후딱 스쳐가고 마는 그림자였다. 이제 다시 차분하게 숨을 쉴 수 있게 된 발터는 이 일상 세계에 친근감을 느꼈다.

119. 대항책과 유혹

이제 일은 끝을 향해 치닫고 있는 것처럼 보였다. 자기만의 대항책 아래서 인내심을 갖고 꾸준히 아른하임을 주시하던 레오 피셸 이사에게도 보상의 시간이 찾아왔다. 그런데 아쉽게도 그 시각 클레멘티네는 집에 없었다. 그래서 그는 증권가의 일반적인 소식을 담은 석간신문을 들고 게르다의 방을 찾는 것으로 만족할 수밖에 없었다. 안락의자에 털썩 주저앉은 뒤 신문에 난 짧은 기사를 가리키며 딸에게 기분좋게 물었다. "얘야, 그 심오한 자본가가 무슨 연유로 여기 계속 머물러 있는지 아니?"

피셸은 집에서 아른하임을 항상 이렇게 불렀다. 자기 집 여자들이 아무리 그 부자 떠버리에게 경탄하더라도 자신은 건실한 사업가로서 그 인간을 대수롭지 않게 여긴다는 점을 드러내기 위해서였다. 증오가 사람에게 통찰력을 선사하지는 않지만, 증권가의 소문은 사실로 드러날 때가 드물지 않았다. 거기에 아른하임에 대한 반감이 더해져 그는 암시적이기만 한 그 기사에 즉시 보충 설명을 했다. "어때, 알겠니?" 그는 같은 말을 반복하며 딸아이가 자신의 눈에 담긴 승리의 빛을 알아채게 하려고 애썼다. "그 작자는 갈리시아 유전을 손에 넣고 싶은 거야!"

이 말과 함께 피셸은 자리에서 일어나 개의 목덜미를 움켜잡듯 신문을 집어들고 방을 나갔다. 몇 사람에게 전화를 걸어 정보를 확인해야겠다는 생각이 퍼뜩 들었기 때문이다. 그는 방금 읽은 기사가 자신이 줄곧 생각해온 것과 똑같다는 느낌이 들었다(이를 보더라도 증권가 소식지는 순수 문학과 비슷한 효과가 있다). 피셸은 지금껏 자신이 아른하임을 단순히 떠버리로 간주했던 것은 까맣게 잊은 채, 그런 합리적인 인물에게서 다른 것은 기대할 수 없을 거라고 판단했다. 피셸은 자신이 전달한 소식이 어떤 의미를 갖는지 게르다에게 번거롭게 설명하려고 하지 않았다. 어떤 말을 덧붙이더라도 그 자체로 모든 것을 말해주는 사실의 효과가 약화될 거라고 생각한 것이다. '그 작자는 갈리시아 유전을 손에 넣고 싶은 거야!' 그는 이 단순한 문장의 무게를 혀끝으로 느끼며 자리를 떴다. 그러면서 이렇게 생각했다. '끈기 있게 기다릴 줄 아는 사람이 항상 승리를 거두는 법이지!' 이것은 영원한 진리를 가장 완벽하게 보완하는 증권가의 여러 원칙들 가운데 하나였다.

그가 방을 나가자마자 게르다는 애써 감추고 있던 격한 감정을 드러냈다. 아버지 앞에서는 당황하거나 놀라는 기색을 보여 즐겁게 해줄 생각이 없었지만, 지금은 부리나케 자리에서 일어나 장롱 문을 열고는 외투와 모자를 꺼낸 뒤 거울 앞에서 머리와 옷을 정돈하고 거울에 비친 얼굴을 하나하나 꼼꼼히 살펴보았다. 당장 울리히에게 달려가기로 마음먹은 것이다. 이건 아버지에게 이야기를 들을 때 떠오른 생각인데, 이 소식을 가능한 한 빨리 울리히에게 알려야 할 것 같았다. 그에게 이 소식은 무척 중요할 듯했다. 게르다가 그걸 알 정도로 디오티마의 주변 상황은 이제 널리 알려져 있었다. 이 결심을 한 순간 그녀는 오랫동안 망설이던 군중이 밀어닥치듯 감정의 덩어리가 밀려드는 기분이 들었다. 지금까지 그녀는 집으로 한번 찾아오라는 울리히의 초대를 마치 깜박 잊은 사람처럼 행동해왔다. 그런데 이제 그녀의 첫번째 충동이 그 어두운 감정 덩어리에서 서서히 풀려나기 무섭게 이대로 더 멀리 밀고 나가야 한다는 걷잡을 수 없는 감정이 이어졌다. 그래서 그녀가 아직 결정을 내리지 못하고 있을 때에도 마음은 벌써 의지와는 무관하게 결정을 내린 상태였다.

'그 사람은 나를 사랑하지 않아!' 게르다는 지난 며칠 새 한층 더 초췌해진 얼굴을 바라보며 혼잣말을 했다. '이렇게 생긴 나를 사랑할 수 없을 거야!' 그녀는 힘없이 생각했다. 그러고는 바로 다음 순간 반항적으로 덧붙였다. '그 사람은 그럴 가치도 없어! 그냥 전부 나 혼자 생각일 뿐이야!'

암흑 같은 절망감이 엄습했다. 그녀는 최근의 일들로 진이 빠졌다. 울리히와의 관계는 원래 굉장히 단순한 것을 둘 다 최선을 다해 복잡하게 만든 것 같은 느낌이 들었다. 게다가 한스는 사랑을 얻으려는 치기어린 행동으로 자꾸 신경을 건드렸다. 그녀는 한스를 매몰차게 대했고, 최근에는 간혹 경멸하듯 다루기도 했다. 하지만 그럴수록 한스는 마치 자살하겠다고 위협하는 남자아이처럼 한층 더 난폭하게 반응했다. 그래서 그를 달래줄 수밖에 없을 때면 그녀는 다시 그의 품에 안겨 애매한 어루만짐을 견뎌야 했다. 그로 인해 그녀의 어깨는 야위었고 피부는 생기를 잃었다. 게르다는 모자를 꺼내려고 장롱 문을 연 순간 이 모든 고통을 끝냈다. 또한 거울 앞에서 느끼던 불안도 그녀가 재빨리 일어나 급히 밖으로 달려나가는 것으로 끝났다. 물론 실제로는 이 불안으로부터 조금도 벗어나지 못했지만.

울리히는 들어오는 게르다를 본 순간 모든 것을 알아차렸다. 게다가 그녀는 보나데아가 찾아올 때처럼 베일도 쓰고 있었다. 게르다는 온몸을 사시나무 떨듯 떨었지만, 그것을 스스럼없는 태도로 숨기려 했다. 그러나 그런 부자연스러운 행동은 오히려 터무니없이 뻣뻣한 인상만 풍기고 말았다.

"울리히, 방금 아버지한테 정말 중요한 이야기를 들어서 달려왔어요." 그녀가 말했다.

'참 이상한 일이군!' 울리히는 생각했다. '왜 갑자기 나를 저렇게 거리낌없이 부르지?' 그는 이 느닷없는 친밀감의 표시에 화가 났다. 그러나 그녀의 과장된 행동을 이렇게 해석하면서 불쾌한 속내를 감추고자 했다. 즉 게르다는 자신의 방문을 불길함의 전조가 아니라 단순히 약간 지체된 별 의미 없는 방문처럼 보이고 싶어서 저러는 거라고. 그런데 게르다의 이런 노력은 정반대의 결론을 추론케 했다. 그녀는 분명 마음먹은 것을 끝까지 밀고 나갈 생각으로 온 것처럼 보였다. "우리는 오랫동안 가까운 친구 사이였어요." 그녀가 설명했다. "그런데도 서로 이름으로 부르지 않았던 건 그에 따른 모종의 결과를 피하기 위해서였죠!" 이것은 그녀가 이리로 오면서 미리 생각해둔, 그를 놀래주기 위한 도입부였다.

울리히는 그녀의 어깨를 감싸안고 입을 맞춤으로써 그녀의 의도를 간단하게 잘라버렸다. 게르다는 말랑말랑한 양초처럼 무너졌다. 호흡도, 그를 붙잡는 손가락도 의식 없는 사람의 것과 비슷했다. 순간 추격자의 손에 붙잡힌 사람처럼 그녀의 몸에 질질 끌려가는 영혼의 우유부단함에 불가항력적으로 끌리는 유혹자의 잔인함이 그를 휘감았다. 겨울 오후의 힘없는 햇살이 창문을 통해 어둑어둑해지는 방안으로 들이닥쳤다. 그는 창문이 만들어내는 여러 환한 직사각형 무늬 중 하나에 서서 게르다를 안았다. 그녀의 머리는 부드러운 베개 같은 햇빛에 노란색으로 날카롭게 대비되었다. 얼굴은 기름과 비슷한 색을 띠고 있어서 순간적으로 시체처럼 보이기도 했다. 그는 천천히 그녀의 머리카락과 옷 사이의 맨살 곳곳에 입을 맞추었고, 그 과정에서 약간의 반감을 이겨내야 했다. 그러다 닿은 그녀의 입술은 어른의 목을 감는 어린아이의 가녀린 팔처럼 그의 입술을 맞았다. 그는 문득 맹금류의 발톱 아래 깃털이 곤두선 비둘기를 연상시키는, 욕정에 사로잡힌 보나데아의 아름다운 얼굴과 그가 한 번도 누려본 적이 없는 디오티마의 조각상 같은 사랑스러움이 생각났다. 이 두 여인이 선사한 아름다움 대신 이제 이상하게도 욕정에 사로잡힌 게르다의 일그러지고 정말 못생긴 얼굴이 시선에 들어왔다.

그런데 게르다는 깨어 있는 채로 기절한 듯한 이 상태에 오래 빠져 있지는 않았다. 아주 잠깐만 눈을 감았다고 생각했고, 울리히가 자기 얼굴에 키스하는 동안 이게 마치 무한한 공간과 시간 속에 놓인 별 같다고 생각했다. 그래서 이 과정이 얼마나 지속되고 어떻게 끝났는지 전혀 느끼지 못했다. 그의 입맞춤이 처음으로 열기를 잃었을 때 그녀는 이 상태에서 깨어나면서 다시 자기 두 다리로 서 있는 느낌이 들었다. 그녀가 방금 주고받은 이 키스는 꾸미거나 지어낸 환상이 아니라 현실에서 나온 욕망의 첫 키스였다. 몸속의 반향은 마치 이 순간 여자가 된 듯 엄청났다. 그런데 이 과정은 이를 뽑는 것과 비슷했다. 즉, 이전의 몸보다 분명 줄었음에도 오히려 이를 뽑고 나면 더 완벽해진 것 같은 느낌 말이다. 불안의 근원이 완전히 제거되었기 때문이다. 이와 비슷한 상태가 지나가자 게르다는 허리를 꼿꼿이 폈다. 속에서 새로운 결단력이 치솟은 것이다. "당신은 내가 무슨 말을 하려고 왔는지 아직 묻지 않았어요!" 그녀가 남자친구에게 말했다.

"나를 사랑한다는 말을 하려고?" 울리히가 나직이 대답했다.

"아뇨, 당신 친구 아른하임이 당신 사촌을 속이고 있다는 걸 말하러 왔어요. 그 남자는 사랑에 빠진 사람처럼 굴지만 실은 완전히 다른 목적이 있어요!" 게르다는 자기 아버지의 말을 전달했다.

울리히는 이 소식이 담고 있는 단순함에 깊은 인상을 받았다. 영혼의 날개를 활짝 펴고 가소로운 실망의 늪을 향해 날아가고 있는 디오티마에게 경고를 해야겠다는 의무감을 느꼈다. 이런 그림을 떠올리며 악의적인 쾌감도 없지는 않았지만 아름다운 사촌에 대한 연민도 느꼈기 때문이다. 그런데 무엇보다 게르다 아버지가 정말 진심으로 놀랍게 여겨졌다. 물론 그에게 큰 걱정을 안기려는 참이었지만, 울리히는 솔직히 믿음직스럽고 아름다운 확신으로 가득찬 피셸의 구닥다리 사업가적 오성에 경탄을 금치 못했다. 최근에 유행하는 위대한 정신의 비밀을 가장 간단하게 설명하는 데 성공한 사업가적 오성 말이다. 이로 인해 울리히의 기분은 게르다의 존재가 요구하는 부드러운 사랑의 감정에서 한참 멀어져 있었다. 며칠 전까지만 해도 이 처자에게 마음을 열 수도 있을 것 같다고 생각한 것이 스스로 놀라울 정도였다. 그는 생각했다. '사랑에 눈먼 두 천사의 신성모독적인 생각을 한스는 내면의 두번째 벽을 넘는다고 표현하겠지!' 이런 생각 속에서 울리히는 오늘날 레오 피셸을 비롯해 그 비슷한 생각을 가진 사람들의 합리적인 노력으로 삶이 취하게 된 객관적인 형상의 놀랄 만큼 매끈하고 단단한 표면을 손가락으로 어루만지는 듯한 느낌을 즐겼다. 이렇게 해서 그의 입에서는 이 말 한마디만 나왔다. "당신 아버지는 참 놀라운 사람이야!"

이 소식의 중요성을 확신하고 있던 게르다가 기대한 대답은 아니었다. 물론 어떤 전개를 기대하고 있었는지는 자신도 정확히 몰랐다. 그것은 대략 오케스트라 안에서 모든 악기가 일제히 연주하는 순간과 비슷했다. 그런데 게르다는 울리히가 갑자기 태도를 바꾸어 자신에게 무심함을 드러낸 순간 그가 항상 평균적인 것과 일상적인 것, 객관적인 것을 옹호하던 기억이 고통스럽게 찾아들었다. 왜냐하면 예전에는 이것이 다소 가시 돋쳐 있더라도 사랑의 진전으로 가는 길이라고 믿고 자신의 어린 영혼에서도 모범을 찾을 수 있다고 스스로를 납득시켰지만 지금, 그러니까 그녀의 내면에서 약간 유치한 상투어처럼 '둘의 사랑이 무르익었다'고 하는 지금에 이르러서는 경고의 뜻을 담은 모종의 절망적인 깨달음이 그녀에게 이렇게 말하고 있었다. 그녀가 모든 것을 바친 남자가 그녀를 충분히 진지하게 받아들이고 있지 않다고. 그전에 그녀가 얻은 자기 확신의 상당 부분이 다시 사라졌지만, 다른 한편으론 '진지하게 받아들여지지 않고 있다'는 사실이 놀랄 정도로 편안하게 느껴졌다. 한스와의 관계를 유지하기 위한 노력도 이 경우엔 불필요했다. 울리히가 아버지를 칭찬하자 게르다는 어떻게 그럴 수 있는지 이해할 수 없었지만, 한스 때문에 아버지의 마음을 상하게 함으로써 깨뜨린 막연한 질서가 복원되는 것을 느꼈다. 그녀는 과오를 통해 그 진가를 알게 된 가족의 품으로 돌아가는 이 특별한 경험에서 오는 부드러운 감정에 혼란스러워진 탓에 울리히의 팔을 살짝 뿌리치며 말했다. "우리는 일단 서로 인간적으로 이해할 필요가 있어요. 그 이후의 일은 자연스럽게 진행될 거예요!" 그녀가 속한 서클 '행동 공동체'의 강령에 나오는 말이었는데, 지금 한스 제프와 그 동지들로부터 남아 있는 것은 이 말이 유일했다.

울리히는 그녀의 어깨를 다시 팔로 감싸안았다. 아른하임에 관한 소식을 들은 뒤로 무슨 중요한 일이 자기 앞에 놓여 있는 것 같았지만, 그 전에 게르다와의 이 일부터 마저 끝내야 한다고 느꼈기 때문이다. 그러나 막상 일을 실행하려니 극도의 불쾌감밖에 들지 않았다. 그럼에도 앞서 퇴짜 맞은 팔을 다시 그녀의 어깨에 둘렀다. 이번에는 더이상 저항해도 소용없음을 어떠한 강제력 없이, 말보다 더 강렬한 무언의 눈빛에 실었다. 게르다는 이 팔에서 뿜어져나오는 수컷의 힘을 자신의 등뼈 아래서 느꼈다. 그래서 고개를 숙이고는 고집스레 무릎을 내려다보았다. 마치 이 일의 절정에 이르기 전에 울리히와 서로 '인간적으로 이해하는 데' 도움이 될 생각들을 마치 그곳에 앞치마처럼 모아두기라도 한 것처럼. 그런데 갈수록 얼굴이 점점 멍해지고 텅 비는 것 같더니 마침내 빈 그릇처럼 위로 들려 유혹자의 눈 아래에 놓였다.

그는 몸을 숙여 그녀의 얼굴에 살이 움직일 정도로 격렬하게 키스를 퍼부었다. 게르다는 자기 의지라고는 없는 사람처럼 일어나 그가 이끄는 대로 따랐다. 울리히의 침실까지는 열 걸음 정도밖에 되지 않았다. 그녀는 부상자나 중환자처럼 울리히에게 기대 침실까지 걸어갔다. 끌려가는 것이 아니라 자유의지로 발을 내디디면서도 한 걸음 한 걸음이 타인의 것처럼 낯설었다. 이런 흥분 상태에서도 내적 공허함이 느껴지는 것은 처음 경험했다. 몸속에서 피가 빠져나간 느낌이었다. 오슬오슬 추웠다. 게르다는 지나가면서 거울에 비친 자신의 모습을 보았다. 거울이 멀리 떨어져 있었음에도 구릿빛처럼 붉고 군데군데 창백한 지점이 있는 자기 얼굴을 알아보았다. 그러다 갑자기, 마치 사고를 당했을 때 극도로 예민해진 눈 속으로 전체 사건이 한꺼번에 쑥 들어오듯이 갖가지 소품이 널린 남자의 침실이 보였다. 어쩌면 자신이 좀더 영리하고 계산적이었다면 마치 그의 아내인 것처럼 이 방에 들어올 수도 있었으리라는 생각이 들었다. 그랬다면 무척 행복했을 것이다. 그녀는 자신이 이것으로 무슨 이득을 보려는 것이 아니라 오직 그에게 자기 몸을 선물하는 것뿐이라고 말하고 싶었다. 그러나 말이 나오지 않자 속으로 이렇게 혼잣말을 했다. '이럴 수밖에 없어!' 그녀는 목깃의 단추를 풀었다.

울리히는 그녀를 놓아주었다. 그러나 부드럽게 옷을 벗겨주는 사랑스러운 연인의 역할은 할 마음이 없는지 옆에 떨어져 자기 옷만 벗어 던졌다. 게르다는 늘씬하게 뻗은 남자의 단단한 몸을 보았다. 힘과 아름다움이 적절하게 섞인 균형 잡힌 몸이었다. 그녀는 아직 속옷을 입고 있었음에도 몸에 소름이 이는 것을 알아채고 덜컥 겁이 났다. 또다시 이런 자신을 도와줄 말을 찾았다. 이렇게 서 있는 자신이 너무 초라했던 것이다! 그녀는 울리히를 자신의 애인으로 삼을 수 있다는 말을 하려고 했다. 지금 하려는 짓을 할 필요가 없을 만큼 무한히 달콤한 상호 소멸의 방식으로 말이다. 그녀가 어렴풋이 상상하던 이 방식은 불명확하면서도 아름다웠다. 그녀는 순간적으로 팬지꽃처럼 줄지어 서서 신호 하나로 발아래에서 활활 타오르는 무한한 양초들의 들판에 그와 함께 서 있는 자신을 보았다. 하지만 그런 말은 한마디도 내놓을 수 없었기에 자신이 무척 추하고 비참하게 느껴졌다. 팔이 떨렸고, 옷을 끝까지 벗을 수가 없었으며, 핏기 없는 입술은 섬뜩할 정도로 소리 없는 움직임을 만들어내지 않으려고 꾹 다물고만 있었다.

이 대목에서 그녀의 내적 고통을 눈치챈 울리히는 많은 난관을 극복하고 예까지 온 모든 노력이 일거에 수포로 돌아갈 위험을 알아채고 그녀에게 다가가 어깨끈을 풀어주었다. 게르다는 소년처럼 침대 속으로 미끄러져 들어갔다. 울리히는 벌거벗은 젊은 처녀의 움직임을 잠시 지켜보았다. 그것은 물고기의 반짝거림만큼이나 사랑과는 무관했다. 그는 게르다가 이제 피할 수 없는 일이라면 가능한 한 빨리 끝내버리기로 결심했다고 짐작했다. 그녀를 따라 침대로 들어가는 순간, 타인의 몸속으로 격정적으로 밀고 들어가는 것이 금지된 비밀 은신처에 대한 어린아이의 애착과 얼마나 닮았는지 처음으로 명확히 깨달았다. 그의 손이 여전히 불안으로 우둘투둘한 그녀의 살에 닿았다. 순간 그 역시 끌리는 것이 아니라 섬찟 겁이 났다. 그는 반쯤 늘어지고 반쯤 미성숙한 이 육체가 마음에 들지 않았다. 지금 자신이 하는 일이 완전히 무의미하게 여겨졌다. 그냥 이대로 침대에서 도망치고 싶은 마음이 굴뚝 같았다. 실제로 그런 일이 일어나지 않게 하려면 여기에 어울리는 모든 생각을 동원해야 했다. 그렇게 해서 오늘날 사람들이 진지함과 믿음, 양심, 만족감 없이 하는 행동을 정당화하려고 들이대는 온갖 보편적 설명을 활용해 미친듯이 스스로를 납득시키는 일이 벌어졌다. 그런데 이런 노력에 저항 없이 스스로를 내맡기다보니 사랑의 감정은 아니지만, 살육과 욕정 살인, 혹은 자기만족적 자살이라는 것이 있다면 그런 것을 떠올리게 하는 반쯤 미친, 공허함의 악령에 사로잡힌 감정을 발견했다. 삶의 모든 이미지 뒤에 도사리고 있는 그런 공허함의 악령 말이다.

어떤 관련이 있는지는 몰라도 이 상황에서 그에게는 불현듯 부랑자와 싸웠던 그날 밤 일이 떠올랐다. 이번에는 다만 좀더 빨리 하기로 마음먹었다. 그런데 그와 동시에 경악스러운 일이 시작되었다. 게르다는 내면에 있는 모든 것을 의지력으로 끌어올려 자신을 괴롭히는 그 수치스러운 불안을 진압하는 데 사용하려 하고 있었다. 꼭 처형을 앞둔 사람이 된 기분이었다. 그런데 평소와 달리 이렇게 알몸인 울리히 옆에 누워 그의 손이 몸에 닿는 것을 느낀 순간 몸은 모든 의지를 내던져버렸다. 여전히 그녀는 가슴속 깊은 어딘가에서 형언할 수 없는 우정을 느꼈고, 울리히를 안고 머리에 입맞추고 그의 목소리를 입술로 쫓아가고 싶은 부드럽고 떨리는 갈망을 느꼈다. 자신이 그의 진짜 모습에 닿으면 마치 따뜻한 손 안에 쥔 눈처럼 녹아 없어질 것 같다는 상상도 했다. 그런데 그것은 지금 그녀에게 적의를 드러내고 그녀의 희생을 진지하게 받아들이지 않는 것처럼 보이는(그녀는 생각할 여유가 없었음에도 이렇게 짐작했다) 이 벌거벗은 남자가 아니라 평소처럼 옷을 입고 익숙한 자기 집에서 움직이는 또다른 울리히였다. 게르다는 갑자기 자신이 비명을 지르고 있음을 알아차렸다. 작은 구름처럼, 비누거품처럼 외마디 비명이 공중에 걸렸고 곧 다른 비명들이 뒤따랐다. 그것은 마치 그녀가 속에서 무언가와 싸우기라도 하듯 가슴에서 터져나온 낮은 비명이자, 높은 톤으로 우는 소리가 방울져 떠다니는 흐느낌이었다. 일그러지고 뒤틀린 입술은 치명적인 환희에 빠진 듯 젖어 있었다. 그녀는 벌떡 일어나려고 했으나 몸을 일으킬 수 없었다. 눈은 그녀의 말을 따르지 않았을 뿐 아니라 그녀가 허락한 적 없는 신호를 계속 보내고 있었다. 게르다는 마치 벌을 받을 처지에 놓인 아이처럼, 또는 병원에 가야 한다는 말에 미친듯이 안 가겠다고 울면서 자지러지는 바람에 한 발짝도 내밀지 못하는 아이처럼 용서를 빌고 자비에 호소했다. 그녀는 가슴으로 두 손을 끌어당겨 손톱을 세우며 울리히를 위협했다. 긴 허벅지를 필사적으로 오므리면서. 그녀 자신에 맞서는 몸의 이러한 저항은 엄청났다. 그녀는 극장에 있는 것 같은 느낌이 들었다. 그러니까 어두운 객석에 쓸쓸히 홀로 앉아, 무대에서 그녀의 운명이 비명 속에 격하게 상연되는 것은 물론이고 자신도 모르게 그 연극에 동참하는 것을 어쩌지 못하고 그저 바라만 보는 느낌이었다.

울리히는 베일에 가려진 듯한 그녀 눈 속의 작은 동공을 경악스럽게 바라보았다. 동공에서 나온 시선은 특이할 정도로 뻣뻣했다. 그는 넋이 나간 표정으로 소망과 금지, 영혼과 영혼 없음이 뭐라 표현할 수 없는 방식으로 뒤엉킨 이상한 움직임을 관찰했다. 그녀의 희멀건 살갗과 군데군데 빽빽하게 자란 부분만 붉은 빛을 띠는 검은 털이 그의 눈에 스치듯 포착되었다. 그녀가 히스테리 발작을 일으키기 직전이라는 사실이 서서히 분명해져갔다. 하지만 이런 상황에서 무엇을 해야 할지는 알지 못했다. 그는 그 끔찍한 고통의 비명이 한층 더 커질까 두려웠다. 문득 격하게 호통을 치거나 갑자기 때려서 이런 발작을 멈추게 할 수 있다는 기억이 났다. 또한 경악스러움과 연관된 이런 이해할 수 없는 일을 피할 방법을 막연하게 떠올리다가 좀더 젊은 남자라면 이런 상황에서 오히려 게르다를 좀더 거세게 몰아붙일 거라고도 생각했다. '어쩌면 그런 식으로 이겨내야 할지 몰라.' 그는 생각했다. '이 미련한 여자가 아무리 저런 모습을 보이더라도 결코 굴복해서는 안 될지 몰라!' 하지만 그는 그중 어떤 것도 실행에 옮기지 못했고, 다만 그런 화나는 생각만 뒤엉켜 사방으로 흩어질 뿐이었다. 왜냐하면 자신도 모르게 끊임없이 게르다에게 위로의 말을 건네고, 아무 짓도 하지 않을 거라고 약속하고, 아직 아무 일도 없었다고 설명하고, 용서까지 구했기 때문이다. 하지만 그와 동시에 자신이 전율 속에서 끌어모은 이 쭉정이 같은 말들이 무척 가소롭고 하찮게 여겨졌다. 계속 비명을 질러대는 입을 그냥 커다란 베개로 틀어막아버리고 싶은 유혹을 참아내야 할 정도로.

그런데 발작이 어느 순간 저절로 수그러들면서 몸도 안정을 되찾았다. 눈은 젖어 있었다. 게르다는 마침내 침대에 일어나 앉았다. 아직 의식의 통제에 들지 않은 몸에 작은 가슴이 힘없이 매달려 있었다. 울리히는 안도의 한숨을 내쉬었다. 그러면서 자신이 앞서 극복해야 했던 비인간적인 측면, 경험의 단순한 육체적인 측면에 대한 혐오감을 또다시 느꼈다. 이어 게르다에게 평소의 의식이 돌아왔다. 잠에서 깨어나기 전에 한동안 눈을 뜨고 있는 사람처럼 눈 속에서 무언가가 열리는 느낌이었다. 그녀는 영문을 모르겠다는 표정으로 일 초 정도 가만히 정면을 응시하더니 자신이 알몸임을 알아채고는 울리히에게 눈을 돌렸다. 얼굴에 피가 다시 거세게 물결치며 돌아오고 있었다. 울리히는 조금 전에 그녀에게 속삭였던 말을 반복하는 것 말고는 더 좋은 방법이 떠오르지 않았다. 그래서 그녀의 어깨를 안아 위로하듯 자신의 가슴으로 끌어당기며 지나간 일은 신경쓰지 말라고 했다. 이제 게르다는 발작이 일어나기 전의 상태로 돌아갔다. 그렇지만 이제 모든 것이 이상할 정도로 창백하고 쓸쓸해 보였다. 헝클어진 침대, 열심히 속삭이는 한 남자의 팔에 안긴 자신의 알몸, 자신을 이리로 오게 했던 감정들…… 그녀는 이 모든 게 무엇을 뜻하는지 알고 있었다. 그사이 무언가 끔찍한 일이 일어났다는 것도 알고 있었다. 다만 역겨우면서도 희미하게만 기억날 뿐이었다. 울리히의 목소리가 예전보다 한결 부드러운 것도 알아차렸지만, 자기를 아픈 사람으로 여기고 있기 때문인 듯했다. 그리고 자신을 아프게 한 사람이 울리히라고 생각했다. 하지만 이제는 어쨌거나 상관없었다. 말 한마디 없이 여기를 떠나고 싶은 것이 현재의 유일한 소망이었다. 그녀는 고개를 숙이며 울리히를 밀어내고는 셔츠를 들고 어린아이처럼 아무렇게나 머리서부터 꿰입었다. 옷이야 어떻게 입든 상관하지 않는 사람 같기도 했다. 울리히는 옷 입는 것을 도와주었다. 심지어 다리에 스타킹까지 직접 신겨주었다. 아이에게 옷을 입히는 느낌이었다. 게르다는 두 다리로 섰을 때 살짝 휘청거렸다. 지금 돌아가려는 부모의 집을 어떤 감정으로 나섰는지 기억이 났다. 시험을 통과하지 못했다는 생각에 깊은 좌절과 부끄러움을 느꼈다. 그녀는 울리히의 말에 한마디도 대꾸하지 않았다. 다만 현재 눈앞에 벌어지는 모든 일에서 아득히 떨어져 그가 예전에 농담으로 본인에 대해 했던 말이 떠올랐다.

외로움이 자신을 일탈로 유혹한다는 것이다. 그런 그에게 화가 난 것은 아니었다. 다만 다시는 그가 하는 말을 듣고 싶지 않았다. 그가 택시를 불러주겠다고 했지만, 그녀는 고개를 흔들고 헝클어진 머리에 모자를 쓴 뒤 그에게 눈길 한 번 주지 않고 떠났다. 그녀가 베일을 손에 든 채 떠나는 것을 보면서 울리히는 자신이 어쩔 줄 모르고 서 있는 어린아이처럼 여겨졌다. 이대로 그녀를 보내서는 안 된다는 생각이 들면서도 그녀를 만류할 방법이 떠오르지 않았기 때문이다. 게다가 그녀에게 옷을 입혀주느라 정작 자신은 옷을 반밖에 걸치지 않아 현재의 진지한 상황에 제대로 맞설 준비가 안 되어 있기도 했다. 마치 옷을 다 갖추어 입어야만 자기 일을 결정할 수 있기라도 한 것처럼.

120. 평행운동이 소요를 부르다

시내 중심부에 들어선 순간, 사람들이 여느 때와 다름없이 걸어다니고 차량과 전차도 평소처럼 지나다니고 있었음에도 발터는 무언가 심상치 않은 분위기를 느꼈다. 가끔 여기저기서 이례적인 움직임이 보였지만 명확한 형체로 형성되기 전에 다시 해체되어버렸다. 그럼에도 모든 것에는 특정한 끝을 가리키는 작은 신호가 부착되어 있는 듯했다. 발터도 몇 발짝 안 가서 자신에게서 이 신호를 느꼈다. 그는 이 방향을 따라가면서, 자신이 문화재청 공무원 신분도 아니고 투쟁하는 화가이자 음악가도 아니고, 심지어 클라리세의 괴로워하는 남편도 아닌 전혀 다른 사람이 된 듯한 느낌에 빠졌다. 거리도 원래의 활기와 잘난 척 거드름을 부리는 건물들과 더불어, 발터의 표현대로 하자면 '기대 상태'에 빠져들고 있었다. 한 크리스털의 단단한 면들이 용해제로 녹아내리기 시작하더니 다시 예전 상태로 돌아가는 인상을 받았기 때문이다. 미래의 혁신에 반대하는 보수적인 성향이라고는 하지만 그는 현재의 것에 언제든 유죄판결을 내릴 준비가 되어 있었다. 지금 느껴지는 기존 질서의 해체는 기분좋은 자극으로 다가왔다. 그는 인파 속의 사람들을 보면서 자신의 꿈을 떠올렸다. 그들에게서는 유연한 서두름의 인상이 흘러나왔고, 오성과 도덕, 영리한 보호책에 뿌리를 둔 평범한 통일성보다 훨씬 근원적인 느낌의 통일성이 그들을 자유롭고 느슨한 공동체로 만들고 있었다. 그는 이들을 보면서 끈을 풀러도 따로따로 떨어지지 않고 한데 뭉쳐 있는 커다란 꽃다발이 생각났다. 또한 벗은 몸이 떠오르기도 했다. 말을 하지 않고 말할 필요도 없이 그저 살며시 웃고 있는 그런 나신 말이다. 걸음을 재촉하다가 곧 대기중인 대규모 경찰 부대를 만났을 때도 그의 생각은 전혀 지장을 받지 않았다. 오히려 그는 이 광경이 경보를 기다리는 군인들의 야영지처럼 황홀했다. 말 옆에 선 붉은 목깃 제복의 기병과 진격이나 후퇴를 알리는 개별 부대원들의 움직임이 그의 감각을 전투적으로 벼렸다.

저지선이 아직 명확히 그어지지는 않았지만 이 선 뒤쪽 거리의 어두운 모습이 퍼뜩 눈에 들어왔다. 길거리에 여자들은 거의 보이지 않았다. 평소라면 골목에서 어슬렁거리던 알록달록한 제복의 장교들도 이제 온몸이 팽팽한 긴장감에 감싸여 있는 듯했다. 그런데 많은 사람들이 발터처럼 도심 쪽으로 움직이려 했고, 그들의 움직임이 만들어내는 인상은 예전과 달랐다. 마치 돌풍에 휩쓸려가는 왕겨나 잡동사니 같다고 할까? 곧 이들에게서 첫 무리가 형성되었다. 호기심뿐 아니라, 다시 없을 이 매력적인 사건을 계속 쫓을지 말지 결정하지 못해 한덩어리로 뭉치게 된 무리였다. 발터가 던진 질문에 군중 속에서 다양한 답이 돌아왔다. 혹자는 이것이 위대한 애국 행렬이라고 답했고, 혹자는 너무 극렬한 애국주의에 반대하는 시위라는 말을 들었다고 했다. 사람들의 의견은 다음 문제에서도 갈렸다. 대다수의 믿음처럼, 이 대대적인 시위가 슬라브 계열의 소수 민족들에게 너무 많은 것을 양보하는 정부에 항의하는 범게르만주의자들의 시위인지, 아니면 끊임없이 발생하는 소요에 반대 의사를 밝히기 위해 모든 애국적 카카니엔인들이 어깨를 걸고 나온 친정부 시위인지, 하는 문제 말이다. 물론 이런 사람들만 있었던 것은 아니고, 발터처럼 그냥 따라다니는 단순 참가자들도 있었다. 여기 시위 현장에서 들은 말은 이미 사무실에서 다 들은 것들이지만 수다떠는 버릇을 억누르지 못해 사람들에게 계속 질문을 던졌다. 함께 대오를 이룬 사람들이 자기들도 여기서 무슨 일이 벌어지는지 모른다고 하건 자신들의 호기심을 웃음거리로 삼건 상관없이 그는 계속 전진해갈수록 사람들이 모두 한마음으로 여기서 마침내 무슨 일이 일어날게 틀림없다고 이야기하는 소리를 듣게 되었다. 누구도 그게 무슨 일인지는 구체적으로 설명할 준비가 되어 있지 않았지만 말이다. 어쨌거나 이런 식으로 계속 나아갈수록 사람들의 얼굴에는 점점 이성이 빠져나가고 비이성적인 것이 흘러넘치는 것 같았다. 여기서 무슨 일이 벌어지건, 이 일이 자신들을 어디로 몰고 가건 상관없이 오직 자신들을 극도로 흥분시키는 이례적인 일이 일어나기만 하면 그것으로 충분하다고 여기는 듯했다. 여기서 '극도로 흥분시키는' 일이라고 해도 결국 일상적인 가벼운 흥분을 의미하는, 약한 강도의 단어일 뿐이었지만 사람들은 그 속에서 과거의 잊고 있던 황홀함이나 성스러움과 아득하게 비슷한 무언가를 느끼고 있었다. 마치 그러한 것들이 옷이나 피부를 뚫고 뛰쳐나올 채비를 무의식적으로 하고 있다고 할까!

발터는 사람들과 추측을 주고받고, 별로 체질에 맞지 않는 것들에 대해 얘기하면서 남들과 줄을 맞췄다. 기다리는 사람들과 미적거리는 사람들로 이루어진 파편 같은 무리들이 하나의 행렬을 형성했다. 이 행렬은 앞쪽 어딘가에 있을 모종의 현장을 향해 전진했고, 그 과정에서 의도하지 않았음에도 내부의 밀도와 힘은 점점 뚜렷이 증가했다. 그러나 감정적인 면으로 보면, 이들은 아직 토끼 굴 주변만 날래게 움직이다가 위험이 감지되면 언제든 굴속으로 도망칠 준비를 하는 토끼들과 비슷했다. 보이지 않는 어수선한 행렬의 선두에서부터 후미까지 좀더 분명한 위험 신호가 전달된다면 말이다. 어딘가에서 이미 한바탕 '전쟁'을 치르고 돌아온 대학생들과 청년 무리가 선봉에 합류했다. 알아듣지 못할 소리가 앞에서 들려왔고, 토막 난 소식과 말없는 흥분의 파도가 앞에서 뒤로 밀려왔다. 그것은 각자 성정에 따라, 그리고 어떻게 받아들이느냐에 따라 분노나 공포, 투쟁욕, 도덕적 명령으로 확산되었다. 이제 사람들은 안을 들여다보면 제각기 달라 보이는 매우 평범한 생각들로 추동되는 하나의 상태 속에서 전진해나갔다. 의식을 지배하는 위치에 있음에도 그 자체로는 별 의미가 없어, 머리보다는 근육에 영향을 주는 방식으로 모두를 하나의 공통된 활력으로 묶는 생각들이다. 행렬 중간에 있던 발터도 이제 그에 전염되었고, 얼마 지나지 않아 술에 취하기 시작할 때와 비슷한 흥분의 진공상태에 빠졌다. 각자 다른 의지를 가진 개인들을 한순간에 단일한 의지의 군중으로 만드는 그런 변화가 어떻게 생기는지는 아무도 모른다. 군중을 이루는 개인들이 대개 평생을 절제와 신중함이라는 것 속에서 살아오고도 어떻게 선악을 극단으로 밀고 나가는 재주만 있고 무언가를 깊이 생각하는 재주는 없는 군중이 되는지 말이다. 감정의 배출구 없이 계속 흥분하기만 하는 군중은 의외의 순간에 펼쳐진 어떤 길에서든 모든 에너지를 방출하고자 한다. 그런 이들은 군중 속에서도 가장 흥분 잘하고, 가장 예민하고, 가장 압박에 취약한 사람들일 가능성이 높다. 또한 앞장서서 길을 열고, 갑작스러운 폭력 행위나 감동적인 의협심을 보이는 극단적인 사람들도 거기에 포함된다. 그들은 군중 속에서 가장 내적 저항이 작은 점들이다. 그들이 직접 지르기보다 그들의 선동으로 더 많이 나오는 외침, 그들의 손에 들어간 돌멩이, 그들이 폭발시키는 감정, 이것들이 길을 열어준다. 그리고 참을 수 없는 단계로까지 서로의 흥분을 상승시킨 다른 사람들이 미친듯이 그 길을 밀고 나아간다. 그들은 주위의 행위에 반은 강요로, 반은 해방으로 느껴지는 집단적 성격을 부여한다.

그런데 모든 시합의 관객이나 연설 현장의 청중에게서도 관찰되는 이런 흥분 상태와 관련해서, 감정 발산의 심리학보다 더 중요한 것은 그 상태가 왜 생겨나느냐는 것이다. 정말 삶의 의미라는 것이 있다면 삶의 의미가 없다고 말하는 것조차 나름의 의미가 있고 정신적 결함의 부수 현상이어서는 안 되기 때문이다. 이제 발터는 어쩌다보니 이런 부분을 남들보다 더 잘 알게 되었고, 그 개선책도 적지 않게 떠올리고 있었다. 그래서 해일과 같은 사람들의 감정에 열광하는 가운데에도 김빠진 일상적인 감정을 방패 삼아 그에 휩쓸리지 않으려고 끊임없이 저항했다. 그때 머릿속에 섬광이 일면서 클라리세가 보였다. '클라리세가 여기 오지 않아 다행이야.' 그는 생각했다. '여기 왔더라면 분명 이 압력을 견디지 못했을 거야!' 그런데 이 생각은 콕콕 찌르는 아픔 때문에 지속되지 못했다. 클라리세가 그에게 보여준 너무나 분명한 광기의 인상이 떠올랐던 것이다. '클라리세가 미친 것을 그렇게 오랫동안 모르고 있었던 걸 보면 나도 미쳤는지 몰라.' 그는 생각했다. '지금은 아니더라도 클라리세와 계속 살면 나도 곧 미쳐버릴 거야!' '그럴 리가 없어!' '아냐, 확실해!' 또 이런 생각도 들었다. '클라리세의 사랑스러운 얼굴도 내 두 손 안에만 들어오면 흉측하게 변해버려!' 그런데 그는 이 모든 걸 더는 제대로 생각할 수 없었다. 일말의 희망도 없이 절망이 의식을 덮었기 때문이다. 다만 이 아픔에도 불구하고 클라리세를 사랑하는 것이 여기서 이 사람들을 쫓아다니는 것과는 비교할 수 없을 정도로 아름답게 느껴졌다. 그는 불안에서 벗어나려고 행진 대열 속으로 더 깊이 파고들었다.

그사이 울리히는 발터와 다른 길로 라인스도르프 백작의 궁전에 도착했다. 성문 안으로 들어가니 입구에 보초가 두 명 서 있고, 안뜰에는 상당수의 경찰기동대가 대기하고 있었다. 백작은 평소와 다름없이 그를 맞았지만, 자신이 백성들에게 불만의 표적이 된 사실은 벌써 알고 있는 듯했다. "아무래도 내가 전에 자네한테 말했던 건 취소해야겠네." 백작이 말했다. "많은 백성이 좋아하는 일이라면 분명 뭔가 쓸모가 있을 거라고 했는데, 거기엔 당연히 예외가 있지!"

곧이어 집사가 올라와 그사이 들어온 정보를 전달했다. 시위 행렬이 점점 이 궁으로 접근해 오고 있다는 소식이었다. 이와 연결해서 집사는 조심스럽게 문과 창 덧문을 닫아야 하지 않을까 물었다. 백작은 고개를 흔들었다. "그럴 필요까지 있겠어!" 백작이 짐짓 대수롭지 않다는 듯 대꾸했다. "만일 그랬다가는 우리가 겁이라도 먹은 줄 알고 놈들이 얼마나 기뻐하겠어? 게다가 우리한테는 경찰에서 보내준 경비 병력도 있잖아!" 그런데 이어 백작은 울리히에게 몸을 돌리더니 몹시 속상한 어조로 말했다. "그래, 와서 우리집 창문을 박살내보라고 해! 내가 늘 얘기했지. 지성인인가 뭔가 하는 그 똑똑한 작자들한테서는 아무것도 기대할 게 없다고!" 기품 있고 차분한 그의 얼굴 안쪽에서는 깊은 분노가 부글부글 끓고 있는 듯했다.

시위대가 접근해 오자 울리히는 창가로 다가갔다. 길가에서는 경찰들이 일제히 움직이고 있었는데, 그 바람에 구경꾼들은 밀집한 시위대가 일으키는 먼지구름처럼 흩어져버렸다. 시위대 행렬 중간중간에는 차량들이 꼼짝도 못한 채 서 있고, 그 주위에는 위를 향한 얼굴들의 해체된 거품이 춤을 추듯 끝없는 검은 파장 속에서 거칠게 넘실대고 있었다. 궁의 창문에서도 시위대 선봉이 보이는 순간 어떤 명령에 의해 시위대의 걸음이 느려지는 것 같더니 곧 정체의 물결이 뒤로 이어졌고, 진격하던 대열들은 더이상 나아가지 못하고 단단히 밀집되었다. 마치 일격을 날리기 전에 팽팽하게 긴장된 근육 같아 보였다. 바로 다음 순간 이 주먹이 기괴한 형태로 공중을 갈랐다. 이것은 육체적인 타격이 아닌 분노의 외침으로 이루어져 있었으며, 소리로 듣는 것보다 벌어진 입을 보고 먼저 알 수 있었다. 시위대가 현장에 모습을 드러내는 순간 공격에 공격이 이어지면서 사람들은 얼굴을 들어 위를 보았고, 뒤 열의 함성이 앞 열의 함성에 덮였기에 멀리서 보면 이 광경은 끊임없이 반복되는 것처럼 보일 수도 있었다.

"천한 아가리들 같으니!" 어느 틈에 다가와 울리히 뒤에 서 있던 라인스도르프 백작이 말했다. 그것도 일상의 빵처럼 확고부동한 말인 듯 아주 진지하게. "근데 저자들은 대체 뭐라고 외치고 있나? 너무 시끄러워 들리지가 않아."

울리히는 그들이 주로 '우우' 하고 야유를 보내고 있다고 말했다.

"그런 것 같기는 한데…… 다른 소리는 없나?"

울리히는 묵직하게 난무하는 야유의 함성 속에서 드물지 않게 '라인스도르프를 때려눕혀라!'라고 길게 늘어지는 외침이 들려온다고 솔직하게 털어놓지 못했다. 심지어 반복되는 '독일 만세'의 외침 가운데 '아른하임 만세!'도 들은 듯했다. 그러나 확신하지는 못했다. 소리가 두꺼운 유리창에 막혀 명확하게 들리지 않았기 때문이다.

울리히는 게르다가 떠나자마자 이리로 왔다. 아른하임에 대해 알게 된 뜻밖의 소식을 최소한 라인스도르프 백작에게는 전해야 한다고 생각한 것이다. 그런데 아직 그에 관해 입도 벙긋하지 못했다. 그는 창문 아래 군중들의 어두운 움직임을 지켜보았다. 문득 장교 시절의 기억이 떠오르면서 경멸감에 휩싸였다. 속으로 이렇게 중얼거렸기 때문이다. '일개 중대만 있으면 저것들을 깨끗이 쓸어버릴 텐데!' 그의 눈앞에 마치 위협적으로 크게 벌린 저 입들이 갑자기 겁에 질려 거품을 무는 하나의 아가리로 바뀌는 광경이 떠올랐다. 입 가장자리는 두려움으로 축 늘어져 있고, 입술은 망설이듯 슬그머니 치아를 덮었다. 그러다 그의 판타지는 위협적인 검은 군중을, 개가 뛰어들어 일거에 헤집어버리는 바람에 혼비백산해서 달아나는 닭의 무리로 바꾸어놓았다! 마치 울리히 내면의 모든 악이 다시 한번 강하게 경련을 일으킨 듯했다. 그러나 도덕적인 인간이 무자비하게 폭력을 휘두르는 사람 앞에서 주춤주춤 물러나는 것을 관찰하면서 느꼈던 예전의 쾌감은 여전히 양날의 검 같았다.

"자네 무슨 일 있나?" 라인스도르프 백작이 물었다. 울리히 뒤에서 이리저리 서성이다가 갑자기 그의 이상한 몸놀림에서 실제로 날카로운 칼날에 베인 듯한 인상을 받은 것이다. 주위에는 그럴 만큼 날카로운 것이 전혀 없는데도 말이다. 백작은 대답을 듣지 못하자 걸음을 멈추고 고개를 흔들더니 말했다. "우리는 폐하께서 백성들에게 그들의 문제를 함께 결정 내릴 수 있는 권한을 주시겠다고 한 그 너그러운 결정이 그리 오래전의 일이 아님을 잊어서는 안 되네. 물론 모든 방면으로 지존의 신뢰를 받을 만큼 정치적으로 성숙되지 않은 것도 충분히 이해할 수 있지. 우리의 첫 회의에서 내가 바로 이 이야기를 했던 것으로 기억하는데……"

이 말을 들으며 울리히는 백작이나 디오티마에게 아른하임의 계략을 알려줘야겠다는 생각을 포기했다. 갖가지 적대감에도 불구하고 다른 이들보다 오히려 아른하임이 더 가깝게 느껴진 것이다. 마치 큰 개가 울부짖는 아이를 덮친 것과 비슷하게 자신이 게르다를 덮쳤다는 생각에 계속해서 괴로움을 느끼고 있음을 이제야 알아차렸지만, 아른하임이 디오티마에게 했던 비열한 짓거리를 생각하자 즉시 그 기억이 물러갔다. 초조하게 기다리던 두 영혼 앞에서 극적인 장면을 연출했던, 비명을 지르던 그 몸과의 일화에서는 사람에 따라 익살스러운 면도 볼 수 있었다. 울리히가 라인스도르프에게 주의를 돌리는 대신 계속해서 뭔가에 홀린 듯 내려다보고 있던 아래쪽 사람들도 하나의 희극을 상연하고 있을 뿐이었다. 그를 매료시킨 것은 바로 이것이었다. 겉으로 보이는 것과 달리 그들은 누군가를 공격해서 갈가리 찢으려는 마음이 없었다. 굉장히 격분한 척만 할 뿐 불을 뿜는 총구로 달려갈 진지함도, 불구덩이로 뛰어들 소방대원의 진지함도 엿보이지 않았다! '아냐, 그들이 지금 하고 있는 건 일종의 제식에 가까워.' 그는 생각했다. '깊이 모욕당한 감정의 신성한 유희이자, 개인이 전적으로 진지하게 받아들일 필요는 없는, 문명과 야만이 반반씩 섞인 고대 공동체적 의식의 유산이기도 해!' 그는 이들이 부러웠다. '최대한 불편한 분위기를 만들려는 지금 이 순간에도 그들은 얼마나 편안해 보이는가!' 외로움에 맞서는 군중의 보호막이 밑에서 빛이 되어 올라왔고, 자신은 여기 위에 그런 보호막 없이 서 있어야 한다는 사실이 운명의 표현처럼 여겨졌다. 한순간 건물 벽과 접합된 두꺼운 유리창 너머 자신의 모습을 거리 쪽에서 생생하게 보는 듯했다. 만일 자신이 지금 분노를 터뜨리거나, 아니면 여기 있는 이들과 한마음이라는 걸 증명하려고 라인스도르프 백작을 대신해 대기중인 경비 병력에게 경보를 내린다면 운명이 나아질 것 같다는 느낌이 들었다. 왜냐하면 동시대인들과 카드놀이를 하고, 흥정을 하고, 싸우고, 즐거움을 나누는 사람은 이따금 그들을 쏘더라도 전혀 이상할 것이 없기 때문이다. 울리히는 지금 이런 생각에 빠져 있었다. 삶과 친하게 지내는 방법이 있다. 남의 시선을 걱정할 것 없이 자신의 삶을 살고, 그와 마찬가지로 타인에게도 그네들의 삶을 살게 하는 것이다. 이것은 어쩌면 특이한 법칙일 수도 있지만, 자연스러운 본능 못지않게 확실하다. 왜냐하면 그 법칙에서 행실 바른 인간의 믿을 만한 냄새가 흘러나오기 때문이다. 삶과 타협할 능력이 없는 사람, 즉 외롭고 인정사정없고 진지한 사람은 애벌레와 마찬가지로 위험하지는 않지만 역겨움을 불러일으키는 방식으로 타인을 불안하게 한다. 이제 울리히는 고독한 인간의 부자연성과 자신의 사고실험에 대한 혐오감으로 몹시 우울해졌다. 자연스러운 공통의 감정으로 사납게 요동치는 군중들을 보면서 그런 기분이 들었다.

시위는 그사이 점점 격렬해졌다. 라인스도르프 백작은 방 안쪽에서 흥분해서 이리저리 서성였고, 이따금 또다른 창문으로 밖을 내다보았다. 내색은 안 했지만 무척 곤혹스러운 듯했다. 돌출한 두 눈은 얼굴의 연한 주름 속에 단단한 돌 구슬처럼 박혀 있었고, 뒷짐을 진 팔은 간혹 가혹한 시련을 만난 것처럼 앞으로 뻗어 나왔다. 울리히는 문득 사람들이 계속 창가에 서 있는 자신을 백작으로 여기고 있음을 알아차렸다. 아래쪽 사람들은 모두 그의 얼굴을 보고 있었고, 손에 든 몽둥이도 그를 향해 휘둘렀다. 거기서 몇 걸음 떨어지지 않은 곳, 그러니까 길이 굽어져 무대배경 뒤로 사라지는 듯한 곳에서는 벌써 대다수 사람들이 분장을 지우고 있었다. 보는 사람도 없는데 계속 인상을 쓰고 있어봤자 아무런 의미가 없을 테니까. 그 순간 그들의 얼굴에서는 아주 자연스러운 방식으로 흥분기가 사라졌다. 심지어 소풍이라도 온 것처럼 즐거운 표정을 지으며 웃는 사람도 적지 않았다. 그것을 지켜보던 울리히도 웃었다. 그런데 뒤이어 도착한 사람들은 백작이 창가에 서서 웃고 있다는 생각에 화가 하늘 끝까지 치솟았다. 그럴수록 울리히의 얼굴엔 웃음이 가득 퍼져나갔다.

그러다 갑자기 역겹다는 생각이 들어 그의 얼굴에서 웃음기가 사라졌다. 그의 눈은 여전히 위협하는 입들과 밝은 얼굴들을 번갈아 바라보았고, 그의 마음이 이러한 인상을 계속 받아들이기를 거부하는 동안 그에게 이상야릇한 변화가 생겼다. '나는 더이상 이 삶을 이대로 밀고 나갈 수 없고, 이 삶에 반기를 들 수도 없어!' 그는 이렇게 느끼면서도 동시에 자기 뒤에 어떤 방이 있음을 느꼈다. 커다란 그림들이 벽에 걸려 있고, 앙피르양식의 긴 책상이 있고, 종을 당기는 줄과 창문 커튼의 뻣뻣한 수직선이 있는 방이었다. 이 방은 작은 무대 같은 곳이었고, 거기서 삐죽 튀어나온 또다른 앞무대에 그가 서 있었다. 밖에서는 좀더 큰 무대 위에서 사건들이 지나가고 있었다. 이 두 무대는 아주 독특했다. 자기들 사이에 서 있는 울리히를 깡그리 무시하고 하나로 융합되는 독특한 방식을 갖고 있었다. 이어 그의 등뒤에 그런 방이 있다는 느낌이 쪼그라들더니 뒤집어졌다. 무언가 울리히를 관통해 지나가거나, 무척 부드러운 무언가가 그를 휘감고 흘러가는 느낌이라고 할까! '공간의 이상한 습격이군!' 그는 생각했다. 사람들이 울리히 뒤를 지나갔고, 그는 그들을 관통해 무無의 상태에 이르렀다. 아니 어쩌면 그들이 울리히의 앞과 뒤를 지나갔을 수도 있었다. 그는 실개천의 일정하면서도 시시각각 변하는 물결에 찰랑거리는 돌멩이처럼 그 사람들에 의해 씻겨나갔다. 이것은 어렴풋하게만 이해할 수 있는 과정이었다. 그 과정에서 특히 울리히가 주목한 것은 그 자신이 빠져 있던 상태의 투명함과 공허함과 고요함이었다. '인간은 자신의 공간에서 나와 숨겨진 제2의 공간으로 들어갈 수 있을까?' 울리히는 생각했다. 자신이 방금 우연의 힘에 의해 비밀스러운 연결 문을 지나온 듯한 기분이 들었기 때문이다.

울리히는 라인스도르프 백작이 놀라 걸음을 멈출 정도로 온몸을 격하게 흔들어 이 꿈들을 떨쳐버렸다. "자네 오늘 대체 왜 그러나?!" 백작이 물었다. "이 일을 너무 심각하게 받아들이고 있는 모양이야! 내 생각은 여전히 확고해. 비독일인들을 이용해서 독일인들을 끌어들여야 한다는 거지. 고통이 따르더라도 말이야!" 이 말을 들으면서 울리히는 그제야 다시 웃을 수 있었고, 주름과 팬 곳이 많은 백작의 얼굴을 감사해하며 바라보았다. 문득 비행기를 타고 착륙할 때의 특별한 순간이 떠올랐다. 땅이 그전까지는 지도에서와 같이 몇 시간이나 평평하다가 육감적인 등고선의 형태로 일어서고, 지상의 일들이 땅 자체에서 자라듯 예전의 의미를 되찾는 순간이다. 그런데 이해할 수 없게도, 이 순간 범죄를 저질러야겠다는 생각이 동시에 치솟았다. 아니, 어쩌면 그것은 구체적인 생각이라기보다 형체 없이 슬쩍 스치고 지나가는 착상일지 모른다. 그는 지금 관련있는 어떤 생각도 하지 않았기 때문이다. 모스브루거와 관련해서 떠올랐을 가능성은 있었다. 내심 그 백치를 도와주고 싶었던 것이다. 두 사람이 공원의 한 벤치에 우연히 함께 앉을 때처럼 운명이 울리히와 연결시킨 그 백치 말이다. 그런데 그가 이 '범죄' 속에서 발견한 것이라고는 스스로를 추방하거나 남들과 사이좋게 어울리는 삶을 떠나고자 하는 욕구뿐이었다. 반국가적이고 반인간적이라고 할 수 있을 이런 태도, 그러니까 수천 가지 근거가 있고 충분히 가치를 인정받을 수 있는 이 감정은 무언가에서 생겨난 것이 아니었고, 무엇으로도 증명할 수 있는 것이 아니었다. 그저 존재할 뿐이었다. 울리히는 자신의 삶이 항상 이런 태도를 수반했다고 기억했지만, 이처럼 강렬하게 느낀 적은 드물었다. 지금껏 지상의 모든 혁명에서는 늘 정신적인 인간이 피해를 봤다고 할 수 있다. 혁명이란 무릇 새 문화를 만들어내겠다는 약속으로 시작해서 인간 정신이 그때까지 이루어낸 것들을 마치 적의 소유물처럼 일소하고, 기존의 낡은 고지를 넘기 전에 다음 혁명에 추월당한다고 할 수 있다. 따라서 문명시대라 부르는 것도 앞으로 나아가려는 모든 실패한 시도들의 기나긴 우회로의 역사에 지나지 않는다. 이러한 일련의 역사에서 벗어나고자 하는 생각은 울리히에게 전혀 새롭지 않았다! 다만 거기서 새로운 것은 그 속에서 벌써 생성중인 듯 보이는 어떤 행동, 어떤 결정의 신호가 점점 커지고 있다는 사실뿐이었다. 그는 이 결정과 행동에 구체적 내용을 부여하려는 노력은 조금도 하지 않았다. 대신 잠시 그의 가슴을 가득 채운 감정이 있었다. 지금껏 너무 질려버린 일반적이고 이론적인 것에 다시는 천착하지 않고, 그의 피와 팔다리가 함께하는 정말 개인적이고 활동적인 것을 감행해야 한다는 감정이었다. 그는 의식에 아직 포착되지 않은 이 이상한 '범죄'의 순간에 더는 세상에 맞설 수 없으리라는 걸 알고 있었지만, 이것이 왜 그리 열정적이고 부드럽게 느껴졌는지는 신만이 알고 있을 듯했다. 이 느낌은 조금 전에 그가 특별하게 경험한 것, 즉 창문 안팎에서 일어난 사건들이 뒤섞인 기괴한 공간의 기억과 연결되어 있었다. 울리히는 매 순간 이 기억들의 약화된 메아리를 세계와의 어두운 흥분 관계 속으로 불러낼 수 있었다. 아마 좀더 오래 숙고할 시간이 있었다면 그는 이 관계를, 여신들에게 구애하고 잡아먹힌 신화 속 영웅들의 전설적인 환희와 결부시켰을 것이다.

울리히의 숙고는 라인스도르프 백작에 의해 중단되었다. 백작은 그 사이 내면의 싸움을 끝냈다. "저 폭도 놈들을 제압하려면 나는 여기서 꿋꿋이 버텨야 해." 백작이 입을 열었다. "그래서 난 여길 떠날 수 없어!

그러니 자네가 지금 최대한 빨리 자네 사촌한테 달려가게. 사촌이 이 사태에 겁을 먹고 기자들한테 상황에 적절치 않은 말을 흘리기 전에! 가서 이렇게 말하게……" 백작은 마음의 결정을 내리기 전에 다시 한 번 진중하게 생각했다. "그래, 이렇게 말하는 게 좋겠어. 강력한 해결책은 항상 강한 반향을 불러일으킬 수밖에 없다고! 그리고 삶을 개선하려는 사람은 위기 상황에서 화형대나 단두대를 사용하는 걸 두려워해서는 안 된다고!" 백작은 또다시 생각에 잠겼다. 그런데 이번에는 단호한 태도에 약간의 불안감이 섞여 있는 듯했다. 턱수염이 아래위로 오르내리면서 막 뭔가를 말하려고 하는 것 같더니 이내 다시 생각에 잠겼기 때문이다. 그러나 결국엔 타고난 긍정의 힘으로 갈등을 이겨내고 말을 이어갔다. "자네 사촌한테 이 말도 분명히 전하게. 불안해해서는 안 된다고, 절대 두려워하지 말라고! 저런 야만적인 것들은 두려워할 필요가 없어. 속에 더 많은 것을 품고 있을수록 기회만 생기면 재빨리 현실에 적응하는 놈들이니까. 자네도 알고 있는지 몰라도, 실권을 잡고 나서도 계속 반대만 하는 야당을 난 한 번도 본 적이 없어. 얼핏 들으면 그저 그런 당연한 말 같지만 그게 그렇지가 않아. 무척 중요한 이야기지. 이렇게 표현해도 된다면, 바로 거기서 정치의 토대와 기준, 지속성이 나오니까!"

121. 대담

울리히가 디오티마의 집에 도착했을 때 라헬은 문을 열어주면서 안

주인이 지금 집에 없다고 전했다. 다만 아른하임 박사가 안에서 디오티마를 기다리고 있다고 덧붙였다. 울리히도 들어가 기다리겠다고 했다. 그런데 자신을 본 순간 이 어린 친구가 후회감에 얼굴을 붉힌 것은 눈치채지 못했다.

거리에서는 여전히 소요의 물결이 일렁이고 있었다. 창가에 서 있던 아른하임은 울리히를 보자 악수를 하려고 다가갔다. 망설이듯 찾아온 이 뜻밖의 만남으로 아른하임의 얼굴은 생기를 띠었다. 그러나 그는 신중을 기하고자 했고, 첫마디를 어떻게 꺼내야 할지 알지 못했다. 울리히도 갈리시아 유전 이야기를 바로 꺼내야 할지 결정을 내리지 못하고 있었다. 그래서 두 남자는 인사말을 나눈 뒤 곧 침묵에 빠졌고, 이윽고 창가로 함께 걸어가 거리의 흥분을 묵묵히 내려다보았다.

얼마 뒤 아른하임이 말했다. "난 도무지 당신을 이해하지 못하겠어요. 글을 쓰는 것보다 삶을 직접 장악하는 것이 훨씬 더 중요하지 않을까요?!"

"나는 글을 쓰지 않습니다." 울리히가 간결하게 대답했다.

"그거 듣던 중 반가운 소리요!" 아른하임은 상대의 대답에 적절하게 응수했다. "글을 쓰는 건 진주가 그렇듯 일종의 병입니다. 저길 보세요……" 그가 잘 관리된 손가락 두 개로 거리의 움직임을 가리켰다. 재빠른 손짓이었지만 교황의 축복 같은 것이 담긴 움직임이었다. "저들은 개별적으로, 아니면 무리를 지어 움직이고 있어요. 저러다 가끔 내면에서 입이 쩍 벌어지면서 소리를 지르죠! 상황만 다르다면 저들도 그럴 때 글을 쓰겠죠. 그 점에선 당신 말이 맞습니다!"

"당신도 유명한 저술가이지 않습니까?!"

"아, 그건 아무 의미 없습니다!" 아른하임은 기품 있는 방식으로 이렇게 솔직하게 대답하더니 몸을 구십 도로 돌려 울리히와 가슴과 가슴을 마주보고 섰다. 그러고는 단어와 단어 사이를 넓게 띄어가며 말했다. "뭘 좀 물어봐도 되겠습니까?"

안 된다고 대답할 수는 없는 노릇이었다. 그러나 울리히가 자기도 모르게 약간 뒤로 물러나 있었기에 이 정중한 수사는 자신을 다시 앞으로 끌어오기 위한 올가미처럼 느껴졌다. 아른하임이 말을 이었다. "지난번에 우리 사이에 있었던 작은 의견 충돌을 기분 나쁘게 생각하지 마시고, 오히려 당신의 가치관에 대한 크나큰 관심으로 이해해주시기 바랍니다. 물론 당신의 가치관이 나와 대립되는 경우가 드물지 않지만요. 그럼 이제 묻겠습니다. 당신은 정말, 그러니까 요약해서 말하자면, 우리가 정말 현실 의식을 제한적으로만 사용하며 살아야 한다고 확신하는 겁니까? 내가 제대로 표현했나요?"

울리히는 이 물음에 대한 대답으로 싱긋 웃기만 했는데, 거기에는 '그건 나도 잘 모르겠으니 당신이 좀더 말해보라'는 뜻이 담겨 있었다.

"당신은 자유롭게 떠도는 미정未定의 삶에 대해 얘기했어요. 어느 한쪽을 정하지 못해 두 세계 사이에 머무는 비유의 삶이라고 할까요? 게다가 사촌 부인에게도 정말 매력적인 이야기를 많이 했더군요. 만일 당신이 나를 그런 분야를 전혀 이해하지 못하고 그저 장사나 하는 프로이센 군국주의자로 여긴다면 무척 섭섭할 겁니다. 예를 들어 당신은 이런 말을 했다고 하더군요. 현실과 역사란 이래도 그만 저래도 그만인 우리 자신의 일부에서 생겨나는 것에 불과하다고요. 나는 그걸 이렇게 이해합니다. 우리는 사건의 형식과 유형을 바꾸어야 하고, 그때까지는 세상의 이런저런 사람에게 무슨 일이 일어나든 별로 중요하지 않다는 뜻으로 말입니다."

울리히는 마지못해 조심스럽게 입을 열었다. "내 말은, 우리의 현실이라는 게 기술적으로 완벽한 수많은 실뭉치로 생산됐지만, 패턴 면에서는 누구도 개선할 생각을 하지 않는 천과 비슷하다는 뜻이었습니다."

"달리 말하자면," 아른하임이 얼른 이어받았다. "난 당신의 주장을 이렇게 이해합니다. 누가 봐도 불만스러운 작금의 세계 상황은 지도자들이 전력을 다해 권력 세계에 이념을 주입하는 대신 역사를 만들려고만 하는 데서 비롯되었다는 것이지요. 좀더 적절히 비유하자면, 현상황은 시장을 통제하려 하기보다 오직 시장에 맞추어 상품을 생산해대기만 하는 공장주와 비슷합니다! 그런 점에서 당신과 내 생각은 무척 가깝습니다. 바로 그 때문에 당신도 알아야 합니다. 거대 산업을 유지하기 위해 부단히 결정을 내려야 하는 나 같은 사람한테 그런 생각이 가끔 엄청난 영향을 끼친다는 걸! 예를 들어, 당신이 우리 행위의 현실적 의미를 포기하라고 요구하는 것 말입니다. 우리의 친구인 라인스도르프 백작이 감격적으로 말하곤 하는, 우리 행위에 담긴 '잠정적 확정성의 측면'을 포기하길 요구하는 것도 그렇고요. 물론 실제로 완전히 포기할 수 있는 것도 아니지만!"

"나는 아무것도 요구하지 않습니다." 울리히가 말했다.

"당신은 훨씬 더 큰 걸 요구하고 있습니다! 실험적인 태도를 가지라는 요구요!" 아른하임은 활기차고 따뜻하게 말했다. "당신은 책임 있는 지도자라면 역사를 만드는 것이 아니라 미래의 실험에 토대가 될 실험 보고서를 작성하는 걸 사명으로 삼아야 한다고 믿고 있어요. 정말 기가 막힌 착상이라고 생각합니다. 하지만 그렇게 되면 전쟁과 혁명은 어떻게 되죠? 실험이 종료되어 계획표에서 사라지면 죽은 사람이 다시 살아날 수 있나요?!"

이제 울리히도 담배를 계속 피우고 싶은 유혹과 크게 다르지 않은, 말하고 싶은 유혹에 굴복해서 이렇게 답했다. 어떤 실험이든 오십 년 뒤에는 그런 수고를 들일 가치가 없는 것으로 판명되는 한이 있어도 처음 시작할 때는 일에 기여하려면 정말 진지한 자세로 임해야 한다. 이런 '구멍난 진지함'은 결코 이례적이지 않다. 우리는 매일 스포츠와 다른 의미 없는 일을 하면서도 목숨을 담보로 할 때가 많다. 심리학적으로 보면 실험적으로 사는 것도 불가능하지 않다. 다만 부족한 것은 어떤 의미에서 무한한 책임을 떠안겠다는 의지뿐이다. "결정적인 차이는 바로 이겁니다." 울리히가 결론을 내렸다. "옛날에는 사람들이 특정한 전제에서 출발해 연역법적으로 살았다면 그런 시대는 지나갔습니다. 반면에 오늘날의 우리는 주도적인 이념 없이 살고 있습니다. 하지만 귀납법을 의식적으로 사용하지 않아 우리는 원숭이처럼 이것저것 실험을 하고 있습니다!"

"정말 멋집니다!" 아른하임은 흔쾌히 인정했다. "하지만 이 대목에서 죄송하지만 마지막으로 질문 하나 더 하겠습니다. 당신 사촌한테서 여러 번 들은 이야기인데, 당신은 병적이고 위험한 어떤 남자에게 큰 관심을 갖고 있다고 하더군요. 여담이지만 나도 충분히 이해합니다. 게다가 그런 사람들을 제대로 다룰 올바른 방법이 있는 것도 아닙니다. 그들에 대한 인간 사회의 대응은 수치스러울 만큼 마구잡이이니까. 이런 상황에서, 그러니까 우리가 그 남자를 무고하게 죽이든지, 아니면 그 남자가 무고한 사람들을 죽이든지 할 수밖에 없는 상황에서 당신은 만일 그럴 힘이 있다면 그 남자를 처형 전날 밤에 도망치게 하겠습니까?"

"아뇨!" 울리히가 답했다.

"아니라고요? 정말인가요?!" 아른하임이 갑자기 활기를 띠며 물었다.

"모르겠어요. 하지만 그러지 않을 것 같습니다. 잘못 만들어진 세계에서는 자신의 신념에 맞게 행동해서는 안 된다는 핑계를 댈 수도 있겠지만, 그냥 어떻게 해야 좋을지 모르겠다고 솔직하게 인정하고 싶습니다."

"그 남자를 남에게 해를 못 끼치게 만들어야 하는 건 분명합니다." 아른하임이 생각에 잠긴 얼굴로 말했다. "발작을 일으킬 때면 그 남자 속에는 악마가 들어앉아 있어요. 남성적인 것이 강하던 시절, 신적인 것과 유사하게 여겨지던 악마죠. 옛날이라면 발작을 일으킨 그 남자는 황야로 추방당했을 겁니다. 그러고도 살인을 저질렀을지 모르지만, 그건 아브라함이 위대한 환상 속에서 이삭을 죽이려 했던 것과 비슷하겠죠! 바로 이겁니다! 오늘날 우리는 이런 일을 어떻게 다루어야 할지 전혀 모릅니다. 더구나 어떤 것도 더는 솔직하게 말하지 않죠!"

아른하임은 마지막 말에 스스로 도취되어 자신이 원래 무슨 말을 하려고 했는지도 정확히 알지 못하는 듯했다. 다만 모스브루거를 구하겠느냐는 질문에 무조건 '예'라고 대답할 만큼 울리히에게 '연민과 경솔함'이 많지 않다는 사실을 확인하는 순간 아른하임의 내면에서는 야심이 꿈틀거렸다. 울리히는 대화의 이런 전환을 라인스도르프 궁전에서의 그 '결심'을 느닷없이 떠올리게 하는 신호로 느꼈지만, 그럼에도 모스브루거 문제를 과하게 미화하고 이용하는 아른하임에게 화가 났다.

그래서 건조하게, 그러면서도 궁금한 마음으로 물었다. "당신이라면 그 사람을 풀어줄 건가요?"

"아니요." 아른하임은 싱긋 웃으며 대답했다. "나는 당신에게 다른 제안을 하고 싶었습니다." 그는 울리히에게 대꾸할 시간을 주지 않고 바로 말을 이어갔다. "나에 대한 불신을 거두게 하려고 오래전부터 준비해온 제안입니다. 솔직히 당신이 나를 믿지 않는 것이 섭섭했습니다. 어쨌든 난 이제 당신을 내 편으로 만들고 싶기까지 합니다. 혹시 한 거대한 기업의 내부가 어떤 모습일지 상상해본 적이 있습니까? 수뇌부가 둘 있죠. 최고경영자와 이사회요. 이 두 기구 외에 보통 세번째 그룹이 하나 더 있습니다. 집행위원이죠. 이 나라에서도 그렇게 부르는 것 같더군요. 어쨌든 앞선 두 기구의 일부 구성원들로 이루어지는 집행위원회는 매일같이 모입니다. 그리고 이사회는 당연히 다수 주주의 신임을 얻은 사람들로 꾸려집니다……" 이 대목에서 아른하임은 울리히에게 잠시 휴지기를 주었다. 울리히가 지금껏 자신의 이야기를 들으면서 뭔가 떠올리는 게 없는지 확인하는 듯했다. "그러니까 다수 주주의 신임을 얻은 사람들이 이사회와 집행위원회에 속하게 된다는 말이지요." 아른하임이 힌트를 주었다. "그런 다수가 어떤 사람들일지, 뭔가 떠오르는 것이 없습니까?"

울리히는 떠오르는 것이 없었다. 다만 공무원, 창구, 이표利票, 그리고 증서와 비슷한 서류들을 포괄하는, 총체로서의 막연한 금융 제도만 떠오를 뿐이었다.

아른하임은 또다시 힌트를 주었다. "당신은 지금껏 이사회 구성에 관여한 적이 있습니까? 당연히 없겠죠!" 그는 자기가 묻고 자기가 답했다. "사실 당신한테는 이사회가 별 의미가 없을 겁니다. 당신은 한 기업의 다수 주주를 확보할 일이 없을 테니까요!" 아른하임은 울리히가 그 대단한 자격을 갖추지 못한 게 창피하게 느껴질 정도로 단호하게 말했다. 게다가 단 한걸음으로 어렵지 않게 악마 이야기에서 이사회 이야기로 넘어가는 능숙한 수법도 아른하임다웠다. 그는 웃으면서 계속했다. "지금까지 이야기하면서 내가 언급하지 않은 한 인물이 있습니다. 누구보다 중요한 사람이죠! 내가 '다수 주주'라고 했던 건 단순한 과반수처럼 들리기도 합니다. 하지만 그건 거의 언제나 단 한 사람을 가리킵니다. 이름도 알 수 없고 일반에 공개도 안 된 인물로서, 자신이 내세운 사람들 뒤에 숨어 있는 최대 주주 말입니다!"

이제야 울리히는 매일 신문에 나오는 이야기라는 사실을 어렴풋이 깨달았다. 다만 아른하임은 이런 이야기에 긴장감을 더할 줄 아는 사람이었다. 울리히는 호기심어린 표정으로 누가 로이드은행의 다수 주주를 확보하고 있는지 물었다.

"모릅니다." 아른하임이 차분히 대답했다. "정확히 말하자면 내부 관계자들은 당연히 알겠지만 그걸 밝히는 경우는 없죠. 그보다 이제 우리 얘기의 핵심을 말해보겠습니다. 두 개의 그런 힘, 즉 실권을 가진 위임자와 그 명령을 받아 움직이는 집행기구가 존재하는 곳에서는 도덕적이건 비도덕적이건, 아름답건 추악하건 수익을 높이는 일이라면 어떤 수단도 마다하지 않는 현상이 저절로 생겨나게 됩니다. 내가 여기서 '저절로'라는 말을 사용한 것은 이 현상이 인간의 성향과는 별개로 나타나기 때문입니다. 실권을 가진 위임자는 실제적인 일에 직접 관여하지 않습니다. 집행기구는 개인적인 동기로 움직이는 것이 아니라 공적 기구로 기능함으로써 은폐됩니다. 이런 방식은 오늘날 도처에서 발견됩니다. 비단 금융 제도 내의 문제만은 아니죠. 투치 국장만 해도 개인적으론 늙은 개 한 마리 쏘아 죽이지 못하는 위인이지만 분명 전쟁과 관련된 명령만큼은 양심에 거리낌없이 아주 태연하게 내릴 수 있을 겁니다. 모스브루거의 경우도 그래요. 그 사람은 결국 수천 명이 바라는 대로 죽을 겁니다. 사람들이 그를 죽이라고 외쳐댈 수 있는 것은 기껏해야 그들 중 세 사람만 손에 피를 묻히면 되기 때문이죠! 기교적으로 완벽하게 발전한 이런 '간접성' 덕분에 오늘날 개인뿐 아니라 전 사회도 양심의 가책에서 자유로워집니다. 사람들이 누르는 단추는 항상 희고 아름답습니다. 하지만 단추와 연결된 선의 반대편 끝에서 일어나는 일은 그 단추를 누를 필요가 없는 다른 사람들이 겪을 일입니다. 이 시스템이 역겹지 않습니까? 이런 시스템을 통해 우리는 수천 명을 죽게 하거나 비참하게 살게 하고, 고통의 산을 움직이고, 하지만 그로써 무언가를 성취해내죠! 나는 이렇게 주장하고 싶습니다. 사회적 분업의 형태 속에 표현된 것은 인간 양심의 낡은 이분법, 즉 승인된 목적과 감수해야 할 수단이라고 말입니다, 그리고 그 수단은 아무리 장대하고 위험한 것이라고 해도 상관없겠지요, 어쨌든 그런 목적과 수단으로의 분화를 표현하고 있을 뿐이라고 말하고 싶습니다."

울리히는 중간에 이 시스템이 역겹지 않느냐는 아른하임의 물음에 어깨만 으쓱했다. 아른하임이 말한 도덕적 의식의 분화, 즉 오늘날의 삶에 나타나는 끔찍한 이 현상은 늘 있어왔다. 하지만 최근에 이르러 분업이 보편화되면서부터 놀라울 정도로 양심의 가책에서 벗어났으며, 그와 함께 참으로 아름다운 불가피성도 부여받게 되었다. 울리히는 이 현상에 단순히 격분하고 싶지 않았다. 오히려 역설적으로, 먼지를 뒤집어쓴 도덕주의자가 욕을 하며 서 있는 길 옆에서 시속 100킬로미터의 속도로 달리는 것 같은 우습고도 편안한 감정이 일었다. 아른하임이 침묵하자 울리히가 먼저 입을 열었다. "어떤 형태의 분업이든 발전할 수 있습니다. 당신은 내가 그 현상을 역겹게 생각하는지가 아니라 시간을 거꾸로 돌리지 않고도 인간이 좀더 품위 있는 상태에 도달할 수 있다고 믿는지를 물어야 합니다!"

"아, 전에 말한 정신의 총 재고조사!" 아른하임이 끼어들었다. "우리는 분업을 탁월하게 조직화했지만, 그 결과를 평가하는 것은 등한시해왔습니다. 또한 최신 특허로 도덕과 영혼을 지속적으로 파괴하고도 종교와 철학에서 내려오는 낡은 처방으로 수선할 수 있다고 믿고 있습니다! 이런 식으로 조롱하려던 건 아닙니다만……" 그는 한발 뒤로 뺐다. "난 농담을 대체로 아주 수상쩍게 여기는 사람입니다 하지만 라인스도르프 백작이 있던 자리에서 당신이 한 제안, 그러니까 양심을 새로 조직해야 한다는 그 제안은 결코 농담으로 받아들이지 않았습니다!"

"농담 맞습니다." 울리히가 무뚝뚝하게 대답했다. "나는 그 가능성을 믿지 않습니다. 차라리 악마가 유럽의 세계를 만들었고 신이 그 경쟁자에게, 그래, 어디 네가 할 수 있는 대로 마음껏 해봐라, 하고 있다고 믿고 싶습니다!"

"재밌는 생각이군요! 그런데 내가 당신의 말을 믿지 않았을 때 왜 내게 화를 낸 거죠?"

울리히는 대답하지 않았다.

"방금 한 말은 얼마 전 올바른 삶에 접근하는 방법에 관해 당신이 했던 무척 도전적인 발언과 모순됩니다." 아른하임이 차분하면서도 집요하게 말을 이어갔다. "내가 당신의 말에 내용 하나하나까지 동의하는지 아닌지는 차치해두고, 내 눈에 띄는 것은 당신이라는 사람 속엔 활동적인 성향과 무관심의 성향이 아주 강하게 뒤섞여 있다는 겁니다."

이 말에 대해서도 대답할 필요를 못 느꼈는지 울리히가 입을 열지 않자 아른하임은 무례함에 대응하는 올바른 수단으로서 한층 더 정중함을 갖추어 말했다. "내가 정말 당신에게 하고 싶었던 말은 오늘날 거의 모든 것을 좌우하는 경제 분야의 결정에서 도덕적인 책임을 이해하는 문제가 얼마나 중요한지, 그로써 그 결정이 얼마나 매력적으로 바뀔 수 있는지에 관한 것이었습니다." 그런데 이 겸손한 질책 속에도 울리히를 자기편으로 끌어들이려는 뉘앙스가 살짝 담겨 있었다.

"죄송합니다." 울리히가 대꾸했다. "당신의 말을 곰곰이 생각해보았습니다." 그는 아직도 생각중인 것처럼 덧붙였다. "궁금한 게 있습니다. 만일 우리가 한 여자가 자기 몸을 남편에게 내주는 건 지극히 이성적인 행위로 여기면서 그 여자의 영혼에는 불가사의한 감정을 불어넣는다면 그것도 우리 시대에 부합하는 간접성과 의식의 분화라고 보십니까?"

이 말에 아른하임의 얼굴이 약간 붉어졌다. 그러나 그는 자제력을 잃지 않고 침착하게 대답했다. "당신의 말을 정확히 이해했는지 모르겠지만, 당신이 사랑하는 여인에 대해서는 그렇게 말할 수 없을 겁니다. 현실의 모습은 분명하게 선을 그은 원칙보다 언제나 더 풍성하거든요." 그는 창가에서 벗어나 이제 울리히에게 자리를 권했다. "당신은 쉽게 굴복할 사람이 아닙니다!" 아른하임은 인정과 유감의 뜻을 동시에 담은 어조로 말을 이었다. "그러나 나는 내가 당신에게 개인적인 적이라기보다 모종의 적대적인 원칙으로 비친다는 사실을 잘 압니다. 자본주의를 격렬하게 반대하는 사람들이 장사의 영역에서는 자본주의의 가장 훌륭한 종인 경우가 드물지 않습니다. 심지어 나도 어느 정도 그런 사람이라고 할 수 있습니다. 그렇지 않다면 당신에게 감히 이런 얘기를 할 수 없겠죠. 비타협적이고 열정적인 사람이 한번 양보의 필요성을 인식하게 되면 보통 그런 양보의 가장 뛰어난 옹호자가 되는 법입니다. 때문에 나는 어떤 상황에서도 내 결심을 끝까지 밀고 나가고 싶습니다. 내 회사에 들어오지 않겠습니까?"

아른하임은 이 제안을 하면서 일부러 대단한 일인 것처럼 수선을 떨지 않았다. 대신 무덤덤한 어조로 빠르게 말함으로써 예상되는 충격의 명백한 효과를 완화하려는 듯했다. 이제 그는 울리히의 놀란 시선에는 어떤 형태로도 반응하지 않고 자기 입장이 어떤지도 생략한 채 이 일이 성사되었을 때 알아야 할 세부 사항을 열거했다. "당연히 당신은 지도적인 자리를 맡기 위해 수습이나 연수 과정을 밟을 필요는 없습니다." 그가 부드럽게 말했다. "당신도 그럴 마음은 없겠지만요. 난 당신을 곁에 두고 싶습니다. 사무총장이라는 직함은 어떨까요? 아무튼 당신을 위해 특별히 자리를 마련해보려 합니다. 이 자리에 마음 상하지 않았으면 좋겠습니다. 혹할 만한 봉급을 보장하는 자리는 아니거든요. 다만 차차 일을 해나가면서 당신이 원하는 수준의 수입을 스스로 만들어나갈 수는 있을 겁니다. 일 년 정도 같이 일해보고 나면 나에 대한 평가가 지금과 백팔십도 달라질 거라 확신합니다."

말을 마쳤을 때 아른하임은 자신이 흥분했음을 깨달았다. 울리히가 거절하면 자기 꼴만 우습게 되고, 받아들인다 해도 자신에겐 별 이득이 없는 제안을 실제로 한 게 놀랍게 느껴졌다. 왜냐하면 앞에 있는 이 남자가 자신이 이룰 수 없는 무언가를 해낼 것 같다는 생각이 대화중에 사라졌을 뿐 아니라 이 남자를 유혹해서 자신의 권력 아래 두려는 욕구 역시 흉중의 이야기를 털어놓는 과정에서 무의미해졌기 때문이다. 자신이 이 남자의 '익살'이라고 불렀던 무언가를 두려워했다는 사실이 이제는 부자연스럽게 느껴졌다. 아른하임, 그는 위대한 사람이었다. 그런 사람에게 삶은 단순해야 한다! 다른 모든 위대한 사람들과 잘 지내고, 만사에 모험적으로 반기를 들지 않고, 기존의 모든 것에 의심의 칼날을 들이대지 않는다. 그것은 그의 천성에 어긋나는 짓이다. 하지만 다른 한편으론 아름다우면서도 모호한 것이 있기 마련이고, 현실이 허용하는 한 그런 것에 끌리기도 한다. 아른하임은 지금 이 순간만큼 서양 문명의 확고함, 그러니까 힘과 자기 규제로 정교하게 엮인 그물망을 강렬하게 느낀 적이 없는 것 같았다. 울리히가 그것을 깨닫지 못한다면 그는 그저 모험가에 불과할 뿐이었다. 그런데 이 남자를 통해 이끌린 생각은…… 이 지점에서 아른하임의 말은 묵묵히 숨기만 할 뿐 나오려고 하지 않았다. 자신이 울리히를 양아들로 받아들일 생각까지 한다는 말도 나오지 못했다. 이 생각은 책임질 필요가 없는 여타 무수한 생각과 비슷했다. 아니, 어쩌면 현실에서 만족감을 찾지 못해 모든 활동적인 삶의 바닥에 깔린 비애에서 비롯된 생각일 수도 있었다. 그는 이 생각을 수상쩍은 형식 속에 담았던 것이 아니라 그 형식을 부여할 수도 있을 무언가만 막연하게 느낄 뿐이었다. 그럼에도 그는 그것을 기억하려 하지 않았다. 다만 그의 나이에서 울리히의 나이를 빼면 그다지 큰 차이가 없다는 생각만 절규하듯 머릿속에 또렷이 남아 있었다. 그런데 그 생각 뒤에는 울리히가 자신에게 디오티마에 대한 경고 역할을 해주고 있다는 또다른 생각이 그림자처럼 깔려 있었다! 문득 울리히와의 관계에서 자신이 주 분화구 옆의 작은 분화구가 된 느낌을 종종 받았던 기억이 떠올랐다. 작은 분화구를 보면 주 분화구에서 진행되고 있는 무시무시한 일이 한눈에 보였다. 아른하임은 이제 여기서 분화구가 폭발하지 않을까 불안해졌다. 그의 입에서 흘러나간 말이 삶 속으로 길을 내고 흘러갔기 때문이다. '만일 이자가 내 제안을 받아들이면 어떡하지?!' 그의 머릿속을 퍼뜩 스쳐간 생각이었다. 이런 식으로 아른하임이라는 한 남자가 자신의 상상에 의해서만 의미를 갖게 된 좀더 젊은 남자의 결정을 기다려야 하는 긴장된 순간은 끝을 향해 나아가고 있었다. 아른하임은 적대적으로 입을 벌린 채 무척 뻣뻣하게 서서 이렇게 생각했다. '피할 수 없다면 분명 어떻게든 해결할 방법이 있겠지.'

그런데 아른하임 속에서 감정과 생각이 이런 길을 걷는 동안에도 상황은 종료되지 않고 질문과 대답이 쉼없이 이어졌다.

울리히가 건조한 목소리로 물었다. "대체 나의 어떤 특성 때문에 사업적 관점으로는 도저히 이해가 안 될 이런 제안을 하시는 거죠?"

"이 문제를 또 이렇게 오해하시는군요. 나 정도 위치의 사업가라면 돈 몇 푼은 문제가 되지 않습니다. 당신 때문에 잃을 수 있는 것은 내가 당신에게서 얻고자 하는 것에 비하면 아무것도 아니죠!"

"점점 궁금증을 유발하시는군요. 내가 누군가에게 이득이 된다는 소리는 거의 듣지 못했거든요. 내 전공 분야에서는 어쩌면 작은 도움이 될 수 있었을지 모르겠지만, 아시다시피 나는 거기서조차 실망만 했죠."

"당신이 보기 드물게 명석한 두뇌의 소유자라는 건 내가 따로 설명하지 않아도 스스로도 충분히 알고 있겠죠." 아른하임은 겉으로는 여전히 흔들림 없이 차분한 어조를 유지하면서 말했다. "물론 당신보다 더 날카롭고 믿을 만한 지성을 영입할 수도 있습니다. 그렇다면 내가 특별히 당신을 곁에 오래 두고 싶어하는 이유는 따로 있습니다. 바로 당신의 성격 때문이지요. 당신의 인간적인 특성이 탐난다 이 말입니다."

"내 특성 때문이라고요?" 울리히는 웃을 수밖에 없었다. "내 친구들이 나를 특성 없는 남자라고 부르는 걸 알고 하시는 말씀입니까?"

아른하임의 얼굴에 얼핏 초조한 기색이 드러났다. 거기엔 대략 이런 뜻이 담겨 있었다. '그런 이야기는 나한테 할 필요가 없어. 오래전부터 내가 더 잘 알고 있으니까!' 그의 말은 여전히 계획한 대로 흘러나오고 있었지만, 얼굴에서 어깨를 타고 내려가는 미세한 경련 속에 내면의 불만이 표출되었다. 울리히도 이 변화를 알아챘다. 그는 이런 아른하임을 보게 되자 지금껏 피해왔던 이야기를 솔직히 다 털어놓고 싶을 정도로 흥분해버렸다. 그사이 두 사람은 다시 일어나 있었다. 울리히는 상대에게서 몇 걸음 떨어졌다. 자신의 도발이 어떤 반응을 불러일으키는지 좀 더 자세히 관찰하기 위해서였다. "그렇게 중요한 질문을 자꾸 던지시니, 나도 이제 결정을 내리기 전에 뭔가 확인할 게 있군요." 아른하임이 어서 말해보라는 몸짓을 하자 울리히는 명확하고 사무적으로 말을 이어갔다. "사람들이 그러더군요. 여기서 진행중인 우리의 '운동'에 대한 당신의 관심, 그러니까 투치 부인과 보잘것없는 나에 대한 관심까지 더해서 말입니다만, 실은 그게 갈리시아 유전의 상당 부분을 차지하기 위해서라고 하던데, 아닌가요?"

방이 벌써 어둑어둑해졌음에도 아른하임의 얼굴이 창백해지는 것이 보였다. 그가 천천히 울리히를 향해 다가갔다. 울리히는 무례한 돌발 상황을 각오해야 한다는 느낌과 함께, 자신의 신중하지 못한 솔직함 때문에 상대에게 대화의 속행을 거부할 기회를 준 것을 후회했다. 그것도 상대가 대화를 불편하게 느끼던 순간에 말이다. 그래서 울리히는 가능한 한 부드러운 어조로 말했다. "당신에게 수치심을 안기려고 한 말은 당연히 아닙니다. 하지만 우리의 이 대화가 진정으로 의미를 가지려면 어떤 문제든 허심탄회하게 얘기할 수 있어야 한다고 생각했습니다!"

아른하임이 평정심을 되찾는 데는 이 몇 마디 말과 약간의 시간만으로 충분했다. 그는 웃으면서 울리히에게 다가가더니 손을, 아니 팔을 그의 어깨에 올려놓고 질책하듯이 말했다. "어떻게 증권가에 떠도는 그런 근거 없는 소문을 믿을 수 있죠?"

"나는 소문을 들은 게 아니라 믿을 만한 정보가 있는 사람한테서 들었습니다."

"나도 그 이야기를 들은 적이 있기는 합니다. 하지만 어떻게 그걸 믿을 수 있느냐는 것이죠. 당연히 나는 여기 그냥 놀러만 온 것이 아닙니다. 여기 있다고 사업에서 완전히 손을 뗄 수도 없는 노릇이고요. 그리고 방금 말한 그 유전 건에 대해 몇몇 사람과 이야기를 나눈 적이 있다는 것도 부인하지 않겠습니다. 물론 이 이야기는 비밀로 해주셨으면 좋겠지만요. 어쨌든 이 모든 건 결코 본질이 아닙니다!"

"내 사촌은 당신의 석유 건에 대해 전혀 모릅니다. 게다가 남편한테서 당신이 여기 머무는 목적을 좀 알아내달라는 부탁을 받기도 했죠.

이 도시에서 당신은 차르의 측근으로 알려져 있으니까요. 하지만 그녀는 그 외교적인 사명을 열심히 수행하지 않고 있습니다. 당신이 오직 자기 때문에 여기 체류하고 있다고 확신하기 때문이죠!"

"그렇게 함부로 말하지 말아요!" 아른하임의 팔이 울리히의 어깨에서 부드럽게 살짝 움직였다. "부수적인 의미는 늘 곳곳에서 함께 흘러갑니다. 하지만 당신은 방금 냉소적인 의도에도 불구하고 흡사 어린아이같이 당돌할 만큼 솔직하게 말했습니다!"

어깨 위에 놓인 팔이 울리히를 불안하게 만들었다. 마치 안긴 것 같은 이 느낌은 웃기면서도 불쾌했다. 아니, 비참하다고도 말할 수 있을 것 같았다. 그러나 울리히는 오랫동안 친구가 없었다. 그 때문에라도 약간 혼란스러운 기분이 들었는지 모른다. 그는 아른하임의 팔을 치우고 싶었고, 그래서 자기도 모르게 그런 몸짓을 보였다. 아른하임은 상대의 달가워하지 않는 기색을 알아챘음에도 무시하려고 애썼다. 울리히는 아른하임의 이 힘겨운 처지에 공감이 갔기에 예의상 반항적인 동작을 멈추고 점점 묘하게 느껴지는 신체 접촉을 참아냈다. 마치 헐렁하게 쌓아올린 제방을 위에서 눌러 둘로 쪼개버리는 무거운 쇳덩어리 같다고 할까? 지금껏 울리히는 스스로 원한 건 아니었으나 주위에 고독의 담장을 치고 살았는데, 이제 거기에 구멍이 뚫리면서 삶이, 타인의 맥박이 새어들어왔다. 바보 같고 웃기는 감정이지만, 거기엔 약간 흥분되는 구석도 있었다.

울리히는 게르다를 생각했다. 또한 오랜 친구 발터가 마치 넓은 세상에 애정과 혐오 말고 다른 건 없다는 듯 타인과 완벽하게 하나되고자 하는 욕구를 그의 마음속에 불러일으켰던 일도 기억났다. 너무 늦어버린 지금, 그 욕구가 다시 은빛 물결을 일으키며 솟구쳤다. 넓은 강 아래로 물과 공기, 빛의 파장이 오직 은빛으로 하나된 것 같은 물결이었다. 그 욕구는 거기에 굴복하지 않도록 조심하고, 이런 수상쩍은 상황에서 오해를 불러일으킬 것을 경계해야 할 정도로 매혹적이었다. 그런데 근육이 뻣뻣해졌을 때 보나데아가 했던 말이 떠올랐다. "울리히, 당신은 나쁜 남자가 아니에요! 다만 나쁜 척하는 것뿐이에요!" 그날 놀랍도록 똑똑했던 보나데아는 또 이런 말을 했다. "당신도 꿈속에서는 생각을 하는 것이 아니라 어떤 이야기를 경험하는군요!" 그는 이런 말을 했다. "나는 온화한 달밤의 공기처럼 부드러운 아이였어……" 그런데 당시 그의 눈앞에 다른 영상이 어른거리던 것이 이제야 기억났다. 그것은 마그네슘 등불에서 타오르는 뾰쪽한 불꽃이었다. 왜냐하면 이 불꽃이 산산이 흩어져 빛을 만들어내듯 그 역시 자신의 마음을 알고 있다고 생각했기 때문이다. 그러나 그건 벌써 오래전의 일이었다. 그는 이 비유를 입 밖에 낼 엄두를 내지 못했고, 다른 비유에 마음을 빼앗겼다. 이번에는 보나데아가 아닌 디오티마와의 대화중에 나온 것이었다. '삶의 차이도 그 뿌리에서는 비슷비슷해.' 그는 이렇게 느끼며, 꿰뚫어보기 어려운 모종의 이유로 자신에게 친구가 되어달라고 제안하는 이 남자를 바라보았다.

아른하임은 팔을 뺐다. 두 사람은 이제 처음 대화를 시작했던 창가에 다시 서 있었다. 거리에서는 벌써 가로등이 평화롭게 타올랐다. 그러나 이날 일어났던 사건들의 여운이 여전히 진하게 배어 있었다. 이따금 사람들이 무리를 지어 지나가면서 열띤 토론을 벌였고, 그러다 가끔 누군가 입을 벌려 위협적인 말을 내뱉거나 선동적으로 "우우!" 하고 소리를 내면 웃음이 이어졌다. 반쯤 의식이 없는 상태와 비슷하다는 느낌이 들었다. 방의 어두운 영상을 액자처럼 에워싼 수직의 커튼 사이로, 그리고 불안한 거리의 불빛 속에서 울리히는 아른하임의 형체를 보았고, 몸의 절반은 빛을 받고 나머지 절반은 어둑한 채 자신이 밝음과 어둠으로 선명하게 대비되어 그 옆에 서 있는 것도 느꼈다. 울리히는 문득 사람들이 "아른하임 만세"를 연호하던 기억이 났다. 아른하임이 실제로 이 시위와 관련이 있건 없건, 생각에 잠겨 거리를 내려다보는 이 모습에서는 카이사르와 같은 침착함이 돋보였고, 그로 인해 이 순간 빛이 만들어낸 그림 속에서 그는 마치 군주의 모습처럼 보였으며, 본인 역시 자기를 올려다보는 시선에서 실존적 무게를 느끼는 듯했다. 그런 그를 보고 있자니 자의식이 무엇인지 알듯했다. 의식은 세계의 우글거리고 빛나는 것에 질서를 부여할 수 없다. 의식이 날카로워질수록 세계는 최소한 일시적으로라도 점점 더 무한해지기 때문이다. 하지만 자의식은 영화감독처럼 등장해서 세계를 인위적인 행복의 영상으로 만들어낼 수 있다. 울리히는 이 남자의 그런 행복이 부러웠다. 이 순간 그를 상대로 범죄를 저지르는 것보다 쉬운 일은 없어 보였다. 이 남자는 영상으로 만들어내고자 하는 욕구에서 그 낡은 텍스트까지 무대로 불러냈기 때문이다. "단도를 집어 그의 운명을 완수하라!" 울리히는 이 말이 서툰 배우의 대사처럼 귓속에 울리는 것을 느꼈다. 그는 자기도 모르게 몸을 아른하임 뒤로 반쯤 움직였다. 목과 어깨의 어둡고 넓은 면이 보였다. 특히 목이 그를 자극했다. 울리히는 오른쪽 몸의 호주머니를 뒤져 주머니칼을 찾았다. 이어 발꿈치를 들고 아른하임 너머로 다시 거리를 내려다보았다. 바깥의 어스름 속에서는 보이지 않는 물결에 실린 인간들이 모래처럼 쓸려가고 있었다. 이 시위에 이어 반드시 뭔가가 일어나야 했다. 미래가 이런 식으로 물결을 미리 보냈으니까. 사람들 속으로 초개인적이고 창조적인 무언가가 스며들었지만 그것은 여전히 몹시 부정확하고 경솔했다. 울리히가 본 것도 이와 비슷했고, 그는 얼마간 이 느낌에 매달렸다. 하지만 곧 그것을 비판하는 것조차 구역질이 날 정도로 피곤해졌다. 그는 조심스럽게 다시 발꿈치를 내렸고, 조금 전 발꿈치를 들어올리게 했던 별 의미 없는 사고 유희가 부끄러워졌다. 그는 아른하임의 어깨를 톡톡 두드리며 이렇게 말하고 싶은 강렬한 유혹을 느꼈다. '감사합니다. 안 그래도 삶이 싫증나서 뭔가 새로운 것을 해보고 싶습니다. 당신의 제안을 받아들이겠습니다!'

그러나 울리히가 이 말을 실제로 꺼내지 않았기에 두 사람은 아른하임의 제안에 대한 답을 그냥 넘겨버렸다. 아른하임은 대화를 이전으로 되돌렸다. "가끔 영화를 보십니까? 그러셔야 합니다! 아마 현재의 형식을 보면 영화에 아직 그렇게 큰 미래가 보이지 않는 것 같습니다만, 예를 들어 전기화학이나 염료 산업 부문 같은 좀더 거대한 상업적 이익과 관련시킬 수만 있다면 몇십 년 안에 그 무엇으로도 막을 수 없는 거대한 발전이 찾아올 것입니다. 그뒤로는 온갖 복제와 증산 수단이 폭증하는 과정이 시작될 테고요. 우리의 작가와 미학자들이 무엇을 상상하든 간에, 전기회사나 독일 염료 회사와 관련된 하나의 예술이 탄생할 겁니다. 경악스럽지 않습니까? 당신은 글을 쓰시나요? 참, 아니라고 하셨죠. 왜 안 쓰시는 거죠? 그래요, 당신 생각이 맞습니다. 앞으로 작가와 철학자는 언론이라는 발판을 거쳐 나오게 될 겁니다. 혹시 우리 언론인들의 여건은 점점 좋아지는 데 반해 작가들의 상황은 점점 나빠지고 있는 걸 눈치채지 못했습니까? 그건 의문의 여지가 없을 정도로 자연법칙에 맞는 발전입니다. 무언가가 진행중입니다. 나는 그게 무엇인지 정확히 알고 있습니다. 바로 위대한 개인들의 시대가 끝나가고 있다는 것이죠!" 그가 앞으로 몸을 내밀었다. "당신이 지금 어떤 표정을 짓고 있는지 보이지 않는군요. 그렇다면 난 어둠을 향해 총질을 한 셈입니다!" 그가 약간 웃었다. "당신은 정신의 총 재고조사를 요구했습니다. 그걸 믿으십니까? 삶이 정말 정신에 의해 통제될 수 있다고 믿으십니까? 당신은 물론 아니라고 대답하셨죠. 하지만 나는 당신의 말을 믿지 않습니다. 당신은 비할 바 없이 독창적인 존재라면 악마라도 포용할 사람이기 때문이죠!"

"어디에 나오는 말이죠?" 울리히가 물었다.

"『도적떼』 서문에 나오는 글이죠. 검열을 통과하지 못한."

'그래, 당연히 검열을 통과하지 못했겠지.' 울리히는 생각했다. '어떻게 평범한 서문에 그런 글이 실리겠어?'

"위대함을 좇다 그 주위의 끔찍한 악덕에 끌리는 영혼들은……" 아른하임은 폭넓은 기억력을 동원해 실러의 말을 계속 인용했다. 자신이 이 상황의 주도권을 다시 찾아왔고, 울리히가 어떤 이유에서인지 몰라도 굴복했다는 느낌이 들었다. 이제 그에게서 날카로운 적대감은 찾아볼 수 없었다. 그 제안도 더는 언급할 필요가 없었다. 그 국면은 이미 다행스러운 방식으로 끝나버렸다. 그런데도 아른하임은 상대 선수가 지친 것을 감지하고 더더욱 온몸에 힘을 싣는 레슬링 선수처럼 자기 제안의 온전한 무게를 오래 느끼게 하려는 욕구에 사로잡혀 말을 이어갔다. "이제는 처음보다 나를 좀더 잘 이해하시리라 생각합니다. 그러니까 솔직히 고백하자면 나는 가끔 혼자라는 느낌이 듭니다. 이 시대의 '새로운' 사람들은 너무 경제적으로만 생각해요. 가업이 2세대나 3세대로 이어지면 후손들은 상상력을 잃습니다. 그리되면 철두철미한 행정가밖에 나오지 않죠. 금속공, 사냥꾼, 장교, 귀족 사위들도 마찬가지고요. 나는 세계 곳곳의 그런 사람들을 압니다. 그중에는 똑똑하고 고상한 사람들도 있습니다만, 내가 방금 실러의 말을 인용해 지적한 불안과 고립, 어쩌면 불행과도 관계된 생각을 하나도 해내지 못하더군요."

"아쉽지만 이제 대화를 마쳐야 할 것 같습니다." 울리히가 말했다. "투치 부인은 지인의 집에서 소요가 진정되길 기다리고 있을 가능성이 큰 것 같으니 나도 이제 그만 가봐야겠군요. 어쨌든 당신은 내가 경제에 대해 아는 것이 없음에도, 경제에 내재한 너무나 경제적인 측면을 제거함으로써 오히려 경제에 도움이 되는 '불안'의 요소를 갖고 있다고 생각하시는 건가요?" 울리히는 작별인사를 하려고 불을 켠 뒤 답을 기다렸다. 아른하임은 군주의 위엄이 엿보이는 다정한 태도로 울리히의 어깨에 팔을 올렸다. 그전에 벌써 효과가 입증된 몸짓이었다. "내가 말이 너무 많았다면 용서하십시오. 아마 외로운 마음에 그랬을 겁니다! 현재 경제가 권력의 심장부로 입성하고 있습니다. 가끔 우리는 그 권력으로 무엇을 해야 할지 자문하곤 합니다! 내 말을 기분 나쁘게 생각하지 마십시오!"

"천만에요!" 울리히가 확언했다. "나는 당신의 제안을 진지하게 받아들였습니다!" 그는 재빨리 이 말을 내뱉었다. 흥분의 신호로도 해석할 수 있는 서두름이었다. 그래서 디오티마를 좀더 기다리겠다고 혼자 남은 아른하임은 조금 당황한 채, 체면을 구기지 않는 방식으로 울리히를 자신의 제안에서 떼어놓는 것이 그리 간단하지 않을 것 같다는 염려가 들었다.

122. 귀갓길

울리히는 걸어서 집으로 갔다. 아름답지만 어두운 밤이었다. 높이 솟은 빽빽한 건물들 사이로 위가 뚫린 '거리'라는 이상한 공간이 형성되었고, 그 위 공중에는 어둠과 바람, 구름 같은 것이 떠 있었다. 길거리는 마치 이전의 소요가 깊은 잠에 빠져들기라도 한 것처럼 휑했다. 한 행인과 마주쳤을 때 그 발소리의 울림은 마치 중대 발표처럼 한참 동안 오직 그를 향해 다가왔다. 마치 연극을 보듯 무슨 일이 일어날 것 같고, 자신이 이 세계 속에서 하나의 현상처럼 느껴지는 밤이었다. 원래보다 더 커 보이는 뭔가가 거리에 메아리를 만들어냈고, 불 켜진 곳을 지날 때는 그림자가 동행처럼 따라붙었다. 허리를 꼿꼿이 폈다가도 금세 다시 비굴하게 뒤를 졸졸 따라가는, 심하게 실룩거리는 바보처럼. '아, 이렇게 행복할 수 있을까!' 그는 생각했다.

울리히는 길이가 열 걸음쯤 되는 거리 옆 석조 통로로 아치형의 성문을 지나갔다. 육중한 기둥들로 거리와 구분된 통로였는데, 구석에서는 어둠이 불쑥 튀어나오고 어둑어둑한 곳을 지날 때는 꼭 강도와 불한당이 덮칠 것만 같았다. 난폭하고 유혈 낭자한 고대 축제의 행복이 영혼을 사로잡는 느낌이었다. 물론 너무 지나친 느낌일 수도 있었지만. 울리히는 문득 자신이 아니라 아른하임이 여기를 지나갔다면 얼마나 큰 자부심과 자기 '연출력'을 보였을지 상상해보았다. 그러자 자신의 그림자와 발소리가 주던 즐거움은 싹 가셨고, 벽 속에 유령처럼 어른거리던 음악도 사라졌다. 그는 자신이 아른하임의 제안을 받아들이지 않을 것임을 잘 알고 있었다. 그런데 이제 자신이 너무 당황해서 찾아들어갈 몸을 찾지 못하고 인생의 통로를 헤매기만 하는 유령처럼 느껴졌다. 그래서인지 얼마 뒤 덜 답답하고 덜 근사한 곳에 이르자 그렇게 기쁠 수가 없었다.

어둠 속에서 넓은 도로와 광장이 나타났다. 총총한 별처럼 층층이 평화롭게 불 켜진 평범한 건물들은 더는 마법적인 색채를 띠고 있지 않았다. 탁 트인 곳으로 들어서면서 그는 평화의 숨결을 맡았고, 이유를 알 수 없지만 얼마 전 다시 찾아본 어린 시절의 사진 몇 장이 떠올랐다. 일찍 돌아가신 어머니와 함께 찍은 사진이었다. 예스럽게 차려입은 아름다운 부인이 행복하게 미소를 보내고 있는 사진 속의 소년은 낯설어 보였다. 사람들이 그에 대해 갖고 있던 착하고 사랑스럽고 똑똑한 소년의 강렬한 이미지, 결코 자신의 소망이었던 적이 없는 그들만의 희망, 황금 그물처럼 그를 향해 활짝 펼쳐져 있던 밝고 찬란한 미래에 대한 막연한 기대, 이 모든 것들이 당시에는 보이지 않았지만 몇십 년이 지난 지금은 그 옛 사진들 속에 무척 또렷이 드러나 있었다. 어쩌면 쉽게 현실이 될 수도 있었을 이 가시적 비가시성 속에서 부드럽고 멍한 소년의 얼굴은 움직이지 말라는 약간 강요된 표정으로 그를 바라보고 있었다. 그는 이 소년에게 전혀 애정을 느끼지 못했다. 그리고 아름다운 어머니를 약간 자랑스럽게 여겼음에도 전체적으로는 무엇보다 커다란 공포에서 간신히 벗어났다는 인상을 받았다.

과거의 자신이 자기만족의 순간에 마치 접착제가 말랐거나 떨어진 것처럼 옛 사진 속에서 자신을 바라보는 경험을 해본 사람이라면, 남들의 경우엔 잘 떨어지지 않는 이 접착제가 대체 어떤 성질이기에 자신에게서는 잘 떨어지는지 자문해보는 울리히의 심정을 이해할 것이다. 이제 그는 과거에 둥글게 방루가 있던 진지선陣地線을 끊어놓는 녹지대에 이르렀다. 몇 걸음만 걸으면 이곳을 지날 수 있었지만, 나무들 위의 가로로 길게 뻗은 커다란 하늘 조각에 마음이 끌려 그쪽으로 방향을 틀었다. 그러고 걸어가는데 겨울 공원 위의 머나먼 하늘을 맴도는, 매우 친밀하게 느껴지는 화환 모양의 장식 등燈에 실제로 가까워지지는 않으면서 점점 가까워지는 느낌이 들었다. '머리가 만들어내는 일종의 원근법적 축소 효과군.' 그는 혼잣말을 했다. '그게 매일 밤 이런 평온함을 만들어내고, 이 평온함에서 하루하루 자기 자신과 완벽하게 조화를 이룬 삶의 지속적인 감정이 나와. 대개 모순을 해결하기보다 오히려 모순을 없애는 것이 행복의 주 조건이기 때문이지. 마치 긴 가로숫길을 정면에서 바라보면 나무들 사이의 공백이 보이지 않는 것처럼. 가시적인 것들의 관계는 어디서건 눈을 위해 배치되어 눈에 의해 통제되는 하나의 그림이 생겨나고, 거기서는 바로 옆에 있는 것은 크게 보이고 멀리 떨어진 것은 아주 엄청난 것이라 해도 작게 보이고, 그것들 사이의 틈은 메워지고, 마침내 전체가 정연하고 매끄럽게 다듬어져. 비가시적인 것들의 관계도 마찬가지야. 무의식적으로 우리가 우리 일을 전적으로 관장하고 있다는 느낌이 들도록 이성과 감정이 조정해. 물론 나는 제대로 잘해내지 못하는 일이지만.' 울리히가 스스로에게 말했다.

그는 앞길을 가로막은 넓은 물웅덩이 앞에 잠시 서 있었다. 그런데 그의 길을 막은 건 발아래 이 웅덩이일 수도 있지만, 어쩌면 그 옆에 빗자루처럼 서 있는 앙상한 나무들일 수도 있었다. 그 순간 갑자기 도로와 마을이 마법처럼 눈앞에 펼쳐지고, 성취와 허무 사이에 놓인 영혼의 단조로운 상태가 내면에서 깨어났다. 이 상태는 시골 고유의 특징인데, 울리히가 청소년기 이후 '도주 여행'을 여러 번 한 것도 그 때문이었다. '어떻게 모든 게 이렇게 단순할까!' 그는 느꼈다. '감정은 졸고, 사고는 악천후 뒤의 구름처럼 뿔뿔이 흩어져. 갑자기 영혼에서 텅 빈 아름다운 하늘이 뚫고 나오고, 이제 그 하늘 아래 길 한가운데에서 암소 한 마리가 환하게 빛을 받고 있을지 몰라. 이는 마치 그 밖의 다른 건 세상 어디에도 없을 듯한 강렬한 사건이야! 하늘을 지나가는 구름 한 점도 이 일대 전체에서 똑같은 작용을 할 수 있어. 즉 구름이 지나가면 풀이 어두워지지만 얼마 뒤엔 축축하게 빛나. 그 밖에 다른 일은 일어나지 않지만, 그것은 마치 바다의 이쪽 해안에서 저쪽 해안으로 항해하는 것과 비슷해! 노인의 마지막 이가 빠지는 사소한 사건도 이웃들의 기억 속에서는 삶을 연결시키는 결정적인 사건이 될 수 있어. 매일 저녁 지는 해 뒤로 고요가 찾아들면 새들은 마을 주변에서 늘 똑같이 노래하지만 그건 매번 새로운 사건이야. 마치 이 세계가 만들어진 지 아직 이레도 안 되는 것처럼! 시골에는 여전히 신들이 인간에게 오고 있어.' 그는 생각했다. '인간은 누군가이고, 그 누군가로서 무언가를 체험해. 하지만 수없이 많은 체험이 존재하는 도시에서는 더는 그 체험들을 자신과 연결시킬 수 없어. 그래서 그 악명 높은 삶의 추상화 작업이 시작되는 거야.'

그는 이런 생각을 하면서도 추상화 작업이 인간의 힘을 천 배로 늘

려준다는 사실을 알고 있었다. 물론 개인에게는 그 힘이 열 배로 희석되지만 전체로 보면 백 배로 강해진다는 사실도 알고 있었다. 그렇다면 바퀴를 거꾸로 돌리는 것은 그다지 적절치 않았다. 그의 삶에서 직접적인 의미를 가질 때가 많은, 겉보기에 별나 보이는 추상적 사고 중 하나가 퍼뜩 떠올랐다. 즉 과중한 짐에 눌려 단순함을 꿈꾸는 인간들이 갈망하는 삶의 법칙이란 결국 소설 속 이야기의 전개 법칙과 다르지 않다는 것이다. 그것은 '이 일이 일어나야 저 일이 일어난다!'고 말하는 것에 그 본질이 담긴 단순한 순서이자, 사건들의 단순한 연속이자, 수학자들의 표현으로는 삶의 압도적 다양성을 일차원적 질서로 드러낸 것이자, 우리에게 안정감을 주는 질서로서 시간과 공간 속에서 일어난 모든 것을 하나의 실로 꿰는 것, 즉 '이야기의 실'이기도 하다. 삶의 실도 바로 이 이야기의 실로 이루어져 있다. 그래서 무언가를 '할 때', 혹은 '하기 전에', 혹은 '한 후에'라고 말할 수 있는 사람은 행복하다! 물론 나쁜 일이 일어나거나 괴로워 몸부림칠 수도 있지만 사건을 시간 순서로 재현할 수만 있다면 햇볕에 뱃속이 따뜻해지듯 곧바로 편안해진다. 소설이 인위적으로 활용하는 것도 바로 이 장치다. 예를 들어 소설 속의 방랑자가 쏟아지는 빗속에서 말을 타고 국도를 달리든, 영하 이십도의 추위에서 뽀드득 눈을 밟으며 걷든 독자는 편하게 받아들인다. 보모가 아이들을 안정시키려고 사용하는 이 영원한 서사적 기법, 즉 그 효과가 충분히 입증된 '오성의 원근법적 축소'가 그 자체로 삶의 일부가 아니라면 이것은 이해하기 어려울 것이다. 대부분의 사람은 자기 자신과의 관계에서 기본적으로 소설 속의 이야기꾼이다. 그들은 보통 서정시를 사랑하지 않는다. 혹은 일순간만 사랑한다. 그들은 삶의 실에 '왜냐하면'과 '무엇을 위해'를 조금 삽입하기는 하지만 그것을 넘어서는 모든 생각은 혐오한다. 그들은 사실들의 정연한 연속을 사랑한다. 그것이야말로 필연성처럼 보이기 때문이다. 그들은 자신의 삶에 하나의 '경로'가 존재한다는 감정을 통해 자신이 혼돈으로부터 어떻게든 보호받고 있다고 느낀다. 이제 울리히는 그런 원초적 서사성이 자신에게 없어졌음을 깨달았다. 비록 공공의 삶에서는 벌써 모든 게 비서사성을 띠고 하나의 '실'을 따라가는 대신 무한하게 뒤엉킨 표면 위에 펼쳐져 있다고는 하나 사적인 영역에서는 여전히 중요하게 작용하는 서사성 말이다.

이러한 깨달음과 함께 다시 움직이기 시작했을 때 울리히는 문득 괴테가 예술에 관해 쓴 에세이의 한 대목이 떠올랐다. "인간은 가르치는 존재가 아니라 살아가고 행동하고 영향을 끼치는 존재다!" 그는 존경의 뜻으로 어깨를 으쓱했다. '오늘날 인간은 무대 장치와 분장을 의식하지 않고 행동하는 배우와 같이 자신의 모든 행위를 좌우하는 가르침의 불확실한 배경을 잊어도 된다!' 그는 생각했다. 그런데 괴테에 대한 이 생각에는 늘 괴테를 자신의 보증인으로 악용하는 아른하임에 대한 생각도 어느 정도 섞여 있는 듯했다. 왜냐하면 그 남자가 자신의 어깨에 팔을 올렸을 때 촉발된 그 특이한 불안이 순간적으로 불쾌하게 떠올랐기 때문이다. 그사이 그는 나무 아래에서 나와 다시 도로 가장자리에 이르렀고, 집으로 가는 길을 찾고 있었다. 그런데 골목길의 이름을 살피느라 어둠 속에서 불쑥 튀어나온 어두운 형체를 보지 못하고 부딪치려는 찰나 급히 걸음을 멈추었다. 길을 가로막은 건 창녀였다. 그녀는 이제 그 앞에 서서, 그가 들소처럼 맹렬히 달려들어 자신을 넘어뜨리려고 한 것에 화를 내는 대신 미소를 지었다. 울리히는 갑자기 이 영업적인 미소가 이 밤에 작은 온기를 퍼뜨리는 것을 느꼈다. 그녀가 몇 마디 했다. 미끼를 던지는 이 상투적인 말은 다른 남자들의 더러운 찌꺼기 같았다. "헤이 베이비, 나랑 같이 갈래?" 꼭 이렇게 말하진 않았어도 그 비슷한 말이었다. 어깨는 어린아이의 어깨처럼 약간 기울어져 있었고, 모자 밑으로는 금발이 약간 비집고 나와 있었다. 가로등 불빛 아래 비친 얼굴에는 창백하면서도 뭐라 규정하기 어려운 사랑스러움이 담겨 있었다. 아직 어린 아가씨의 살갗에 난 많은 주근깨는 밤 화장으로 가려진 듯했다. 그녀는 그를 올려다보았다. 울리히보다 한참 키가 작았다. 그런데도 다시 한번 "베이비!"라고 불렀다. 하룻저녁에 수백 번도 더 무심하게 내뱉었을 이 말이 지금의 상황에 어울리지 않는다고는 생각지도 못하는 것 같았다.

울리히는 그녀의 이런 태도에 가슴이 뭉클했다. 그래서 그녀를 옆으로 밀치지 않고 가만히 서서 마치 잘 못 들었다는 듯 똑같은 제안을 다시 한번 하게 했다. 약간의 요금만 지불하면 자신의 몸을 온전히 맡길 애인을 뜻하지 않게 만나게 된 것이다. 그녀는 그가 싫어하는 것이라면 무엇이든 피하면서 사랑스럽게 굴려고 노력할 것이다. 만일 그가 동의하면 그녀는 어쩌다 헤어진 두 남녀가 다시 처음 만날 때처럼 가벼운 망설임과 부드러운 신뢰의 감정으로 팔짱을 낄 것이다. 또한 그가 통상적인 가격의 몇 배를 약속하며 즉시 돈을 치르면, 다시 말해 수지맞는 장사로 그녀를 돈 걱정 없이 편안하고 흡족한 상태로 만들면, 그녀의 냉담함도 불손한 개인적 감정에서 벗어나, 감정이 야기하는 쓸데없는 혼란 없이 오직 봉사에만 집중하는 상태로 바뀔지 모른다. 그는 어느 정도는 진지하게, 어느 정도는 장난기로 이런 생각을 하고 있었다. 그러면서도 거래에 응해주기를 기다리는 이 작은 여자를 완전히 실망시키고 싶지는 않았다. 더구나 자신의 마음이 그녀의 호감을 기대하는 것도 알아차렸다. 그래서 이 바닥의 직업적인 언어로 그녀와 몇 마디 주고받는 대신 어색한 몸짓으로 주머니에 손을 넣어 대략 하룻밤 화대만큼 지폐를 꺼내 아가씨의 손에 쥐여주고는 자리를 떴다. 돈을 쥐여줄 때 이상하게 깜짝 놀라며 저항하는 그녀의 손을 꼭 잡고는 다정한 말을 한마디 던졌다. 이어 봉사할 준비가 된 여자를 혼자 남겨두고 떠났다. 그는 알고 있었다. 이제 그녀가 근처의 어둠 속에서 휘파람을 불고 있는 동료들에게로 돌아가 지폐를 보여주고는 조금 전에 있었던 도저히 이해할 수 없는 일에 대해 조롱조로 떠들어대리라는 사실을.

이 만남은 잠시 나타난 목가적인 풍경처럼 한동안 그의 마음속에 생생히 살아 있었다. 그는 잠깐 만났다 헤어진 그 여자의 가난을 낭만으로 착각하지 않았다. 하지만 그녀가 시선을 약간 틀거나 적절한 순간에 내뱉도록 배운 한숨을 어색하게라도 짓는 모습이 떠오르는 순간 이유는 모르겠지만, 돈을 주고 벌인 이 통속적이고 서툰 퍼포먼스에서 무언가 감동적인 것이 흘러나왔다. 어쩌면 그 퍼포먼스 자체가 싸구려 인간 희극이었기 때문에 그럴 수도 있었다. 울리히는 아가씨와 이야기를 나눌 때 지극히 자연스러운 연상 작용을 통해 모스브루거가 불쑥 떠올랐다. 모스브루거, 병적인 희극배우, 창녀 사냥꾼이자 창녀 도살자. 그도 아마 사건이 있던 그날, 오늘 울리히가 겪은 과정을 똑같이 겪었을 것이다. 달밤에 거리의 벽을 이루는 집들이 한순간 무대 배경처럼 멈춰 섰을 때 모스브루거는 다리 옆에서 그를 기다리는 미지의 존재와 마주쳤다. 아, 머리부터 발끝까지 이 얼마나 놀라운 깨달음인가! 울리히는 한순간 그 장면이 생생히 떠오르는 듯했다. 파도처럼 무언가가 자신을 밀어올리는 것을 느꼈다. 균형을 잃었지만, 물살의 움직임에 몸을 내맡기면서 균형을 잡을 필요는 없었다. 심장이 쪼그라들었다. 상상은 무한히 확장되어 뒤엉키다가 곧 일종의 무기력한 쾌락 속에서 중단되었다. 그는 정신을 차리려고 했다. 내적 일체감 없이 삶에 매달려온 지 너무 오래된 모양이었다. 한 정신병자의 강박관념과 그 사람이 자기 역할에 갖고 있던 확신이 부러울 만큼! 모스브루거는 울리히뿐 아니라 다른 누구에게나 그렇게 매력적인 존재가 아닐까? 문득 아른하임이 묻는 소리가 귀에 울렸다. "당신이라면 그 사람을 풀어줄 건가요?" 자기 대답도 들렸다. "아뇨. 아마 풀어주지 않을 겁니다." 이제 거기에 덧붙였다. "절대로!" 그럼에도 그는 한 행위의 환각적인 이미지를 느꼈다. 그 이미지 속에서는 극단의 흥분을 붙잡으려는 움직임과 그렇게 해서 붙잡힌 것이 말로 표현할 수 없는 어떤 공통의 상태에서 하나가 되었다. 욕망이 강요와, 의미가 필요와, 지고의 행위가 지복의 수용과 구별되지 않는 상태였다. 그는 얼핏 모스브루거 같은 불행한 피조물들은 모두에게 존재하는 억압된 충동의 화신이자, 머릿속에서 살인을 저지르고 상상 속에서 여자를 강간하는 것의 육화라는 견해가 기억났다. 그렇게 생각하는 사람들은 모스브루거를 통해 자신들의 어두운 욕구를 충족한 뒤 각자 자기 방식대로 모스브루거를 처치해버림으로써 자신의 도덕을 복원하는 도구로 삼는다! 다만 울리히의 갈등은 달랐다. 그는 어떤 것도 억압하지 않았고, 살인자의 이미지가 세계의 다른 어떤 이미지보다 자신에게 덜 낯설다는 점을 알아차릴 수밖에 없었다. 이에 비하면 자신의 옛 이미지도 오히려 다른 모든 이들의 이미지와 공통점이 많았다. 새로 생성된 의미와 다시 비집고 나온 난센스가 뒤섞여 있다는 점에서 말이다! 질서의 걷잡을 수 없는 비유, 그에게 그것은 모스브루거였다. 울리히가 갑자기 말했다. "이 모든 것은……!" 그러다 마치 손등으로 뭔가를 옆으로 쫓아버리는 듯한 몸짓을 했다. 이것은 혼잣말이 아니었다. 큰 소리로 입 밖에 낸 말이었다. 이제는 입술을 굳게 다문 채 나머지 말을 소리 없이 마무리지었다. "이 모든 것은 결론이 나야 해!" 그는 '이 모든 것'이 무엇인지 더는 세세하게 알려고 하지 않았다. 그것은 삶으로부터 '휴가'를 얻은 뒤로 그를 사로잡고 괴롭히고 때로는 행복하게 한 모든 것이자, 일어나 움직이는 것만 빼고는 모든 것이 가능한, 꿈을 꾸는 사람처럼 그를 뭔가에 단단히 잡아매는 모든 것이었다. 이 모든 것이 첫날부터 이 밤 귀로의 마지막 순간까지 하나의 불가능한 일에서 다른 불가능한 일로 그를 이끌었다. 울리히는 이제 자신이 다른 사람들처럼 도달할 수 있는 목표를 추구하며 살아야 할지, 아니면 이 '불가능성'과 진지하게 마주해야 할지 양자택일의 기로에 서 있음을 느꼈다. 마침내 집 근처에 이르렀을 때 그는 뭔가가 임박해 있다는 야릇한 감정에 휩싸여 마지막 골목을 서둘러 지나갔다. 그것은 하나의 행위로 이끄는 고무적인 감정이면서도 내용이 없고 그로 인해 다시 독특한 자유로움이 살아 숨쉬는 감정이었다.

어쩌면 이 감정은 다른 많은 것들처럼 그냥 지나쳐갈 수도 있었을 것이다. 그런데 자신의 집이 있는 거리로 방향을 틀고 몇 발짝 안 가서 그는 자신의 집 창문에 불이 켜져 있는 것을 발견했다. 얼마 뒤 정원 울타리 문 앞에 섰을 때 그것은 더더욱 의심할 바 없는 사실이 되었다. 그의 집에서 일하는 늙은 하인은 오늘밤 다른 지방에 사는 친척 집에서 자고 오겠다고 했다. 그리고 자신은 아직 해가 있을 때 게르다와 있었던 그 일 이후 집에 들르지 않았고, 아래층에 기거하는 정원사 가족도 그의 거처에는 얼씬도 하지 않았다. 그럼에도 그의 집 곳곳에 불이 켜져 있다는 것은 외부인의 침입을 말해주고 있었다. 그는 침입자를 기습할 생각이었다. 혼란스러운 마음으로, 그 이례적인 감정에서 벗어나려는 생각은 별로 없이 주저하지 않고 집으로 뚜벅뚜벅 걸어들어갔다. 어떤 일이 벌어질지 짐작도 가지 않았다. 창문 뒤로 움직이는 그림자가 보였다. 한 사람 같았다. 아니, 어쩌면 여러 명일 수도 있었다. 혹시 그가 들어서는 순간 총알이 날아오지 않을까? 그렇다면 그 자신도 총을 쏠 준비를 해야 할까? 지금과 다른 심리 상태였다면 울리히는 분명 행동으로 나서기 전에 경찰관을 부르거나 최소한 이 상황을 염탐했을 것이다. 그러나 지금은 이 모험을 혼자 겪고 싶었고, 거리의 불한당들한테 습격을 당한 그날 밤 이후 가끔 지니고 다니는 권총도 꺼내들지 않았다. 그러고 싶었다. 왜 그런지 이유는 모르겠지만 무슨 일이 일어날지 그냥 보고 싶었다!

그런데 현관문을 열어젖히는 순간 그렇게 복잡한 감정으로 기대했던 침입자가 클라리세인 것으로 드러났다.

123. 반전

아마 울리히의 태도에는 처음부터 이 모든 것이 별일 없이 끝나리라는 확신과 최악의 상황은 되도록 믿지 않으려는 성향이 함께 작용했을 것이다. 사실 인간은 최악의 상황을 믿기에 항상 위험에 빠지는 법이다. 어쨌든 울리히는 홀에서 예기치 않게 맞닥뜨린 늙은 하인을 하마터면 때려눕힐 뻔했다. 다행히 마지막 순간에 주먹을 내림으로써 그런 일은 일어나지 않았고, 그로부터 다음 이야기를 전해들었다. 전보 한 장이 도착했고, 클라리세가 그 전보를 수령했다. 그 젊은 부인은 약 한 시간 전에 자기가 막 떠나려던 차에 집에 왔다. 차마 부인을 내칠 수가 없어 차라리 자신이 오늘 휴가를 포기하고 집에 남는 쪽을 택했다. 이런 표현을 써서 죄송하지만, 부인이 매우 흥분한 상태로 보였기 때문이라고 했다.

울리히는 하인에게 고맙다고 하고는 거실로 들어갔다. 클라리세는 몸을 약간 옆으로 돌리고 두 다리를 몸 쪽으로 끌어당긴 채 소파에 누워 있었다. 허리선이 드러나는 날씬한 몸매, 소년 같은 머리 스타일, 문을 열고 들어서는 그를 한쪽 팔로 괸 채 바라보는 갸름하고 사랑스러운 얼굴, 모든 게 무척 고혹적이었다. 그는 집에 강도가 든 줄 알았다고 했다. 순간 브라우닝 권총의 속사처럼 클라리세의 눈에서 번쩍 불꽃이 튀었다. "맞아요, 내가 그럴지도 모르죠!" 그녀가 대답했다. "당신 집에서 일하는 그 늙은 여우는 어떻게든 나를 돌려보내려고 애썼어요. 하지만 나는 그만 잠이나 자라고 하면서 늙은 여우를 물리쳤는데, 자지 않고 아래층 어딘가에 숨어 있는 것 같았어요! 집 한번 참 멋지네요!" 이 말과 함께 그녀는 누운 채로 전보를 건넸다. "나는 당신이 아무도 없다고 생각하는 집에 어떤 모습으로 돌아올지 궁금했어요. 발터는 음악회에 갔어요. 자정이 지나야 돌아올 거예요. 당신한테 간다는 얘기는 하지 않았어요."

울리히는 클라리세의 말을 한 귀로 흘려들으면서 전보를 찢어서 읽었다. 읽어내려가는 도중에 무엇에 깜짝 놀랐는지 얼굴이 창백해지면서 믿을 수 없다는 듯 그 이상한 메시지를 다시 한번 읽었다. 아버지는 그간 평행운동과 한정책임능력 문제와 관련해서 다양한 당부를 담은 편지를 여러 차례 보냈었다. 그런데 아들이 차일피일 답장을 미루었는데도 얼마 전부터는 아버지로부터 독촉 편지가 없었다. 아니, 아들은 그런 편지가 없다는 생각조차 못하고 지내왔다. 그러다 이제 이 전보가 생부의 작고 소식을 전하고 있었다. 그것도 아들에 대한 약간의 질책과 죽음에 대한 엄숙함이 기괴하게 뒤섞인 어조로 말이다. 이 글은 아버지가 생전에 미리 꼼꼼하게 정리하고 작성해놓은 게 분명해 보였다. 부자는 서로에게 별 애정이 없었다. 아니, 아버지를 떠올리면 아들은 거의 항상 불편함을 느꼈다. 그럼에도 그는 기묘하고도 섬뜩한 이 글을 재독하면서 생각했다. '이제 난 완전히 혼자가 되었구나!' 이것은 자구 그대로의 의미도 아니었고, 지금 끝나버린 관계에 대한 부적절한 뜻으로 한 말도 아니었다. 오히려 그는 지금 마치 계류용 밧줄이 끊긴 것처럼 자유롭게 공중으로 뜨는 이상한 느낌을 받았다. 그것은 아버지를 매개로 아직 연결되어 있던 한 세계로부터 이제야 완전히 멀어지는 느낌이기도 했다.

"아버지가 돌아가셨어!" 그는 이렇게 말하고는 자기도 모르게 약간 엄숙한 표정을 지으며 전보를 든 손을 들어올렸다.

"아, 축하해요!" 클라리세는 잠시 생각에 잠긴 것 같더니 이렇게 덧붙였다. "이제 거부가 되는 건가요?" 그녀가 호기심어린 표정으로 주위를 둘러보았다.

"아버지는 그냥 부족함 없이 살았을 뿐 거부는 아냐." 울리히가 거부감을 드러내며 대답했다. "나는 이 집에서 아버지의 재력에 비해 넘치게 살고 있어!"

클라리세는 옅은 미소로 그의 질책을 받아들였다. 격식을 차려 절하는 듯한 미소였다. 표현력이 풍부한 그녀의 움직임은 좁은 방에서 손님들에게 평소에 얼마나 교육을 잘 받았는지를 보여야 하는 소년의 연극적인 인사처럼 대부분 급하고 과장스러운 구석이 있었다. 울리히가 출발에 앞서 이런저런 지시를 내리느라 잠시 자리를 비운 사이 그녀는 혼자 남았다. 아까 발터와 격하게 말다툼을 하고 그를 떠났을 때 클라리세는 사실 멀리 가지 않았다. 현관문 앞에는 다락으로 올라가는, 평소엔 잘 쓰지 않는 계단이 있었는데 숄로 몸을 감싼 채 거기 앉아 남편이 집을 나가는 소리를 들었다. 연극 무대에도 밧줄을 내려보내는 도르래 달린 고미다락 같은 곳이 있는데, 그것을 떠올리며 클라리세는 발터가 계단으로 집을 나가는 것을 지켜보았다. 문득 연극배우들이 할일 없는 막간 휴식 시간에 천으로 몸을 감싸고 무대 위의 서까래 같은 곳에 앉아 무대를 내려다보는 장면이 떠올랐다. 지금 자신이 그런 배우가 되어 발밑의 모든 사건을 내려다보는 기분이었다. 순간, 인생이 배역을 맡은 연극과 비슷하다는, 예전에 즐겨 하던 생각이 다시 떠올랐다. 인생을 꼭 이성적으로 이해할 필요는 없다. 혹시 누군가 그녀 자신보다 더 많은 것을 안다고 해도 삶에 대해 대체 무엇을 알겠는가? 관건은 바다제비와 마찬가지로 삶에 대한 올바른 본능을 갖고 있느냐다! 사람은 그냥 두 팔을 날개처럼 쭉 뻗어야 한다! 그녀에게 팔이란 말과 눈물, 키스를 포함하는 개념이었다. 이 상상이 발터의 미래를 더는 믿지 못하는 그녀에게 나름의 보상이 되어주었다. 그녀는 발터가 내려간 가파른 계단을 내려다보며 두 팔을 옆으로 펼치고 할 수 있을 때까지 그 자세를 유지했다. 어쩌면 이런 식으로 그를 도울 수 있을지도 몰랐다! '가파른 상승과 가파른 하강은 서로 상극이지만 힘의 측면에서는 상호보완적이고 그 자체로 하나의 짝을 이뤄!' 클라리세는 생각했다. 그녀는 펼친 두 팔과 계단을 내려다보는 시선을 '환호하는 세계의 경사傾斜'라 불렀다. 그녀는 도시의 시위대를 몰래 구경하기로 마음을 바꾸었다. 하지만 시위대 '무리'가 그녀와 무슨 상관일까? 개인들의 엄청난 드라마가 이미 시작되었는데!

이렇게 해서 클라리세는 울리히에게 오게 되었다. 도중에 그녀의 얼굴에서는 가끔 음흉한 미소가 피어올랐다. 그들 둘이 처한 상태를 자신이 훨씬 더 정확히 꿰뚫어보고 있다는 사실을 드러낼 때마다 발터가 마치 자신을 미친 사람처럼 취급하던 일을 떠올리면서. 자신에게 아이가 생기는 걸 두려워하면서도 아이를 기대하긴 힘들다는 것을 발터가 안다는 사실이 그녀는 기분좋게 느껴졌다. 클라리세는 '미쳤다'는 뜻을 멀리서 치는 번개나 남들이 겁을 먹을 만큼 건강 상태가 월등하게 좋아지는 것으로 이해했다. 그것은 결혼생활이 그녀에게 선사한 특성으로서 그녀의 우월감과 지배적인 위치가 커지는 것과 함께 단계적으로 발전해갔다. 그러나 때로는 자신이 남들 눈에는 이해할 수 없는 존재로 비친다는 사실도 알고 있었다. 울리히가 다시 들어왔을 때 그녀는 그의 삶에 깊은 칼자국을 내는 사건에 부합하는 어떤 말을 반드시 해야 한다는 느낌이 들었다. 그녀는 소파에서 벌떡 일어나 그 방과 인근 공간을 몇 번 서성이다가 말했다. "진심으로 애도를 표합니다!"

울리히는 놀란 눈으로 그녀를 바라보았다. 그녀가 불안해할 때 나오는 어조임을 알고 있었음에도. '클라리세는 가끔 이렇게 굉장히 인습적인 면이 있어.' 그는 생각했다. '마치 한 권의 책 속에 실수로 다른 책의 페이지가 들어가 있는 것처럼.' 그녀는 그 말에 어울리는 표정을 지은 것이 아니라 어깨 너머로 고개를 돌려 이 말을 했고, 그래서 잘못된 어조를 들었다기보다 잘못 삽입된 텍스트를 접했다는 느낌이 강했다. 그녀 자체가 그런 여러 텍스트들로 이루어져 있다는 묘한 느낌도 있었다. 울리히가 대답을 하지 않자 그녀는 이제 그 앞에 걸음을 멈추고 말했다. "할 이야기가 있어요!"

"뭐라도 마시겠어?" 울리히가 물었다.

클라리세는 거부의 뜻으로 어깨 높이로 손을 들어 재빨리 흔들었다. 그러고는 생각을 그러모았다. "발터는 어떻게든 내 아이를 원해요. 그걸 이해하겠어요?" 그녀는 대답을 기다리는 듯했다.

그러나 울리히가 무슨 답을 할 수 있을까?

"난 싫어요!" 그녀가 격하게 소리쳤다.

"그렇게 화낼 일이 아냐. 당신이 원치 않으면 어차피 일어나지 않을 거야."

"하지만 그렇게 되면 그는 파멸하고 말 거예요!"

"죽겠다는 사람이 항상 더 오래 살아! 당신과 나는 언젠가 쪼글쪼글해지겠지만, 발터는 머리가 하얘져도 문서보관소 소장으로 여전히 젊은 얼굴을 하고 있을 거야!"

클라리세는 생각에 잠긴 얼굴로 즉시 몸을 홱 돌리더니 그에게서 멀어졌다. 어느 정도 거리가 생기자 다시 걸음을 멈추고 그를 주시했다. "우산에서 우산대를 빼면 어떻게 되는 줄 알아요? 내가 떠나면 발터는 무너지고 말 거예요. 난 발터의 우산대예요. 그이는……" 그녀는 '우산'이라고 말하려다가 순간적으로 그보다 훨씬 좋은 표현이 생각났다. "그이는 나의 '우산 보호자'예요. 우산처럼 나를 보호해주어야 한다고 생각하죠. 처음에는 내 배를 부르게 한 다음 아이는 친엄마가 직접 젖을 먹여야 한다고 나를 설득할 거예요. 그러다 아이가 좀 크면 자기식으로 교육을 하려 들겠죠. 그럴 사람이라는 건 당신도 충분히 알잖아요. 발터는 모든 것에 대한 권리를 쥐려고 하면서 아주 근사한 핑계를 대며 우리 둘을 속물적인 순응주의자로 만들 거예요. 내가 지금까지처럼 계속 아이를 거부하면 그이는 끝장나고 말 거예요! 나는 그이의 전부니까!"

울리히는 지나치게 거창한 이 주장에 믿을 수 없다는 듯 웃음을 지었다.

"그이는 당신을 죽이려고 할 거예요!" 클라리세가 얼른 덧붙였다.

"뭐? 내 생각엔 당신이 그러라고 부추겼을 것 같은데."

"나는 당신의 아이를 갖고 싶어요!" 클라리세가 말했다.

울리히는 깜짝 놀라 이 사이로 휘파람을 불었다.

그녀는 아주 버릇없는 요구를 한 철부지처럼 미소를 지었다.

"나는 발터처럼 오랫동안 잘 알고 지내온 친구를 속이고 싶지 않아. 난 그런 건 끔찍이 싫어해." 울리히가 느릿느릿 말했다.

"그래요? 당신이 그렇게 도덕적인 사람이었어요?" 클라리세는 울리히가 이해하지 못하는 의미를 이 말에 덧붙인 듯했다. 그녀는 잠시 생각에 잠기는 듯하더니 곧 다시 공격을 이어갔다. "당신이 나를 사랑한다면 당신은 발터 손안에 있는 셈이에요!?"

"어째서?"

"간단해요. 제대로 설명할 수 있을지는 모르겠지만. 당신은 발터한테 아주 잘하려고 할 거예요. 우리 둘은 그이한테 미안함을 느낄 테니까. 다시 말해 당신은 발터를 그냥 계속 속이기만 하는 것이 아니라 어떤 식으로든 이를 보상해줄 거라는 말이죠. 뭐, 그렇다는 말이에요. 가장 중요한 건 당신 때문에 발터가 자기 속에서 최상의 것을 끄집어내려고 할 거라는 사실이에요. 돌덩이 속에 조각할 인물이 숨어 있듯 우리 속에 우리 자신이 숨어 있다는 사실은 당신도 부인하지 못할 거예요. 우리는 우리 속에서 나와야 해요! 그럴 수 있게 서로 강제해야 하고요!"

"그럴지도 모르지. 하지만 그걸 기대하는 건 너무 성급한 가정 같은데." 울리히가 말했다.

클라리세는 다시 옅은 웃음을 지었다. "어쩌면 성급할지도!" 그녀는 그에게 다가가, 그의 몸에서 힘없이 늘어진 채 그녀를 위한 공간을 내주지 않는 그의 팔에 다정스레 팔짱을 꼈다. "내가 마음에 안 들어요? 나를 안 좋아해요?" 울리히의 대답이 없자 그녀는 말을 이어갔다. "당신은 나를 좋아해요. 난 그걸 알아요. 당신이 우리집에 올 때 나를 어떤 눈빛으로 보는지 아니까! 예전에 내가 당신보고 악마라고 했던 거 기억나요? 나한테는 그렇게 느껴져요. 내 말을 이해하겠어요? 불쌍한 악마라고 부르지는 않았어요. 그런 악마는 악을 잘 몰라서 악한 짓을 하는 사람이에요. 당신은 위대한 악마예요. 당신은 뭐가 좋은지 분명히 알아요. 그런데도 자신이 원하는 걸 정반대로 하는 사람이에요. 당신은 우리 모두가 살아가는 이 평범한 삶을 혐오스럽게 생각해요. 그러면서도 계속 그렇게 살아야 한다고 말해요. 당신은 마치 도덕군자처럼 '친구를 배신하지 않겠다!'고 말해요. 하지만 그 말은 '클라리세를 갖고 싶다!'는 생각을 속으로 수백 번도 더 했기 때문에 나올 수 있어요. 울로, 당신은 악마이기 때문에 당신의 내면에는 신도 일부 있어요! 위대한 신의 무언가가! 정체를 들키지 않으려고 거짓말을 하는 어떤 존재가! 당신은 나를 원하고 있어요……"

이제 클라리세는 그의 나머지 팔까지 마저 잡고 얼굴을 든 채 그 앞에 섰다. 마치 꽃을 잡으려고 부드럽게 줄기를 굽히듯 몸을 살짝 뒤로 젖힌 상태로. '곧 그녀의 얼굴 위로 지난번 같은 변화가 일어날 거야!' 울리히는 염려했다. 그러나 그런 일은 일어나지 않았고, 그녀의 얼굴은 여전히 아름답게 남아 있었다. 그녀는 평소처럼 옅은 미소를 짓지 않고, 마치 방어라도 하려는 듯 입술을 벌려 이가 약간 드러나게 웃었다. 입술은 큐피드의 둥근 활 두 개를 나란히 붙여놓은 것 같은 모양이었는데, 그 곡선은 불룩한 이마와 그 위의 빛이 투과된 구름 같은 머리카락에서 다시 한번 반복되었다.

"당신이 어떤 인간인지 나한테 솔직하게 보여줄 마음만 있었다면 당신은 이미 오래전에 그 거짓말 잘하는 입으로 나를 물고 달아났을 거예요!" 클라리세가 계속 말했다. 울리히는 살며시 그녀의 손아귀에서 풀려났다. 그녀는 마치 그가 앉힌 것처럼 소파에 앉아서는 그를 아래로 끌어내렸다.

"그렇게 과장하지 마." 울리히가 타일렀다.

클라리세는 그를 놓아주고는 눈을 감고 팔꿈치는 무릎에 올려둔 채

두 팔로 턱을 괴었다. 두번째 공격도 실패로 돌아가자 이제 냉정한 논리로 그를 설득할 작정이었다. "내 말을 글자 그대로 받아들일 필요는 없어요. 그건 내가 악마나 신에 대해 말할 때 잘 쓰는 관용구 같은 거니까. 대개 하루종일 집에 있으면서 주변을 산책할 때면 나는 옛날에 이런 생각을 자주 했어요. 지금 내가 왼쪽으로 가면 신이 찾아올 것이고, 오른쪽으로 가면 악마가 찾아올 거라고. 손으로 뭔가를 집을 때도 오른손으로 들면 악마가, 왼손으로 들면 신이 올 것 같은 느낌이 들었죠. 발터한테 그 이야기를 했더니 그이는 무서워서 두 손을 호주머니에 넣어버렸어요! 꽃이나 달팽이 같은 것을 보고 행복해하는 사람이니까. 하지만 말해봐요. 우리의 삶은 정말 슬프지 않아요? 신도 악마도 오지 않아요. 나는 몇 년을 헤매다니기만 하고 있어요. 그럼 무엇이 올까요? 아무것도 안 와요. 예술이 기적을 일으켜 모든 것을 바꾸지 않는 한!"

순간 그녀는 울리히가 그녀의 하늘거리는 머리칼을 어루만져주고 싶은 마음이 들 정도로 여리게 슬픈 표정을 지었다. "클라리세, 당신 말은 하나하나를 보면 옳을 수 있어. 하지만 그 말들의 관련성은 잘 모르겠고, 논리적 비약도 따라갈 수가 없어."

"간단해요." 그녀가 대답했다. 아까와 같은 태도였다. "시간이 지나면서 한 가지 생각이 났어요. 들어봐요!" 이제 그녀는 몸을 일으키며 갑자기 활기를 되찾았다. "언젠가 당신이 이런 말을 하지 않았어요? 우리가 살아가는 이 상태에는 갈라진 틈이 있고, 그 틈으로 사건들 이면의 어떤 불가능한 상태를 엿볼 수 있다고. 내 말에 대답할 필요는 없어요. 나도 오래전부터 아는 내용이니까. 인간은 당연히 질서정연한 삶을 원해요. 하지만 그런 삶을 누리는 이는 없어요! 내가 피아노를 치거나 그림을 그린다고 해도 그건 벽에 난 구멍을 가리려고 앞에 병풍을 갖다두는 것과 같아요. 당신과 발터는 내가 잘 모르는 여러 이념을 갖고 있지만, 그것도 별 소용이 없기는 마찬가지예요. 당신은 이렇게 말했죠. 사람들은 게으름과 타성 때문에 그 구멍을 들여다보지 않거나, 이런저런 나쁜 일 때문에 그 구멍에서 멀어진다고요. 그렇다면 해결책은 간단해요. 그 구멍을 통해 밖으로 나가버리는 거예요. 난 할 수 있어요. 나 자신에게서 빠져나갈 수 있는 날들이 있으니까. 그렇게 나가면 어떤 느낌인 줄 알아요? 뭐라 표현해야 좋을지 모르겠지만, 마치 더러운 껍질이 벗겨진 사물들 사이에 나도 껍데기를 벗고 서 있는 느낌이라고 할까요? 아니면 거기 있는 모든 것과 샴쌍둥이처럼 몸이 공중에서 연결되는 느낌이라고 할까요? 정말 믿기 어려운 상태죠. 모든 것이 음악과 색깔, 리듬으로 바뀌고 그 순간 나는 클라리세라는 이름으로 세례를 받은 시민이 아니라 엄청난 행복 속으로 파고들어가는 반짝거리는 파편 같아요. 당신도 다 알고 있는 이야기예요! 예전에 당신 입으로 직접 말했잖아요. 현실은 자기 속에 불가능한 상태를 품고 있고, 우리는 자신의 체험을 자기 쪽으로 돌리거나 개인적이고 실제적인 것으로 여겨서는 안 되고 노래나 그림처럼 밖으로 향하게 해야 한다, 등등. 내 말과 결국 같은 거죠. 난 당신 말을 정확하게 다시 읊을 수 있어요!" 그후로도 클라리세가 급하게 쏟아낸 말 속에서는 '등등'이라는 단어가 마치 거친 압운처럼 반복되었다. 그녀는 거의 매번 자신의 주장을 이렇게 이어갔다. "당신은 그럴 힘이 있는데도 그걸 쓰려고 하지 않아요. 왜 그러는지는 모르겠지만, 어쨌든 난 그런 당신을 뒤흔들어버릴 거예요!!"

울리히는 그녀가 말하도록 내버려두었다. 다만 자신과 관련해서 너무 동떨어진 이야기를 할 때만 가끔 묵묵히 고개를 가로저었다. 입을 열어 그녀의 말을 반박하고픈 마음은 없었다. 그는 손을 그녀의 머리 위에 가만히 얹어두고 있었는데, 두개골 안에서 열심히 뛰고 있는 사유의 거친 맥박이 손끝으로 전해지는 듯했다. 클라리세가 이렇게 감각적으로 흥분한 상태는 울리히도 처음 보았다. 그녀의 가냘프면서 딱딱한 몸속에도 여성의 뜨거운 열정이 이완하고 부드럽게 팽창하는 공간이 있음이 놀라웠다. 외부의 접근을 차단한 채 자기 속에만 갇혀 사는 것 같던 여자가 갑자기 자신을 열어젖히고 나온 이 놀라운 사건은 이번에도 유감없이 효과를 발휘했다. 그런데 그녀의 말이 이성을 모독하는 것이었음에도 거부감이 들지는 않았다. 왜냐하면 그 말이 그의 내면에 닿을 듯이 접근했다가 이내 다시 부조리의 세계로 멀어져감으로써 이 지속적이고 빠른 움직임은 윙윙거림과 웅웅거림과 비슷한 작용을 했고, 그 진동이 워낙 강해 소리가 아름다운지 추한지는 전혀 문제가 되지 않았기 때문이다. 그녀의 말을 듣고 있자니 거친 음악을 들을 때처럼 결심하기가 쉬워지는 느낌이 들었다. 다만 그녀 자신이 말의 출구를 찾지 못해 끝을 내지 못할 때 그는 손바닥으로 그녀의 머리를 잡고 약간 흔들어주었다. 그녀의 정신을 다시 불러들이고 주의를 환기시키기 위해서.

그런데 그가 의도한 것과는 정반대 일이 일어났다. 클라리세가 갑자기 육탄 공세에 나선 것이다. 그녀는 울리히가 방어할 수 없을 정도로 재빨리 그의 목을 팔로 감고는 입술을 덮쳤고, 그가 당황해서 어쩔 줄 몰라하는 틈을 타서 빠른 동작으로 다리를 끌어당겨 그의 몸을 훑고 내려가더니 이제 그의 무릎에 앉는 자세가 되었다. 그는 그녀의 작은 가슴이 어깨에 닿는 것을 느꼈다. 그녀의 말은 거의 알아듣지 못했다. 자신이 가진 구원의 힘과 그의 비겁함에 대해 더듬더듬 이야기했는데, 그가 '야만인'이고 그래서 발터가 아닌 그에게서 세계 구원자의 씨를 받으려 한다는 말 정도만 간신히 알아들을 수 있었다. 그런데 그녀의 말은 그의 귀에다 대고 하는 거친 유희에 지나지 않았고, 전달한다기보다 자신에게 더 몰두하는 낮고 급한 중얼거림일 뿐이었다. 거친 물살을 일으키는 이 말의 급류 속에서 '모스브루거'니 '악마의 눈'이니 하는 말 정도만 띄엄띄엄 인지할 수 있었다. 울리히는 자기 방어를 위해 이 작은 습격자의 위팔을 잡고 소파에 눌러 앉혔다. 이제 그녀는 다리로 더 한층 그를 조였고, 그의 얼굴 쪽으로 머리를 들이밀면서 다시 목덜미를 안으려고 애썼다. "굴복하지 않으면 당신을 죽여버릴 거야!" 그녀가 밝고 명료하게 말했다. 애정과 분노가 뒤섞인 상태에서 물러설 기미를 보이기는커녕 오히려 점점 더 흥분하는 소년과 비슷했다. 울리히는 그녀를 억제하는 일에만 골몰하다보니 그녀의 사지에서 들끓는 육욕은 희미하게만 느낄 수 있었다. 그럼에도 팔로 그녀의 몸을 단단히 휘감고 그녀를 내리누르는 순간 무언가 격렬한 것이 느껴졌다. 마치 그녀의 몸이 그의 감정 속으로 뚫고 들어오는 듯했다. 그는 그녀를 오랫동안 알아왔고 싸울 때도 많았지만 친숙하면서도 낯선 이 작은 존재와 이렇게 위에서부터 아래까지 밀착했던 적은 없었다. 그것도 서로 거친 심장소리를 내면서 말이다. 그래서 클라리세의 움직임이 그의 손아귀에서 진정되고 사지의 이완이 눈에도 어느 정도 어른거리기 시작했을 때 오히려 그가 원치 않았던 일이 하마터면 일어날 뻔했다. 하지만 그 순간 게르다가 떠올랐다. 이제야말로 자기 자신과 끝장을 내야 한다는 요구가 그 앞에 우뚝 버티고 선 것처럼.

"난 원치 않아, 클라리세!" 그는 그녀를 놓아주었다. "지금은 혼자 있고 싶고, 출발하기 전에 정리할 것도 많아!"

그제야 클라리세의 머릿속에 그의 거부 의사가 인지되었다. 마치 몇 번 덜컹거린 끝에 다른 톱니바퀴 장치가 머릿속에서 맞물려 돌아간 것처럼. 몇 발짝 떨어진 곳에 고통스럽게 일그러진 표정으로 서 있는 울리히가 보였다. 그가 무슨 말을 하는 것 같았지만 한마디도 귀에 들어오지 않았다. 그의 입이 만들어내는 움직임을 따라가다보니 속에서 점점 역겨움이 커졌다. 문득 치마가 무릎 위까지 올라가 있는 것을 알아채고는 벌떡 일어났다. 무슨 일이 있었는지 기억하기에 앞서 그녀는 두 다리로 버티고 서서 머리카락과 옷을 매만졌다. 마치 풀밭에 누워 있다가 일어난 사람 같았다. "당연히 이제 짐을 꾸려야죠. 더 오래 잡아두지 않을게요!" 그녀는 다시 평소의 비웃는 듯한 미소를 지었다. 좁은 틈에 억지로 밀어넣는 것 같은 웃음이었다. 그녀는 잘 다녀오라고 인사했다. "돌아오면 아마 우리집에 마인가스트 박사가 와 있을 거예요. 온다고 편지를 했거든요. 원래는 그걸 말하러 왔어요." 그녀가 지나가듯이 덧붙였다.

울리히는 망설이듯 그녀의 손을 잡았다.

그녀는 장난치듯 손가락으로 그의 손바닥을 긁었다. 자신이 무슨 말을 했는지 정말 궁금했다. 할 말 못 할 말 다 한 게 분명했다! 아무것도 기억나지 않을 정도로 흥분한 상태였기 때문이다. 무슨 일이 있었는지는 대략 알고 있었다. 하지만 그건 상관없었다. 자신은 용감했고 그게 아니라도 희생할 준비가 되어 있었던 반면에 울리히는 겁쟁이였다고 감정이 말해주고 있었기 때문이다. 다만 울리히와의 관계에 금이 가지 않도록 좋은 친구 사이로 헤어지고 싶었다. 그녀는 가볍게 말했다. "발터한테는 내가 여기 온 거 얘기하지 않았으면 좋겠어요. 오늘 나눈 얘기도 다음에 만날 때까지 우리끼리만 알고 있었으면 좋겠고!" 그녀는 정원 문 앞에서 다시 한번 손을 내밀면서 더이상의 동행은 사양했다.

집에 다시 들어왔을 때 울리히는 기분이 묘했다. 우선 라인스도르프 백작과 디오티마에게 편지를 써서 갑자기 떠나게 된 사정을 이야기해야 했다. 그 밖에 정리할 일도 여럿 있었다. 유산을 상속받기까지는 상당한 시간이 걸릴 테고 꽤 오랫동안 집을 비우게 되리라 예상했기 때문이다. 그는 자러 보낸 하인이 챙겨 온 트렁크에다 자질구레한 개인 물품과 책을 집어넣었다. 모든 준비가 끝났는데도 잠자리에 누울 기분이 들지 않았다. 파란만장한 하루였던 만큼 파김치가 되었는데도 신경은 극도로 예민해져 있었다. 이 두 상태는 누그러지지 않고 돌아가면서 더욱 고조되었다. 그래서 몸은 무척 피곤했음에도 잠은 오지 않았다. 우선 울리히는 생각이 아니라 흔들리는 기억의 진자 운동을 따라가면서, 이미 몇 차례 받았던 느낌, 즉 클라리세가 그저 특이한 존재가 아니라 정신병을 앓고 있을지도 모른다는 느낌을 이제 속으로 기정사실로 받아들였다. 그런데 그녀가 조금 전에 빠졌던 상태를 뭐라고 부르건 간에, 그 발작적 상태 속에서 그녀는 그가 스스로에게 하는 말과 비슷한 말을 했다. 그 점에 대해 재차 철저히 숙고할 수도 있었지만, 불쾌하게도 비몽사몽 상태에 어울리지 않게 아직 할일이 많이 남아 있다는 사실이 먼저 떠올랐다. 마음먹었던 일 년의 시간이 어느 것 하나 정리된 문제 없이 벌써 절반 가까이 지나가버렸다. 문득 게르다가 자신에게 그에 관한 책을 써보라고 했던 일이 생각났다. 그러나 그는 현실 자아와 그림자 자아로 분열되지 않은 상태로 살고 싶었다. 투치 국장과 그에 관해 대화를 나누었던 순간이 기억났다. 디오티마의 살롱에 자신과 투치 국장이 서 있는 모습이 보였다. 이 장면에는 연극적인 것, 즉 연출된 측면이 담겨 있었다. 자신이 책을 쓰거나, 그렇지 않으면 스스로 목숨을 끊을 거라고 쉽게 말했던 기억이 났다. 그러나 죽음에 대한 생각 역시, 이제 그 언저리까지 와서 숙고해보니 결코 현상태를 잘 말해주는 표현이 아니었다. 왜냐하면 길을 떠나는 대신 죽음에 굴복해서 아침이 되기 전에 스스로 목숨을 끊는다고 상상해보니 아버지의 부고를 받은 지금 이 시점에는 어울리지 않아 보였기 때문이다! 그는 상상 속의 형상들이 서로 쫓기 시작하는 비몽사몽 상태에 있었다. 눈앞에 총의 총열이 보여 유심히 들여다보았다. 어둠밖에 보이지 않았다. 깊이를 알 수 없는 어둠이었다. 이런 장전된 총은 목표를 향해 쏠 준비가 된 자신의 의지를 잘 표현해주는, 청소년기에 가장 좋아하던 이미지였다. 참으로 이상한 일치이자 특이한 병발竝發로 느껴졌다. 불현듯 권총의 이미지와 더불어 자신이 투치와 함께 있는 모습이 여럿 보였다. 이른아침의 들판, 열차에서 본 짙은 저녁 안개에 싸인 길게 굽은 강 골짜기, 연인과 헤어진 유럽 반대편의 한 마을…… 그 여인의 얼굴은 잊었지만 갈대를 얹은 집과 흙길은 어제처럼 생생했다. 또다른 연인은 겨드랑이 털만 유일하게 기억났다. 선율 조각들, 독특한 움직임, 그리고 무척 흥분한 영혼들이 내뱉은 거친 말들 때문에 주의를 기울이지 못한 화단의 꽃향기, 이것이 오랜 망각의 시간을 지나 다시 찾아왔다. 고통에 가까운 표정으로 바라보는 한 남자가 여러 길 위에서 보였다. 오래전에 태엽이 망

가진 일련의 인형들처럼 내버려진 모습이었다. 이 이미지들은 세상에서 가장 덧없는 것이라 생각할 수도 있지만, 일순간 그 속에 삶의 전체 모습이 녹아 있고, 삶의 길 위에 서 있는 것도 이 이미지들뿐이다. 마치 삶의 길이란 오직 이것들 사이에 난 길인 것처럼. 운명은 인간의 생각과 의지가 아닌 이 비밀스럽고 어느 정도는 터무니없는 이미지들을 따른다.

그가 자랑스럽게 생각한 모든 노력이 이렇게 무의미하게 무너져내리면서 그는 하마터면 눈물을 쏟을 뻔했다. 그런데 이렇게 잠이 부족한 상태에서 기괴한 감정이 퍼져나갔다. 아니, 감정이 그 주위에서 생겨났다고 하는 편이 더 옳을지 모른다. 방마다 클라리세가 혼자 있을 때 켜놓은 등이 활활 타올랐고, 넘치는 빛은 벽과 사물들 사이로 이리저리 흘렀으며, 그 사이의 공간은 살아 있는 듯한 무언가로 가득차 있었다. 온몸의 감정을 변화시킨 것은 아마 고통 없는 탈진 속에 담긴 부드러움이었을 것이다. 왜냐하면 별로 주목받지 않으면서도 늘 존재하고 거기다 원래부터 경계가 불분명한 이런 육체적 자의식은 한층 부드럽고 넓은 상태로 넘어갔기 때문이다. 이것은 끈을 졸라맨 매듭이 풀리는 것처럼 느슨해진 상태였다. 벽과 사물에는 실제적인 변화가 전혀 없었고, 신도 이 비신도의 방에는 들어오지 않았으며, 울리히도 누적된 피로로 인한 착각이 아니고서야 자신의 판단이 흐려졌다고는 생각하지 않았기에 변화가 있었다면 그와 환경 사이의 관계밖에 없었고, 이 관계에서도 바뀐 것은 대상적인 측면이나 객관적으로 그에 상응하는 감각과 오성이 아니라 지하수처럼 깊게 퍼진 감정 같았다. 평상시에 객관적인 지각과 사고의 기둥은 이 감정을 토대 삼아 서 있는데, 이제 이 기둥들이 부드럽게 서로 떨어지거나 합쳐졌다. 물론 이렇게 구별이 되더라도 동일한 순간에 의미를 잃어버렸다. '이건 태도의 변화야. 나는 달라질 것이고, 그로써 나와 연결된 것들도 바뀔 거야!' 울리히는 생각했다. 자신을 잘 관찰하고 있다고 느끼면서. 그런데 이렇게도 말할 수 있을 것 같았다. 그의 고독, 즉 내면뿐 아니라 주변에도 존재하면서 이 둘을 매개하는 고독이 점점 커지고 짙어져가고 있다고. 그의 느낌이 그랬다. 고독은 실제로 확장되는 일 없이 벽을 뚫고 도시에서 자라 세계로 번졌다. '어떤 세계일까?' 그는 생각했다. '세계는 없어!' 이 개념은 이제 의미가 없는 것 같았다. 하지만 자기통제는 여전히 잘 이루어지고 있었기에 그 순간 지나치게 부풀어오른 이 표현이 불쾌하게 여겨졌다. 그는 이제 다른 어떤 말도 찾지 않았다. 대신 그때부터 말똥말똥 깨어 있는 상태에 서서히 가까워지더니 몇 초 뒤 화들짝 놀라며 정신을 차렸다. 동이 트고 있었다. 빠르게 시드는 인공조명의 밝음 속으로 파리한 빛이 스며들었다.

울리히는 벌떡 일어나 몸을 쭉 폈다. 몸속에는 떨쳐낼 수 없는 무언가가 남아 있었다. 그는 손가락으로 눈을 비볐다. 그러나 시선에는 여전히 사물들을 건드릴 때의 부드러움이 일부 담겨 있었다. 불현듯 그는 뭐라 표현하기는 어렵지만 뭔가가 빠져나가는 방식으로, 자신이 오래전의 그 지점에 다시 서 있음을 알아차렸다. 이제는 그것을 계속 부인할 만한 힘이 없어진 듯했다. 그는 웃으면서 고개를 흔들었고, 비웃듯이 자신의 상태를 '소령 부인의 발작'이라 불렀다. 이성에 귀기울여 보니 위험은 없었다. 또다시 그런 바보짓을 하기에는 그럴 만한 사람이 주위에 없었기 때문이다. 창문을 열었다. 무심한 바깥공기가 들어왔다.

도시의 첫 소음을 품은 일상적인 아침 공기였다. 서늘함이 그의 관자놀이를 씻는 동안 감정적 도취에 대한 유럽인의 거부감이 아주 확고하고 명료한 방식으로 그를 채우기 시작했다. 그는 꼭 그래야 한다면 이 사태를 아주 엄밀하게 다루기로 마음먹었다. 그런데 한참을 창가에 선 채 아무것도 생각하지 않으면서 아침을 바라보는 그의 모습에는 반짝거리며 소멸되어가는 그 모든 느낌의 흔적이 아직 남아 있었다.

하인이 일찍 일어나는 자의 엄숙한 표정으로 주인을 깨우러 방에 불쑥 들어왔을 때 울리히는 화들짝 놀랐다. 그는 목욕을 하고 몸에 생기를 불어넣는 동작을 재빨리 몇 번 취한 뒤 기차역으로 떠났다.

(3권으로 이어집니다)

문학동네 세계문학전집 발간에 부쳐

세계문학은 국민문학 혹은 지역문학을 떠나 존재하는 문학이 아니지만 그것들의 총합도 아니다. 세계문학이라는 용어에는 그 나름의 언어와 전통을 갖고 있는 국민문학이나 지역문학의 존재를 인정하면서 그것을 넘어서는 문학의 보편적 질서에 대한 관념이 새겨져 있다. 그 용어를 처음 고안한 19세기 유럽인들은 유럽문학을 중심으로 그 질서를 구축했지만 풍부한 국민문학의 전통을 가지고 있는 현대의 문학 강국들은 나름의 방식으로 세계문학을 이해하면서 정전(正典)의 목록을 작성하고 또 수정한다.

한국에서도 세계문학 관념은 우리 사회와 문화의 변화 속에서 거듭 수정돼왔다. 어느 시기에는 제국 일본의 교양주의를 반영한 세계문학 관념이, 어느 시기에는 제3세계 민족주의에 동조한 세계문학 관념이 출현했고, 그러한 관념을 실천한 전집물이 출판됐다. 21세기 한국에 새로운 세계문학전집이 필요하다는 것은 명백하다. 우리의 지성과 감성의 기준에 부합하는 세계문학을 다시 구상할 때가 되었다.

문학동네 세계문학전집은 범세계적으로 통용되는 고전에 대한 상식을 존중하면서도 지난 반세기 동안 해외 주요 언어권에서 창작과 연구의 진전에 따라 일어난 정전의 변동을 고려하여 편성되었다. 그래서 불멸의 명작은 물론 동시대 세계의 중요한 정치·문화적 실천에 영감을 준 새로운 작품들을 두루 포함시켰다.

창립 이후 지금까지 한국문학 및 번역문학 출판에서 가장 전문적이고 생산적인 그룹을 대표해온 문학동네가 그간 축적한 문학 출판 경험을 바탕으로 새로운 세계문학전집을 펴낸다. 인류가 무지와 몽매의 어둠 속을 방황하면서도 끝내 길을 잃지 않은 것은 세계문학사의 하늘에 떠 있는 빛나는 별들이 길잡이가 되어주었기 때문이다. 우리가 자부심과 사명감 속에서 그리게 될 이 새로운 별자리가 독자들의 관심과 애정에 힘입어 우리 모두의 뿌듯한 자산이 되기를 소망한다.

문학동네 세계문학전집 편집위원
민은경, 박유하, 변현태, 송병선, 이재룡, 홍길표, 남진우, 황종연

세계문학전집 226
특성 없는 남자 2

초판인쇄 2023년 3월 7일
초판발행 2023년 3월 20일

지은이 로베르트 무질 | 옮긴이 박종대

편집 송지선 김지은 오동규
디자인 김이정 최미영 | 저작권 박지영 형소진 이영은
마케팅 정민호 이숙재 김도윤 한민아 이민경 안남영 김수현 왕지경 황승현 김혜원
브랜딩 함유지 함근아 박민재 김희숙 고보미 정승민
제작 강신은 김동욱 임현식 | 제작처 영신사

펴낸곳 (주)문학동네 | 펴낸이 김소영
출판등록 1993년 10월 22일 제2003-000045호
주소 10881 경기도 파주시 회동길 210
전자우편 editor@munhak.com | 대표전화 031)955-8888 | 팩스 031)955-8855
문의전화 031)955-1927(마케팅), 031)955-2686(편집)
문학동네카페 http://cafe.naver.com/mhdn
인스타그램 @munhakdongne | 트위터 @munhakdongne
북클럽문학동네 http://bookclubmunhak.com

ISBN 978-89-546-9147-5 04850
978-89-546-0901-2 (세트)

잘못된 책은 구입하신 서점에서 교환해드립니다.
기타 교환 문의 031) 955-2661, 3580

www.munhak.com

1, 2, 3 안나 카레니나 레프 톨스토이 | 박형규 옮김
4 판탈레온과 특별봉사대 마리오 바르가스 요사 | 송병선 옮김
5 황금 물고기 르 클레지오 | 최수철 옮김
6 템페스트 윌리엄 셰익스피어 | 이경식 옮김
7 위대한 개츠비 F. 스콧 피츠제럴드 | 김영하 옮김
8 아름다운 애너벨 리 싸늘하게 죽다 오에 겐자부로 | 박유하 옮김
9, 10 파우스트 요한 볼프강 폰 괴테 | 이인웅 옮김
11 가면의 고백 미시마 유키오 | 양윤옥 옮김
12 킴 러디어드 키플링 | 하창수 옮김
13 나귀 가죽 오노레 드 발자크 | 이철의 옮김
14 피아노 치는 여자 엘프리데 옐리네크 | 이병애 옮김
15 1984 조지 오웰 | 김기혁 옮김
16 벤야멘타 하인학교 - 야콥 폰 군텐 이야기 로베르트 발저 | 홍길표 옮김
17, 18 적과 흑 스탕달 | 이규식 옮김
19, 20 휴먼 스테인 필립 로스 | 박범수 옮김
21 체스 이야기 · 낯선 여인의 편지 슈테판 츠바이크 | 김연수 옮김
22 왼손잡이 니콜라이 레스코프 | 이상훈 옮김
23 소송 프란츠 카프카 | 권혁준 옮김
24 마크롤 가비에로의 모험 알바로 무티스 | 송병선 옮김
25 파계 시마자키 도손 | 노영희 옮김
26 내 생명 앗아가주오 앙헬레스 마스트레타 | 강성식 옮김
27 여명 시도니가브리엘 콜레트 | 송기정 옮김
28 한때 흑인이었던 남자의 자서전 제임스 웰든 존슨 | 천승걸 옮김
29 슬픈 짐승 모니카 마론 | 김미선 옮김
30 피로 물든 방 앤절라 카터 | 이귀우 옮김
31 숨그네 헤르타 뮐러 | 박경희 옮김
32 우리 시대의 영웅 미하일 레르몬토프 | 김연경 옮김
33, 34 실낙원 존 밀턴 | 조신권 옮김
35 복낙원 존 밀턴 | 조신권 옮김
36 포로기 오오카 쇼헤이 | 허호 옮김
37 동물농장 · 파리와 런던의 따라지 인생 조지 오웰 | 김기혁 옮김
38 루이 랑베르 오노레 드 발자크 | 송기정 옮김
39 코틀로반 안드레이 플라토노프 | 김철균 옮김
40 어두운 상점들의 거리 파트릭 모디아노 | 김화영 옮김
41 순교자 김은국 | 도정일 옮김
42 젊은 베르테르의 슬픔 요한 볼프강 폰 괴테 | 안장혁 옮김
43 더블린 사람들 제임스 조이스 | 진선주 옮김
44 설득 제인 오스틴 | 원영선, 전신화 옮김
45 인공호흡 리카르도 피글리아 | 엄지영 옮김
46 정글북 러디어드 키플링 | 손향숙 옮김
47 외로운 남자 외젠 이오네스코 | 이재룡 옮김
48 에피 브리스트 테오도어 폰타네 | 한미희 옮김
49 둔황 이노우에 야스시 | 임용택 옮김
50 미크로메가스 · 캉디드 혹은 낙관주의 볼테르 | 이병애 옮김

51, 52 염소의 축제 마리오 바르가스 요사 | 송병선 옮김
53 고야산 스님·초롱불 노래 이즈미 교카 | 임태균 옮김
54 다니엘서 E. L. 닥터로 | 정상준 옮김
55 이날을 위한 우산 빌헬름 게나치노 | 박교진 옮김
56 톰 소여의 모험 마크 트웨인 | 강미경 옮김
57 카사노바의 귀향·꿈의 노벨레 아르투어 슈니츨러 | 모명숙 옮김
58 바보들을 위한 학교 사샤 소콜로프 | 권정임 옮김
59 어느 어릿광대의 견해 하인리히 뵐 | 신동도 옮김
60 웃는 늑대 쓰시마 유코 | 김훈아 옮김
61 팔코너 존 치버 | 박영원 옮김
62 한눈팔기 나쓰메 소세키 | 조영석 옮김
63, 64 톰 아저씨의 오두막 해리엇 비처 스토 | 이종인 옮김
65 아버지와 아들 이반 투르게네프 | 이항재 옮김
66 베니스의 상인 윌리엄 셰익스피어 | 이경식 옮김
67 해부학자 페데리코 안다아시 | 조구호 옮김
68 긴 이별을 위한 짧은 편지 페터 한트케 | 안장혁 옮김
69 호텔 뒤락 애니타 브루크너 | 김정 옮김
70 잔해 쥘리앵 그린 | 김종우 옮김
71 절망 블라디미르 나보코프 | 최종술 옮김
72 더버빌가의 테스 토머스 하디 | 유명숙 옮김
73 감상소설 미하일 조셴코 | 백용식 옮김
74 빙하와 어둠의 공포 크리스토프 란스마이어 | 진일상 옮김
75 쓰가루·석별·옛날이야기 다자이 오사무 | 서재곤 옮김
76 이인 알베르 카뮈 | 이기언 옮김
77 달려라, 토끼 존 업다이크 | 정영목 옮김
78 몰락하는 자 토마스 베른하르트 | 박인원 옮김
79, 80 한밤의 아이들 살만 루슈디 | 김진준 옮김
81 죽은 군대의 장군 이스마일 카다레 | 이창실 옮김
82 페레이라가 주장하다 안토니오 타부키 | 이승수 옮김
83, 84 목로주점 에밀 졸라 | 박명숙 옮김
85 아베 일족 모리 오가이 | 권태민 옮김
86 폭풍의 언덕 에밀리 브론테 | 김정아 옮김
87, 88 늦여름 아달베르트 슈티프터 | 박종대 옮김
89 클레브 공작부인 라파예트 부인 | 류재화 옮김
90 P세대 빅토르 펠레빈 | 박혜경 옮김
91 노인과 바다 어니스트 헤밍웨이 | 이인규 옮김
92 물방울 메도루마 슌 | 유은경 옮김
93 도깨비불 피에르 드리외라로셸 | 이재룡 옮김
94 프랑켄슈타인 메리 셸리 | 김선형 옮김
95 래그타임 E. L. 닥터로 | 최용준 옮김
96 캔터빌의 유령 오스카 와일드 | 김미나 옮김
97 만(卍)·시게모토 소장의 어머니 다니자키 준이치로 | 김춘미, 이호철 옮김
98 맨해튼 트랜스퍼 존 더스패서스 | 박경희 옮김
99 단순한 열정 아니 에르노 | 최정수 옮김

100 열세 걸음 모옌 | 임홍빈 옮김
101 데미안 헤르만 헤세 | 안인희 옮김
102 수레바퀴 아래서 헤르만 헤세 | 한미희 옮김
103 소리와 분노 윌리엄 포크너 | 공진호 옮김
104 곰 윌리엄 포크너 | 민은영 옮김
105 롤리타 블라디미르 나보코프 | 김진준 옮김
106, 107 부활 레프 톨스토이 | 박형규 옮김
108, 109 모래그릇 마쓰모토 세이초 | 이병진 옮김
110 은둔자 막심 고리키 | 이강은 옮김
111 불타버린 지도 아베 고보 | 이영미 옮김
112 말라볼리아가의 사람들 조반니 베르가 | 김운찬 옮김
113 디어 라이프 앨리스 먼로 | 정연희 옮김
114 돈 카를로스 프리드리히 실러 | 안인희 옮김
115 인간 짐승 에밀 졸라 | 이철의 옮김
116 빌러비드 토니 모리슨 | 최인자 옮김
117, 118 미국의 목가 필립 로스 | 정영목 옮김
119 대성당 레이먼드 카버 | 김연수 옮김
120 나나 에밀 졸라 | 김치수 옮김
121, 122 제르미날 에밀 졸라 | 박명숙 옮김
123 현기증. 감정들 W. G. 제발트 | 배수아 옮김
124 강 동쪽의 기담 나가이 가후 | 정병호 옮김
125 붉은 밤의 도시들 윌리엄 버로스 | 박인찬 옮김
126 수고양이 무어의 인생관 E. T. A. 호프만 | 박은경 옮김
127 맘브루 R. H. 모레노 두란 | 송병선 옮김
128 익사 오에 겐자부로 | 박유하 옮김
129 땅의 혜택 크누트 함순 | 안미란 옮김
130 불안의 책 페르난두 페소아 | 오진영 옮김
131, 132 사랑과 어둠의 이야기 아모스 오즈 | 최창모 옮김
133 페스트 알베르 카뮈 | 유호식 옮김
134 다마세누 몬테이루의 잃어버린 머리 안토니오 타부키 | 이현경 옮김
135 작은 것들의 신 아룬다티 로이 | 박찬원 옮김
136 시스터 캐리 시어도어 드라이저 | 송은주 옮김
137 고독한 산책자의 몽상 장자크 루소 | 문경자 옮김
138 용의자의 야간열차 다와다 요코 | 이영미 옮김
139 세기아의 고백 알프레드 드 뮈세 | 김미성 옮김
140 햄릿 윌리엄 셰익스피어 | 이경식 옮김
141 카산드라 크리스타 볼프 | 한미희 옮김
142 이 글을 읽는 사람에게 영원한 저주를 마누엘 푸익 | 송병선 옮김
143 마음 나쓰메 소세키 | 유은경 옮김
144 바다 존 밴빌 | 정영목 옮김
145, 146, 147, 148 전쟁과 평화 레프 톨스토이 | 박형규 옮김
149 세 가지 이야기 귀스타브 플로베르 | 고봉만 옮김
150 제5도살장 커트 보니것 | 정영목 옮김
151 알렉시 · 은총의 일격 마르그리트 유르스나르 | 윤진 옮김

152 말라 온다 알베르토 푸겟 | 엄지영 옮김
153 아르세니예프의 인생 이반 부닌 | 이항재 옮김
154 오만과 편견 제인 오스틴 | 류경희 옮김
155 돈 에밀 졸라 | 유기환 옮김
156 젊은 예술가의 초상 제임스 조이스 | 진선주 옮김
157, 158, 159 카라마조프가의 형제들 표도르 도스토옙스키 | 김희숙 옮김
160 진 브로디 선생의 전성기 뮤리얼 스파크 | 서정은 옮김
161 13인당 이야기 오노레 드 발자크 | 송기정 옮김
162 하지 무라트 레프 톨스토이 | 박형규 옮김
163 희망 앙드레 말로 | 김웅권 옮김
164 임멘 호수 · 백마의 기사 · 프시케 테오도어 슈토름 | 배정희 옮김
165 밤은 부드러워라 F. 스콧 피츠제럴드 | 정영목 옮김
166 야간비행 앙투안 드 생텍쥐페리 | 용경식 옮김
167 나이트우드 주나 반스 | 이예원 옮김
168 소년들 앙리 드 몽테를랑 | 유정애 옮김
169, 170 독립기념일 리처드 포드 | 박영원 옮김
171, 172 닥터 지바고 보리스 파스테르나크 | 박형규 옮김
173 싯다르타 헤르만 헤세 | 권혁준 옮김
174 야만인을 기다리며 J. M. 쿳시 | 왕은철 옮김
175 철학편지 볼테르 | 이봉지 옮김
176 거지 소녀 앨리스 먼로 | 민은영 옮김
177 창백한 불꽃 블라디미르 나보코프 | 김윤하 옮김
178 슈틸러 막스 프리슈 | 김인순 옮김
179 시핑 뉴스 애니 프루 | 민승남 옮김
180 이 세상의 왕국 알레호 카르펜티에르 | 조구호 옮김
181 철의 시대 J. M. 쿳시 | 왕은철 옮김
182 카시지 조이스 캐럴 오츠 | 공경희 옮김
183, 184 모비 딕 허먼 멜빌 | 황유원 옮김
185 솔로몬의 노래 토니 모리슨 | 김선형 옮김
186 무기여 잘 있거라 어니스트 헤밍웨이 | 권진아 옮김
187 컬러 퍼플 앨리스 워커 | 고정아 옮김
188, 189 죄와 벌 표도르 도스토옙스키 | 이문영 옮김
190 사랑 광기 그리고 죽음의 이야기 오라시오 키로가 | 엄지영 옮김
191 빅 슬립 레이먼드 챈들러 | 김진준 옮김
192 시간은 밤 류드밀라 페트루셉스카야 | 김혜란 옮김
193 타타르인의 사막 디노 부차티 | 한리나 옮김
194 고양이와 쥐 귄터 그라스 | 박경희 옮김
195 펠리시아의 여정 윌리엄 트레버 | 박찬원 옮김
196 마이클 K의 삶과 시대 J. M. 쿳시 | 왕은철 옮김
197, 198 오스카와 루신다 피터 케리 | 김시현 옮김
199 패싱 넬라 라슨 | 박경희 옮김
200 마담 보바리 귀스타브 플로베르 | 김남주 옮김
201 패주 에밀 졸라 | 유기환 옮김
202 도시와 개들 마리오 바르가스 요사 | 송병선 옮김

203 루시 저메이카 킨케이드 | 정소영 옮김
204 대지 에밀 졸라 | 조성애 옮김
205, 206 백치 표도르 도스토옙스키 | 김희숙 옮김
207 백야 표도르 도스토옙스키 | 박은정 옮김
208 순수의 시대 이디스 워턴 | 손영미 옮김
209 단순한 이야기 엘리자베스 인치볼드 | 이혜수 옮김
210 바닷가에서 압둘라자크 구르나 | 황유원 옮김
211 낙원 압둘라자크 구르나 | 왕은철 옮김
212 피라미드 이스마일 카다레 | 이창실 옮김
213 애니 존 저메이카 킨케이드 | 정소영 옮김
214 지고 말 것을 가와바타 야스나리 | 박혜성 옮김
215 부서진 사월 이스마일 카다레 | 유정희 옮김
216 사람은 무엇으로 사는가 레프 톨스토이 | 이항재 옮김
217, 218 악마의 시 살만 루슈디 | 김진준 옮김
219 오늘을 잡아라 솔 벨로 | 김진준 옮김
220 배반 압둘라자크 구르나 | 황가한 옮김
221 어두운 밤 나는 적막한 집을 나섰다 페터 한트케 | 윤시향 옮김
222 무어의 마지막 한숨 살만 루슈디 | 김진준 옮김
223 속죄 이언 매큐언 | 한정아 옮김
224 암스테르담 이언 매큐언 | 박경희 옮김
225, 226, 227 특성 없는 남자 로베르트 무질 | 박종대 옮김

● 문학동네 세계문학전집은 계속 출간됩니다